Knaur.

Im Knaur Taschenbuch Verlag sind bereits folgende Bücher der Autorin erschienen:
Die blaue Stunde
Ellas Traum
Der Himmel über Irland

Über die Autorin:
Kate Thompson wurde in Belfast geboren und studierte in Dublin französische und englische Literatur, bevor sie eine gefeierte TV- und Theaterschauspielerin wurde. 1989 gewann sie den Best Actress Award. Nach neun Jahren Schauspielerei beschloss sie etwas ganz anderes zu unternehmen: zu schreiben. Heute lebt Kate Thompson mit ihrem Mann, ihrer Tochter und ihrer Katze in Dublin.

Kate Thompson

Cinderella wider Willen

Roman

Aus dem Englischen
von Elisabeth Hartmann

Knaur Taschenbuch Verlag

Die englische Originalausgabe erschien 2003 unter dem Titel
»Striking Poses« bei Bantam Books, London.

Besuchen Sie uns im Internet:
www.knaur.de

Deutsche Erstausgabe Mai 2005

Redaktion: Antje Nissen
Umschlaggestaltung: ZERO Werbeagentur, München
Umschlagabbildung: Corbis, Düsseldorf
Satz: Pinkuin Satz und Datentechnik, Berlin
Druck und Bindung: Clausen & Bosse, Leck
Printed in Germany
ISBN 3-426-62854-6

2 4 5 3 1

1

»Wir müssen leiden. Lieber Gott, wie wir leiden müssen!« Bedeutungsschwere Pause. Über den Fuß der Leinwand liefen die englischen Untertitel, während darüber die Schauspieler auf Französisch schwafelten. »Wir leiden an diesem wechselseitigen Solipsismus, den nur Liebende erleiden können.«

»Ich will das nicht hören.« Die Hauptdarstellerin starrte ihr männliches Gegenüber aus brennenden, schwarz umrahmten Augen böse an. Warum hatten französische Schauspielerinnen bloß immer brennende, kajalverschmierte Augen? »Deine Stimme bereitet mir Schmerzen. Hier.« Sie griff sich mit beiden Händen an den Schädel. »Mein Kopf dröhnt wie ein Dampfhammer.«

Was du nicht sagst, dachte Aphrodite Delaney. Seit anderthalb Stunden ließ sie diesen Dialog über sich ergehen, der so lächerlich schwülstig war, dass sie nicht wusste, ob sie lachen oder weinen sollte. Die schlecht übersetzten Untertitel machten es auch nicht besser. Sie hatte sich redliche Mühe gegeben, sich voll auf das Französische zu konzentrieren, doch ihre Abschlussnote in Französisch reichte nicht aus, um den Sinn dieses Gefasels ohne Hilfe der unerträglich gestelzten Untertitel zu begreifen. Teufel auch! Dieser Film hatte Mega-Kritiken bekommen! Was war los mit ihr, dass sie ihn so abscheulich fand?

Auf der Leinwand schlug die Schauspielerin das weiße Laken zurück, das sie bedeckt hatte, durchquerte das

Zimmer und blieb versonnen am Fenster stehen. Ihr zerzaustes, schwarzes Haar fiel ihr in dicken Locken den nackten Rücken hinab. »O Gott! Diese Pobacken!«, stöhnte ihr schlanker, umwerfend aussehender Liebhaber und betrachtete sie von einem Berg schneeweißer Leinenkissen, in die er sich geworfen hatte. Seine schrägen Augen waren halb geschlossen. Er war ein unbestreitbar sexy Typ, doch man spürte, dass er sich dessen nur allzu sehr bewusst war, und das war in Aphrodites Augen ein fataler Fehler.
»Deine Pobacken bedeuten mir ungemein viel, Minette.«
Aphrodite konnte nicht mehr. Das Gelächter, das schon seit gut einer halben Stunde in ihr kribbelte, brach sich schließlich Bahn. Sie hörte, wie die Person hinter ihr leise ein empörtes »Ts« ausstieß, und mit Mühe brachte Aphrodite sich wieder unter Kontrolle.
Die mürrische Schauspielerin stand am Fenster, zwirbelte eine Haarsträhne zwischen den Fingern und sagte in einer Art Singsang: »Schnee. Hagel. Ich mag keinen Schneeregen, aber durchsetzt mit reinem weißen Schnee ist er doch ganz hübsch.«
Die Kamera brachte das Gesicht ihres Liebhabers groß ins Bild. Er kniff die Augen noch enger zusammen.
»Schnee sieht wunderhübsch aus, wenn er auf ein Dach aus Zypressenrinde fällt«, flüsterte die Schauspielerin. Sie lächelte in sich hinein, während sie aus dem Fenster blickte, dann streckte sie sich genüsslich. Wieder folgte eine Nahaufnahme ihres Lovers. »Wenn der Schnee zu schmelzen beginnt oder wenn nur ganz wenig gefallen ist«, fuhr sie in diesem nervtötenden Singsang fort, »dringt er in alle Ritzen, sodass das Dach stellenweise schwarz und an anderen Stellen rein weiß ist. Sehr hübsch. Aber leider vergänglich.«
Sie drehte sich um und blickte den Kerl auf dem Bett finster

an, dann schob sie sich in einer anzüglichen Geste den Daumen zwischen die schwellenden Lippen und saugte daran. Wieso hatten alle französischen Schauspielerinnen so pralle Lippen?, fragte sich Aphrodite. Wahrscheinlich lag es an Botox. »J'ai envie de te baiser encore une fois«, raunte die Schauspielerin, und Aphrodite fühlte sich plötzlich an diese gewollt erotische Werbung für Envy von Gucci erinnert. Das hatten diese hinreißenden Glamourgirls wirklich drauf, sie steckten sich als Auftakt zum Sex einfach den Daumen in den Mund. Vielleicht sollte sie das auch einmal ausprobieren, wenn sie das nächste Mal jemanden traf, der ihr gefiel? Sie konnte nicht anders. Erneut entfuhr ihr ein schnaubendes Lachen.

»Schsch!«, zischte es von hinten. Aphrodite wühlte in ihrer Tasche nach einem Taschentuch und presste es sich auf den Mund.

Die Schauspielerin rieb mit dem Daumen über ihre Unterlippe, dann schwenkte die Kamera zu ihren Augen. Aphrodite fragte sich, welchem Trick sie ihre geweiteten Pupillen wohl verdankte. »Wollen wir uns noch einmal lieben?«, schmalzte der Untertitel.

O nein, dachte Aphrodite. Nicht schon wieder! Sie hatte es satt, wie die Kamera langsam über den Körper der Schauspielerin fuhr, der so perfekt war, dass sie anscheinend nicht einmal den Bauch einziehen musste. Um genauso auszusehen, hätte Aphrodite das Bauchmassagegerät gar nicht mehr abschalten dürfen.

Der Schauspieler auf dem Bett lächelte auf eine Art, die bedeutungsvoll wirken sollte, aber nur ärgerlich für den Zuschauer war. »Vielleicht«, sagte er, »wenn man einander liebt, ist man in einer besonderen Art der Dialektik gefangen – eine Dialektik, die laut Spinoza verhindert, dass wir das wahre Glück erlangen. Oder war es Schopenhauer? Nicht wichtig. Wichtig ist, dass – wir leiden müssen.« Ein einzelner Klavierton erklang. »Tun wir das etwa nicht?« Die Leinwand wurde schwarz, dann wurde der Abspann abgespult. Wer in diesem Film für was verantwortlich gewesen war, interessierte Aphrodite nicht. Sie stand auf, noch bevor der erste Name über den oberen Rand der Leinwand verschwand, warf sich den Riemen ihrer Tasche über die Schulter und nahm im Dämmerlicht wahr, dass sämtliche Zuschauer in dem kleinen Kino in ehrfürchtiger Verzückung den Abspann verfolgten.

Als sie den Gang zwischen den Sitzreihen entlangging, streckte ein Mann auf einem Außenplatz seine langen Beine aus und stand in aller Seelenruhe auf. »Ein Haufen Scheiße, was?«, sagte er leise, als sie vorbeiging. Sie hielt inne, drehte sich um und lächelte. »Eine höchst sonderbare Art von Dialektik«, sagte sie. Der Mann lachte, und irgendwo aus dem Publikum ertönte wieder ein »Ts«.

»Tja. Wir Kunstbanausen sind offenbar in der Minderheit«, sagte er, warf sich seine Jacke über die Schulter und trat zu Aphrodite auf den Gang. Seite an Seite verließen sie den Kinosaal. Vor der Tür blieben sie stehen und sahen einander an. »Lust auf einen Drink?«, fragte er.

Aphrodite biss sich auf die Unterlippe, überlegte einen Moment und sah den Mann wieder an. Seine Augen unter den schweren Lidern blickten träge, waren kaum merklich, aber auf äußerst erotische Weise schräg stehend, und die Wimpern ragten über die Augenwinkel hinaus, sodass das Weiße fast verdeckt war. Die schlimmsten Schlafzimmeraugen, die sie je gesehen hatte. Er zog leicht fragend eine Augenbraue hoch. »Nun?«

Sie nickte. »Klar«, sagte sie und wünschte sich im gleichen

Augenblick, wenigstens ein bisschen gezögert zu haben. Sie war schon immer eine miserable Verstellungskünstlerin gewesen. Außerdem wünschte sie, sie hätte sich das Haar gewaschen, sich ein bisschen mehr Mühe mit ihrem Make-up gegeben und nicht ausgerechnet das T-Shirt mit dem Aufdruck *Beam mich rauf, Scotty* angezogen, das ihre Freundin Lola ihr aus Spaß geschenkt hatte. Doch an diesem Tag hatte sie einen Wasch-Marathon unternommen, und es war das einzige saubere Kleidungsstück, das ihr geblieben war, abgesehen von einem zweiten Geschenk von Lola, auf dem eine anzügliche Aufforderung zu lesen war. Zum Glück trug sie nicht ausgerechnet dieses Teil. Trotzdem nahm sie sich vor, ihre Jacke anzubehalten.

Sie durchquerten die Lobby und gingen zur Bar. Der Mann deutete auf einen Tisch in der Ecke. »Nimm Platz«, sagte er. »Ich hole die Getränke. Was möchtest du?«

»Ein Guinness, bitte.« Aphrodite setzte sich und kramte in ihrer Tasche. Sie entnahm ihr ein Papiertaschentuch und putzte sich die Nase, fand ihr Handy und schaltete es ein und gab schließlich doch dem unwiderstehlichen Drang nach, ihren neuen Bekannten zu begutachten.

Er hatte etwas leicht Einschüchterndes an sich, war zwar kein Schlägertyp, aber groß und kräftig gebaut. Seine Kleidung ließ im Hinblick auf Eleganz einigermaßen zu wünschen übrig, denn er trug ausgebeulte Moleskin-Hosen und ein weites Hemd aus dunkelblauer, grober Baumwolle. Die Wildlederjacke, die er sich über die Schulter geworfen hatte, war wohl einmal teuer gewesen, hatte aber bestimmt schon bessere Tage gesehen. An diesem Morgen hatte er offensichtlich auf eine Rasur verzichtet, und ein Haarschnitt wäre auch längst fällig gewesen. Der Mann machte einen etwas heruntergekommenen Eindruck, was

das Mädchen hinter der Bar nicht daran hinderte, ihn interessiert anzublicken.
Er warf einen Blick über die Schulter auf Aphrodite, die blitzartig ihre volle Aufmerksamkeit ihrem Handy widmete und hoffte, dass er sie nicht dabei ertappt hatte, wie sie ihn musterte. Die Anzeige auf dem Display verriet ihr, dass zwei Nachrichten auf sie warteten.
Eine stammte von einer Werbeagentur, die anfragte, ob sie daran interessiert sei, die Ausstattung für einen Reklamespot zu übernehmen, die andere war von dem künstlerischen Leiter einer maroden Theatergesellschaft, der sie aufforderte, sich unverzüglich bei ihm zu melden, falls sie Lust hätte, eine *Romeo und Julia*-Produktion auszustatten. Scheiße. Das war ihr Traum. Natürlich hatte sie Lust dazu! Schließlich war das eines ihrer Lieblingsstücke von Shakespeare. Doch das Budget dieses Theaters würde niemals für die üppige Produktion ausreichen, die sie sich vorstellte, und das Honorar wäre ebenfalls Mist. Wenn sie Glück hatte, würde sie vielleicht gerade genug bekommen, um kostendeckend arbeiten zu können. Also musste sie sich wohl oder übel für die Fernsehreklame entscheiden. Das war die Art von Arbeit, die sie sich während ihrer Ausbildung zur Bühnenbildnerin am Theater nie im Leben hätte träumen lassen, doch in der Werbung war Wahnsinnsgeld zu machen, und just an diesem Morgen hatte sie einen bösen Brief von ihrer Bank bekommen. Sie wusste, dass binnen einer Woche ein weiterer Brief, der noch böser war, auf ihrer Matte landen würde, wenn sie nicht bald etwas gegen ihr überzogenes Konto unternahm.
Wieder kramte sie in ihrer Tasche, diesmal nach ihrem Notizbuch, um die Telefonnummer aufzuschreiben, die man ihr auf dem Handy hinterlassen hatte. Als das Notizbuch

nicht zum Vorschein kam, erinnerte sie sich, dass sie es zu Hause neben dem Telefon liegen lassen hatte. Was allerdings zum Vorschein kam, war ein Foto, aufgenommen vor einigen Monaten während eines Frankreichurlaubs mit ihrem damaligen Freund, Bradley Blödmann Boyd. Es war wohl aus irgendeinem obskuren Fach ihrer Brieftasche herausgefallen. Warum, um alles in der Welt, hatte sie es aufbewahrt? Sie betrachtete sein schönes Gesicht und wünschte sich einen spitzen Gegenstand herbei, um es zu zerkratzen. Dann musterte sie ihr eigenes lächelndes Gesicht auf dem Foto und fragte sich, wie sie sich derartig zum Fußabtreter hatte machen können. Bradley hatte sie so abscheulich behandelt, dass sie ihn inzwischen nur noch Blödmann nannte, wenn sie von ihm sprach. Dann betrachtete sie noch einmal sich und Bradley zusammen und spürte ein leises Bedauern. Auf dem Foto sah sie bedeutend besser aus als jetzt – schlanker, braun gebrannt, mit einer frechen Frisur. Seit dem Sommer hatte sie bestimmt drei Kilo zugenommen, und ihre Frisur war mittlerweile völlig herausgewachsen. Das war allein Blödmanns Schuld. Sie war am Boden zerstört gewesen, als er beschloss, von nun an bisexuell zu sein, und sie wegen eines Schauspielers verließ, der frisch von der Schauspielschule kam. Nun begann sie allmählich, sich von diesem Schlag zu erholen. Sie riss das Foto in winzig kleine Fetzen und ließ sie in den Aschenbecher rieseln.

»Dein Guinness.« Der Mann, der kein Schlägertyp war, stellte das Glas vor ihr ab und setzte sich ihr gegenüber. Ihr fiel auf, dass er den Stuhl ein Stück zurückschieben musste, um seine langen Beine unter dem Tisch unterbringen zu können. »Prost.« Er hob sein Glas.

»Prost.« Aphrodite tat es ihm nach und trank einen Schluck

von ihrem Bier. Urplötzlich fiel ihr überhaupt nichts mehr ein, was sie hätte sagen können.
»Mir war nicht bewusst, dass dieser Film als Komödie konzipiert war«, bemerkte er und wischte sich mit dem Handrücken ein bisschen Guinness-Schaum vom Mund. »Ich wollte, ich hätte neben dir gesessen. Wir hätten uns zusammen scheckig gelacht.«
Sie lächelte. »Damit hätten wir uns aber beim restlichen Publikum nicht unbedingt beliebt gemacht.«
»Das restliche Publikum bestand meiner Meinung nach aus erbärmlichen Schwächlingen. Der Film war der hochgestochenste Kinoscheiß, den ich je gesehen habe!«
»Warum bist du dann nicht gegangen?«
»Warum bist du nicht gegangen?«, konterte er.
»Ich wollte wissen, ob es noch schlimmer käme.«
Er lächelte. »Das Ganze scheiterte an diesem brillanten Paradoxon, nicht war? Je schlimmer der Film wurde, desto witziger wurde er auch.«
»Ja. Der Schneeballeffekt.« Er lachte anerkennend über ihren kleinen Scherz. Der Titel des Films lautete *Chose de Neige*, was so viel bedeutete wie »Eine Sache des Schnees« – vermutlich um die »ephemere Natur des Lebens« zu unterstreichen, die die schwarzäugige, schwarzhaarige, Botox-Lippen-behaftete Darstellerin propagierte.
»Er scheiterte außerdem gewaltig am ›Des Kaisers neue Kleider‹-Syndrom.«
Sie sah ihn fragend an.
»Alle Welt bejubelt ihn, also muss er gut sein«, antwortete er mit monotoner Stimme, mit der vielleicht ein Schaf gesprochen hätte.
Die Bar füllte sich allmählich, als das Publikum des Kassenschlagers aus einem anderen Kinosaal strömte, und die

teigig aussehenden Intellektuellen, die den Abspann des französischen Films abgewartet hatten, auf die Theke zusteuerten. Aphrodite erkannte den Direktor einer avantgardistischen Theatergesellschaft, der ernsthaft mit einem seiner Lakaien redete, welcher wiederum ernsthaft und zustimmend zu seinen Worten nickte. Wahrscheinlich diskutierten sie die künstlerische Dialektik dieses beknackten Films.

Aphrodites Handy klingelte, und sie schaltete es aus. Im Augenblick wollte sie mit niemandem über ihre Arbeit reden. Sie wollte überhaupt mit niemandem über irgendetwas reden. Der Mann, der ihr gegenüber saß, bildete die Ausnahme.

Er lächelte sie wohlwollend an. »Ich sehe mit Freude, dass du gute Manieren hast«, sagte er.

»Ich hasse dieses Ding. Aber ohne mein Handy wäre ich verloren.« Das Leben der meisten Medienmenschen hing von ihren Handys ab. Aphrodite liebte es zu beobachten, wie sie sich als Handy-Experten aufführten. Sobald das neueste Nokia mit den tollsten Funktionen auf den Markt kam, das zu besitzen quasi Pflicht war, wetteiferten alle darum, es als Erste in die Finger zu bekommen.

Der Mann betrachtete sie abschätzend. »Weißt du, was schlimmer ist, als dass die Person, mit der du ausgehst, einen Anruf bekommt?«

»Wenn die Person, mit der du ausgehst, jemanden anruft?«

»Beinahe. Aber nicht ganz. Wenn jemand, mit dem man telefoniert, sagt: Moment – lass mich eben nachsehen, wer noch in der Warteschleife ist.«

»Und sich dann wieder meldet und sagt: Entschuldige, ich muss Schluss machen. Bis später.«

»Und dadurch deutlich zum Ausdruck bringt, dass die Person in der Warteschleife bedeutend wichtiger ist als man selbst.«
Aphrodite lachte. »Aus genau diesem Grund habe ich die Warteschleife abgeschafft.«
»Ich habe gleich mein Handy komplett abgeschafft. Und meinen Festnetzanschluss würde ich auch von Herzen gern abschaffen.«
Beide schwiegen eine Weile. Aphrodite trank einen Schluck Guinness, und plötzlich fiel ihr wieder etwas ein. »Hey – du hast meine Frage noch nicht beantwortet. Warum bist du nicht aufgestanden und rausgegangen, wenn du den Film so bescheuert fandest?«
»Ich wollte dich kennen lernen.«
Oh! Schon zum zweiten Mal, seit sie ihn getroffen hatte, fehlten ihr die Worte. »Warum?«, brachte sie nur heraus.
»Weil ich den Verdacht hatte, dass wir auf gleicher Wellenlänge liegen. Schließlich begegnet man nicht alle Tage Menschen mit einer so gesunden Respektlosigkeit gegenüber dem Kaiser und seinen neuen Kleidern.«
Die Art, wie er sich auf seinem Stuhl zurücklehnte und sie mit unverhohlenem Interesse musterte, machte sie nervös. Sie versuchte verzweifelt, das Gespräch fortzusetzen: »Der Film hat großartige Kritiken bekommen. Der *Independent* hat sich förmlich überschlagen.«
»Ich lese grundsätzlich keine Kritiken. Ich hasse sie. Sam Beckett hatte Recht, als er behauptete, der Begriff ›Kritiker‹ sei die schlimmste Beleidigung, die er jemandem an den Kopf werfen könne.«
»Das war Vladimir in *Warten auf Godot*.«
Beeindruckt zog er eine Augenbraue hoch. »Du kennst dich mit Theaterstücken aus.«

»Das ist mein Beruf.«
»Bist du Schauspielerin?«
»Nein. Ich bin Bühnenbildnerin.«
Er trank einen Schluck Guinness und blickte sie über den Rand seines Glases hinweg an. »Ob ich wohl schon mal eine Ausstattung von dir gesehen habe?«, fragte er und stellte das Glas zurück auf den Tisch. »Wie heißt du?«
Das war die Frage, vor der sie sich am meisten gefürchtet hatte, wie immer, wenn sie jemanden kennen lernte. Sie holte tief Luft. »Aphrodite Delaney«, antwortete sie.
»Ein schöner Name.«
Sie schüttelte den Kopf und zog eine Grimasse. »Ich hasse ihn und habe oft überlegt, ob ich ihn ändern lassen soll. Wahrscheinlich werde ich es meiner Mutter nie verzeihen, dass sie ihn mir verpasst hat.«
»Ungewöhnlich ist er, so viel steht fest. Sehr dramatisch.«
»Dramatisch ist sie auch.«
»Deine Mutter?«
»Ja. Sie ist Schauspielerin. Ihr wäre immer die Möglichkeit geblieben, einen Künstlernamen anzunehmen, wenn sie ihren wirklichen Namen so abscheulich gefunden hätte wie ich meinen. Himmel, ich habe es nicht einmal zu einem vernünftigen Spitznamen gebracht.«
»Warum nicht?«
»Probier's doch mal. Die meisten Spitznamen sind Abkürzungen, oder? Deborah, Deb. Patricia, Pat. Juliet, Jules. Sie soll ich mich nennen? Aph? Aphro? Dite? Das hört sich doch total ätzend an.«
»Stimmt«, bestätigte er. »Also bleibt es bei Aphrodite.«
»Und wie heißt du?«
»Jack Costello.«
»Angenehm, Jack.« Über den Tisch hinweg reichten sie

sich die Hand. Seine Hände waren groß und rau, wie Arbeiterhände. Sie war neugierig, was er wohl beruflich tat, traute sich aber nicht, ihn zu fragen. Denn das war gewöhnlich die dritte banale Frage, die Leute stellten, denen es im Grunde scheißegal war, was jemand tat. Die erste lautete: Wie heißt du? Die zweite: Scheußliches Wetter heute, oder?
Er trank noch einen Schluck aus seinem Glas und warf dann einen Blick auf die Uhr. »Hast du Lust, etwas essen zu gehen? Ich habe seit dem Frühstück nichts mehr gehabt.«
»Ich kann nicht«, sagte sie. *Mist! Was für eine verpasste Gelegenheit!* »Ich habe mich um halb acht mit jemandem hier verabredet.« Und plötzlich hörte sie sich zu ihrem eigenen Entsetzen sagen: »Wir könnten ein andermal essen gehen, ja?«
»Könnten wir. Aber vorerst nicht. Morgen reise ich in die Staaten.«
Oh! »Oh? Geschäftlich oder zum Vergnügen?«
»Von beidem etwas.«
»Wie lange bleibst du dort?« Sie gab sich Mühe, die Frage beiläufig klingen zu lassen.
»Ich weiß noch nicht. Ein paar Monate vielleicht. Gib mir doch deine Telefonnummer. Ich ruf dich an, wenn ich zurück bin.« Er nahm seine Jacke von der Stuhllehne und wühlte in den Taschen. Ihr Inhalt, den er zutage förderte, bestand aus einer dünnen, abgenutzten Ausgabe des *Catull*, einem Päckchen französischer Zigaretten, einem Füllfederhalter und einer Schachtel Kondome. Aphrodite hoffte nur, dass er nicht mitbekommen hatte, wie ihr Blick auf die Kondome fiel. Er reichte ihr ein Streichholzbriefchen und stopfte den restlichen Kram wieder in seine Tasche. »Hier«, sagte er. »Schreib sie mir hier drauf.«

Die Streichhölzer waren mit dem Logo des Merrion versehen – eines der elegantesten Hotels in Dublin. Edel, dachte Aphrodite und öffnete den Reißverschluss der Beitasche ihres Rucksacks, in der sie ihren Kuli aufbewahrte. Sie hatte ihre Mutter einmal zum Nachmittagstee ins Merrion eingeladen und wäre fast umgefallen, als sie gesehen hatte, wie weit diese Einladung sie finanziell zurückwarf. Als sie die Hand aus dem Rucksack zog, war sie mit schwarzer Tinte beschmiert. Der Mistkuli leckte mal wieder.

»Zum Teufel«, sagte sie und rieb ihre Handfläche mit einem gebrauchten Papiertaschentuch ab, ohne dass es etwas half. »Das macht er ständig. Höchste Zeit, dass ich mir einen neuen besorge.«

»Nimm meinen«, sagte er, griff noch einmal in seine Tasche und reichte ihr seinen Füllfederhalter. Es war ein Mont Blanc – sehr elegant, sehr dezent.

»Cooler Füller«, bemerkte sie und betrachtete den Stift.

»Ein Geschenk.«

Von einer Freundin vermutlich. Nur Verliebte machen einander solche Geschenke. Ob er derzeit wohl eine Freundin hatte?, überlegte sie. War er der Typ Mann, der ein Mädchen unverblümt zum Essen einlud, während seine Partnerin irgendetwas anderes zu tun hatte? Sie dachte an das Kondompäckchen in seiner Tasche. Vielleicht war es ganz gut, dass er am nächsten Tag abreiste. Dieser Mann konnte ihr gefährlich werden. Trotzdem … Sie kritzelte ihre Telefonnummer auf das Streichholzbriefchen und gab es ihm zurück. Ihre Finger berührten sich, und ihr war klar, dass er sich des körperlichen Kontakts genauso deutlich bewusst war wie sie. Als ihre Blicke sich trafen, kämpfte sie gegen den plötzlichen Drang an, sich den Daumen in den Mund zu schieben.

»Aphrodite!«
Sie hob den Blick. Lola kam auf sie zu. Ihre Freundin hatte in der Central St. Martin's Schule in London die Klasse über ihr besucht, war – wie Aphrodite auch – nach Dublin zurückgekehrt und tat ihr Bestes, um die größeren irischen Theater für ihre Arbeit zu interessieren. »Wie geht's? Ich komme ausnahmsweise mal zu früh!« Sie zog sich einen Stuhl heran, setzte sich zwischen Aphrodite und Jack Costello, wickelte sich einen langen Streifen bronzefarbener Organza vom Hals und sah Jack Costello mit flirtbereit geneigtem Kopf an. »Hi! Ich bin Lola MacBride«, sagte sie.
»Jack Costello.«
»Jack Costello? Der Fotograf Jack Costello?«
Er nickte bestätigend. Autsch!, dachte Aphrodite. Wie dumm von ihr, dass sie den Namen nicht erkannt hatte.
»Deine Serie in der *Individual* vom letzten Monat fand ich toll«, schwärmte Lola. »Das waren wohl die einfallsreichsten Modeaufnahmen, die ich seit Jahren gesehen habe.«
»Danke. War verdammt harte Arbeit, dieses Shooting. Freut mich zu hören, dass es sich gelohnt hat.« Er reckte sich, stand dann auf und blickte noch einmal auf seine Uhr. »Ich möchte nicht unhöflich sein, aber ich muss unbedingt etwas essen, sonst kippe ich aus den Latschen. Es war nett, dich kennen zu lernen, Aphrodite. Unsere ›sonderbare Dialektik‹ hat Spaß gemacht. Ich melde mich, sobald ich zurück bin.«
»Hat mich auch gefreut«, sagte sie möglichst beiläufig. »Danke für das Guinness. Und viel Spaß in den Staaten.«
»Werde ich haben.« Er schenkte ihr noch ein letztes Lächeln aus diesen außergewöhnlichen Augen, dann schob er sich durch die überfüllte Bar und war verschwunden.

»Also wirklich!«, bemerkte Lola mit neugierigem Blick. »Wie bist *du* denn an Jack Costello geraten?«

»Er hat mich nach dem Kino zu einem Drink eingeladen.«

Lola war perplex. »Er hat dich angebaggert?«

»Nein! Nein, eigentlich nicht.« Sie hatte sich jedenfalls nicht angebaggert gefühlt.

»Wie ist es dann passiert?« Lola brannte vor Neugier.

»Ich weiß nicht recht. Wir beide fanden, dass der Film unbeabsichtigt komisch war und sind darüber ins Gespräch gekommen.«

»Er hat dich angebaggert.« Diesmal war es keine Frage. Lola sah sie forschend an. »Pass auf, Aphrodite. Er hat einen üblen Ruf, weißt du? Wenn ich auch glaube, dass er gar nichts dafür kann, dass sich ihm die Frauen reihenweise an den Hals werfen wie Sati-Witwen auf den Scheiterhaufen.«

»Ich habe mich ihm nicht an den Hals geworfen!«, entrüstete sich Aphrodite.

»Das habe ich auch nicht behauptet. Aber ich kenne eine Menge Frauen, die es tun würden, wenn sich ihnen die Gelegenheit böte. Er ist unglaublich sexy.«

»Im Grunde sieht er nicht einmal gut aus«, meinte Aphrodite in dem erbärmlichen Versuch, den Wahrheitsgehalt von Lolas Worten zu leugnen.

»Gutes Aussehen hat nichts damit zu tun. Er ist trotzdem verdammt sexy. *Und* er hat einen verflixt coolen Job. Hast du seine Fotoserie im *Individual* gesehen?«

»Nein. Wie war sie?«

»Sexy. Hey – trink aus und lass uns was essen gehen. Hier ist es zu voll, und da drüben steht dieser Schleimscheißer Finbar und glotzt mich an.« Finbar de Rossa war ein

Schauspieler, der glaubte, er hätte hypnotische Wirkung auf Frauen. »Wohin gehen wir?«

Im Geiste begann Aphrodite zu rechnen, da sie sich momentan kein allzu teures Restaurant leisten konnte. »Ins Giraffe and Grashopper?«, schlug sie vor.

»Nein. Das Personal ist da so beschissen überheblich. Man glaubt, man wäre im verdammten Criterion und nicht bloß in einem aufgebrezelten Hamburger-Imbiss, so wie die sich aufspielen. Gehen wir ins Troc.«

»Gut – aber ich nehme nur eine Vorspeise. Ich stecke in einer Finanzkrise.«

»Ich lade dich ein. Meine Finanzkrise hat sich in Luft aufgelöst, und ich will feiern. Ich habe den Auftrag der Kammerspiele an Land gezogen, Aphrodite.«

»*Ödipus*? Nicht möglich! Herzlichen Glückwunsch! Der Champagner geht auf dich, Schwester. Wann fängst du an?«

»Noch lange nicht. Aber ich habe ein paar tolle Ideen.«

»Erzähl.«

»Tja, ich habe mir etwas total Ausgefallenes überlegt. Ich werde Ödipus als Transvestiten ausstaffieren.«

Aphrodite machte ein so bestürztes Gesicht, dass Lola nicht weiterreden konnte. »Scherz!«, gluckste sie, entzückt über ihren kleinen Witz. »Komm! Betrinken wir uns.«

Zahlreiche Gläser Wein später saßen sie gemütlich in einer Nische des Trocadero in Theaterklatsch vertieft. Das Troc war das Restaurant der Theaterleute. Oft kamen Börsenspekulanten einfach nur zum Aufreißen vorbei und hofften, dass ein bisschen von dem Theaterglanz auf sie abfärbte. Dass dieser Glanz an den Rändern bereits leicht angelaufen war, erhöhte nur die Attraktivität des Lokals.

Mittlerweile füllte es sich mit den Zuschauern der verschiedenen Theater. Die Leute standen Schlange vor der Tür, und Kellner wiesen Tische zu, so schnell es ihnen möglich war. In Anbetracht dessen war Aphrodite klar, dass Lola und sie viel zu lange bei ihrem Kaffee saßen, doch nachdem sie nahezu anderthalb Flaschen Wein geleert hatten, fühlten sie sich kein bisschen schuldbewusst.
»Weißt du schon das Neueste von diesem Schleimscheißer Damien Whelan?« Lola schüttete den restlichen Rotwein in ihre Gläser.
Damien Whelan war ein Bühnenbildner, der einfach unablässig arbeitete. Außerdem war er eine dermaßen fiese Schwuchtel, dass Schneewittchens Stiefmutter im Vergleich zu ihm wie Mutter Teresa aussah.
»Erzähl.«
»David Lawless leitet eine Produktion der *Möwe* im Phoenix, und rate mal, wer das Bühnenbild entwirft?«
»Damien Schleimscheißer Whelan?«
»Richtig.«
»O nein, nein, nein, nein, *nein*!« Aphrodite barg das Gesicht in den Händen. »*Die Möwe* wollte ich schon immer mal machen. Ach, zum Teufel, Lola! Warum ist das Leben so ungerecht?« Sie sah ihre Freundin an. »Weißt du, worauf ich mich nächste Woche freuen kann? Ich darf eine Vorstadtküche für eine Teebeutel-Werbung dekorieren. Weißt du, was das bedeutet?«
»Du musst überall strategisch ausgeklügelt die Produkte platzieren?«
»Ja. Und dazu grauenhafte Tischdecken und Vorhänge aussuchen. Außerdem muss ich mir überlegen, welcher Becher am wenigsten kitschig aussieht, aus dem die Hausfrau dann ihren Tee zu trinken vorgeben soll.«

Lola sah sie mitleidig an. »Das bringt aber wenigstens ein bisschen Kohle ein.«

»Ja.« Aphrodite zuckte mit den Schultern. »Ich weiß, ich sollte mich nicht beklagen. Und die Kohle kommt mir im Moment weiß Gott gelegen. Aber *Die Möwe*! Und Damien Whelan! Himmel – ich könnte kotzen.« Sie trank einen großen Schluck Wein und beugte sich dann, die Ellbogen auf den Tisch gestützt, weit vor. »Weißt du, wie *ich* das machen würde, Lola? Als Schauplatz würde ich eines dieser herrlichen, verfallenen georgianischen Häuser im Westen Irlands wählen. Ich würde den weiten Himmel von Connemara ins Bild setzen – du weißt schon, so einen unglaublich geschuppten Himmel, der aussieht, als hätte ihn ein riesiger weißer Flügel gestreift. Und sämtliche Kostüme hätten etwas Ornithologisches.«

»Ornithol… – Vögel, meinst du?«

»Genau. Nina müsste natürlich Weiß tragen – bestickten Musselin und ein mit Daunen abgesetztes Cape darüber für ihren ersten Auftritt. Und im letzten Akt wäre ihr Kostüm schlammverspritzt, nachdem sie auf den Feldern umhergewandert ist, sodass sie ein bisschen so aussieht wie diese armen Möwen, die in einen Ölteppich geraten sind. Arkadina wäre ein Pfau, versteht sich, Konstantin ein Rabe …«

»Und Trigorin?«

»Ein Geier. Ich würde ihn in einen Frack mit Stehkragen stecken, und der Darsteller müsste sich den Schädel rasieren. Ach Gott – ich hätte so viele Ideen für das Stück! Ich weiß noch, dass ich schon als Teenager darüber nachgedacht habe. An meiner Wand hing eine Reproduktion von diesem tollen surrealistischen Bild von Max Ernst – du weißt schon, das mit der nackten Frau mit Vogelkopf in einem Cape aus roten Federn? Seitdem träume ich davon, dieses Stück auszustatten. Und jetzt kriegt diese elende Schwuchtel Damien Whelan den Auftrag.«

»Himmel – du warst schon immer bedeutend mehr an Kultur interessiert als ich. Surrealistische Reproduktionen an deiner Wand? An meiner hingen Poster von *Wham*.«

Lola leerte ihr Weinglas. »Gehen wir zu Fuß nach Hause oder teilen wir uns ein Taxi?« Lola und Aphrodite hatte sich in parallel gelegenen Straßen jeweils ein kleines Künstlerhäuschen in einem Stadtteil namens Stoneybatter gemietet – auch bekannt als ›Bitterbatter‹ aufgrund des hohen Anteils an arbeitslosen Theaterleuten, der dort lebte. Einmal hatten sie erwogen, sich ein Häuschen zu teilen, doch sie entschieden sich dagegen. Raum zum Arbeiten hatte für beide oberste Priorität, und die nach Westen gelegenen Gästezimmer in beiden Häusern dienten ihnen als Ateliers, wie sie sie scherzhaft bezeichneten.

»Zu Fuß.« Aphrodite gähnte und reckte sich. »Nach dem ganzen Alkohol muss ich meinen Kopf auslüften. Danke für die Einladung, Lo. Ich revanchiere mich, wenn ich den Scheck für diesen Werbespot bekomme. Dann gehen wir irgendwo hin, wo es ultra-hip ist.«

Sie wollte gerade nach ihrer Jacke greifen, als der Kellner mit zwei Gläsern Champagner erschien.

»Die haben wir nicht bestellt«, sagte Lola.

»Mit schönen Grüßen von Mr. Whelan«, erklärte der Kellner und deutete auf die Nische in Aphrodites Rücken.

Aphrodite sah nur den Ausdruck auf Lolas Gesicht und drehte sich um. Der Mann, der direkt hinter ihr saß, wandte sich ihr zur selben Zeit entgegen und hob sein Weinglas.

»Herzlichen Glückwunsch, Lola«, sagte Damien Whelan.

»Wie ich höre, stattest du den *Ödipus* in den Kammerspielen aus.«
»Oh, hi Damien«, antwortete Lola. »Tja. Hm, ja, stimmt. Vielen Dank für den Champagner.«
»Gern geschehen. Besser als mit etwas Spritzigem kann man deinen ersten größeren Auftrag doch gar nicht feiern.« Er wandte sich Aphrodite zu. »Hast du irgendetwas in Aussicht, Aphrodite?«
»Ich fürchte, nein.« Aphrodite versuchte, sich den Anschein von Heiterkeit zu geben, aber das war nicht einfach. Vor Nervosität brach ihr der Schweiß aus.
»Ich an deiner Stelle würde mir keine allzu großen Sorgen machen.« Er lächelte sie ermutigend an. »Ich hörte, dass du dich in letzter Zeit in der Werbebranche umgetan hast. Vielleicht solltest du dabei bleiben – da ist mehr Geld zu holen. Außerdem musst du deine Fantasie nicht gar so strapazieren wie bei der Bühnenbildnerei. Verzeih, dass ich gelauscht habe, aber deine Ideen für *Die Möwe* sind einfach unglaublich banal. *Santé*.« Damien Whelan hob erneut sein Glas und wandte sich dann wieder seinem Tischgefährten zu.
Aphrodite biss sich auf die Unterlippe und drehte sich zu Lola um, die um ihre Beherrschung rang. Schweigend tranken sie ihren Champagner, und Aphrodite würgte beinahe bei jedem Schluck. Endlich waren ihre Gläser leer. Aphrodite rülpste ein wenig, griff nach Jacke und Tasche und rutschte von der veloursbezogenen Bank. Sie hörte, wie Damien Whelan widerlich lachte und sagte: »Arkadina als Pfau! Trigorin als Geier! Also wirklich! Wie kann man nur so *primitiv* sein!« Sein Begleiter kicherte komplizenhaft, und Aphrodite spürte, wie ihr die Glut ins Gesicht stieg, während sie zur Tür wankte und sich dafür

verfluchte, dass sie im schlimmsten Theater-Klatsch-Lokal der Stadt nicht den Mund gehalten hatte. Als sie sich zwischen den Tischen hindurchschob, bemerkte sie geistesabwesend zwei Männer, die in einer Nische ins Gespräch vertieft waren.

»Dürfen wir uns zu euch setzen?« Zwei unvorstellbar schlanke, nymphengleiche Mädchen mit langen goldenen Locken näherten sich mit raschelnden Röcken der Nische. Sie trugen identische changierende Kleider und kleine Krönchen auf dem Kopf. Aphrodite wusste, wer sie waren: ein Paar berühmter irischer Models, die zufällig auch noch Zwillinge waren.

»Klar, Morgana. Hi, Nimuë. Wie geht's?«

Die Stimme klang vertraut. Aphrodites Blick suchte das dazugehörige Gesicht. Der Mann musterte eines der Models mit Belustigung in den sexy Augen. Es war Jack Costello.

Aphrodite hastete aus dem Lokal, bevor er sie entdeckte, und überließ es Lola, die Zeche zu bezahlen.

»Ach, Scheiße, Lola!«, schimpfte Aphrodite, als Lola zu ihr auf den Gehsteig trat. »Ich habe Damien Whelan einen Schleimscheißer genannt.«

»Ich auch. Er *ist* ja auch ein Schleimscheißer, Aphrodite. Das weiß jeder. Mach dir keine Gedanken deswegen. Das ist nicht nötig. Wir haben alle Brücken hinter uns abgebrochen, die Milch vergossen und das Kind mit dem Bade ausgeschüttet. Was auch immer das heißen soll.«

»Nicht wir, sondern ich. Ich habe ihn nicht nur Schleimscheißer genannt, sondern auch Schwuchtel. Mein erstaunlicher Mangel an Political Correctness hat ihn wahrscheinlich mehr aufgebracht als alles andere.«

»Sicher. Aber *ich* habe dir in Bezug auf Political Incorrectness in nichts nachgestanden, und das macht mich zur Komplizin. Damien Whelan ist die Luft nicht wert, die du atmest, also lass uns das Thema wechseln.« Lola hakte sie resolut unter. »Hey! Diese Zwillinge kommen gut an, soviel ich weiß. Mister Costello kann sich bestimmt auf einen reizenden Abend freuen.«

»Solange keine tief schürfenden Gespräche auf der Tagesordnung stehen«, bemerkte Aphrodite und fragte sich, warum sie so gehässig war. Wusste sie denn, ob die Zwillinge nicht womöglich an der Sorbonne studiert hatten?

»Ach, Gott, Lola. Ich fasse es nicht, dass ich so taktlos sein konnte. Damien Whelan könnte ...«

»Vergiss es. Reg dich doch seinetwegen nicht auf. Ihm ist völlig egal, was du von ihm hältst. Wir sind kleine Lichter. Morgen hat er die Sache längst vergessen.«

Ja, Lola hatte leicht reden. Immerhin hatte sie die erste Sprosse der Karriereleiter bereits erklommen, nachdem sie sich jetzt auf die *Ödipus*-Produktion freuen konnte. Aphrodite dagegen konnte es sich kaum leisten, jemanden, der Einfluss in der Theaterwelt hatte, zum Feind zu haben. Schon gar nicht jemanden wie Damien Whelan, ein Typ, der keine Gefangenen machte. Vor ihrem inneren Auge sah sie das Kind mit dem Badewasser durch den Abfluss flutschen und wusste, dass das Kind ihre Karriere war. Was für ein unglaublicher Trampel sie doch gewesen war!

Die beiden Freundinnen überquerten die Straße in Richtung des Temple-Bar-Viertels und der Brücke, über die sie zur Nordhälfte der Stadt gelangten. Aphrodite hörte nur mit halbem Ohr zu, als Lola sie in ihre Pläne für die Renovierung ihres Schlafzimmers einweihte. Es hatte zu regnen begonnen. Ein Lastwagen fuhr dicht an ihnen vorbei durch eine Pfütze und bespritzte sie mit Schmutzwasser. Und ein Mann vom Typ »Ausgebrochener Häftling« ging an ihr vorbei und blickte prüfend, ob es sich lohnte, sie auszurauben. Dann wurde sie von einem Betrunkenen angerempelt und von einem Anzugtyp mit lüsternen Blicken angestarrt. Aphrodite schob die Hände in die Taschen. Alles in allem war es kein guter Tag gewesen, sagte sie sich, während sie in Richtung Stoneybatter stapfte und leider – nun ja – so etwas wie Verbitterung spürte.

2

Zu Hause angekommen, fütterte Aphrodite ihre Katze Bob und drückte dann die Wiedergabetaste ihres Anrufbeantworters. Die gequälte Stimme ihrer Mutter tönte aus dem Lautsprecher, sie hörte sich an wie eine Ertrinkende. »Aphrodite? Ruf mich sofort an, wenn du nach Hause kommst. Ganz gleich, wie spät es ist, ruf mich an.«

O Gott, dachte Aphrodite. Schon wieder so ein Drama. Manchmal wünschte sie sich, kein Einzelkind zu sein. Es wäre schön, Geschwister zu haben, mit denen sie die fürchterliche Verantwortung für Thea hätte teilen können. Dann bereitete sie sich eine Tasse Bettzeit-Kräutertee zu, der scheußlich schmeckte, aber erstaunlich schlaffördernd wirkte, griff nach dem schnurlosen Telefon und wählte Theas Nummer. Es klingelte ewig lange, bevor sich endlich jemand meldete.

»Ja?« Die Stimme ihrer Mutter am anderen Ende der Leitung klang wie üblich geistesabwesend.

»Hi, Mum.«

»Wer ist da?«

Aphrodite seufzte. »Deine Tochter Aphrodite, Mum.«

»Oh, Liebling! Ist etwas passiert? Es ist schon fast Mitternacht.«

»Mum. Du hast mir eine Nachricht auf dem Anrufbeantworter hinterlassen und darum gebeten, dass ich dich unverzüglich anrufe, wenn ich nach Hause komme, ganz gleich, wie spät es ist.«

»Tatsächlich?« Thea wirkte noch geistesabwesender. »Ach – ja. Jetzt fällt es mir wieder ein. Himmel! Wie konnte ich das vergessen? Hör zu, Liebling. Ich muss dir etwas Scheußliches erzählen.«
»Was ist passiert?«
»Ich habe ein Angebot.«
»Aber das ist doch nichts Scheußliches. Du solltest außer dir vor Freude sein! Seit einer halben Ewigkeit jammerst du, weil du nichts zu tun hast.«
«Nein, nein. Freu dich nicht zu früh. Warte erst einmal ab, bis du weißt, worum es geht.«
»Und worum geht es?«
Ihre Mutter legte eine angemessen dramatische Pause ein, bevor sie in tragischem Tonfall verkündete: »Man hat mich gebeten, die Winnie in *Glückliche Tage* zu spielen.«
»Auf dem Beckett-Festival? Aber, Mum – das ist doch großartig! Die Rolle der Winnie ist toll.« Die Rolle war wirklich großartig. *Glückliche Tage* war ein Zwei-Personen-Stück, aber der Löwenanteil des Dialogs gehörte Winnie. Im Grunde handelte es sich beinahe um einen Monolog, in dem eine Schauspielerin wahrhaft brillieren konnte.
»*Was*? Wie kannst du so etwas sagen? Die erste Hälfte des Stücks stecke ich bis zur Taille in einem Erdhaufen, die zweite Hälfte bis zum Hals! Stell dir nur vor, was mir das körperlich abverlangt, Aphrodite!« Ein Klirren drang aus dem Hörer. »Eine Sekunde – lass mich eben mein Glas nachfüllen.« Aphrodite hörte wieder das Klirren, dann das Gluckern einer Flasche, als Thea Wein in ihr Glas goss. Aphrodite sah ihre Mutter in ihrem Elternhaus vor sich, wie sie mit ihrer Burmakatze auf der abgeschabten Samt-Chaiselongue ruhte, angetan mit ihrem verschossenen Lieblings-Seidenkimono aus Japan. Auf dem Tischchen

neben ihr stand sicherlich eine Flasche Fleurie, dazu lag ein Buch in Reichweite und ihr Terminkalender, dessen Adressverzeichnis aufgeschlagen war. Irgendwo im Haus schlich vielleicht ein Lover herum – oder auch nicht. Die Stimme ihrer Mutter ertönte wieder an ihrem Ohr. »Aber das ist nicht mal das Schlimmste, Liebling – natürlich nicht. Das *Schlimmste* ist … rate mal.«

Aphrodite brauchte nicht zu raten. Sie wusste, was für Thea das Schlimmste war, nämlich das Alter der Figur. Die Rolle der Winnie war für eine ›gut erhaltene‹ Fünfzigerin konzipiert, und Thea hatte im letzten Sommer zum fünften Mal ihren vierzigsten Geburtstag gefeiert. »Die Sache mit dem Alter«, meinte Aphrodite.

»Ja! Wie soll ich das schaffen, Schatz? Es ist so demütigend, erkennen zu müssen, dass ich den Punkt in meiner Karriere erreicht habe, an dem ich als passende Besetzung für eine *Fünfzig*jährige betrachtet werde!« Das Wort *Fünfzigjährige* klang aus ihrem Mund wie *Leprakranke*. Thea hatte immer Frauen gespielt, die jünger waren als sie, und bis dato bestand ihr Repertoire aus äußerst glamourösen Rollen in Stücken von Schriftstellern wie Wilde und Coward. Zuletzt hatte sie die Marquise in *Les Liaisons Dangereuses* gegeben, und sie hatte es über alle Maßen genossen, in exquisiten Schleppengewändern aus Samt und Seide über die Bühne zu rascheln. Kein Wunder, dass es ihr nicht gefiel, eine streitsüchtige alte Schachtel spielen zu müssen, die bis zum Hals in einem Sandhaufen begraben war.

»Hast du zugesagt?«

»Ja. Ich habe schon seit einer Ewigkeit nicht mehr gearbeitet und kann es mir nicht leisten, das Angebot auszuschlagen. Außerdem kommt Franks Unterhaltszahlung wieder mal zu spät.« Aphrodites Eltern hatten sich vor

Jahren scheiden lassen. Ihr Vater lebte jetzt in New York mit einer Anwältin um die dreißig zusammen, die aussah wie eine der Frauen aus der Serie *Sex and the City*. Einmal im Jahr, zu ihrem Geburtstag oder um diese Zeit herum, erhielt Aphrodite eine Karte von ihm.

»Ich finde es richtig, dass du zugesagt hast, Mum. Die Rolle ist wunderbar. Überleg doch mal. Das ist eine echte Abweichung von deinem bisherigen Typ – und es könnte dir völlig neue Möglichkeiten eröffnen.«

Thea seufzte. »Da magst du Recht haben. Das Angebot wird immer knapper, und es wird von Tag zu Tag deprimierender, sich die Besetzungen anzuschauen. Wusstest du, dass für Schauspieler drei Mal so viele Rollen vorhanden sind wie für Schauspielerinnen? Oder war es vier Mal so viel? Und die meisten weiblichen Rollen gibt für Darstellerinnen unter dreißig. Man könnte meinen, es gäbe überhaupt keine Frauen … eines gewissen Alters mehr.«

»Na, betrachtete es doch mal von der guten Seite. Immerhin hat man dich nicht aufgefordert, die Nell in *Endspiel* zu spielen. Dann müsstest du den Großteil des Abends in einer Tonne verbringen.«

»Ha! Weißt du, wer diese Rolle gekriegt hat?«

»Wer?«

»Ann Fitzroy.« Ann Fitzroy und Thea waren seit jeher Todfeindinnen.

»Aber Ann ist doch viel zu jung dafür, oder? Soll die Nell nicht uralt sein?«

»Hast du die Fitzroy kürzlich mal gesehen?«, schnurrte Thea zufrieden. »Sie ist stark gealtert. Man könnte sie fast als verwüstet bezeichnen. Sie ist nie darüber hinweggekommen, dass David sie wegen Eva Lavery verlassen hat,

wogegen ich nach der Trennung von Frank regelrecht aufgeblüht bin.«
Nun war ein guter Zeitpunkt gekommen, um den Hörer aufzulegen, solange ihre Mutter sich wieder glücklich und sicher fühlte. Falls Aphrodite sie weiterreden ließ, käme sie doch zurück auf die fünfzigjährige Winnie und würde wieder in Depressionen verfallen, und wenn sie depressiv war, bekam man sie unmöglich wieder aus der Leitung.
»Ich muss auflegen, Mum. Gib Lucifer einen Kuss von mir.« Lucifer war Theas Katze. »Nächste Woche treffen wir uns auf einen Drink, ja?«
»Einverstanden – aber bitte nicht in dieser scheußlichen Kaschemme, in der du Stammgast bist.«
»Gut. Wohin möchtest du denn?«
»Natürlich ins Merrion, Schatz.«
Aphrodite lächelte schief, als die den Hörer auflegte. Von allen Menschen, die sie kannte, verfügte ihre Mutter eindeutig über den teuersten Geschmack, und deshalb war es nur gut, dass sie sich wohlhabende Gefährten suchte. Thea hatte im Grunde nie in der wirklichen Welt gelebt, und wenn Aphrodite es auch sehr genossen hatte, mit einer Mutter aufzuwachsen, die eher eine Freundin war, hatte sie doch oft das Gefühl, dass sie es war, die die Mutterrolle innehatte. Und dass die meisten ihrer Freunde ihr gebeichtet hatten, für Thea zu schwärmen, machte die Sache nicht besser.
Ein Foto von ihnen beiden hing in Aphrodites winziger Küche an der Pinnwand. Sie nahm es ab und betrachtete es eingehend. Es war an Theas letztem Geburtstag aufgenommen worden, und darauf sah die Fünfundvierzigjährige aus wie ihre ältere Schwester. Aphrodite selbst sah auch nicht schlecht aus. Doch das Foto war vor sechs

Monaten entstanden, vor ihrer Trennung von Blödmann. Sie wandte sich dem Spiegel zu, der neben der Pinnwand hing. Ihr Haar war strähnig, und Speckröllchen quollen über ihren Gürtel. Sie zerzauste sich ein wenig das Haar, um zu sehen, ob es so besser wirkte, aber es sah nur gammelig aus. »Weil ich es mir nicht wert bin«, trällerte sie vor ihrem Spiegelbild. Aphrodite griff nach dem Post-it-Block neben dem Telefon und kritzelte eine Notiz darauf. FRISEURTERMIN VEREINBAREN schrieb sie in Großbuchstaben. Das war mutig von ihr. Sie hatte eine Friseur-Phobie, seit eine Auszubildende sie einmal wie Michael Flatley aussehen ließ. Sie unterstrich die Worte, um ihre Dringlichkeit zu betonen, trank ihren ekelhaften Kräutertee aus und ging zu Bett.

Aphrodite vereinbarte tatsächlich einen Friseurtermin. Aber sie nahm ihn letztendlich nicht wahr, weil ihr Leben eine dieser Wendungen nahm, die immer dann passierten, wenn man es am wenigsten erwartete. Sie fuhr plötzlich auf der Überholspur und arbeitete an einem Werbespot nach dem anderen. Dann wurde sie von der Ausstatterin zur Stylistin und schließlich zur Design-Assistentin befördert, und sie wusste, dass es nicht mehr lange dauern würde, bis sie offiziell berechtigt war, an Filmen mitzuarbeiten. Ihre Bewerbung sollte auf der nächsten Ausschuss-Sitzung besprochen werden. Sie hatte viel zu tun, sie war eingeschlagen und sie verdiente endlich Geld.
Aber sie war nicht sonderlich glücklich. Gelegentlich, wenn es ihr besonders mies ging, holte sie ihre Mappe hervor und bewunderte die Bühnenausstattungen, an denen sie auf dem College so hart gearbeitet hatte. Ihre Lieblingsentwürfe waren die für *Ein Sommernachtstraum*. Sie hatte

sie auf dem Höhepunkt ihrer Leidenschaft für Blödmann gestaltet, und sie waren schamlos romantisch. Ihre Feen waren echte Waldfeen – keine Grufties oder Punks oder Rock-Gören oder Clowns oder Transvestiten – Konzepte, die die meisten ihrer Kolleginnen dem Stück übergestülpt hatten, um anders zu sein. Ihr Tutor hatte ihr eine ausgezeichnete Note dafür gegeben. »Ich hab's so satt«, hatte er gesagt, »dieses endlose Streben nach Anachronismen. Weißt du, dass da jemand die glorreiche Idee hatte, die Landstreicher in *Warten auf Godot* als untergehende Hollywood-Sternchen darzustellen? Deine Feen, Aphrodite, sind erfrischend *feenhaft*.«

Eines Abends kam sie spät nach Hause und fand ihre Post noch unberührt auf der Fußmatte liegend vor. Aphrodite war um sieben Uhr morgens aus dem Haus gegangen, und das Shooting für den Werbespot war erst nach acht Uhr abends fertig gewesen. Sie hob die Post auf und ging in die Küche, um sich ein Glas Wein einzuschenken. Himmel, sie war fix und fertig.

Der Anrufbeantworter blinkte sie herausfordernd an. Sie schaltete ihn aus. Sie wollte jetzt keine Nachrichten hören, die ohnehin nur mit der Arbeit zu tun hatten und nervten. Zumindest die Post sah interessant aus. Seit einiger Zeit hatte sie keine Nörgelbriefe mehr von der Bank bekommen, und auch Rechnungen waren nicht mehr so unmöglich zu begleichen wie noch vor ein paar Monaten. Nachdem sie die Reklame aussortiert hatte, blieb nur wenig übrig. Eine Postkarte von einer Freundin, die Urlaub auf Malta machte, und eine Einladung zur Premierenfeier des *Ödipus*, für den Lola in den Kammerspielen das Bühnenbild entwarf. Oder in den Schlafzimmerspielen, wie sie das Theater zu nennen pflegten. Das hatte sie fast vergessen – sie steckte so tief in der Arbeit, dass sie Lola seit einer halben Ewigkeit nicht mehr gesprochen hatte. Sie zu Hause anzurufen war sinnlos: sie steckte mitten in den Proben – seit jeher eine albtraumhafte Zeit für Bühnenbildner –, aber sie konnte es auf Lolas Handy versuchen. Sie warf einen Blick auf die Uhr. Zu spät. Die Probe dauerte noch mindestens eine Stunde. Der Anruf würde bis dreiundzwanzig Uhr warten müssen.

Aphrodite nahm die Weinflasche und Bob, die Katze, mit ins Wohnzimmer, schaltete den Fernseher ein, kuschelte sich aufs Sofa, während es sich Bob auf ihrem Bauch gemütlich machte. Schon wieder so eine Sendung über Inneneinrichtung! Wie wenig die Leute sich doch auf ihren eigenen Geschmack verließen, dachte sie und verstand nicht, wie man es zulassen konnte, dass ein Außenstehender einem vorschrieb, wie man sein Haus einzurichten hatte. Jedes Mal, wenn sie die Zeitschrift *Hello!* durchblätterte, wusste sie auf Anhieb, ob die in der Fotoserie vorgestellte Person ihr Haus selbst eingerichtet oder jemand anderen dafür bezahlt hatte. Sie war überzeugt, dass so manche kitschige Einrichtung das Ergebnis eines Scherzkekses von Designer war, der sich eins ins Fäustchen lachte, weil er seinen Kunden viel Geld abgezockt, aber nicht unbedingt Geschmack geboten hatte.

Der Großteil ihrer Möbel bestand aus Schnäppchen oder ausgedienten Theaterrequisiten. Es war schon erstaunlich, was nach Saisonende skrupellos auf den Müll geworfen wurde. Einmal hatte sie meterweise mitternachtsblauen Samt, eine Galionsfigur und ein imitiertes Leopardenfell samt Kopf, Schwanz und Klauen mitgenommen. Lola besaß einen goldenen Thron und fein geschnitzte Bibliotheksleitern.

Aphrodites Geschmack hinsichtlich Kleidung tendierte zum Ausgefallenen, Individuellen. Sie bevorzugte schlichte, ungekünstelte Teile aus Läden wie GAP, die sie mit Secondhand-Schnäppchen und selbst gemachten Accessoires kombinierte. An diesem Tag trug sie weite Leinenhosen (von einer Modekette) mit einem tief sitzenden fransenbewehrten Dries-van-Noten-Gürtel aus dem Ausverkauf, ein T-Shirt *ohne* Aufdruck, antike marokkanische Slipper und baumelnde Glitzerstein-Ohrringe, die andeuteten, dass sie zur kreativen Zunft gehörte. Eigentlich albern, dachte sie, dass das Äußere so sehr zählte. Und noch viel alberner, dass man einen Menschen oft nach dem ersten Eindruck beurteilt …

Und aus irgendeinem Grund fiel ihr Jack Costello ein, der Fotograf, den sie vor ein paar Wochen im Kino kennen gelernt hatte, und sie fragte sich, was wohl sein erster Eindruck von ihr gewesen sein mochte und ob er vielleicht schon aus den Staaten zurück war.

Kurz nach dreiundzwanzig Uhr schenkte sie sich noch ein großes Glas Wein ein – wurde sie etwa notorisch durstig wie ihre Mutter? – und wählte Lolas Nummer.

Als die Bühnenbildnerin sich meldete, wirkte sie erstaunlich ruhig. »Alles ist gut«, antwortete sie auf Aphrodites Frage nach ihrem Befinden. »Ich bin erstaunt, dass alles so glatt gelaufen ist. Ich habe mich nicht mal mit einem der Darsteller überworfen.«

»Du hast ein unverschämtes Glück. Ich habe mich tausend Mal mit der Diva in der Klarsichtfolien-Werbung gefetzt.«

»Bist wohl immer noch auf Küchenkram abonniert?«

»Ja. Morgen fange ich mit einem neuen Spot an. Für eine neue Nudelsorte. Aber – ta-taa! – ich bin zur Design-Assistentin befördert worden.«

»Toll! Ich hoffe, dein Honorar hat sich entsprechend erhöht?«
»Aber klar doch. Sie haben sich ein bisschen geziert, aber ich war unerbittlich. Sie können's sich leisten. Was die für Werbung ausgeben, ist Wahnsinn, Lola.«
»Wenn ich doch das Gleiche vom Theater behaupten könnte! Du kommst aber zur Premiere?«
»Klar. Donnerstag, oder?«
»Nein. Morgen. Hast du deine Einladung nicht gekriegt? Ich weiß, die sind ein bisschen spät rausgegangen.«
»Meine ist erst heute angekommen. Ich habe sie mir nicht genau angesehen. Scheiße. Das bedeutet, dass ich vor der Premiere nicht mehr zum Friseur komme. Ich habe meine Haare gründlich satt, Lo. Seit einem Monat laufe ich mit Zöpfen herum, das hängt mir allmählich zum Hals heraus.« Sie hatte ihre Frisur tatsächlich satt, aber sie wusste auch, dass sie den Friseur nicht nur wegen ihrer Abneigung, sondern auch aufgrund ihres hektischen Tagesablaufs gemieden hatte.
»Mach's doch selbst«, riet Lola nüchtern.
»Wie bitte? Ich soll mir selbst die Haare schneiden?«
»Unbedingt. Erinnerst du dich an die Mode vor ein paar Jahren, als alle radikalen Freaks und Models sich selbst die Haare geschnitten haben? Sah toll aus, finde ich. Das würde zu dir passen, Aphrodite – so ein süßer, zerzauster, sexy Look.«
»Im Ernst?«
»Im Ernst. Oh, ich muss jetzt los. Die von der Kulisse sieht schon ganz sauer aus. Sie bleibt die ganze Nacht hier, wenn ich ihr nicht helfe. Entschuldige die Hektik. Wir sehen uns morgen.«
»Viel Glück, Lola.« Aphrodite legte den Hörer auf und be-

trachtete sich in ihrem Spiegel über dem Kamin. Es war ein Art-déco-Spiegel mit einem blaugoldenen Emaillerahmen, den sie für einen Zehner auf einem Wohltätigkeitsbasar erstanden hatte. Sie hatte ein schlechtes Gewissen gehabt, weil sie wusste, dass der Spiegel entschieden mehr wert war, doch Lola hatte ihr geraten, ihre Skrupel über Bord zu werfen.

Aphrodites Spiegelbild in dem blaugoldenen Rahmen wirkte ein bisschen spitzknochig. Ihre Eile, von einem Werbespot zum nächsten zu kommen, und der regelmäßige Verzicht auf ein Mittagessen hatten sich viel besser auf ihre Figur ausgewirkt, als wenn sie schwimmen gegangen wäre. Sie wickelte einen ihrer albernen Zöpfe um den Zeigefinger. Würde sie es wagen, sie abzuschneiden? Nein. Das war eine total bescheuerte Idee. Sie trank ihren Wein aus und schenkte sich erneut ein, obwohl sie wusste, dass sie am nächsten Morgen beim ersten Hahnenschrei aufstehen musste. Dann löste sie nacheinander ihre Zöpfe. Ihre Frisur sah aus wie eine kürzere Version von Madonnas Haaren, als sie ihre ›Ray of Light‹-Phase durchlebte. Diesen Stil hatte Aphrodite schon immer verabscheut. Sie überlegte eine Weile. Dann holte sie ihre Bürste aus dem Bad und ihre Schneiderschere aus dem Nähkasten im Atelier. Sie setzte sich wieder vor den Spiegel, neigte den Kopf vornüber und bürstete ihr Haar zu einer Art umgekehrten Pferdeschwanz. Für den Bruchteil einer Sekunde kamen ihr Bedenken. Dann holte sie tief Luft – und begann zu schneiden. Zum Teufel auch! Jeder Haarschnitt war besser als das, was sie seit gut einem Jahr vorzuweisen hatte.

Sie stand auf und war bereit, sich ihrem Spiegelbild zu stellen. Eine Minute lang hielt sie die Augen geschlossen, bis sie genug Mut gefasst hatte. Als sie dann schließlich doch hinsah, riss sie vor Überraschung gleichzeitig Mund und Augen auf. Ja, Wahnsinn! Es stand ihr! Sie hatte eine durchgestufte Wirkung erzielt, und ihr Haar stand vom Kopf ab wie ein unordentlicher Glorienschein. Sie schüttelte es kräftig durch, um es noch mehr in Unordnung zu bringen. Jawohl! Das war entschieden besser als die abstehenden Zöpfe oder dieser öde Mittelscheitel, der ihr kein bisschen stand. Hey! Sie hatte doch wahrhaftig Nerven aus Stahl.

Oder den Mut der Verzweiflung, dachte sie, während sie den Korken auf die Weinflasche stopfte und zurück ins Bad ging. Im Vorbeigehen gönnte sie sich einen letzten Blick über die Schulter hinweg auf ihr neues Aussehen und hoffte, dass er nicht durch eine rosarote Brille geschah. Wer weiß, vielleicht erkannte sie im Licht des neuen Tages, dass sie einen Riesenfehler begangen hatte …

Sie hatte keinen Fehler begangen. Als sie am nächsten Tag in den Kammerspielen auftauchte, äußerten sich sämtliche Kollegen und Freundinnen positiv über ihr neues Erscheinungsbild. Bevor sie sich auf den Weg ins Theater gemacht hatte, hatte sie rasch ihre Garderobe durchgecheckt und den schmalen Rock gefunden, in den sie seit Monaten nicht mehr hineingekommen war. Mühelos hatte sie ihn sich über die Hüfte streifen können und hätte vor Freude am liebsten gejubelt. Und die Knöpfe des engen Tops, das sie so gern zu diesem Rock trug, ließen sich schließen, ohne zu sperren! Hey! Es war ein ausgesprochen tolles Gefühl, sich selbst wieder sexy zu finden! Wie hatte sie nur zulassen können, dass Blödmann ihr so lange den Stil versaute?

Ha! Da stand er jetzt, auf der anderen Seite des Foyers

– ohne seinen kleinen blonden Freund. Er hatte sich in Pose geworfen und versuchte, ihre Aufmerksamkeit auf sich zu ziehen. Tja, selbst schuld, dachte sie, drehte sich um und tat so, als hätte sie ihn nicht gesehen. Sie lehnte sich gegen den Tresen und ließ den Blick durch den Raum schweifen, während sie auf ihren Drink wartete. Es wimmelte von bekannten Gesichtern. Lola war in ein Gespräch mit ihrem Produktionsleiter vertieft, ein Päckchen Marlboro lights in der Hand, die zu rauchen sie sich einzig zu Premierenfeiern gestattete. Auch ihre Mutter war gekommen und sah umwerfend aus. Dann bemerkte Aphrodite diese Giftkröte Damien Schleimscheißer Whelan, der einen Fotografen der Klatschpresse einzuwickeln versuchte. Und schließlich David Lawless, der Produzent der *Möwe*, deren Generalprobe in Kürze beginnen sollte, mit seiner Frau, dem Bühnen- und Leinwandstar Eva Lavery. Und da stand … Jack Costello. Es waren wohl zwei Monate, wenn nicht mehr, vergangen, seit sie ihn zuletzt gesehen hatte. Er war braun gebrannt, trug sein Haar jetzt etwas länger und hatte zugenommen. Doch er war immer noch – wie Lola ihn charakterisiert hatte – unglaublich sexy. Und er lächelte sie an. Sie lächelte zurück, und ihre Libido spielte verrückt.

»Ein Glas Weißwein?« Der Barkeeper stellte es hinter ihr auf den Tresen. Sie drehte sich um und zog einen Fünfer aus ihrer Brieftasche. Während sie auf das Wechselgeld wartete, bemerkte sie aus den Augenwinkeln, dass Jack Costello sich durch die Menge gedrängt hatte und nun lässig neben ihr am Tresen lehnte. Sie schluckte und wandte sich ihm zu. »Hi!«, sagte sie. »Wie war's in den Staaten?«

»Oh, prima. Wie geht's dir?«

»Gut. Hab viel zu tun.«
»Du siehst verändert aus.« Sie wusste nicht, ob er das als Kompliment meinte. »Was machst du so?«
»Dies und das. In erster Linie Werbung.«
»Keine Arbeit beim Theater?«
»Nein, leider nicht. Aber immerhin verdiene ich Geld.«
»Ich könnte dir vielleicht Aufträge besorgen, wenn du an reiner Fotografie interessiert sein solltest. Wenn du möchtest, rede ich mal mit dem Herausgeber des *Individual*.«
»Wirklich? Da wäre ich dir sehr dankbar.«
Eine Pause entstand. Aphrodite wehrte sich innerlich dagegen, dass seine Art, sie zu mustern, sie in Verlegenheit brachte. »Ich habe das Streichholzbriefchen verloren«, sagte er.
»Welches Streichholzbriefchen?«
»Das, auf dem deine Telefonnummer stand«, antwortete er.
»Oh, kein Problem. Ich kann dir meine Karte geben.« Sie hatte just an diesem Tag einen Packen Visitenkarten aus der Druckerei abgeholt und war begeistert über das flotte, professionelle Design. Jetzt bot sich die erste Gelegenheit, damit anzugeben. Sie zog ein Kärtchen aus ihrer Brieftasche und reichte es Jack.
»Aphrodite Delaney. Design-Beratung«, las er laut vor. »Telefon, Handy, E-Mail … tja. Inzwischen bist du wohl in allen Lebenslagen erreichbar, wie?«
Mist! In ihrer Tasche hatte das Handy zu klingeln begonnen. Jack Costello sah belustigt zu, wie sie ihre Handtasche durchwühlte. Als sie das Handy gefunden hatte, sah sie, dass es sich bei dem Anrufer um den Produktionsleiter des Werbespots handelte, an dem sie gerade arbeitete. Sie musste sich melden. »Entschuldigung«, sagte sie. »Mein

Boss. Ich kann einpacken, wenn ich den Anruf nicht annehme.«
»Schon gut«, sagte er und schob ihre Karte in seine Brusttasche. »Aber ich an deiner Stelle würde das Handy ausschalten, bevor die Vorstellung anfängt. Ansonsten kannst du erst recht einpacken. Ich lass dich dann mal in Ruhe.«
Er neigte leicht den Kopf in ihre Richtung und tauchte in der Menge der Premierengäste unter. Aphrodite verfluchte ihren Boss für sein höllisch schlechtes Timing. Der Anruf war ohnehin verschwendet, weil die Verbindung schlecht war und sie kein Wort verstehen konnte. Sie stopfte das hassenswerte Ding zurück in die Tasche, erhob sich auf die Zehenspitzen und hielt in der Menge Ausschau nach Jack Costello. Er war nirgends zu sehen. Dann musste sie eben in der Pause noch einmal versuchen, ihn zu finden.
Doch dazu hatte sie keine Zeit. In der Pause geriet sie an ihre Mutter und ihren neuesten Spielkameraden. Na ja, als Spielkameraden konnte man ihn eigentlich doch nicht bezeichnen – er befand sich irgendwo in den Dreißigern –, aber er war entschieden jünger als Thea.
Nachdem sie einander vorgestellt waren und Thea Aphrodites neue Visitenkarten bewundert hatte (»So chic, Schätzchen! Endlich bist du am Ziel!«), erkundigte sich Aphrodite nach den Proben für *Glückliche Tage*.
»Alles läuft prima«, schwärmte Thea. »In diesem Stück werde ich verdammt gut sein. Und ich habe noch weitere, äußerst erfreuliche Nachrichten. Ich bin gebeten worden, in David Lawless' *Möwe* im Phoenix die Arkadina zu spielen!«
»Sollte Eva Lavery die Rolle nicht bekommen?« Aphrodites Neugier war erwacht. David Lawless brachte in allen seinen Produktionen seine Frau unter, sofern sich eine

passende Rolle für sie finden ließ, und die Arkadina war ihr praktisch auf den Leib geschrieben.

»Sie kann nicht«, erklärte Thea glückstrahlend. »Sie musste nach L.A., weil sie dort irgendeinen Film mit Liam Neeson dreht.«

»Die Arkadina! Prima Rolle, Mum. Da wirst du sicher eine hinreißende Robe tragen.«

»O ja.« Thea lächelte wie eine Katze, die Sahne geleckt hatte. »Ich habe eben mit Damien gesprochen – er entwirft das Bühnenbild und wird seinem gesamten Konzept Vogelgestalten zugrunde legen. Ich werde die prachtvollsten Pfauengewänder tragen.«

»Was? Was sagst du da?« Aphrodite hatte das unangenehme Gefühl, dass ihr Magen sich verkrampfte.

»Nun«, sagte Thea noch glückstrahlender, »Arkadina ist eine so prunkvolle Rolle, und Damien war der Meinung, der Pfau wäre genau das richtige Symbol dafür.«

Wieder verkrampfte sich Aphrodites Magen. Es fühlte sich an, als entrollte sich ein Oktopus in ihrem Bauch. »Das glaube ich nicht, Mum.«

»Warum nicht? Das ist doch eine glänzende Idee. Nina ist eine Möwe, versteht sich, und Konstantin ein Rabe, und Trigorin – Finbar de Rossa spielt den Trigorin – ist ein Geier. Unter uns gesagt, Finbar ist nicht sehr begeistert von der Idee. Vermutlich, weil er weiß, dass ich in meinen prächtigen Pfauen-Kreationen ihn ohne weiteres an die Wand spielen werde ...«

Aphrodite konnte es nicht mehr länger aushalten. »Tut mir Leid, Mum, ich habe gerade jemanden an der Bar entdeckt, mit dem ich dringend reden muss. Ich verschwinde.«

Sie drehte sich um und drängte sich durch die Menge, ohne die bösen Blicke zu beachten, mit denen man sie bedachte. Sie konnte keinen klaren Gedanken mehr fassen und bekam kaum noch Luft. Doch eines wusste sie mit absoluter Sicherheit: sie hasste Damien Whelan mehr, als sie je im Leben einen Menschen gehasst hatte. Bis zu diesem Augenblick hatte sie nie den Drang gehabt, jemanden umzubringen. Sie konnte nur hoffen, dass Damien ihr nicht über den Weg lief. Wenn er ihr in die Quere käme, würde sie – daran zweifelte sie nicht eine Sekunde – das nächste Glas greifen, in Scherben schlagen und ihm damit das Gesicht zerfleischen.

Sie lehnte sich an die Bar und hatte das Glück, dass der Barkeeper sofort auf sie aufmerksam wurde. Vermutlich war es der Ausdruck irrsinniger Wut auf ihrem Gesicht, der ihn aufgeschreckt hatte. »Brandy, bitte«, knirschte Aphrodite zwischen den Zähnen hervor. »Einen großen.« Sie leerte das Glas in drei Schlucken und verzog bei jedem das Gesicht. Dann läutete ein Klingeln das Ende der Pause ein, und das Publikum schlenderte allmählich in den Saal zurück.

Das Letzte, wozu Aphrodite jetzt Lust hatte, war, den zweiten Teil des *Ödipus* über sich ergehen zu lassen, aber sie konnte nicht einfach schwänzen, sondern musste bleiben, das war sie Lola einfach schuldig. Also nahm sie, starr vor Zorn und brodelnd vor Hass, wieder Platz. Das Leben war beschissen. Damien Whelan war beschissen. Das verdammte *Theater* war beschissen. In diesem Geschäft wimmelte es von Gift speienden Kriechtieren. Damit wollte sie nichts zu tun haben. Was trieben diese Schauspieler überhaupt dort auf der Bühne? Wen interessierte der verdammte Ödipus samt seiner bescheuerten Mutter? Wo blieb der Bezug zum wahren Leben? Selbst die blödsinnige Frischhaltefolien-Werbung, die sie entworfen hatte, war bedeutsamer für das wahre Leben. Und was dachten sich all diese Idioten da im Publikum, die einen vor Jahrhunderten verstorbenen Dichter feierten? Am Ende der Vorstellung würde es mit großer Wahrscheinlichkeit stehende Ovationen geben. Die Ausstattung hatte es verdient, räumte Aphrodite ein, wohl wissend, dass Lola sich ein Bein ausgerissen hatte, um es hinzukriegen (wenngleich es Aphrodite ein Rätsel blieb, wieso die Darstellerin der Jokaste einen Wonderbra trug). Aber der Rest dieser gestelzten, gekünstelten Scheiße! Sie dachte an die Produktionsleiter, mit denen sie in der Vergangenheit gearbeitet hatte, und was diese sich für einen Mist hatten einfallen lassen. Die Darsteller hatten dazu stets wie ernste Marionetten bedeutungsvoll genickt. Auch sie hatte genickt! Mit den meisten hatte sie abstraktes Geschwafel geredet, hatte Lieblingstheorien vorgebracht, hatte mit skeptischen, verunsicherten Darstellern Bühnenentwürfe diskutiert – und dann hinter ihren Rücken über sie hergezogen. Sie war genauso schuldig wie jeder andere in diesem blöden, trügerischen Beruf. Sie kräuselte abschätzig die Lippen. Viel Glück für Damien Whelan und die Ideen, die er ihr gestohlen hatte. Nie wieder wollte sie einen Fuß ins Theater setzen – nicht einmal, wenn David Lawless persönlich sie darum bat. Sie sollten alle zum Teufel gehen mit ihren abgehobenen Ideen und ihren erbärmlichen Budgets, die knapp an der Armutsgrenze lagen!

Das Stück näherte sich seinem dramatischen Schluss. Auf der Bühne sang der Chor den letzten fröhlichen Abschiedsgruß an Ödipus, der von der Bühne geführt wurde.

»Nenne keinen Menschen glücklich, der nicht tot ist.
Die Toten sind frei von Schmerzen.«

Ein Moment der Stille folgte, dann erhob sich donnernder Applaus. Zwei Leute in der zweiten Reihe standen auf, vier weitere in der dritten Reihe taten es ihnen nach. Dann erhoben sich links von Aphrodite sechs Personen. Plötzlich waren alle auf den Füßen, alle außer Aphrodite und einem Typen weiter unten am Ende eines anderen Ganges. Der Applaus wollte kein Ende nehmen. Aphrodite konnte dem Drang, wie ein Schaf der Herde zu folgen, nicht länger widerstehen. Sie erhob sich, als die Darsteller zum dritten Vorhang zurück auf die Bühne traten. Als das Klatschen schließlich langsam nachließ und im Saal die Lichter aufflammten, warf sie einen verstohlenen Blick auf den Außenseiter, der dem Herdentrieb nicht erlegen war. Natürlich war es genau derjenige, den sie erwartet hatte. Sie dachte an das, was er bei ihrer ersten Begegnung im Kino gesagt hatte. *Alle Welt bejubelt ihn, also muss er gut sein.*

Sie ließ sich mit der Menge hinaus ins Foyer treiben. Alle laberten über das Stück. Aphrodite hielt es nicht mehr aus. Sie sah sich rasch im Foyer um, entdeckte Lola und bahnte sich einen Weg zu ihr. »Deine Ausstattung war fabelhaft«, sagte sie. »Aber ich gehe jetzt lieber, weil ich es nicht riskieren möchte, Damien Whelan zu begegnen.«

»Aphrodite, wir leben in einer Kleinstadt. Du kannst ihm nicht für den Rest deines Lebens aus dem Weg gehen. Ich habe dir doch gesagt …«

»Es ist nicht so, wie du denkst, Lola. Morgen ruf ich dich an und kläre dich auf. Ich sag's dir – wenn mir der Mistkerl heute Abend in die Quere kommt, kann ich für nichts garantieren.« Sie gab Lola einen flüchtigen Kuss auf die Wange. »Muss los.«

Beim Verlassen des Theaters sah sie Jack Costello. Sie

überlegte kurz, ob sie ihn ansprechen sollte, doch die Entscheidung wurde ihr abgenommen. »Jack!«, hörte sie jemanden rufen. »Ich muss mit Ihnen über einen Fototermin reden.« Damien Schleimscheißer Whelan schob sich in ihr Blickfeld, und Aphrodite tauchte ab und zur Tür hinaus.

Wenig später, als sie das Taxigeld aus ihrer Brieftasche kramte, überkam sie ein plötzlicher, absolut unwiderstehlicher Drang, ihre neue Visitenkarte anzusehen. Der glänzende Karton schimmerte im Zwielicht der Straßenlaternen, und sie spürte etwas Wildes in sich aufsteigen. Endlich. Ihre neue Karriere. Ihre neue Identität. Aphrodite Delaney. Design-Beraterin.

Am nächsten Morgen rief ihre Mutter an, als sich Aphrodite gerade ihren Frühstückskaffee aufbrühte.

»Kannst du mir bitte eine Telefonnummer raussuchen, Schatz?«

»Was fehlt dir denn? Hast du plötzlich Finger aus Glas?«

»Nein. Ich habe mir gerade die Nägel lackiert und will jetzt nicht in den Gelben Seiten blättern und alles ruinieren.«

»Warum rufst du nicht die Auskunft an?«

»Mit dem Mädchen von der Auskunft kann ich nicht plaudern. Ach, übrigens, was war denn gestern Abend mit dir los? Da war jemand, den du unbedingt hättest kennen lernen sollen.«

Aphrodite drückte das Kaffeepulver etwas zu vehement die Cafétière hinunter, und schwarze Flüssigkeit ergoss sich über die Arbeitsplatte. »Ich hatte Kopfschmerzen.« Ihrer Mutter die Wahrheit zu sagen wäre Unsinn gewesen. Je weniger Leute von dem *Möwen*-Fiasko wussten, desto besser. Kein Mensch würde glauben, dass Damien

Whelan ihr Konzept gestohlen hatte, und es würde lediglich so aussehen, als sei sie neidisch, wenn sie einen so etablierten Bühnenbildner des geistigen Diebstahls bezichtigte.

»Das wundert mich nicht. Ich hatte auch Kopfschmerzen. Dieser *Ödipus* war einfach grauenhaft. Ich verstehe nicht, wieso er stehende Ovationen gekriegt hat. Du etwa?«

»Nein.« Aphrodite wurde neugierig. »Bist du aufgestanden?«

»Ja, natürlich. Du etwa nicht?«

»Ja. Aber ich bin nicht unbedingt stolz darauf.«

»Ach, Schätzchen, künstlerische Integrität zählt überhaupt nicht im Zusammenhang mit Theaterpolitik. Es lohnt sich nicht zu riskieren, dass man *irgendwen* in diesem Geschäft beleidigt.«

Resigniert griff Aphrodite nach dem Telefonbuch. »Welche Nummer brauchst du?«, fragte sie.

»Die Powerscourt-Wellness-Farm. Ich möchte einen ganzen Tag draußen in Wicklow verbringen und mich verwöhnen lassen.«

Aphrodite schlug die Seiten um. »W, w, w … Wellness; P, p, p … Powerscourt. Bitte schön.« Sie diktierte ihrer Mutter die Telefonnummer. »Übrigens, wer ist dieser Mensch, den ich gestern Abend hätte kennen lernen sollen?«

»Was für ein Mensch?«

»Mutter. Du hast gesagt, gestern Abend wäre jemand in den Kammerspielen gewesen, den ich hätte kennen lernen sollen.«

»Ach, ja! Hör dir das an! Kann sein, dass ich einen Job für dich gefunden habe.«

»Ach?« Aphrodite verspürte ein leises erwartungsvolles Kribbeln. »Was für einen Job?«

»Raumgestaltung.«
»So.« Das Kribbeln hörte schlagartig auf. »Mum. Ich bin keine Innenarchitektin.«
»Aber du könntest das ganz sicher, wenn du es wolltest, nicht wahr? Schließlich steht ›Design-Beratung‹ auf deiner Visitenkarte, und das kann alles Mögliche heißen.«
Aphrodite hatte sich die Berufsbezeichnung sorgfältig überlegt, als sie die Karten bestellte, und war zu dem Schluss gekommen, dass ›Design-Beratung‹ eindrucksvoll und kompetent klang.
»Und der Auftraggeber wäre ein überaus interessanter Mann«, nahm ihre Mutter den Faden wieder auf. »Ich habe ihm gestern Abend deine Karte gegeben, und er sagte, er würde sich bei dir melden.«
»Wer ist dieser überaus interessante Mann?«
»Troy MacNally.«
»Der Mode-Designer?«
»Ja.«
»Wow.« Troy MacNally begann sich in der schönen neuen Welt der irischen Mode als nicht zu unterschätzender Mitspieler zu entpuppen. Seine Modelle waren genial geschnitten, kompliziert genäht und die Lobeshymnen auf ihn schlossen sogar Vergleiche mit der Arbeit Hussein Chalayans in England ein. Treue Prada-Anhänger würden sich nie im Leben in seinen Modellen blicken lassen, doch Aphrodite war begeistert.
»Das ist eine höchst außergewöhnliche Geschichte, Aphrodite.«
»Was?«
»Der Grund, aus dem er seine Wohnung neu gestalten will. Hör dir das an. Seine Muse – Miriam Dingsbums, der Name fällt mir nicht ein …«

»Miriam de Courcy. Du wirst doch Fotos von ihr gesehen haben, Mum. Dieses engelsgesichtige Model mit dem Rapunzelhaar.«

»Ja, sicher«, antwortete Thea geistesabwesend. »Wie auch immer, offenbar ist diese Miriam restlos dem Kokain verfallen und nach Südamerika verschwunden, wo sie jetzt leben will. Die Trennung verlief keineswegs freundschaftlich, und Troy ist furchtbar unglücklich.«

»Wann ist das passiert?«

»Vor ein paar Wochen.«

»Und was hat das mit der Renovierung seiner Wohnung zu tun?«

»Er will etwas völlig anderes. Er sagt, wenn er sich eine neue Umgebung schafft, kann er ein neues Kapitel in seinem Leben aufschlagen und die Dämonen vertreiben, die ihn jetzt blockieren.« Thea verlieh ihrer Stimme einen dramatischen Tonfall.

»Dämonen vertreiben? Hat er das tatsächlich gesagt?«

»Mhm.«

»So ein Idiot. Warum schlägt er nicht einfach in den Gelben Seiten unter ›I‹ nach und sucht sich einen Innenarchitekten?«

»Er will den Auftrag niemandem anvertrauen, der auf der sicheren Schiene fährt und nur die Imitation eines Einrichtungsvorschlags aus *Schöner Wohnen* oder irgendeinem anderen Lifestyle-Magazin liefert. Er wünscht sich eine fantasievollere Herangehensweise, und als ich ihm von dir erzählte, war sein Interesse erwacht. Wie sich herausstellte, hat er deine Ausstattungen für diese Yeats-Stücke gesehen – wann war das?«

»Vor einer halben Ewigkeit. Das war mein erster Job, als ich nach Irland zurückkam.«

»Nun, Troy MacNally hat deine Bühnenausstattung doch wahrhaftig als inspiriert bezeichnet, und er sagte, es sei eine glückliche Fügung des Schicksals, dass ihm deine Karte in die Finger gekommen ist.«
Inspiriert! Fügung des Schicksals! Was für ein Gesülze!
»Fügung des Schicksals? Wieso?«
»Weil er es als Glückstreffer aus heiterem Himmel betrachtet.«
»So.« Ungewollt war Aphrodite doch ein wenig stolz. Vielleicht war er doch kein so schlimmer Idiot.
»Und? Was hältst du von der Idee?«
Aphrodite überlegte. Die Vorstellung, Troy MacNally kennen zu lernen, reizte sie schon. »Es kann wohl nicht schaden, mal mit ihm zu reden«, sagte sie.
»Gut. Freut mich, dass ich dir helfen konnte. Du kannst heute noch mit seinem Anruf rechnen – in nächster Zukunft geht er außer Landes. Ach, du Schreck, so spät ist es schon! Ich muss mich beeilen, Schatz, sonst komme ich zu spät zur Probe. Viel Glück!«
Thea legte den Hörer auf.
Aphrodite schenkte sich einen Becher Kaffee ein, ging ins Wohnzimmer und sah einen Stapel alter Zeitschriften durch. Da, in der September-Ausgabe des *Individual* fand sie ein Foto von Miriam de Courcy in einem Modell aus Troy MacNallys letzter Herbstkollektion. Sie schmiegte sich an einen steinernen Engel auf irgendeinem wild wuchernden Friedhof, und ihr nachtschwarzes Haar umflorte ihr feines Gesicht wie eine Gewitterwolke. Das Kleid war aus gefälteltem Khaki, mit amethystfarbener Seide gefüttert, und sah einfach wunderschön an Miriam aus. Sie blickte mit einem verträumten, ziemlich melancholischen Gesichtsausdruck geradewegs in die Kameralinse.

Aphrodite ertappte sich bei dem Gedanken, dass dieses hinreißende Wesen zur Zeit der Aufnahme des Fotos wahrscheinlich total high von Kokain war.
In der Küche klingelte schon wieder das Telefon. Die Nummer, die das Display anzeigte, war ihr unbekannt.
»Hallo?«
»Spreche ich mit Aphrodite Delaney?« Die Stimme war wie Schokolade.
»Ja.«
»Hallo, Aphrodite. Hier ist Troy MacNally. Ich habe gestern Abend in den Kammerspielen mit Ihrer Mutter gesprochen.«
»Ach, ja. Sie hat mich heute Morgen angerufen.«
»Dann wissen Sie, warum ich anrufe.« Dunkle Bitterschokolade.
»Ja. Sie sagte, dass Sie in Ihrer Wohnung etwas verändert haben möchten.«
»Ganz recht.«
Aphrodite hielt sich ein wenig bedeckt. Sie war noch nicht sicher, ob sie den Auftrag annehmen sollte. »Troy – ich habe mich bisher noch nie professionell als Innenarchitektin betätigt. Vielleicht bin ich doch nicht das, was Sie suchen.«
»Ein professioneller Innenarchitekt ist genau das, was ich *nicht* suche.«
»Tja.« Sie klemmte sich den Hörer zwischen Kinn und Schulter und griff nach Stift und Post-it-Block. »Vielleicht sollten wir uns zu einer näheren Besprechung treffen.«
»Wir brauchen nichts zu besprechen. Ich bitte Sie, den Auftrag anzunehmen. Geld ist kein Problem. Ich werde Sie sehr gut bezahlen.«
Aphrodite hasste es, über Geld zu reden. »Nun ja, ich habe

natürlich keine Vorstellung, wie viel ich verlangen kann, solange ich Ihre Wohnung nicht gesehen habe. Wann können wir uns treffen?«

»Gar nicht. Ich verreise morgen.«

»Ach so.« Sie versuchte einen neuen Schachzug. »Dann also, wenn Sie zurückkommen?«

»Nein. Ich möchte, dass meine Wohnung fertig ist, wenn ich zurückkomme. Ich will keine Maler und Arbeiter herumlungern haben, wenn ich zu Hause bin.«

»Verstehe.« Das alles ging so schnell. »Vielleicht könnten Sie mir ein paar Details nennen, und ich denke mir was aus.«

»Es gibt nur ein Detail, und das lautet, dass alles sich vom jetzigen Zustand so stark wie eben möglich unterscheiden soll.«

Es ging nicht nur alles viel zu schnell, nein, es war auch total verrückt! »Wie meinen Sie das?«

»Alles liegt in Ihrer Hand, Aphrodite. Gestalten Sie den Raum ganz nach Ihrem Geschmack. Hauptsache, die Veränderung ist so radikal, wie es geht.«

»Den Raum? Entschuldigen Sie, ich bin ein bisschen durcheinander. Ich dachte, Sie wollen Ihre gesamte Wohnung renoviert haben?«

»Nein. Nur das Bad.«

Das wurde ja immer merkwürdiger …

»Warum?«, fragte sie.

»Aus persönlichen Gründen«, antwortete er. Am anderen Ende der Leitung hörte Aphrodite jemanden reden, und Troy stieß einen ungeduldigen Laut aus. »Sie müssen mich jetzt entschuldigen. Ich muss auflegen. Sind Sie bereit, den Auftrag zu übernehmen?«

»Tja, im Prinzip ja …«

»Gut. Meine Privatsekretärin schickt Ihnen die erforderlichen Einzelheiten per E-Mail. Falls Probleme auftauchen, wenden Sie sich an sie. Auf Wiederhören, Aphrodite.« Die Leitung war tot.
Nun, dachte Aphrodite. Wie, zur Hölle, sollte sie das denn verstehen?

3

Etwas später an diesem Tag checkte Aphrodite ihre E-Mails und fand die folgende Nachricht vor:

Liebe Ms Delaney,
Troy MacNally bat mich, Ihnen ein paar Informationen zu senden.
Er wird bis zum 3. März außer Landes sein und wüsste es sehr zu schätzen, wenn alle Arbeiten an dem besagten Raum bis zu diesem Zeitpunkt abgeschlossen wären. Bitte zögern Sie nicht, Klempner, Maler, Schreiner und wen immer Sie brauchen einzusetzen – solange Sie sicher sind, dass sie genau nach Ihren Anweisungen arbeiten. Troys Wunsch hinsichtlich der Umgestaltung ist etwas ganz Frisches, Originelles – Sie haben völlig freie Hand und können experimentieren, wie Sie wollen.
Sie können die Schlüssel an der Rezeption seines Studios im Laufe des morgigen Tages abholen.
Falls Sie Fragen haben, wenden Sie sich jederzeit an mich, und vielleicht könnten Sie mir baldigst per E-Mail Ihre Vorstellungen bezüglich der Höhe Ihres Budgets mitteilen.
Hochachtungsvoll,
Polly Riordan, i.A. Troy MacNally

Äußerst bizarr!
Unverzüglich griff sie zum Hörer und wählte Lolas Nummer.

»Was war denn gestern Abend los?«, war das Erste, was Lola wissen wollte.
Im Zuge der denkwürdigen Ereignisse des Vormittags hatte Aphrodite Damien Whelans gemeines Verhalten beinahe vergessen.
»Scheißkerl!«, schimpfte Lola, nachdem Aphrodite ihr alles berichtet hatte. »Aber – hey! Wieso schockiert mich das eigentlich gar nicht? Ich hätte dem Schleimer Gift in den Drink gemixt, wenn ich das gewusst hätte. Was womöglich jemand mir angetan hat, so, wie ich mich heute fühle.«
»Verkatert, meine Liebe?«
»Und zwar massiv. Du musst wahrscheinlich nicht leiden, nicht wahr, Miss Party-Puper-Tugendbold?«
»Nein. Ich kann mir selbst auf die Schulter klopfen. Wie fallen die Kritiken aus?«
»Ich habe noch keine Zeitung gesehen, aber wie ich höre, sind sie großartig.«
Aphrodite hatte nichts anderes erwartet. »Ich freue mich von Herzen für dich, Lola mia. Du hast gute Presse redlich verdient. Aber ich will offen mit dir reden: Das Stück ist zum Kotzen.«
»Ich weiß. Es ist ein Haufen Scheiße, oder? Aber hättest du von den Kammerspielen etwas anderes erwartet?« Lola gähnte in den Hörer und sagte dann: »Autsch! Das Gähnen tut mir im Kopf weh. Hast du Lust, irgendwo einen Kaffee mit mir zu trinken? Ich könnte gut einen vierfachen Espresso gebrauchen.«
»Das Gleiche wollte ich dir gerade vorschlagen. Ich muss dir noch was erzählen.«
»Ach? Was denn?«
»Das ist zu seltsam, um es am Telefon zu besprechen. Ich sag's dir, wenn wir uns treffen. Bei Butler's? Um zwölf?«

»Oje. Die haben einen gefliesten Boden, oder?«
»Ja. Möchtest du lieber irgendwo hin, wo es nicht so klackert?«
»Nein. Dort gibt es den besten Latte Macchiato der ganzen Stadt. Mit dem Lärm muss ich mich eben abfinden.«

Aphrodite bestellte sich gerade eine heiße Schokolade, als Lola mit Sonnenbrille und leidender Miene das Lokal betrat.
»Ich nehme einen Latte Macchiato«, sagte sie zur Kellnerin. »Und ein Glas Wasser bitte.« Das Wasser war für ihr Kopfschmerzpulver, und sie trank es in einem Zug aus. »Igitt! Das Zeug sollte besser rasche Wirkung zeigen. Heute Nachmittag habe ich ein Interview mit der *Irish Times*, und ich bin nicht in der Lage, zwei zusammenhängende Wörter von mir zu geben. So.« Sie nahm die Sonnenbrille ab und blinzelte Aphrodite mit blutunterlaufenen Augen an. »Was willst du mir erzählen?«
»Weißt du irgendwas über Troy MacNally, Lo?«
»Er sieht verdammt gut aus, so viel weiß ich. Und er war gestern Abend in den Kammerspielen.«
»Das hörte ich bereits.«
»Warum fragst du?«
Aphrodite berichtete ihre Neuigkeiten.
»Bizarr!«
»Genau das habe ich auch gedacht.«
Lola sah sie nachdenklich an. »Aber ich finde, das hat schon irgendwie Sinn. Gestern Abend habe ich mit jemandem gesprochen, der ihn kennt und besoffen genug war, um ein bisschen indiskret zu werden. Seit Miriam die Fliege gemacht hat, kursieren die tollsten Gerüchte über Troy.«

»Ach ja? Verrate sie mir auf der Stelle! Wie ist er so?«
»Ein Sexgott.«
»Gut. Vergiss die Sache mit dem Sex. Ich muss wissen, wie er als Mensch ist.«
»Hm. Lass mal sehen. Nach den Worten dieses Mädchens, mit dem ich mich unterhalten habe, Polly ...«
»Doch nicht Polly Riordan, seine Privatsekretärin?«
»Doch.«
»Das ist die, die mir diese E-Mail geschickt hat.«
»Gut, nach ihren Worten lebt er seit der Trennung von Miriam zurückgezogen. Du weißt schon, dieses grüblerische Künstlertemperament. Sie macht sich große Sorgen um ihn. Gestern Abend ist er zum ersten Mal seit der Trennung wieder ausgegangen.«
Aphrodite stützte die Ellbogen auf den Tisch und beugte sich zu Lola vor. »Schön. Erzähl mir mehr.«
»Polly sagte, dass er die vergangenen zwei Wochen hauptsächlich in seinem Bad verbracht hat – kannst du dir das vorstellen? Liegt einfach nur in der Wanne und versucht, Miriam zu vergessen und – schließlich muss er Termine einhalten – wartet auf Eingebungen für seine nächste Kollektion. Sein Bad ist so etwas wie sein ... hm ... wie war gleich das Wort? Wohin zieht man sich zurück, um den Schrecken des wirklichen Lebens zu entfliehen?«
»Refugium?«, schlug Aphrodite vor.
»Genau. Sein Refugium. Dort hat er seine Inspirationen. Wenn er blockiert ist, legt er sich in die Badewanne und wartet, bis die kreativen Säfte zu fließen beginnen.«
»Deshalb ist es ihm also so wichtig, dass das Bad neu gestaltet wird!«, rief Aphrodite aus. Jetzt wurde ihr einiges klar. Aphrodite wusste, was es bedeutet, blockiert zu sein. Alle kreativen Menschen kannten diesen Zustand. Sie be-

gegnete ihm, indem sie den ellenlangen Pidgeon House Pier entlangwanderte, doch sie kannte auch jemanden, der zig Bahnen schwamm, einen anderen, der Meereswogen auf Band aufzeichnete, und einen dritten, der stundenlang sein Aquarium anstarrte. Sie wusste sogar von jemandem, der seine gesamte Handwäsche erledigte, wenn er blockiert war. Merkwürdig, dass anscheinend immer Wasser dazugehörte ... Aphrodite grübelte noch ein Weilchen darüber nach, dann sah sie Lola voller Entsetzen an.

»Zum Teufel, Lola – und wenn es missglückt?«

»Das wird es nicht«, sagte Lola mit einer Überzeugung, wie sie nur eine beste Freundin besitzen konnte.

Aphrodite streifte mit dem Teelöffel den Schaum von ihrer heißen Schokolade und schlürfte ihn nachdenklich in sich hinein. »Trotzdem – es ist eine ungeheure Verantwortung, oder?«

»Du *musst* es ja nicht tun«, betonte Lola nüchtern.

»Ich weiß. Aber irgendwie reizt die Sache mich jetzt.«

»Ich weiß durchaus, was dich reizt, du verhinderte Heimlichtuerin.«

»Und zwar?«

»Dass, wie ich gesagt habe, Troy MacNally ein Sexgott ist.«

»Das ist nicht der Grund!«, wehrte Aphrodite entrüstet ab und fuhr dann fort: »Hey! Ist Tony im Moment beschäftigt?« Tony war Bauunternehmer und Lolas Bruder.

»Nicht, dass ich wüsste. Er hatte etwas in petto, schon, aber gestern Abend hat er irgendwie angedeutet, dass sich der Auftrag auf nächsten Monat verschoben hat.«

»Dann könnte er also einen Lückenfüller brauchen, damit er über die Runden kommt?«

»Er würde sich bestimmt freuen.«

»Würdest du ihn fragen, ob er Interesse an dieser Sache hat, Lola? Eine Baubrigade, auf die ich mich verlassen kann, käme mir sehr gelegen.«
»Klar. Ich rufe ihn gleich heute Abend an.«
Die nächste Frage brannte Aphrodite schon seit einer Ewigkeit auf der Zunge. »Isst du deine Schokolade nicht?«, erkundigte sie sich. Bei Butler's wurde der Kaffee immer mit einem kleinen Praliné serviert.
»Nein. Der Geist ist willig, aber der Kater nicht. Du kannst sie haben.«
»Danke. Übrigens, wieso hast du der Darstellerin der Jokaste gestern Abend gestattet, einen Wonderbra zu tragen?«
»Ich hab's ihr nicht gestattet. Ich habe es ihr vielmehr immer und immer wieder verboten, aber sie hat ihn heimlich doch wieder angezogen. Heute Abend will ich versuchen, mich zu rächen. Ich schneide die Träger an, bevor sie in ihre Garderobe geht. Ha! Das wird ein Spaß, ihr dabei zuzusehen, wie der Busen fällt und das Gesicht immer länger wird, wenn sie sich im zweiten Teil auf die Brust schlägt!«
Lola spähte aus dem Fenster. »Wow, schau dir die an!«
Ein umwerfend attraktives Mädchen stand auf der anderen Straßenseite auf dem Gehweg und redete mit einem ebenso umwerfend aussehenden Jungen. Sie trug einen wunderschön geschnittenen, bodenlangen schwarzen Gabardine-Mantel, der in dramatischem Kontrast zu ihrer platinblonden Haarmähne stand.
»Weißt du was, Aphrodite?«, bemerkte Lola und blickte ihre Freundin prüfend an. »Jetzt, da dein Haar so viel kürzer ist, würde es in so einer Farbe fantastisch aussehen.«
»Weißblond?«, vergewisserte sich Aphrodite.
»Ja!« Lola nickte begeistert.
»Ein bisschen wie eine Mischung aus Meg Ryan und Ma-

rilyn Monroe, meinst du nicht auch? Könnte es sein, dass dein Kater dich in die Irre führt, Lola?«
»Nein. Ganz und gar nicht. Versuch's einfach mal!«
»Im Ernst?« Aphrodite betrachtete das Mädchen noch einmal und versuchte, sich sich selbst mit platinblondem Haar vorzustellen. Ein zurückhaltender Mensch konnte eine solche Farbe nicht tragen, doch Aphrodite wusste, dass Lola Recht hatte. Dadurch würde ihr braver Schopf nicht einfach nur toll, sondern sensationell aussehen. Das Einzige, was sie an der Ausführung des Plans hindern könnte, war ihre Abneigung gegen Friseursalons. »Vielleicht hast du Recht …«
Lola ahnte ihre Gedanken. »Komm schon«, sagte sie und trank ihren Kaffee aus. »Ich halte dein Händchen. Wir müssen nicht einmal zum Friseur gehen – wir holen einfach eine Tönung aus der Drogerie. Und wenn die Farbe dir dann nicht gefällt, ist sie nach ein paar Mal waschen wieder raus.«
»Gut. Ich wage es«, sagte Aphrodite mit plötzlicher Entschlusskraft. Sie warf noch einen Blick auf das Mädchen, griff dann nach ihrer Tasche und stand auf. »Aber lass uns zuerst ins Pub gehen.«
»Willst du mich vom Alkohol kurieren?«
Aphrodite schüttelte den Kopf. »Nein. Ich brauche einen großen Wodka, bevor ich mich in dieses Abenteuer stürze«, erklärte sie.

Am nächsten Morgen betrat Aphrodite mit weißgoldenen Haaren Troy MacNallys Studio. Sie hatte sich noch nicht daran gewöhnt und fühlte sich befangen und unsicher. Ihre Unsicherheit wurde noch verstärkt durch das Verhalten der flotten Empfangsdame, die telefonierte und sie ignorierte, bis Aphrodite sich zu ihr vorneigte und ziemlich laut: »Entschuldigen Sie bitte« sagte.

»Entschuldigen *Sie*«, sagte das Mädchen von oben herab und legte endlich den Hörer auf. Mit geübtem Blick musterte sie Aphrodites Klamotten und ihre fransige blonde Mähne, und Aphrodite entnahm ihrem Gesichtsausdruck, dass sie auf der Skala der Stilhierarchie in puncto Eleganz wahrscheinlich auf einer Stufe mit einem Hundehaufen rangierte. »Was kann ich für Sie tun?« Sie machte sich nicht einmal die Mühe, ein nichts sagendes Lächeln aufzusetzen.

»Polly Riordan hat gesagt, sie würde die Schlüssel zu Troy MacNallys Wohnung an der Rezeption hinterlegen. Ich habe dort zu tun.«

»Ach ja«, sagte das Mädchen, streckte gelangweilt die Hand nach einem Tablett hinter sich aus und griff mit wohlmanikürten Fingern nach einem braunen Umschlag. »Sie sind die Malerin und – ähm – Dekorateurin, nicht wahr?« Aphrodite war empört über die abschätzige Art, in der sie das Wort *Dekorateurin* aussprach. Genauso gut hätte sie sie als Toilettenreiniger bezeichnen können. Sie wurde rot und suchte krampfhaft nach einer schlagfertigen Entgegnung, doch das Benehmen der Empfangsdame hatte sie arg aus dem Konzept gebracht und ihre Verteidigungsmechanismen außer Kraft gesetzt. Als das Telefon klingelte und das Mädchen erneut dazu überging, sie zu ignorieren, schob Aphrodite einfach den Umschlag in ihre Tasche und floh mit flammendem Gesicht durch die Eingangstür.

Die *Malerin* und *Dekorateurin*! Sie war Design-Beraterin! Warum nur hatte das Leben es so eingerichtet, dass einem die beste bissige Antwort immer erst zwei Minuten zu spät einfiel! Warum war sie nicht in der Lage gewesen, mit einem schnippischen Spruch zu reagieren, wie etwa: »Na ja, ich habe wenigstens Interessanteres anzumalen als bloß meine Fingernägel ...« oder: »Ihnen fehlt eindeutig eine ausführliche Beratung bei Ihrer Gesichtsbemalung. Hier ist meine Karte.«

Sie griff nach dem Umschlag in ihrer Tasche und zog ihn hervor. Er war in fetter Kursivschrift an sie adressiert und enthielt einen Satz Schlüssel und ein Kärtchen mit der Adresse von Troys Wohnung. Zu ihrer Freude lag seine Wohnung an der Camden Street – im neuen »Quartier Latin« von Dublin. Das Stadtzentrum war von dort aus zu Fuß zu erreichen und nicht Millionen von Meilen von ihrer eigenen Bude entfernt. Sie schlug eine schnellere Gangart ein, um möglichst rasch großen Abstand zu Miss Arrogant zu gewinnen. Zwanzig Minuten später, als sie die auf der Karte verzeichnete Adresse erreicht hatte, formulierte sie im Geiste immer noch bissige Antworten.

Zu ihrer Verwunderung lag die Wohnung über einem nicht übermäßig florierend wirkenden Hökerladen, vor dessen Schaufenster spießige Haushaltswaren in Körben ausgestellt waren. Der Eingangsbereich war in einem Zustand, der darauf hindeutete, dass etliche Säufer, die spät in der Nacht aus dem nahe gelegenen Pub kamen, ihn gern als Pissoir benutzten, und das Treppenhaus schien aus einem drittklassigen Detektivfilm zu stammen. Es sah aus, als hätte sich seit den vierziger Jahren niemand mehr die Mühe gemacht, es zu renovieren. Drei abgewetzte Treppen mit schäbigem Linoleum führten hinauf zu Troys Wohnung. Aphrodite schloss die betagte Holztür mit einem klobigen Schlüssel auf und trat ein.

Sie fand sich in einem Korridor wieder, der so lang und

dunkel war, dass sie nur mit Mühe eine Tür am anderen Ende erkennen konnte. Links und rechts von ihr befanden sich zwei weitere Türen. Der Lichtschalter war rechts von der Tür angebracht, durch die sie eingetreten war. Aphrodite betätigte ihn, aber nichts geschah. Behutsam tastete sie sich an der Wand entlang zu einer der Türen vor, die Hand ausgestreckt, um das Gleichgewicht zu halten, für den Fall, dass sie unerwartet gegen eine Stufe oder ein anderes Hindernis stieß.

Die Tür zierte eine altmodische, elegant gearbeitete Messingklinke. Sie drückte sie nieder und schob langsam die Tür auf. Beim Eintreten wurde ihr bewusst, dass ihr Puls sich beschleunigt hatte. Und dann schien ihr Herz plötzlich stillzustehen. Wie angewurzelt blieb Aphrodite auf der Türschwelle stehen und riss die Augen auf.

Es schien, als wäre sie durch Zauberhand in den Palast eines Aristokraten aus dem ausgehenden neunzehnten Jahrhundert geraten. Das Zimmer war prächtig im wahrsten Sinne des Wortes, mit seidenbespannten Wänden und schweren Samtvorhängen vor den Fenstern. Die brokatgepolsterten Lehnstühle hatten die Farbe von Edelsteinen, und auf mehreren Sofas türmten sich Kissen, die darum zu betteln schienen, dass man sie knuffte. In einem Alkoven stand ein viktorianisches Klavier unter einem verblichenen Wandteppich, der Leda und den Schwan zeigte, und bei dem Teppich auf dem Boden handelte es sich nach Aphrodites Einschätzung um einen Aubusson. Es gab einen schwarzen Marmorkamin, über dem ein düster wirkender Spiegel mit einem kunstvoll geschnitzten Mahagonirahmen hing, und auf der gegenüberliegenden Seite stand ein orientalischer schwarzer Lackschrein. Eine nackte Venus aus Ebenholz umarmte Amor auf einem Beistelltischchen, und eine angefangene Schachpartie wartete, wie im Manöver erstarrt, auf einem Schachbrett aus Anthrazit und Marmor auf ihre Vollendung.

Aphrodites Herz fing wieder an zu klopfen. Sie betrat zögernden Schrittes den Raum, ging von einem kostbaren Gegenstand zum nächsten, strich mit den Händen über gewachstes Holz, liebkoste Kurven aus geschnitztem Ebenholz, fuhr mit forschenden Fingern über üppigen Samt, ließ ihre Handflächen über sinnliche Seide gleiten. Vor einem verglasten Bücherschrank hielt sie inne und war sich nicht sicher, ob sie seinen Inhalt näher inspizieren durfte. Das Ambiente der Wohnung auf sich wirken zu lassen war eine Sache; eine andere war es jedoch, wenn sie ihre Befugnis überschritt und Troy MacNallys Lesestoff auskundschaftete. Trotzdem …

Sie ließ den Blick über die Buchrücken hinter den Glastüren wandern und stellte fest, dass viel Poesie dort vertreten war, hauptsächlich französische. Es gab Werke von Villon und Bände von Verlaine, Apollinaire und Mallarmé. Die Romane von Barbey d'Aureville, Zola und Flaubert. Marquis de Sade. Baudelaires *Les Fleurs du Mal. Die Blumen des Bösen …* Aphrodite verkrampfte sich. Allmählich fühlte sie sich unbehaglich.

Zurück im Flur blickte sie auf die gegenüberliegende Tür, die von zwei Sockeln mit jeweils einer riesigen Alabastervase umrahmt war, in der die seltsamsten, exotischsten Blumen standen, die Aphrodite je gesehen hatte. Einige hatten fleischige, haarige Stiele und mächtige, scharlachrote Blütenblätter wie auf einem Gemälde von Georgia O' Keefe; andere zierten phallusförmige Auswüchse, glänzend wie rote Paprika, wieder andere hatten schwere, hängende Blüten von der Farbe rohen Fleisches.

Les Fleurs du Mal, dachte Aphrodite und merkte, dass sie eine Gänsehaut bekam.

Die von den Sockeln flankierte Tür war verschlossen. Drei weitere ominöse Türen lockten ihre Neugier. Hinter der ersten, die sie öffnete, fand sie ein Sammelsurium von Putzgerätschaften, so banal, dass sie ihr einen Teil ihrer Sicherheit zurückgaben. Die nächste Tür führte in ein Speisezimmer, das in ähnlichem Stil eingerichtet war wie das Wohnzimmer – sofern ›Wohnzimmer‹ nicht ein allzu prosaischer Ausdruck war für den Salon, den sie eben verlassen hatte. Hier befand sich ein langer Esstisch aus poliertem Mahagoni mit einem halben Dutzend hochlehniger Stühle, die mit Schnitzereien verziert waren. Auf einer Anrichte stand eine kleine Vitrine mit ausgestopften Vögeln in Jägertracht. Einer davon hielt einen Miniaturbogen in seinen Flügeln, ein anderer lag auf dem Rücken, einen Pfeil tief in die winzige rote Brust gebohrt. Eine Fahne war über diesem makabren Arrangement ausgerollt und trug in verblichener Fraktur die Inschrift eines Kinderverses: *Who Killed Cock Robin?*

Auf der anderen Seite des Raums führte eine Schwingtür in eine winzige, zweckmäßig eingerichtete Küche. Aphrodite hatte den Eindruck, dass hier nicht häufig gekocht wurde.

Es hätte sie nicht überrascht, wenn sie im Schlafzimmer ein Himmelbett vorgefunden hätte, doch stattdessen handelte es sich um ein Kapitänsbett mit geschnörkeltem Kopf- und Fußende, auf beiden Seiten bewacht von einem Paar steinerner Sphinxen. Vom Schlafzimmer ging ein Ankleidezimmer ab, und Aphrodite fuhr zusammen, als sie sich plötzlich in einem schwenkbaren Ankleidespiegel mit kunstvoll geschnitztem Rahmen gegenüber stand. Wieder überkam sie das unangenehme Gefühl der Indiskretion, als sie mit der Hand über die Anzugreihen in dem viktorianischen Kleiderschrank strich. Wo mochte er seine Freizeitkleidung aufbewahren?, fragte sie sich, während sie die sauber ausgerichteten Reihen polierter Lederschuhe betrachtete. Vielleicht in der Truhe aus Kampferholz neben der Tür? Oder in dem geschnitzten Schrank? Sie öffnete weder Truhe noch Schrank. Ein schwacher Sandelholzduft hing in der Luft.

Der Duft wurde intensiver, als sie die Tür öffnete, die aus dem Ankleidezimmer in Troys Bad führte. Durch eine bleiverglaste Kuppel fiel Licht in den Raum und malte edelsteinartige Muster auf den Boden. Hier war bestimmt seit einem Jahrhundert nichts mehr verändert worden. Die Einrichtung bestand aus Apparaten, die man im viktorianischen Zeitalter gern als »Hygienegerät« bezeichnet hatte. Eine thronähnliche Toilette, von deren Wasserkasten eine Kette herabbaumelte. Ein großes Porzellanbecken mit Wasserhähnen aus Messing. Eine schmiedeeiserne Badewanne, die auf Löwenklauen stand, und zierlich geschmiedete Kerzenhalter, verkrustet von dunkelrotem Wachs, die über dem verschnörkelten Rand der Wanne an der Wand befestigt waren.

Gegenüber der Wanne hing ein Bild, das von einem Tuch bedeckt war. Aphrodite hielt inne. Aus irgendeinem unerfindlichen Grund schreckte sie davor zurück, das Bild zu enthüllen. Sie wollte es nicht sehen. Allmählich fragte sie sich, ob es eine gute Idee gewesen war, diesen Auftrag angenommen zu haben. Konnte sie Polly Riordan anrufen und sagen, dass sie es sich anders überlegt hatte? Einen Augenblick erwog sie diesen Gedanken. Verdammt, dachte sie wild entschlossen. Der Job war entschieden zu lukrativ, um ihn abzulehnen.

Aphrodite holte tief Luft, dann griff sie wie eine Zauberin, die einen Trick vorführte, nach einem Zipfel des Tuchs und zog es herunter. Vor ihr hing das Porträt einer Frau, gemalt in leidenschaftlichen Ölfarben. Auf Anhieb erkannte sie Miriam de Courcy, Troy MacNallys Ex-Muse. Sie war nackt, lag auf der Seite und hatte dem Künstler den Rücken zugekehrt. Über ihre Schulter hinweg sah sie den jeweiligen Betrachter des Bildes direkt an, bevor dieser den Blick über ihren Körpers wandern lassen konnte. Ihr Fußknöchel steckte in einer Fessel, an der eine Kette befestigt war, und in ihren schönen, verhangenen Augen lag mehr als nur ein Hauch von Traurigkeit. Sie ruhte auf einem Sofa mit einem Samtüberwurf; ein Arm hing locker über der Kante, der andere stützte ihr Kinn. Ein in rotes Leder gebundenes Buch lag aufgeschlagen neben ihrem Ellbogen auf dem Sofa. Aphrodite bemühte sich, die in Gold gestanzten Buchstaben auf dem Rücken zu entziffern. *Erotica Universalis*, las sie. Ein Äffchen spielte mit einer Opiumpfeife, die die Schöne offenbar hatte zu Boden gleiten lassen. Die Frau war so vollkommen nackt, dass Aphrodite den Drang verspürte, sie wieder mit dem Tuch zu verhüllen.
Stattdessen verließ sie Troy MacNallys Wohnung und fuhr geradewegs zum Pidgeon House Pier.

Sie lief die gesamte Strecke nicht nur einmal, sondern zwei Mal und wartete auf die ultimative Inspiration. Was sollte sie von dem merkwürdigen Szenario halten, das sie hinter der schäbigen Eingangstür zu Troy MacNallys Wohnung vorgefunden hatte? Was sagte es über den Mann aus, über seinen Lebenswandel? Sein Einrichtungsgeschmack zeigte deutlich, dass er in einer anderen Ära lebte: in der *Belle Époque*, als die Prachtentfaltung regierte, in der Ära, die

Baz Luhrmann für seinen Film *Moulin Rouge* geplündert hatte. Aphrodite überlegte angestrengt, was sie über das ausgehende neunzehnte Jahrhundert wusste. Viel war das nicht. Früher war dies einmal ihre Lieblingsepoche der Kunstgeschichte gewesen – der düstere Symbolismus und die Beschäftigung mit Kunst und Sinnlichkeit hatte sie als hormongesteuerter Teenager fasziniert –, doch sie hatte sich nicht ernsthaft damit befasst. Es war eine rein pubertäre Phase gewesen, die sie bald überwunden hatte.

Was war die erste Aufgabe des Herkules, der sie sich jetzt stellen musste? Sie dachte gründlich nach. Zunächst musste sie das Bad vollständig leer räumen, daran führte kein Weg vorbei. Sie musste den gesamten kunstvollen viktorianischen Zierrat herausreißen und ihn jemandem zukommen lassen, der mit Antiquitäten und Restbeständen handelte. Was blieb ihr dann? Ein leerer Raum. *Ein leerer Raum …* Moment – sie war auf der richtigen Spur. Was hatte Troy gestern noch am Telefon gesagt? »… dass sich alles vom jetzigen Zustand so stark wie möglich unterscheiden soll.« Unterscheiden sollte sich das neu hergerichtete Bad also? Nichts würde sich so sehr davon unterscheiden wie ein leerer Raum. Ja! Sie würde ihren Auftrag buchstabengetreu ausführen.

Eine Vision in Weiß schwebte vor ihrem inneren Auge. Ein jungfräulicher Raum mit klaren Linien und Zen-Ambiente. Ein Ort der Kontemplation, ein Ort ohne jegliche Ablenkung. Ein Refugium. Der Rückzugsort eines Einsiedlers. Ein leerer Raum.

Zurück in ihrer Wohnung rief sie unverzüglich Lola an, deren Bruder Tony eine Nachricht auf dem Anrufbeantworter hinterlassen hatte. Er teilte ihr mit, dass er von Herzen gern bereit war, die Bauarbeiten in Troy MacNallys Bad zu übernehmen. Immer wenn sie jetzt daran dachte und sich das Ausmaß der Aufgabe vor Augen führte, schrieb sie das Wort »Bad« in Gedanken mit Großbuchstaben.

»Gruselig«, sagte Lola mit Geisterstimme, als Aphrodite ihr schilderte, was sie hinter Troys unauffälliger Wohnungstür vorgefunden hatte.

»Ja, es ist wirklich ein bisschen gruselig. Aber wenn ich das nächste Mal hingehe, bin ich wenigstens nicht allein. Tony hat angerufen. Er will mir helfen.«

»So. Und wie willst du den Raum umgestalten?«

»Ich reiße alles raus. Ich habe ein paar tolle Ideen, Lola. Allmählich kann ich mich wirklich für dieses Projekt begeistern.«

»Nun spuck's schon aus.«

»Tja. Ich werde dieses Bad in das absolute Modell japanischer Zurückhaltung verwandeln. Auf dem Heimweg habe ich mir ein paar Kataloge besorgt, und in einem davon habe ich eine Badewanne gefunden, die nichts weiter ist als eine schlichte ovale Mulde.«

»Wow. Cool.«

»Wirklich. Megacool. Etwas Derartiges könnte ich mir in tausend Jahren nicht leisten.«

»Wie hoch ist dein Budget für diesen Auftrag, Aphrodite?«

Sie ahmte den Tonfall eines Politikers nach. »Ich bin nicht autorisiert, über meine finanziellen Arrangements mit Mr. MacNally zu reden.«

»Blöde Ziege.«

»Ganz recht. Aber es geht um einen Haufen Geld, Lo.«

»Er muss irgendwelche private Einnahmen haben. *So* etabliert ist er als Designer nun auch wieder nicht«, bemerkte

Lola. »Noch ist er keine internationale Größe, soviel ich weiß. Ich wüsste zu gern, woher seine Kohle stammt.«

»Beziehungen zur Mafia«, spekulierte Aphrodite vergnügt. Erneut packte sie die Begeisterung. »Ich lasse mir von Tony eine Art Podest mitten in den Raum bauen, zu dem Stufen hinaufführen – direkt unter dieser bleiverglasten Kuppel, von der ich dir erzählt habe. Das Farbenspiel ist so fantastisch, Lola …«

»Die Kuppel willst du doch wohl nicht rausreißen, oder?«

»Gott, nein. Die ist viel zu schön. Darunter werde ich die versenkte Badewanne einbauen.« Aphrodite gestikulierte heftig, wie immer, wenn die Leidenschaft sie übermannte – eine Angewohnheit, die sie von ihrer Mutter übernommen hatte. »Das Licht, das durch das Bleiglas auf die darunter stehende Wanne fällt, liefert die einzigen Farbtupfer im ganzen Raum. Ich werde dieses Bad so schlicht gestalten wie eine Mönchszelle! Das ganze übliche Zubehör werde ich hinter schlichtweißen Wänden verbergen …«

»Hinter Stellwänden?«

»Nein. Einbauschränke. Deckenhoch über die gesamte Länge einer ganzen Wand. Ich werde sogar den Spiegel so anbringen, dass die schlichtweiße Rückseite dem Raum zugekehrt ist, wenn er nicht benutzt wird. Nicht einmal Mr. MacNallys Spiegelbild kann ihn ablenken, wenn er in Meditationsstimmung ist.«

»Und das erotische Porträt?«

»Ich weiß noch nicht, was ich damit mache. Soll ich es irgendwo anders aufhängen?«

Lola überlegte. »Ich bin mir nicht sicher, dass das eine gute Idee ist. Wickle es einfach in Tücher und schaff es aus dem Weg.«

»Es gibt da ja so eine Abstellkammer.«
»Perfekt. Das ist dann also das Erste, was du zu tun hast. Und pass auf, dass Tony es nicht zu sehen bekommt. Ich kann mir lebhaft vorstellen, was für politisch unkorrekte Bemerkungen es ihm entlocken würde. Übrigens, wann legst du los?«
»Morgen«, antwortete Aphrodite.
»Au weia«, sagte Lola. »Viel Glück.«

Vier Wochen später war der Auftrag erledigt. Nachdem sie im Fernseher mehr als genug Sendungen über Baukatastrophen gesehen hatte, wusste Aphrodite, dass sie sich glücklich schätzen konnte, ein gutes Team gefunden zu haben. Die Leute hatten so gewissenhaft gearbeitet, um termingerecht fertig zu werden, dass Aphrodite ein bisschen sauer war, als sie zwei Tage vor dem Datum von Troys Heimkehr eine Nachricht von Polly Riordan erhielt, die ihr mitteilte, dass der Designer seinen Urlaub um eine Woche verlängert hatte und erst am 10. März zurückkehrte.
An einem Samstagabend entließ sie die Arbeiter aus der Wohnung und schlenderte dann durch die Räume zurück, um einen letzten Blick auf ihr Werk zu werfen. Lola hatte früher am Tag hereingeschaut, um Aphrodites Arbeit zu bewundern. Sie hatte ihre *Irish Times* auf dem Küchentisch liegen gelassen, wie Aphrodite jetzt bemerkt, und dazu eine Ausgabe der *wallpaper**, der Einrichtungsbibel. Aphrodite griff nach der Zeitschrift und blätterte sie auf dem Weg zu Troys Bad geistesabwesend durch. Was für ein überkandidelter Mist!, dachte sie, als sie einen Artikel überflog, der den letzten Schrei an teuren Pflicht-Accessoires propagierte. Verächtlich blätterte sie um und fand

einen Artikel über Pflicht-CDs vor. Ach, wie öde. Sie blätterte weiter. Was sie dann sah, ließ sie wie vom Donner gerührt stehen bleiben.
Es war ihr Bad. Herrgott noch mal, Himmel, hilf. Es war beinahe exakt ihr Bad. Schlicht war es. Weiß war es. Zen war es. Ein Podest in der Mitte des Raums war der zentrale Punkt, mit einer versenkten Badewanne. Eine schlichte weiße Mulde. Badeinrichtungen hinter weißen Wänden verborgen. Der einzige Unterschied zu ihrem Bad bestand darin, dass diese Wände Türgriffe aufwiesen. Während sie das Foto mit sinkendem Mut betrachtete, fielen ihr weitere Unterschiede auf, doch die waren nebensächlich. O *Gott*! Wie hatte sie so blöd sein können? Schließlich war es das klassische Konzept für ein Bad. Ihre engstirnige Entschlossenheit, einen leeren Raum zu schaffen, hatte sie blind gemacht für die Tatsache, dass ihre Idee nun wirklich nicht sonderlich originell war. Und Troy MacNally hatte ihr deutlich zu verstehen gegeben, dass er nichts wollte, was auch nur entfernt an die Arbeit eines Innenarchitekten erinnerte. Hauptsächlich aus diesem Grund hatte er ihr den Auftrag gegeben, zum Kuckuck! Und sie hatte sein Grundprinzip völlig über den Haufen geworfen. Was würde er denken, wenn er aus dem Urlaub zurückkam und feststellte, dass sein Bad in eine Parodie auf den Traum eines Innenarchitekten in *wallpaper** umgestaltet worden war?
Aphrodite fühlte blinde Panik aufsteigen. Stop!, ermahnte sie sich. So geht es nicht! In Panik zu geraten war keine Lösung. Sie ließ sich schwer auf das erst kürzlich auf Hochglanz polierte weiße Podest sinken, ohne einen Gedanken daran zu verschwenden, dass es schmutzig werden könnte, und zwang sich zum Nachdenken. Gib nicht auf, gib

nicht auf, drängte ihre pragmatische innere Stimme. Dir bleibt noch eine Woche, um etwas zu ändern. *Ändern*? Was glaubte sie denn, was sie noch würde ändern können? Sie hatte ihr Budget vollständig ausgeschöpft. Sie konnte keine Arbeiter mehr einstellen, kein Material mehr kaufen. Sie hoffte wohl auf ein Wunder. Aber manchmal geschahen ja tatsächlich Wunder ... Eine kleine Inspiration brachte oft ein Wunder zustande ...

Der Pidgeon House Pier lockte. Aber es war spät, und sie hatte keine große Lust, dort allein im Dunkeln spazieren zu gehen. Sie warf die widerliche Zeitschrift von sich, stand auf und fing an, auf und ab zu gehen. Sie schritt im Bad umher, dann durch das Ankleidezimmer ins Schlafzimmer. War hier ein Hinweis zu finden, eine Inspiration? Ihr Blick fiel auf die Sphinxe, die Troys Bett flankierten. Sie erwiderten ihren Blick mit derartig selbstzufriedener Unergründlichkeit, dass sie sie am liebsten getreten hätte. Die Hände krampfhaft gefaltet und an den Mund gepresst, schritt Aphrodite durch den Flur, bis sie sich, die Stirn in höchster Konzentration gefurcht, im Wohnzimmer wiederfand.

Was war die Antithese zu dem schlichten weißen Raum, den sie geschaffen hatte? Die Frage war leicht zu beantworten. Farbe. Farbe wäre zu schaffen. Farbe war billig. Sollte sie Troy MacNallys Bad in einer kräftigen Farbe streichen? Leuchtendes Orange zum Beispiel? O nein. Orange war eindeutig Schnee von gestern. Und orangefarbene Wände trieben Leute angeblich in den Wahnsinn. Die Wände in der Wohnung ihrer Mutter waren safrangelb gewischt, und das erklärte so einiges. Also. Orange kam nicht in Frage. Jede Menge Farbe vielleicht? Ein Meer von Blumen tauchte plötzlich vor ihrem inneren Auge auf. Wie

bitte? Blumen im Bad eines Mannes? Nein. Keine Blumen. *Fleurs. Les Fleurs du Mal …* Woher kam dieser Gedanke?
Sie war vor dem verglasten Bücherschrank stehen geblieben. In einem Regal auf Augenhöhe stand der Gedichtband von Baudelaire. Vielleicht fand sich in Troys Bücherschrank irgendetwas, das ihre Fantasie beflügelte? Sie ließ sich auf die Knie nieder und neigte den Kopf, um nachzusehen, was sich in den unteren Regalen fand. Dort, in einer dunklen Ecke, stand ein dickes, in rotes Leder gebundenes Buch. Der Titel war in Gold auf den Rücken gestanzt. Es war das Buch, das Miriam auf dem Bild im Bad las. *Erotica Universalis*.
Aphrodite versuchte, die Tür des Bücherschranks zu öffnen. Mit einem ziemlich gruseligen Quietschen bewegte sie sich in den Angeln, und Aphrodites Herz begann zu flattern, als sie den schweren Band aus dem Regal nahm. Sie schlug ihn auf und musste schlucken. Die Seiten waren gefüllt mit Illustrationen von kopulierenden Paaren – Bilder, die, hätten sie nicht dieses beträchtliche künstlerische Flair, an Pornografie grenzten. Aphrodite blätterte willkürlich durch das Buch, hielt inne, um das Bild einer ruhenden Nackten von Matisse zu bewundern, und klappte es dann entschlossen zu. Durch das Buch ließ sie sich lediglich ablenken, nicht inspirieren …
Als sie den Band wieder ins Regal schob, fiel etwas hinaus. Es war eine Postkarte mit der Reproduktion eines Bildes, das sie kannte, ein Bild, das ihr den Atem genommen hatte, als sie es im Original im New Yorker Museum of Modern Art gesehen hatte. Es war ein Werk Henri Rousseaus, und es zeigte eine schwarze Schönheit mitten in einem dichten grünen Dschungel auf einem Diwan ruhend, umgeben von Blumen und Tieren. Die Rückseite

der Karte war eng mit hellblauer Tinte beschrieben, die zu lesen Aphrodite sich verbot. Sie hatte schon genug spioniert. Sie setzte sich auf den Diwan neben dem Bücherschrank, betrachtete das Bild, das Rousseau mit *Der Traum* betitelt hatte, und dachte an einen Essay, den sie einmal für ihren Dozenten in Kunstgeschichte geschrieben hatte. Es war eine dieser »Vergleiche und stelle die Unterschiede heraus«-Übungen gewesen, und Rousseaus Name war des Öfteren aufgetaucht. Vergleiche und unterscheide. *Vergleiche und unterscheide* … Diese Zelebrierung der Natur in ihrer frischen, überschwänglichen Naivität unterschied sich drastisch von dem zenhaften Ambiente in Troys Bad …

Ja! Die Erkenntnis überfiel sie mit blendender Klarheit. Dieses Bad war eine leere Leinwand, ein jungfräuliches Blatt weißen Papiers, das sie mit Farbe bedecken konnte. Mit den Farben der Natur in all ihren unzähligen Nuancen. Hatte sie wirklich gedacht, ein leerer Raum wäre so anders wie möglich? Nein, nein, nein! Eine Landschaft im Stil Rousseaus wäre wohl das Letzte, was Troy MacNally in seinem Bad erwarten würde …

Aber was, wenn er es abscheulich fand? Wenn es ihn eher schockierte, statt zu überraschen? Sie ging ein waghalsiges, aus der Not geborenes Risiko ein. Und dann ertönte Aphrodites pragmatische innere Stimme in ihrem Kopf. Tja, meine Liebe, sagte sie sich. Du hast kaum eine andere Wahl. Und viel Zeit bleibt dir auch nicht …

Am nächsten Morgen ging Aphrodite einkaufen. Und zwar kaufte sie Farbe. Sie kaufte Dschungelgrün und Heliotrop und Sonnenuntergangsrosa. Feuerrot, Bananengelb und Mandarin. Sie kaufte Pinsel, Kohle und Terpentin. Dann

ging sie nach Hause, holte ihren Maleroverall und kehrte – nach einem Zwischenstopp bei Waterstones, um ein Kunstbuch zu erstehen – zurück zu Troys Wohnung.
Dort setzte sie sich in den Lichtkegel, der durch die Kuppel fiel, auf den Rand der Wanne und begann, in den glänzenden Rousseau-Reproduktionen zu blättern. Diesen Raum würde sie in einen Garten Eden verwandeln – in eine Heimstatt von Löwen, Tigern und Bären. Mannomann! Und von Jaguaren und Affen, Elefanten und Schlangen. Von exotischen Vögeln. Mittendrin eine nackte Eva, die unschuldig von einer rotzüngigen Schlange eine verlockende Frucht als Geschenk annahm …
Sie überflog den Text, der die Illustrationen begleitete, und erfuhr Näheres über Rousseaus Credo. Er postulierte vollkommene kreative Freiheit für den Künstler, dessen Inspiration auf das Schöne und Gute ausgerichtet war. Das Schöne und Gute … Genau das hatte sie hören wollen! Sie würde diese *Fleurs du Mal* in die Tonne treten und stattdessen die Wände mit lebendiger, leuchtender Flora und Fauna beleben. Das Schicksal hatte es so gewollt!
Sie sprang auf, schlüpfte in ihren Overall und lockerte ihre Finger. Dann griff sie nach einem Stück Zeichenkohle und warf kühne schwarze Umrisse auf die leeren weißen Wände in Troy MacNallys Bad.

Wieder arbeitete sie rund um die Uhr in der Wohnung. Aber – so tröstete sie sich – diesmal war es nur noch für eine Woche. Und Lola kam ihr zur Hilfe, Lola, die angeboten hatte, immer, wenn ihre Zeit es erlaubte, hereinzuschauen und den Pinsel zu schwingen.
Im Verlauf ihrer Arbeit schuf sie einen Dschungel. Grüne Ranken keimten in den Ecken und krochen über die Wän-

de. Palmen schossen empor und wuchsen deckenhoch. Die Wanne wurde neu gespritzt und zu einem aquamarinblauen See transformiert, über dem ein bleicher Abendhimmel mit einem kaltsilbernen Mond schimmerte. Affen turnten in den Kronen von Eukalyptusbäumen, und Panther lauerten in dem undurchdringlichen Laub. Eine Schlange bot Eva eine Aprikose an. In Troy MacNallys Bad wucherte der Garten Eden und brachte üppige Frucht hervor.

Und dann reinigte Aphrodite schließlich sehr spät am Abend vor der Rückkehr ihres Auftraggebers völlig erschöpft ihre Pinsel, räumte den Müll weg, der sich im Lauf der vergangenen sieben Tage angesammelt hatte, und stellte ihre Utensilien im Flur neben der Haustür ab. Gleich morgen früh würde sie wieder herkommen und ihren Kram abholen; heute Abend war sie zu müde, um noch nach Hause zu fahren. Sie wurde noch auf einer Party erwartet – die Abschlussfeier für Lolas Arbeit –, doch Aphrodite taten alle Knochen weh, ihr war geradezu schwindlig vor Erschöpfung, und das Letzte, wozu sie Lust hatte, war eine Party. Theaterfeten kamen immer erst reichlich spät in Schwung, und die Vorstellung, bis Mitternacht im Theater herumzulungern und lauwarmen Sekt aus Plastikbechern zu trinken, ödete sie an.

Sie ging zurück ins Bad, stieg sie aus ihrem Overall und zog den Spiegel aus der Verkleidung hervor, um zu prüfen, wie sie aussah. Total beschissen, dachte sie. Blass, müde und mit grüner Farbe im Haar. Der Schrank hinter dem Spiegel enthielt eine Auswahl verführerischer Öle. Eukalyptus, Moschus, Lavendel ... Sie zog den Stöpsel aus einem der violetten Glasflakons, und der leise Duft von Sandelholz stieg ihr in die Nase. Aphrodites Blick wanderte zu der aquamarinblauen Mulde in der Mitte des Raums. Ob es wohl zu unverschämt war, wenn sie sich ein Bad gönnte?

Nein, entschied sie, drehte die Hähne auf und goss Öl in die Wanne. Es war nicht unverschämt. Schließlich musste sie sich vergewissern, dass sie ihren Auftrag ordnungsgemäß erfüllt hatte. Herausfinden, ob ihre kreative Strategie Wirkung zeigte. Und um – na ja – einzuschätzen, wie ihr Kunde auf die brandneue Umgebung, die sie für ihn geschaffen hatte, reagieren mochte. Das war typischer Designerjargon. Natürlich konnte sie sich nicht in Troy MacNallys Gedankenwelt hineinversetzen, doch sie wollte wissen, was für ein Gefühl es war, in einem Teich zu liegen, der von einem Zauberwald umgeben war und einfach nur – nachzudenken …

Sie schlenderte in die Küche, um sich ein Glas Wasser zu holen, und wünschte, sie hätte so viel Verstand gehabt, sich ein Sandwich zu kaufen. Seit Mittag hatte sie nichts mehr gegessen, und sie kam um vor Hunger. Sie sah im Gefrierschrank nach, ob sich dort etwas fände, was sie mopsen konnte. Am nächsten Tag, wenn sie noch einmal herkam, um ihre Gerätschaften abzuholen, würde sie es ersetzen. Der Gefrierschrank war leer. Na gut, dann vielleicht im Kühlschrank. Konnte ja sein, dass die Arbeiter etwas Brauchbares zurückgelassen hatten. Im Kühlschrank befand sich überhaupt nichts Essbares – abgesehen von einem Karton Milch und etwas Undefinierbarem, das offensichtlich schon vor Wochen das Haltbarkeitsdatum überschritten hatte –, doch er enthielt mehrere Flaschen Champagner. Cristal. Sie würde ein kleines Vermögen opfern müssen, um eine Flasche Cristal zu ersetzen. Egal, dachte sie, ergriff eine Flasche und riss die Folie ab. Troy

MacNally hatte sie großzügig entlohnt, und nach der harten Arbeit hatte sie sich weiß Gott eine Belohnung verdient.
Sie holte eine Sektflöte aus geschliffenem Glas aus einem Schrank und ging zurück ins Bad, wo sie sich vollends auszog, bevor sie die Flasche öffnete. Das Geräusch allein schon genügte, um ihrer Laune Auftrieb zu geben. Ihre Mutter hatte einmal behauptet, das Ploppen eines Sektkorkens sei das schönste Geräusch der Welt. Aphrodite füllte das Glas und stellte dabei fest, dass ihre Fingernägel dick mit Farbe verkrustet waren. In dem Schrank, der die Badeöle enthielt, hatte sie einen Nagelknipser gesehen. Sie holte ihn und eine Feile und setzte sich auf den Wannenrand, um ihre Nägel zu bearbeiten, während das Wasser einlief. Die Wanne war so groß, dass es eine Ewigkeit dauerte, bis der Wasserstand auf annehmbare Höhe gestiegen war. Ihr blieb sogar noch Zeit, ihre Zehennägel zu pflegen. Zwischendurch trank sie immer mal wieder einen kleinen Schluck Champagner. Schließlich drehte sie die Hähne zu, ließ sich in das schmeichelnde Wasser gleiten, lehnte sich zurück an die glatte aquamarinblaue Wölbung, schloss die Augen und stieß einen Seufzer aus, der nur solchen perfekten Momenten vorbehalten war.
Nach einer kleinen Weile schlug sie die Augen wieder auf und betrachtete ihr Werk. Sie gab sich größte Mühe, es völlig nüchtern zu sehen, doch das war ihr unmöglich. Sie hatte es geschafft, dessen war sie sicher. Es war ihr gelungen. Der duftende Dampf, der wie Nebel aus der Wanne aufstieg, verlieh ihrem Wandgemälde noch mehr tropisches Flair, und sie erinnerte sich an das Gedicht, das Rousseau zu seinem »Traum« inspiriert hatte.

Yadwigha, in friedlichem Schlaf befangen,
In einem schönen Traum,
Hört die Töne der Flöte
Eines freundlichen Schlangenbeschwörers.
Während das Mondlicht schimmert
Auf den Blumen und den grünen Bäumen,
Lauschen die braunen Schlangen
Der süßen Melodie des Instruments.

Eine Stunde lag Aphrodite in der Wanne, versunken in ihre verzauberte Landschaft. Sie staunte und schaute. Wenn das Wasser in der Badewanne zu kühl wurde, ließ sie heißes nachlaufen, und wenn sich ihr Glas allmählich leerte, füllte sie Champagner nach. Je länger sie dort lag, desto schläfriger wurde sie von dem Alkohol und dem warmen Wasser und desto mehr widerstrebte es ihr, aufstehen zu müssen.

Schließlich fing sie an zu träumen. Sie war Yadwigha, die auf ihrem Sofa mitten im Dschungel schlief. Das Mondlicht schimmerte auf ihrer nackten Haut, sie hörte die zauberhaften Flötentöne des Schlangenbeschwörers, wilde Tiere mit gelblichen Augen beobachteten sie …

Aber sie schlief gar nicht mehr, wie sie benommen registrierte. Irgendwo spielten Flöten – eine vertraute Melodie, in der sie verschwommen Debussys *L' après-midi d'un faune* erkannte. Und sie war nicht allein. Am Türpfosten lehnte der schönste Mann, den sie je gesehen hatte, und beobachtete sie aus lohfarbenen Augen.

Aphrodite war so verwirrt, dass sie nicht einmal erschrak. Einen Moment lang lag sie da und sah Troy MacNally mit offenem Mund an, dann griff sie nach dem Badetuch, das sie neben der Wanne bereitgelegt hatte, stand langsam

auf und hielt sich das Tuch vor den Körper. Nachdem sie zu viel Champagner auf leeren Magen getrunken hatte, schwankte sie leicht und es fiel ihr schwer, sich auf diesen Gott zu konzentrieren, der plötzlich vor ihr aufgetaucht war.
»Ich … es tut mir Leid«, stammelte sie. »Ich wollte nur Ihr Bad ausprobieren und sehen, ob es funktioniert.« O Gott. Selbst wenn sie sich noch größere Mühe gegeben hätte, wäre ihr sicher nichts Idiotischeres eingefallen.
Doch offenbar verstand er sie, denn er antwortete: »Es funktioniert«, ging auf sie zu, nahm ihr das Badelaken aus den Händen und ließ es zu Boden fallen. Und dann legte er die Hände um ihr Gesicht und küsste sie.

4

Sie wehrte sich nicht. Und nach ein paar zögerlichen Sekunden fing sie an, den Kuss zu erwidern. Es war unmöglich, es nicht zu tun. Noch nie zuvor war sie mit solch zarter Kunstfertigkeit geküsst worden. Eine mahnende Stimme in ihrem Kopf fragte, was zum Teufel sie sich dabei dachte, sich von einem völlig Fremden einfach so küssen zu lassen, doch sie ignorierte sie.

Troy küsste sie mit atemberaubender Lässigkeit, er nahm sich alle Zeit der Welt. Gott, war das erotisch! Es war, als würde er sie wie ein gutes Essen genießen – als würde er sich ihren Geschmack auf der Zunge zergehen lassen. Schließlich löste er seine Lippen von ihren und gab ihr einen leichten Kuss auf die Stirn, wie zur Belohnung für ein braves Mädchen. Sie sah ihn benommen an, flehte stumm, er möge nicht aufhören, sie zu küssen, und erkannte das Fragende in seinem Blick. Und als sie auf diese unausgesprochene Frage hin zustimmend nickte, nahm er einfach wieder ihr Gesicht zwischen die Hände und legte die Lippen an ihr Ohr. »Wie lautet dein Name?«, flüsterte er. »Sag, dass du Aphrodite heißt.«

»Ich heiße Aphrodite«, flüsterte sie zur Antwort.

Daraufhin zog Troy MacNally ihren nackten, nassen Körper fest an sich und seufzte: »Ja!«

Einige Zeit später lagen sie in seinem handgeschnitzten Kapitänsbett, glücklich und befriedigt.

»Aphrodite – hm – und weiter?«, fragte er. »Du musst entschuldigen, dass ich deinen Nachnamen vergessen habe. Ich war sehr im Stress, als ich am Tag vor meiner Abreise aus Dublin mit dir telefoniert habe. Dein Vorname allerdings hat sich unauslöschlich in mein Gedächtnis eingebrannt. Ihn zu vergessen wäre auch nicht einfach.«
»Ich heiße Aphrodite Delaney.«
Er schenkte ihr ein umwerfendes Lächeln. »Und du wirst mittlerweile bestimmt zu dem Schluss gekommen sein, dass ich Troy MacNally bin.«
»Ja«, antwortete sie und erwiderte sein Lächeln. »Ich war schon immer stolz auf meine detektivische Begabung. Freut mich sehr, dich kennen zu lernen«, sagte sie und reichte ihm über das zerwühlte Laken hinweg die Hand. Sie fand es herrlich albern, sich einander vorzustellen, nachdem sie sich während der letzten paar Stunden heiß und leidenschaftlich geliebt hatten.
»Mich freut es noch mehr, dich kennen zu lernen«, sagte er, nahm ihre Hand und drückte einen Kuss in die Innenfläche. »Ich hatte gehofft, dass das Mädchen dem Namen Ehre machen würde, und du hast mich nicht enttäuscht.«
»Wie meinst du das?«
»Könnte es eine schönere Schicksalsfügung geben, als in meine Wohnung zurückzukommen und die Göttin der Liebe in meiner Badewanne vorzufinden? Und als du dann aufgestanden bist, nackt und umwerfend schön, verdammt noch mal, da wusste ich, dass ich meine neue Venus gefunden habe.«
»Hm. Erklär mir das bitte.«
»Meine Venus – meine Muse, Liebling. Das wurde allmählich auch Zeit, verdammt noch mal.« Er stützte sich auf

einen Ellbogen auf und blickte auf sie herab, und die Art, wie er die Augen zu Schlitzen verengte, weckte erneut ihre Lust. »Ist dir angesichts dieser Umstände noch nicht in den Sinn gekommen, Aphrodite, dass das *Schicksal* dich zu meiner Muse auserkoren hat?«

»Eine Muse? *Ich*?« Sie lachte laut auf.

»Und wie auf ein Stichwort gibst du mir Gelegenheit, das kleine Wortspiel anzubringen, das du künftig noch häufig hören wirst. Das heißt, falls du bereit bist, mir die Ehre zu geben und den Posten anzunehmen.«

»Was für ein Wortspiel?«

»Du findest die Idee sehr a-mus-ant. Die Boulevardpresse findet solche Scherze besonders gut.«

Sie lachte wieder und schmiegte sich an ihn. Plötzlich fühlte sie sich ein bisschen befangen. »Tja, wenn ich tatsächlich eine ernst zu nehmende Kandidatin für den Posten von Troy MacNallys Muse bin, solltest du mich lieber ein wenig in meinen Aufgabenbereich einführen, Chef.«

»Aufgabenbereich?« Troy sprach das Wort aus, als hätte er es noch nie zuvor gehört.

»Ja. Zum Beispiel – was genau *tut* eine Muse? Das habe ich mich schon immer gefragt.«

»Tja. Als du heute Abend aus meinem Bad aufgetaucht bist wie Aphrodite aus dem Meer, war das für den Anfang gar nicht schlecht. Es hat mich ordentlich inspiriert.«

Aphrodite mochte seine Art zu sprechen – seinen lässigen, samtig gedehnten Tonfall. Sie dachte daran, dass sie seine Stimme mit Bitterschokolade verglichen hatte, als sie sie am Telefon hörte. Das Bittere war verschwunden, jetzt klang seine Stimme wie *sehr teure* Schokolade. Die Sorte, die ihre Mutter bevorzugte. Oha, dachte sie. Von ihrer Mutter musste sie Troy fern halten, damit er nicht auf

die Idee kam, sich in Thea zu verlieben, wie so viele ihrer Freunde in der Vergangenheit.
Mit dem Mittelfinger malte er Spiralmuster auf ihren Bauch. »Als du in meiner Badewanne lagst, habe ich dich ausgiebig betrachtet und mir vorgestellt, dass durchsichtige Stoffe wie Seetang an deinen Brüsten kleben und deine Hüften umspielen. Ich hoffe, es stört dich nicht, das ahnungslose Opfer eines Voyeurs geworden zu sein.«
Es störte sie nicht. Vielmehr ließ die Vorstellung erneut unbezähmbare Lust in ihr aufwallen. Nachdem Troy seine Spirale vollendet hatte, strich er mit dem Finger über ihre Brustspitze, dann legte er den Arm um sie, damit sie sich noch enger an ihn kuscheln konnte. »Und ich hoffe, du hältst mich nicht für eine furchtbare Schlampe, Troy. So etwas wie heute habe ich noch nie getan, ehrlich.«
»Natürlich nicht. Ich auch nicht. Deswegen ist es ja etwas so unfassbar Besonderes.« Er strich ihr eine Haarsträhne von der Wange. »Du hast immer noch Farbe im Haar.«
»Ja. Ich sehe bestimmt aus wie ein Punk.«
»Mir gefällt das. Ich schätze, die meisten Najaden haben seegrüne Strähnchen im Haar. Übrigens, es ist etwas Besonderes.«
»Was?«
»Das von Rousseau inspirierte Bad. Wie bist du auf die Idee gekommen?«
»Hm.« Sie konnte ihm schlecht erzählen, dass sie seine Bibliothek durchforstet und die Rousseau-Postkarte in einem Band erotischer Literatur gefunden hatte. »Du wolltest doch etwas völlig anderes, nicht wahr? Und mir war aufgefallen, dass dein Geschmack stark in Richtung – hm – in Richtung Opulenz tendiert. Ich hoffe, du störst dich nicht an dem Wörtchen Opulenz?«, fügte sie rasch hinzu.

»Warum sollte ich?«
»Weiß nicht. Manche empfinden das es abwertend.«
»Erzähl das mal Karl Lagerfeld. Ich habe keine Probleme damit.«
»Gut. Also, zuerst habe ich sämtliche Armaturen herausgerissen – übrigens konnte ich bei einem Händler in der Francis Street dafür ein hübsches Sümmchen für dich rausschlagen – und sie durch schlichte, schnörkellose Linien ersetzt. Und dann fiel mir auf, dass die Wände geradezu danach schrien, dass jemand kam und sie mit Farbe bekleckste.« Das war glatt gelogen! Sie konnte und wollte nicht eingestehen, dass ihr ursprüngliches Konzept eines Zen-Bades im *wallpaper**-Magazin des vergangenen Monats abgebildet war.
»Du redest von einer leeren Leinwand.«
»Ganz genau! *Genau* das ist mir durch den Kopf geschossen.« Wow! Sie lagen auf der gleichen Wellenlänge! Das wurde ja immer besser!
»Nur eines stimmt nicht mit meinem neuen Bad«, sagte er und wickelte eine ihrer Locken um seinen Finger.
Sein Gesichtsausdruck war so ernst, dass sie einen Heidenschreck bekam. »Ach? Und was?«
»Deine Eva. Sie ist dunkelhaarig. Ich möchte, dass du sie als Blondine malst. Als Blondine mit meergrünen Strähnchen im Haar. Ich möchte, dass meine *derzeitige* Muse diesen Garten Eden bewohnt.« Er lächelte sie an. »Und jetzt sollte ich schnellstens mal darin verschwinden. Ich muss dringend pinkeln.«
Aphrodite verzog das Gesicht. »O nein!«, widersprach sie und warf die Bettdecke zurück. »Lass mich bitte zuerst gehen. Ich schiebe es schon seit einer Ewigkeit hinaus, und gleich platzt mir die Blase.« Es entsprach nicht Aphrodi-

tes Gewohnheit, die eigenen Toilettenangelegenheiten mit Leuten zu diskutieren, die sie gerade erst kennen gelernt hatte, aber andererseits war es genauso wenig ihre Gewohnheitssache, mit ihnen den Sex ihres Lebens zu haben. Und sie musste wirklich schnellstmöglich ins Bad, nicht zuletzt, um das kleine Häufchen säuberlich abgeschnittener Zehennägel zu entfernen, das, wie sie sich plötzlich erinnerte, neben Troy MacNallys Badewanne liegen geblieben war. Falls er es entdeckte, vergraulte es ihm seine neue Muse womöglich auf Lebenszeit.
Vor sich hinsummend huschte sie durch Troys Ankleidezimmer und folgte der Spur herumliegender Kleidungsstücke bis zum Bad. Troy hatte es vor noch gar nicht langer Zeit verflixt eilig gehabt, sich dieser Kleidungsstücke zu entledigen. Ha! Was für ein Gag!, dachte sie. Manchmal war das Leben wirklich ein Witz. In ihrem Hochgefühl hätte sie laut lachen mögen. Sie freute sich auf Lolas Reaktion, wenn die Freundin hörte, dass sie, Aphrodite, Troy MacNallys neue Muse war. Sie konnte es kaum erwarten, ihr davon zu erzählen.
Während sie pinkelte, betrachtete Aphrodite die exotische Verführerin, die sie an Troy MacNallys Badezimmerwand gemalt hatte, diese dunkelhaarige Schönheit, die er in eine Clairol-Blondine verwandelt haben wollte. Was erwartete man eigentlich von einer Muse? Wahrscheinlich jede Menge Sex. Und dass sie herumlag, während Troy exquisite Stoffe über ihren Körper drapierte. Dass sie zusammen badeten. Dass sie original Troy-MacNally-Kleider trug, in schleppenden Samt- und Seidengewändern durch seine prunkvollen Räume schwebte …
Gut, ihre Arbeit würde sie also besser nicht aufgeben. Sie würde weiterhin stundenlang auf Foto-Shootings sitzen,

darauf warten, dass die Polaroids fertig wurden, Produkte richtig platzieren und das öde Gewäsch der Models anhören müssen. Doch hätte sie dann auch einen herrlichen Mann in ihrem Leben, und einen herrlichen Mann hatte sie schon ziemlich lange nicht mehr gehabt.

In ihrem verwunschenen Märchenbad lachte Aphrodite laut auf, während sie sich die Hände wusch und dann zur Tür tänzelte. Doch irgendetwas veranlasste sie, die Notbremse zu ziehen, als sie gerade die Schwelle überschreiten wollte. Sie machte kehrt, sammelte die ekligen, abgeschnittenen Nägel ein und spülte sie in dem Moment ins Klo, als Troy um die Ecke bog.

Spät am nächsten Morgen malte sie die Eva neu, während Troy von der Badewanne aus zusah. Aus den in der Wand verborgenen Lautsprechern drang sinnliche, klassische Musik.

»Schenke deiner Eva auch dein kleines Muttermal«, sagte er, »das süße kleine Mal auf deiner linken Pobacke.«

»Das findest du süß? Du bist pervers. Ich finde es einfach abscheulich.«

»Es ist sehr, sehr sexy. *Du* bist sehr, sehr sexy. Ich werde schon scharf, wenn ich dir nur beim Malen zusehe. Zieh auf der Stelle diesen Overall aus und steig in die Wanne.«

»Nein«, sagte sie und lachte. »Ich tue schon den ganzen Morgen nur, was man mir sagt. Es ist höchste Zeit, dass ich mit meiner Arbeit weiterkomme.« Das entsprach der Wahrheit. Troy hatte ein paar außerordentlich einfallsreiche Sextechniken vorgeschlagen, und sie hatte Dinge mit ihm getan, die sie niemals für möglich gehalten hätte.

»Ich bin froh, dass du so ein folgsames Weibchen bist«, sagte er. »Das war eines der Dinge, die mich so an Miriam

gestört haben, als unsere Beziehung zu Ende ging. Sie hatte das Interesse am Sex verloren. Mit mir zumindest.«
Aphrodite war schockiert über dieser Bemerkung über seine alte Muse. Innerlich zögerte sie ein bisschen und kam dann zu dem Schluss, dass es vielleicht ganz angebracht war, so zu tun, als wüsste sie nichts von Miriam.
»Miriam?«
»Meine vorherige Muse.«
»Es macht dir nichts aus, über sie zu sprechen?«
»Ganz und gar nicht. Sie ist Schnee von gestern.« Der Hauch von Bitterkeit, der sich in seine Stimme schlich, ließ sie ahnen, dass es ihm doch was ausmachte.
Aphrodite war sich nicht sicher, ob sie ihn ermuntern sollte, Näheres zu berichten, oder nicht. Es war ein etwas merkwürdiges Gefühl, über Miriam de Courcy zu reden. Wahrscheinlich hatte sich Jane Eyre ähnlich gefühlt, wenn Mr. Rochester von seiner verrückten Frau auf dem Dachboden erzählte. Aber gleichzeitig ähnelte die Situation der nach einem Insektenstich, wenn man versuchte, dem Drang zu kratzen zu widerstehen. Unmöglich. »Wie hast du sie gefunden?«, fragte sie.
»Zum ersten Mal hab ich sie auf einer Party im Château eines Freundes in Frankreich gesehen.« Wow. Scheinbar hatte Troy hochkarätige Freunde. Sie konnte nur hoffen, dass sie in deren Gegenwart nicht allzu fehl am Platze wirkte.
»Sie war gekleidet wie das Modell eines präraffaelitischen Künstlers und sie las Baudelaire. Ich fand sie interessant, und natürlich war sie sehr schön. Aber das ging später alles den Bach runter. Sie fing an, Drogen zu nehmen, und wurde damit nicht fertig.« Er zuckte mit den Schultern.
»Was hast du eigentlich mit ihrem Porträt gemacht?«
»Mit dem Bild aus diesem Bad?«

»Ja.«
»Ich habe es in die Abstellkammer verfrachtet.«
»Ha! Dafür würde sie dich hassen. Sie litt sehr unter Klaustrophobie!« Troys Stimme troff nun vor Bitterkeit.
Aphrodite fragte sich, wie er so ätzend über eine Frau reden konnte, die ihm doch ganz offensichtlich einmal viel bedeutet hatte. Doch er hatte auch angedeutet, dass Miriam nicht treu gewesen war, und in diesem Fall hatte er ihrer Meinung nach das Recht, verbittert und ihr nicht übermäßig wohl gesinnt zu sein. Er tauchte unter, und als er wieder hochkam, lag sein Haar dicht und nass glänzend an seinem Kopf an. »Wie auch immer, sie ist Teil meiner Vergangenheit, und wichtig ist nur die Zukunft. Was hast du nächste Woche vor?«
»Nichts.«
»Nein, das stimmt nicht. Du verreist nämlich mit mir.«
»Tatsächlich? Wohin?«
»Wir fahren nach Kerry. Freunde von mir haben dort ein Landhaus.«
Au weia. Landhäuser, französische Châteaus …
»So eine Art Wochenendhaus auf dem Lande?«
»Ja. Sie haben sich am Ufer eines Sees in Coolnamaragh ein Wahnsinnshaus gebaut. Es liegt total abseits von jeder befahrenen Straße, aber es ist wunderschön. Gareth Fitzgerald, der Typ, dem es gehört, ist Architekt. Außerdem ist er einer meiner wichtigsten Geldgeber. Er und seine Frau Jolie sind Aktionäre von Troy-MacNally-Enterprises. Sie überlassen uns das Haus, so lange wir wollen. Wie steht's in den nächsten paar Wochen mit deinen Terminen, für den Fall, dass wir länger bleiben wollen?«
»Ich habe nichts auf dem Zettel«, schwindelte sie. In Wirklichkeit hatte sie für die übernächste Woche ein Foto-Shoo-

ting angesetzt, aber sie würde eine Möglichkeit finden, sich rauszureden. Die Aussicht, sich mit Troy MacNally in die ländliche Romantik zurückzuziehen, war zu unwiderstehlich, um sein Angebot ablehnen zu können.

»Also kommst du mit?«

»Klar.« Sie bemühte sich um einen gleichmütigen Gesichtsausdruck, doch innerlich flatterte sie vor Aufregung.

»Schön. Während ich hier lag, habe ich mir dich beim Seetangsammeln an einem windgepeitschten Strand vorgestellt, oder in einem Wald, wo du unter moosbewachsenen Bäumen entlangschlenderst, oder auf einer Klippe, wo du dich nackt auf ein Bett aus Farn legst. Ich darf auf keinen Fall vergessen, meine Kamera mitzunehmen.«

»Du willst mich fotografieren – hm – nackt?«

»Natürlich. Sofern du nicht dagegen hast.«

»Klar, ich habe nichts dagegen.« In Wirklichkeit aber behagte ihr die Vorstellung nicht sonderlich. Sie ließ sich äußerst ungern fotografieren, und der Idee von dem Bett aus Farn konnte sie auch nicht viel abgewinnen. Nackt im Farn zu liegen wäre verflixt ungemütlich, außerdem hatte sie irgendwo gelesen, dass Farne Krebs erregende Sporen in die Atmosphäre abgeben.

Troy schlug mit der flachen Hand so heftig auf das Wasser, dass ein Tropfenschauer auf Aphrodite niederging. »Ich werde unheimlich viel schaffen!«, freute er sich und griff nach dem Rousseau-Band, der aufgeschlagen neben dem Gemälde der Eva bei der Wanne lag.

»Heißt das, du willst dort *arbeiten*?« So hatte sie sich den Ausflug nicht vorgestellt. Ihre Tagesordnung sah eher Kaminfeuer und Abendessen in trauter Zweisamkeit in einsam gelegenen Egon-Ronay-Restaurants vor, neben Spaziergängen an verlassenen Stränden, wo sie sich spie-

lerisch mit Stranddisteln piekten. Oh, oh. Vielleicht hatte sie doch schon zu viele Werbespots ausgestattet.
»Unbedingt. Ich spüre schon, wie die Ideen nur so auf mich niederprasseln. Ich bin arg im Rückstand mit meiner nächsten Kollektion, und muss schnellstens ein paar Entwürfe anfertigen.«
»Ach so.« Da sie wohl gerade wenig Begeisterung gezeigt hatte, versuchte Aphrodite, ihm ein bisschen mehr Unterstützung zu bieten.
»Was für Ideen sind das?«, fragte sie heiter und wischte den Pinsel mit einem Lappen ab.
»Natur. Ich werde mich von der Natur inspirieren lassen. Wie Rousseau.« Mit trägen Fingern blätterte er in dem Rousseau-Band. »Das habe ich nur dir zu verdanken, meine Inspirationshexe. Durch dich habe ich meine neue Richtung gefunden.«
Aphrodite lächelte ihn an. Ihre Nervosität war verflogen; stattdessen fühlte sie sich geschmeichelt. Er lehnte, einen Arm hinter den Kopf gelegt, in der Badewanne, betrachtete mit trägen, honigfarbenen Augen das Buch und sah dabei so sexy aus, dass sie sich tatsächlich versucht fühlte, den Overall auszuziehen und zu ihm in die Wanne zu steigen. Sie zwang sich, den Blick von ihm loszureißen und sich auf die grünen Strähnchen zu konzentrieren, die sie der Eva ins Haar malen sollte.
»Troy?«, fragte sie beiläufig. »Darf ich dich fragen, was sich in dem Zimmer mit der verschlossenen Tür am Ende des Flurs verbirgt? Hinter der Tür mit den Säulen an beiden Seiten?« Über dieses Zimmer hatte sie schon die wildesten Spekulationen angestellt. Jedes Mal, wenn sie allein in der Wohnung gewesen war, hatte sie sich ein bisschen wie die Heldin in einem Gruselroman gefühlt. In Gruselromanen

gab es immer Geheimnisse hinter verschlossenen Türen, Leichen im Keller. *Leichen im Keller* … Die Vorstellung von Miriam, die im Keller eingesperrt war, verursachte ihr unwillkürlich eine Gänsehaut.

»Ach – das ist voll gestopft mit alltäglichem Dreck.«

»Mit alltäglichem Dreck?«

Dieser Aspekt von Troys Leben hatte ihr schon oft zu denken gegeben. Das auffällige Fehlen von Technik des einundzwanzigsten Jahrhunderts in seiner Wohnung hatte sie gleich bei ihrem ersten Besuch bemerkt.

Er zog eine Grimasse. »Pah! Ich fürchte, ich muss mich diesem Kram heute noch stellen. Bestimmt warten Millionen von kleinen E-Mail-Umschlägen darauf, geöffnet zu werden.«

»Oh! Ich liebe es! Ich kriege für mein Leben gern E-Mails!«

Troy schickte einen interessierten Blick in ihre Richtung. »Tatsächlich? Vielleicht kannst du einen Teil davon für mich erledigen?«

»Ich kann doch nicht deine Mails öffnen«, wehrte sie ab.

»Natürlich kannst du. Ich finde das völlig in Ordnung. Ich verabscheue das Zeug, dir macht es Spaß. *Ergo* – du erledigst das.«

Aphrodite zuckte mit den Schultern. »Tja … Ich helfe dir gern, wenn es dir wirklich nichts ausmacht. Aber streng genommen ist es nicht ganz korrekt.«

»Ist doch egal.«

»Warum hast du vor deiner Abreise nicht einfach eine Abwesenheitsmeldung eingegeben?«

»Abwesenheitsmeldung? Ich habe nicht die geringste Ahnung, wie man so etwas macht.« Er warf das Buch zur Seite. »Bist du fertig?«

»Beinahe. Willst du wirklich, dass ich das Mal auf meinem Po anbringe?«

»Ja.« Troy schwang sich aus der Wanne und schlang ein Badetuch um seine Hüften. Er blieb einen Moment so stehen, frottierte sein Haar und gähnte und sah zu, wie Aphrodite die letzten Feinheiten an ihrem Selbstporträt ausarbeitete. Dann trat er zu ihr und küsste sie leicht auf den Mund. »Das Bild ist perfekt«, sagte er. »Und du bist es auch.« Er lächelte auf sie herunter, und sie wartete darauf, dass er sie noch einmal küsste, doch stattdessen streckte er die Hand aus und öffnete eine Tür in der Wand, auf die ein fliegender Paradiesvogel gemalt war. »Hast du eine Ahnung, wo ich mein Rasierzeug finde? In diesem Badezimmer muss ich mich erst wieder orientieren.«

»Ich hab's hier drin verstaut«, sagte Aphrodite und ging zu einem Schrank neben dem Waschbecken. Wäre der aufgemalte Efeu nicht gewesen, der sich um das stromlinienförmige Waschbecken rankte, hätte man es für ein Weihwasserbecken in einer schlichten, modernistischen Kathedrale halten können. Wie die Wanne stellte es ebenfalls nichts weiter als eine ovale Mulde mit geschickt verborgenen Wasserhähnen dar.

»Ich dachte, es wäre praktisch, es direkt beim Waschbecken unterzubringen. Wenn du willst, kann ich dir später zeigen, wo alles ist.«

Er gähnte erneut. »Im Moment brauche ich nur mein verflixtes Telefon.«

»Es liegt im Schlafzimmer auf dem Boden. Dort hast du es liegen lassen, nachdem du gestern Abend etwas zu essen bestellt hast.« Troy hatte das horrend teure Menü eines französischen Restaurants bestellt, über dessen Schwelle Aphrodite noch nie getreten war. Das Hauptgericht, Hummer, hatten sie an dem langen Mahagonitisch im Speisezimmer verzehrt, die Aprikosen-Mousse hatten sie dann ins Schlafzimmer mitgenommen. Etwas Vergleichbares hatte sie noch nie gekostet. »Ich hole es dir«, sagte sie und machte sich beflissen auf den Weg, das Telefon zu suchen. Im Ankleidezimmer hielt sie inne, zögerte und sammelte dann seine abgelegten Kleider auf und hängte sie auf die Holzbügel in der Garderobe.

Die Dessertschalen und die leere Champagnerflasche standen noch auf dem Boden neben dem Bett, dessen Laken gründlich zerwühlt waren, an den Kissenbezügen klebten Spuren von Aprikosen-Mousse. Aphrodite gestattete sich ein kleines Lächeln, das stark an eine Katze erinnerte, die Sahne geleckt hat. Sie fand das Handy am Fuße einer der Sphinxen und brachte es ins Bad zu Troy.

»Ich sterbe vor Hunger«, sagte er, schaltete das Handy auf Betrieb und gab seinen PIN-Code ein. »Wir lassen uns wieder was bringen, ja?«

»Schon wieder?«

Er blickte verdutzt auf. »Warum nicht?«

»Troy«, sagte sie, hockte sich nieder und stülpte den Deckel auf den letzten ihrer Farbtöpfe. »Das ist sehr großzügig von dir, aber ich kann nicht zulassen, dass du mich zwei Mal hintereinander zum Essen einlädst. Ich könnte dir doch etwas kochen.«

»Du kannst *kochen*? *Richtig* kochen?« Troy war offenbar ziemlich überrascht.

Sie nickte. »Es ist wohl nicht gerade *haute cuisine*, aber, ja, ich kann kochen.« Ihr war schon in recht zartem Alter klar geworden, dass sie, sofern sie nicht kochen lernte, irgendwann an Unterernährung sterben würde. Die Vorstellung ihrer Mutter vom Kochen bestand darin, Fertiggerichte von Tesco und Marks & Spencer in die Mikrowelle zu schieben. Das hieß, sofern sie das Einkaufen nicht vergaß.

»Wow. Ich glaube, ich habe noch nie eine Frau kennen gelernt, die kochen kann. Außer Jolie Fitzgerald. Sie hat einen Kochkurs gemacht.«

Aphrodite trat zu ihm ans Waschbecken und lächelte seinem Abbild im Spiegel zu. »Du musst ein wirklich sonderbares Leben geführt haben«, sagte sie und tippte ihm mit dem Zeigefinger auf die Nasenspitze, »wenn du nicht mal jemanden kennst, der kochen kann.«

Troy verzog schuldbewusst das Gesicht und zuckte reumütig mit den Schultern. »Mag sein. Ich habe viel Glück gehabt. Was es heißt, knapp bei Kasse zu sein, habe ich nie erlebt. Mein Vater und meine Mutter haben mir ein saftiges Erbe hinterlassen, und eine uralte Cousine meiner Großmutter vererbte mir jede Menge Grundbesitz. Diese Wohnung hat ihr gehört. Eigentlich hat das ganze Gebäude – die Läden, Büros, alles – ihr gehört.« Er ging zu dem Podest, in das die Wanne eingelassen war, setzte sich auf den Rand und blickte ein bisschen ratlos drein. Es war, als müsste er zum ersten Mal den Verlauf seines privilegierten Lebens überdenken.

»Deine Eltern sind tot?« Ganz sanft stellte sie diese Frage, für den Fall, dass es ihn noch schmerzte.

»O ja. Seit einer Ewigkeit – sie sind bei einem Segeltörn ums Leben gekommen. Ich bin bei meiner Tante und in einer Reihe von Internaten groß geworden.«

»War das schwer für dich?«

Er senkte den Blick und betrachtete seine Hände. »Schwer. War es schwer? Der Tod meiner Eltern hat mich nicht schwer erwischt. Ich war noch ein Baby, als sie starben. Schwer war es, als ich nach England ins Internat geschickt wurde.« Dann gab er ein bellendes Lachen von sich und sah Aphrodite direkt in die Augen. »Aber das Leben kann gar nicht schwer sein, wenn man eine Menge Kohle hat, Aphrodite. Das glauben nur Weicheier. Es gibt nichts, was mich mehr ärgert, als egozentrische, arme kleine reiche Kinder, die ihr beschissenes Leben bejammern. Sie sollten mal einen Gang durch die Slums von Delhi machen, wenn sie wissen wollen, wie hart das Leben wirklich sein kann.«

»Warst du mal dort?«

»Ja. Wenn du mal einen Vorgeschmack auf die Hölle haben willst, dann fahr nach Delhi.« Sein verschlossener Gesichtsausdruck verriet ihr, dass er darüber nicht reden wollte.

»Dir gehört also dieser *ganze* Gebäudekomplex?«

»Ja. Die Laden- und Büroflächen vermiete ich über einen Makler. Ich wollte eigentlich alles verkaufen, aber als Jolie diese Bude hier sah, riet sie mir, sie zu behalten.«

»Jolie? Die Jolie, von der du eben schon mal gesprochen hast?«

»Ja. Sie war meine erste Muse.«

»So.« Gut. Bis hierher und nicht weiter.

»Sie hat sich in diese Wohnung verliebt.«

»Ich kann's ihr nachfühlen.«

Auf die Ellbogen gestützt, lehnte er sich noch etwas weiter zurück. Durch die bleiverglaste Kuppel fiel das Licht auf seine dunklen Haare und verlieh ihm das Aussehen eines byzantinischen Engels. »Das alles ist echt, weißt du. Es ist eine absolut authentische *Fin-de-siècle*-Wohnung. Diese Cousine war ein bisschen weggetreten. Sie war den alten Traditionen stärker verhaftet als die Mutter der Queen. Deshalb habe ich diese Bude gekriegt.«

»Das verstehe ich nicht.«
»Weil ich ihr letzter lebender männlicher Verwandter war. Die Wohnung wurde für mich in Treuhand gehalten, bis ich volljährig war. Sie hat alle Räume so belassen, wie sie seit ihrer Kindheit waren.«
»Wow. Eine lebensechte Miss Havisham?«
»Ja. Das hier ist ein verdammtes Museum. Und genauso führt sich auch die Putzfrau auf.«
»Wie meinst du das?«
»Die Putzfrau ist noch dieselbe, die für meine Cousine gearbeitet hat. Sie ist wie die Haushälterin in *Rebecca*, die Rebeccas Sachen immer tipptopp in Ordnung gehalten hat.«
»Mrs. Danvers.«
»Genau. Sie ist fast so verrückt wie ihre frühere Arbeitgeberin und wurde sogar richtig sauer, als Jolie einmal Schach gespielt hat – sie wollte, dass das Brett in genau dem Zustand verblieb, wie es war, als meine Cousine zuletzt gespielt hatte. Doch wenn sie das Brett jetzt abstaubt, stellt sie mit unbewegter Miene die Schachfiguren wieder in »Mrs. Fitzgeralds Version« auf. Wenn sie sieht, was du hier angerichtet hast, fällt sie in Ohnmacht.«
Himmel! Aphrodite hoffte, diesem gruseligen Wesen möglichst nie über den Weg zu laufen.
»Manchmal denke ich, ich sollte den ganzen Mist einfach verschrotten.«
»O nein, Troy, nein! Diese Wohnung ist romantischer als alles, was ich je gesehen habe!«
»Ich bin nicht sentimental«, sagte er. »Aber hier treibt so mancher Geist sein Unwesen, der besser Frieden finden sollte.«
Irgendwie spürte sie, dass er nicht über seine alte Cousine sprach. Eine Pause entstand, und Aphrodite, die die plötz-

lich entstandene Leere als störend empfand, fragte: »Hat deine Tante dir viel bedeutet? Die Tante, die dich großgezogen hat?«

Wieder verschloss sich sein Gesicht. »So würde ich es nicht ausdrücken«, antwortete er. »Sie war sehr jung und sehr schön, und das Letzte, was sie brauchte, war ein Kind, das ihr die Show verdarb – schon gar nicht ein Kind mit einem Riesenerbe, das sie nicht anrühren durfte. Ich hatte entschieden mehr mit den Kindermädchen zu tun als mit ihr. Inzwischen lebt sie in Australien. Sie schien es nicht erwarten können, dass ich endlich erwachsen wurde, damit sie die größtmögliche Entfernung zwischen uns legen konnte.«

»Ach, das stimmt doch sicher gar nicht.«

Er kräuselte die Lippen. »Du kennst meine Tante nicht.«

»Dann bist du also völlig allein auf der Welt?«

»Ja. Ich bin der Prototyp eines Waisenkindes.« Er sah so sexy aus und ähnelte gleichzeitig so sehr einem verirrten, kleinen Junge, dass Aphrodite ihn einfach in die Arme nehmen musste. Sie trat zu ihm an die Wanne, strich ihm eine feuchte Locke aus den Augen, setzte sich neben ihn und legte den linken Arm um seine Taille. Gerade als sie ihn küssen wollte, klingelte leise das Handy, das er immer noch in der Hand hielt.

Troy schlug sich mit der Handfläche gegen die Stirn. »O Scheiße«, sagte er. »Da ist doch tatsächlich jemand durchgekommen. Eigentlich sollte das Mistding immer abgeschaltet sein.« Er hantierte eine Weile mit dem Handy herum und versuchte ohne Erfolg, es abzuschalten.

»Lass es einfach, wenn du dich nicht melden willst«, sagte Aphrodite. »Es hört von allein auf zu klingeln.« Doch aus einem unerfindlichen Grund hörte es nicht auf. Das

Klingeln wurde stattdessen immer lauter. »Komm. Gib es mir«, sagte sie. Er reichte ihr das Handy, als wäre es glühend heiß. Das Design war so hoch technisiert und minimalistisch, dass selbst Aphrodite, die sonst mit diesen Dingen gut zurechtkam, nicht wusste, wie sie es ausschalten konnte. »Soll ich mich einfach melden?«, fragte sie.
»Himmel«, sagte er mit einem tiefen Seufzer. »Bitte tu das. Zum Teufel! Ich fürchte, irgendwann werde ich mich doch der Realität stellen müssen. Ich habe mich lange genug aus dem wahren Leben zurückgezogen.«
Aphrodite drückte die Sprechtaste. »Troy MacNallys Apparat«, sprach sie forsch in den Hörer.
»Troy? Entschuldigung – wo ist Troy?« Die weibliche Stimme am anderen Ende der Leitung klang verärgert.
»Er ist im Moment leider nicht zu sprechen«, sagte Aphrodite. »Kann ich ihm etwas ausrichten?« Sie griff nach ihrem Zeichenblock und dem Kohlestift, mit dem sie eben noch gearbeitet hatte.
»Entschuldigung – mit wem spreche ich?«
»Ich bin – ich bin mit Troy befreundet. Er hat mich gebeten, seine Anrufe entgegenzunehmen.« Troy musterte sie mit einer Mischung aus Belustigung und Bewunderung.
»Verstehe.« Die Stimme am anderen Ende der Leitung klang noch bekümmerter. »Dann nehmen Sie bitte meine Nachricht entgegen. Ich versuche schon seit gestern Abend, ihn zu erreichen. Er hat weder auf meine Anrufe noch auf meine E-Mails reagiert.«
»Er ist erst gestern spät abends in Dublin angekommen«, erklärte Aphrodite. »Er hatte noch keine Zeit, seine Anrufe und Mails zu checken.« Mit fragendem Blick wandte sie sich Troy zu, um sich zu vergewissern, ob sie das Richtige sagte, doch er flüsterte nur: »Du sexy, sexy, sexy

kleine Muse«, und fing an, die Knöpfe ihres Overalls zu öffnen.

»Würden Sie ihn bitten, so bald wie möglich Polly anzurufen?«, sagte die Stimme an ihrem Ohr. »Ich habe ein neues Handy, und für den Rest des Tages bin ich wegen geschäftlicher Angelegenheiten nicht mehr im Büro zu erreichen. Haben Sie etwas zu schreiben bereit?«

»Hm.« Troy hatte eine Hand unter ihren Overall geschoben und spielte mit ihrer Brustspitze. »Ob ich was zum Schreiben habe? Ja. Ja, hab ich.« Wieder legte sie die Hand über die Sprechmuschel. »Hör auf!«, flüsterte sie. »Du lenkst mich ab!« Doch Troy lächelte nur wieder – dieses Lächeln, das so jungenhaft und umwerfend sexy zugleich war – und machte weiter.

»Meine neue Nummer lautet 086 ...« Polly gab ihr den Rest der Nummer durch, während Aphrodite verzweifelt versuchte, sich zu konzentrieren. Sie verstand kaum etwas von dem, was aus dem Hörer tönte, so köstlich lenkten Troys geschickte Finger sie ab. Jetzt glitt seine andere Hand an ihrem Körper herab. Sie spürte sie vom Bauch bis zu ihrer Scham. Und sie gab sich größte Mühe, die Beine nicht zu spreizen, doch Troy war hartnäckig. Er schob die Hand zwischen ihre Schenkel, und Aphrodite ertappte sich dabei, wie sie die Muskeln entspannte. Sie sagte: »Würden Sie das bitte noch einmal wiederholen?«

»Mit Vergnügen«, flüsterte Troy und lachte frech und leise.

Polly seufzte leicht verärgert und wiederholte die Handynummer, als hätte sie es mit einer außergewöhnlich begriffsstutzigen Fünfjährigen zu tun. »Und da ist noch etwas«, sagte sie. »Würden Sie Troy bitte fragen, ob er ...«

Als sie Minuten später endlich Pollys neue Nummer notiert und den Hörer aufgelegt hatte, stand Aphrodite bereits wieder kurz vor einem Orgasmus.

Den nächsten und übernächsten Tag erledigten sie Troys alltägliche Dinge. Er schloss die Tür zu seinem Büro auf und zeigte Aphrodite, wo sich alles befand. Gemeinsam gingen sie zahllose E-Mails durch, wobei Troy sie immer wieder aufforderte, die Löschtaste zu betätigen und nur auf die allerdringendsten Nachrichten zu antworten. Viele der Mails kamen von Frauen, die wissen wollten, wo er sich aufhielt, und viele enthielten Einladungen von Leuten mit exotisch klingenden Namen zu Partys und Wochenenden an exotischen Orten.

Dann hörte Troy die Massen von Nachrichten auf seinem Anrufbeantworter ab und erledigte eine Reihe von Telefonaten. Die Taktik, die er einsetzte, um inhaltsvolle Dialoge zu vermeiden, beeindruckte Aphrodite nachhaltig. Er ließ sich nur selten aufs Warten ein, und wenn er einen Anrufbeantworter angewählt hatte, legte er einfach auf. Die arme Polly erschrak, als er sich bei ihr meldete.

»Ich verreise, Poll.«

Aphrodite vernahm ein gekreischtes: »Schon wieder?«, gefolgt von panischen Wortkaskaden.

»Keine Angst, Polly. Diesmal wird es kein Urlaub, und das verdanke ich meiner neuen Muse. Aphrodite Delaney. Ja. Sie hat sich bereit erklärt, meine Anrufe zu verwalten, während ich arbeite. Wenn du also eine Frau mit äußerst erotischer Stimme am Apparat hast, bringe ihr den gebührenden Respekt entgegen, ja? Und ja, ich *verspreche,* mein Handy nicht auszuschalten.«

Nachdem er endlich aufgelegt hatte, drehte er sich lächelnd zu Aphrodite um. »So«, sagte er. »Jetzt ist es offiziell. Du bist eindeutig und zweifellos meine neue Muse. Das wird sich rasend schnell in der Stadt herumsprechen.«

»Wieso?«

»Polly klatscht für ihr Leben gern. Himmel, das Telefon klingelt schon wieder. Komm, wir überlassen das dem Anrufbeantworter und knutschen lieber, was das Zeug hält.« Er zog Aphrodite auf die Füße und nahm sie in die Arme, und sie spürte, wie sich automatisch ihre Lippen öffneten, als er ihr mit der Zungenspitze meisterhaft einen Kuss entlockte.

Eine Männerstimme ertönte aus dem Anrufbeantworter – eine vornehm klingende Stimme. »Hi, Troy, hier ist Gareth. Ich habe gerade deine Nachricht wegen des Hauses in Kerry erhalten.« Etwas widerstrebend hörte Troy auf, Aphrodite zu küssen. »Geht in Ordnung«, sagte Gareth. »Aber du musst zum Penthouse kommen und die Schlüssel abholen.« Zum *Penthouse*?, dachte Aphrodite. Heiliger Strohsack! Was für einen seltenen neuen Planeten hatte sie da unversehens betreten, ohne eine Karte zur Orientierung? »Mir passt es am besten …«

»Diesen Anruf muss ich annehmen. Tut mir Leid«, sagte Troy an ihren Lippen. Er trat an den Schreibtisch und nahm den Hörer ab. »Gareth! Hi!« Ein kumpelhaftes Geplapper kam durch die Leitung. »Ja? Du sprachst von den Schlüsseln? Klar. Kein Problem. Ausgezeichnet. Du bist ein echter Freund. Wir sehen uns später. Tschüs. Das«, sagte er, legte den Hörer auf und wandte sich wieder Aphrodite zu, »war Gareth Fitzgerald, der Architekt, in dessen Haus wir in Kerry wohnen werden. Wenn wir zurückkommen, müssen wir ihn und Jolie zum Dank zum Essen einladen. Ich bin sicher, dass sie darauf brennen, dich kennen zu lernen. Allen voran Jolie.«

»Wieso das?«
»Hab ich dir das nicht gesagt? Vor Miriam war sie meine Muse.«
Autsch. Dieses Zeug über seine verflossenen Musen wollte sie nun wirklich nicht hören. Es war noch tausend Mal schlimmer als Blödmanns Gesülze über seine Ex-Freundinnen, wenn er sie mit ihr verglich – und das hatte er oft und gern getan. Doch dann setzte dieses merkwürdige Jane-Eyre-/Rochester-Gefühl wieder ein, und sie musste es einfach wissen. Gerade wollte sie fragen, wie lange Jolie Troys Muse gewesen war, als er sie wieder küsste. Und dann waren die Fragen zu Jolie Fitzgerald, die sie gern beantwortet gehabt hätte, einfach nicht mehr wichtig.

5

Am Mittwochmorgen fuhr Aphrodite zu sich nach Hause, um ihre Sachen für die Reise nach Kerry zu packen. Sie hatte sich verspätet, weil sie und Troy Zeit sparen wollten, indem sie zusammen badeten, was sich natürlich als grandioser Irrtum erwies …

Sie öffnete die Türen ihres Kleiderschranks und begutachtete missmutig den Inhalt. Was, in drei Teufels Namen, sollte sie mitnehmen? Jetzt, da sie hochoffiziell die Muse des schärfsten Designers von ganz Irland war, musste sie sich schon etwas mehr Mühe geben, um dieser Rolle gerecht zu werden. Hätte sie doch bloß noch genug Zeit, um loszulaufen und neue Garderobe einzukaufen, aber sie hatte sich mittags mit Troy in seinem Studio verabredet, und es war bereits elf Uhr. Ländliche Kleidung. Gut. Das dürfte nicht allzu schwer sein. Sie besaß Jeans und Hemden und ein paar Pullover, die man wohl gelten lassen konnte, und dazu eine etwas ältere Wildlederjacke. Draußen schien die Sonne, aber sie wusste ja, dass das irische Wetter launisch wie eine Diva war. Schal und Handschuhe waren unabdingbar, ebenso eine Sonnenbrille und regenfeste Kleidung. Ihre Stiefel waren gut – ein Schnäppchen im Ausverkauf –, sahen allerdings ein bisschen abgetragen aus. Trotzdem, ihr blieb keine Zeit mehr, sie auf Hochglanz zu polieren. Sie warf die Stiefel so wie sie waren in ihre Tasche. Was sonst noch? Troy hatte erwähnt, dass sie wohl häufig essen gehen würden. Wenn sie nun ein

vornehmes Lokal aufsuchten? Ihre Mutter hatte sich ihr schönstes Kleid geliehen, und sie konnte sich glücklich schätzen, wenn sie es je wiedersah.
Sie griff zum Telefon. »Lola?«, sagte sie, als ihre Freundin sich meldete. »Leih mir dein kleines Lainey!«
»Was? Bist du verrückt geworden? Es ist das Kostbarste, was ich besitze!«
»Bitte. Es ist ein Notfall.« So kurz wie möglich klärte Aphrodite Lola auf.
»Du hast Recht. Es ist tatsächlich ein Notfall. Ich bin gleich bei dir«, meinte Lola. »Du kannst dir auch die hohen Absätze ausleihen.«
Zehn Minuten später stand Lola vor der Tür, ihr kostbares Lainey-Keogh-Gewand in Seidenpapier gehüllt, die hochhackigen Schuhe in einer Plastiktüte. Sehr ehrfürchtig, als legte sie Opfergaben auf einen Altar, breitete sie die Sachen auf Aphrodites Bett aus. »*Wenn du*«, sagte sie mit bedeutungsschwerer Stimme, aus der die unausgesprochene Drohung deutlich troff. Mehr als diese beiden Worte brauchte sie nicht zu sagen.
»Ich weiß, ich weiß«, sagte Aphrodite, die immer noch verzweifelt ihren Kleiderschrank durchforstete. »Wenn dem Kleid irgendetwas zustößt, reißt du mir den Kopf ab, vierteilst und erschießt mich. Oh, schau mal«, sagte sie und tauchte in die Tiefen des Kleiderschranks ab, um mit einem zerknitterten Häuflein aus stahlblauer Seide und Kaschmir wieder aufzutauchen. »Mein alter Wickelrock! Wird so etwas von der *Vogue* immer noch in den hinterwäldlerischsten Zipfel der Modewelt verbannt?«
»Wer fragt danach? Sei einfach Mode-Anarchistin und trag ihn mit Stolz. Wirf ihn mir rüber, dann bügle ich ihn dir rasch noch.«

Aphrodite warf Make-up-Artikel in einen Beutel, den sie als Zugabe zu Clinique-Produkten bekommen hatte. »Bah. Manches von diesem Zeug sieht ein bisschen schmuddelig aus. Möchte wetten, Miriam de Courcy besaß so einen coolen Schminkkoffer von Make-up Forever, in dem sie ihren Kram mit sich herumschleppte. Du weißt schon, diese Köfferchen, die aussehen, als wäre ein komplettes Operationsbesteck darin.«

»Genau das ist es wahrscheinlich auch. Für kosmetische Eingriffe.«

»Oder um andere Models damit von hinten zu erstechen. Würdest du Bobcat für mich füttern, Lo? Und die Pflanzen gießen?«

»Klar. Aber du weißt ja selbst, was passiert, wenn du verreist.«

Aphrodite zuckte mit den Schultern. »Bob wird fett, und die Pflanzen sind unterernährt. Aber das ist immer noch besser, als wenn ich meiner Mutter den Auftrag gebe. Denn dann wäre Bob bald auch unterernährt.« Sie zog einen kleines, mit Marabu-Federn abgesetztes Alpaka-Ding aus einem Gewirr von Bügeln. »Oh, toll! Das Teil hatte ich ja ganz vergessen. Es ist ziemlich sexy, wenn man jede Menge Knöpfe offen lässt.«

»Warum hast du das Etikett aus deinem Wickelrock herausgetrennt?«, fragte Lola, während sie den Stoff untersuchte.

»Ich habe ihn bei Marks & Spencer gekauft.«

»Snob.«

»Und zwar ein unverzeihlicher.« Aphrodite hielt inne und holte tief Luft. »Tja. Wow. Ich glaube, das war's. Oh! Meine Mappe!« Sie lief in das Gästezimmer, das ihr als Atelier diente, und kam mit der Mappe zurück, für die sie

bei Winsor & Newton in Covent Garden ein Heidengeld ausgegeben hatte.
»Warum nimmst du deine Mappe mit?«
»Troy will meine Arbeiten sehen.«
»Igitt. Das ist ja zum Kotzen.«
»Was?«
»Die Vorstellung, wie du und Troy eure Arbeiten vergleicht. Wie ihr mit euren Zeichenblöcken in Kerry herumwandert und kleine Landschaftsaquarelle malt. Ich sehe es geradezu vor mir.«
»Eigentlich habe ich vor, möglichst viel Zeit im Bett zu verbringen«, bemerkte Aphrodite spitz.
»Oh! Du Ekel! Das ist ja noch mehr zum Kotzen. Hast du sexy Unterwäsche eingepackt?«
»Jede Menge.«
»Mit herausgetrennten Etiketten?«
Aphrodite lachte. »Aus den Teilen von Agent Provocateur, die du mir zum Geburtstag geschenkt hast, habe ich sie natürlich nicht herausgetrennt. Hey, jetzt übernehme ich das Bügeln. Sonst heimst du zu viele Pluspunkte ein, und ich stehe bis zum Hals in deiner Schuld, wenn ich nicht Acht gebe.«
Lola lächelte zuckersüß. »So sieht's aus, Schwester. Ich rechne fest damit, dass ich die Gelegenheit bekomme, mich in original Troy MacNally zu kleiden. Übrigens, wie ist er so im Bett?«
Aphrodite warf ihr ein anzügliches Lächeln zu und klopfte mit dem Zeigefinger gegen ihre Nase. »Sagen wir einfach, ich bin verliebt.«
»Wirklich, Aphrodite?«
Plötzlich stellte sie fest, dass sie ernsthaft darüber nachdachte. »Oje. Ich weiß es nicht. Ich glaube, ich war über-

haupt noch nie verliebt. Blödmann zählt ja nicht. Was meinst du, Lo? Woran merkt man das?«
»Wie oft bist du bei ihm gekommen?«
»So oft, dass ich nicht mehr mitgezählt habe.«
»Du bist verliebt«, sagte Lola.

Als sie fünf Minuten nach zwölf den Empfangsbereich von Troys Studio betrat, wappnete sie sich gegen die Missachtung der Empfangsdame. Doch zu ihrer Überraschung legte das Mädchen den Hörer aus der Hand, sobald sie Aphrodite erblickte, und begrüßte sie. »Miss Delaney!«, sagte sie mit einem breiten Lächeln. »Guten Tag. Schön, Sie kennen zu lernen. Ich bin Saskia MacCann.«
Aphrodite war vorübergehend sprachlos angesichts dieser VIP-Behandlung. Das hier konnte doch nicht dasselbe Mädchen sein, das ihr Erscheinungsbild mit Bestürzung betrachtete und sie wie einen unerwünschten Hausierer behandelt hatte! Und dann fiel der Groschen. Polly Riordan hatte offensichtlich das Gerücht verbreitet, dass eine brandneue Muse die Bühne betreten hatte, und jetzt bereute Saskia MacCann, Aphrodite beim ersten Treffen so herablassend begegnet zu sein. Und sie bereute es bitter, dachte Aphrodite, denn die Empfangsdame hatte ihr Unbehagen trotz des strahlenden Lächelns und des festen Händedrucks nicht verbergen können. Hey! Vielleicht würde sich dadurch noch so manche Gelegenheit für einen Spaß bieten! Empfangsdamen, Kellner, Verkäuferinnen und Friseurinnen abblitzen zu lassen gehörte zu den süßeren Dingen im Leben, einfach weil es so selten möglich war.
»Freut mich ebenfalls«, sagte sie und erwiderte flüchtig das Lächeln des Mädchens. Dann durchquerte sie den

Empfangsbereich, warf ihre Tasche auf das große Ledersofa und setzte sich, ohne eine Aufforderung abzuwarten. »Würden Sie Troy bitte wissen lassen, dass ich hier bin?«
Es entzückte sie, ihn beim Vornamen zu nennen und so den Grad ihrer Vertrautheit herauszustellen, insbesondere, als das Mädchen den Hörer abnahm und sagte: »Mr. MacNally? Miss Delaney wartet auf Sie. Ja, ich richte es aus.« Sie sah zu Aphrodite hinüber. »Er ist schon auf dem Weg hierher. Kann ich Ihnen etwas anbieten, Miss Delaney? Tee? Kaffee? Ein Glas Wasser?«
»Nein, danke, Saskia«, antwortete Aphrodite, entschlossen, penible, aber unterkühlte Höflichkeit an den Tag zu legen. Das war Furcht erregender als offene Feindseligkeit.
»Eine Zeitschrift vielleicht?«
Die üblichen Hochglanzhefte lagen zum Fächer ausgebreitet auf einem Beistelltisch. Sie wusste, dass in diesen Modebibeln kaum etwas Lesenswertes zu finden war – sie waren nichts weiter als glanzvolle Hüllen für die Werbung unverschämt teurer Designer-Marken.
»Nein, danke.« Aphrodite lächelte freundlich, saß da und strahlte perfekte, heitere Unbekümmertheit aus. Die Empfangsdame schenkte ihr ein unsicheres, starres Grinsen, senkte den Kopf und gab vor zu arbeiten. Ihr Kopf ruckte wieder hoch, als eine Tür geöffnet wurde und Troy, vermutlich in Helmut Lang gewandet und zum Vernaschen gut aussehend, den Raum betrat.
»Hey!«, sagte er, als er Aphrodite sah. »Startbereit?«
Aphrodite sonnte sich in seinem Glanz, als er sie auf die Wange küsste. Dann kam er noch näher und inhalierte tief. »Wow«, sagte er. »Du duftest nach Sandelholz und unserem gemeinsamen Bad.«

»Du auch«, sagte sie und sog mit dem gleichen Genuss seinen Duft ein.

»Der Duft von Sandelholz«, sagte er und gab ihr einen Kuss auf das Schlüsselbein, »wird für mich von nun an ein Synonym für Sex sein. Und das ist nur deine Schuld.« Er griff nach ihrer Tasche, die auf dem Sofa stand. »Nichts wie raus hier, Prinzessin, bevor ich in Versuchung komme, dich hier auf dem Glastisch zu nehmen. Tschüs, Saskia.«

Troy ging zum Haupteingang und hielt ihr die Tür auf. Beim Hinausgehen konnte Aphrodite sich nicht beherrschen, über die Schulter hinweg einen Blick auf Saskia zu werfen. Die junge Frau war am Boden zerstört.

»Hast du Wanderstiefel eingepackt?«, fragte Troy. »In der ländlichen Umgebung werden wir ordentlich viel wandern.«

»Klar«, antwortete Aphrodite mit einem sonnigen Lächeln. »Das war das Erste, was ich eingepackt habe.«

Troys Wagen war eine Schönheit: ein kleines Mercedes-Cabriolet, ganz in Knallrot. Es war ein schöner Tag mit klarem, blauen Himmel – erstaunlich mild für März –, sie fuhren mit offenem Verdeck und zogen verstohlen neidvolle Blicke der anderen Autofahrer auf sich. Sie konnte nicht anders und sonnte sich noch mehr in diesem Glanz. Hier saß sie neben einem atemberaubend gut aussehenden Mann in einem coolen Wagen auf dem Weg zu einem Landhaus in einer der schönsten Gegenden Irlands! Wenn Blödmann sie doch jetzt sehen könnte! Aphrodite hätte am liebsten vor Glück gesungen, doch ihr war zu deutlich bewusst, wie uncool ihre Stimme zu dem Nat-King-Cole-Stück gewirkt hätte, das samtig aus den Lautsprechern klang. Außerdem war ihr schon in sehr jungen Jahren von

einem Musiklehrer schmerzlich zu verstehen gegeben worden, dass ihre Stimme äußerst unzulänglich war.
Als sie den Stadtverkehr hinter sich gelassen hatten, trat Troy auf das Gaspedal. Der Mercedes schnurrte so sanft, dass Aphrodite zuerst gar nicht bewusst war, wie schnell sie fuhren, bis sie einen Blick auf den Tacho warf. Die Nadel bewegte sich auf hundertundachtzig zu.
Für die Fahrt, die gewöhnlich fünf Stunden gedauert hätte, brauchten sie nur vier. Als sie in Killarney ankamen, zeichneten sich in Aphrodites Handflächen tiefe Nagelabdrücke ab. Die Straßen waren tückisch, und die Berge waren entlang der Schwindel erregenden Abhänge von Haarnadelkurven gesäumt. Verkehrszeichen warnten vor Gefahren wie Steinschlag, steilen Schluchten und Wild, das jeden Augenblick vor den Kühler springen konnte, und andere Verkehrszeichen ermahnten die Autofahrer ständig dazu, langsam zu fahren. Doch Troy schlug alle Warnungen in den Wind und bewältigte die Serpentinen so lässig wie 007. Es herrschte wenig Verkehr auf den Straßen, und dafür war Aphrodite aus tiefstem Herzen dankbar, während Troy tollkühn um die Ecken bog, auf der falschen Straßenseite durch Haarnadelkurven schlitterte, lautstark die Landschaft bewunderte und im Vorbeifahren auf Sehenswürdigkeiten hinwies. Einmal gerieten sie Aug in Auge mit einem nicht zu verachtenden LKW, und als die Hupe dröhnte, biss Aphrodite sich so heftig auf die Lippe, dass sie blutete. Die Gegend war herrlich, doch Aphrodite sah nur wenig davon, weil sie es vorzog, auf dem Beifahrersitz ein kleines Schläfchen zu halten. Im Grunde war sie überhaupt nicht müde – sie wollte nur fest die Augen schließen und so wenig wie möglich von der Höllenfahrt mitbekommen.

In einem schäbigen Pub an einem Berg machten sie Halt und verzehrten ein Sandwich. Aphrodite suchte unverzüglich das Klo auf und versuchte, strategisch zu denken. Wie konnte sie sich als Chauffeurin anbieten, ohne Troy zu beleidigen? Eines stand fest – sie konnte ihm nicht sagen, dass sie umkam vor Angst, denn das würde seine Fahrkünste in ein schlechtes Licht rücken, und *niemand* ließ sich gern Kritik an den eigenen Fahrkünste gefallen, das war ja allgemein bekannt. Während sie sich die Hände wusch, kam ihr der zündende Gedanke.
Als sie aus dem Waschraum auftauchte, saß er auf einem niedrigen Hocker an einem Tisch beim Fenster und blätterte in einem Reiseführer. Sie setzte sich auf den Hocker neben ihm und legte die Hand auf seinen Schenkel. »Troy?«, sagte sie so harmlos wie nur möglich. »Ich hatte gerade eine großartige Idee. Du suchst auf dieser Reise doch Inspirationen, nicht wahr? Ich meine, für dich ist es ein Arbeitsurlaub, und ich fahre eigentlich nur so mit. Aber ich möchte mich nützlich machen, wo ich nur kann. Also … könnte ich nicht das Steuer übernehmen? Dann kannst du dich auf die Landschaft konzentrieren – Notizen machen, fotografieren und so weiter.«
Zu ihrer Erleichterung sträubte er sich kein bisschen. »Das ist wirklich eine prima Idee, Aphrodite«, sagte er.
»Es gibt doch keine Probleme wegen der Versicherung, oder?«, fragte sie mit heimlich gekreuzten Fingern.
»Nein. Ich bin vollkaskoversichert.« Aphrodite lächelte und löste ihre Finger.
»Wenn das so ist, trinke ich ein Bier zu meinem Sandwich, nachdem ich meine Chauffeursmütze jetzt offiziell an dich weiterreichen kann.« Er blätterte ein paar Seiten in dem Reiseführer zurück. »Schau«, sagte er und schob ihr das

Buch über die Tischplatte hinweg zu. »Ich habe ein ganz erstaunliches Ausflugsziel entdeckt.«

»Illnacullin«, las sie, »ist ein Inselgarten von seltener Schönheit. Aufgrund der geschützten Lage und des wärmenden Einflusses vom Golfstrom her ist das Klima nahezu subtropisch.« Sie blätterte um. »Wow! Sieh dir mal diese Riesenfarne an!«

»Da muss ich hin«, fasste Troy zusammen und beugte sich über Aphrodites Schulter, um die Fotos besser betrachten zu können. »Ich werde mir vorkommen, als ginge ich in deinem Wandgemälde im Bad spazieren. Schau, einen Abschnitt des Gartens haben sie sogar ›Der Dschungel‹ genannt. Mit einem bisschen Glück sind zu dieser Jahreszeit keine Besucher dort, und wir können ein abgelegenes Fleckchen finden und uns ein bisschen fantastischen Freiluftsex erlauben. Dann bist du die Yadwigha, nackt und friedlich schlafend, in einem schönen Traum befangen.«

»Und wer bist du?«

»Der Schlangenbeschwörer, versteht sich, der dich überredet, dich nackt auszuziehen.«

Die Kellnerin, die ihre Sandwiches zubereitete, hob erschrocken den Blick. »Psst!«, sagte Aphrodite. Doch das Lächeln, das sie Troy schenkte, war provokant. Sie sah auf ihre Uhr. »Heute kommen wir sowieso nicht mehr dorthin. Um fünf Uhr abends wird geschlossen.«

»Es hat keine Eile. Wir verfügen über alle Zeit der Welt.« Er reckte sich und seufzte vor Behagen. »Teufel, was für eine Aussicht!« Durch den Fensterrahmen wirkte die Landschaft von Killarney wie ein *trompe-d'oeil*-Gemälde. Unter einem lavendelblauen Himmel, der von schneeweißen Federwölkchen durchwirkt war, schienen die dunklen Berge auf die bleigraue Oberfläche eines Sees herabzustürzen, der sie in ihrer verschwommenen, Kopf stehenden Pracht spiegelte. »Wenn ich das sehe, fühle ich mich wie ein reicher Mann, Aphrodite.«

»Du *bist* ein reicher Mann«, erinnerte sie ihn.

Er kräuselte die Lippen. »In materieller Hinsicht, ja.« Er deutete auf den Mercedes vor der Tür, auf dessen blitzender roter Kühlerhaube die Sonne glitzerte. »Hey, was weißt du schon? Ich bin ein kauziger Radikaler mit einem flotten Mercedes und einer Patek-Philippe-Uhr und Designer-Klamotten und all den begehrten Lifestyle-Accessoires, die man sich nur wünschen kann. Ist dir schon aufgefallen, Aphrodite, dass die Menschen nicht mehr ihr *Leben* leben? Sie leben einen Lifestyle. Wir sind eine Generation von geistig und emotional Degenerierten, suchen unentwegt nach dem idealen Leben und wissen das Schöne und Gute vor unserer Nase nicht zu schätzen.«

Aphrodite dachte an die Auswahl von Hochglanzmagazinen im Empfangsbereich von Troys Studio und an Lola, die sie wegen des herausgetrennten Etiketts in ihrem Wickelrock von Marks & Spencer als Snob bezeichnet hatte. Sie erinnerte sich an die *wallpaper**-Ausgabe, in der sie ihr »originelles« Zen-Design für Troys Bad entdeckt hatte, und sie sagte sich, ja, Troy hatte wahrscheinlich Recht. Selbst das ursprüngliche Konzept der Spiritualität wurde von Betrügern missbraucht, die nur darauf aus waren, mit verblendender Geist-/Körper-/Seele-Vermarktung schnelles Geld zu machen. »Bist du ein religiöser Mensch, Troy?«, fragte sie ihn jetzt.

»Nein. Überhaupt nicht. Aber ich bewundere Menschen, die sich dem Materialismus entziehen.«

Aphrodite überlegte, ob sie irgendjemanden kannte, der

sich dem Materialismus entzog, doch ihr fiel niemand ein.
»Wie zum Beispiel?«, fragte sie.
»Wie die Mönche in Tibet, die alles Weltliche ablehnen und deren einziges Ziel im Leben darin besteht, spirituelle Weisheit zu erlangen. Dazu gehört eine Menge Mut. Das habe ich mir immer ausgemalt, als ich noch jünger war. Damals bin ich mit dem Rucksack durch Thailand gereist und fand die Tempel einfach Ehrfurcht gebietend – im wahrsten Sinne des Wortes. Aber mir wurde schon bald klar, dass ich ein viel zu sinnlicher Mensch bin. In einer Strandhütte in Thailand zu leben, das klingt romantisch, aber du solltest mal die sanitären Verhältnisse sehen. In manchen Gebieten herrscht die gleiche chronische Armut wie in Indien.« Mit einem kläglichen Lächeln wandte er sich Aphrodite zu. »Ich bin zutiefst beschämt, es zugeben zu müssen, Aphrodite, aber ich hänge zu sehr an den guten Dingen des Lebens, um darauf verzichten zu können. Ich liebe mein schnelles Auto und meinen Kaschmiranzug und meine teure Armbanduhr.« Er strich mit den Lippen zart über ihren Mund, und die Art, wie er sie aus schmalen Augen anlächelte, fand sie derartig verlockend, dass sie sich am liebsten über den Tisch gelehnt und ihn auf der Stelle abgeknutscht hätte, wäre nicht just in diesem Augenblick die Kellnerin mit den Sandwiches an ihren Tisch gekommen. »Und schöne Frauen *bete* ich an«, sagte er und lächelte die seinem Charisma verfallene Kellnerin an, die sich auf der Stelle in ihn verliebte.

Als sie die grauenhaften Sandwiches verzehrt hatten, leerte Troy sein Bier und hob seinen kaschmirgewandeten Arm, um einen Blick auf seine Uhr zu werfen. »Zeit zum Weiterfahren«, sagte er. »Ich möchte gern vor Einbruch

der Dunkelheit am Ziel sein, damit du das Panorama bewundern kannst.«
»Warum ist Patek Philippe so teuer?«, fragte Aphrodite und sah auf ihre eigene Uhr.
»Keine Ahnung«, antwortete er, zog sein Brillenetui aus der Tasche und setzte seine Sonnenbrille auf. Er wollte das Etui eben wieder in die Tasche schieben, als er plötzlich mitten in der Bewegung innehielt und es betrachtete. »Noch mehr verdammte Designer-Logos«, sagte er. »Mit dem Geld, das ich für dieses Teil hingeblättert habe, könnte man bestimmt ein ganzes afghanisches Dorf eine Woche lang ernähren.« Er wandte sich ihr zu, und in sein Lächeln mischte sich etwas sehr Düsteres. »Du hast da eine sehr gute Frage gestellt, Aphrodite. *Warum* ist Patek Philippe so teuer?«
Sie sah ihm nach, als er sich abrupt erhob und quer durch den Raum zum anderen Ende des Tresens schritt, wo ein uralter Bergmann in einem Regenmantel sein Bier genoss.
»Entschuldigen Sie die Störung, Sir«, sagte Troy. »Haben Sie eine Uhr?«
Der Mann blinzelte ihn aus wässrigen Augen an, bevor er einen Blick auf seine Armbanduhr warf. »Ja«, sagte er. »Es ist …«
»Nein, danke, Sir. Ich brauche die Uhrzeit nicht zu wissen. Ich habe selbst eine sehr gute Uhr.« Troy löste die Patek Philippe von seinem Handgelenk. »Aber sie hat keinen glücklichen Menschen aus mir gemacht.«
»Hm. Was soll das?«, fragte der Mann völlig verwirrt.
»Ich sage – nein – ich schlage Ihnen einen Tausch vor.«
»Tausch?«
»Ja. Wir tauschen die Uhren. Diese Uhr hier hat mich viele hundert Pfund gekostet. Aber was hat das für einen Sinn? Ihre Uhr geht doch sicher einigermaßen genau? Mal se-

hen, laufen unsere Uhren synchron? Zeigen sie dieselbe Uhrzeit an?« Troy streckte dem Mann seine Uhr entgegen, sodass er das Zifferblatt sehen konnte.

Der Blick des Mannes wanderte von Troys blitzend goldener Uhr zu seiner eigenen billigen, die ein Armband aus Lederimitat hatte, und wieder zurück. »Ja, sie gehen genau gleich«, räumte er ein.

»Gut. Sind Sie mit dem Tausch einverstanden?«

Plötzlich erwachte Misstrauen in den Zügen des Mannes. »Was stimmt nicht mit der Uhr?«

»Mit meiner Uhr?«

»Ja.«

»Sie ist völlig in Ordnung. Sehen Sie sie sich an. Sie ist in bestem Zustand. Hier.« Troy reichte ihm die Uhr. »Sehen Sie selbst.«

»Ist das echtes Gold?«

»Ja.«

Der Mann studierte die Uhr so gründlich, dass Aphrodite jeden Moment erwartete, dass er das Metall prüfend zwischen die Zähne nahm, so wie es Pfandleiher in Filmen taten. Schließlich stimmte er, ohne dass das Misstrauen aus seinem Gesicht verschwand, Troys bizarrem Vorschlag mit einem Grunzen und einem Kopfnicken zu. Er reichte Troy seine eigene Uhr und ließ die Patek Philippe in die Tasche seiner schmuddeligen Strickjacke gleiten.

»Danke, Sir. War schön, mit Ihnen ins Geschäft zu kommen«, sagte Troy und schnallte sich die neue Uhr um das Handgelenk. Er salutierte übermütig vor dem Alten und ging zurück zu Aphrodite, die fassungslos und wie erstarrt auf ihrem Hocker saß.

»Du lieber Himmel, Troy!«, sagte sie leise. »Bist du total verrückt geworden?«

»Total«, bestätigte er und schenkte ihr sein jungenhaftes Lächeln. »Komm. Wir gehen.«
Immer nach fassungslos folgte Aphrodite ihm zur Tür hinaus. Draußen legte er den Arm um ihre Schultern und lächelte über ihren Gesichtsausdruck. »Total verrückt, aber glücklich«, sagte er. »Hoffen wir, dass es den miesepetrigen alten Knacker auch glücklich gemacht hat.« Plötzlich stutzte er beim Anblick eines alten Skoda am Straßenrand vor dem Pub. »Hm«, machte er auf bedrohlich spekulative Art. »Ob das wohl sein Wagen ist?«
»Troy!« Aphrodite wurde blass. »Du willst doch nicht etwa …«
Diesmal musste er über ihren Gesichtsausdruck laut lachen. »Reingelegt!«, sagte er wie ein Schuljunge, der seinem Freund eins ausgewischt hat. »Mag sein, dass ich verrückt bin, aber *so* verrückt nun auch wieder nicht. Ich liebe dieses Auto so sehr. Wenn es eine Frau wäre, würde ich sie unablässig bumsen.«
»Hey!« Aphrodite blieb an der Fahrertür stehen, die Hände in gespielter Empörung in die Hüften gestemmt. »Heißt das, ich wetteifere mit einem *Auto* um deine Zuneigung?«
»Setz dich selbst ans Steuer, dann wirst du verstehen, was ich meine.« Über die Kühlerhaube hinweg warf Troy ihr die Schüssel zu. Dem Schlüsselbund folgte sein Handy, dem sie erst ungraziös hinterherhechten musste.
»Wenn ich fahre, kann ich nicht deine Anrufe entgegennehmen, Troy«, protestierte sie.
»Dann schalte es aus.«
»Aber du hast Polly versprochen, es nicht auszuschalten.«
»Ich habe ihr aber auch gesagt, dass du ab jetzt meine An-

rufe verwaltest. Und das kannst du, wie du so richtig bemerktest, nicht, wenn du gleichzeitig mein Auto steuerst.«
»Und was soll ich deiner Meinung nach jetzt tun?«
Er bedachte sie wieder mit seinem typischen Lächeln. »Schalte einfach das Handy ab und fahre los, Weib«, sagte er.

Der Mercedes ließ sich wunderbar steuern; es war traumhaft, ihn zu fahren. Aphrodite fühlte sich hinter dem Steuer wie in der Umarmung eines Profitänzers, während sie den Kurven und Windungen der Straßen folgte, und jetzt verstand sie Troys Hang zur Tollkühnheit. Ein solcher Wagen musste ja im Fahrer das aufregende Gefühl der Macht wecken. Es fiel ihr schwer, der Verlockung zu widerstehen, ordentlich aufs Gas zu drücken, und sie hatte unbändige Lust, sich Kapriolen zu leisten, die gewöhnlich den Fahrern in Werbespots für Autos vorbehalten waren. Doch die Vernunft behielt die Oberhand, Aphrodite hielt die Tempolimits ein und blieb auf der richtigen Straßenseite.
Am kommenden Montag war St.-Patricks-Tag, und Aphrodite wusste, dass in der nächsten Woche sämtliche Straßen verstopft sein würden, aber heute schnurrten sie um den Ring von Kerry herum, ohne ein einziges Mal hinter einem Reisebus festzustecken. Lediglich in dem Dorf Waterville hielten sie einmal an, um ihren Lebensmittelvorrat aufzustocken. Und nachdem sie von der Hauptstraße abgebogen waren, begegnete ihnen auf der gesamten Fahrt bis Coolnamaragh nicht eine Menschenseele.
Die Fahrt führte durch unwirtliches Gebirgsland mit Berghängen, auf denen große Schafherden weideten. Aphrodite fragte sich laut, wem all die Schafe gehören mochten, denn weit und breit entdeckte sie keine Spur einer

menschlichen Behausung. Sie waren schon meilenweit gefahren, ohne auch nur ein Haus zu sehen.

»Da!«, sagte Troy ein wenig später. »Ein Haus!«

Es war ein altmodisches Haus, das wie von Kinderhand gezeichnet aussah – vier Fenster und eine Tür. »Du liebe Zeit«, sagte Aphrodite. »Stell dir vor, dort wohnen zu müssen, ohne einen Nachbarn im Umkreis von Meilen. Wer immer dort lebt, er leidet bestimmt gewaltig am Lagerkoller.«

»Oder er beglückwünscht sich dazu, die menschliche Rasse so lange fern gehalten zu haben. Das gefällt mir an Coolnamaragh ja gerade so gut: die Isolation.«

»Aber du hast wenigstens die Möglichkeit, wann immer du willst in die Zivilisation zurückzukehren, Troy.«

»Manchmal besteht diese Möglichkeit nicht. Nämlich wenn die Menschen anfangen, mich zu bedrängen.«

Sie fuhren durch einen dunklen Fichtenwald, und als sie aus dem Dämmerlicht auftauchten, schien alles zu glühen. Hohes Gras leuchtete in der Abendsonne rotgolden, und jedes Mal, wenn die Straße in südliche Richtung führte, erblickte Aphrodite einen glitzernden See. Troy wies sie an, nach rechts auf eine gewundene Straße abzubiegen, die kaum mehr war als ein Trampelpfad zwischen hohen Hecken, die den Blick auf die Umgebung verwehrten. Je weiter sie fuhr, desto enger und holpriger wurde der Weg, sein von Unkraut überwuchertes Pflaster war von Schlaglöchern übersät. Hinter einer Kurve wichen die Hecken niedrigen Böschungen, die von Zäunen umsäumt waren – und plötzlich rückte rechts von ihnen der See ins Blickfeld.

»Heiliger Strohsack!«, entfuhr es Aphrodite, und sie trat auf die Bremse. »Was für ein Anblick!«

»Du solltest dich daran gewöhnen«, sagte Troy. »Der See gehört dir für die nächsten paar Wochen.«
»Wir sind am Ziel? Das hier ist Coolnamaragh?«
»Ja. Das Haus liegt weiter unten, am Ende der Straße.«
»Wow! Oh, wow!«
Am Fuße des von Heidekraut bewachsenen Bergs sah sie ein flaches Gebäude mit einer breiten Glasfront, das direkt in den Berg hineingebaut zu sein schien. Neben dem Bungalow endete der Berg in einer steil abfallenden Felswand, aus der sich ein Wasserfall ergoss, parallel zu der verglasten Vorderfront verlief eine efeubewachsene Terrasse. An der Stelle, wo die Fensterfront endete und der Felsen aufragte, wuchs ebenfalls Efeu, und durch den leicht geschwungenen Umriss des Hauses entstand der Eindruck eines von Grün überwucherten Höhleneingangs. Das Haus war wirklich spektakulär. Wenn man über das silberne Band des Wasserfalls hinwegblickte, sah man auf das bergige Hinterland, das sich wie ein schlafender Drache um den See legte. Im Westen, wo der Kopf des Drachens auf seinen Klauen ruhte, waren die Berge niedriger, und die Spätnachmittagssonne verteilte bernsteinfarbene Lichtflecken auf dem Wasser.
»Wie um alles in der Welt sind deine Freunde zu diesem Traumhaus gekommen?«, fragte Aphrodite, nachdem sich ihr anfängliches Staunen gelegt hatte. Sie nahm den Fuß von der Bremse und ließ den Wagen die Straße hinabrollen.
»Sie sind rein zufällig auf diesen Ort gestoßen. Gareth bog um die Kurve und am Ende des Weges erwartete ihn frei und verfügbar wie eine verstoßene Geliebte – wie er es auszudrücken pflegt – ein jungfräuliches Grundstück, das nur darauf wartete, bebaut zu werden.«

Sie stiegen aus dem Wagen, und Troy zückte einen Schlüssel.
»Das muss eine Heidenarbeit gewesen sein«, bemerkte Aphrodite und folgte ihm die Treppe hinauf zur Eingangstür.
»Ja. Es hat viel Mühe gekostet, viel Streitereien mit Handwerkern und der Baubehörde und jede Menge Beruhigungsmittel.« Mit zwei beschwingten Schritten nahm er die vier Stufen, die zur Terrasse führten. »Es war eine Herkulesarbeit, aber sie hat sich gelohnt.«
»Das hat sie wirklich. Das Haus ist atemberaubend.« Aphrodite ließ den Blick über die Vorderfront gleiten und stellte fest, dass die Terrasse um das Haus herumführte, dorthin, wo der Wasserfall niederprasselte. »Was ist da hinten?«, fragte sie.
»Ein Whirlpool.«
»Ein Whirlpool? Göttlich!« Sie sah sich schon mit Troy in einem heißen Whirlpool sitzen und dem Vogelgesang und dem Plätschern des Tauwassers an den Felsen lauschen. »Hey!«, sagte sie, als Troy die Schwebetüren des Eingangs öffnete. »Wir werden wie Höhlenmenschen sein.«
»Höhlenmenschen?«
»Wie in der Steinzeit.«
Er sah sie mit skeptisch hochgezogener Augenbraue an. »Du solltest dir das Haus erst mal von innen anschauen, Liebling. So gut haben die Höhlenmenschen es nicht gehabt.«
Er ließ Aphrodite den Vortritt, dann drückte er auf einen Knopf. Ein riesiger, indigofarbener Vorhang teilte sich und durch die gläsernen Wände flutete Sonnenlicht in den Raum. Sie befanden sich in der Art von Wohnzimmer, wie man sie in der *Elle Decoration* bestaunen konnte. Mit

schlichten Möbeln aus Wintereiche, die mit hellem, mintgrünen Wildleder bezogen waren. An den Wänden hingen moderne Originalgemälde, den Boden bedeckten Teppiche, die für sich genommen schon Kunstwerke waren. Der Raum verströmte eine Atmosphäre verhaltener Eleganz – ungekünstelt, aber schamlos luxuriös – und war, wie Aphrodite fand, das absolute Gegenteil von Troys Wohnung. Insgeheim war sie erleichtert, eine so entschieden moderne Einrichtung vorzufinden, denn sie hatte allmählich genug von dem Alte-Welt-Ambiente und der Begräbnisatmosphäre von Troys Wohnung, in der sie so viel Zeit verbracht hatte.

An das Wohnzimmer grenzten ein Atelier, ein Speisezimmer und eine Reihe von Schlafzimmern. Auf den riesigen Betten lagen indigofarbene Decken, auch die Vorhänge waren aus schwerem, indigofarbenen Tuch und tauchten das Zimmer in ein schmeichelndes Licht, bis Troy die Vorhänge zurückzog, um die Aussicht vorzuführen. Helles Sonnenlicht, das von dem See reflektiert wurde, strömte herein. Sämtliche Räume betrat man über einen lang gestreckten Flur, der an der Rückseite des Bungalows entlangführte und in einer riesigen Küche endete. Ein großes, bullaugenförmiges Fenster war aus der Felswand gesprengt worden und bot einen Ausblick auf den Wasserfall, der direkt neben dem Whirlpool den Berg hinabstürzte.

Aphrodite lehnte sich an eine der Arbeitsflächen aus Schiefer und ließ den Blick über das von Philippe Starck beeinflusste Interieur wandern. Vor ihrem inneren Auge sah sie sich an dem Herd stehen und in einem Topf rühren – vielleicht eine Sauce Hollandaise –, während Troy sie von hinten umschlang und ihren Nacken küsste. Sie würde so tun, als störe er sie mächtig bei der Arbeit, doch dann würde sie lachen, ihm nachgeben und sich küssen lassen, bevor sie zum ersten Gang an dem massiven Eichentisch Platz nahmen und mit einem vorzüglich gekühlten Pouilly Fumé anstießen. Während das Bild vor ihren Augen verblasste, fiel ihr ein, dass dies tatsächlich das Szenario eines Werbespots für Tütensoßen gewesen war, das sie vor etwa einem Jahr entworfen hatte …

»Einen Penny für deine Gedanken«, meinte Troy.

Er würde entschieden mehr als einen Penny zahlen müssen, damit sie ihm ihr Küchentraum-Szenario gestand. Stattdessen sagte sie: »Die Reichen sind anders als wir. Von wem stammt das Zitat?«

»Ich habe nicht die geringste Ahnung, Liebling«, sagte er mit lässiger Offenheit, »da der Spruch auf mich nicht zutrifft.« Er nahm sie in die Arme und fing an, ihre Jacke aufzuknöpfen. »Weißt du was? Ich hole das Gepäck aus dem Auto, während du dich ausziehst und zum See hinuntergehst.«

»Meinst du nicht, dass es zum Schwimmen noch ein bisschen zu kalt ist?«

»An Schwimmen hatte ich auch nicht gedacht«, antwortete er. »Ich dachte eher an eine Freiluftnummer.«

Doch als die Sonne hinter dem Horizont verschwunden war und die Temperatur gewaltig sank, überlegten sie es sich anders. Stattdessen machten sie es sich im Whirlpool gemütlich, nachdem sie ausgepackt, Gas und Strom eingeschaltet, den Kühlschrank eingeräumt und Champagner in Sektflöten gefüllt hatten. Aphrodite kam zu dem Schluss, dass es ihr weiß Gott nicht schwer fallen würde, sich an einen derart luxuriösen Lebensstil zu gewöhnen – wohl aber, hinterher wieder darauf verzichten zu müssen. Lange blickte sie auf den See von Coolnamaragh hinaus und war so glücklich wie noch nie in ihrem Leben. Das heißt, bis Troy verkündete, dass es Zeit sei, ins Bett zu gehen. Das war dann der endgültige Gipfel der Glückseligkeit.

Am nächsten Tag fuhren sie – oder fuhr vielmehr Aphrodite – nach Ilnacullin, der Garteninsel in Bantry Bay, die Troy unbedingt besuchen wollte. Troy lümmelte sich auf dem Beifahrersitz und sog die Landschaft in sich auf. Gelegentlich kritzelte er etwas in sein Notizbuch oder bat Aphrodite anzuhalten, damit er fotografieren konnte.
Sie waren die einzigen Passagiere auf der Fähre zur Insel. Sie suchten sich einen Platz im Heck des Schiffes und genossen den salzigen Geschmack des – glücklicherweise noch milden – Windes. Nach Meinung des Kapitäns würde das Wetter bald umschlagen, und die Tage dieses ungewöhnlichen Frühsommers waren gezählt. Die Fähre setzte sie am Anleger ab, und sie machten sich auf, die Insel zu umrunden. Ihre Wanderstiefel klangen dumpf auf der harten Erde, und abgesehen von diesem rhythmischen Geräusch war nichts zu hören als lautes Vogelgezwitscher.
»Hör dir diese Vögel an!«, bemerkte Aphrodite. »Die drehen ja durch!«
»Das liegt an der Jahreszeit. Da sind Balzrituale Pflicht.« Troy legte einen Arm um ihre Schultern und lächelte auf sie hinab. »Wir haben uns die beste Zeit ausgesucht. Nach St. Patrick's wird die Invasion der Touristen einsetzen. Hinter jeder Straßenbiegung triffst du dann auf einen Reisebus.«
Herrje, dachte Aphrodite. Sie wäre dann ein Nervenbündel, falls Troy am Steuer des Wagens säße. »Oh, sieh mal!«, rief sie und beugte sich vor. »Schlüsselblumen. Und Veilchen!«

Troy hockte sich neben sie und fuhr mit der Hand über einen moosbewachsenen Stein. »Schade, dass wir sie nicht pflücken dürfen. Mit einem Kranz Wildblumen im Haar würdest du zum Vernaschen aussehen. Wow. Fühl mal dieses Moos«, sagte er dann. »Kannst du dir einen Stoff vorstellen, der sich so anfühlt?«

»Wie der Pelz eines Tieres«, sagte Aphrodite und streichelte das Moos, als wäre es eine Katze. Sie hätte am liebsten ihre Wange daran geschmiegt.

»Und hier«, sagte Troy, wandte sich einem Baumstamm zu und rieb etwas von den Flechten, die daran wucherten, zwischen den Fingern. »Es fühlt sich an, als wäre dieses Zeug handgewebt. Wenn ich zurück nach Dublin komme, muss ich mal ein bisschen recherchieren. Jemanden finden, der diese Farben und diese Konsistenz herstellen kann.«

»Du willst jemanden damit beauftragen?«

»Kann sein. Obwohl es in Paris einen ganz erstaunlichen Stoffspezialisten gibt. Vielleicht finde ich dort, was ich suche. Hast du Lust auf ein Wochenende im Ritz?«

O Gott, natürlich hatte sie Lust! »Das wäre cool«, sagte sie.

Troy richtete sich auf und nahm seine Kamera aus der Tasche. »Bitte erinnere mich bei unserem nächsten Spaziergang daran, dass ich ein paar Beutel mitnehme, damit ich Proben sammeln kann. Fotos sind zwar ganz nützliche Gedächtnisstützen, aber sie ersetzen nicht das Original.« Er nahm das Moos vor die Linse und drückte ein paar Mal auf den Auslöser, dann drehte er sich um und schlenderte einen Weg hinunter, der zum Seeufer führte. Dort legten sie eine Pause ein und blickten auf das Wasser. Zu ihren Füßen plätscherten einladend kleine Wellen ans Ufer.

»Wie bist du auf die Idee gekommen, Designer zu werden, Troy?«, wollte Aphrodite wissen.
»Durch meine Liebe zu Frauen.«
»Tatsächlich?«
»Tatsächlich.« Er lächelte sie an. »Frauen haben mich schon immer fasziniert. Meine Tante war eine außergewöhnlich elegante Dame.«
»War?«
»Ich meine, ich hätte es dir erzählt. Ich habe sie seit Jahren nicht gesehen. Sie lebt in Australien.«
Etwas in seinem Tonfall ließ Aphrodite ahnen, dass das Zerwürfnis ihn schwer belastet hatte. Was für ein tragisches Leben er doch hatte, dieser arme kleine reiche Junge.
»Wann genau hast du angefangen, Mode zu entwerfen?«
»Kurz nachdem in der Pubertät meine Hormone anfingen, verrückt zu spielen. Ich begann Kleider für meine Tante zu entwerfen, und bald schrien alle ihre Freundinnen nach meiner Garderobe. Ich habe die Anproben geliebt, habe es geliebt, die Frauen in meinen Entwürfen zu sehen. Das war das erotischste Gefühl, das ich mir vorstellen konnte. Ist es immer noch. Ich kann es kaum erwarten, dich in etwas ganz Zartes, Durchscheinendes zu hüllen – wie zum Beispiel dieser Seetang. Siehst du ihn? Direkt vor deinen Füßen.«
Er bückte sich und hob ein Büschel Seetang auf. Es war smaragdgrün, und als Troy den Tang auf seiner Handfläche ausbreitete, sah Aphrodite, dass er aus Abertausenden von winzigen, fedrigen Fransen bestand.
»Sieh dir diese Struktur an«, sagte Troy. »Sie ist exquisit. Ich werde ein Gewand für dich entwerfen, das einer Göttin Ehre macht, Aphrodite Delaney.« Er musterte sie mit

einem forschenden Blick, der ihr schmeichelte und in ihr den unwiderstehlichen Drang auslöste, seinen wohl geformten Patrizierkopf zwischen die Hände zu nehmen und seinen jungenhaften Schmollmund zu küssen, bis er wieder lächelte.
In diesem Moment klingelte Troys Handy in ihrem Rucksack. Das Geräusch war fremdartig und störend in dieser ländlichen Idylle. »Teufel auch«, sagte Troy aus tiefstem Herzen. »Die harte Realität dringt in unser Paradies ein.«
»Keine Sorge. Ich wimmele sie ab«, sagte sie unverblümt. Ach ja? Wie genau wollte sie sie denn abwimmeln? Wenn es nun Troys Bank war oder irgendein Furcht erregender Mensch in Paris oder New York, der Entwürfe verlangte? Plötzlich wurde ihr klar, dass das Abfangen von Troys Anrufen doch kein Kinderspiel sein würde. »Hallo – Sie sind mit Troy MacNallys Apparat verbunden«, meldete sie sich und hoffte, tüchtig und geschäftsmäßig zu klingen. »Nein. Nein, das ist die falsche Nummer. Nun, so weit stimmt sie – versuchen Sie es doch mal mit 087. Vous êtes française, Madame? Alors, écoutez bien. Zéro. Huit. Sept. Ce n'est pas de problème, Madame. Au revoir.« Sie beendete das Gespräch und stopfte das Handy zurück in ihren Rucksack.
»Hey, gut gemacht«, sagte Troy und sah sie bewundernd an. »Du warst großartig. Wer war's?«
Aphrodite wirkte verlegen. »Jemand, der sich verwählt hatte«, sagte sie. »Eine Französin, die nur ganz wenig Englisch sprach.«
Troy lachte. »Und ich dachte schon, du schaffst es mit links, meine Anrufer abzuwimmeln.«
»Wenn es nur so wäre.« Sie öffnete ihren Rucksack, so weit es ging, und spähte hinein. »Wenn ich es mir recht überlege, sollte ich vielleicht mein eigenes Handy mal auf

Nachrichten prüfen. Oh, hier ist es nicht. Dann werde ich es wohl im Haus vergessen haben. Ha! Auch gut. Kannst du dir vorstellen, was für ein erbärmlicher Idiot mit zwei Handys, die um seine Beachtung wetteifern, in der Landschaft herumspazieren würde?«

»Ich kenne ein paar Leute, die genau das tun. Sie verbringen so viel Zeit damit, in ihre Handys zu quatschen, dass sie ein Ersatzgerät benötigen, für den Fall, dass beim ersten der Akku leer ist. Was sich in deren Schädel befindet, wäre der Traum eines jeden Gourmets.«

»Was soll das heißen?«

»Weißt du nicht, dass in manchen Winkeln der Erde gerührtes Affenhirn als seltene Delikatesse gilt?«

»Du redest aber von Menschen, Troy, nicht von Affen.«

»Nicht im Falle derjenigen, die ich kenne«, sagte er und lächelte sie strahlend an. »Gegen sie würde jeder Gorilla wie Einstein aussehen.«

Sie verbrachten mehr als zwei Stunden auf der kleinen Insel, wanderten zwischen einem italienischen Garten und einem Dschungel, einem Tempel und einem alten Wehrturm umher. Troy verkündete, dass er auf den Turm hinaufsteigen wolle, um die Aussicht von dort zu genießen, doch Aphrodite warf nur einen Blick auf die dunkle, feuchte Wendeltreppe und verzichtete lieber. »Ich warte da drüben in dem verborgenen Garten auf dich«, sagte sie. »Ich habe ein Faible für solche Anlagen, seit ich als Kind *Der geheime Garten* gelesen habe.«

Sie saß eine Weile auf den Treppenstufen, ließ sich genüsslich die Sonne ins Gesicht scheinen und fand, dass ihr Leben immer so sein und die harte Realität mit ihren alltäglichen Belanglosigkeiten Millionen Meilen entfernt bleiben könnte. Dem war natürlich nicht so, wie sie feststellte, als

Troys Handy erneut klingelte. Sie holte tief Luft und nahm den Anruf entgegen. »Hallo? Sie sind mit Troy MacNallys Apparat verbunden.«

»Tja, wer da spricht, ist aber offensichtlich nicht Troy.« Eine Männerstimme. Kultiviert. Vornehm.

»Nein. Ich bin Aphrodite Delaney, seine …« Seine *was*? Sie konnte schlecht sagen: »Ich bin Aphrodite Delaney, seine Muse«, oder gar: »Ich bin Aphrodite Delaney, seine Assistentin«, oder: »… seine neue Geliebte.« So sagte sie schlicht: »Ich bin Aphrodite Delaney, seine Freundin.«

»Diejenige, mit der er nach Kerry gefahren ist?«

»Ja.«

»Dann werden wir uns in Kürze kennen lernen. Hier spricht Gareth Fitzgerald. Hör mal – ich fürchte, wir müssen eure Idylle für ein paar Tage stören. Mir war nicht bewusst, dass Jolie Gäste über das Wochenende eingeladen hatte, und sie kann ihnen nicht absagen. Wir sind ein halbes Dutzend Leute und fallen irgendwann im Laufe des morgigen Tages bei euch ein und reisen Sonntagabend wieder ab. Ist das in Ordnung?«

Neieieiein! »Ja – natürlich.«

»Aphrodite, könntest du uns einen Riesengefallen tun und irgendwo einen Partyservice auftreiben? Die Leute, die wir sonst immer beauftragen, haben Jolie bös im Stich gelassen.«

»Oh! Klar, ich tue mein Bestes.«

»Danke. Das alles tut mir sehr Leid, aber ich verspreche, dass du uns in ein paar Tagen wieder los bist. Und ich freue mich sehr darauf, dich kennen zu lernen, Aphrodite.«

»Danke. Ich freue mich auch. Hm. Tschüs, Gareth.«

»Tschüs.«

Sie widerstand der Versuchung, das Handy an einen Felsen zu schmettern und sich dann auf den Boden zu werfen und die Stirn auf den Stein zu schlagen. O nein, nein, nein! Sie wollte ihr Märchen nicht mit anderen teilen! Sie wollte Troy für sich allein haben! Der Gedanke, dass diese kultivierten, intelligenten Leute – die sie zweifellos waren – in ihre ländliche Idylle eindrangen, machte ihr Angst. Alle würden Designer-Klamotten tragen, sich über exotische Urlaubsziele austauschen und von Neuanschaffungen faseln, die einfach ein Muss waren. Sie wäre völlig fehl am Platze, wie ein Barsch unter lauter exotischen Kaiserfischen.

Troy kam den Weg in ihre Richtung geschlendert und verstaute die Kamera wieder in seiner Tasche. »Los«, sagte er. »Wir müssen zum Anleger. Die Fähre wird jeden Moment eintreffen.« Dann sah er sie noch einmal genauer an. »Was ist los mit dir? Du wirkst so trübselig.«

»Tut mir Leid«, antwortete sie mit einem gezwungenen Lächeln. »Du hast gerade einen Anruf bekommen. Wir kriegen Gäste.«

»Gäste? Was soll das heißen?« Er streckte ihr die Hand entgegen und zog sie auf die Füße.

»Dein Freund Gareth kommt übers Wochenende.«

»Mit Jolie?«

»Ja. Und sie bringen noch ein paar Leute mit.«

»Schön! Das könnte lustig werden. Eine Hausparty.«

»Hm. Aber ich dachte, der Zweck unseres Ausflugs wäre, Leuten aus dem Weg zu gehen, Troy?« Mit der Schuhspitze malte sie kleine Muster in den Kies.

»Um der menschlichen Rasse zu entkommen, ja. Aber nicht, um Freunden aus dem Weg zu gehen. Freunde sind eine Gnade – solange sie ihren Besuch nicht übermäßig ausdehnen und mich am Arbeiten hindern. Du wirst sie mögen. Ehrlich. Jolie ist ein wahrer Engel.«

Herrje! Jetzt fühlte sie sich noch unzulänglicher. Und die Vorstellung, dass sie wie ein plumper Barsch unter lauter anmutigen Kaiserfischen umherplantschte, drängte sich ihr noch lebhafter auf. Doch dann ermahnte sie sich, ruhig zu bleiben und nicht so unverschämt egoistisch zu sein. Was bildete sie sich ein, zu schmollen, nur weil ein paar Leute, die ihr großzügigerweise ein kleines Stück vom Paradies überlassen hatten, sich auf ein paar Tage zu ihnen gesellen wollten? Eines Tages würde sie so oder so Troys Freunde kennen lernen müssen, und so, wie es nun einmal war, konnte sie sich keine entspanntere Umgebung wünschen, um ihnen zum ersten Mal entgegenzutreten.

»Gareth sagte etwas in der Richtung, dass ich einen Partyservice auftun soll«, bemerkte sie.

Troy sah sie verständnislos an. »So. Wie viele Leute kommen denn?«

»Er sprach von insgesamt sechs.«

»Gut. Hm. Vielleicht findest du jemand in den Gelben Seiten? Auf dem Rückweg nach Coolnamaragh legen wir einen Zwischenstopp ein und kümmern uns darum.«

Es wird nicht einfach sein, dachte sie, als sie an Bord der Fähre gingen, einen Partyservice zu finden, der bereit ist, so kurzfristig einen Auftrag mitten im Nirgendwo zu übernehmen. Im Grunde rechnete Aphrodite fest damit, selbst den Service zu machen. Sie durchforstete ihr Gedächtnis bereits nach einfachen Dinnerparty-Gerichten und stellte im Geiste die Einkaufsliste zusammen. Teufel! Woran hatte sie eben gerade noch gedacht? Dass das wirkliche Leben Millionen von Meilen entfernt zu sein schien? Guter Witz! Offenbar konnte man ihm nicht entkommen.

Es sei denn, man hieß Troy MacNally, versteht sich. Er war anscheinend ein Verdrängungskünstler erster Klasse. Ein Houdini. Sie drehte sich um und sah ihn an.
In Gedanken versunken hockte er an der Steuerbordseite der Fähre. Backbord fuhr man raus, Steuerbord nach Hause. So hielten es vornehme Menschen. Vornehme Menschen belegten immer Backbord-Kabinen, wenn das Schiff Richtung Osten aufbrach und Steuerbord-Kabinen auf der Rückfahrt, weil man so jeweils am meisten Sonne abbekam. Und jetzt schien die Sonne auf Troy, wärmte ihn mit ihren Strahlen, als wäre dies ein echtes Privileg. Ja, er ist privilegiert, dachte Aphrodite. Ein wahrer Goldjunge. Er verfügte über das Privileg der Begabung, des guten Aussehens und des Reichtums. Plötzlich schüttelte er den Kopf, dann hob er die Hand, um die Sonnenbrille abzunehmen.
Aphrodite wandte sich abrupt ab. Sein Gesichtsausdruck verriet ihr, dass sie ihn nicht ansprechen durfte. Wenn man jetzt in seine Augen sah, wäre man nie im Leben auf die Idee gekommen, dass er ein Privilegierter sein könnte. Seine Augen sahen aus wie die auf einem Gemälde von Edvard Munch.
Als Aphrodite viele Wochen später Lola von dem Vorfall erzählte, übertrieb sie keineswegs, als sie seine Augen als die eines Menschen in höchster Seelennot beschrieb.
Schließlich wagte sie, wieder in seine Richtung zu blicken. Er hatte die Sonnenbrille wieder aufgesetzt und lächelte Aphrodite an. »Können wir irgendwo anhalten und ein Eis essen?«, fragte er.

Sie fuhren über Kenmare zurück, hielten an einer Tankstelle, um Eis zu kaufen, und kehrten noch in einem Pub ein, wo Aphrodite die Gelben Seiten durchforstete. Natürlich gab es in dieser Gegend keinen Partyservice, der ihnen kurzfristig zur Verfügung stand. Gareth rief noch einmal an und informierte sie, dass ein Pärchen im letzten Augenblick hatte absagen müssen. Aphrodite war erfreut, dass nur vier Gäste, also insgesamt sechs Leute, versorgt werden mussten, was zu bewältigen war. Sie traute es sich durchaus zu, zwei anständige Abendmahlzeiten zustande zu bringen, und Troy hatte irgendwann einmal erwähnt, dass Jolie kochen konnte. Vielleicht würde sie helfen. Sie saßen vor ihrem Glas Guinness, und Aphrodite stellte einen Einkaufszettel zusammen.

»Ach, übrigens, wie war die Aussicht?«, fragte sie.

»Aussicht?«

»Ja. Von diesem alten Wehrturm.«

»Ach so. Ich habe gekniffen, fürchte ich, und bin stattdessen noch einmal durch den Dschungel gegangen.«

»Du hast gekniffen?«

»Ja. Offensichtlich bin ich nicht schwindelfrei, wie peinlich. Als ich am Kopf der Treppe angekommen war, brachte ich es nicht fertig, über die Brüstung zu schauen.«

»Du Armer.« Aphrodite kritzelte etwas auf ihren Einkaufszettel. »Wer ist das Pärchen, das mit Gareth und Jolie herkommt?«, fragte sie, während sie notierte: Eier, Milch, Kaffee, Klopapier. Sie hatten noch einiges zu besorgen.

»Noch ein Architekt – Hugo O'Neill, und seine Frau. Ich habe ein paar Mal in seinem Haus gewohnt; er ist in Ordnung.«

Noch ein Architekt. Das war gar nicht so Furcht erregend.

»Stammt er aus Dublin?«

»Nein, aus Westmeath. Dort besitzt er ein Haus, das er selbst restauriert hat.«

»Was bestimmt einfacher war als das, was Gareth in Coolnamaragh geleistet hat.« Hühnerbrustfilet, Tomaten, Bier, Naschereien. Pringles.

»Nein, eigentlich nicht. Restaurieren kann genauso zeitaufwändig sein wie etwas vollkommen Neues zu bauen, und es gab eine Menge für ihn zu tun. Sein Haus ist bedeutend größer.«

Aphrodites Mut sank. »Wie groß?«, fragte sie, strich Pringels durch und schrieb stattdessen Oliven auf. Basilikum, Mozzarella, guter Wein. Räucherlachs. Pimm's?

»Er besitzt ein georgianisches Herrenhaus. Er hat es geerbt.«

»Verstehe. Vermutlich hat er dazu auch einen Titel geerbt!« Mit diesem erbärmlichen Versuch zu scherzen wollte sie lediglich ihr wachsendes Unbehagen kaschieren.

»Nicht ganz, aber er stammt in direkter Linie von den königlichen Herrschern Irlands ab. Keine Angst«, sagte er, als sie vergaß, den Mund zu schließen. »Er erwartet nicht, dass du vor ihm in einen Hofknicks versinkst.«

Jetzt kritzelte Aphrodite hektisch. Champagner. Bath-Oliver-Kekse. Wachteleier. Die letzten zwei Posten strich sie wieder durch. Die Wahrscheinlichkeit, Bath-Olivers und Wachteleier in einem Provinznest aufzutreiben, war etwa so groß, wie seine königliche Hoheit Hugo bei McDonald's anzutreffen.

Neben ihr streckte sich Troy und gähnte. »Ich glaube, ich genehmige mir noch ein Guinness«, sagte er.

6

Am nächsten Tag saßen sie beim Mittagessen in der Küche und lauschten dem stürmischen Wind, der den strahlendblauen Himmel des Vortages abgelöst hatte, als Gareths Clique eintraf. Troy hatte den Vormittag im Atelier mit Zeichnen verbracht, während Aphrodite im Whirlpool einen Roman von P.D. James las. In dem heißen Wasser zu sitzen und zu lauschen, wie der Regen auf die Markise prasselte und die zinngraue Oberfläche des Sees aufwühlte, war für sie, als drehte sie dem unfreundlichen Wetter einfach fröhlich eine Nase.

Das Mittagessen bestand aus Ziegenkäse, Oliven und Baguette und einer Flasche gut gekühltem Sauvignon blanc. Aphrodite wollte gerade das Geschirr abräumen, als sie jemanden durch den Flur in Richtung Küche kommen hörte. Es war ein selbstbewusster Schritt, voller Besitzerstolz.

»Hallo, Troy? Bist du zu Hause?« Eine Frauenstimme – leise, sexy, wunderbar moduliert. Eine Raucherstimme.

Dann öffnete sich die Tür, und die Besitzerin der Stimme trat in die Küche.

»Jolie!« Troy erhob sich und ging auf die Frau zu. »Schön, dich zu sehen!« Er nahm sie in die Arme und drückte sie herzlich an sich.

»Es ist lange her, nicht wahr?« Sie umarmte ihn, mit geschlossenen Augen und einem strahlenden Lächeln. Dann ließ sie ihn los und wandte ihr immer noch strahlendes Gesicht Aphrodite zu. »Hi«, sagte sie und streckte ihr eine

Hand entgegen. »Du bist sicher Aphrodite. Polly hat mir schon von dir erzählt. Ich heiße Jolie.«

Jolie. Französisch für ›hübsch‹. Der Ausdruck wurde ihr nicht gerecht. Sie war umwerfend. Ihr zerzauster, von goldenen Strähnchen durchzogener Bobschnitt trug die Handschrift eines teuren Friseurs. Ihre Augen waren veilchenblau und blickten lasziv, was ihr einen leicht postkoitalen Anschein verlieh – ein Ausdruck, der gleichzeitig träge und intelligent wirkte. Sie war größer als Aphrodite, schlanker und etwa zehn Jahre älter. Jolie trug ein Hemd aus weichem, buttergelben Chamois-Leder, Jeans und Patrick-Cox-Loafers, die Aphrodite bei Brown Thomas im Ausverkauf gesehen hatte und sich auch dort nicht hatte leisten können. Ihr Schmuck bestand aus je einem schlichten Diamanten in ihren perfekten Ohrläppchen und einem einfachen goldenen Ehering.

»Hi«, sagte Aphrodite und erwiderte ihren Handschlag. »Nett, dich kennen zu lernen.«

»Gleichfalls«, entgegnete Jolie, trat einen Schritt zurück und neigte den Kopf ein wenig zur Seite, um Troys neue Muse in Augenschein zu nehmen. »Hey! Deinen Haarschnitt finde ich gut! Wer ist dein Friseur?«

»Ähm – ich schneide es selbst«, sagte Aphrodite.

»Nein!«, rief Jolie. »Du hast Mut! Wie klug von dir! Es ist einfach absurd – ich gebe jeden Monat ein Vermögen dafür aus, damit ich so aussehe, als wäre ich gerade aus dem Bett gefallen.« Sie warf einen eleganten Rucksack aus weichem Leder auf den Küchentisch und entnahm ihr eine Schachtel Sobranie-Zigaretten. Bevor sie sich eine anzündete, schob sie sich rasch eine Olive in den Mund.

»Du rauchst dieses abscheuliche Zeug doch nicht etwa immer noch, oder?«, bemerkte Troy.

»Klar doch, Süßer«, erwiderte Jolie, sog den Rauch tief in die Lungen und stieß ihn in einem einzigen Schwung wieder aus. Sie gehörte zu der Art von Raucherinnen, die so cool wirkten, dass man selbst wünschte, eine zu sein. »Nur dadurch bleibe ich bei Verstand. Versuch du mal, mit sechs Monate alten Zwillingen zu leben. Ich garantiere dir, dann würdest du auch wieder rauchen.«
Aphrodite ergriff die Gelegenheit zu freundlicher Konversation. »Du hast Zwillinge? Wie schön! Wo sind sie jetzt?«
Jolie setzte sich auf einen Küchenstuhl, legte die Füße hoch und zog einen reumütigen Flunsch. »Zugegeben, ich habe etwas Schändliches getan und sie zu Hause bei unserem Kindermädchen zurückgelassen. Ich liebe meine Jungen, aber ich weiß auch, dass ein Mädchen wie ich hin und wieder ein bisschen Erholung vom Muttersein braucht. Und wäre ich nicht geflüchtet, hätte mich der St.-Patricks-Tag zu fassen gekriegt – und dann ist Dublin das Allerletzte auf der Welt, das ich mir antun würde.«
»Wo sind die anderen?«, fragte Troy und spähte in den Flur hinaus.
»Sie entladen die Autos. Also.« Sie neigte den Kopf zur Seite richtete ihre ungeteilte Aufmerksamkeit auf Aphrodite. »Polly sagt, du bist Bühnenbildnerin.«
»Stimmt.«
»Sicher ein faszinierender Beruf. Ich würde für mein Leben gern beim Theater arbeiten. Gareth sagt immer, ich hätte das Zeug zur Schauspielerin. Ist es nicht aufregend glamourös?«
Aphrodite lachte. »Wenn du es glamourös findest, bis morgens um fünf auf den Beinen zu sein und Kulissenmaler zu beaufsichtigen und dann am selben Tag um zehn wieder im Theater sein und dir die Klagen einer Diva

anhören zu müssen, die meint, ihr Kostüm sei nicht das Richtige.«

»Klingt genauso wie das Modegeschäft«, bemerkte Troy.

»Wie bist du auf die Idee gekommen, in dem Bereich tätig zu sein?« Jolie musterte sie noch immer mit leuchtendem Blick, der einer Cameron Diaz zu ihren strahlendsten Zeiten alle Ehre gemacht hätte.

»Meine Mutter ist Schauspielerin. Sie hat mich schon in sehr jungen Jahren mit dem Theater vertraut gemacht. Damals erschien sie mir tatsächlich wie eine Märchenwelt.«

»Warst du nie versucht, wie deine Mutter Schauspielerin zu werden?«

»Gerade ihr Beispiel hat mich abgeschreckt«, erklärte Aphrodite lakonisch.

Jolie warf den Kopf in den Nacken und lachte kehlig. Dann schüttelte sie mit eleganter Bewegung ihre Löwenmähne aus und seufzte. »Coolnamaragh«, gurrte sie. »Endlich! Ich war seit einem ganzen Monat nicht mehr hier. Ich brauche diesen Ort wie eine Pflanze das Wasser«, erklärte sie an Aphrodite gewandt. »Um aus der stinkenden Stadt herauszukommen, lange Spaziergänge zu machen, am Feuer zu sitzen und Wein zu trinken und zu lesen – das ist meine Vorstellung vom totalen Paradies!« Sie drehte den Roman um, den Aphrodite auf dem Tisch liegen lassen hatte, und ihre glatte Stirn krauste sich. »Oh, Troy!«, schimpfte sie. »Du liest *Thriller!*« Sie legte so viel Verachtung in das Wort, dass sie ebenso gut hätte sagen können: Du liest *Pornos!*

Aphrodite wurde von einer beschämenden Beichte verschont, als ein großer, blonder Mann eintrat, der genauso aussah, wie Aphrodite sich Jay Gatsby vorstellte.

»Troy!«

»Gareth! Wie geht's?« Gegenseitiges Rückenklopfen,

mannhafte Umarmungen, als noch mehr Leute eintrafen.
»Hugo! Schön, dich wieder mal zu sehen.« Ein mannhafter Handschlag. »Miranda! Hi!« Wangenküsschen links und rechts.
Plötzlich wirkte die große Küche voll gedrängt. Aphrodite wäre am liebsten nach draußen gelaufen, um frische Luft zu schnappen. Neben ihr schnippte Jolie Zigarettenasche auf den Deckel der Olivendose.
»Oh!«, sagte Aphrodite. »Warte, ich hole dir einen Aschenbecher.«
Sie wollte gerade den Raum verlassen, wurde jedoch von Troy aufgehalten. »Aphrodite – das sind Gareth, Miranda und Hugo.«
Aphrodite hielt sich streng an das übliche Vorstellungsritual. »Freut mich, dich kennen zu lernen – scheußliches Wetter! Guten Tag, nett, dich kennen zu lernen. Hi – wie ich höre, seid ihr von Westmeath bis hierher gefahren?«
Gareth gefiel ihr auf Anhieb. Er hatte freundliche Augen. Miranda O'Neill war ausgesprochen hübsch, doch ihr Augen blickten leblos, und ihr Handschlag war so schlaff und gleichgültig, wie der ihres Mannes kühl und fest war. Auch wenn er von einem königlichen Herrscher abstammte, dachte Aphrodite, hatte er doch Augen eines Zigeuners, von ihm ging eine gefährliche Aura der Erotik aus.
»Wo habt ihr euch getroffen?«, fragte Troy.
»In einem Pub in Waterville«, antwortete Gareth und trat an den Tisch. Er griff nach der Weinflasche und studierte das Etikett. »Ausgezeichnet. Gibt's noch mehr von der Sorte?«
»Du hast Glück. Im Kühlschrank steht noch welcher«, sagte Aphrodite. Sie holte eine weitere gekühlte Flasche, reichte sie zusammen mit dem Korkenzieher an Gareth

weiter und stellte einen Aschenbecher vor Jolie auf den Tisch. Dann holte sie Gläser aus dem Schrank.
»Das Glas für Miranda kannst du dir sparen«, sagte Hugo. »Gib ihr einfach eine eigene Flasche und sie wird direkt daraus trinken.«
»Witzig«, bemerkte Miranda gedehnt und bedachte ihren Mann mit einem Blick aus ihren leblos wirkenden Augen. Sie nahm ein Glas von Aphrodite entgegen und hielt es Gareth zum Einschenken hin.
»Nun. Du hältst dich bewundernswert, Liebling. Heute kein Zittern?«
»Du wirst immer witziger, Liebling.« Sie prostete ihm zu, leerte das halbe Glas auf einen Zug und schritt wie eine Schlafwandlerin zur Küchentür hinaus.
Eine etwas unbehagliche Pause entstand. Dann fragte Jolie, eindeutig in einem Versuch, die Spannung zu durchbrechen: »Übrigens, wie sieht's mit dem Partyservice aus?«
»So kurzfristig konnten wir keinen bekommen«, antwortete Troy.
»Aber wir sind reichlich mit Proviant versorgt«, fügte Aphrodite hinzu. »Gestern haben wir einen Großeinkauf in Kenmare getätigt. Wir haben jede Menge Lebensmittel.«
»Ausgezeichnet«, sagte Jolie und brach sich ein Stück Baguette ab. »Ich habe immer einen Mordshunger, wenn ich hierher komme. Ich schau mir an, was ihr vorrätig habt, und zaubere daraus ein Abendessen.«
»Ich wollte eine Rindfleisch-Kasserolle zubereiten«, wandte Aphrodite zaghaft ein.
Jolie schien überrascht. »Du hast tatsächlich biodynamisches Rindfleisch in Kenmare aufgetrieben? Äußerst ungewöhnlich!«

»Hm, nein. Das heißt – es ist kein Bio-Fleisch.«
»Ach so.« Wieder zog Jolie diese schmollende Schnute. »Ich fürchte, dann werde ich es nicht essen können. Habt ihr Fleisch von frei laufenden Hühnern?«
Das hatte Aphrodite glücklicherweise.
»Dann koche ich mein Pollo Spago. Mit Salat. Gareth – erinnere mich daran, dass ich über Nacht Kichererbsen einweichen muss, ja? Morgen mache ich Kichererbsenpaste, und die soll förmlich strotzen vor Knoblauch.« Jolie stand auf und reckte sich, während Gareth Wein in ihr Glas schenkte, dann ging sie hinüber zum Gemüsekorb. »Zucchini. Gut. Zum Hühnchen essen wir Zucchini Trifolati.«
Mittlerweile fühlte Aphrodite sich völlig überflüssig. »Kann ich denn überhaupt nichts tun?«, fragte sie.
»Du kannst malerisch aussehen«, sagte Jolie und schenkte ihr ein strahlendes Lächeln. »Oh – und wenn es dir nichts ausmacht, kannst du die Spülmaschine einräumen. Das tue ich äußerst ungern.«
»Ich bin dein *commis-chef*«, sagte Hugo. Seine schwarzen Augen blitzten gefährlicher denn je.
»Ich fülle eure Weingläser auf«, bot Troy an. »Das kann ich gut.«
Hugo lachte hohl. »In dem Fall rate ich dir, dich von Miranda fern zu halten, sonst hast du bald einen Tennisarm.«
Jolie gab ihm auf dem Weg zurück zum Tisch einen verspielten Klaps auf den Arm. »Du behandelst sie scheußlich, Hugo. Es ist ja nicht so, dass sie *aggressiv* wird, wenn sie trinkt. Sie wird im Verlauf des Abends höchstens der Haselmaus aus *Alice im Wunderland* immer ähnlicher. Ich finde das eigentlich ganz süß.« Sie stieß ihr schönes, heiseres Lachen aus. »Weißt du noch, wie sie damals auf Pollys Party zu schnarchen anfing und du ihr das Kleid ausge-

zogen hast? Das war schrecklich gemein und grausam – aber trotzdem auch schrecklich lustig. Sie hat nicht mit der Wimper gezuckt, als sie aufwachte, sondern einfach in aller Ruhe ihr Kleid wieder angezogen, als wäre es die normalste Sache der Welt.«

»Daran kann ich mich nicht erinnern«, sagte Gareth, und es klang ein wenig verwundert.

»Zu der Zeit warst du irgendwo geschäftlich unterwegs, Liebling.«

»Ich erinnere mich auch nicht daran«, sagte Troy.

»Du hattest damals wichtigere Dinge zu tun, mein Süßer. Es war während einer deiner ausgeprägt ungeselligen Phasen, als du versucht hast, Miriam zu einer Entziehungskur zu überreden. Was du übrigens«, sie wandte sich wieder Hugo zu, »auch für Miranda tun solltest. Kein Wunder, dass sie zur Flasche greift – sie hängt ja den ganzen Tag nur in diesem riesigen Herrenhaus herum und hat nichts zu tun. Mach ihr ein paar Kinder. Dann ist sie beschäftigt.«

Hugo kräuselte die Lippen. »Ich fürchte, das ist nicht möglich«, sagte er.

Jolie wirkte erschrocken. »O Gott! Wie furchtbar taktlos von mir. Es tut mir so Leid. Kann sie keine Kinder bekommen?«

»Ich bin mir sicher, dass sie durchaus fruchtbar ist«, sagte Hugo. »Aber wir schlafen seit Jahren nicht mehr miteinander.«

»Möchte noch jemand Wein?«, fragte Aphrodite.

Es kam noch schlimmer. Nach einer reichlich planlosen Besichtigung von Haus und Grundstück, die Hugo zuliebe stattfand und während der die beiden Architekten miteinander Fachgespräche führten, hakte sich Jolie bei Troy unter und verkündete, dass sie kochen wollte. Ihr Publikum bestand aus Troy, Hugo und Aphrodite, die allerdings zu sehr damit beschäftigt war, hinter der Chefköchin aufzuräumen, um als Zuschauerin Anteil nehmen zu können. Gareth hatte sich für den Whirlpool entschieden, und Miranda war nirgends zu sehen. Aphrodite stellte allerdings fest, dass im Kühlschrank eine weitere Flasche Sauvignon blanc fehlte.

Jolie wickelte sich als Schürze ein weißes Geschirrtuch um die Taille, in der Art, wie französische Kellner sie tragen, und begann, mit einer Geschicklichkeit, um die Kay Scarpetta sie beneidet hätte, das Hühnchen zu entbeinen.

»Wo hast du das denn gelernt?«, fragte Hugo voller Bewunderung.

»In der Schweiz. Nach der Schule habe ich dort einen Kurs in *haute cuisine* absolviert.«

»Miranda auch«, bemerkte Hugo. »Aber sie hat jegliches Interesse an kulinarischen Dingen verloren – was mich nicht überrascht.«

Als das Hühnchen fachkundig von Knochen befreit war, gab Jolie ein paar Blätter in eine große Schüssel. »Schäl bitte etwas Knoblauch für mich, Hugo, ja, während ich ein Dressing improvisiere«, sagte sie und zog angesichts des Olivenöls, das Aphrodite gekauft hatte, eine Grimasse. »Na gut. Das muss eben reichen. Wer nichts hat, darf nicht wählerisch sein«, bemerkte sie gleichmütig. »Troy – mach dich nützlich und hacke das Basilikum. Nicht zu fein – recht grob ist in Ordnung. Nun zu dir, Aphrodite, mal sehen, ob wir für dich auch noch eine Aufgabe finden.«

Jolie schien dabei völlig zu übersehen, dass Aphrodite die ganze Zeit über Töpfe ausgekratzt, Verschüttetes aufgewischt, Deckel auf Gläser und Flaschen geschraubt und die Spülmaschine geleert und wieder gefüllt hatte. »Ich weiß was! Öffne bitte eine Flasche Champagner, ja? Nicht das Zeug aus dem Kühlschrank – im Kühler steht eine Flasche Cristal bereit. Und könntest du dann vielleicht den Tisch decken?«

Aphrodite holte die Sektflöten aus dem Schrank und reichte sie herum. Sie kam sich wie das Dienstmädchen in einer französischen Komödie vor. Jolie öffnete die Flasche kunstgerecht wie eine Sommelière, schenkte ein und sagte: »Und worauf trinken wir? Oh – ich weiß!« Sie bedachte Aphrodite mit ihrem strahlenden Lächeln und sagte: »Auf Aphrodite, Troys neue Muse. Willkommen in unserer – o Gott, willkommen in unserer was? Was sind wir eigentlich?«

»Wir sind ein Haufen verkommener Säufer und Hurenböcke«, sagte Hugo.

»Hugo, du verunsicherst das Mädchen! Glaub ihm kein Wort, Aphrodite!« Jolie warf Hugo einen gespielt tadelnden Blick zu, dann setzte sie eine nachdenkliche Miene auf. »Ich weiß es! Wir sind eine Clique, das ist es. Willkommen in unserer Clique, Aphrodite!«

Jolie hätte sich keine effektivere Art ausdenken können, Aphrodite auszuschließen. Ihre Einbeziehung Aphrodites in ihre ›Clique‹ war so offensichtlich verlogen, dass sie genau das Gegenteil bewirkte – es machte Aphrodite deutlicher den je bewusst, dass sie eine krasse Außenseiterin war.

Die Gastgeberin stellte ihr Glas ab und schmeckte das Dressing ab. »Hm. Nicht schlecht«, befand sie nach einem Moment des Abwägens. »Allerdings schade, dass wir nicht das richtige Öl haben. Oh – ich brauche außer dem Basilikum noch ein bisschen gehackte Petersilie, Troy.

Weißt du, wo im Garten welche wächst? Gut. Hol mir ein großes Büschel, ja? Ich werde auch morgen etwas davon brauchen.«
»Was willst du denn morgen kochen?«, fragte Troy.
»Risotto ai Funghi«, antwortete Jolie und löste das Geschirrhandtuch von ihrer Taille. »Wer hat den Mut, mich freiwillig auf eine frühmorgendliche, verkaterte Pilzsuche zu begleiten?«
»Ich bin dabei«, sagte Hugo. »Wir sollten den Tag möglichst früh beginnen, wenn wir tatsächlich zu den Skelligs wollen.«
»Zu den Skelligs? Werden Bootsfahrten dorthin angeboten?«, fragte Troy.
»Ja«, erwiderte Jolie. »Ein fantastisches Erlebnis. Die Fahrt dauert über eine Stunde, aber es lohnt sich. Das Ziel haut einen aus den Socken. Warst du schon mal dort, Aphrodite?«
Aphrodite erinnerte sich verschwommen, dass die Skelligs zwei unbewohnte Inseln vor der Küste von Kerry waren und dass sich auf einer von ihnen in frühen Zeiten Mönche angesiedelt hatten. »Nein«, antwortete sie.
»Es ist ein wirklich spiritueller Ort. Der Aufstieg ist beschwerlich, aber wenn man den höchsten Punkt der Insel erreicht hat, hat man das Gefühl, puren Himmel zu atmen. Kein Wunder, dass diese Mönche sich dorthin zurückgezogen hatten – es ist die ultimative Fluchtmöglichkeit. Du kannst uns morgen gern begleiten.«
»Das ist eine großartige Idee, Jolie«, sagte Troy. »Ich wollte dieses Kloster schon immer mal besuchen.«
»Ja, aber glaubst du, dass du das schaffst, Troy – obwohl du nicht schwindelfrei bist?«, fragte Jolie. »Es ist ein weiter Weg bis nach oben.«

»Ich gehe, so weit ich kann, aber ich bin nicht dumm. Falls die Angstgefühle einsetzen, kehre ich um.«

»Ich werde es nie vergessen, wie ich dich einmal herausgefordert habe, oben auf dem Guggenheim in New York über die Brüstung zu schauen«, sagte Jolie mit einem Lachen. »Nie im Leben habe ich einen Menschen gesehen, der so grau im Gesicht wurde.«

Aphrodite hätte alles getan, um sich ihre nächsten Worte zu ersparen, die sie wie ein ausgemachtes Weichei aussehen ließen, aber sie konnte nicht anders. »Ich fürchte, ich kann nicht mitkommen. Auf die Skelligs.«

»Oh?« Jolie blickte erstaunt auf. »Warum denn nicht?«

»Tja, wo du gerade von Grauwerden im Gesicht gesprochen hast. Auf einem Schiff halte ich es nicht länger als zwanzig Minuten aus – schon gar nicht bei einem Wetter wie diesem. Ich leide an chronischer Seekrankheit.«

Jolies Gesicht war der Inbegriff des Mitgefühls. »Oh! Du armes Ding! Das muss schrecklich für dich sein.«

»Aber es stört dich nicht, wenn ich mitfahre, oder Aphrodite?«, fragte Troy.

»Nein, nein. Überhaupt nicht«, schwindelte sie.

»Uuups«, machte Jolie. »Ich habe ein schrecklich schlechtes Gewissen, dich so im Stich zu lassen. Aber natürlich – du wirst nicht ganz allein sein. Gareth und Miranda wollen nicht mitfahren.«

»Wohin will Miranda nicht mitfahren?«, fragte Miranda, die, ein leeres Weinglas in der Hand, vom Flur her auf sie zu schwankte.

»Nach Skellig Michael, Schatz, in der St.-Finans-Bucht«, erklärte Hugo. »Die Insel ist berühmt für ihre gut erhaltenen Überreste einer Einsiedlerklause, und das würde dich – versteht sich – überhaupt nicht interessieren.«

Miranda torkelte zum Tisch und füllte mit solcher Vehemenz etwas von dem Cristal in ihr Glas, dass der Schaum sich über den Rand ergoss wie Lava aus einem Vulkan. »Ich kann mir«, sagte sie und hob das Glas, unbeeindruckt davon, dass der Champagner ihr über die Hand floss, »beim besten Willen keine abscheulichere Odyssee vorstellen.« Dann drehte sie sich um und schwankte wieder zur Tür hinaus.

»Wie dir sicherlich inzwischen klar geworden ist, Aphrodite«, sagte Hugo und zog unbekümmert eine Augenbraue hoch, »steht uns in Kürze eine Scheidung ins Haus.«

»Lasst uns das Thema wechseln, ja?«, bat Jolie zuckersüß. »Troy, du vernachlässigst deine Pflichten. Du hast mir immer noch keine Petersilie geholt.«

»Ich hatte gehofft, du würdest es vergessen. Da draußen gießt es immer noch in Strömen.« Trotzdem stand Troy gehorsam auf und machte sich auf den Kreuzzug, den die Königin von Coolnamaragh von ihm forderte. Sie hörten ihn pfeifen, als er die Stufen der Terrasse hinunterstieg. Durch das Fenster konnte Aphrodite Gareth sehen, der immer noch im Whirlpool saß und den Blick über die regennasse Landschaft schweifen ließ.

Jolie hob ihre Sektflöte und warf einen Blick auf die Zeitschaltuhr am Herd. »Behalte die Uhr bitte im Auge, Hugo. Ich laufe rasch nach oben und ziehe mich um. Normalerweise würde ich mir die Mühe nicht machen – wir leben hier sehr ungezwungen, aber puh!« Sie hob einen Arm und schnupperte. »*Je sens de la cuisine, j'en suis sûre.*«

»*Au contraire*«, sagte Hugo und neigte sich ihr zu. »*Tu sens divine.* Wie heißt dein Parfüm?«

»Poison.«

Warum wunderte Aphrodite sich kein bisschen darüber?

Einmal hatte sie Poison ausprobiert, und Bobcat hatte sich erst wieder in ihre Nähe getraut, als sie am nächsten Tag geduscht und ihr übliches Parfüm aus dem Body Shop benutzt hatte.

Bevor sie die Küche verließ, tauchte Jolie den Daumen in eine Schüssel mit etwas Köstlichem, das sie aus dem Nichts gezaubert hatte, und lutschte daran, wie Nigella Lawson es zu tun pflegte. Aphrodite dachte an die endlose Daumenlutscherei in diesem bescheuerten französischen Film, *Chose de Neige*, den sie vor Monaten gesehen hatte – an dem Abend, als sie Jack Costello begegnet war –, und dass es sie an einen Werbespot für Envy von Gucci erinnert hatte. So, wie sie sich jetzt fühlte, könnte der Duft der Eifersucht glatt ihr Markenzeichen werden.

Mochte sein, dass sie sich irrte, aber sie hätte schwören können, dass Hugos Hand Jolies Pobacken streifte, als sie sich umdrehte und aus der Küche rauschte. Sein Blick ruhte auf ihren schwingenden Hüften, als sie sich durch den Flur entfernte. »Wow«, sagte er und schüttelte ungläubig den Kopf. »Sie fasziniert mich immer wieder. Jolie Fitzgerald ist schon ein Klasseweib.«

»Weiß Gott«, sagte Aphrodite. Die Betonung lag allerdings auf Weib. Die Frau war in der Lage, einer Halle Berry den Rang abzulaufen. »Kennst du sie schon lange?«

»Seit ein paar Jahren. Ich habe sie und Gareth auf irgendeinem langweiligen Architekten-Kongress in Berlin kennen gelernt, und wir haben uns auf Anhieb verstanden.«

»Ist sie auch Architektin?«

»Nein. Sie war mitgekommen, um Gareth Gesellschaft zu leisten, umwerfend auszusehen und liebenswürdig zu sein. Sie arbeitet nicht. Oder, besser gesagt, sie arbeitet wie blöd, aber sie geht im Grunde keinem Beruf nach.«

»Ach? Was macht sie denn?«
»Sie organisiert Wohltätigkeitsveranstaltungen. Sie ist ein wahres Energiebündel. Stell dir nur vor, du müsstest in all diesen Komitees sitzen, Gareths Kunden unterhalten und gleichzeitig noch zwei Kinder großziehen. Sie stillt sie immer noch – deswegen mag sie sie auch nicht so lange allein lassen. Sie ist ein absolutes Phänomen. Außerdem fährt sie Ski, reitet, spielt verdammt gut Geige *und* ist eine Tiefseetaucherin der Meisterklasse. Sie hat sogar schon einen Roman veröffentlicht.«
Im Eigenverlag, dachte Aphrodite bitter. »Ach? Und wie lautet der Titel?«
»*Fandango in Tunis.*«
Aphrodite hätte sich nicht gewundert, wenn es *Meine glorreiche Karriere* geheißen hätte. »Hat es sich gut verkauft?«
Hugo lachte. »Natürlich nicht. Nur ein paar hundert urteilsfähige Individuen haben es gekauft. Es war viel zu esoterisch, um ein Verkaufsschlager zu sein. Außerdem wäre Jolie entsetzt, wenn ihr Buch zusammen mit einem Haufen kommerzieller Romane auf der Bestsellerliste stünde.« Das Wort ›kommerziell‹ spie er mit äußerster Verachtung aus.
Troy kam aus dem Garten zurück und wedelte mit einem Büschel nasser Petersilie. »Wo ist Jolie?«, fragte er.
»Sie zieht sich zum Essen um.«
»Wird Abendgarderobe verlangt?«
»Nein. Sie war nur der Meinung, dass sie nach Küche roch.«
»Und das riecht verdammt köstlich«, sagte Troy, beugte sich über den Herd und schnupperte. »Wie macht sie das bloß? Sie fasziniert mich immer wieder.« Es war binnen

einer Minute das zweite Mal, dass jemand ein solches von ihrer Gastgeberin behauptete.

Ich kann sie nicht ausstehen, dachte Aphrodite. Ich bin ein armseliges, gemeines, fieses kleines Menschlein, das Jolie Fitzgerald dankbar sein sollte für die Gastfreundschaft und Freundlichkeit, die sie mir angedeihen lässt. Und ich weiß auch, dass ich ihrer Begabung und ihrer Schönheit, ihrer Lebhaftigkeit und ihrer Herzlichkeit und ihrer Beliebtheit und ihrer Selbstlosigkeit Bewunderung zollen sollte, aber ich kann nicht. Ich kann sie nicht ausstehen. Und – hey – wisst ihr was? Ich bin nicht nur ein armseliges, gemeines, fieses Menschlein, sondern auch eine Hochstaplerin. Sie ist diejenige, die den Namen einer Göttin tragen sollte, nicht ich.

»Zum Teufel!«, ertönte eine Stimme von der Küchentür her. »Sitzt Gareth immer noch im Whirlpool? Dann ist sein Schwanz bald auf die Größe einer Essiggurke geschrumpft, und ich kann ihn später zu absolut nichts mehr gebrauchen.«

Aphrodite drehte sich um und sah Jolie am Türpfosten lehnen. Sie schwenkte die leere Sektflöte zwischen ihren eleganten Fingern und trug außer hochhackigen Sandalen, die am Knöchel geschlossen wurden, ein Hauch von Eau-de-Nil-Chiffon, der Gisèle auf der Londoner Modewoche alle Ehre gemacht hätte. Und unter dem Chiffon trug sie einen winzigen Tanga und sonst gar nichts.

Sie stolzierte in den Raum hinein und hielt Hugo ihr Glas entgegen. »Gib mir mehr, Schätzchen«, schnurrte sie.

Nach einem Essen, wie es kein Nobelrestaurant besser hätte zubereiten können, rollte Jolie mit geschickten Fingern einen Joint, während Aphrodite und Gareth den Tisch abräumten und Hugo Kaffee kochte. Troy schenkte Brandy ein. Miranda hatte sich gezwungen, ein paar Bröckchen Huhn zu essen, bevor sie, ihren Teller in der einen, das Weinglas in der anderen Hand, wieder von dannen schwebte.

»Gehen wir ins Wohnzimmer und spielen Scharade«, schlug Jolie vor, zündete den Joint an und reichte ihn an Troy weiter. »Du beschränkst dich sicher weiterhin auf die Kategorie B?«, fragte sie, neigte den Kopf auf die Seite und schenkte ihm einen Blick aus blauen Augen. Er nickte ihr so artig zu, dass Jolie ihm mit unübersehbarer Sorge die Hand auf den Arm legte. Aphrodite spürte einen schmerzhaften Stich von irgendetwas Undefinierbarem. Es gab so vieles, was sie noch nicht von ihm wusste, so viele Erinnerungen, so viele gemeinsame Erfahrungen, die sie miteinander teilten.

Und jetzt mussten sie auch noch Scharade spielen! Aphrodite hatte das Gefühl, in einen Höllenschlund zu blicken. Sie hasste Scharade und war eine grottenschlechte Spielerin. Ihr drängte sich allerdings der Verdacht auf, dass ihre Gastgeberin in diesem Spiel zu glänzen wusste und über kurz oder lang für einen Oscar nominiert werden würde. Jolie erhob sich, das Brandyglas in der Hand, und ihre Gäste folgten ihrem Beispiel. Man hatte reichlich Alkohol getrunken, doch Jolie stand absolut sicher auf den Beinen, als sie, umweht von ihrem Chiffonhauch, ihren Fanklub den Flur entlang führte. Aphrodite fühlte sich ein wenig benommen. Auf keinen Fall würde sie sich Brandy nachschenken lassen, aber den Joint durfte sie wohl nicht verweigern, wenn sie nicht uncool erscheinen wollte.

Im Wohnzimmer lag Miranda auf einer mintgrünen Wildleder-Chaiselongue und versuchte, in *Harpers* zu lesen. Jolie schwebte auf sie zu und ließ sich mühelos in anmutiger

Haltung auf die Knie nieder. Der Chiffon umgab sie wie eine kleine Wolke.

»Wir wollen Scharade spielen«, sagte sie und ergriff Mirandas Hand. »Machst du mit?«

»Ich spiele keine Scharade«, antwortete Miranda schleppend, »ich lebe sie.«

Jolie setzte eine besorgte Miene auf. »Geht es dir gut, kleines verlorenes Mädchen?«, fragte sie in einem Tonfall, der einer Florence Nightingale gut zu Gesicht gestanden hätte. »Möchtest du einen Kaffee?«

»Bloß keinen Kaffee.« Miranda deutete auf ihr leeres Weinglas. »Aber gegen ein Glas Wein hätte ich nichts einzuwenden.«

Jolie nahm das Glas aus Mirandas schlaffer Hand und reichte es Aphrodite. »Aphrodite? Holst du bitte noch ein Glas Wein für 'Anda?« Als Aphrodite gehorsam das Glas entgegennahm, fuhr sie in gespielt vertraulichem Ton fort: »Ich weiß, ich sollte ihre Trinkerei nicht unterstützen, aber sie neigt dazu, ungebärdig zu werden, wenn man sie ihr verweigert.«

Aphrodite konnte sich nicht vorstellen, dass dieses arme, gespenstische Wesen jemals die Energie aufbringen würde, sich ungebärdig zu verhalten, aber sie tat, wie ihr geheißen.

»Wir haben ausgelost«, verkündete Jolie, als Aphrodite mit ›'Andas‹ Glas zurückkam. »Ich bin als Erste an der Reihe, und ihr dürft nicht lachen. Hugo hat mir eine höllisch schwere Aufgabe gestellt.« Sie stand, umgeben von ihren Anhängern, mitten im Raum. Hugo und Troy hatten es sich in großen ledernen Armsesseln zu beiden Seiten des Kamins bequem gemacht, und Gareth saß neben Miranda auf der Chaiselongue.

»Film ab!«, riefen Troy und Gareth im Chor, als die Show begann. »Zwei Wörter! Das zweite Wort! Zwei Silben!«
Jolie malte mit ihren eleganten Händen eine rechteckige Figur in die Luft.
»Hm. Leinwand?«
Sie schüttelte den Kopf.
»Päckchen? Geschenk? Nein. Aber zwei Silben hat es? Schachtel?«
Jolie schüttelte erneut den Kopf und legte bedeutungsvoll einen Finger an die Lippen. Dann hob sie einen unsichtbaren Deckel.
»Kiste?«, riet Gareth.
»Koffer?«, versuchte es Troy.
Aphrodite hielt es für angebracht, sich zu beteiligen, sonst würden sie bald alle für eine Spielverderberin halten. »Büchse?«
Jolie fuhr herum, wies mit dem Finger auf Aphrodite und nickte ermutigend.
»Büchse«, überlegte Gareth. »Also – das zweite Wort lautet Büchse. Dingsbums Büchse, ja? Und jetzt zum ersten Wort. Zum ersten Wort. Drei Silben. Die zweite Silbe?«
Jolies Hände beschrieben ein Tor.
»Tor«, rätselte Aphrodite scharfsinnig.
»Tor? Hey! Pandora!«, rief Troy. »Die Lösung lautet: Pandoras Büchse! *Die Büchse der Pandora*, dieser Film mit diesem sexy Vamp – wie heißt sie noch?«
»Louise Brooks«, sagte Aphrodite. Sie hatte den Film bei einer Retrospektive im IFC-Kino gesehen. Er handelte von einer Frau, die die Macht besitzt, verführen zu können, wen immer sie will – sei es nun Männlein oder Weiblein. Welch passendes Suchwort für Jolies Scharade, dachte sie. Aber ob es nun wirklich so höllisch schwierig gewesen

war … Sie vermutete, dass selbst sie ›Pandoras Büchse‹ hingekriegt hätte.
Aphrodite konnte ihre Demütigung erfolgreich um ein paar Spielrunden aufschieben, doch als schließlich der zweite Joint gedreht wurde, beschlich sie der Verdacht, dass es nun nicht mehr lange dauern würde.
»Aphrodite!«, rief Jolie vorwurfsvoll. »Du hast noch keine Scharade gemacht! Ich glaube fast, du hast mit Absicht versucht, dich zu drücken. Und niemand darf sich dieser Nachtisch-Scharade entziehen außer der armen 'Anda, weil sie immer dabei einschläft.« Miranda war auf der Chaiselongue neben Gareth tatsächlich fest eingeschlafen. Sie hatte den Kopf in seinen Schoß gebettet, und sein Arm lag beschützend um ihre Schultern. »Mal sehen«, fuhr Jolie beharrlich fort. »Jetzt weiß ich was.« Sie neigte sich zu Aphrodite und flüsterte ihr ins Ohr: »*Chose de Neige.*« Dann lächelte sie Aphrodite katzenhaft an. Es war ein Wort, das in einer Scharade kaum zu bewältigen war.
»Aber das ist Französisch!«, protestierte sie.
Jolie schlug zu. »Aha. Fehler! Fehler! Du hast gesprochen. Und du hast einen wichtigen Hinweis verraten, weil du erwähnt hast, dass es sich um einen französischen Begriff handelt. Das bedeutet, jetzt *musst* du es zu Ende führen.«
Aphrodite warf Troy einen flehenden Blick zu, doch er lächelte nur und zuckte die Schultern. »Das ist Jolies Hausgesetz«, sagte er.
Aphrodite biss in den sauren Apfel. Mit ein bisschen Glück hatte außer ihr noch jemand der Anwesenden den Film gesehen, der wochenlang im IFC gelaufen war. Sie erledigte die Vorbereitungen – *Film. Drei Wörter* – und dann begann die eigentliche Scharade. Für das Wort *chose*

versuchte sie, ›Shows‹ pantomimisch darzustellen, doch ihr Publikum blickte immer ratloser drein, während sie mitten im Zimmer stand und sich abhampelte. Geschlagen ging sie über zum *de* und formte mit den Fingern den Buchstaben D. Doch alle sprachen es immer wieder falsch aus: Dee, Dee, Dee, Dee – wie unermüdliche Papageien. Ihr *neige* war nicht zu erraten. Schließlich zuckte sie mit den Schultern und gab auf. »Tut mir Leid«, sagte sie. »Ich gebe auf. Der Begriff ist nicht zu vermitteln. Ich glaube nicht, dass überhaupt jemand das könnte.«

Hugo richtete den Blick seiner schwarzen Augen auf Jolie. »Kannst du's?«, fragte er.

Sie erwiderte sein herausforderndes Lächeln und nahm nach einem Zögern von höchstens dem Bruchteil einer Sekunde ihre Position auf der Bühne wieder ein. *Das erste Wort. Klingt wie.* Sie streckte einen eleganten Fuß mit dem zartem Knöchelriemen vor.

»Fuß.«

»Schuh.«

Sie lächelte und machte eine fragende Geste.

»Schuh, Genitiv?«

Sie nickte. *Das dritte Wort. Reimt sich auf.* Jolie ging zu dem Sessel, in dem Hugo saß, legte lässig eine Hand auf seinen Arm und rieb den weichen Stoff seines beigefarbenen Hemds zwischen Zeigefinger und Daumen.

»Reimt sich auf Hemd.«

Sie schüttelte den Kopf.

»Reimt sich auf Arm?«

Wieder ein Kopfschütteln.

»Reimt sich auf – hm – beige?«

Triumphierendes Nicken.

»Beige. Chaise. Käse«, intonierte Troy.

»Chaise und Käse reimen sich nicht auf beige«, wandte Hugo ein. »Und was ist überhaupt eine Chaise?«
»Ist das nicht Französisch für Sessel?«
»Hm.« Eine Pause entstand, während der die Mitspieler angestrengt überlegten.
Dann sagte Gareth: »Neige! Die Lösung lautet: *Chose de Neige* – dieser französische Film, den wir im Kino gesehen haben!«
»Volltreffer, Schatz!« Jolie schritt auf ihn zu und gab ihrem Mann einen herzhaften Kuss auf den Mund.
O Gott. Jolie hatte nicht nur das Spiel gewonnen, überlegte Aphrodite mehr als nur mürrisch. Nein, sie hatte die Lösung auch in einem Bruchteil der Zeit herbeigeführt, die sie, Aphrodite, benötigt hatte, um so schmählich zu versagen.
»Ich habe den Film nicht gesehen«, sagte Hugo. »Aber ich habe gehört, dass er großartig sein soll.«
»Ja, er ist großartig«, sagte Jolie. »Ein absolutes Meisterwerk. Eine Erleuchtung. Hast du ihn gesehen, Aphrodite?«
»Hm – ja.«
»Und wie hat er dir gefallen?«
Aphrodite hatte keine Lust, eine Anhängerin von Jolies Sekte zu werden, aber wenn sie mit Troy zusammenbleiben wollte, musste sie eine Möglichkeit finden, bei seinen Freunden Punkte zu sammeln. Sie dachte an das, was Jack Costello auf dem Weg aus dem Kinosaal zu ihr gesagt hatte, nachdem sie *Chose de Neige* bis zum bitteren Ende ertragen hatten. *Ein Haufen Scheiße, was?* Und dann hörte sie sich selbst tief Luft holen.
»Ich bin ganz deiner Meinung«, sagte sie. »Ich fand diesen Film einfach toll.«

Später waren alle reichlich angeschlagen, abgesehen von Jolie, die offenbar erstaunlich viel Alkohol vertrug. Mit bemerkenswerter Fertigkeit spielte sie Scott Joplin auf dem Klavier und ließ sich von Hugo, der am Instrument lehnte und sie mit Blicken verschlang, die Noten umblättern. Aphrodite war aufgefallen, dass seine Augen immer gefährlicher glitzerten, je weiter der Abend voranschritt.

Anscheinend hatte die Musik Miranda aus ihrem Winterschlaf aufgestört, denn plötzlich erhob sie sich, gähnte, reckte sich und wankte zur Tür. Doch in dem Moment, als sie die Hand nach dem Türgriff ausstreckte, drehte sie sich um und bedachte ihren Mann mit einem glückseligen Lächeln. »Übrigens, Schatz, ich bin schwanger.«

Hugo zuckte nicht mit der Wimper. »Wer ist der glückliche Vater?«, fragte er mit einem Faunslächeln, das an Clark Gable in *Vom Winde verweht* erinnerte.

»*Très drôle*«, erwiderte Miranda mit ihrer Roboterstimme. Und dann schloss sich die Tür hinter ihr. Gareth folgte ihr leise.

»Ist sie wirklich schwanger?«, fragte Jolie unbeeindruckt.

»Ich habe nicht die geringste Ahnung. Diesen Scherz hat sie sich schon einmal mit mir erlaubt. Aber ich kann dir versichern, wenn sie schwanger sein sollte, dann habe ich nichts, aber auch gar nichts damit zu tun.«

»Warum hast du sie hierher mitgenommen?« Jolie unterbrach ihr Spiel und zündete sich eine Sobranie an. »In diesem Zustand ist sie einfach unsagbar langweilig.«

»Vielleicht erinnerst du dich daran, dass sie das letzte Mal, als ich sie allein zurückgelassen habe, versucht hat, das Haus niederzubrennen. Ich habe nicht die Absicht, mich von einer verrückten Pyromanin um das Haus meiner Ah-

nen bringen zu lassen. Bis ich sie einliefern lassen kann, darf ich sie nicht aus den Augen lassen.«
Aphrodite wünschte sich weit fort. Der Abend war rettungslos aus den Fugen geraten. Troy hatte so viel Rémy Martin getrunken, dass er ohne Weiteres die komatöse Miranda auf ihrer Chaiselongue hätte ablösen können. Es war Zeit, dem Schauspiel ein Ende zu machen.
Irgendwie gelang es ihr, Troy aus dem Wohnzimmer zu bugsieren, ohne dass Jolie oder Hugo ihr Verschwinden bemerkten. Im Schlafzimmer zog sie zuerst ihn, dann sich selbst aus und legte sich neben ihn. An Schlaf war jedoch nicht zu denken; ihre Körper vibrierte vor Nervosität. Was auch immer diese Joints enthalten haben mochten, es gab ihr das Gefühl, auf Hochtouren zu laufen. Außerdem kam sie um vor Durst.
Sie schlüpfte aus dem Bett und in ihren Kimono und tappte barfuß und geräuschlos in die Küche, um sich ein Glas Wasser zu holen. Eine metallisch glänzende Maschenjalousie war vor dem großen Bullauge herabgelassen geworden, und jetzt verbreitete blasses Licht einen silbrigen Schimmer. Offenbar graute bereits der Morgen. Wie herrlich, die Sonne über den Bergen von Coolnamaragh aufgehen zu sehen! Leise huschte sie den Flur entlang, ins Wohnzimmer und hinaus auf die Terrasse. Doch wie sie feststellen musste, war sie nicht die Einzige, die noch wach war. Vom anderen Ende der Terrasse, vom Whirlpool her wehten Stimmen zu ihr herüber. Das Summen der Wasserpumpe verriet ihr, dass jemand den Whirlpool benutzte, doch wer es war, konnte sie nicht erkennen, denn die Terrasse machte einen Bogen, vermutlich, um den Badenden ein gewisses Maß an Intimsphäre zu gewähren.
»Wie auch immer, ich bin froh, dass er Ersatz gefunden

hat.« Dieser gedehnte Tonfall war unverwechselbar. »Aphrodite ist hervorragend geeignet. Sie ist gefügig, und das konnte man von Miriam zum Schluss wirklich nicht behaupten. Es war ein Riesenfehler von mir, sie ihm zu besorgen.«

»Besorgen? Sie war doch keine Nutte, oder?«

Aphrodite ertappte sich dabei, wie sie näher zu der Stelle schlich, an der die Terrasse einen Bogen nach links machte. Sie konnte nicht anders.

»Nein. Ich meinte, dass ich sie Troy als Muse besorgt habe. Ich habe sie entdeckt, als sie in der National Gallery umherwanderte, und ich wusste, dass er diesem schwülen präraffaelitischen Anblick nicht würde widerstehen können, schließlich ist er im Grunde seines Herzen ein romantischer kleiner Junge. Also verwickelte ich sie in ein Gespräch, und sie stimmte meiner Einladung zu einer Hausparty zu, die Bianca in ihrer Bude in Frankreich veranstalten wollte. Ich stattete sie mit den passenden Requisiten aus …«

»Requisiten?«

»Ja. Ich habe dafür gesorgt, dass sie gerade einen französischen Gedichtband las, als ich sie Troy vorstellte – und Abrakadabra: Troy verknallte sich, die Designs flossen ihm nur so aus der Feder, und wir alle waren glücklich. Hätte ich keinen Ersatz für mich gefunden, wäre er womöglich vor die Hunde gegangen.«

»Du bist eine kluge Frau, Jolie.«

»Man muss seinen Verstand schon ordentlich beisammen haben, wenn man eine Muse sein will, und in Windeseile lernen, sich in der Hierarchie einen Platz zu sichern und ihn zu verteidigen. Andernfalls bettelt man geradezu darum, als Fußabtreter benutzt zu werden. In der Modebranche verstehen sich mehr Leute aufs Halsabschneiden als auf Schnittmuster. Kein Wunder, dass Miriam so grandios versagt hat.«

»Wie lange warst du seine Muse?«

»Beinahe sieben Jahre lang. Er war am Boden zerstört, als ich ihm sagte, dass ich Gareth heiraten würde. Deswegen habe ich mich ja so beeilt, Miriam an Bord zu holen. Mir war klar, dass Troy gewaltige Probleme mit seiner Kollektion bekommen würde, wenn er nicht von einer Muse betreut würde, und wenn man so viel Geld investiert hat, wie Gareth und ich in das Geschäft gebuttert haben, dann will man sein kreatives Genie eben bei Laune halten. Da noch ein bisschen mehr Druck, Schätzchen. O Gott, ja – das fühlt sich göttlich an. Du hast von allen Männern, die ich kenne, die klügsten Finger.«

Ein leises Lachen und eine Pause, dann fragte Hugo: »Wie hat er Aphrodite gefunden?«

»Sie hat ihn gefunden. Das clevere Mädchen hat ihn verführt, indem sie sicherstellte, dass sie, wenn er sie zum ersten Mal erblickte, so verführerisch und provokant wie möglich aussah.«

»Ach? Wie hat sie das bewerkstelligt?«

»Sie war splitternackt, mein Schatz. Troy hat's mir erzählt, und Polly hat es bestätigt. Natürlich ist seine Version der Geschichte wildromantisch, aber Polly berichtete, dass Aphrodite genau gewusst hat, an welchem Tag und um welche Uhrzeit Troy zurückkommen würde.«

Das ist gemein!, dachte Aphrodite. Kein Mensch hatte den Zeitunterschied eingerechnet, als man ihr seine Flugzeiten mitteilte. Der Unterschied betrug sieben Stunden. Hätte sie das gewusst, wäre sie natürlich längst aus seiner Wohnung verschwunden gewesen und hätte nicht im Traum daran gedacht, sich in Troys Badewanne zu aalen.

»Bei seiner Rückkehr aus dem Urlaub hätte sie seine Wohnung längst verlassen haben müssen – ihr Timing war perfekt, diese schlaue Göre. Unter ihrer freundlichen Fassade verbirgt sich viel mehr, als du ahnst, mein Engel. Sie ist exakt der Stoff, aus dem man Musen macht. Allerdings …«, sie dehnte das Wort, als überlegte sie angestrengt, »… allerdings denke ich, dass wir noch ein bisschen an ihrem Image arbeiten müssen. Ich werde ihre diese Klamotten ausreden müssen, die sie offenbar bevorzugt, und sie von einem etwas zeitgemäßeren Stil überzeugen. Unvorstellbar, dass Troy MacNallys Muse in Sachen aus dem Secondhandladen gesehen wird. Ich wundere mich ohnehin über die Unmenge von Leuten, die nicht einsehen, dass Kleider tatsächlich Leute machen. Und schätzt man Aphrodite nach ihren Kleidern ein, ist sie nichts weiter als ein besseres H&M-Girlie.«
»Sie ist ein ausgesprochen hübsches Mädchen. Ich würde sie nicht von der Bettkante stoßen.«
»Deine Libido erstaunt mich immer wieder. Gibt es überhaupt eine Frau auf dieser Welt, die, wie du es so charmant ausdrückst, von der Bettkante stoßen würdest?«
»Meine Frau.«
»Sie würde mit dir genauso verfahren. Wie auch immer, ich sprach nicht von Miss Delaneys persönlicher Schönheit, mein Schatz. Ich sprach von ihrem Stil. Oder ihrem Mangel an Stil.«
Aphrodite hörte, wie Jolie scharf den Atem einsog und ihn dann mit einem zischenden Laut wieder ausstieß.
»O Gott – ja! Göttlicher und göttlicher, Schatz. Hör nicht auf.«
»Zieh deinen Tanga aus. Lass mich rein. Ich quäle mich schon den ganzen Abend mit einem Steifen herum, weil

deine Titten so geil unter diesem kleinen durchsichtigen Ding wippten.«

»Ich werde nicht im Whirlpool mit dir Sex haben, Hugo.«

»Himmel, Jolie – warum nicht? Fühl nur, wie heiß ich dich begehre!«

Ein kleines, wohlgefälliges Schnurren ging ihrer Antwort voraus. »Aus hygienischen Gründen, schlicht und ergreifend. Der Whirlpool wird auch noch von anderen Leuten benutzt.«

»Dann steig aus. Setz dich aufs Geländer und mach die Beine breit.«

»Schätzchen – du vergisst, dass mein Mann sich in diesem Haus aufhält und uns jeden Augenblick erwischen könnte. Außerdem ist es außerhalb des Pools extrem kalt.«

»Vergiss die Kälte und hör zu.« Hugos Stimme nahm ein bedrohlich schlüpfriges Timbre an, als er die folgenden Worte sorgfältig artikulierte: »Ich bin so scharf auf dich, Liebling, dass ich keineswegs gedenke, behutsam vorzugehen. Ich warne dich. Es besteht nicht die geringste Möglichkeit, dass du dich hier draußen erkältest. Los jetzt, Weib. Raus aus dem Whirlpool.«

Ein kehliges Lachen. »Wie könnte ich einer derart meisterhaften Verlockung widerstehen?«

Aphrodite hörte das Platschen und Rauschen von Wasser, unmittelbar gefolgt von eindeutigen Fickgeräuschen, die in einem Softporno durchaus nicht fehl am Platz gewirkt hätten. Der Dialog erinnerte an *Austin Powers* mit dem ganzen Gestöhne und zahlreichen Aufforderungen wie »Gib's mir, Baby!«

Aphrodite stand mit glühendem Gesicht stocksteif da, hielt ihr Glas fest umklammert und bebte von dem Wunsch nach Rache. Sie hatte große Lust, in Gareths Zimmer zu laufen, ihn zu wecken und ihm eindringlichst zu schildern, was seine Frau mit seinem guten Freund Hugo auf der Terrasse trieb. Und sie hatte nicht übel Lust, Miranda zu warnen, dass ihre ›besorgte‹ Gastgeberin zwei Gesichter hatte, das ganze gemütliche Intrigengespinst, das für das reibungslose Funktionieren von Jolies ›Clique‹ so sorgfältig konstruiert worden war, in Fetzen zu reißen, und sie hatte große Lust, die Schwarze Witwe, die dieses Gespinst gewebt hatte, unter ihren Füßen zu zermalmen.

Sie drehte sich um, rannte zurück in ihr Schlafzimmer und wollte nur noch diesen Soundtrack einer heuchlerischen heimtückischen Zusammenkunft aus ihrer Erinnerung löschen. Und noch eine weitere Zwickmühle tat sich vor ihr auf. Sollte sie Troy berichten, was sie gerade gesehen und gehört hatte? Sollte sie ihn warnen, dass Jolie eine Giftschlange war? Lieber nicht. Eine leise, pragmatische Stimme flüsterte ihr ein, dass er es doch nicht glauben würde. O Gott. Vielleicht sollte sie ihn jetzt verlassen – sich aus dieser unhaltbaren Beziehung retten, bevor sie allzu unwiderruflich verliebt war? Allein der Gedanke daran ließ heiße Tränen in ihr aufsteigen. Sie hatten einander doch gerade erst gefunden!

Er saß bei eingeschaltetem Licht aufrecht im Bett. »Wo warst du, Aphrodite?«, fragte er und hörte sich ziemlich benommen an. »Ich habe geträumt, du hättest mich verlassen, wie alle anderen auch, und als ich dann aufwachte, warst du fort.«

Er hatte noch nie so unglaublich verletzlich auf sie gewirkt. Ihr Herz quoll über vor Liebe, und sie wusste, dass es zu spät war, um die Flucht zu ergreifen. Sie war bereits unwiderruflich verliebt. Es gab kein Zurück.

»Alles ist gut«, sagte sie, setzte sich zu ihm und schob ihm eine Locke seines seidigen schwarzen Haars aus dem Gesicht. »Ich war nur in der Küche und habe ein Glas Wasser getrunken. Was hat dich aufgeweckt?«

»Dein Handy hat geklingelt.«

Zu dieser frühen Stunde? »Ach? Wer war's?«

»Ich weiß es nicht. Bevor ich mich melden konnte, wurde schon aufgelegt.«

Neugierig geworden griff Aphrodite nach ihrem Handy. Das Display meldete eine neue Nachricht auf ihrer Mailbox. Sie gab ihren Zugangscode ein und vernahm Lolas Stimme. »Aphrodite? Tut mir Leid, dass ich so spät noch anrufe, aber ich muss dich dringend sprechen. Leider habe ich schlechte Nachrichten. Ich bin gerade von einer Party zurückgekommen und habe bei dir reingeschaut, um Bobcat zu füttern. Bei dir ist eingebrochen worden. Tut mir entsetzlich Leid, dir das sagen zu müssen, aber sie haben deine Wohnung kurz und klein geschlagen. Du wirst wohl nach Hause kommen müssen.«

7

Gareth hatte Aphrodite angeboten, sie früh am nächsten Morgen zum Bahnhof nach Killarney zu fahren. Ursprünglich wollte Troy das übernehmen, doch Aphrodite bestand darauf, dass er an seinem Plan festhielt und mit Jolie und Hugo die Insel Skellig Michael besuchte.
»Ich habe ein schlechtes Gewissen, wenn ich dich hier zurücklasse«, wandte er ein, nahm sie in der Einfahrt nach Coolnamaragh in die Arme und strich ihr über das Haar. »Meinst du nicht, dass ich dich doch nach Hause fahren sollte?«
Die Vorstellung, sich von Troy irgendwohin chauffieren zu lassen, verursachte ihr weiche Knie. Ihr psychischer Zustand war nach dem finsteren Tanz des Vorabends und seiner makabren Choreografie ohnehin reichlich labil.
»Nein, nein«, versicherte sie. »Lola wird ja für mich da sein und Händchen halten. Dass du deinen Besuch hier vorzeitig abbrichst, ist völlig überflüssig.« Lola war nicht sonderlich detailliert auf den Einbruch eingegangen, hatte ihr jedoch versichert, dass es schlimmer aussah, als es in Wirklichkeit war, und viel schien auch nicht zu fehlen, wenngleich der CD-Ständer ihr ein bisschen geplündert vorgekommen war.
»Kommst du denn wieder zurück?«, fragte Troy.
»Ich weiß es wirklich noch nicht. Das hängt davon ab, wie viel ich aufzuräumen habe.«
»Wir sollten jetzt aufbrechen, Aphrodite, wenn du den

Zug nicht verpassen willst.« Gareth saß hinter dem Steuer seines Land Rovers und hatte den Wagen bereits angelassen.

»Ich komme schon.« Aphrodite hob Troy zu einem letzten Kuss das Gesicht entgegen, dann warf sie ihre Tasche auf den Beifahrersitz.

»Ruf mich an, sobald du zu Hause bis«, bat er. »Viel Glück, Liebling. Ich hoffe, es wird nicht allzu schlimm für dich.«

Als der Land Rover durchs Tor fuhr, kamen Jolie und Hugo die Straße entlanggeschlendert. Jolie trug einen cremefarbenen Rollkragenpullover und einen beinahe knöchellangen Rock aus rostfarbenem Leinen, dessen üppiger Stoff beim Gehen flatterte und sie umwirbelte. Das Haar hatte sie zu einem kleinen Pferdeschwanz zurückgesteckt, aus dem sich massenhaft sexy Löckchen lösten, und ihr Gesicht war ohne jedes Make-up. An ihrem linken Arm hing malerisch ein mit Wiesenpilzen gefüllter Weidenkorb. Sie war der Inbegriff einer rustikalen Schönheit und sah gleichzeitig so aus, als sei sie der Fotoreportage über ländlichen Lifestyle eines Hochglanzmagazins entsprungen.

Aphrodite konnte sich kaum vorstellen, dass dies derselbe Vamp war, der am Vorabend in einem durchsichtigen Chiffongewand umherstolziert war, literweise Champagner in sich hineingeschüttet und hemmungslos Ehebruch begangen hatte. Wenigstens Hugo hatte Anstand genug, ein bisschen angegriffen auszusehen. Er war unrasiert, und seine Augen, die wenige Stunden zuvor noch so gefährlich geglitzert hatten, waren blutunterlaufen und müde. Aphrodite bemerkte eine kleine Verletzung an seiner Unterlippe, die aussah, als wäre er gebissen worden.

»Morgen!«, zwitscherte Jolie, als Gareth neben ihnen anhielt. »Wo wollt ihr zwei denn hin? Seht euch nur diese herrlichen Pilze an! Wir werden frühstücken wie die Könige!«

Gareth informierte Jolie kurz über Aphrodites Dilemma.

»Nein, wie schrecklich!« Jolies Miene drückte Entsetzen und Besorgnis aus. »Wenn wir irgendetwas tun können, um dir zu helfen – egal, was, Aphrodite –, dann ruf uns unverzüglich an. Versprichst du mir das?«

»Natürlich tut sie das«, sagte Gareth. »Übrigens, Liebling, warum, um alles in der Welt, standen deine Schuhe heute Morgen auf der Terrasse?«

Ein schwacher Ausdruck des Erschreckens huschte über Jolies schönes Gesicht, bevor sie unschuldsvoll die Augen aufriss. »Könntest du mir verraten, was dagegen einzuwenden ist, dass ich meine Schuhe auf der Terrasse stehen gelassen habe? Meine Füße taten weh, Schatz, nachdem ich beim Scharadespiel ständig auf den Beinen sein musste.«

»Dass du deine Schuhe auf der Terrasse zurückgelassen hast, stört mich nicht weiter, Liebling«, entgegnete Gareth, »gewundert hat mich allerdings, dass sie mit Pollo Spago gefüllt waren.«

Jetzt brachte Jolie genug Anstand auf, ehrlich geschockt auszusehen. »*Wie bitte*? Jemand hat Hühnchen in meine Jimmy Choos gefüllt?«

»Sieht so aus.«

Jolies Miene war so empört, dass Aphrodite sich bemüßigt fühlte zu sagen: »Ich war's nicht.«

»Ha, ha, ha«, machte Jolie. »Natürlich warst du das nicht, Aphrodite. Du bist viel zu erwachsen für einen derart albernen Streich. Es muss Miranda gewesen sein. Sie war ja gestern so weggetreten, dass sie zu allem fähig gewesen wäre.« Jolies strahlendes Lächeln wirkte derart aufgesetzt, dass es wie ein großer Riss ihr porzellanhelles Gesicht durchschnitt und Aphrodite am liebsten Miranda applaudiert hätte.

Gareth legte den Gang ein. »Jedenfalls stehen sie noch immer auf der Terrasse.« Er warf einen Blick auf seine Rolex. »Wir müssen los – sonst kommen wir zu spät. Versprich mir, dass du etwas von diesen Pilzen für mich übrig lässt.«

Sie fuhren weiter, und während Aphrodite durch den Außenspiegel zusah, wie Jolie, die ihnen herzlich nachwinkte, immer kleiner und kleiner wurde, wünschte sie, sie selbst wäre auf die Idee gekommen, Hühnchenreste in Jolies Jimmy Choos zu füllen. Hinter Mirandas unauffälliger Fassade verbarg sich eindeutig eine kriegerische Prinzessin.

Nachdem Gareth sie zum Zug gebracht und ihr noch einmal versichert hatte, dass sie jederzeit auf ihn zählen konnte, kramte Aphrodite ihr Handy aus der Tasche. Sie wollte Troy anrufen und ihm mitteilen, dass sie den Zug noch rechtzeitig erwischt hatte. Sie tippte die Nummer ein und hörte das Freizeichen. Auf dem Sitz ihr gegenüber klingelte zur gleichen Zeit das Handy eines Mitreisenden. Es klingelte und klingelte, bis sich Aphrodite schließlich über den Tisch lehnte und zu dem Mann sagte: »Entschuldigen Sie, Ihr Handy klingelt.«

»Das ist nicht meines«, antwortete er. »Ich besitze gar kein Handy.«

Aphrodite blickte auf ihren Rucksack, den sie auf den Tisch gelegt hatte, und dann fiel der Groschen. Ihre Hand tauchte in den Rucksack hinein. Da, ganz unten, lag Troys winzig kleines silbernes Nokia und plärrte sie erbarmungslos an.

Es klingelte noch zwei Mal während der Reise. Der erste Anrufer war ein Journalist, der anfragte, ob Troy sich bereit erklären würde, einen Kommentar über irgendeinen modischen Fauxpas der Geliebten eines berühmten Politikers abzugeben. Aphrodite kannte die Telefonnummer von Coolnamaragh nicht, und selbst wenn sie sie gekannt hätte, wäre sie nicht sicher gewesen, ob sie sie hätte herausgeben dürfen. So empfahl sie dem Anrufer schließlich, sich an Polly Riordan zu wenden.

Der nächste Anruf kam von Polly persönlich. »Was ist los?«, fragte sie.

»Tut mir Leid, Polly. Ich musste schnellstens zurück in die Stadt und habe dabei völlig vergessen, dass Troys Handy noch in meinem Rucksack steckt. Vielleicht könnten Sie mir die Nummer von Coolnamaragh geben, damit ich ihn wenigstens anrufen und darüber informieren kann?«

»Die Nummer darf ich leider niemandem geben«, antwortete Polly barsch. »Es ist eine Geheimnummer. *Ich* werde ihn anrufen.«

Ach, stell dich nicht so an!, hätte Aphrodite am liebsten gesagt, aber sie tat es nicht.

Binnen weniger Minuten hatte sie Troy am Telefon. Die Leute in ihrem Abteil fingen schon an, ihr böse Blicke zuzuwerfen, und es war ihr peinlich, als sie daran dachte, was sie zu Troy über Idioten gesagt hatte, die ihr ganzes Leben mit dem Handy am Ohr verbrachten. Sie quetschte sich an ihrem Nebenmann vorbei und lief den Gang entlang bis zum Ende des Waggons, wo sie telefonieren konnte, ohne den gespitzten Ohren sämtlicher Mitreisender ausgesetzt zu sein.

Er lachte, als sie sich dafür entschuldigte, dass sie versehentlich sein Handy geklaut hatte. »Das ist das Beste, was mir seit Jahren passiert ist. Du weißt doch, wie ich das Mistding verabscheue. Wenn es dir nichts ausmacht, weiterhin meine Anrufe zu verwalten, dann freut es mich riesig, dass du mein Handy mitgenommen hast!«

»Aber ich komme mir vor wie die letzte Hochstaplerin! Ich habe doch gar keine Befugnis, deine Anrufe entgegenzunehmen, Troy!«

»Doch, ich autorisiere dich dazu. Als meine Muse.«

Aphrodite wand sich ein bisschen. »Aber ich kann doch nicht einfach sagen: ›Oh, *ich* entscheide, wer mit Troy MacNally sprechen darf, denn ich bin seine Muse. Basta.‹« Sie ahmte Pollys hochnäsigen Tonfall nach.

»Das musst du ja auch nicht. Du meldest dich einfach mit Aphrodite Delaney. Du brauchst niemandem nähere Erklärungen abzugeben – das hat die Mundpropaganda inzwischen längst erledigt. Übrigens habe ich Polly gründlich die Leviten gelesen, als mir klar wurde, dass sie sich geweigert hat, dir die Nummer von Coolnamaragh zu geben. Ich schätze, in Zukunft wird sie dir gegenüber mehr Entgegenkommen zeigen.«

»Ich will mir keine Feinde machen, Troy.«

Wieder drang sein Lachen aus dem Hörer, doch diesmal klang es mehr wie ein kurzes Bellen. »Polly wird tun, was ich ihr sage, Schatz. Ich habe keine Lust auf ein schlechtes Betriebsklima.« Im Hintergrund hörte Aphrodite Jolies honigsüße Stimme. »Ich muss jetzt aufhören«, sagte Troy. »Wir wollen zu den Skelligs aufbrechen. Jolie hatte die glänzende Idee, ihre Geige mitzubringen.«

Darauf möchte ich wetten, dachte Aphrodite bitter. Ein Bild entstand vor ihrem inneren Auge: Jolie Fitzgerald, die mit wehendem Goldhaar am Bug eines Bootes steht, das durch die gischtgekrönten Wogen der Bucht von St.

Finan's pflügt, dabei noch virtuoser fiedelt als Sharon Corr und über die Schulter hinweg über einen Witz ihrer ›Jungs‹, lacht, während sie lüstern von einem Bootsmann in einem Shetlandpullover begeifert wird.
Aphrodite stopfte Troys Handy zurück in ihre Tasche, machte sich auf den Rückweg zu ihrem Platz und entschuldigte sich unentwegt bei den mürrischen Samstagmorgen-Pendlern, die sie unterwegs anrempelte. Sie bekam keine einzige Reaktion auf ihre Entschuldigungen.

Lola wartete schon in dem kleinen Haus in Stoneybatter auf sie. Aphrodite sah sie am Fenster stehen, als sie den Taxifahrer entlohnte, und bevor sie noch den Schlüssel ins Schloss schieben konnte, öffnete ihre Freundin bereits die Haustür. Sie breitete ihre Arme aus, die Handflächen nach oben gerichtet. »Hol lieber erst mal tief Luft, Schätzchen. Ich habe getan, was ich konnte, um das Chaos zu verringern, aber diese Jungs waren gehörige Vandalen, glaube ich.«
Aphrodite trat in ihr Wohnzimmer. »Ach, du Scheiße«, sagte sie, ging in die Hocke und schlug die Hände vor den Mund. Lola hatte nicht übertrieben, als sie sagte, die Einbrecher hätten ihre Bude kurz und klein geschlagen. Sie hatten sogar Farbspray mitgebracht und damit großzügig die Wände besprüht. Ihren Graffiti nach zu urteilen, verfügten sie über den IQ von Amöben, aber trotzdem brachten sie die gewünschte Aussage ziemlich deutlich rüber.
»Wird dir etwa schlecht?«, fragte Lola besorgt.
Darüber dachte Aphrodite ein, zwei Sekunden ernsthaft nach, dann schüttelte sie den Kopf.
»Nachdem die Polizei hier war, habe ich aufgeräumt, so

gut es ging. Einiges musste ich leider in den Müll schmeißen. Der Kommissar hat Fingerabdrücke gefunden, war aber ehrlich genug einzugestehen, dass sie die Schweine wohl nicht kriegen werden. Nebenan bei der armen Miss Gibson sind sie auch eingebrochen. Sie hat in der besagten Nacht bei ihrer Schwester geschlafen. Ein Glück.«

»Schweine«, stieß Aphrodite grimmig hervor. »Verdammte Schweine.« Langsam richtete sie sich auf und durchquerte das Zimmer. »Was zum Teufel sollte das Ganze? Alles nur wegen ein paar CDs?«

»Ich fürchte, im Schlafzimmer sieht's noch schlimmer aus. Sie haben sich deinen Kleiderschrank und deine Kommode vorgenommen. Ich musste eine Menge von deinen Sachen in den Müll werfen.«

Aphrodite sah Lola fragend an.

»Sie – hm. Sie haben drauf gepinkelt.«

Aphrodite schloss einen Herzschlag lang die Augen und öffnete sie dann wieder. »Ja«, sagte sie tonlos. »So etwas Ähnliches habe ich mir gedacht.«

Lola ergriff Aphrodites Hand. »Weißt du, es hätte auch entschieden schlimmer kommen können. Zumindest ist nichts wirklich Wertvolles gestohlen worden, und alles andere ist zu ersetzen. Ich war eben noch kurz auf der Polizeiwache und habe ein Formular abgeholt, das du ausfüllen musst.«

»Lola, du bist ein Schatz.«

»Kein Problem. Du würdest das Gleiche für mich tun. Allerdings wirst du dieses Formular vom Kommissar unterschreiben lassen müssen. Er ist übrigens richtig süß. Schwarze Lederjacke, Knackarsch, bemerkenswerte Augen.«

Aphrodite bedachte Lola mit einem matten Lächeln, und

im nächsten Augenblick brach ein grauenhafter Gedanke über sie herein. »Bob! Ihm ist doch hoffentlich nichts passiert?«

Doch bevor Lola noch antworten konnte, hörte Aphrodite den vertrauten Schlag der Katzenklappe, und Bobcat kam mit steil aufgerichtetem Schwanz von der Küche aus ins Zimmer gestelzt. Als er sein Frauchen mit einem leisen Maunzen begrüßte, nahm sie ihn schwungvoll in die Arme und barg ihr Gesicht in seinem rötlichen Fell.

»Wenigstens hast du noch eimerweise Farbe«, sagte Lola, während sie die Graffiti an den Wänden betrachtete. »Für dein neues Renovierungsprojekt.«

»Wie meinst du das?«

»Na, das ganze Zeug, das von deiner Arbeit in Troys Bude übrig geblieben ist.« Sie deutete auf die Farbdosen, die Aphrodite einfach im Flur abgestellt hatte, bevor sie zu ihrem Ausflug in den Süden aufbrach. »Ein Glück, dass deine unerwünschten Besucher ihre eigenen Sprühdosen mitgebracht haben, sonst wären sie womöglich in Versuchung geraten, deine Farben für ihre künstlerischen Ambitionen zu benutzen. Diese Wohnung hatte eine Schönheitsoperation sowieso dringend nötig. Wir könnten sofort damit anfangen, sofern du fit genug dazu bist.« Lola musterte sie mit prüfendem Blick. »Sag schon, wie geht's dir, Schätzchen? Patrick hat mich gewarnt, du könntest dich vielleicht irgendwie beschmutzt fühlen.«

»Wer ist Patrick?«

»Der Kommissar. Im Moment ist er nebenan bei Miss Gibson, verhört sie und wartet darauf, dass sein Kollege kommt und ihr das Händchen hält. Die Arme ist so fertig mit den Nerven, dass sie überlegt, für immer bei ihrer Schwester einzuziehen.«

»Tja, wie geht's mir?« wiederholte Aphrodite Lolas ursprüngliche Frage mit dumpfer Stimme, hob Bob auf ihre Schulter und blickte sich in ihrem entweihten Heim um. »Ich weiß es nicht genau, Lo. Eigentlich empfinde ich im Moment gar nichts. Taub und ausgehöhlt, könnte man sagen. Ich schätze, ich stehe noch unter Schock.« Das laute Schnurren der Katze an ihrem Ohr war tröstlich. Sie drückte Bob fester an sich. »Aber ich lasse es nicht zu, dass diese Schweine mich unterbuttern. Sie sind Abschaum. Ich bin größer, besser und stärker als sie. Und«, sagte sie mit einer Kopfbewegung in Richtung der Wand über ihrem Sofa, auf die das grobe Bild eines erigierten Penis' gesprüht worden war, »ich bin als Künstlerin entschieden begabter als die.«

Ihre Freundin warf ihr einen Blick gespielter Überraschung zu. »Aha«, meinte Lola, »und wann hast du zuletzt einen Penis gemalt?« Aphrodite versuchte zu lachen und tippte sich mit dem Finger an die Nase. »Ich habe so lange keinen mehr gesehen, dass ich fast vergessen habe, wie so ein Ding aussieht«, antwortete Lola an ihrer Stelle.

In diesem Augenblick klingelte es an der Haustür. Aphrodite fiel auf, dass Lola zart errötete. Sie warf ihr einen fragenden Blick zu. »Erwartest du jemanden?«, fragte sie.

»Den Kommissar. Ich habe ihm gesagt, er wäre herzlich auf einen Kaffee eingeladen, wenn er nebenan fertig ist.«

Aphrodite zog eine Augenbraue hoch. »Dann setz am besten schon mal den Kessel auf«, sagte sie und war schon auf dem Weg zum Flur.

Der Kommissar war tatsächlich süß, mit Augen, die noch blauer waren als die von Aidan Quinn, und mit einer für die Jahreszeit ungewöhnlichen Sonnenbräune. Er stellte sich als Patrick Larkin vor, trat dann vor in die Mitte des

Raums und blieb ein wenig unbehaglich dort stehen. Auch Aphrodite fühlte sich ein bisschen unbehaglich. Das war schließlich normal, angesichts der obszönen Graffiti rings um sie herum. Kein Wunder, dass die ältliche Miss Gibson nebenan jemanden brauchte, der ihr die Hand hielt. Das Freizügigste, was *sie* las, war Barbara Cartland. Doch als Lola aus der Küche kam, wurde Patrick Larkin sichtlich lockerer, und ein schiefes Grinsen trat auf sein Gesicht. Aphrodite fiel auf, dass Lola ihr Haar zurechtgemacht hatte, dass sie verdächtig nach frisch aufgesprühtem Gaultier duftete und dass sie einen weiteren Knopf ihrer Bluse geöffnet hatte.

»Wollen wir den Kaffee in der Küche trinken?«, fragte sie und hielt die Tür auf. »Ich finde, meine Augen haben sich inzwischen mehr als genug am Werk dieser inspirierten Basquiat-Jünger ergötzt.«

Aphrodite warf einen verstohlenen Blick auf Patrick, um zu sehen, ob er Lolas scherzhafte Anspielung auf den berühmten New Yorker Graffiti-Künstler verstanden hatte, und sie war froh, ein bestätigendes Glitzern in seinen Augen zu sehen. »Vielleicht solltest du mal ein paar von den eher avantgardistischen Galeriebesitzern hierher einladen und sie fragen, ob sie Interesse an einer völlig neuen Stilrichtung haben«, sagte er. »Das könnte dir sogar noch ein bisschen Kohle einbringen, Aphrodite.«

»Übrigens, das Formular, das du ausfüllen musst, liegt dort auf dem Tisch«, sagte Lola, als sie den beiden auf dem Weg in die Küche folgte. Sie machte sich daran, Kaffeepulver in die Cafétière zu löffeln. »Du musst doch solche Szenarien schon tausend Mal erlebt haben, Patrick. Hat Aphrodite Anspruch auf Entschädigung für ihre ruinierte Kleidung?«

»Aber sicher«, sagte er. »Zwar wurde nichts gestohlen, aber doch so weit zerstört, dass sie es ersetzen muss.«
Aphrodite setzte sich an den Küchentisch und überflog das Versicherungsformular. »Immerhin werde ich nicht viel Zeit brauchen, um das hier auszufüllen«, sagte sie. »Ein Dutzend CDs und ein paar Kleidungsstücke, die nicht übermäßig viel wert waren. Ein Glück, dass ich meine besten Sachen alle mitgenommen hatte.«
»Ein Dutzend CDs?«, fragte Patrick. »Ich bin erstaunt, das ist eine ziemlich genaue Einschätzung, wenn ich die Lücken in deinem CD-Regal so sehe.«
»Meine Einschätzung *ist* genau. Wieso wundert dich das?«
»Die meisten Leute melden mindestens das Doppelte des Schadens, der ihnen wirklich entstanden ist. Bist du sicher, das sonst nichts fehlt?«
»Ganz sicher. Erst kürzlich musste ich Inventur für die Versicherung machen. Ich kann von Glück reden, dass ich überhaupt versichert bin, denn ich habe die Liste seit Ewigkeiten nicht mehr aktualisiert.«
»Tja. Du bist ein erstaunlich ehrlicher Mensch, Aphrodite Delaney.«
»Ich weiß«, gab sie zu. »Ich bin schon fast krankhaft obrigkeitshörig. Das hat vermutlich mit der Angst zu tun, erwischt zu werden.«
»Ach ja?«
»Ja. Als kleines Mädchen bin ich jedes Mal rot geworden, wenn ich gelogen habe. Dadurch habe ich mich sofort verraten. Und bald wurde mir klar, dass ich halb so viel Ärger bekam, wenn ich die Wahrheit sagte, und das Ergebnis ist, dass ich nun mal bis zum Erbrechen ehrlich bin. Als Politikerin würde ich eine miserable Figur abgeben.«

»Aphrodite ist wohl eine der gesetzestreuesten Personen, die dir jemals begegnen werden«, sagte Lola und schenkte Patrick ihr schönstes Lächeln.

»Und wie steht's mit dir?« Er sah Lola an und zog eine Augenbraue hoch. »Bist du auch so brav?«

»Na ja, du weißt ja selbst, was Mae West gesagt hat. ›Wenn ich brav bin, bin ich durch und durch brav, aber wenn ich unartig bin, bin ich besser.‹«

»Das klingt gut in meinen Ohren. Vielleicht kannst du mir das einmal bei einem Abendessen näher ausführen?«

»Vielleicht.«

»Wann würde es dir denn passen?«

»Wenn ich jetzt sage, ich sehe mal in meinem Terminkalender nach, tue ich dir keinen Gefallen.«

»Wieso?«

»›Weil nur brave Mädchen einen Terminkalender haben. Für so etwas haben unartige Mädchen gar keine Zeit.‹ Tallulah Bankhead. Dir ist vielleicht schon aufgefallen, dass ich ein großes Faible für Zitate habe. Zitate belasten das Gehirn weniger, als wenn man sich selbst etwas Originelles ausdenken muss.«

Aphrodite kam sich vor wie eine Zuschauerin bei einem Wimbledon des Flirtens, wegen der vielen bedeutungsvollen Blicke und koketten Lächeln, die in ihrer Küche ausgetauscht wurden.

»Aber zufällig weiß ich, dass ich heute Abend Zeit hätte«, fügte Lola beiläufig hinzu. »Erweckt das den Eindruck, als wäre ich allzu voreilig?«

»Nein. Es erweckt den Eindruck, als wärst du ein Mädchen, dass seine Zeit nicht mit unnützen Spielchen vertut.«

»Und was für eine Sorte Mädchen ist das?«

»Meine Sorte«, sagte Patrick Larkin.

Gut. Aphrodite entschied, dass es Zeit war, zurück ins Wohnzimmer zu gehen und Troy anzurufen. Gareth meldete sich.
»Hi, Aphrodite. Wie groß ist der Schaden?«
»Viel gestohlen wurde nicht, aber die Wohnung ist ein einziges Chaos.«
»Mist. Das tut mir wirklich Leid. Du möchtest sicher mit Troy sprechen – er ist noch nicht zurück von dem Ausflug auf die Skelligs. Ich kann dir Jolies Nummer geben, wenn du willst.«
»Nein! Ich meine, danke, das ist nicht nötig. Richte ihm einfach aus, dass er mich später zurückrufen möchte, ja?«
Als sie den Hörer auflegte, ertönte aus der Küche lautes Gelächter. Sie wollte sich gerade wieder zu Lola und Patrick gesellen, überlegte es sich dann jedoch anders. Das Lachen hatte nämlich abrupt aufgehört und einer Stille Platz gemacht, die nur eines bedeuten konnte. Als diese Stille schließlich unterbrochen wurde, nahm Aphrodite ihren Mut zusammen und ging zurück in die Küche. Lola und Patrick saßen einander am Küchentisch gegenüber und gaben sich redliche Mühe, lässig zu wirken. Doch zwei Dinge an ihnen waren anders: Lolas Gesicht war gerötet, und Patrick hatte feine Lippenstiftspuren am Kinn, die vorher bestimmt nicht dort gewesen waren.

Troy rief gegen Mitternacht an.
»Liebling! Wie schrecklich für dich. Warum vergisst du die ganze Sache nicht einfach, lässt alles stehen und liegen und kommst zurück nach Coolnamaragh?«
»Troy – das wäre wohl kaum ein verantwortungsbewusstes Verhalten. So etwas würde eher zu meiner Mutter passen.« Und wohl auch zu Troy, wie ihr mit leichtem Unbe-

hagen bewusst wurde. »Ich kann die Sache nicht auf die lange Bank schieben. In der Wohnung ist alles kurz und klein geschlagen. Ich muss die Wände neu streichen und alles.«

»Kannst du nicht jemanden kommen lassen?«, bat er. »Hier soll das Wetter wieder besser werden, und du weißt doch, wie herrlich es sein kann.«

»Es geht nicht, Troy. Ich kann mir keinen Handwerker leisten. Das Geld von der Versicherung wird noch eine Ewigkeit auf sich warten lassen, und ich muss die Wohnung unbedingt sofort instand setzen. Außerdem hätte ich auch nicht die geringste Lust, Geld für einen Maler auszugeben. Du vergisst, dass ich selbst mindestens so viel Erfahrung habe wie ein Profi. Habe ich nicht erst kürzlich viel Zeit damit verbracht, den Pinsel zu schwingen?«

»Ich wollte, ich könnte irgendetwas für dich tun. Ich komme mir so unmanierlich vor.«

Aphrodite lachte über das altmodische Wort. »Du bist nicht unmanierlich, Schatz. Übrigens, hast du heute schon gearbeitet?«

»Kein Stück. Aber morgen reisen Jolie und ihre Truppe ab, und dann stelle ich mir einen Arbeitsplan auf.«

»Wie war's auf Skellig Michael?«

»So weit sind wir gar nicht gekommen. Die Fähren haben noch Winterpause. Wir haben nur stundenlang auf den Klippen von Bolus Head gestanden und aufs Meer hinaus geschaut. Die Skelligs sahen aus wie ein Traumbild – in Nebel gehüllt, sodass nur die Gipfel zu sehen waren. Aber ich werde ganz bestimmt ein anderes Mal rüberfahren. Nachdem ich sie jetzt gesehen habe, bin ich fest dazu entschlossen.«

»Wohin seid ihr stattdessen gefahren?«

»Wir sind weitergefahren nach Valencia und haben zufällig einen gemeinsamen Freund getroffen.«
»Ach ja? Wenn denn?«
»Jack Costello. Er hat ein Haus auf Valencia Island.«
»Der Fotograf?«
»Ja, auch dein Name fiel und er sagte, dass er dich kennt.«
»Wir sind nur flüchtige Bekannte.«
»Er ist ein prima Kerl, dieser Jack.«
»Woher kennst du ihn?«
»Er ist mit Gareth befreundet. Und er hat schon mal ein paar Foto-Shootings für mich gemacht. Mein letzter Frühlingsmode-Katalog war sein Werk. Übrigens, Jolie hatte eine großartige Idee.« Natürlich hatte sie das, dachte Aphrodite, sprach es aber nicht aus. »Als sie hörte, was mit deinen Kleidern geschehen ist, machte sie den Vorschlag, dass du zum Atelier gehen und dich dort mit Mustern ausstatten lassen könntest.«
»Mit Mustern?«
»Ja – du weißt schon – die Kleidungsstücke, die zwar fertig gestellt werden, aber kein grünes Licht für die Produktion bekommen. So eine Art Versuchsstücke. Es würde mich sehr freuen, wenn du dir aus meinen Beständen aussuchst, was dir gefällt. Und Jolie ist der Meinung, dass du, als meine neue Muse, sowieso Troy MacNally tragen solltest. Da hat sie völlig Recht, weißt du, ich hoffe nur, dass *du* nichts dagegen einzuwenden hast. Ich möchte auf gar keinen Fall, dass du Sachen trägst, in denen du dich nicht wohl fühlst. Kleider sehen nicht sexy aus an Frauen, die sich in ihnen unbehaglich fühlen.«
»Oh, Troy, ich würde mich rasend gern von dir einkleiden lassen. Ganz ehrlich, aber ich bin im Moment wirklich knapp bei Kasse und …«

»Hör auf damit, Aphrodite. Für Musterteile knöpfe ich dir doch kein Geld ab. Morgen früh rufe ich Polly an und sage ihr, sie möchte ein paar Sachen raussuchen, die zu dir passen. Melde dich dann am Montag bei ihr.«

»Meinst du wirklich?« Sie selbst war sich da nicht so sicher. Was hatte Jolie noch am Vorabend zu Hugo gesagt, als sie ihr Gespräch im Whirlpool belauscht hatte? *Ich werde ihr diese Klamotten ausreden müssen, die sie offenbar bevorzugt, und sie von einem etwas zeitgemäßeren Stil überzeugen. Unvorstellbar, dass Troy MacNallys Muse in abgelegten Sachen aus dem Secondhandladen gesehen wird …* Wenn sie Troys Vorschlag annahm, hätte Jolie den ersten Handstreich in diesem subtilen Kampf zwischen ihnen beiden gewonnen. Und die Vorstellung, sich von ihrem brandneuen Lover mit einer brandneuen Garderobe ausstaffieren zu lassen, vermittelte ihr das Gefühl, eine … eine Art Konkubine zu sein. Eine Frau, die ausgehalten wurde. Das Bild von Troys vorheriger Muse, Miriam mit dem traurigen Blick, tauchte vor ihrem inneren Auge auf.

»Ob ich das wirklich meine?«, fragte Troy jetzt. »Prinzessin, ich meine es vollkommen ernst. Vergiss nicht, mich anzurufen und mir zu berichten, was du ausgewählt hast. Dann kann ich mir morgen Nacht, wenn ich im Bett liege, ganz genau ausmalen, wie ich dich entkleide. Ich kenne jeden Haken, jede Öse, jeden Knopf und jedes Knopfloch dieser Muster. In meiner Vorstellung kann ich dir Stück für Stück ausziehen, einfach köstlich.« Er lachte leise auf diese Art, die sie so sehr mochte.

Und plötzlich hatte sie wieder Miriam vor Augen, die nackt und gefesselt bäuchlings auf dem Samtsofa lag und über die Schulter hinweg mit umwölkten Blick den Maler ansah.

Plötzlich kam ihr ein unheimlicher Gedanke. »Übrigens, Troy – eines wollte ich dich schon lange mal fragen. Wer hat eigentlich das Bild von Miriam gemalt, das früher in deinem Bad hing?«
»Jolie«, antwortete er.

An diesem Abend strich Aphrodite bis tief in die Nacht hinein ihre Wohnung. Sie wollte so schnell wie möglich die Obszönitäten auslöschen, die die Einbrecher an ihre Wände geschmiert hatten. Außerdem hatte sie sich bereit erklärt, auch Miss Gibsons Wohnung zu streichen, was reichlich voreilig war, denn am nächsten Tag vereitelte ein Anruf dies Angebot. Man wollte wissen, ob sie später in der Woche für die Ausstattung eines Werbespots zur Verfügung stand.
»Es tut mir so Leid«, entschuldigte sie sich telefonisch bei Miss Gibson. »Aber ich kann Ihnen jemanden empfehlen, der ihre Wohnung streichen würde. Ich kenne da eine Bühnenbildnerin, die …«
»Lassen Sie's gut sein, Aphrodite. Mein Neffe hat mir schon seine Hilfe angeboten. Sie sind ein nettes Mädchen, so liebenswürdig. Ich kann mich glücklich schätzen, Sie als Nachbarin zu haben.«
Kaum hatte sie den Hörer aufgelegt, klingelte das Telefon erneut. Ständig klingelte irgendwo in der Wohnung irgendein Telefon. Troys Handy schrillte unablässig, und jedes Mal wiederholte sie wie ein Papagei Polly Riordans Nummer und wies den Anrufer an, sein Glück bei Polly zu versuchen. Lola hatte angerufen, um mitzuteilen, dass sie verliebt war, ihre Mutter hatte angerufen, um ihr ihr Mitgefühl wegen des Einbruchs auszusprechen und um ihr möglichst viele saftige Klatschbrocken über Troy

MacNally zu entlocken, und Werbefuzzis hatten angerufen wegen *dringender!* Details, die auf der Stelle erledigt werden mussten, weil die Lage *kritisch!* wurde. Als Aphrodite diesmal den Hörer abnahm, meldete sich eine genervt klingende Polly.

»Troy sagt, ich soll Sie mit Mustern versorgen«, sagte sie, und es hörte sich an, als würde sie keine Widerrede dulden. »Wann können Sie kommen?«

So bald wie möglich, wenn es nach Aphrodite ging. Sie wollte Polly Troys Handy aushändigen und sich der Verpflichtung entziehen, seine verdammten Anrufe entgegennehmen zu müssen. »Heute Nachmittag?«, schlug sie vor.

»Um vier Uhr«, erwiderte Polly.

Pünktlich betrat Aphrodite das Atelier, nachdem sie ihren Wänden einen zweiten Anstrich verpasst hatte, und wurde von einer ölig lächelnden Saskia in ein Büro geführt. Polly Riordan erhob sich hinter ihrem Schreibtisch, um Aphrodite zu begrüßen. Sie war klein, blond und sah Furcht erregend tüchtig aus. Polly streckte die Hand aus und sagte: »Endlich lernen wir uns kennen«, und es klang, als wäre es irgendwie Aphrodites Schuld, dass dies nicht schon früher geschehen war. »Ich freue mich, Ihre Bekanntschaft zu machen«, fügte sie hinzu, wirkte aber tatsächlich kein bisschen erfreut, und Aphrodite konnte es ihr nicht verübeln. Es war sicherlich harte Arbeit, Troys Geschäftsangelegenheiten regeln zu müssen. Und jetzt musste die arme, überlastete Polly obendrein auch noch eine neue Muse einkleiden. »Kommen Sie hier entlang«, sagte sie, nachdem sie Aphrodite flüchtig von oben bis unten gemustert hatte. »Ich habe ein paar Stücke für Sie aussortiert.«

Sie ging voran in den angrenzenden größeren Raum. Hier

herrschte das organisierte Chaos. Voll gehängte Kleiderstangen drängten sich dicht aneinander und waren von turmhohen Stapeln aus Stoffballen umgeben. Zeitschriften und Bücher bedeckten jeden Zentimeter Regalfläche, der noch nicht von Gläsern mit Knöpfen, Schnallen und Perlen beansprucht war. Auf den Schreibtischplatten türmte sich der Papierkram, Pinboards waren gespickt voll mit Ausschnitten aus Zeitschriften, Skizzen und Fetzen von Stoffmustern. Hier und dort standen halb bekleidete Schneiderpuppen Wache und wurden von einem riesigen, goldgerahmten Spiegel um ein Vielfaches zurückgeworfen.
Aphrodite fühlte sich wie in Aladins Höhle, die mit Schätzen voll gestopft war. Selbst die Schnittmuster aus braunem Papier, die von der Decke hingen, riefen in ihr einen emotionalen Widerhall hervor. Sie fühlte sich, als hätte sie in einem Schwarzweißfilm gelebt, der soeben in prachtvolles Technicolor umgewandelt wurde, schwelgte bei dem Anblick der üppigen Stoffe und schimmernden Farben, der Ballen exquisiter Seide und der Paillettenstickerei. Es war lange her, dass sie ein so erotisch anmutendes, theatralisches Kostümlager wie dieses gesehen hatte. Das luxuriöseste Gewand, das sie in ihrer jüngeren beruflichen Vergangenheit in Händen gehalten hatte, war eine Kaschmir-Strickjacke gewesen, die der Star in jener Frischhaltefolien-Werbung getragen hatte. Hier lagerte allerdings das wahre Zubehör ihres Berufsstandes! Gott, wie sie das alles vermisst hatte! Liebend gern hätte sie in diesen schönen Dingen gewühlt und gekramt, doch sie wollte nicht, das Polly glaubte, sie wollte herumschnüffeln.
Polly musterte sie jetzt aus schmalen Augen. Sie war an einen Kleiderständer getreten, auf dem eine Mini-Auswahl an

Musterteilen hing. »Dieses Zeug stammt aus der Katalogserie – Troy hat eine gute Grundgarderobe vorgeschlagen, die vielseitig zu kombinieren ist. Er hat mich auch wissen lassen, dass Sie Größe achtunddreißig tragen«, sagte sie, »aber da diese Muster für Models hergestellt wurden, passen Sie vielleicht nicht ganz in die engeren Kleider hinein. Das hier zum Beispiel kommt überhaupt nicht für Sie in Frage.« Mit einem viel sagenden Schwung verfrachtete sie ein Kostüm auf einen anderen Kleiderständer, dann begann sie, andere Stücke auszusortieren, nahm jedes einzelne genau in Augenschein und warf zwischendurch immer wieder einen abschätzenden Blick auf Aphrodite. Gelegentlich machte sie »ts, ts« und nahm das jeweilige Kleidungsstück beiseite. Bei jedem Schnalzen fühlte sich Aphrodite, als hätte sie gerade um eine ganze Kleidergröße zugelegt. »Ts!«, machte Polly wohl zum sechsten Mal, und Aphrodite wandte sich ab. Oje! Das war ja unerträglich. Doch selbst, als sie Polly den Rücken zukehrte, spürte sie immer noch ihre Blicke auf sich. »Wer ist das da?«, fragte sie schließlich in einem verzweifelten Versuch, die Aufmerksamkeit von sich abzulenken, als sie zum siebten Mal dieses »Ts!«, vernahm. ›Das da‹ bezog sich auf ein Schwarzweißporträt einer schlanken Frau, das an der Wand hing. Die Haltung wirkte arrogant. Die Frau trug den Kopf hoch erhoben, ihr Haar war aus einem Gesicht mit bemerkenswert geformten Wangenknochen gestrichen, um ihre Schultern lag eine dramatisch drapierte Chenille-Stola, und ihr Mund war eine dramatische Bresche in ihrem Gesicht. Kunstvolle Bernsteingehänge zierten ihre Ohrläppchen.

»Oh«, sagte Polly, »das ist Troys Tante.« Sie schlug den gewollt beiläufigen Ton einer Privilegierten an, die über Insider-Wissen verfügte.

»Die Tante, die ihn großgezogen hat?«
»Ja. Sie war seine erste Muse.«
»Ich dachte, Jolie Fitzgerald wäre die erste gewesen.«
»Nein.« Der Blick, mit dem Polly sie bedachte, enthielt eine Mischung aus Mitleid und Verachtung. »Es fing damit an, dass er Kleider für seine Tante und den Hofstaat ihrer Freundinnen entwarf, als er noch keine zwanzig war. Vor Jolie.«
»Das weiß ich«, sagte Aphrodite und verachtete sich selbst für diesen erbärmlichen Versuch, Boden zu gewinnen.
Polly pflückte zwei weitere Kleidungsstücke von einer Stange, bevor sie sich zu Aphrodite umwandte und sie aufforderte: »Sehen Sie sich die Sachen an.« Mittlerweile hing nur noch ein spärliches halbes Dutzend Kleider an der ansonsten abgeräumten Stange. Im angrenzenden Raum klingelte das Telefon. »Ich sollte mich lieber melden. Machen Sie allein weiter.« Mit diesen Worten verschwand Polly in ihrem Büro.
Aphrodite schaffte es gerade noch, einen dolchartigen Blick zwischen ihre Schulterblätter zu schleudern, bevor die Tür hinter Polly ins Schloss fiel. Dann trat sie an den Kleiderständer und betrachtete die aussortierten Stücke. Sie war nicht ganz sicher, ob das wirklich ihr Stil war. Troys Katalog-Serie bestand aus wunderbar geschnittenen Teilen, hergestellt mit äußerster Sorgfalt im Detail, aber sie waren nicht so originell wie seine Abendgarderoben. Er hatte ihr gesagt, dass seine Kollektion an Tageskleidung nur dazu diente, die Aktionäre bei Laune zu halten, und dass er, wenn er die alleinige Entscheidungsgewalt hätte, überhaupt nichts entwerfen würde, was vor acht Uhr abends getragen wurde. Die Abendkleider am nächsten Ständer entsprachen schon eher Aphrodites Geschmack:

romantisch und sexy, ganz Dame aus der Zeit King Edwards, versetzt in das einundzwanzigste Jahrhundert. Natürlich war es sinnvoll, zusätzlich tragbare Tageskleidung herzustellen – alles, was zu extravagant war, würde sich in kommerzieller Hinsicht nicht lohnen –, doch die Läden waren voll von solchen Kleidern, wie sie die Leute in den Werbeagenturen, für die Aphrodite arbeitete, trugen. Dennoch hatte Troy anscheinend Wert darauf gelegt, den meisten dieser Musterstücke seinen Stempel aufzudrücken, indem er kleine, unaufdringliche Details eingearbeitet hatte – ausgefallene Knöpfe, ungewöhnliche Farben für den Futterstoff, zierliche Verschnürungen, wo man einen Reißverschluss erwartet hätte, oder ein außergewöhnliches Material. Dadurch unterschied sich seine Mode von der, die Tag für Tag auf der Straße getragen wurde.

Aphrodite probierte drei Kleider an, ein paar Tops, eine ausgefallene Haremshose und eine extravagante Jacke aus weichem, grünen gefältelten Leder. Dann schweifte ihr Blick unwillkürlich zu einem Kostüm, das Polly in die Tabuzone ausgemustert hatte und von dem sie meinte, dass Aphrodite nicht hineinpassen würde. Aphrodite hatte noch nie ein Kostüm besessen, und irgendetwas sagte ihr, dass es vielleicht an der Zeit wäre, sich eines zuzulegen. Schuldbewusst wie ein unartiges Kind probierte sie es eilig an. Es passte – gerade eben. Der Schnitt schmeichelte ihrer Figur, doch es war so knapp, dass es sie einengte. Sie dachte an das, was Troy am Vorabend zu ihr am Telefon gesagt hatte. *Kleider sehen nicht sexy aus an Frauen, die sich in ihnen unbehaglich fühlen …*

Plötzlich hatte sie das Gefühl, schon wieder gemustert zu werden – aber diesmal war es nicht Polly. Die Art, wie Troys Tante sie von ihrem Aussichtspunkt an der Wand her betrachtete, beunruhigte sie. Aphrodite streifte rasch Troys Klamotten ab und schlüpfte in ihre eigene Straßenkleidung. Während sie die ausgesuchten Stücke aufsammelte, wurde ihr bewusst, dass sämtliche Leserinnen aller Hochglanzmagazine sie glühend beneiden würden.

Trotzdem konnte sie es nicht lassen, begehrliche Blicke auf die Ständer zu werfen, von denen die Volants und sexy knappen Satinkleider ihren Sirenengesang in ihre Richtung schickten. Die Arme mit Troy MacNallys Musterstücken beladen, ging sie zurück in Pollys Büro. Behutsam legte sie ihre Ausbeute über die Armlehne eines Sofas.

»Sind Sie zurechtgekommen?« Polly musterte sie wieder von Kopf bis Fuß, diesmal noch ausgiebiger. Aphrodite dachte an Troys Warnung, dass Polly gern klatschte, und irgendetwas verriet ihr, dass sie in der Gegenwart dieser Frau auf der Hut sein musste.

»Die Sachen sind wunderbar. Danke, dass Sie sie für mich vorsortiert haben.«

»Die Stücke sind ein kleines Vermögen wert. Sie sollten sich wirklich glücklich schätzen.«

Aphrodite mochte es nicht, wenn man sie so herablassend behandelte. Noch weniger gefiel ihr die Andeutung, dass sie eine Schmarotzerin sei. Dieser Frau musste sie schnellstens den Kopf zurechtrücken. »Ich finde nicht unbedingt, dass ich mich glücklich schätzen kann, nachdem in meine Wohnung eingebrochen und meine Garderobe weitestgehend zerstört wurde«, sagte sie mit einem Lächeln. »Aber ich schätze mich tatsächlich glücklich, weil ich einen Designer zum Freund habe, der mich neu einkleidet.«

Polly verzog das Gesicht, als Aphrodite Troy als ihren Freund bezeichnete. Oha, dachte Aphrodite. Ist diese Frau eifersüchtig? Das könnte gefährlich werden.

»Seine vorige Muse hat er auch ausstaffiert. Das ist die übliche Vorgehensweise.« Jetzt wurde sie giftig! »Und natürlich lässt sich Jolie Fitzgerald in der Öffentlichkeit ausschließlich in Troy MacNally blicken.« Das Telefon klingelte. »Hallo? Hier Troy MacNallys Büro. Troy! Hi!« Auf der Stelle veränderte sich das Timbre in Pollys Stimme. Völlig atemlos sprudelten ihre Worte in den Hörer, und Aphrodite sah, dass ihre Wangen rosig überhaucht waren. Sie war tatsächlich eifersüchtig! Jetzt erkannte Aphrodite des Rätsels Lösung. Polly Riordan war scharf auf ihren Chef. »Mm hm. Mm hm. Ja. Ja, sie ist gerade hier – hat sich eben aus Ihrem Lager bedient.« Sich bedient! Wie krass das klang! »Moment bitte.« Polly legte die Hand über die Sprechmuschel und sagte: »Er möchte gern mit seiner neuen *Muse* sprechen.« Mit der Verachtung, die aus ihren Worten troff, hätte sie ebenso gut »Hure« sagen können.
Aphrodite nahm ihr den Hörer aus der Hand. »Hallo, Schatz.« Polly wandte sich unverzüglich ab und gab vor, mit ihrem Terminkalender beschäftigt zu sein, doch Aphrodite erkannte trotzdem, dass sie schamlos lauschte. »Ja. Ich danke dir ganz herzlich. Sie sind wunderschön. Nein. Nein – ein Abendkleid war nicht dabei. Meinst du? Tatsächlich, Troy? Wow. Du bist ein Engel. Ja. Ja, danke.« Sie lachte über seine nächsten Worte, ein leises, heiseres intimes Lachen, und sie wusste, dass es Polly einen Stich versetzen würde. Die Hexe hatte ein bisschen Schmerz durchaus verdient. »O ja, das habe ich noch, aber ich wollte es Polly überlassen. Ach. Meinst du wirklich? Tja – in Ordnung – wenn du meinst … wenn du mir zutraust, dass ich die Anrufer für dich bezirzen kann.« Wieder lachte sie. »Klar. Bis später. Tschüs, Liebling.« Dann: »Oh, Troy! Mir fällt gerade ein, dass ich meine Mappe in unserem

Schlafzimmer in Coolnamaragh vergessen habe.« Mit Vergnügen sah sie, dass Polly bei dem Wort ›unserem‹ das Gesicht verzog. »Bringst du sie mir bitte mit, wenn du zurückkommst? Danke, Schatz.« Sie legte den Hörer auf und sagte dann mit einer Stimme, die sie sorgfältig von der geringsten Spur eines Vorwurfs frei hielt: »Troy sagt, er hätte Sie gebeten, Abendgarderobe für mich auszusuchen.«

»Tatsächlich?« Polly gab sich unbeteiligt.

»Ja. Für künftige Veranstaltungen. Scheinbar ist ihm das immens wichtig.«

»Nun!« Jetzt befand sie sich in der Defensive. »Ich finde es durchaus verzeihlich, wenn mir mal etwas entfällt. Ich stecke hier nun wirklich bis über beide Ohren in Arbeit, und das Aussortieren von Garderobe für Troys derzeitige Freundin stand nun mal nicht ganz oben auf meiner Prioritätenliste, wie Sie sich sicher vorstellen können.« Himmel! Diese Frau war genauso eine Giftschlange wie Jolie Fitzgerald. »Ich werde mich irgendwann darum kümmern.«

»Nicht nötig«, entgegnete Aphrodite. »Er sagt, er erledigt das selbst.«

Wieder klingelte das Telefon. »Sie brauchen wohl ein paar Taschen für Ihre Beute, wie?«, fragte Polly, bevor sie zum Hörer griff. Sie wies mit einer Kopfbewegung zu einer Tür, hinter der sich wahrscheinlich ein Besenschrank versteckte. »Dort finden Sie ein paar alte Plastiktüten. Hallo? Troy MacNallys Büro. Ja? Ja. Gut, ich notiere.« Sie griff nach einem Stift und schrieb mit kühler Tüchtigkeit etwas in ihren Schreibtischkalender.

Aphrodite drehte sich um und öffnete die Schranktür, auf die Polly gezeigt hatte. Es war tatsächlich eine Besenkammer. Zwischen dem Staubsauger und einem kaputten Bügelbrett stand ein Karton mit Dutzenden von zerknitterten Einkaufstüten. Aphrodite fühlte sich scheußlich gedemütigt, als sie sich hinhockte und sich anschickte, die erforderliche Anzahl an Tüten aus dem Karton zu wühlen. Dann überlegte sie es sich anders. Wieso ließ sie sich überhaupt so behandeln? Sie hatte, verdammt noch mal, die Nase voll von Troys weiblichem Gefolge, das ihr so unverschämt und respektlos entgegentrat. Sie stopfte die Plastiktüten zurück in den Karton, schlug die Schranktür zu und setzte sich Polly gegenüber, die ihr einen gereizten Blick zuwarf, als wünschte sie, Aphrodite würde endlich gehen und aufhören, sie zu nerven.

Aphrodite erwiderte den Blick fest und eisig. Sie musste endlich anfangen, hier andere Saiten aufzuziehen, sonst würden Troy MacNallys Mitarbeiterinnen ihr das Leben zur Hölle machen. Mit Saskia unten am Empfang war bereits alles geregelt; mit Polly Riordan musste sie, zum Teufel, ebenso verfahren. Jolie war als Gegnerin entschieden bedrohlicher, aber diesem Problem würde sie sich erst zuwenden, wenn es sich stellte.

»Gut«, sprach Polly in den Hörer. »Ja, das ist sinnvoll. Ja. Gut, bis später. Tschüs.« Sie legte den Hörer auf die Gabel. »Gibt es noch Probleme?«, fragte sie, lehnte sich in ihrem Schreibtischstuhl zurück und bedachte Aphrodite mit einem geringschätzigen Blick. »Sie ertragen wohl die Schmach nicht, mit Plastiktüten beladen wie eine Stadtstreicherin durch die Straßen zu gehen?« Es sollte wie ein Scherz klingen, doch Aphrodite wusste, dass Polly nur zu diesem scherzhaften Ton griff, um die abgrundtiefe Verachtung zu kaschieren, die diese Dame für sie hegte. Aphrodite war es egal, ob Troy davon erfuhr: sie musste ihren Standpunkt klar machen.

Absichtlich ahmte sie Pollys Körpersprache nach, lehnte

sich in ihrem Stuhl zurück und legte lässig die Unterarme auf die Armlehnen. »Polly«, begann sie in einem beiläufig drohenden Ton. »Mir ist es scheißegal, mit welchen Plastiktüten beladen ich über die Straße gehe. Ich bin nur mehr als empört über Ihr Ansinnen, dass ich Troys Kreationen in Plastiktüten stopfen soll, und ich vermute, dass auch Troy mehr als empört sein würde – *falls* er davon erfährt. Bitte packen Sie diese Kleidungsstücke vernünftig ein und lassen Sie sie später in meine Wohnung bringen. Das hier sollte für die Liefergebühr ausreichen.« Sie entnahm ihrem Rucksack die Brieftasche, zupfte einen Zwanziger heraus und warf den Schein auf Pollys Schreibtisch.

Im dem Moment, als sie aufstehen wollte, klingelte Troys Handy. Sie zog es aus der Tasche, und Polly streckte die Hand danach aus. Aphrodite sah, dass sie leicht zitterte. »Tut mir Leid«, sagte sie höflich zu Polly. »Troy möchte, dass ich seine Anrufe betreue.« Sie schenkte der Privatsekretärin ein freundliches Lächeln, drückte die Sprechtaste und beantwortete Troys Anruf mit der aus ihrem großspurigen Auftreten entstandenen Selbstsicherheit. »Nein. Er ist leider nicht zu sprechen, aber vielleicht kann ich Ihnen helfen. Aphrodite Delaney. Ja. Bis dahin dürfte er zurück sein. Moment bitte.« Sie griff nach dem Kalender, der zwischen ihr und Polly auf dem Schreibtisch lag. »Tut mir Leid. An dem Nachmittag hat er schon einen Termin, aber am nächsten Tag ist noch etwas frei. Ich werde Sie eintragen und Ihren Namen dick unterstreichen.« Ein freundliches Lachen. »Gleichfalls, hat mich gefreut, mit Ihnen zu reden. Ach? Wie nett! Darauf freue ich mich jetzt schon. Auf Wiederhören.«

Sie kritzelte etwas in den Tageskalender und fühlte sich dabei wie eine zufriedene Katze, die das Revier einer anderen markierte. Dann schob sie das Handy in ihre Tasche und blickte Polly Riordan wieder an. »Ich hatte gehofft, dass Sie mich mögen könnten, Polly, aber das ist augenscheinlich nicht der Fall, und ehrlich gesagt, habe ich keine Lust, mir noch länger Gedanken darüber zu machen, ob Sie mich leiden können oder nicht. Tatsache ist allerdings, dass wir uns in Zukunft wohl ziemlich häufig über den Weg laufen werden, und es wäre in unser beider Interesse, einigermaßen miteinander auszukommen. Wenn Sie also bereit wären, mir ein wenig entgegenzukommen, würde ich es durchaus zu schätzen wissen. Übrigens, ich vermute, dass ich aus anderem Holz geschnitzt bin als Miriam de Courcy. Es ist wohl nur eine Frage der Fairness, Sie zu warnen.« Sie stand auf. »Ich wünsche Ihnen noch einen schönen Tag. Ach ja – Troy äußerte den Wunsch, in der nächsten Woche möglichst nicht gestört zu werden. Scheuen Sie sich bitte nicht, mich anzurufen, wenn Sie ihm dringend etwas mitteilen müssen. Keine Sorge – inzwischen kenne ich diese Geheimnummer auswendig.«

Und damit drehte Aphrodite sich auf dem Absatz um und schritt mit stolz erhobenem Haupt und heftig pochendem Herzen zur Tür hinaus. Die Konfrontation mit Polly hatte ihr bedeutend mehr abverlangt, als sie zuzugeben bereit war. Hinter ihrer coolen Fassade war sie so zittrig wie Nicole Kidman in *The Others*. In ihrem ganzen Leben hatte sie noch nie etwas Vergleichbares vollbracht. Sie hatte sich auch noch nie in einer Situation befunden, in der sie so etwas tun *musste*.

Worum ging es eigentlich? Eine Frage der Hackordnung vermutlich. Polly Riordan verstand sich als Troys rechte Hand, und das war ihr wahrscheinlich so wichtig, dass sie sich mit jeder potenziellen Rivalin auf einen Revierkampf einlassen würde, um ihre Position zu sichern. Abgesehen von Jolie Fitzgerald, versteht sich. Nicht einmal im Traum würde Polly so mit Jolie umspringen, wie sie es mit Aphrodite getan hatte. Kein Mensch auf der Welt würde das tun.

Herr im Himmel! Je mehr Aphrodite über die Leute erfuhr, die diesen Kosmos bewohnten, in den einzutreten sie im Begriff war, desto deutlicher wurde ihr klar, wie sehr sie auf der Hut sein musste. Offenbar war der Guerillakrieg in der Modebranche genauso an der Tagsordnung wie im Theatergeschäft, und es war mehr als wahrscheinlich, dass sie noch so manche Schlacht zu schlagen hatte. Aphrodite nagte an ihrer Unterlippe, als sie in den Bus stieg. Die Runde, die sie gerade gewonnen hatte, mochte ihr Respekt eingebracht haben, aber auch eine ernst zu nehmende Feindin. Hatte sie das Richtige getan? Sie wusste es einfach nicht.

Später, als sie Lola die Geschichte erzählte, wusste sie, dass sie richtig gehandelt hatte. Und als sie zu der Stelle kam, wie sie Troys Anruf beantwortet hatte, versprühte Lola prustend vor Entzücken Rotwein über den Küchentisch und meinte, nachdem sie sich von ihrem Erstickungsanfall erholt hatte, schlicht: »Weiter so, Mädchen!«

8

Die nächste Woche verbrachte Aphrodite mit der Renovierung ihrer Wohnung. Summte die Titel ihrer Lieblings-Kuschelrock-CD mit, während sie Farbe auf die Wände auftrug und sich überlegte, welcher Song wohl ihr und Troy gehörte. Außerdem verbrachte sie viel Zeit mit der Verwaltung von Troys Anrufen und der Übermittlung von Informationen an Polly Riordan. Anfangs wusste sie nicht, ob sie es ertragen würde, mit Polly zu reden, doch dann stellte sie fest, dass es ihr Spaß machte, sie anzurufen und sich direkt durchstellen zu lassen, als wäre sie der Präsident höchstpersönlich. Einmal nur wurde sie gebeten zu warten, und obwohl sie sich gerade die Nägel lackiert hatte und noch ewig warten musste, bis der Lack trocken war, hatte sie einfach »Nein« gesagt, woraufhin sie ohne weitere Umstände durchgestellt wurde.

»Hi, Polly!«, sagte sie mit ihrer besten Zwitscherstimme, darauf bedacht, möglichst viele imaginäre Ausrufzeichen in den Satz zu legen. »Ist es nicht ein herrlicher Tag? Ich habe hier *noch* einen Eintrag für Troys Terminkalender! Du liebe Zeit! Wir werden gewaltig zu tun haben, wenn er zurückkommt! Seine Tagesordnung ist ja noch vollgestopfter als Nicky Haslams!«

Jeden Tag rief Polly sie an, um ihr sämtliche Einladungen zu übermitteln, die per Post für Troy eingegangen waren. Einladungen zu Partys und Präsentationen, Mittagessen und Wohltätigkeitsveranstaltungen, Filmpremieren und

Ausstellungseröffnungen und Furcht erregende förmliche Diners. Jeder wollte ihn dabei haben, denn die Anwesenheit von Troy MacNally bei diesen Events erhöhte den gesellschaftlichen Status des jeweiligen Gastgebers oder förderte das x-beliebige Produkt, das verzweifelt lanciert werden sollte, oder gab – wie in einigen wirklich traurigen Fällen – dem Betroffenen schlicht eine Existenzberechtigung.
Eines Tages rief Polly an, um Aphrodite mitzuteilen, dass Troy eine Einladung zur heißesten Theaterpremiere des Jahres erhalten hatte, es handele sich um nichts anderes als David Lawless' Produktion der *Möwe*, mit Thea Delaney in der Hauptrolle, ausgestattet von Damien Schleimscheißer Whelan. Würden sie erscheinen?
Im ersten Moment hätte Aphrodite am liebsten »Nein« gesagt. Die Aussicht, auf eine Theaterpremiere zu gehen und Damien Whelan mit seinem Krokodilslächeln über den Weg zu laufen, war in etwa so verlockend wie die Vorstellung, mit einer Schneiderschere Harakiri zu begehen. Und dann sagte Polly etwas, das Aphrodite den Atem stocken ließ. Sie sagte: »Außerdem habe ich einen entzückenden Brief vom Bühnenbildner des Stücks erhalten, von Damien Whelan, der anfragt, ob Troy Lust hat, die Kostüme für David Lawless' Produktion von *Antonius und Cleopatra* zu entwerfen. Würden Sie Troy mit diesem Vorschlag vertraut machen, wenn Sie ihn das nächste Mal sprechen, Aphrodite?«
Aphrodite hörte nur noch mit halbem Ohr zu. Sie musste zu angestrengt nachdenken. Offensichtlich hatte sie ein ominöses Schweigen entstehen lassen, denn das Nächste, was Polly an ihrem Ohr sagte, war: »Bitte.«
»Aber unbedingt, Polly. Bestimmt fühlt Troy sich sehr geehrt, wenn ein so prominenter Bühnendesigner wie Damien Whelan an einer Zusammenarbeit mit ihm interessiert

ist. Und würden Sie die Einladung zur Premiere der *Möwe* bitte in unserem Namen annehmen? Wir gehen *liebend* gern hin.«

»Aber sicher, Aphrodite. Und darf ich fragen ...«, ein Hauch von Besorgnis hatte sich in Pollys Stimme eingeschlichen, nicht mehr als ein Mitschwingen von Verzweiflung, »... darf ich fragen, wie sich Troys Entwürfe für die Herbstkollektion machen?«

»Ich freue mich, Ihnen darüber Auskunft geben zu können, Polly«, behauptete Aphrodite im Ton einer Wohltäterin, die ihre Gunst verteilte. »Alle Entwürfe sind fertig. Und Troy kommt morgen zurück nach Dublin.«

»Oh! Das sind großartige Nachrichten, Aphrodite!«

»Ja. Er hat rund um die Uhr gearbeitet. Heute morgen um drei Uhr hat er mich angerufen, um mir zu sagen, dass er die Arbeit abgeschlossen hat und eine Flasche Champagner öffnen wird, um zu feiern.«

»Oh! Der arme Troy! So spät noch zu arbeiten! Ach, das sollte er sich nun wirklich nicht antun! Wenn er nicht aufpasst, setzt bald der Burn-out ein.«

»Keine Sorge, Polly. Ich kümmere mich schon um ihn, wenn er zurück ist. Ich werde dafür sorgen, dass er in dieser Woche jeden Abend brav vor zwölf im Bettchen liegt.« Aphrodites herablassender Ton wurde von ihrem Gesichtsausdruck Lügen gestraft, einem eindeutigen Ausdruck triumphalen Vergnügens. Und als sie das Gespräch mit Polly beendete, gestattete sie sich endlich den Luxus, laut zu lachen.

Am folgenden Abend führte Troy Aphrodite zum Essen aus, um die endgültige Fertigstellung seiner Herbstkollektion zu feiern. »Das verdanke ich dir«, sagte er und prostete ihr zu. Dann lehnte er sich in seinem Stuhl zurück und schaute sich im Restaurant um. »Ha! Sieh nur ihre Gesichter!«

»Wessen Gesichter?«

»Die der anderen Gäste. Den Männern zuckt es, genauso wie mir, in den Fingern, dich zu berühren, und sämtliche Frauen sind neidisch. Ich kann es ihnen nicht einmal verübeln. Troy MacNally steht dir ausgesprochen gut, wenngleich ich, Hand aufs Herz, sagen kann, dass du ohne einen Faden am Leib noch bedeutend besser aussiehst.«

An diesem Abend trug Aphrodite ihr Lieblingskleid – ein kleines graues Ding aus gekämmter Baumwollfaser mit tiefer Taille und einem pinkfarbenem Tüllrock. Sie hatte feststellen müssen, dass dieser Petticoat aus Organza, so hübsch er anzusehen war, doch ziemlich unangenehm kratzte. Wahrscheinlich hatte das Muster aus eben diesem Grund kein grünes Licht für die Produktion erhalten.

»Nun, dann erwartet dich später noch eine schöne Überraschung. Ich finde, wir sollten gemeinsam baden, wenn wir nach Hause kommen. Überhaupt, wann bekomme ich deine neuen Entwürfe zu sehen?«

»Heute Abend im Bett«, antwortete Troy. »Nachdem ich dich fast besinnungslos gevögelt habe.«

»Fein!«

»Meinst du die Entwürfe oder das Vögeln?«

»Beides.« Sie lächelte wie eine Katze, die einen Topf Sahne aufgeleckt hatte, und sagte dann: »Oh! Beinahe hätte ich es vergessen.«

»Was denn?«

»Damien Whelan wüsste gern, ob du die Kostüme für *Antonius und Cleopatra* entwerfen möchtest. David Lawless ist Direktor einer Produktion mit Starbesetzung, und Damien ist verantwortlich für die Bühnenausstattung.«

»David Lawless? Wow. Ein Produzent der Spitzenklasse. Was Whelan betrifft, bin ich mir allerdings nicht so sicher. Sein Kram kommt mir oft ein wenig abgekupfert vor.«

»Was du nicht sagst.«

»Wie meinst du das?«

»Oh. Ich weiß nicht, ob ich mit dir darüber reden sollte.« Sie konzentrierte ihre Aufmerksamkeit voll auf ihre nächsten Worte und sagte in einem bedächtigen Tonfall: »Verstehst du, Troy, ich habe eine starke persönliche Abneigung gegen den Mann und ich möchte nicht das Risiko eingehen, dich gegen ihn einzunehmen.«

»Los, erzähl schon. Ich weiß, dass er eine fiese Schwuchtel ist, also bin ich sowieso schon voreingenommen.«

»Ich – o Gott. Außer meiner Freundin Lola habe ich noch niemandem von dieser Sache erzählt. Ich weiß ja, dass außer ihr niemand mir glauben würde – es ist dermaßen lächerlich, einen solchen Vorwurf gegen jemanden zu erheben …«

»Was denn nun, Aphrodite?«

Sie holte tief Luft und berichtete von dem schrecklichen Abend im Trocadero, als Damien Whelan ihr Konzept für *Die Möwe* belauscht hatte, und wie ihre Mutter ihr dann erzählt hatte, dass er Aphrodites Ideen für seine derzeitige Produktion benutzte. Als sie zum Ende kam, biss sie sich auf die Unterlippe. »Glaubst du mir?«, fragte sie.

»Der Mistkerl! Natürlich glaube ich dir, verdammt noch mal. Zum Teufel – es überrascht mich nicht einmal. Und ich bin wirklich *froh*, dass du es mir erzählt hast, denn das hat mir die Entscheidung abgenommen. Es wird mir ein ganz besonderes Vergnügen sein, Damien Whelan zu sagen, wohin er sich sein Angebot schieben kann.«

Aphrodite sah ihn verschwörerisch an. »Wir sind zur Premierenfeier am Donnerstagabend eingeladen.«

»Schön. In diesem Fall kann ich es ihm ja sogar ins Gesicht sagen.«
»Den Grund wirst du ihm doch nicht verraten, oder?«
»Natürlich nicht. Aber wenn er dich mit mir sieht, wird er es sich bestimmt denken können.«
Aphrodite lächelte dem Kellner zu, der ihr gerade ihren Teller vorsetzte. Es war ein bemerkenswert strahlendes Lächeln. Und später, auf dem Weg zur Toilette, probierte sie das gleiche Lächeln an einem älteren Herrn aus, der allein an einem benachbarten Tisch speiste. Sie trainierte. Sie trainierte das Lächeln, das sie Damien Whelan am Donnerstagabend schenken wollte, wenn Troy MacNally ihm erklärte, dass er nicht im Entferntesten interessiert sei, mit ihm an diesem – oder irgendeinem anderen – Projekt zu arbeiten.

In letzter Zeit lächelte sie eigentlich sehr häufig, wie ihr bewusst wurde, als sie sehr viel später neben Troy in seinem breiten Mahagonibett lag. Er hatte darauf bestanden, sie eigenhändig zu entkleiden, kaum dass er die Haustür hinter sich geschlossen hatte, und das war das größte erotische Erlebnis gewesen, das sie bislang mit ihm geteilt hatte. Seine Hände hatten sich mit bedächtiger Zielstrebigkeit bewegt, als er Haken und Knöpfe und Reißverschlüsse aufspürte, und hatten sie aufgefordert, hier den Arm zu heben, dort ein Knie zu beugen, damit er sie noch geschickter ausziehen konnte. Seine meisterhaften Finger streiften sämtliche ihrer erogenen Zonen, als die letzten Hüllen fielen. Er streichelte sie so langsam, dass sie fast wahnsinnig wurde, ließ die Finger über ihre Brüste, ihren Bauch, ihren Venushügel gleiten und übte mit der Handfläche einen leichten Druck aus. Schließlich krümmte er einen Finger unter den elastischen Abschluss ihres Slips und drang in sie ein. Sie hörte ein zufriedenes Murmeln, als er sie mit seidenglatter Expertise dermaßen manipulierte, dass es ihr den Atem raubte. »Braves Mädchen«, sagte er. »Ganz und gar bereit für mich. Wollen wir jetzt ein Bad nehmen?«

Doch Aphrodite hatte nicht mehr warten können, bis das Wasser eingelaufen war. Sie war auf der Stelle gekommen, den Rücken an das harte Holz von Troy MacNallys Haustür gepresst.

Jetzt lagen sie in schläfriger, postorgasmischer Glückseligkeit im Bett. Troys Kopf ruhte auf ihrem Bauch. Er summte eine Melodie, die sie kannte, aber irgendwie nicht einordnen konnte. Dann fiel es ihr ein: »Jetzt weiß ich's! Das ist die Titelmusik zu dem Werbespot für dieses supercoole neue Auto.«

»Tatsächlich? Das habe ich nicht gewusst. Ich sehe nicht fern. Ursprünglich ist es der Chorgesang aus *Aida*.«

»Ach. Ich hasse es, wenn Werbemenschen so etwas tun!«

»Was denn?«

»Klassische Melodien stehlen, und wenn man sie dann hört, fühlt man keine Ehrfurcht für die Musik, sondern denkt bloß an das Produkt, mit dem sie einen bombardieren. Das Einzige, was ich jetzt vor meinem inneren Auge sehe, ist dieser Wagen, der durch die Schönheit der Natur rast.«

»Dann stehlen sie inzwischen auch schon die Schönheit der Natur?«, fragte Troy in scherzhaftem Ton.

»Ja! Die Schweine.«

»Aber das tue ich auch.«

»Was soll das heißen?«

»Ich habe gerade die letzten zwei Wochen damit verbracht, die Natur für meine Entwürfe auszuschlachten.«

»Aber das ist etwas anderes, Troy. Du bist ein Künstler.«

»Möchte wetten, der Typ, der für diesen Werbespot verantwortlich ist, hält sich auch für einen Künstler.«

Aphrodite verzog abweisend das Gesicht. »Wahrscheinlich. Ich habe erst kürzlich mit einem Kerl zusammengearbeitet, der glaubte, er sei der größte Künstler seit Leonardo da Vinci. Ich musste einen Spot für ›traditionelle‹ Körnerbrühe entwerfen …«

»So etwas Perverses gibt es?«

»Ob du es glaubst oder nicht«, antwortete Aphrodite mit ihrer schönsten Grabesstimme. »Die Welt da draußen kann einen schon das Fürchten lehren, Troy. Wie auch immer, ich musste den Tisch so dekorieren, dass er Assoziationen an Dickens weckte, und die Art, wie der Produzent mich anwies, das Produkt zu platzieren, erinnerte an einen Messdiener, der sakrale Gegenstände auf dem Altar ausrichtet. Als ich fertig war, stand er da, die Hände vor den Mund gepresst, so etwa« – Aphrodite demonstrierte die Geste – »dann hob er mit großer Theatralik den Arm und sagte: ›Spinnweben!‹«

»Spinnweben?«

»Ja. Ich musste mir ein Bein ausreißen, um künstliche Spinnweben zu besorgen, mit denen die Flasche Weißwein auf dem Tisch dekoriert wurde, damit sie aussah, als käme sie geradewegs aus einem alten Weinkeller.«

»Hat's geklappt?«

»Nein. Die Flasche sah einfach nur blöd aus zwischen all den blankpolierten Gläsern und dem blitzenden Besteck. Ich habe eine Ewigkeit gebraucht, um ihm diesen Gag auszureden. Er wusste selbst, dass es blöd aussah, wollte es aber nicht zugeben, weil es seine Idee gewesen war.«

Troy imitierte die Geste, die sie vorgeführt hatte, und deklamierte mit schwülstiger Stimme: »Spinnweben, ja, tatsächlich! Spinnweben!«

»Was um alles in der Welt redest du da?«

»Das werde ich in Zukunft immer sagen, wenn mir eine brillante Idee zufliegt, wie eben geschehen.«

»Verrate sie mir.«

»Ich möchte, dass du unser Foto-Shooting für die Herbstkollektion organisierst.«

»Im Ernst?«

»Im Ernst.«

»Tja. Hm – wow. Von Herzen gern.« Es schmeichelte Aphrodite ungemein, dass er sie gebeten hatte. »Gehört das auch zu meinen Aufgaben als Muse?«

»Ja. Es ist gar nicht so ungewöhnlich, dass Musen diese Art von künstlerischer Leitung übernehmen, weißt du? Denk an Amanda Harlech und Galliano. Denk an Donatella – die treibende Kraft hinter Versace. Sie hatte größten Anteil an seinem Erfolg, bevor sie selbst ein Star wurde. Betrachte sie als dein Vorbild.«

»Ich bin eigentlich kein so großer Versace-Fan.«

»Das macht nichts. Behalte das allgemeine Bild im Auge, mach dir klar, wie weit du es bringen könntest.« Troy lachte und sprang plötzlich mit Schwung aus dem Bett. »Spinnweben!«, proklamierte er.

»Was für eine grandiose Idee hattest du jetzt?«, fragte Aphrodite.

»Ich hole meine Mappe«, antwortete er. »Du sollst dir meine neuen Entwürfe ansehen.«

Er ging hinaus in den Flur und kam mit der Mappe unter dem Arm zurück. Nachdem er wieder zu Aphrodite ins Bett gestiegen war, löste er die Verschnürung der Mappe und entnahm ihr ein Blatt Papier.

»Oh!«, entfuhr es Aphrodite beim Anblick der zuoberst liegenden Zeichnung. »Das sind tatsächlich Spinnweben!«
»Ja«, sagte Troy. »Erinnerst du dich, wie ich dieses außergewöhnliche Spinnennetz an der Magnolie in Ilnacullin fotografiert habe? Das hat mich zu diesem Entwurf inspiriert.« Dann fuhr er fort. »Und? Was hältst du davon?«
»Oh, Troy! Die sind wunder-wunderschön!«
Die Entwürfe waren wirklich unglaublich. Aphrodite schlug Seite um Seite um und betrachtete die exquisiten Zeichnungen, die Troy in Coolnamaragh angefertigt hatte. Die Kleidungsstücke waren bezaubernd – Gewänder, wie sie vielleicht Waldnymphen tragen würden. Die Materialien waren durchsichtig: zart und luftig wie die Spinnweben, die ihn dazu inspiriert hatten. Die Farben waren zum größten Teil herbstlich, weckten Erinnerungen an die Landschaft rund um Coolnamaragh – das Gold des vom Wind getrockneten Grases, das Rostbraun des Laubs vom Vorjahr, das Violett des Heidekrauts, das die Berge überzog wie ein Teppich … Er hatte wahrhaftig die Schätze der Natur geplündert.
Dank seiner harten Arbeit hatte Troy sich sogar einen Vorsprung geschaffen: Aphrodite fand auch eine Hand voll Entwürfe für die nächste Frühjahrskollektion. Diese Zeichnungen waren inspiriert durch das neue Leben, das sich im ländlichen Kerry regte – zaghaftes Laubgrün, sehr blasses Narzissengelb, versetzt mit einem gelegentlichen lebhaften Aufblitzen von grellem Pink oder Blutrot, wie es ihnen im exotischen Dschungel von Ilnacullin begegnet war.
»Das Gewand einer Meerjungfrau!«, staunte Aphrodite, als sie ein eng anliegendes glitzergrünes Kleid vor Augen hatte.

»Ja. Die Idee ist mir an dem Nachmittag gekommen, als ich mit Jolie und Hugo nach Valencia gefahren bin. Wir gingen an einem menschenleeren Strand spazieren, und ich fand diesen fantastischen Strang Seetang. Da erwähnte ich Jolie gegenüber, wie sehr ich mir wünschte, dass du bei uns wärst, damit ich den Seetang auf dir drapieren könnte …« Aphrodite dankte Gott, dass dieser Kelch an ihr vorüber gegangen war, »… aber Jolie war so großzügig, sich an deiner Stelle freiwillig zur Verfügung zu stellen.«
Aphrodite hielt mitten im Umblättern inne. »Wie? Was soll das heißen?«
»Sie hat sich ausgezogen, damit ich auf ihrem Körper mit dem Zeug experimentieren konnte.«
Oh! Sie erschrak selbst über die Welle der Empörung, die sie überrollte. *Sie* war schließlich Troys Muse! Wie konnte Jolie Fitzgerald es wagen, sie zu vertreten! Sie kämpfte schwer mit ihren Empfindungen, während sie mit tauben Fingern und blinden Augen durch die restlichen Entwürfe blätterte, und versuchte, den Vulkan, der in ihrem Inneren auszubrechen drohte, unter Kontrolle zu halten. Sie fühlte sich beinahe genauso schwer in ihrer Intimsphäre verletzt wie zu dem Zeitpunkt, als sie von Coolnamaragh zurück nach Dublin kam und ihre Wohnung verwüstet vorfand. Jolie Fitzgerald war zu weit gegangen, und Aphrodite war fest entschlossen, nicht zuzulassen, dass sie sich jemals wieder eine solche Grenzüberschreitung leistete.
»Meine Vorstellungen zielen auf eine tropische Insel ab«, sagte Troy jetzt, »aber uns steht nun mal kein riesiges Budget zur Verfügung. Die Schauplätze werden also nicht übermäßig glamourös ausfallen.«
»Wie bitte? Tut mir Leid, Troy – ich habe nicht zugehört. Ich war ganz versunken in deine Zeichnungen. Sie sind

wirklich fantastisch.« Sie stapelte die Blätter säuberlich und legte sie zurück in Troys Mappe. »Was hast du gesagt?«

»Ich sprach von den Schauplätzen des Shootings für den Herbstkatalog. Jolie meinte, es hätte vielleicht einen hübschen ironischen Touch, wenn wir die Modelle auf Baustellen oder in Fabriken ablichten. Ihr gefiel die Vorstellung, derart hauchfeine Kleider in Kontrast zu der finsteren Kulisse industrieller Banalität zu setzen – zur Antithese der natürlichen Welt, aus der sie hervorgegangen sind.«

»So?« Aphrodite war nun wieder voll konzentriert; sie überlegte angestrengt. »Findest du nicht, dass das zu stark an die Londoner Modewoche Y2K erinnert?«, wandte sie ein. »Weißt du nicht mehr, wie die Modenschauen damals auf Parkplätzen und an anderen leicht schmuddeligen Schauplätzen aufgeführt wurden?«

Troy wirkte verunsichert. »Ach ja. Da magst du Recht haben«, sagte er. »Der Vorschlag ist vielleicht wirklich ein bisschen abgekupfert.« Aphrodite widerstand dem Drang, vor Freude zu krähen. »Was schlägst du denn vor?«, fragte Troy.

Sie überlegte noch angestrengter. »Nun«, begann sie, »es ist schon interessant, dass Damien Whelan mit der Bitte an dich herangetreten ist, Theaterkostüme zu entwerfen. Findest du nicht auch, dass die Trennlinie zwischen Mode und Theater sich immer stärker verwischt, Troy?«

»Schon möglich. Modenschauen werden mehr und mehr bühnenreif, so viel steht fest.«

»Also, wie wär's dann, wenn du Kontakt zu einem richtig altmodischen Theater, wie zum Beispiel dem Gaiety, aufnimmst und anfragst, ob du dort ein Shooting veranstalten kannst? Der ganze vergoldete Schnickschnack und rote Plüsch würden eine Art visuellen Kontrapunkt zu der Schlichtheit und Zartheit deiner Entwürfe setzen. Hm. Das wäre eine Möglichkeit, die Natur mit dem Kunstgebilde zu kontrastieren, das doch schon im Wort ›Theater‹ enthalten ist.« Jetzt fabulierte sie hemmungslos aus dem Stegreif. Im Grunde fand sie ihre Idee nicht sonderlich originell oder clever, aber sie wollte wissen, für wessen Vorschlag Troy sich entschied – für ihren oder für Jolies.

»Das ist gut«, sagte Troy, und das Lächeln, das sich langsam auf seinem Gesicht ausbreitete, spiegelte ihr eigenes wider. »Das gefällt mir.«

»Überleg mal: Models in den ehrwürdigen privaten Logen – du weißt schon, diese Logen, die sich nahezu über der Bühne befinden? Und noch mehr Models vor dem riesigen, verblichenen Plüschvorhang, auf der Bühne im Rampenlicht, in dessen Strahl Staubkörnchen um sie tanzen. Das Glas der Scheinwerfer ist so alt und fleckig, dass du einen wunderschönen körnigen, gesofteten Effekt erzielen könntest.«

Sie sah, dass Troy beeindruckt war. »Tja, Aphrodite Delaney«, sagte er, »da hast du mir einen der originellsten Vorschläge unterbreitet, die je eine meiner Musen ausgebrütet hat.« Er drückte sie zurück in die Kissen und blickte auf sie nieder. »Was für ein verdammt fantastisches Team wir beide doch sind! Für diese Idee hast du eine Belohnung verdient!«

Als er anfing, eine Spur von Küssen über ihre Brüste und ihren Bauch zu ziehen, wand sich Aphrodite vor Lust und dachte: Ha! Die zweite Runde geht an mich, Jolie Fitzgerald! Und dann kam ihr wieder in den Sinn, was Troy kurz zuvor über Donatella gesagt hatte. Donatella. Die treibende Kraft hinter Versace. Und jetzt traute sie sich, einen Satz in Gedanken zu formulieren: Aphrodite. Die treibende Kraft hinter Troy MacNally. Das hörte sich gut an. Der letzte Gedanke, der ihr kam, bevor sie sich dem herrlichen Gefühl ergab, das Troy in ihr heraufbeschwor, war: Aphrodite Delaney. Die geheime Macht hinter dem Thron …

Am nächsten Tag begab sich Troy in sein Atelier, um mit seinem Schnittmusterspezialisten und den Näherinnen zu reden. Und Polly, versteht sich. Er stand unter Druck, wollte schnellstmöglich von seinen Entwürfen Prototypen aus Kattun –Toiles – angefertigt haben. Gegen fünf kam Aphrodite, um sich für den Abend mit ihm zu treffen. Er hatte angekündigt, dass er etwas absolut Atemberaubendes für sie aussuchen würde, in dem sie am nächsten Abend auf der Premierenfeier im Phoenix Theater glänzen sollte.
Eine ehrfürchtige Saskia führte sie in den Nähsaal. Dort summten zahllose Nähmaschinen, aus dem Radio dröhnte laute Popmusik. Aphrodite hörte die Erkennungsmelodie von 98FM. Troy stand an den riesigen Schnittmustertisch gelehnt, blickte ins Leere und schien sich überhaupt nicht an dem Lärm zu stören.
»Ich hätte nie gedacht, dass du 98FM-Fan bist«, bemerkte sie, als sie sich zu ihm gesellte.
»Bin ich auch gar nicht«, sagte Troy. »Aber die Näherinnen.« Er gab ihr einen Kuss auf die Nasenspitze, und Aphrodite bemerkte, dass die Frauen sie verstohlen musterten. Leiser Klatsch machte die Runde im Raum, und Aphrodite wurde plötzlich sehr verlegen. Noch verlegener wurde sie, als Troy sie bei der Hand nahm und durch Pollys Büro hindurch in sein eigenes führte. Polly telefonierte, doch sie legte die Hand über die Sprechmuschel und begrüßte

Aphrodite, als sie an ihr vorüberging, mit einem fröhlichen »Hallöchen!« Aphrodite winkte und zwinkerte ihr zu.
»Gut«, sagte Troy und zeigte auf den Kleiderständer, auf dem die edlen, edwardianisch inspirierten Roben der letzten Saison hingen. »Dann wollen wir dich mal einkleiden.« Er musterte sie abschätzend, und sofort verspürte Aphrodite wieder diesen überwältigenden Drang, sich nackt auszuziehen. Troy wandte sich dem Kleiderständer zu und nahm ein bodenlanges Kostüm mit Tornüre aus cremefarbenem Kattun herunter.
»O ja!«, sagte Aphrodite. »Das will ich!«
Troy zog die Robe vom Bügel, hielt sie auf Armeslänge von sich neben Aphrodites Schulter und betrachtete den Effekt mit analytischem Blick. »Nein«, sagte er. »Die Farbe stimmt nicht. Grün passt besser zu dir.« Er hängte das Kleid zurück auf die Stange und wühlte nach etwas anderem, bis er schließlich ein ähnlich geschnittenes Kleid in einem sanften Salbeigrün fand. »Probier's mal an«, bat er. Aphrodite schlüpfte aus ihren Straßenkleidern und stieg in das salbeigrüne Kostüm. Es dauerte eine Ewigkeit, bis alle kleinen Knöpfchen geschlossen waren, die von dem hochgeschlossenen Kragen bis kurz unter die Taille reichten. Auch die engen Ärmel waren mit Knöpfen verziert. Troy trat einen Schritt zurück, verschränkte die Arme vor der Brust, kniff die Augen zusammen und betrachtete sie wieder mit diesem analytischen Blick. »Gut«, sagte er. »Sehr gut. Bring dein Haar noch ein bisschen durcheinander. Ja. Und jetzt – Moment mal.« Er griff in einen Rattankorb, kramte ein wenig darin herum und hielt schließlich einen Reiterhut aus Baumwollsamt in die Höhe, wie ihn eine edwardianische Dame getragen hätte. »Lass sehen. Handschuhe wären gut. Und Stiefeletten. Kleine knöchel-

hohe Schnürstiefelchen. Ich lasse Polly welche besorgen. Nun schau dich mal an, Prinzessin.«

Aphrodite drehte sich zu dem großen goldgerahmten Spiegel an der Wand in ihrem Rücken um. Wären ihr anachronistischer blonder Schopf und die für Troy typischen raffinierten Details des Kleids – sein Markenzeichen – nicht gewesen, dann hätte sie geradewegs aus einem Historienfilm der BBC entsprungen sein können. Das enge Mieder ließ ihre Taille unglaublich schmal erscheinen, und die Art, wie es ihren Busen hob, gab ihr das Gefühl, verdammt sexy auszusehen.

»Oh! Danke, danke, danke!« Sie wandte sich mit strahlenden Augen wieder Troy zu, küsste ihn herzhaft auf den Mund, drehte sich dann zum Spiegel um und wirbelte ein paar Mal um die eigene Achse. Aphrodite genoss das höchst befriedigende Rascheln, mit dem der Rock ihre bloßen Beine umschmeichelte.

»Du siehst aus wie die Gouvernante eines vom Glück gesegneten Schuljungen«, sagte Troy. »Nur nicht so streng. Vielmehr wie eine Gouvernante, die man liebend gern vernaschen möchte.« Er wies mit einer Kopfbewegung auf seinen Schreibtisch. »Nimm dort Platz für mich, Liebling, und heb deine Röcke.«

Sie blickte besorgt zur Tür. »Polly könnte hereinkommen.«

»Polly«, sagte er, »Polly weiß recht gut, dass sie mich nicht stören darf, wenn ich eine Muse einkleide.«

»Gut«, sagte sie mit einem kleinen Lächeln. »Du bist der Boss.« Sie setzte sich auf den Schreibtisch und griff nach dem Saum ihres Kleids. »Vermutlich möchtest du die Rocklänge korrigieren?«, fragte sie mit unschuldsvollem Augenaufschlag.

»Nein«, sagte er. »Ich verspüre nur plötzlich den unwiderstehlichen Drang, mich noch einmal mit dem Innenmaß deiner Oberschenkel vertraut zu machen.«

Die Premierenfeier der *Möwe* war wirklich grandios. Eva Lavery war von L.A. eingeflogen, um an der Seite ihres Mannes zu glänzen. Gabriel Byrne war da und plauderte mit Seamus Heaney und dem Premierminister. Bono and the Edge waren mit Ehefrauen anwesend, Bob Geldof hing an der Bar und bestellte Drinks für Rory McDonagh und Deirdre O'Dare, und der Filmstar Sophie Burke posierte neben Irlands Antwort auf Tara Palmer-Tomkinson für einen Fotografen von der *Irish Times*. Diese Modelzwillinge, die Aphrodite im Troc mit Jack Costello zusammen gesehen hatte, waren ebenfalls, nahezu unbekleidet, gekommen.
Als Aphrodite von einem Gang zur Toilette zurück in das voll gedrängte Foyer kam, hörte sie in der kleinen perlenbestickten Handtasche, die sie in einem Secondhandladen erstanden hatte, ihr Handy piepsen. Lola meldete sich, ziemlich angesäuselt.
»Hey, Aphrodite. Patrick hat mich bekniet, dich anzurufen. Ich hab ihm erzählt, dass du dich heute unter einen Haufen von Berühmtheiten mischst, und er will Insider-Informationen. Wer ist da? Ist das Weathergirl auch da?«
»Himmel, Lola!« Aphrodite musste lachen. »Ja, sie ist tatsächlich hier.«
»Wow. Das Weathergirl ist da, Patrick! Wo steht sie auf der Berühmtheitsskala? Pah! Bloß *deux points*, Aphrodite, sagt Patrick. Hast du nichts Besseres zu bieten?«
»Gut. Wie wär's hiermit?« Aphrodite rasselte eine Liste von Namen der A-Klasse-Prominenz herunter. Als sie Bono nannte, jubelte Lola.

»Juchhu! Zehn von zehn Punkten für Bono and the Edge! Ha! Wer hätte vor einem Jahr wohl gedacht, dass du in die Riege der keltischen Superstar-Tiger aufgenommen wirst, Aphrodite?«

»Und der Tigerinnen. Diese Furcht erregende Jolie Fitzgerald ist gerade eingetroffen. Jetzt werden erst einmal Tausende von Wangenküsschen getauscht.«

»Trau dich, den Premier in den Arsch zu treten!«, sagte Lola. »Dann steht morgen dein Bild in der Zeitung.«

Aphrodite musste wieder lachen. »Etwas mehr Respekt bitte, Lo. In zehn Minuten muss ich verdammt ernsthafte Kunst über mich ergehen lassen. Oh – wow! Gerade habe ich Ronan Keating entdeckt, und die da drüben ist mit Sicherheit eine der Corrs.«

»Klar. Ist es nicht ein Segen, irisch zu sein?«, sagte Lola. »Sind wir nicht das Land mit den coolsten Trendsettern der ganzen Erde? Bei Gott, geh posieren, Aphrodite!«

»Tschüs, Lola.« Aphrodite stopfte das Handy wieder in ihr kleines Täschchen und lächelte leicht. Als sie den Blick hob, innerlich darauf gefasst, weitere Berühmtheiten zu entdecken, bemerkte sie, dass Jack Costellos belustigter Blick auf ihr ruhte.

»Was für ein vollkommenes Chamäleon du doch bist«, sagte er.

Aphrodite spürte, dass sie errötete. »Wie meinst du das?«, fragte sie.

»Jedes Mal, wenn ich dich sehe, siehst du anders aus.« Er prostete ihr zu und trank den restlichen Rotwein in seinem Glas in einem Zug aus. »Wie ich höre, werden wir in nicht allzu ferner Zukunft zusammen arbeiten«, sagte er und stellte das leere Glas auf einem Tisch in der Nähe ab. »Fotografierst du einen Werbespot?«

»Nein. Ich bin eben Troy begegnet. Er sagt, du leitest das Shooting für seinen Herbstkatalog. Ich bin der Fotograf.«

»Oh. Toll. Gut. Vielleicht sollten wir uns dann mal treffen und unsere Vorstellungen austauschen?«

»Klar. Ich ruf dich an.«

Von irgendwo zu seiner Rechten ertönte eine Frauenstimme. »Jack! Wie geht's dir?« Ein eleganter Arm, um den sich Armreifen schlängelten, winkte ihm über die Köpfe der Gäste zu.

»Oh, hi, ähm ...«, sagte Jack geistesabwesend. »Tut mir Leid – ich habe jetzt keine Zeit.« Er wandte sich wieder Aphrodite zu. »Entschuldige bitte. Ich muss hier raus.«

»Willst du dir das Stück gar nicht ansehen?«

»Nein. Ich bin beruflich hier.«

»Ach? Publicity-Fotos?«

»Nein. Ich arbeite an einer Serie von Schauspielerporträts. Ich habe auf ein paar ungestellte Aufnahmen hinter den Kulissen gehofft. Thea Delaney ist doch deine Mutter, oder?«

»Ja.«

»Ich habe einen fantastischen Schnappschuss von ihr im Kasten, als sie vor ihrem Auftritt ihre Stimmübungen gemacht hat.«

Oha, dachte Aphrodite. Sie wusste, dass sich die Truppe einstimmte, bevor sie in die Maske ging. Thea würde Jack Costello also nicht gerade dankbar dafür sein, dass er sie ungeschminkt fotografiert hatte, während sie mit offenem Mund ›mi mi mi‹ sang, wie Schauspieler es zu tun pflegten, wenn sie sich einstimmten.

Aphrodite suchte nach weiteren Gesprächsthemen, was sich jedoch als überflüssig erwies, denn Jack Costello sagte nur: »Viel Spaß heute Abend« und verschwand.

Aphrodite blickte ihm nach. Seine große, schlaksige Gestalt in der abgeschabten Schaffelljacke wirkte in dieser Umgebung ausgesprochen fehl am Platze, als er sich geduldig durch die Menge zwängte, eindeutig bemüht, keine Aufmerksamkeit zu erregen. Allerdings fiel ihr auf, dass zahlreiche Gäste versuchten, sein Interesse auf sich zu lenken. Schlanke Arme winkten ihm zu, wenn er vorbeiging, und ein Chor flötender Frauenstimmen grüßte ihn in schönster Harmonie.

Troy unterhielt sich mit Jolie, als Aphrodite sich wieder zu ihm gesellte. Jolie sah umwerfend aus in ihrem indigoblauen Troy-MacNally-Outfit.

»Aphrodite! Du siehst göttlich aus! Troy steht dir hervorragend!« Die beiden Frauen folgten dem üblichen Wangenküsschen-Ritual, und als Aphrodite den Duft von Poison einatmete, bemerkte sie, dass die Beleuchtung schwächer wurde.

»Jolie! Wie geht's dir heute Abend? Freust du dich auf das Stück?« Eine Frau stand neben ihr, Kugelschreiber und Notizbuch einsatzbereit in den Händen. Aphrodite erkannte Andrea Mooney, die Klatschkolumnistin einer beliebten Tageszeitung. Auf dem Scheiterhaufen ihrer Artikel war schon so mancher gute Ruf zu Asche verbrannt, weshalb ihre Kolumne auch unter der Bezeichnung »Andreas Asche« bekannt war. Der Fotograf, der sie begleitete, hatte die Kamera gesenkt und hielt Ausschau nach neuen Opfern.

»Hi, Andrea«, erwiderte Jolie mit einem strahlenden Lächeln. »Ich freue mich riesig darauf. Und Aphrodite sicherlich auch, denke ich.« Jolie bezog Aphrodite in das Gespräch ein, indem sie den Arm um ihre Taille legte. »Ihre Mutter spielt die Arkadina.«

»Ach?« Andrea wandte sich mit einem Ausdruck höfli-

chen Interesses Aphrodite zu. »Und Sie sind …?«
»Aphrodite Delaney. Thea Delaney ist meine Mutter.«
Andrea kritzelte in ihr Notizbuch. »Und Sie sind auch Schauspielerin?«
»Nein«, antwortete Aphrodite. »Ich bin Design-Beraterin.«
»Und sie ist außerdem Troy MacNallys neue Muse«, steuerte Jolie hilfreich bei. »Stimmt's, Troy?«
Troy räusperte sich. »Ja«, sagte er. »Aphrodite und ich haben festgestellt, dass wir – ähm – viele gemeinsame Interessen haben.«
»Tatsächlich?« Andreas Gesichtsausdruck wurde geradezu gierig. »Dann sind Sie beide ein Paar?«
»Äh – ja«, sagte Troy.
»Seit wann?«
Es war Troy offensichtlich so unangenehm, mit dieser Frau über sein Privatleben zu reden, dass Aphrodite sich aufgefordert fühlte, ihm hilfreich beizuspringen. »Es kam ganz plötzlich«, sagte sie. »Troy hat mich vor kurzer Zeit beauftragt, einen Teil seiner Wohnung zu renovieren, und damit hat es eigentlich angefangen.«
»Was Sie da tragen, ist das Troy MacNally?«
»Ja.«
»Und steht es ihr nicht ausgezeichnet?«, zwitscherte Jolie zum zweiten Mal an diesem Abend. »Übrigens, Andrea, wusstest du schon, dass Troy im Begriff ist, Irlands schärfster Modeexperte zu werden? Er hat Aufträge von Saks Fifth Avenue, und auch die Japaner zeigen Interesse.«
»Sie wollen international arbeiten? Herzlichen Glückwunsch, Troy!« Kritzel, kritzel, kritzel. »Also! Sie werden in der nächsten Zukunft wahrscheinlich nur Kleider von Troy MacNally tragen, Aphrodite?«

Aphrodite lachte. »Mir bleibt kaum eine Wahl. Praktisch meine gesamte Garderobe ist kürzlich unglücklicherweise vernichtet worden, und Troy hat mich daraufhin großzügig neu eingekleidet.«
Andrea neigte den Kopf zur Seite und sah Aphrodite forschend an. »Wie fühlt man sich als Muse?«
»Hm. Es ist ganz a-mus-ant, um ehrlich zu sein.«
»Sehr schön!« Die Frau lachte über das plumpe Wortspiel und kritzelte noch hektischer. Dann sagte sie: »Danke. Wissen Sie, ich würde gern einen ganzen Artikel über die Musen von Designern schreiben. Hätten Sie Interesse, mir irgendwann ein Interview zu geben, Aphrodite?«
Aphrodite war verunsichert. Kurzfristig setzte ein unbehagliches Schweigen ein, während sie und Troy Blicke tauschten. Doch dann hörte sie plötzlich Jolie sagen: »Hey! Das ist ein großes Kompliment für dich, Aphrodite! Kein Mensch hat je Interesse gezeigt, *mich* zu interviewen, als ich Troys Muse war – damals, bevor ich zur schlichten Hausfrau und Mutter wurde. Ob Musen vielleicht die neuen Rockstars werden?«
»Eine prima Idee für die Schlagzeile, Jolie«, bemerkte Andrea. »Sie machen doch mit, Aphrodite, nicht wahr?«
»Hm. Klar«, sagte Aphrodite, obwohl sie sich dessen keineswegs sicher war. Sie zog eine Visitenkarte aus ihrem Abendtäschchen. »Bitte schön, meine Karte.«
»Tschüs! Ich melde mich«, versprach Andrea, bevor sie sich einen Weg durch die Menge bahnte, um zu ihrem Kollegen zu gelangen, der unaufhörlich fotografierte.
Jolie sah Aphrodite mit ihrem katzenhaften Lächeln an. »Hübscher kleiner Werbefeldzug, Aphrodite«, sagte sie aalglatt. »Du hast dich großartig geschlagen. Oder, Troy?«

»Zum Teufel, ja«, sagte er, und es klang erleichtert. »Entschieden besser, als ich es gekonnt hätte, so viel steht fest. Ich bin immer blockiert und fange an zu stottern, wenn ich mit der Presse reden muss.«

»Vielleicht solltest du Aphrodite dann offiziell als deine Pressesprecherin einsetzen. Das würde auch Polly ein wenig entlasten. Oh! Da ist Sophie Burke!« Jolies Gesichtsausdruck erinnerte Aphrodite an einen Jäger, der sein Fernglas scharf stellte. Der Filmstar schwebte in ihr Blickfeld; was sie trug, war offenbar Versace. »Sophie!«, gurrte Jolie. »Komm, lass dich mit Troys neuer Muse bekannt machen!«

9

Aphrodite musste zugeben, dass Damien Schleimscheißer Whelans – oder vielmehr ihr übernommenes – Design für *Die Möwe* traumhaft rüberkam. Seit der Vorhang sich gehoben hatte, kochte sie innerlich vor Wut, und der Siedepunkt war erreicht, als ihre Mutter als glamouröse Arkadina in ihrem Pfauenkleid auf die Bühne gerauscht kam. Die Zuschauer schnappten hörbar nach Luft, sodass Aphrodite am liebsten »Buh« gerufen hätte. Sie fühlte sich versucht, den Mittelgang entlangzulaufen, auf die Bühne zu hüpfen und Damien Whelan vor dem glitzernden, prominenten Publikum bloßzustellen, als sich am Ende der Vorstellung alle erhoben und frenetisch jubelten.

Nach der Vorstellung fand eine Party statt. Troy hatte keine große Lust teilzunehmen, doch Aphrodite fühlte sich ihrer Mutter zuliebe verpflichtet. Um ihre Mutter hätte sie sich allerdings keine Gedanken machen müssen. Das Einzige, was Thea zu ihr sagte, war: »Wie fandest du meine Kostüme?«, bevor sie von jemandem, der Promis miteinander bekannt machte, gestellt und wie eine Trophäe abtransportiert wurde.

Nicht gerade viele der wirklich prominenten Stars nahmen an der Party teil. Aphrodite nahm an, dass sie schließlich auch noch ein eigenes Leben zu führen hatten. Das Weathergirl war gekommen sowie die geklonte Tara Palmer-Tomkinson, die Zwillings-Models und natürlich Damien Schleimscheißer Whelan. Sophie Burke war der größte Star, der in Erscheinung trat – abgesehen natürlich von Eva Lavery, die wegen ihres Mannes gekommen war. Aber David Lawless wirkte erschöpft, und das gefeierte Ehepaar machte schon ziemlich frühzeitig den Abgang.

Jolie stellte Aphrodite unzähligen Leuten als Troys neue Muse vor, und Aphrodite war sich nicht sicher, ob sie sich geschmeichelt oder peinlich berührt fühlen sollte. Allerdings konnte sie nicht anders, als beim Anblick von Damien Whelans entsetztem Gesichtsausdrucks selbstzufrieden zu grinsen, als er mithörte, wie Jolie sie den Zwillingen vorstellte. Die beiden Models sahen misstrauisch und ein bisschen böse aus, als sie von Aphrodites Musen-Status hörten, doch sie lächelten wieder, als Troy ihnen mitteilte, dass er sie für seinen Herbstkatalog engagieren wollte.

Der Höhepunkt des Abends kam für Aphrodite, als Damien versuchte, Troy in eine Ecke des Raums zu entführen und Troy sich weigerte. »Sagen wir's mal so, Damien: Ich habe einfach schon zu viel auf dem Zettel«, hörte Aphrodite ihn sagen, und sie ertappte sich dabei, dass sie wie eine Sechsjährige kicherte.

Mit ihrem Kater am nächsten Morgen fühlte sie sich dann allerdings wie eine Neunzigjährige. Hinzu kam, dass sie sehr wenig Schlaf bekommen hatte und dieser auch noch wenig erholsam gewesen war. Troy war in der Nacht sehr unruhig gewesen, hatte sich immerzu herumgewälzt. Beim Morgengrauen hatte sie geglaubt, dass er Sex wollte, doch als sie die Augen aufschlug, sich langsam an das Dämmerlicht gewöhnte und sein Gesicht sah, erkannte sie, dass er tief und fest schlief. Und sie sah außerdem, dass sein Gesicht nass von Tränen war. »Troy?«, sagte sie und strich ihm über das Haar. »Troy?« Doch er wachte nicht auf.

Als sie dann wach waren, beschloss sie, den Vorfall nicht zu erwähnen. Sie selbst hasste es, wenn man ihr erzählte, was sie im Schlaf geredet oder getan hatte, und sie sich dann so bloßgestellt fühlte. »Gehst du heute ins Atelier?«, fragte sie ihn, als sie mit einem Tablett, beladen mit Orangensaft, Bagels und Kaffee, von der Küche zurück ins Schlafzimmer wankte. Die jüdische Bäckerei ganz in der Nähe verkaufte die besten Bagels der ganzen Stadt, und auf dem Rückweg zu Troys Wohnung hatte Aphrodite sämtliche Zeitungen gekauft, die möglicherweise Kritiken der Vorstellung vom Vorabend bringen könnten.

»Nein. Alles ist unter Kontrolle. Ich brauche eigentlich erst wieder ins Atelier zu gehen, wenn die Toiles fertig sind.«

»Hier, die Post.«

»Igitt. Braune Umschläge.« Troy verkroch sich unter die Bettdecke. »Würdest du dich darum kümmern, Aphrodite? Stell einfach die entsprechenden Schecks aus und lass mich unterzeichnen. Macht dir das etwas aus? Mit einem Kater ertrage ich es einfach nicht, diese elenden Rechnungen begleichen zu müssen. Jolie hat mir diese Arbeit früher auch immer abgenommen.«

»Klar, mach ich.« Wenn Jolie Fitzgerald das konnte, dann konnte sie es auch. Zum Kuckuck, Rechnungen begleichen – in dieser Disziplin konnte sie sich zu den olympischen Spielen melden. Jahrelang hatte sie das für ihre Mutter getan. Als sie nach den Jahren in London zurück nach Dublin kam, ging der Gerichtsvollzieher bei Thea ein und aus, und Aphrodite hatte die kompliziertesten Steuerschulden ausklamüsern müssen, seit der letzte Premierminister in Ungnade gefallen war. Diese Partnerschaft wird gut funktionieren, dachte sie, während sie den Kaffee bereitete. Sie bräuchte keine Skrupel mehr zu haben,

Troys herrliche Kleider als Geschenk anzunehmen, wenn sie sich im Gegenzug für ihn nützlich machen konnte. Sie hatte bereits geahnt, dass sie sich ausgehalten vorkommen würde, wenn er sie weiterhin mit Kleidergeschenken überschüttete, wie er es angekündigt hatte, und das wäre ihr unangenehm.

Aphrodite schenkte Kaffee ein und fing an, die Bagels mit Butter zu bestreichen. »Komm raus da«, sagte sie, »und hilf mir, die Zeitungen nach Kritiken abzusuchen. Nach ein paar Tassen Kaffee fühlst du dich bestimmt gleich besser. Was ist das überhaupt für Kaffee? Der duftet fantastisch.«

»Das ist jamaikanischer Blue Mountain«, sagte Troy, kroch widerstrebend unter der Bettdecke hervor und griff nach der Tasse Kaffee und der Ausgabe der *Irish Times*, die Aphrodite ihm reichte.

Aphrodite klappte der Kiefer herunter. »Jamaikanischer Blue Mountain?«, vergewisserte sie sich. Kürzlich hatte ihre Mutter aus einer Laune heraus diese Sorte gekauft. Sie hatte dreißig Euro für ein halbes Pfund hingeblättert. »Wow. Das ist der teuerste Kaffee der Welt, nicht wahr?«

»Weiß nicht. Jolie hat mich auf den Geschmack gebracht.« Er blies in seine Tasse und blätterte das Feuilleton auf. »Nun. Die Kritiken in der *Irish Times* sind großartig«, sagte Troy und überflog die Spalten. »Deine Bühnenausstattung wird lobend erwähnt.« Troy und Aphrodite bezogen sich bei Damien Whelans Plagiat inzwischen auf ›ihres‹. »Hör dir das an: Die Persönlichkeiten der Figuren werden durch Damien Whelans höllisch clevere und visuell überaus ansprechende Kostümentwürfe noch stärker hervorgehoben und zum Ausdruck gebracht.«

»Scheißkerl! Scheißkerl! Verdammter, widerlicher Scheiß-

kerl!« Aphrodite stieß das Messer wiederholt in den Bagel, den sie gerade bestrich. »*Höllisch* ist das Stichwort. Schreiben sie was über Mum?«
»Ja. Hör zu: Thea Delaney macht ihrem Namen Ehre und spielt die Arkadina als erotische, verwöhnte Göttin, und die Schlüsselszene im zweiten Akt mit Konstantin ist nahezu inzestuös in ihrer eindringlichen Körperlichkeit.«
»Du liebe Zeit. Jetzt wird Mum vollends unerträglich. Ich sollte sie anrufen und ihr gratulieren.«
Troy reichte ihre das Telefon, wandte sich dann der Rätselseite zu und begann träge, das Silbenrätsel zu lösen. Aphrodite war beeindruckt. Manchmal schaffte sie nicht mal die einfache Variante.
Thea schnurrte in den Hörer wie eine Katze, als sie endlich den Hörer abnahm. »Danke, Schatz. Tut mir Leid, dass ich gestern Abend keine Gelegenheit hatte, richtig mit dir zu reden.«
»Sind die Kritiken gut?«
»Ja. Abgesehen davon, dass diese Ziege vom *Independent* mich gar nicht erwähnt. Neidisch, schätze ich. Wie hat dir das Stück gefallen? Eine ziemlich extravagante Produktion, wie?«
»Ja. Wer hatte denn die Idee, dass du deinen Busen entblößen solltest, Mum? Es hat doch hoffentlich nichts damit zu tun, dass du verrückt nach dem Darsteller des Konstantin bist.«
Die quasi inzestuöse Szene, auf die sich die *Irish Times* bezog, zeigte Thea, die ihren erwachsenen Sohn stillte, um ihn zu trösten. Der Erfolg war eine gehörige Schockwirkung, wie vorauszusehen war. Aphrodite wusste, dass ihre Mutter ein Faible dafür hatte, effektheischende Gags aus dem Hut zu zaubern, wann immer es ihr passte. Ins-

besondere diese Szene würde ihr reichlich Beachtung von der Presse einbringen.
»Ach, Schatz! Musst du es unbedingt so grob ausdrücken?« Thea hörte sich ein wenig gekränkt an. »Und nein – es hat nichts damit zu tun, dass ich für Jason schwärme, wie du es zu bezeichnen beliebst. Es war eine gemeinschaftliche Entscheidung, die sich während der Proben ergeben hat. Ich finde, es kommt prima rüber, oder?«
»Ja. Stimmt«, musste Aphrodite zugeben. »Gestern Abend hast du es tatsächlich geschafft, dem Publikum zwei Mal den Atem stocken zu lassen, und ich möchte wetten, dass sämtliche Zeitungen die Inzest-Szene erwähnen. Du bist fein raus, Mum.«
»Danke, Schatz. Übrigens, du hast auch ganz gute Presse gekriegt.«
»Wie bitte?«
»Ja. In *Andreas Asche*.«
»O Gott. Ich hätte nicht gedacht, dass ich nachrichtentauglich genug bin, um erwähnt zu werden, während gestern Abend doch so viele Lichtgestalten herumschwirrten. Das sollte ich mir besser ansehen. Tschüs, Mum. Bis später.«
»Hm. Ach, übrigens, Schatz, ich freue mich so, dass du mit diesem Troy-Boy zusammen bist. Er ist absolut süß.«
»Hände weg, Mum.« Als sie den Hörer auflegte, musste Aphrodite sich eingestehen, dass sie ernster geklungen hatte als beabsichtigt. Als ob ihre eigene Mutter eine Bedrohung für sie darstellte! Andererseits hatte sie in der letzten Zeit so viele Konfrontationen mit beutegierigen Frauen gehabt, dass es verständlich war, wenn sie in die Defensive ging.
Sie griff nach der entsprechenden Zeitung und blätterte

sie durch, bis sie Andreas Kolumne fand. Eine komplette halbe Seite war der Premiere der *Möwe* gewidmet. »O Gott«, sagte sie. »Wir stehen drin.« Sie faltete die Zeitung auf die Hälfte zusammen und neigte sie so, dass Troy mitlesen konnte.
Der Text unter einem Foto von Aphrodite und Jolie, die sich umarmten, lautete folgendermaßen:

Aphrodites A-muse-ment

Die viel versprechende Design-Beraterin ***Aphrodite Delaney,*** *Tochter der Schauspielerin Thea Delaney, war höchst a-musiert über ihren letzten Auftrag. Als Troy MacNally – der, wie Andrea exklusiv berichten kann, im Begriff ist, Irlands neuester Modeexport auf den internationalen Markt zu werden – seine Wohnung neu gestalten wollte, gab er Aphrodite den Auftrag dazu. Das Pärchen verstand sich auf Anhieb so gut, dass Aphrodite die neue Muse des Designers wurde. Jetzt lacht Aphrodite, obwohl sie gesteht, dass sie immer noch ein bisschen verwirrt ist, weil alles so schnell ging. »Ich trage jetzt nur noch Troy MacNally«, vertraute sie mir gestern Abend lächelnd an. Andrea sagt: Ich wollte, wir alle könnten es uns leisten, in deiner Haut zu stecken, Aphrodite!*

Vor Beschämung biss Aphrodite sich heftig auf die Unterlippe. »Oh«, sagte sie. »Oh, Scheiße. Ich höre mich an wie ein ausgemachter Dummkopf. »*Ich trage jetzt nur noch Troy MacNally*«, zitierte sie mit der hohen Piepsstimme einer dummen Tussi.
Troy zuckte mit den Schultern und trug das Wort ›Bestechlichkeit‹ in ausgeprägten schwarzen Blockbuchstaben unter 10 senkrecht ein. »Keine Sorge«, sagte er. »Es könnte,

ehrlich gesagt, viel schlimmer sein. Du solltest mal die Zitate sehen, die man mir in einigen Zeitungsinterviews in den Mund gelegt hat. Es ist, als würdest du einen Pakt mit Mephistopheles unterzeichnen, wenn du dich auf die Presse einlässt – ein zweischneidiges Schwert sozusagen. Man ist wegen der Publicity von ihnen abhängig, und sie sind von dir abhängig wegen der Auflagenhöhe. Das gehört dazu, wenn man im Licht der Öffentlichkeit steht. Man kann nur beten und hoffen, dass sie keine zu unerfreulichen Dinge schreiben.«

Aphrodites Handy klingelte. Sie drückte die Sprechtaste und meldete sich: »Ja?«

Lolas Stimme erklang aus dem Hörer. »Ich trage jetzt nur noch Troy MacNally«, sagte sie mit affektierter Stimme. »Was, zum Kuckuck, war denn in dich gefahren, Aphrodite?«

Aphrodite wollte es nicht hören. »Ach, halt die Klappe, Lola«, sagte sie. »So habe ich es gar nicht gesagt.« Sie schleuderte das Handy auf den Boden, zog sich Troy MacNallys Bettdecke über den Kopf und suchte Trost im Sex.

Die nächsten paar Wochen waren, was die Arbeit betraf, ziemlich ruhig, aber in gesellschaftlicher Hinsicht hektisch. Aphrodite und Troy tauchten häufig in den Klatschspalten und den Gesellschaftsseiten der Hochglanzmagazine auf. Aphrodite hütete sich, vor den Reportern, die sie interviewen wollten, zu sehr ins Schwärmen zu geraten, doch es fiel ihr schwer. Nach ein paar Gläsern Wein konnte sie ihre Zunge kaum im Zaum halten – insbesondere dann, wenn sie sich so verdammt glücklich fühlte, weil sie Troy MacNally trug und Hand in Hand mit dem um-

werfenden Typen selbst dort stand. Und alle waren so *interessiert* daran, mit ihr zu sprechen, und so *entzückt*, sie kennen zu lernen, und so überaus *reizend*. »Sie sind offensichtlich sehr glücklich, stimmt's, Aphrodite?«, bemerkte ein junger Mann mit einnehmend offenem Gesicht. Er tat ihr Leid. Es war sein erster Auftrag, wie er ihr gestanden hatte, und er war furchtbar nervös. Deshalb antwortete Aphrodite: »Ja, ich bin sehr, sehr glücklich, danke – alles Gute für Sie!« Am nächsten Sonntag schlug sie die Zeitung auf und musste erfahren, dass sie angeblich blasiert gelächelt und übertrieben selbstzufrieden gewirkt hatte.
Also begann Aphrodite, sich hinter einer kühlen Fassade zu verstecken, gab sich Mühe, nicht zu lächeln, und noch mehr Mühe, sich nicht zu ärgern über das, was über sie geschrieben wurde. Woraufhin sie unverzüglich Adjektive auf sich zog wie »mürrisch« und »schnippisch«. Zum Teufel! Man konnte es ihnen einfach nicht recht machen! Da hatte sie ihren Kuchen und versuchte, ihn zu essen, durfte ihn sich aber nicht schmecken lassen.
Dennoch lernte sie, das Positive zu betonen, indem sie die unablässige Nörgelei der Presse als einen Spiegel für ihr Glück betrachtete. Zum Teufel mit den Neidhammeln, die sie mit kostbarem Material für ihre kitschigen Scheißkolumnen versorgte! Man stelle sich nur vor, dass diese Leute ihr Geld verdienten, indem sie Gemeinheiten über andere verbreiteten. Sie *musste* glücklicher sein als die anderen mit ihrem Hohn und ihrer Bissigkeit und ihrem Hang zu allem, was düster und negativ war. Was war nur aus »unserer schönen hellen Welt« geworden, über die sie in der Schule gesungen hatte?
Eines Tages geschahen zwei interessante Dinge. Sie erhielt einen Anruf von Andrea Mooney, die wissen wollte,

wann es ihr passte, ihr ein ausführliches Interview zu geben (Aphrodites Mut sank, als sie das Wort »ausführlich« hörte), und sie erhielt einen Anruf von einer Redakteurin der Zeitschrift *Individual*, die fragte, ob sie Interesse daran hätte, regelmäßig eine Modekolumne für sie zu schreiben. Sie stellte Andrea zufrieden, indem sie ihr Zeit und Ort angab, und ließ die Redakteurin wissen, dass sie sie zurückrufen würde.

»Was mögen die sich wohl vorstellen?«, fragte Troy, als sie ihm beim Abendessen, bestehend aus gedünstetem Lachs, den sie für ihn zubereitet hatte, von dem zweiten Anruf erzählte. Sie saßen in ihrer winzigen Küche, und Troy fütterte Bobcat mit Lachsstückchen. Aphrodite hatte in letzter Zeit nicht mehr so viel Zeit in seiner Wohnung verbracht, wie er es sich gewünscht hätte, weil sie wegen ihres Katers zu Hause sein musste. Sie konnte sich nicht darauf verlassen, dass Lola gelegentlich vorbeikam, Bob fütterte und die Pflanzen goss, denn sie hatte seit dem Tag, als sie einfach das Gespräch unterbrochen hatte, nicht mehr mit ihr gesprochen. Immer wieder nahm Aphrodite sich vor, die Freundin anzurufen, aber es kam ihr so vor, als erschiene jedes Mal, wenn sie sich entschlossen hatte, endlich zum Hörer zu greifen und dem Stillstand ein Ende zu machen, wieder ein Artikel über sie in der Klatschspalte irgendeiner Zeitung oder ein Foto von ihr und Troy, und Aphrodite konnte die Vorstellung, dass Lola wieder über sie lachte, einfach nicht ertragen.

Troy nieste und ließ ein Lachsbröckchen auf den Boden fallen. »Hör auf, den Kater zu verwöhnen, Troy. Wenn du ihn immerzu mit frischem Lachs fütterst, rührt er sein Whiskas bald nicht mehr an. Hm. Mal sehen. Was mögen die sich wohl vorstellen?« Sie wiederholte seine Frage

und zog eine Grimasse. »Etwas in der Art von ›Was ist in diesem Monat angesagt, was war im letzten Monat angesagt‹? Das ist bescheuert! Als ob *ich* das wüsste!«
»Du bist genauso qualifiziert für den Job wie jeder andere. Wenn nicht besser.«
»Wieso? Bloß weil ich Troy MacNallys Muse bin?«
Er goss Chablis in ihre Gläser. »Nun ja, wahrscheinlich ist es das dazugehörige Prestige, worauf sie es abgesehen haben. Aber deine eigentliche Qualifikation, Aphrodite, besteht in deinem guten Händchen für Mode. Ich finde, du solltest den Job annehmen. Das wäre unschätzbare Publicity für uns.« Er nieste wieder und sagte: »Entschuldige bitte. Ich glaube, ich brüte eine Erkältung aus.«
»Lieber Himmel, Troy. Ich käme mir wie ein Miststück vor, wenn ich den Leuten sagen sollte, was in diesem Monat angesagt ist.«
Er lehnte sich auf seinem Stuhl zurück und lächelte. »Du könntest viel Spaß dabei haben. ›In dieser Saison ist es sehr angesagt, den BH über einem kleinen Trägertop zu tragen‹.«
Aphrodite lachte. »Ja! Probieren Sie mal amerikanische hellbraune 40-den-Strumpfhosen aus hochglänzendem Lycra. Zu Sandalen sehen sie fantastisch aus!«
»Zeigen Sie, was Sie haben, in Füßlingen!«
»Was, zum Kuckuck, sind Füßlinge?«
»Das sind diese grotesken fleischfarbenen Nylonsöckchen, die manche Frauen zu bloßen Beinen in Schuhen tragen.«
»Iiiih! Warum?«
»Dieses Modephänomen habe ich nie ergründen können. Ich vermute, damit sie keine Blasen an den Füßen bekommen.«
»Da würde ich lieber die Blasen in Kauf nehmen. Danke.«

Aphrodite trank einen Schluck Wein. »Hey, Troy! Ich müsste mich gar nicht unbedingt auf Modefragen beschränken. Ich könnte alle möglichen anderen Bereiche infiltrieren. ›Chardonnay ist absoluter Schnee von gestern. Servieren Sie Schaumwein auf Ihrer nächsten Dinnerparty.‹«

Troy nieste erneut. »Nur ist die Dinnerparty leider out, laut *Harpers & Queen*. Dinnerpartys sind etwa zur selben Zeit wie der Wickelrock bei der Modemonarchie in Ungnade gefallen.«

Aphrodite stützte die Ellbogen auf den Tisch und legte ihr Kinn auf die verschränkten Finger. »Na, da ess ich doch glatt meine Füßlinge«, sagte sie in einem Tonfall äußerster Fassungslosigkeit. »Die Leute gehorchen der Modepolizei offenbar wirklich, wie?« Sie zuckte unentschlossen mit den Schultern. »Soll ich's machen, Troy? Soll ich das Angebot annehmen?«

»Greif zu. Du könntest deine Kolumne ›Die Modehirtin‹ nennen.«

Aphrodite klatschte in die Hände und lachte vergnügt auf. »Großartig! Weil ich sie für Schafe schreibe?«

»Ganz genau.« Er beugte sich vor und küsste sie.

»Vielleicht hast du Recht. Vielleicht könnte ich wirklich meinen ganz privaten subversiven Spaß dabei haben.« Einen Moment lang blickte sie nachdenklich vor sich hin, dann stand sie auf und begann, den Tisch abzuräumen. Bobcat strich ihr um die Füße. »Oh, schon gut, Bob. Du kannst die Reste haben.« Sie schabte Lachs in seinen Napf und kraulte ihn hinter den Ohren.

»Wann gibst du Andrea Mooney das Interview?«, fragte Troy.

»Nächste Woche. Ihr gegenüber muss ich erhöhte Vorsicht walten lassen, glaube ich.«

»Hm.« Troy überlegte. »Aber sei nicht übervorsichtig. Das würde langweiligen Lesestoff ergeben. Weißt du, warum so viele von diesen Promi-Interviews in *Vanity Fair* so unerträglich langweilig sind? Das kommt daher, dass alle hochkarätigen Promis wie Madonna und Warren Beatty die Fahnen lesen und ihr Veto einlegen können. Das sind Heiligengeschichten, keine Interviews.« Plötzlich nieste er wieder. Und wieder. Und wieder. Etwa nach dem neunten Mal wandte er sich Aphrodite zu und sagte: »Weißt du was? Ich glaube, ich bin allergisch gegen deine Katze.«

In der nächsten Woche fand Aphrodite sich in der Lobby des Merrion Hotels wieder und trank ein Glas Champagner, das Andrea Mooney spendiert hatte. Zwischen ihnen auf dem Tisch stand ein kleiner Kassettenrekorder. Das Interview war schon zur Hälfte erledigt, und bislang waren die Fragen relativ harmlos gewesen. Aphrodite hatte der Reporterin von ihrer unkonventionellen Kindheit erzählt, von ihren Jahren in London und von ihrem Entschluss, sich vom Bühnendesign ab- und der lukrativeren Werbebranche zuzuwenden. Sie versagte sich einen Hinweis darauf, dass der Auslöser, der sie aus der Theaterwelt hinauskatapultiert hatte, Damien Schleimscheißer Whelan gewesen war.

Andrea bedeutete dem Kellner, ihnen noch zwei Gläser Champagner zu bringen. »Und jetzt«, sagte sie, als die Getränke auf einem Tablett serviert wurden, »möchte ich noch etwas mehr darüber hören, wie Sie und Troy sich kennen gelernt haben. Ich weiß, Sie haben seine Wohnung neu gestaltet …«

»Genauer gesagt, sein Bad«, schränkte Aphrodite ein. »Das Bad ist Troys liebster Aufenthaltsort. Im Grunde ist es sein Refugium – und dorthin zieht er sich zurück, um sich inspirieren zu lassen.«

Andrea neigte den Kopf zur Seite und zog fragend eine Augenbraue hoch. »Und ein kleines Vöglein hat mir ins Ohr gesungen, dass die Inspirationen ihm nur so zuflogen, als er Sie zum ersten Mal sah. In seinem Bad.«

Aphrodite war ratlos. »Wie meinen Sie das?«

Andrea lächelte sie verschwörerisch an. »Aphrodite entsteigt nackt den Wellen? Ich kenne die Geschichte, wie Sie zufällig gerade ein Bad nahmen, als Troy unverhofft aus dem Urlaub zurückkam. Wie Sie einander nach dem ersten Blick in die Arme gefallen sind. Das ist hinreißend romantisch.«

»Wie – woher wissen Sie das?«

»Diese Stadt ist ein Dorf.«

Die Behauptung, Aphrodite hätten Andreas Worte beunruhigt, wäre gleichbedeutend mit der Aussage, dass Bill Clinton leicht verärgert über Monica Lewinskys Vorwürfe gewesen sei. Sie hatte nicht die geringste Ahnung, wie sie reagieren sollte. Sollte sie einfach leugnen? Kategorisch behaupten, es würde nicht stimmen? Aber wenn sie das tat, verdarb sie es sich mit Andrea, und diese Frau wollte sie sich nicht zur Feindin machen. Sie wollte nicht wie eine Sati-Witwe auf dem Scheiterhaufen ihres eigenen Rufs verbrannt werden. Andrea war durchaus in der Lage, Hackfleisch aus ihr zu machen, das wusste Aphrodite. Sie beschloss, um den heißen Brei herumzureden.

»Wie kommen Sie darauf, dass diese Geschichte der Wahrheit entsprechen könnte? Nicht alle Gerüchte, die Ihnen zu Ohren kommen, basieren auf Tatsachen.«

»Natürlich nicht. Aber was wäre, wenn irgendein Klatschblättchen Wind von dieser Sache kriegt und sie ganz groß

aufzieht?« Andrea musterte sie gründlich, dann drückte sie entschlossen die ›Off‹-Taste des Kassettenrekorders. »Sie können mir vertrauen, Aphrodite. Ich habe nicht vor, eine zotige kleine Schmutzgeschichte zu schreiben. Ich möchte etwas Erhabenes bringen – eine echte Liebesgeschichte. Ihre Story ist der richtige Stoff für das Fantasiereich der Zeitschrift *Hello!*, und meine Aufgabe besteht darin, den Hunger der Leserinnen nach Fantastischem zu stillen, nicht etwa, ihnen noch mehr schmuddelige Sex-Skandale in den Rachen zu stopfen. Es wird keine Anzüglichkeiten geben wie ›die Verführerin Aphrodite‹ oder ›Sexy Sirene packt aus‹. Nichts dergleichen. Darauf gebe ich Ihnen mein Wort.«
Aphrodite überlegte angestrengt. »Darf ich die Fahnen prüfen?«
»Ich fürchte, das geht nicht. Das ist mein Vorrecht.« Aphrodite dachte an das, was Troy über langweilige Interviews mit Stars gesagt hatte, die die Endkontrolle verlangten über das, was über sie geschrieben wurde. »Die Entscheidung liegt bei Ihnen, Aphrodite«, lockte Andrea. »Ich könnte Sie den Löwen zum Fraß vorwerfen – das heißt, die Badezimmergeschichte an die Klatschblättchen weitergeben und es ihnen überlassen, Ihr Verhalten bis hart an die Grenze einer Verleumdungsklage nach Belieben auszuschlachten, oder ich könnte eine wunderschöne, rosenrote Version der Geschichte bringen, wie Troy MacNally seine Muse fand.«
Aphrodite schüttete Champagner in sich hinein und dachte angestrengt nach. Sie konnte Troy nicht anrufen und nach seiner Meinung fragen, schlicht und einfach, weil er den Anruf nicht entgegennehmen würde. Ihr war klar, dass sie keine Wahl hatte. »Gut«, sagte. »Ich bin bereit, Ih-

nen die Geschichte zu erzählen, wenn Sie mir sagen, aus welcher Quelle Sie sie haben.«

»Geht in Ordnung«, sagte Andrea. »Jolie Fitzgerald hat sie mir verraten. Sie war der Meinung, es würde sich gut verkaufen, und sie hat Recht.«

Jolie! Natürlich wieder Jolie.

»Alles klar, Aphrodite?« Andrea lächelte sie an, den Finger auf der Aufnahmetaste. »Wollen wir weitermachen?«

Aphrodite trank noch einen großen Schluck Champagner und holte tief Luft. »Ich bin bereit«, sagte sie. Andrea Mooney schaltete den Rekorder wieder auf Aufnahme.

Eine Woche später meldete sich die Reporterin wieder bei ihr. »Mein Redakteur ist begeistert«, sagte sie. »Er will die Geschichte auf der Titelseite der Sonntagsbeilage bringen, mit einem Foto von Ihnen. Er beabsichtigt, ein Porträt von Ihnen bei Jack Costello in Auftrag zu geben. Kennen Sie ihn?«

»Ja.«

»Nun, dann wissen Sie ja, dass er Spitzenklasse ist.« Eine kleine Pause entstand, dann fuhr Andrea fort: »Dabei stellt sich nun eine leicht peinliche Frage. Mein Redakteur hat mich gebeten, damit an Sie heranzutreten. Er hält es für eine großartige Idee, Sie nackt abzubilden.«

»Auf der Titelseite der Beilage? Sind Sie verrückt geworden?«

»Hören Sie zu, Aphrodite.« Andreas Tonfall war beschwichtigend. »Das Porträt würde dem Tenor meines Artikels entsprechen. Keine Spur – wirklich nicht die geringste – von Obszönität würde einfließen. Das möchte ich betonen. Überhaupt – wann haben Sie zum letzten Mal ein billig aufgemachtes Porträt von Jack Costello gesehen? Seine Bilder werden wohl kaum auf Seite drei zu finden sein, oder? Wie Sie auch immer posieren wollen, nichts wird gezeigt, das Sie nicht wollen. Diese Art von Fotos haben Sie doch sicher schon mal gesehen – Prominente lassen sich dauernd so ablichten. Denken Sie doch nur an diese wunderbar erotischen Aufnahmen der splitternackten Kate Moss, auf denen nichts, aber auch gar nichts von ihr zu sehen ist. Das lässt sich durch geschickten Umgang mit Licht und Schatten ohne weiteres bewerkstelligen, und mit Händen und Armen kann man auch vieles bedecken.«

Lieber Himmel. Aphrodite wünschte, Andrea Mooney nie begegnet zu sein. Wünschte, sie hätte sich nie zu diesem Interview überreden lassen. Und alles war die Schuld dieser verdammten Jolie Fitz-Fotzgerald. Sie seufzte schwer ins Telefon. »Hören Sie, Andrea. Sie müssen mir Bedenkzeit geben. Zunächst einmal muss ich mit Troy darüber reden. Diese Idee gefällt ihm vielleicht nicht.«

»Sicher. Aber rufen Sie mich so bald wie möglich zurück, ja? Ich muss diese Sache bald vom Tisch haben.«

Als sie aufgelegt hatte, griff Aphrodite nach einer Schachtel mit verdauungsfördernder Schokolade und rief Troy an.

Natürlich war er einverstanden. »Fantastisch!«, sagte er. »Fotos von Jack Costello! Du kannst dich wirklich geschmeichelt fühlen.«

»Der Gedanke, dass ich mich splitternackt in der Sonntagsbeilage zeigen soll, schmeichelt mir nicht im Geringsten«, sagte sie. Oder im Atelier vor Jack Costello, hätte sie hinzufügen sollen.

Doch Troy führte ihr, ähnlich wie Andrea, sämtliche Vorteile der Sache vor Augen und schaffte es tatsächlich, dass sie sich äußerst uncool und prüde vorkam. So gab

sie schließlich nach, rief Andrea an und signalisierte ihr Einverständnis.
»Ausgezeichnet!«, sagte die Reporterin. »Sie werden es nicht bereuen. Ich rufe sofort Jack an.«
Er meldete sich später am Nachmittag bei Aphrodite, als sie gerade ihr siebtes Stück verdauungsfördernde Schokolade verzehrte. »Wie ich höre, wollen Sie mir Modell stehen, Miss Delaney?«, fragte er. »Darauf freue ich mich schon.«
»Gleichfalls«, antwortete Aphrodite mürrisch.
»Wie wär's mit einem Termin irgendwann Mitte der Woche? Würde dir das passen? Mittwochmorgen habe ich frei.«
»Gut.«
»Sagen wir, um elf Uhr?«
»Elf Uhr geht in Ordnung.«
»Meine Assistentin wird dich schminken. Ich hätte dich lieber ungeschminkt, aber ich weiß ja, wie befangen die meisten Frauen sind, wenn sie sich nicht hinter ihrer Vorstellung von einer Maske verstecken können. Ich werde meine Assistentin um ein ganz dezentes Make-up bitten. Zieh am Mittwoch am besten nichts Enges an, sonst hast du hinterher Druckstreifen am Körper.«
Ja, ja, ja, dachte Aphrodite niedergeschlagen, als sie den Hörer auflegte. Worauf hatte sie sich da eingelassen? Jemand hatte eine Büchse mit Würmern geöffnet, und jetzt krochen sie überall herum. Aphrodite hätte es liebend gern gesehen, wenn sie alle in Jolies Richtung kriechen würden. Sie war gerade im Begriff in die Küche zu gehen und die Schokoladenschachtel nachdrücklich im Schrank zu verschließen, als es an der Tür klingelte. Sie öffnete und stand ihrer Mutter gegenüber, die ihr mit einem Hochglanzmagazin vor dem Gesicht herumfuchtelte.

»Hallo, Schatz! Ich habe gerade deine Kolumne im *Individual* gelesen. Was für ein Spaß!« Thea schwebte in Aphrodites Wohnzimmer und ließ sich auf das Sofa sinken.

»Du liebe Zeit«, sagte Aphrodite, wieder einmal von einem nervösen Flattern im Bauch befallen. »Ist sie schon erschienen? Zeig mal.«

Die Zeitschrift war auf der betreffenden Seite aufgeschlagen. *›In diesem Monat schreibt Aphrodite Delaney, die Muse des Modedesigners Troy MacNally, ihre erste einer hoffentlich regelmäßig erscheinenden Kolumne, die uns verrät, worin wir uns wo sehen lassen sollten und worin, unter Todesstrafe, lieber nicht.‹*

»Lieber Himmel«, stöhnte Aphrodite und fragte sich, wie viele von ihren Freundinnen in diesem Monat die *Individual* gekauft haben mochten.

»Das ist ein großer Spaß, oder?«, sagte Thea, schlüpfte aus ihren Schuhen und griff nach der Kekspackung, die Aphrodite auf dem Kaffeetisch liegen lassen hatte. »Allerdings wäre es mir lieber gewesen, wenn du nicht geschrieben hättest, dass Angorapullis passé sind«, fügte sie anklagend hinzu. »Ich habe mir gerade einen gekauft.«

»Dann solltest du ihn vielleicht umtauschen«, entgegnete Aphrodite sarkastisch.

Zu ihrem Entsetzen antwortete ihre Mutter tatsächlich ohne den geringsten Hauch von Ironie: »Oh! Gute Idee! Ich könnte ihn umtauschen gegen …« Sie nahm Aphrodite die Zeitschrift aus der Hand und überflog die Kolumne. »Was empfiehlst du? Ah ja. Hier steht's: etwas aus zartester Merinowolle.« Thea legte die Zeitschrift nieder und sah Aphrodite gehetzt an. »Das sollte ich schnellstens erledigen. Die Nachfrage nach Merino wird ab jetzt riesig sein.«

Am Mittwochmorgen um elf Uhr klingelte Aphrodite an der Tür von Jack Costellos elegantem georgianischen Haus. Seine Assistentin, ein ausgesprochen hübsches blondes Mädchen, das sich mit dem Namen Perdita vorstellte, öffnete ihr und führte Aphrodite durch einen hohen, weiß gestrichenen Flur, eine Seitentür und dann durch einen Garten von wilder Schönheit.

»Wow«, sagte Aphrodite. »Ich hatte keine Ahnung, dass es so nahe am Stadtzentrum solche Gärten gibt. Wer pflegt ihn für Jack? Meine Mutter sucht nämlich jemanden, der das Chaos ordnet, das sie in ihrem Garten angerichtet hat.«

»Er pflegt ihn selbst«, sagte Perdita und öffnete ein Tor zu einem umgebauten Stall.

Aphrodite fand sich in einem Raum wieder, durch dessen riesige Dachfenster das Licht strömte und von den weißen Wänden reflektiert wurde. Jack Costello saß lässig in einem Armsessel am anderen Ende des Raums, betrachtete einen Schwarzweißabzug und hielt in der anderen Hand ein Glas mit etwas, das wie Tomatensaft aussah. Er trug legere Baumwollhosen und ein riesiges weißes T-Shirt. Zu seinen bloßen Füßen lagen weitere Abzüge auf dem weißen Boden. Neben dem üblichen fotografischen Zubehör wie Lampen, Stative, aufgerollter Leinwand und silbernen Kisten bemerkte Aphrodite verschiedene Becher und eine Milchtüte auf dem Schreibtisch sowie eine Cafétière, in der noch etwas Kaffeesatz war. Ein paar leere Weinflaschen und Gläser mit Resten darin standen herum, ebenso ein Aschenbecher voller Kippen von Selbstgedrehten und ein Treteimer, der überquoll von Kartons mit dem Logo eines exklusiven Delikatessengeschäfts. In einem Spülbecken unter einem der Dachfenster stapelte sich Geschirr.

Jack hob den Blick, als Perdita hinter Aphrodite die Tür schloss. Ein wenig schwankend stand er auf. »Wie geht's?«, fragte er, durchquerte den Raum und ergriff Aphrodites Hand. »Mir ist gerade bewusst geworden, dass ich dich in letzter Zeit häufiger in Zeitschriften gesehen habe als in Fleisch und Blut.«
Das Einzige, was ihr zu sagen einfiel, war: »Hi.«
Er ließ ihre Hand los, trat ein Stück zurück, stellte seinen Tomatensaft ab und hob die Abzüge auf. Er schob sie zu einem ordentlichen Stapel zusammen und verstaute sie in einer Schreibtischschublade. »Entschuldige bitte diese Unordnung«, sagte er und wandte sich seiner Assistentin zu. »Das sieht nur schlimm aus, weißt du, Perdie? Du hast das in Nullkommanichts erledigt.« Er gähnte und streckte sich, sah dann Aphrodite an. »Ja. Ich bin verkatert, falls es das war, was du gerade gedacht hast.« Er griff wieder nach seinem Glas und bemerkte ihren Blick. »Und nein, leider befindet sich kein Wodka in meinem Tomatensaft. Aber im Kühlschrank steht welcher, falls du dir Mut antrinken musst. Viele Models brauchen ein Gläschen, bevor sie zu Nacktaufnahmen bereit sind.«
»Ich schaffe das schon.« Aphrodite zwang sich zu einem farblosen Lächeln, das noch farbloser wurde, als sie ein Exemplar der elenden *Individual* auf der Arbeitsfläche entdeckte. Jack hatte das Titelbild gemacht. Wieder bemerkte er ihren Blick.
»Wie ich sehe, bist du zu einem vollwertigen Mitglied der Modepolizei avanciert«, sagte er lächelnd. »Ich bin froh, dass ich heute mein weißes T-Shirt angezogen habe.«
Aphrodite erinnerte sich vage, in ihrer Kolumne etwas Positives über weiße T-Shirts geschrieben zu haben. »Aber ich muss gestehen, dass es mir Tränen in die Augen treibt,

meine Kollektion von Angora-Pullovern in den Müll werfen zu müssen. Angora ist mir sehr ans Herz gewachsen, seit ich Johnny Depp in diesem Film gesehen habe.«

Aphrodite bastelte noch an einer geistreichen Erwiderung, als das Telefon klingelte. »Verzeihung«, sagte Jack und streckte die Hand nach dem Gerät aus. »Perdita, gehst du mit Aphrodite bitte schon mal in den Umkleideraum? Danke.«

Im Umkleideraum zog Aphrodite sich aus und hüllte sich in einen weiten Baumwollkimono, den Perdita für sie über die Tür gehängt hatte. Dann setzte sie sich vor den Schminkspiegel. Perdita arbeitete flink und schweigend an ihrem Gesicht und summte leise vor sich hin, während sie mit ihren Pinseln hantierte. »Hübsch«, sagte sie beim Anblick des Ergebnisses im Spiegel. »Ihre Haut hat so einen lieblichen, taufrischen Schimmer.«

Das war wahrscheinlich dem häufigen Sex zu verdanken, den sie sich seit einiger Zeit gönnte. Aber das Make-up war auch wirklich gut gelungen, das musste Aphrodite zugeben. Einige Maskenbildnerinnen, die sie kannte, trugen zu dick auf, aber dieses Mädchen hatte den Puderpinsel zurückhaltend eingesetzt und ihrer Haut nur einen kleinen Schimmer verliehen. »Sind Sie Profi?«, fragte sie.

»Nein. Aber ich habe einen Kurs absolviert. Solche Kenntnisse sind ganz nützlich, wenn man eine Lehre als Fotografin macht. Ich möchte mich mal selbstständig machen, vielleicht auch mit meinem Freund Sam zusammen als Partner.« Sie reichte Aphrodite eine Haarbürste, überlegte es sich aber anders und trat einen Schritt zurück, den Kopf leicht zur Seite geneigt. »Nein«, sagte sie. »Lassen Sie's nur. Zerzaust sieht es besser aus. Wie fühlen Sie sich? Alles in Ordnung?«

»In Ordnung«, antwortete Aphrodite. »Ein bisschen nervös natürlich. Ich habe mich noch nie nackt fotografieren lassen.«

»Da ist es nur natürlich, wenn man nervös ist. Auch den Profis geht es nicht anders. Möchten Sie wirklich nichts trinken? Im Kühlschrank gibt es außer Wodka auch Champagner.«

»Nein, danke. Aber eine Tasse Kaffee hätte ich schon gern.«

»Ich bringe Ihnen eine, während Jack alles vorbereitet. Sonst noch etwas? Ich kann auch Bagels oder so etwas holen, falls Sie Hunger haben.«

»Nein, danke.« Aphrodite war viel zu nervös, um an Essen zu denken.

»Gut. Ich bin gleich zurück. Bedienen Sie sich, da drüben liegen Zeitschriften.« Sie wies auf einen Stapel Hochglanzmagazine auf dem Schminktisch, und weg war sie.

Aphrodite ließ die Zeitschriften unbeachtet und griff stattdessen nach einem Buch, einer Fotosammlung von Jack Costello. Es enthielt Porträts, alle schwarzweiß, lauter Nacktfotos. Abgebildet waren Junge und Alte, Schwarze und Weiße, Frauen und Männer – und Aphrodite empfand es als unendlich tröstend, dass, wie Andrea Mooney ihr versichert hatte, absolut nichts Lüsternes in diesen Fotos zu entdecken war. Die Augen zogen sie viel stärker an als irgendein anderer Körperteil: die Seelen der Modelle strahlten ihr daraus entgegen.

Als Perdita schließlich kam, um sie zu holen, wusste sie, dass sie Jack Costello ihre Nacktheit anvertrauen konnte. Sie meinte sogar, ihm ihre Seele anvertrauen zu können. Am Ende der Sitzung war sie, weil alles so glatt, so mühelos gelaufen war, sogar versucht, ihm ihr Herz anzuvertrauen. Das heißt, wenn sie ihr Herz nicht schon jemand anderem geschenkt hätte.

Jack gab seine Anweisungen in dem leisen, sanften Ton, in dem ihr Tierarzt den nervösen Bobcat zu beschwichtigen pflegte. Seine Instruktionen waren präzise und leicht zu befolgen. Es war schon erstaunlich, wie eine Aufnahme lediglich durch ein Heben des Kinns um nicht mehr als einen Millimeter nicht mehr nur gut, sondern superb wurde. Wie eine leichte Veränderung der Blickrichtung statt eines schlichten »ja« plötzlich ein »Mein Gott, ja!« als Reaktion erzielte.

Und die Adjektive, die Jack benutzte! Er bezeichnete Aphrodite als schön, exquisit, perfekt. Er nannte sie hinreißend, geschmeidig, wunderschön. Er nannte sie strahlend wie die Göttin, deren Namen sie trug. Aphrodite errötete als Reaktion auf seine unverschämten Komplimente. Ihr gefiel seine Schmeichelei, und sie machte sie zu Wachs in seinen Händen. Und sie errötete in der Erkenntnis, wie erregt sie im Verlauf der Fotosession wurde. Sie spürte den Drang, ein Taxi zu nehmen und geradewegs zu Troys Atelier zu fahren, um ihren plötzlichen Heißhunger auf Sex zu stillen.

»Ja, das war genau das Richtige«, sagte er nach einer Stunde Arbeit. Kaum hatte er seine Kamera gesenkt, kehrte er Aphrodite den Rücken zu, und eine flinke Perdita war mit dem Kimono zur Stelle. Aphrodite fühlte sich äußerst sonderbar. Es war, als hätte sie sich mit Jack eingelassen und wäre bis zu einem reichlich intensiven Vorspiel vorgedrungen, und er hätte es sich plötzlich anders überlegt. Sie versuchte, sich zu einem geschäftsmäßigeren Verhalten zu zwingen. »Schickst du die Abzüge an Andrea oder an mich?«, fragte sie.

»An Andrea. Aber ich bin überzeugt, dass man dir die endgültige Entscheidung überlässt.« Er drehte sich um und schenkte ihr ein flüchtiges Lächeln, dann ging er zum Kühlschrank und öffnete die Tür. »Du hast dir zumindest ein Glas Champagner verdient, meinst du nicht auch?«, fragte er und hielt die Flasche hoch.

Aphrodite zögerte kurz, dann sagte sie: »Ja, danke. Ich hätte jetzt gern ein Gläschen.«

Er griff in den Schrank und holte die Gläser hervor. Eines. Zwei. Ihr wurde bewusst, dass sie etwas dümmlich lächelte. Drei. Drei? Das Lächeln erstarb.

»Perdita!«, rief Jack. »Komm, trink mit!«

Die kleine Blondine steckte den Kopf durch den Türspalt und sah ihn fragend an. »Champagner?«, sagte sie. »Ist es dafür nicht ein bisschen früh am Tag?«

»Nicht, wenn ein besonderer Anlass gegeben ist«, sagte Jack und goss edlen Schaumwein in die Sektflöten. »Herzlichen Glückwunsch zum Geburtstag, Perdie.«

Perdita lächelte ihren Chef erstaunt an. »Woher wissen Sie, dass ich Geburtstag habe?«, fragte sie in gespielter Empörung.

»Sam hat's mir verraten.«

»Tja, das hätte er nicht tun dürfen. Wusste ich doch, dass Sie sich etwas Extravagantes einfallen lassen, wenn Sie es erfahren. Jahrgangs-Champagner um halb eins an einem Werktag! Sie sind unverbesserlich, Costello!«

»Und hier ist dein Geschenk.« Jack drückte ein schlecht eingewickeltes Päckchen in die widerstrebenden Hände des Mädchens. »Mach's auf«, verlangte er mit einer Strenge im Ton, die, wie Aphrodite ahnte, seine Verlegenheit verbergen sollte.

In dem Päckchen befand sich ein Foto von Perdita, die die

Arme um den Nacken eines wahrhaft schönen Jungen legte, der ebenso blond war wie sie. Das Pärchen war so sehr auf sich selbst konzentriert, dass beide den Fotografen und seine Kamera überhaupt nicht bemerkt hatten.

»Oh, Jack!« Perdita legte das Foto zur Seite und umarmte ihn stürmisch. »Was für ein wunder-wunderschönes Geschenk!« Sie gab ihm einen Kuss auf die Wange und griff dann wieder nach dem Foto. »Wann haben Sie es aufgenommen?«

»Während dieser Grillfete am Strand, die Sara damals veranstaltet hat.«

»Ach ja! Das war so ein schöner Tag!«

Allmählich fühlte Aphrodite sich wirklich überflüssig. Sie war froh, als sich ihr ein Vorwand zum Rückzug bot, weil Troys Handy klingelte, das sie im Umkleideraum liegen lassen und abzuschalten vergessen hatte. »Entschuldigung. Ich sollte den Anruf lieber annehmen«, sagte sie und huschte zur Tür. Das Klingeln brach ab, bevor sie sich melden konnte. Während sie darauf wartete, dass die Nachrichtenmeldung auf dem Display erschien, schlüpfte sie wieder in ihre Alltagskleider. Wenn *irgendetwas* von Troy MacNally überhaupt mit einer so banalen Vorsilbe wie ›Alltag‹ versehen werden konnte, ging es ihr beiläufig durch den Kopf.

Weil Jack sie gebeten hatte, nichts Enges zu tragen, hatte sie heute das taubengraue Kleid mit der tief angesetzten Taille angezogen. Sie betrachtete sich im Spiegel, wie sie da in ihrem sexy Designer-Kleid stand, mit ihrer blonden Mähne, die die Zeitungen inzwischen zu ihrem Markenzeichen ernannt hatten, sehr sexy und zerzaust, und das Champagnerglas in der rechten Hand hielt – und da wusste sie, dass sie absolut keine Ähnlichkeit mehr mit dem

Mädchen hatte, das Jack Costello vor Monaten im Kino kennen gelernt hatte, als sie mit dem größten Vergnügen *Chose de Neige* in die Tonne traten. Ihr fiel ein, was ein Model einmal in einer Dokumentation gesagt hatte: »Man offenbart überhaupt nichts, wenn man sich nackt auszieht. Aber man offenbart eine ganze Menge dadurch, wie man sich anzieht.«

Im Atelier hörte sie, wie Jack über irgendetwas, das Perdita gesagt hatte, lachte. Troys Handy blinkte sie auf ärgerliche, herausfordernde Weise an. Sie hörte die Türklingel, dann das Geschnatter von Mädchenstimmen und wieder Gelächter. Der entspannte Jazz, der während ihrer Fotosession mit Jack lief, wurde durch etwas Aktuelleres ersetzt. Schließlich trank Aphrodite ihren Champagner aus und rief die Nachricht auf dem Handy ab. Sie kam von irgendeinem PR-Menschen, den sie kannte und der sich nur vergewissern wollte, ob sie und Troy seine Einladung zur Präsentation irgendeines neuen alkoholischen Getränks erhalten hatten. Die Feier sollte in einem Top-Restaurant stattfinden, an dessen Eröffnungsfeier sie erst eine Woche zuvor teilgenommen hatten.

Aphrodite stopfte das Handy wieder in ihre Tasche und schlüpfte zurück in Jack Costellos Atelier. Zwei Frauen waren mittlerweile eingetroffen, beide lässig gekleidet – in Jeans und T-Shirts. Ihr Haar war lang und glänzend, sie trugen nur einen Hauch von Make-up, und in der Luft hing ein neuer, feiner Duft von etwas, das Aphrodite nicht identifizieren konnte. Es roch teuer. Die Frauen wandten sich um, als sie den Raum betrat, und Jack Costello fragte: »Willst du schon gehen, Aphrodite?«

»Ja«, sagte sie. »Danke fürs Fotografieren.«

»Tut mir Leid, dass es so lange gedauert hat.« O Gott. Und

sie hatte gedacht, die Session wäre gut gelaufen! »Aber wir haben es ja doch noch hingekriegt. Ich bin sicher, unter diesen Fotos finde ich ein paar ganz tolle Aufnahmen.« Ein paar? Er hatte drei Filme verschossen!

»Hi.« Eine der Frauen kam auf sie zu und streckte ihr die Hand entgegen. »Wir kennen uns doch irgendwo her. Haben wir uns nicht schon mal getroffen? Ich bin Rebecca Henry.«

»Esther Dermott«, stellte sich die andere Frau vor und reichte ihr ebenfalls die Hand. »Ich bin ganz sicher, dass ich Sie auch schon einmal gesehen habe.«

»Ich glaube nicht«, sagte Aphrodite, ungeheuer erleichtert, dass sich Jack die Information verkniffen hatte, sie würden sie wahrscheinlich als Troy MacNallys Muse kennen, deren Steckbrief in sämtlichen Gesellschaftsspalten zu bewundern war.

Sie wusste allerdings, wer die beiden waren. Die eine war eine gefeierte Cellistin, die andere Komponistin. Sie waren vor kurzer Zeit wegen eines Gemeinschaftswerks, an dem sie arbeiteten, durch die Medien gegangen.

»Okay, meine fotogenen Damen«, sagte Jack und warf einen Blick auf die Uhr. »Ich weiß, dass Sie beide unter Zeitdruck stehen, also wollen wir sehen, dass Sie so schnell wie möglich wieder hier rauskommen. Übrigens, Aphrodite«, fügte er an sie gewandt hinzu. »Deine Idee, das Foto-Shooting im Gaiety zu veranstalten, ist toll, aber du solltest dich beeilen und die Session möglichst bald buchen. Nächsten Monat verreise ich.«

Aphrodite merkte, wie sie errötete. »Oh, Entschuldigung, ich hatte fest vorgehabt, dir Bescheid zu geben, aber ich hatte zu viel um die Ohren. Woher weißt du davon?«

»Polly Riordan hat mich informiert.«

»Oh.« Das hätte sie selbst erledigen müssen. Indem Polly die Initiative ergriff, unterminierte sie Aphrodites Autorität. »Ich dachte, du wolltest mich anrufen, um ein Treffen zu vereinbaren, damit wir die Einzelheiten besprechen können?«

»Ich habe versucht, dich anzurufen«, sagte Jack. »Ich weiß nicht, wie oft. Aber dein Telefon war ständig besetzt. Und weil ich gern mit den Leuten persönlich rede, hinterlasse ich grundsätzlich keine Nachrichten. Vielleicht solltest du dir einen zweiten Anschluss leisten.«

Als Perdita sie zur Haustür geleitete, war Aphrodite glühend rot im Gesicht. Herrje! Wie hatte sie ihn nur so missverstehen können? Diese besondere Beziehung – dieser Draht, den sie ihrem Empfinden nach zueinander hatten – war weiter nichts als dieses gewisse Einvernehmen, das jeder professionelle Fotograf, der sein Geld wert war, zwischen Künstler und Model herzustellen wusste. In ihrem Berufsleben hatte sie schon genug Fotografen bei der Arbeit beobachtet, um das zu wissen! Sie hatte sogar – und hätte dabei fast gespuckt – den klassischen dummen Spruch gehört: *mach Liebe mit der Kamera, Baby!* Wieso hatte sie seine Komplimente nicht als das begriffen, was sie waren? Rein professionelles Geschick. Ein Model dahin zu bringen, dass es sich entspannte, war der erste Trick, den ein Fotograf lernte – es war sogar der älteste Trick –, und selbst der unfähigste Menschenkenner sollte doch wissen, das überall auf der Welt jeder Mensch jederzeit auf Komplimente reagiert.

Doch sämtliche Selbstvorwürfe in ihrem Kopf nützten nichts; sie konnten das schmerzhafte Gefühl, verraten worden zu sein, nicht lindern.

Sie stapfte den Gehsteig entlang, und die Wut kochte in

ihr hoch. Scheiß auf Jack Costello! Wie konnte er es wagen, ihr so etwas anzutun! Und während sie versuchte herauszufinden, warum sie sich so verraten fühlte, wurde ihr klar, dass sie dieses bestimmte Gefühl schon einmal in ihrem Leben empfunden hatte, nämlich als sie sich auf einen ausgesprochen überflüssigen und höchst demütigenden One-Night-Stand eingelassen hatte. Und aus irgendeinem schrecklichen Grund fühlte sie sich jetzt genauso wie damals.

10

Sie beeilte sich wirklich, was die Buchung der Session im Gaiety anging. Der eigentliche Grund dafür, dass sie nicht eher Kontakt mit Jack Costello aufgenommen hatte, bestand darin, dass Troy erst so spät seine Entwürfe abgeliefert hatte. Seine Mannschaft arbeitete rund um die Uhr, um die Kleider noch rechtzeitig fertig zu stellen.

Und dann war es endlich geschafft, und die Session nahm Gestalt an. Models, Haar- und Make-up-Künstler wurden gebucht, dazu Assistentinnen und ihre Laufburschen. Aphrodite stellte ihre persönliche Lieblings-Auszubildende ein, ein Mädchen namens Nell, sehr lernbegierig, mit Flair und Fantasie und – was noch wichtiger war – ausgestattet mit einem respektlosen Sinn für Humor, der Aphrodite bereits bei mancher Gelegenheit davor bewahrt hatte, den Verstand zu verlieren.

Sie und Troy trafen sich mit Jack, um das Theater zu inspizieren und zu entscheiden, wo die Aufnahmen entstehen sollten. Aphrodite verbrachte den Großteil der Besichtigung damit, sich Notizen zu machen, und sie war heilfroh, einen Vorwand zu haben, um nicht ständig Jacks Blicken begegnen zu müssen. Sie fragte sich, ob er bemerkt hatte, dass sie während ihrer gemeinsamen Fotosession in diese erotische Stimmung gekommen war, und die Vorstellung, dass es ihm aufgefallen sein könnte, weckte den Wunsch in ihr, sich zu verkriechen und einfach zu sterben.

Als sich ihre Arbeit gerade dem Ende näherte, schrillte

Troys Handy, dicht gefolgt von ihrem eigenen in ihrer Handtasche. Sie war daraufhin ein paar Minuten lang mit Gesprächen beschäftigt, während Troy und Jack weiter an der Planung des Foto-Shootings arbeiteten. Die Anrufe ärgerten sie maßlos. Sie hätte die Handys gern ausgeschaltet, wartete jedoch auf etwas Dringendes, das Troys unverzügliche Antwort verlangte. Deshalb konnte sie es nicht wagen. Schließlich hörte sie sich selbst sagen: »Entschuldigen Sie, ich erwarte einen wichtigen Anruf. Ich rufe Sie später zurück«, und als sie die erforderlichen Tasten betätigte, sah sie, dass Jack Costello in ihre Richtung blickte. Ach, zum Teufel! Sie hatte gerade genau das getan, was er, wie er ihr seinerzeit erzählt hatte, so sehr verabscheute! Sie hatte eine Telefonhierarchie konstruiert! Aber ihr blieb doch keine andere Wahl. Sie wusste, dass der Anruf in die Warteschleife von Polly kam, und Troy musste sie einfach sprechen. Er hatte seine Entscheidung hinsichtlich des Angebots aus Japan vor sich hergeschoben – und er durfte nicht mehr länger zögern. »Troy?«, sagte sie. »Tut mir Leid, dass ich stören muss, aber Polly muss dich dringend sprechen. Es ist sehr wichtig.«
Er seufzte, nahm mit stoischer Miene das Handy entgegen und trat ein wenig beiseite, um mit seiner Assistentin zu sprechen.
»Freut mich zu sehen, dass du dir meinen Rat zu Herzen genommen und dir ein zweites Telefon zugelegt hast«, sagte Jack, genauso, wie sie es erwartet hatte. Dieser Widerling!
»Eines gehört Troy«, sagte sie. »Ich kümmere mich um seine Anrufe.«
»Das gehört wohl zu den Aufgaben einer Muse.« Eine kleine Pause entstand, dann sagte er: »Ich habe dein Interview gelesen.«

O Gott. Aus irgendeinem unerfindlichen Grund war ihr das peinlich. Wäre in der Klatschpresse ein voyeuristischer Artikel über sie erschienen, dann hätte er zumindest gewusst, dass er ihn mit einer gehörigen Portion Skepsis lesen musste, wenngleich sie bezweifelte, dass Jack Costello Boulevardblättchen las. Doch Andrea Mooney hatte Wort gehalten und einen so schmalzigen Artikel über sie geschrieben, dass er schon an eine Heiligengeschichte erinnerte. Es schien, als würde Andrea sämtliche bitterbösen Artikel der Vergangenheit bereuen und hätte sich nun dazu entschlossen, alles wieder gutzumachen und eine positive Ausstrahlung zu verbreiten wie irgendein Selbsthilfe-Guru. Nachdem sie in reichlich rührseligen Worten schilderte, wie Aphrodite und Troy sich kennen gelernt hatten (»Aphrodite tauchte nackt aus dem Wasser auf und – wumm! Es traf sie beide gleichzeitig wie ein Blitz aus heiterem Himmel. Die nächsten drei Tage verbrachte das Paar im Bett«), würdigte sie Aphrodites Charme, Talent und »idiosynkratische« Schönheit und beschrieb ihre Beziehung mit Troy als den »Stoff, aus dem Märchen sind«. Das Interview schloss mit den folgenden Worten: »Das Leben ist tatsächlich ein Traum, der Wirklichkeit wurde für dieses Mädchen mit dem Namen einer Göttin, für dieses begabte Mädchen mit dem verträumten Lächeln und dem versonnenen Blick.«

Aphrodite hatte sich vorgestellt, wie Lola diesen Schmus las, und sich innerlich gewunden. Jetzt würde sie ihre Freundin nie wieder anrufen können. Diesem Artikel würde sie kaum etwas entgegensetzen können. Lola wusste ja nicht, dass sie sich ein verträumtes Lächeln und einen versonnenen Gesichtsausdruck eben deshalb zugelegt hatte, um zu verbergen, dass sie hinter ihrer rätselhaften Maske geistige Akrobatik vollführte, wild entschlossen, nichts zu sagen, was in Hinblick auf ihre Beziehung zu Troys früherer Muse Jolie Fitzgerald (Andrea hatte ihr einige Fragen dazu gestellt) als undiplomatisch gewertet werden könnte. Auch über die Frage, wie Troys Team sie in seiner Mitte willkommen geheißen hatte und was sie über die giftige Schlangengrube der Modeindustrie überhaupt dachte, musste sie sich bedeckt halten. Das Bild, das sie von sich selbst entworfen hatte, glich dem eines Schwans, der mühelos über den See glitt, während er unter der Wasseroberfläche verzweifelt mit den Füßen ruderte.

»Die Presse bekommt man einfach nie richtig auf seine Seite, wie?«, bemerkte Jack. »Entweder liebt sie dich oder sie verachtet dich.«

»Wie steht die Presse dir gegenüber?«, wollte Aphrodite wissen.

»Ich gehöre zu den Glücklichen. Man behandelt mich mit äußerster Gleichgültigkeit. Ich bin denen scheißegal.«

»Das erstaunt mich. Du bist Spitze auf deinem Gebiet.«

»Das mag schon sein. Aber im Gegensatz zu dir bin ich nicht fotogen. Übrigens, was hältst du von dem Bild? Ich finde es umwerfend.« Er fuhr fort, ohne ihre Antwort abzuwarten: »Außerdem gebe ich mich nicht sehr gesellig, und ich wasche keine schmutzige Wäsche.«

Aphrodite war empört. »Ich auch nicht!«

»Nein, nicht die von anderen Leuten. Aber in diesem Interview hast du eine ganze Menge über dein Privatleben preisgegeben. Verzeih, wenn ich das einfach so sage, aber es schmeckt ein bisschen nach Hochmut anzunehmen, dass andere Leute sich für dein Sexleben interessieren.«

Noch nie in ihrem Leben hatte Aphrodite so dringend den Wunsch verspürt, jemanden zu schlagen. »Du«, sagte sie und zitterte beinahe unter der Anstrengung, die ihre Selbstbeherrschung ihr abverlangte, »du bist – ein …«

»Schwein?«, half er ihr aus.

Weil das Wort ›Schwein‹ ihr wirklich als Erstes in den Sinn gekommen war, verbunden mit dem Umstand, dass er ihre Gedanken erraten hatte, ballte sie ihre rechte Hand noch fester zur Faust. »Ein so albernes Wort wie ›Schwein‹ würde ich nicht benutzen«, schwindelte sie.

»Ach? Da bin ich aber gespannt. Was wolltest du denn sagen?« So, wie er jetzt lächelte, hasste sie ihn noch mehr.

Sie überlegte angestrengt. »Ich wollte sagen: du bist ein ungehobelter Grobian und Schuft!« Ungehobelter Grobian und Schuft! Wie kam sie nur *darauf*? Immerhin, so tröstete sie sich, war das ein bisschen elaborierter als »Schwein«.

Er wirkte beeindruckt. »Ungehobelter Grobian und Schuft! Wow. Das höre ich wirklich zum ersten Mal.« Er kniff die Augen zusammen und musterte sie eingehend, was sie als schmeichelhaft empfunden hätte, wäre sie von irgendeinem anderen Mann als Jack Costello mit diesem Blick bedacht worden. »Nun, ich muss schon sagen, es ist ein ungeheuer sexy Gefühl, als ungehobelter Grobian und Schuft bezeichnet zu werden. Tut mir Leid. Diese Wirkung war wahrscheinlich nicht beabsichtigt.«

Sie brauchte sich keine schlagfertige Entgegnung mehr auszudenken, weil Troy zurückkehrte.

»Das wäre erledigt, was dich doch sicher freut«, sagte er und legte den Arm um ihre Schultern.

»Gut«, antwortete sie knapp.

»Troy?«, sagte Jack Costello. »Hat man dich jemals einen ungehobelten Grobian und Schuft genannt?«

Troy sah ihn verdutzt an. »Nein«, sagte er. »Wieso fragst du?«

»Nun, mit etwas Glück erlebst du es eines Tages.«
»Was? Wieso?«
»Wenn eine Dame dich als ungehobelten Grobian und Schuft bezeichnet, dann fühlst du dich irgendwie – hm – männlich, aus irgendeinem unerfindlichen Grund.«
»Weißt du was, Costello? Manchmal ist es nicht leicht, dich zu verstehen.«
Jack lachte. »Ach ja? Ich mag es, die Leute im Ungewissen zu lassen. Das ist interessanter, als vor aller Welt seine Seele zu entblößen, finde ich.«
Aphrodite verstand, dass dies ein versteckter Seitenhieb auf ihr intimes Interview mit Andrea Mooney war. Es hätte sie nicht überrascht, wenn er zu »seine Seele zu entblößen« noch »und seinen Körper« hinzugefügt hätte. Im Geiste ließ sie eine Flut von Schimpfwörtern auf ihn niederprasseln, in der das Wort »Schwein« eindeutig überwog.
Jack warf einen Blick auf die Uhr. »Ich muss los«, sagte er. »Wir sehen uns nächste Woche. Schönes Wochenende. Ach, Aphrodite?«
Sie sah ihn kalt an.
»Was soll der Quatsch von wegen verträumt, märchenhaft, versonnen? Du bist viel schöner, wenn du wütend bist, Miss Delaney.« Dann drehte er sich auf dem Absatz um und verließ das Theater durch die Glastür.
»Was sollte das denn heißen?«, fragte Troy neugierig. »Hat er mit dir geflirtet?«
»Du liebe Zeit, nein«, antwortete Aphrodite entschieden heftiger als beabsichtigt. »Ich bin überhaupt nicht sein Typ.«
»Wie kommst du darauf? Du bist eine äußerst begehrenswerte Frau. Und der Kerl hat dich nackt fotografiert. Es

würde mich nicht wundern, wenn er in dich verknallt wäre.«

»Troy. Jack Costello ist nicht in mich verknallt, und damit basta, ja?« Sie blickte auf die Uhr. »Und jetzt müssen wir los. Du wirst dringend im Atelier gebraucht.«

Auf dem Weg zum Parkplatz ertappte Aphrodite sich dabei, dass sie den Wortwechsel mit Jack Costello innerlich Revue passieren ließ. *Nun, ich muss schon sagen, es ist ein ungeheuer sexy Gefühl, als ungehobelter Grobian und Schuft bezeichnet zu werden.* Jetzt wünschte sie, diese Worte nie ausgesprochen zu haben. Wäre sie doch nur ihrem ursprünglichen Impuls gefolgt und hätte ihn als das bezeichnet, was er nun mal war. Jack Costello war schlicht und einfach ein Schwein.

Am Morgen des Foto-Shootings setzte Aphrodites Regel ein. Und sie erhielt einen Anruf von Nell, ihrer Assistentin. »Es tut mir wirklich schrecklich Leid, Aphrodite – ich habe mich die ganze Nacht übergeben.«

»Ach, Nell – du armes Ding!«, entgegnete Aphrodite. »Hast du jemanden, der sich um dich kümmert?«

»Ja. Ich bin bei meiner Mutter. Sie füttert mich löffelweise mit Medizin, aber ich kann nichts bei mir behalten. Es ist mir so unangenehm, dich im Stich zu lassen – und ich habe mich doch so auf das Shooting gefreut. Man stelle sich vor: da bekomme ich die Chance, mit jemandem wie Jack Costello zu arbeiten, und ich kann sie nicht wahrnehmen!«

»Mach dir nichts draus«, sagte Aphrodite, während sich ihre Gedanken überschlugen. Im kurzfristigen Umdisponieren wurde sie in letzter Zeit immer besser, bald würden ihr die Flügel eines Hermesboten wachsen. »Ich werde ein bisschen herumtelefonieren. Irgendwer ist immer aufzutreiben.«

So war es dann auch – allerdings nur um Haaresbreite. Nach einem halben Dutzend panischer Anrufe ließ sich Aphrodite auf etwas ein, das sie unter normalen Bedingungen niemals zugelassen hätte. Sie heuerte ein Mädchen an, mit dem sie noch nie zusammengearbeitet hatte. Das erste Warnzeichen bestand darin, dass das Mädchen zu spät kam und dabei in ihr Handy blökte und zwitscherte. Aphrodite konnte sich nicht erinnern, jemals zuvor eine Person getroffen zu haben, die im wahrsten Sinne des Wortes zwitscherte. Das Mädchen trug ein Top mit Spaghettiträgern, die aussahen, als könnten sie jeden Augenblick unter der starken Belastung reißen, dazu weite Hüfthosen, die viel zu tief an ihrem üppigen Hintern hingen, und sie hatte unglaublich volle Lippen. Auf ihrem entblößten Bauch stellte sie eine Tätowierung zur Schau, und sie hatte Body-Piercings. Und dieses Mädchen wollte sich zur Maskenbildnerin ausbilden lassen? »Hey, Aphrodite!«, sagte sie bedrohlich kumpelhaft, als sie ihr Telefongespräch endlich beendet hatte. »Ich finde es so cool, mit dir arbeiten zu dürfen.« Das Wörtchen ›so‹ zog sie auf eine Art in die Länge, die Aphrodites Mut sinken ließ. »Und mit Troy, versteht sich. Hey, Troy! Und Jack.« Sie hielt nach ihm Ausschau, konnte aber wenigstens nicht auch noch »Hey, Jack!« rufen, weil mit Jack erst in etwa einer Stunde zu rechnen war. Wieder lachte sie zwitschernd, und Aphrodite und Troy tauschten einen viel sagenden Blick. »Übrigens, ich heiße Imogen.«

»Imogen. Hi. Nett, dich kennen zu lernen.« Aphrodite schüttelte dem Mädchen flüchtig die Hand, und Troy verzog sich in die Ränge des Theaters, wo er sich in der hintersten Reihe auf einen Sitz warf und sich seine Jacke über den Kopf zog. Er hatte wieder einmal eine schlaflose Nacht hinter sich, was bedeutete, dass auch Aphrodite kaum Ruhe gefunden hatte. Immer häufiger wachte sie auf und fand Troy völlig aufgelöst vor. Die letzte Nacht war schrecklich gewesen. Sie war gerade erst eingeschlafen, als der Wecker sie mit seinem erbarmungslosen elektronischen Piepen schon wieder aufstörte. Aphrodite holte tief Luft. »Gut, Imogen. Der erste Auftrag, den ich für dich habe, besteht darin, dass du losgehst und mir Anadin besorgst. Dann kannst du mit dem Bügeln anfangen. Das Bügelbrett steht in der Bar im Obergeschoss. Dort haben wir auch die Maske und die Umkleideräume eingerichtet.«

»Geht klar.« Imogen schob sich einen Kaugummistreifen in den Mund und bot auch Aphrodite einen an. Aphrodite schüttelte den Kopf und spürte böse Vorahnungen wie gallegefüllte Bläschen in ihrem Inneren aufsteigen, als Imogens Handy erneut zu klingeln begann.

»Hey!«, sagte Imogen, während sie durchs Foyer zu den Treppen stakste. »Wie geht's? Ja. Ich bin bei einem Foto-Shooting.«

Gut eine Stunde später nahm die Session allmählich Form an. Perdita hatte im prachtvollen Treppenhaus des Theaters die Beleuchtung eingerichtet, denn dort sollten die ersten Aufnahmen gemacht werden. Nach Aphrodites Wunsch sollten die Modelzwillinge in identischen Tageskleidern Händchen haltend auf den Stufen sitzen. Sie stiegen zusammen mit gesenktem Blick die Treppe hinab, zerbrechlich wie Porzellanpuppen, in raschelnden kleinen Taftröckchen. Ihr Teint war porzellanweiß geschminkt, die Wangen waren rougegefleckt, die Lippen geisharot. Sie hoben die Mundwinkel zu einem keuschen Lächeln, als sie Jack sahen, und standen einfach nur da, den Blick immer noch gesenkt, und warteten darauf, mit Komplimenten überschüttet zu werden, wie ihre Schönheit es verdient hatte. Jack stand ihnen gern zu Diensten.

Er breitete in einer Geste, die Sprachlosigkeit verriet, die Arme aus, lächelte die Zwillinge an und zuckte mit den Schultern. »Gemini!«, rief er aus. »Was soll ich sagen? Kommt her und lasst euch ein Küsschen zuwerfen. Ich weiß, ihr habt Handfesteres verdient, aber die Vorstellung, diese Rosenknospen-Lippen zu berühren, jagt mir einen Schauder über den Rücken.«

Die Zwillinge sonnten sich in seiner Zuwendung, zierten sich und kamen näher, um sich hätscheln zu lassen.

»Nur schauen, nicht anfassen«, warnte Maggie, die Visagistin. »Diese kleinen Kunstwerke haben mich mehr als eine Stunde Arbeit gekostet.«

»Später«, Jack musterte die Zwillinge plötzlich aus schmalen Augen, »später wäre es vielleicht gar nicht schlecht, wenn die Münder ein bisschen wund geküsst aussähen. Leicht verschmiert, versteht ihr?« Er schnippte ein, zwei, drei Male mit den Fingern, während er angestrengt nachdachte und seine Augen noch grüner wurden. »Okay, hört mir mal zu. Wie wär es, wenn wir eine Fotoserie von den Mädchen machen würden, in der ihre Kleidung immer weiter verrutscht? Ich stelle mir das etwa folgendermaßen vor. Man schlägt den Katalog auf, und auf der ersten Seite sind sie perfekte Porzellanpuppen – zwei kleine Schulmädchen. Dann, während man Seite um Seite umschlägt, sieht man, wie nach und nach der Lack abblättert.«

Die Zwillinge öffneten die Münder zu identischen kleinen »Ohs« der ängstlichen Vorahnung.

»Keine Sorge, meine Babys«, sagte Jack mit einem Lachen. »Ihr seht dann vielleicht nicht gerade perfekt aus wie im Bilderbuch, aber trotzdem werdet ihr so sexy wirken, dass es nicht von dieser Welt sein kann. Ihr wisst, dass ihr euch in dieser Hinsicht voll auf mich verlassen könnt.« Das Lächeln kehrte auf die Gesichter der Zwillinge zurück. »Was haltet ihr davon, Troy, Aphrodite? Betrachtet es mal so. Auf Seite zwei des Katalogs fällt auf, dass der Lippenstift verschmiert ist. Auf Seite drei fehlt einem der Mädchen ein Schuh, und vielleicht steht sie ein wenig x-beinig da. Auf Seite vier könnte eine Brust entblößt sein. Versteht ihr, was ich meine? Dieser stark geschminkte Look passt wahrscheinlich gut zu der stärker strukturierten Tageskleidung, doch zum Ende des Shootings, wenn wir zu den weiten, fließenden Teilen übergehen, werden die Mädchen Farbe bekennen müssen. Im wahrsten Sinne des Wortes. Bis dahin haben sie eine ganze Menge von – wie hast du es noch genannt, Maggie? Künstlichkeit? – von dieser Künstlichkeit verloren und verwandeln sich in etwas weichere Wesen.« Er zog in Aphrodites Richtung eine Augenbraue hoch. »Das ist nur so eine Idee. Schließlich hast du zu entscheiden, wie das Shooting laufen soll.«

Troy warf Aphrodite einen fragenden Blick zu.

»Willst du damit andeuten«, fragte sie Jack, »dass sie sich in den Pausen zwischen den Aufnahmen irgendwie sexuell betätigt haben?«

»Ganz genau«, antwortete Jack. »Weißt du, sich fotografieren zu lassen kann ein verdammt erotisches Erlebnis sein.«

Aphrodite war froh, dass ihre Wangen aufgrund der heißen Strahler sowieso schon gerötet waren. Sie überlegte und musste zugeben, dass es eine ziemlich gute Idee war. Schade, dass sie nicht von ihr stammte. »Ja«, sagte sie. »Probieren wir's. Sofern Troy einverstanden ist. Was meinst du dazu, Troy?«

Troy nickte. »Ja. Das ist gut. Aber du weißt, dass ich die Klärung solcher Fragen dir überlasse. Ich entwerfe lediglich die Kleider.«

»Verzeihung«, fragte eine der Zwillinge mit Kleinkindstimme. »Wir müssen wissen, was uns motiviert. Mit wem sollen wir denn nun angeblich Sex haben? Mit dem Fotografen?«

»Nein«, antwortete Jack mit einem Lachen. »Ihr zwei miteinander. Habt euch lieb, ihr Süßen.«

Die Zwillinge waren begeistert von dieser Vorstellung und quietschten leise.

»Gut«, sagte Jack. »Welche Musik wünscht ihr zwei Schönheiten heute, um zu zeigen, was ihr draufhabt? Etwas Sinnliches, Rhythmisches? Wie wär's mit Bob Marley? Ja? Und ich darf doch davon ausgehen, dass jemand klug genug war, euch schon mal mit eurer bevorzugten Entspannungsdroge zu versorgen? Ja?«

»Gras und Moët«, bestätigte Aphrodite. Sie hatte eisgekühlten Champagner besorgen lassen und hielt mehrere Joints in einer antiken silbernen Zigarettendose bereit, die Troy ihr gegeben hatte.

»Kluges Kind.« Er sah sie verschmitzt an. »Koks?«

»Diese Linie wollte ich nicht übertreten.«

»Ha! Ich stehe total auf solche Wortspiele. Ein wirklich gutes, um die Fotosession einzuläuten. Ich warne dich, je länger das Shooting dauert, desto schlimmer werden die zwei.« Das Lächeln, das er ihr schenkte, entlockte ihr eine widerwillige Erwiderung, doch sie bemerkte nebenbei auch, dass die Zwillinge bei ihrem Geplänkel nicht mit der Wimper zuckten. Aus irgendeinem unerfindlichen Grund fragte sich Aphrodite, ob eines der Models Jack jemals ein Schwein genannt hatte.

»Fangen wir an.« Jack wandte sich wieder der anliegenden Arbeit zu. »Bitte Film, Perdita.« Perdita war unverzüglich zur Stelle, und Jack begann, den Film in seine Kamera einzulegen, wie ein Revolverheld seine Waffe lud. »In Ordnung, Mädchen. Auf die Plätze, bitte.« Eine Pause entstand, während der er offenbar überlegte. »Schön. *Wunder*schön. Oha – nicht so sexy, Morgana. Ich weiß, du kannst nicht anders, aber versuch mal, das Dahinschmelzen auf später zu verschieben. Wir sind erst beim ersten Polaroidfilm, du köstliches Sahnestückchen aus konzentriertem Sex-Appeal.« Klick. »Wunderschön.«

Aphrodite hatte alle Hände voll zu tun. Diese Imogen war mehr als unfähig. Schon sehr bald kam Aphrodite zu dem Schluss, dass sie dem Mädchen nicht einmal das Bügeln anvertrauen konnte. Brandflecke auf den Kleidern durfte sie nicht riskieren. Als sie Imogen dabei erwischte, wie sie, das Handy zwischen Kinn und Schulter geklemmt, bügelte wie eine Verrückte, hatte sie einen Stunt vollführt, der Pierce Brosnan als 007 alle Ehre gemacht hätte, und dem Mädchen das Bügeleisen entrissen. Was das Fass zum Überlaufen brachte, war dann schließlich ein Stück von Imogens Kaugummi, das sie im Saum einer durchsichtigen, Illnacullin-inspirierten Spinnweb-Kreation klebend fand. In ihrem Stress geriet Aphrodite so auf hundertachtzig, dass sie das Mädchen anschrie, sie solle abhauen und sich nie wieder blicken lassen.

Jack Costello warf ihr einen warnenden Blick zu, als sie in den Logenbereich zurückkam, wo die nächsten Aufnahmen stattfinden sollten.

»Du machst mir die Mädchen verrückt«, sagte er. »Sie brauchen eine entspannte Atmosphäre, um für die nächsten Aufnahmen locker zu sein.«

Scheiß auf die Mädchen, hätte sie gern gesagt, doch sie unterließ es lieber. Die Zwillinge zogen mürrische Schmollschnuten und hatten einander beschützend die Arme um die Schultern gelegt. »Diese Assistentin musste wohl oder übel verschwinden«, erklärte Aphrodite. »Es klappt bestimmt besser, wenn ich die Sache selbst in die Hand nehme.«

»Wenn du meinst«, erwiderte Jack mit ärgerlicher Gleichgültigkeit. »Dann kümmere dich bitte um Morganas Ohrring, während ich die Beleuchtung justiere, ja? Danke.«

Aphrodite trat vor und half dem Model, den Ohrring einzuhaken. Dann zog sie ihr das Mieder straffer und befestigte es im Rücken mit einer Sicherheitsnadel.

»Sieht gut aus«, sagte Jack. »Öffne noch ein paar Knöpfe, Aphrodite. Ich will mehr Busen sehen.« Er belohnte Morgana mit einem Lächeln, das etwas Verschwörerisches an sich hatte.

»Verzeihung«, murmelte Aphrodite, knöpfte das Kleid des Mädchens bis zur Taille auf und zog das Material auseinander.

»Ein bisschen Rouge auf die Brustwarze, meinst du nicht auch? Und vielleicht noch einen Hauch auf das Dekolleté – und auf die Ohrläppchen. Das ist ein unfehlbarer Hinweis auf gerade erlebten Geschlechtsverkehr. Erledige das bitte, Maggie. Nein, Aphrodite – zu viel Brust. Lass nur den Nippel rauslugen. Je unauffälliger, desto sexier.«

Er straffte die Schultern wie ein Preisringer vor dem Kampf und warf dann einen Blick auf die Probeaufnahmen, die Perdita ihm reichte. »Okay, das Polaroid sieht gut aus. Und, wow – ihr Mädchen seid zum Fressen süß.« Aphrodite und Maggie wichen aus der Schusslinie zurück, und Jack konzentrierte sich, tief über seine Kamera geneigt, ganz und gar auf die Zwillinge. »So bleiben – das ist sehr schön. Ja. Genauso. Kommt her zu mir …« Er choreografierte die Pose mit einer lockenden Handbewegung. Die identischen Gesichter reagierten, richteten sich nach Jacks Linse aus, wie Blumen sich der Sonne zuwandten. »So bleiben. Seht mich direkt an. Zieh ein wenig die Augenbraue hoch, Nimuë. Schau mich wissend an.«

»Wissend? Was soll ich denn wissen?«, fragte Nimuë.

»Egal. Irgendwas. Entferne mal den Fussel da, Aphrodite. Siehst du ihn? Da, auf Morganas Schulter.« Aphrodite huschte in die Schusslinie, entfernte den Fussel und huschte wieder davon. »Wunderschön. Ihr seid so *wunderschön.*« Klick. »Die Beine leicht spreizen, Nimuë. Ja, so ist es *sehr* schön. Ja. Ha! Genau diese Aufnahme werden sie nie im Leben nehmen – die, die mir am besten gefällt.« Klick. »Ein kleines Blinzeln, Nimuë?« Ein kehliges Lachen. »Zu viel des Guten, Schätzchen. Ja. So ist es richtig. Wir sind fertig. Entspannt euch. Okay, Aphrodite.« Jack richtete sich auf, reckte sich und gähnte. »Wo sollen die nächsten Aufnahmen gemacht werden?

Als das Shooting viele Stunden später schließlich beendet war, meinte Aphrodite, das Wörtchen »schön« in ihrem ganzen Leben noch nie so oft und aus so vollem Herzen ausgesprochen gehört zu haben. Die Zwillinge waren wie weibliche Dämonen, gediehen unter den Komplimenten, die Jack ihnen in endloser, ermutigender Folge verabreichte. Sie schienen tatsächlich Energie aus den gemurmelten Schmeicheleien zu ziehen. Zwischen den einzelnen Stationen gaben sie sich gelangweilt, schlürften Champagner – wobei sie blutrote Lippenstiftspuren auf den Gläsern hinterließen – und suchten ziemlich häufig das Klo auf, wo sie, wie Aphrodite vermutete, jede Menge verstohlenes ›Nasepudern‹ übten.

Sie saß im Parkett in der zweiten Reihe, die Handflächen gegen den Bauch gepresst, und ließ die Beine über die Rückenlehne des Sitzes vor ihr baumeln, als Jack schließlich der Film ausging. Er hatte per Kurier weitere Rollen bestellt, doch sie waren noch nicht geliefert worden. Aphrodite war froh über die erzwungene Pause. Sie musste noch mehr Tabletten gegen ihre Menstruationsbeschwerden einnehmen.

»Darf ich mal etwas ausprobieren?«, fragte er. »Ich habe eine Idee für diese goldschimmernden Kleider.«

Sie war gespannt zu erfahren, was er sich ausgedacht hatte. »Klar«, sagte sie. »Was brauchst du dafür?«

»Komm mit.« Er führte sie auf die Bühne und dann in die dämmerige Höhle der hinteren Kulisse. In einer Ecke lag ein Haufen zerknitterter, ausgeblichener grüner Samt. Er war von Staub bedeckt, und als Jack einen Zipfel des schweren Materials anhob, krabbelten Spinnen heraus. Gemeinsam schleppten sie das Samtstück aus der Kulisse und breiteten es mitten auf der Bühne aus. Aphrodite nieste, als sich eine Staubwolke erhob, und pflückte die Spinnwebfetzen ab, die sich auf ihrem Ärmel angesammelt hatten.

»Ich besorge einen Staubsauger«, bot sie an. »Sieht aus, als hätte dieser Stoff den Staub eines ganzen Jahrhunderts eingefangen.«

»Nicht«, meinte Jack und hielt sie sanft am Arm zurück, als sie gehen wollte. »Lass einfach alles so, wie es ist, mit den Spinnweben und allem Drum und Dran.«
»Moment. Du willst von den Mädchen verlangen, sich auf diesen Plüsch zu legen?«
»So habe ich es mir vorgestellt.«
»Komm zur Vernunft, Jack. Das werden sie nie im Leben tun.«
»Ich kann sehr überzeugend sein.«
»Ich glaube, du könntest nicht mal Spiderwoman dazu überreden, sich darauf niederzulassen.«
Er furchte die Stirn, und sie hörte, wie er mit den Fingern schnippte. »Ich werde ihnen erzählen«, sagte er nach kurzem Überlegen, »dass es künstliche Spinnweben sind, wie Wichtigtuer sie benutzen, um ihre Weinregale damit zu verzieren.«
Spinnweben! Aphrodite lächelte und sah ihn dann skeptisch an. »Und du glaubst, die Zwillinge nehmen dir das ab?«
»Wie du vielleicht schon gemerkt haben wirst, mangelt es den Zwillingen an Scharfsinn, wenn es darum geht zu entscheiden, was echt ist und was nicht. Wenngleich«, fügte er sinnierend hinzu, »ich niemals versuchen würde, ihnen Sekt anstelle von echtem Champagner anzudrehen. Falls auch nur ein gefälschtes Schaumbläschen diese perfekt geschwungenen kleinen Nasenlöcher treffen würde, würden sie sich regelrecht blähen vor exquisiter Empörung.«
Jack zog an einem Zipfel des Samtes, stand dann da, rieb sich das Kinn und betrachtete den Stoff. »Das ist gut«, sagte er. »Aber ich werde eine Trittleiter brauchen. Und vielleicht könnten wir Zutritt zur Requisite bekommen?

Womöglich finden wir dort noch etwas, womit wir unseren Spaß haben können.«
Sie fanden tatsächlich eine Schachtel voller Herbstlaub aus zarter Goldfolie. »Perfekt«, sagten Jack und Aphrodite wie aus einem Munde. Außerdem fanden sie in einer Ecke einen großen Haufen absolut hässlicher Makramé-Tornister – offenbar Requisiten für die Darsteller mittelalterlicher Bauern oder Hippie-Typen in alten Ayckbourne-Stücken. Die leise, anarchistische Stimme in Aphrodites Kopf, die in letzter Zeit immer deutlicher wurde, forderte sie heraus, Morgana und Nimuë diese Täschchen als Troys jüngstes, heißestes Accessoire zu präsentieren.
»Hey«, sagte Jack und hob eine der Taschen in die Höhe. »Über diese Dinger könntest du in deiner nächsten Modekolumne schreiben. Etwa in dieser Richtung: Vergessen Sie Vuitton. Makramé hat sein großes Comeback.«
»Etwas ganz Ähnliches habe ich auch gerade gedacht.« Dieses Mal entlockte er ihr nicht nur ein Lächeln, sondern brachte sie sogar zum Lachen. Teufel auch. Aus diesem Mann wurde sie einfach nicht klug. Eben noch brachte er sie zum Kochen vor Wut, und im nächsten Moment schoss er sich mit beängstigender Genauigkeit auf ihre Wellenlänge ein. Er hatte den Nagel auf den Kopf getroffen, als er ihr sagte, dass er die Leute gern vor ein Rätsel stellte. »Troys neue Entwürfe weichen stark von seinem üblichen Stil ab, findest du nicht auch?«, bemerkte er und warf die Tasche zurück in ihre Ecke. »Was werden die Troy-MacNally-Fans davon halten, wenn sie dieses unstrukturierte Zeug zu Gesicht bekommen? Erwarten sie nicht diesen gewissen typischen Look von ihm, sein Markenzeichen?«
»Ich glaube, das ist ihm relativ egal. Er war der Meinung,

es wäre Zeit für etwas Neues, besonders nachdem Miriam ihn verlassen hatte.«

»Die arme Miriam.«

»Kennst du sie?«

»O ja.«

Aphrodite konnte sich nicht bremsen. »Wie war sie?«, fragte sie.

»Sie war atemberaubend schön.« Autsch! »Aber ausgesprochen naiv. Es hat mich nicht überrascht, dass sie in die Drogenhölle abgestiegen ist. Sie war das Traumopfer eines jeden Dealers. Und die Drogen machten sie nur noch trauriger. Zum Schluss war sie völlig hinüber. Brannte mit ihrem Dealer durch, wie traurige Mädchen es zu tun pflegen. Ich könnte mir vorstellen, dass du ihr in jeder Beziehung haushoch überlegen bist, Aphrodite Delaney. Meiner Meinung nach bist du ein ziemlich kluges Köpfchen.«

Warum empfand sie seine Worte nicht als Kompliment?

Schließlich kamen sie zum Schauplatz der letzten Aufnahmereihe. Der zerknitterte grüne Samt wurde zum Moosbett für die Mädchen, auf dem sie sich ergötzten, und Aphrodite musste zugeben, dass Jacks Idee großartig war. Sie hatte den Samt mit den filigranen Blättern bestreut, Teile der Spinnweben entfernt und woanders neu angeordnet – und sie hatte es auf eine zupackende Art und Weise getan, um die Zwillinge davon zu überzeugen, dass das Zeug wirklich nur künstlich sein konnte. Dann hatte Jack die beiden Schönheiten überredet, sich provokant auf die Samtdecke zu legen. Wegen der dicken Staubschicht zogen sie Grimassen, aber dann, nachdem sie sich vergewissert hatten, dass in der Star-Garderobe eine Komfort-Dusche zur Verfügung stand, kippten sie stoisch ihren Champagner hinunter und taten, was Jack verlangte, ohne allzu viel Aufhebens zu machen. Aphrodite war aufgefallen, wie willig und fügsam sie unter Jacks Führung waren – dabei standen sie in dem Ruf, bei Foto-Shootings ein legendäres Diva-Verhalten an den Tag zu legen. Jetzt lagen sie einfach da, flüsterten miteinander und spielten – zum großen Entsetzen der Hairstylistin – mit den Locken der jeweils anderen, während Aphrodite den Faltenwurf der durchscheinenden, blassgoldenen Kleider richtete, meterweise spinnwebzartes Material ausbreitete, Säume so verschob, dass reichlich schlankes, leicht gebräuntes Bein zu sehen war und hauchfeine Träger von glatten, seidigen Schultern streifte. Die Gewänder wirkten ätherisch im Kontrast zu dem schweren Samt, und als Troy schließlich in Begleitung von Gareth Fitzgerald und Hugo O'Neill wieder auftauchte, erreichte die Vorstellung der Zwillinge ihren Höhepunkt. Wenn sie vor Publikum spielten, waren sie in ihrem Element.

Gareth und Hugo – die, wie Aphrodite erfuhr, draußen auf der Straße vor dem Theater zufällig Troy getroffen hatten – waren von ihm zu einer intimen Vorschau eingeladen worden. Hugo gab seiner Wertschätzung für die Zwillinge lautstark Ausdruck, bis Jack ihn mit einem drohenden Blick mahnte, den Mund zu halten, woraufhin er sich nur noch in der Loge fläzte und die Mädchen lüstern mit Blicken verschlang.

Aphrodite versuchte, sich im Hintergrund zu halten. Ihr war klar, dass sie im Vergleich zu Morgana und Nimuë aussah wie eine Putzfrau, nachdem sie sich den ganzen Tag lang ein Bein ausgerissen, gebügelt, provisorisch Säume genäht und Kleider zurechtgezupft hatte, bis sie an den schönen (schon wieder dieses Wort!), schlanken Körpern ihrer Trägerinnen so vorteilhaft wie eben möglich zur Wirkung kamen. Unter ihren Armen hatten sich feuchte Flecke ausgebreitet, und unter der heißen Beleuchtung war das bisschen Make-up, das sie aufgelegt hatte, längst dahingeschmolzen. Während ein zartes Erröten den Zwillingen ausgesprochen gut zu Gesicht stand, gereichten ihre glühenden Wangen ihr eher zum Nachteil. Muse, dass ich nicht lache!, dachte sie, während sie in der Erwartung des herannahenden Feierabends vorsorglich schon einmal aufzuräumen begann.

Troy erwischte sie, als sie hinter den Logen eines der Strickjäckchen in Blisterfolie verpackte. »Hey«, sagte er. »Du und Jack, ihr arbeitet gut zusammen, nicht wahr? Während der Aufnahmen habt ihr euch großartig aufeinander eingestellt.«

Aphrodite staunte. »Wie bitte?«, sagte sie und blickte ihn verständnislos an. »Um ganz ehrlich zu sein, Troy, ich kann den Mann nicht sonderlich gut leiden. Ich finde ihn so unverblümt, dass es schon an Unhöflichkeit grenzt.«

Troy hob die Schultern. »Er ist sehr *direkt*. Er quatscht nicht rum – es sei denn, er kann nicht anders. Die Situation da draußen ist ein Paradebeispiel dafür.«

Auf der Bühne hockte Jack reichlich wacklig auf der obersten Stufe einer Trittleiter, richtete die Kamera auf seine Models und gurrte mit leiser, kehliger Stimme. Morgana und Nimuë reagierten wie unter Hypnose. Vielleicht waren sie tatsächlich hypnotisiert: die Spinnenkolonie, die, wie Aphrodite bemerkt hatte, ihr Territorium zurückerobern wollte, war ihnen scheinbar noch gar nicht aufgefallen. Aphrodite rechnete jeden Augenblick mit einem gellenden Schrei.

Troy ergriff ihren Arm. »Wow. Schau sie dir jetzt an!«, sagte er und wies mit einer Kopfbewegung zur Bühne. Nimuë neigte sich Morgana zu und wischte ihrer Zwillingsschwester mit einem Zipfel grünen Samts den Lippenstift vom Mund. »Himmel, das ist sexy. Aber irgendwie ist es auch niedlich.«

Nimuë richtete sich plötzlich auf Knie und Hände auf und wandte sich Jack zu. Die gesamte weiße Theaterschminke, die Stunden zuvor so sorgfältig aufgetragen und abgepudert worden war, war nun praktisch verschwunden, und unter den verbleibenden Resten war ihre Haut taufrisch und leicht gerötet. Aphrodite bemerkte, dass ihr Blick ein wenig orientierungslos war und ihre Pupillen sehr schwarz wirkten. Ihr taillenlanges goldenes Haar war völlig zerzaust, die Lippen geschwollen. Sie sah unglaublich sexy aus – ein kleines Raubtier im tiefen Wald. »Möchtest du, dass wir uns richtig *küssen*, Jack?«, fragte sie.

»Gott im Himmel!« Aus Hugo O'Neills Richtung ertönte unwillkürlich ein Stöhnen purer Wollust, und Nimuës Lippen verzogen sich zu einem kleinen Lächeln.

»Mhm«, sagte Jack. »So, wie es ist, ist es viel schöner. Ein Kuss würde zu sehr nach *Penthouse* aussehen, Schätzchen. Was sich jetzt zwischen euch abspielt, ist auf den Punkt richtig. Ihr erinnert mich an ein Märchen der Gebrüder Grimm. Die – hm …«, er schnippte auf seine typisch ungeduldige Art mit den Fingern, wie immer, wenn er angestrengt nachdachte, »… dieses Märchen von den Kindern, die sich im Wald verirren. Die – hm …«

»Hänsel und Gretel«, entfuhr es Aphrodite unwillkürlich.

»Genau.« Jack schenkte ihr ein Lächeln, bevor er sich wieder über seine Kamera neigte.

»Siehst du?«, sagte Troy verhalten. »Genau das meine ich. Ihr versteht euch wirklich gut. Teufel, das hier ist klasse.«

»Was genau ist klasse?«, wollte Aphrodite wissen, wäh-

rend sie ein neues Stück Blisterfolie abriss. Plötzlich wollte sie nur noch aus diesem Theater verschwinden.
»Wir drei. Wir sind ein verdammt gutes Team.«
Plötzlich ertönte von der Bühne her ein markerschütternder Schrei. »Spinnen, Nimuë! In deinem Haar sind Spinnen!«
»Das war's«, verkündete Jack und senkte die Kamera.
Troy gab Aphrodite einen Kuss auf die Wange, bevor er den Mittelgang entlang zur Bühne schritt, um seine Mitarbeiter zu trösten und zu beglückwünschen. »Du bist so ein *kluges* Mädchen«, sagte er.
Aphrodite dachte daran, wie sie auf den Gedanken gekommen war, das Shooting im Theater zu veranstalten, dass sie die Idee damals nicht für sonderlich inspiriert oder klug gehalten hatte und dass sie den Vorschlag im Grunde nur gemacht hatte, um Jolie Fitzgerald eins auszuwischen. Aber Troy hatte sich überzeugen lassen. Und auch die Tausende von Frauen, die bald schon harte Devisen für seine Kleider hinzublättern bereit waren, würden sich vermutlich überzeugen lassen.
Was war das doch für eine dumme, lächerliche Welt. Das Lächerlichste von allem aber war die Tatsache, so dachte sie, während sie weiterhin Plastikfolie abschnitt, dass in dieser besonderen Welt – auf diesem Planeten, auf dem sie gelandet war und wo die Mode das Zepter schwang – sie, Aphrodite Delaney, der Schmetterling im Regenwald war. Und sie diejenige war, die Entscheidungen traf und sie gestaltete …

11

»Wir sind aufgeschmissen. Polly verlässt uns.« Troy machte einen überaus besorgten Eindruck.

»Wie? Soll das heißen, sie hat *gekündigt?*«

»Ja.«

Sie hatten sich zum Mittagessen in St. Stephen's Green getroffen. Es war ein schöner, sonniger Tag, und Aphrodite hatte vorgeschlagen, im Freien ein Sandwich zu verzehren. Die letzten drei Tage war sie mit einem Werbespot für eine Handy-Firma beschäftigt gewesen, und die Aussicht auf ein Mittagessen mit ihrem Geliebten in Stephen's Green hatte sie den Vormittag überstehen lassen. Sie hätte sich im Grunde nicht mal eine Mittagspause leisten können – es gab noch immer jede Menge zu tun –, doch sie hatte einfach die Nase voll von den tausend verschiedenen Klingeltönen dieser Handysorte, die sie verfolgten, wo sie auch hinging und stand, und sie musste unbedingt wieder einen klaren Kopf bekommen.

»Hat sie von irgendwem ein besseres Angebot bekommen?«

»Nein. Sie sagt, sie hält den ständigen Druck nicht mehr aus, zumal jetzt die Herbst-/Winter-Modenschau organisiert werden muss.«

»Den *Druck?* Himmel, ihr Job ist ein Zuckerlecken im Vergleich zu dem, was ich in letzter Zeit um die Ohren hatte.« Insgeheim vermutete Aphrodite, dass sie selbst der Grund für Pollys Kündigung war. Da Troy sich in praktischen wie auch in kreativen Fragen immer mehr an seine Muse wandte, nahm Pollys Beitrag zur alltäglichen Organisation von Troys Geschäften entsprechend ab, und sie war in jüngster Zeit immer verbissener, mürrischer und übellauniger geworden. Aphrodite verspürte einen Anflug von schlechtem Gewissen. Gut, sie konnten einander nicht ausstehen, aber das bedeutete noch lange nicht, dass sie die Frau um ihre Arbeit bringen wollte. »Wie lang ist ihre Kündigungsfrist?«

»Vier Wochen.«

»Wirst du ohne Schwierigkeiten einen Ersatz für sie finden?«

»Ich weiß nicht. Wahrscheinlich nicht. Sie war von Anfang an bei uns. Sie kennt Troy MacNally Enterprises besser als jeder andere.«

Die Art, wie er sie musterte, ließ sie aufmerken. »Warum siehst du mich so an, Troy?«

»Das weißt du genau.«

»Hm. Nein. Ich weiß es nicht.«

»O doch, Aphrodite. Die Antwort liegt doch auf der Hand. Du bist der naheliegendste Ersatz für Polly.«

»Ich? Ich bin überhaupt nicht qualifiziert für Sekretariatsarbeit, Troy!«

»Aber du bist ein Naturtalent.«

»Aber ich *bin* einfach keine Sekretärin, Troy! Gerade du müsstest das doch am besten verstehen. Ich bin kreativ, keine Schreibtischtäterin!«

»Donatella auch. Dein Vorbild.«

Troy selbst war auf diese Idee gekommen, nicht sie. War Donatella wirklich ihr Vorbild? Im Augenblick war Aphrodite sich über nichts im Leben mehr völlig sicher. Sie legte sich bäuchlings auf den Rasen und sah Troy nicht mehr an.

»Möchtest du es dir nicht wenigstens überlegen, Aphrodite?«, bat er. »Du müsstest nicht mal einen Acht-Stunden-Tag ableisten, weißt du? Wir könnten ganz flexibel arbeiten – und ich würde eine Teilzeit-Sekretärin für dich einstellen, an die du einen Teil der Arbeit delegieren könntest.«

Eine Sekretärin! Sie fand die Vorstellung, über eine eigene Privatsekretärin zu verfügen, ziemlich prestigeträchtig.

»Du bietest dich geradezu an für diese Aufgabe, und das weißt du auch«, sagte er und strich mit einem Finger über ihren Nacken. Seine Stimme klang jetzt samtig wie geschmolzene Schokolade, wollte sie verführen. »Polly mag ja ein Ausbund an Tüchtigkeit sein, aber sie hatte nicht die geringste künstlerische Veranlagung. In der Hinsicht wärst du von unschätzbarem Wert. Wir können zusammen Konzepte entwerfen, Visionen realisieren. Wir können zusammen Schauplätze aussuchen, Models engagieren, sichergehen, dass der Look in der Schau den Nagel auf den Kopf trifft. Wir denken auf der gleichen Linie, Aphrodite, du und ich. Und ich weiß, dass wir beide zusammen die ultimative, abgefahrenste Kollektion auf die Beine stellen können. Denk nur daran, wie gut wir bei dem Foto-Shooting zusammengearbeitet haben.«

Aphrodite erinnerte sich vor allem daran, wie anstrengend der Tag, den sie zusammen mit den unerträglichen Zwillingen im Gaiety-Theater verbringen musste, gewesen war. Mit Troy zu arbeiten würde kein Sahneschlecken sein, aber, musste sie zugeben, das war die Ausstattung von Werbespots auch nicht.

»Was sagst du dazu, Liebling? Es könnte so großartig klappen. Du bist der erste wirklich kreative Mensch, den ich kennen gelernt habe, der außerdem noch praktisch veranlagt ist.« Er küsste ihr Ohr. »Möchte wissen, woher du diese pragmatische Ader hast.«

Nun, die war ihr nicht in die Wiege gelegt worden, wie Aphrodite ihm gern erklärt hätte. Sie war aus purer, verdammter, schrecklicher Notwendigkeit geboren. Wie gern hätte sie den Luxus genossen, eine empfindsame Kreativkünstlerin zu sein, die sich zur Organisation ihrer alltäglichen knallharten Geschäfte auf Agenten und Anwälte, Geschäftsführer und Privatsekretärinnen verließ. Doch nachdem sie schon in sehr jungen Jahren erfahren hatte, dass sie all diese Berufe auf sich vereinigen musste, um das Leben ihrer Mutter – und damit auch ihr eigenes – in geregelten Bahnen zu halten, war ihr das Organisationstalent inzwischen zur zweiten Natur geworden.

»Komm, Aphrodite.« Troys Tonfall wurde noch lockender. »Es wird dir viel mehr Spaß bringen, als Werbespots zu stylen, das weißt du doch.« Da hatte er Recht. Immerhin hätte sie ein Ventil für ihre Kreativität, wenn sie Troys Angebot annahm. »Und ich zahle dir ein verdammt gutes Gehalt. Ich weiß, wir haben noch nicht über dein Honorar für deine Mitarbeit beim Foto-Shooting gesprochen, aber ich möchte meinen, deine Leistung war bestimmt – na ja, wie viel? – einen Tausender wert? Wärst du damit einverstanden? Eigentlich – eigentlich sollten wir noch ein paar Hunderter drauflegen, weil du ja für diese Auszubildende einspringen musstest.« Aphrodite hätte am liebsten laut gelacht und Troy für seine Naivität in den Arm genommen. Eine angehende Stylistin würde zu Boden sinken und ihr die Füße küssen, wenn sie ihr ein paar hundert Euro für einen Arbeitstag böte. »Und wenn ich dich nun zur Teilhaberin in meinem Unternehmen mache? Wenn ich dir die Hälfte meiner Anteile überschreiben würde? Ich ...«

»Troy! Das ist absurd. So viel bin ich nicht wert.«

»Hör zu. Hör mir gut zu. Ich habe mehr Geld, als ich jemals brauchen oder mir wünschen könnte, und wenn ich es tue – wenn ich dir die Hälfte meiner Anteile überschreibe –, bedeutet das, dass wir in jeder Hinsicht Partner sind. Stimmst du zu, Aphrodite? Willst du es dir wenigstens durch den Kopf gehen lassen?«

Wieder wandte sie das Gesicht ab, ihre Gedanken überstürzten sich. Wenn sie sein Angebot annahm, hieß das, dass sie und Troy mit ihren Anteilen die Kontrolle über die Firma hatten. Jolie Fitzgerald hätte nicht mehr so viel Einfluss auf ihn. Die Vorstellung, sowohl in künstlerischer als auch in finanzieller Hinsicht Befehlsgewalt über Jolie zu haben, gefiel Aphrodite bedeutend besser, als sie sich eingestehen wollte. Das Ausschlaggebende war jedoch, dass sie für Troy da sein würde, nicht einfach nur in ihrer verschwommenen Eigenschaft als Muse, sondern auch knallhart in rechtlicher Hinsicht. Sie würde für ihn da sein und ihn vor den Umtrieben und Launen dieser skrupellosen Machiavella beschützen.

»Gut«, sagte sie entschlossen. »Ich tu's. Aber ich brauche Polly, um mich einzuarbeiten.«

Troy drehte ihr Gesicht zu sich, und eine Woge der Liebe überrollte sie, als sie den Ausdruck von Erleichterung und Dankbarkeit in seinen Augen sah. Er wirkte so verletzlich, so *anziehend!* Und als er seine Hände an ihre Wangen legte und sie anlächelte – mit diesem albernen jungenhaften Grinsen –, da wusste sie, dass sie sich richtig entschieden hatte. »Lieber Himmel! Wie du aussiehst!«, sagte er, drückte sie zurück ins Gras und küsste sie auf den Mund. Teufel auch! Dieser Kuss hatte nun wirklich überhaupt nichts Jungenhaftes mehr an sich. Als er dort auf dem samtigen

Rasen von Stephen's Green seinen Mund von ihren Lippen löste, war er eindeutig nichts anderes als ein Mann.
»Komm mit mir ins Atelier«, verlangte er drängend.
So gern Aphrodite auch seinem Wunsch nachgekommen wäre, musste sie doch zurück zu ihrem elenden Handy-Spot. In ein, zwei Wochen, dachte sie, in ein, zwei Wochen konnte sie diesem ganzen Werbe-Mist den Rücken kehren und in dem Luxus schwelgen, mit ihrem Lover zusammenzuarbeiten. In ein, zwei Wochen würde man sie als – hm, als was denn? – bezeichnen ... als Troy MacNallys »Offizielle Bezahlte Muse«? Troy MacNallys Privatsekretärin? Teilhaberin von Troy MacNally Enterprises?
»Ich kann nicht mitkommen, Schatz«, sagte sie und löste sich aus seiner Umarmung. »Ich muss wirklich zurück an die Arbeit. Wir müssen uns wohl oder übel bis heute Abend gedulden. Soll ich etwas für uns kochen?«
»Würdest du das tun? Ja, bitte.« Er legte flüchtig die Hand an ihre Wange. »Aber nicht in deiner Wohnung, Aphrodite.«
»Was hast du gegen meine Bude?«
»Überhaupt nichts. Ich finde sie toll. Aber wenn du nichts wegen der Katze unternimmst, kann ich dich nicht besuchen, und ich glaube nicht, dass du dich von ihr trennst, nur weil sie mich zum Niesen bringt.«
»Bob ist ein ›er‹, keine ›sie‹«, bemerkte Aphrodite empört. »Einen Kater, der solche Mengen an Testosteron produziert, kannst du wohl schwerlich als ›sie‹ bezeichnen.«
Troy lachte. »Ich möchte nicht daran denken, für wen du dich entscheiden würdest, wärst du mal vor die Wahl zwischen ihm und mir gestellt.«
»Frag mich lieber nicht«, warnte sie mit einem drohenden Lächeln. Sie stand auf und machte sich daran, die Über-

reste ihres Picknicks aufzuräumen. »Übrigens, Troy: Wie lautet denn meine neue Berufsbezeichnung?«

»Hm. Nun – du bist meine Muse.«

»Du liebe Zeit, Troy – ich kann wohl schwerlich ›Muse‹ eintragen, wenn ich eine Umfrage oder einen Antrag auf Passverlängerung ausfüllen muss, oder?«

»Okay. Dann geben wir dir einen absolut unverschämten Titel. Wie wär's mit *chargée d' affaires sartorieuses*?«

Aphrodite lachte. »Und du gestattest mir tatsächlich eine eigene Privatsekretärin?«

»Aphrodite, ich gestatte dir alles, was du willst. Du weißt ja nicht, wie viel es mir bedeutet, dich an meiner Seite zu haben.«

Aphrodite dachte an die ganzen logistischen Probleme, die es zu lösen galt, um die Herbst-/Winter-Kollektion herauszubringen, und sie dachte daran, wie sie Polly Riordan vor den Kopf stoßen musste, um sie dazu zu bringen, mit einem Rest von Anstand das Zepter zu übergeben, und sie wusste, dass in der unmittelbaren Zukunft eine Unmenge Arbeit auf sie zukam. Sie erinnerte sich an ein Interview, das sie einmal gelesen hatte: eine Hohepriesterin der Modebranche hatte sich zu ihrer Zusammenarbeit mit Designern geäußert, die es verstanden, traumhafte Kleider zu erschaffen, aber ums Verrecken keine anständige Modenschau auf die Beine stellen konnten. Und zum ersten Mal fragte sie sich, inwieweit ihre Arbeit mit Troy Zusammenarbeit im Wortsinn sein würde. Wer hätte den Löwenanteil des Drucks, des Stress und der Knochenarbeit zu übernehmen? Und wer würde die Lorbeeren dafür ernten?

Eine unangenehme Erinnerung wurde in ihr wachgerufen. Sie dachte daran, dass Damien Whelan die Lorbeeren für ihren ornithologisch inspirierten Entwurf der *Möwe* geerntet hatte (erst in der vergangenen Woche hatte sie erfahren, dass er sogar einen *Preis* dafür eingeheimst hatte!), und der Vergleich mit einem anderen Vogel kam ihr in den Sinn. Wenn sie immer noch der elegante Schwan war, der unter Wasser wie verrückt mit den Beinen strampelte, wer war dann Troy? Der Pfau, der ultimative *flaneur?* Oder der Kuckuck, der ultimative Verantwortungsflüchtling? Und was Jolie Fitz-Fotzgerald betraf – welche Stellung nahm sie in der ornithologischen Hierarchie ein? Darüber brauchte sie sich nicht lange den Kopf zu zerbrechen. Troy würde Jolie als goldenen Adler sehen, daran bestand kein Zweifel.

Aphrodite hatte jedoch eine völlig anders gelagerte Vision. Sie dachte an das, was Jolie im Whirlpool in Coolnamaragh zu Hugo O'Neill gesagt hatte: *Wenn man so viel Geld investiert hat, wie Gareth und ich in das Geschäft gebuttert haben, dann will man sein kreatives Genie eben bei Laune halten …* Jolie und ihrer Hofdame Polly Riordan war das weiß Gott gelungen. Sie hatten für ihren kreativen kleinen Prinzen eine Fantasiewelt geschaffen, in der er leben konnte – ein Wolkenkuckucksheim voll märchenhafter, sinnlicher Genüsse. Schöne Frauen, prachtvolle Umgebung, Essen und Trinken vom Allerfeinsten, Vergnügungen und Ablenkung und *keine Sorgen* – all das wurde bereitgestellt, um Troys Inspiration am Versiegen zu hindern. Dieser arme kleine reiche Junge, der am gedeckten Tisch saß, erkannte nicht, dass er von raffgierigen Harpyien umgeben war, die sich von ihm ernährten. Eine *Harpyie.* Genau das war Jolie Fitzgerald – ein Ungeheuer mit dem Gesicht und der Gestalt einer wunderschönen Frau, aber den furchtbaren Schwingen und Klauen eines Raubvogels.

Aphrodite blickte auf Troy nieder, der immer noch auf

dem Rasen saß. Er hatte sich zusammengekauert und die Arme um seine angewinkelten Knie geschlungen – vermutlich, um zu verbergen, dass er nach dem leidenschaftlichen Kuss immer noch eine Erektion hatte –, und dadurch wirkte er so verletzlich, dass Aphrodites Beschützerinstinkt erneut aufflammte. In diesem Augenblick gelobte sie, alles zu tun, was in ihrer Macht stand, um ihm zu helfen.

Macht. Oha! Sie hatte nie gewusst, wie es war, selbst Aussicht auf Macht zu haben. Sobald man sie besaß, war es, so viel wusste sie, äußerst schwer, die Macht wieder herzugeben. Man musste höllisch kämpfen, um sie zu behalten, und es gab Millionen von Konkurrenten, die nur darauf warteten, sie herauszufordern. Und plötzlich war Aphrodite Delaney gar nicht mehr so sicher, ob die Art von Macht, die sie als Teilhaberin von Troy MacNally Enterprises ausüben würde, sie zu Tode ängstigte oder absolut begeisterte.

Die Abzüge vom Foto-Shooting trafen am nächsten Tag ein. Jack hatte die Aufnahmen, die er für die besten hielt, angestrichen, hatte aber auch eine Notiz beigelegt, die besagte, dass Troy und Aphrodite das letzte Wort zur Auswahl hatten. Troy sah die Abzüge flüchtig an und sagte: »Ja«, um sich dann wieder den Skizzen zuzuwenden, an denen er gerade arbeitete. »Die sind toll. Deine Entscheidung, Aphrodite.«

Sie zögerte. Allmählich fand sie seine Gleichgültigkeit derartigen Fragen gegenüber wahrhaft verwunderlich. »Troy?«, fragte sie. »Du weißt doch, dass es ungeheuer wichtig ist, wie dieser Katalog letztendlich aussieht? Wie kommt's, dass du dich so wenig für diese Dinge interessierst?«

»Weiß nicht.« Er zuckte mit den Schultern. »Wie ich immer sage, ich entwerfe die Klamotten nur.« Er sah an diesem Tag in seinem Kaschmir-Poloshirt überaus jungenhaft aus. Sein Haar musste geschnitten werden, ihm fiel immer wieder eine Locke in die Stirn. Aphrodite beugte sich über den Schreibtisch und schob sie ihm hinters Ohr.

»Mich wundert nur, dass du die Angelegenheit mit solcher – wie sagt man gleich? – *insouciance* abtust. Wenn es um meine Entwürfe ginge, würde ich allergrößten Wert darauf legen, dass sie im Katalog gut rüberkommen.«

Er legte den Stift nieder, lächelte Aphrodite an, lehnte sich in seinem Sessel zurück und begann, sich darin langsam von einer Seite zur anderen zu drehen. »Ich glaube, Aphrodite, ich habe dir mal erzählt, dass ich nur aus dem Grund angefangen habe, Kleider zu entwerfen, weil ich dadurch prima Gelegenheiten bekam, an die Freundinnen meiner Tante heranzukommen.«

»Heranzukommen?«

»Eine Umschreibung für ›ins Bett gehen‹.«

Sie erinnerte sich, dass er ihr erklärt hatte, eine Horde von Frauen habe ihn bedrängt, Kleider für sie zu nähen, nachdem sie die Klamotten seiner Tante gesehen hatten.

»Soll das heißen, du hast tatsächlich mit denen geschlafen?«, fragte sie.

»Ja. Ich habe mit fünfzehn meine Jungfräulichkeit an eine Frau von über dreißig Jahren verloren.«

Oh! Kein Wunder, dass er so ein einfallsreicher Liebhaber war! Offenbar blickte er auf jede Menge Erfahrung zurück. Doch die Vorstellung einer sexuellen Initiation in so jungen Jahren vermittelte Aphrodite ein leises Gefühl des Unbehagens, und sie war, gelinde gesagt, bestürzt. »Tut mir Leid, Troy«, sagte sie so lässig, wie es ihr gelingen wollte.

»Ich weiß nicht, ob ich den Zusammenhang richtig verstehe. Was hat das Bumsen mit deiner Einstellung deinen Entwürfen gegenüber zu tun?«
»Nun, wenn ich die Frau erst mal im Bett hatte, war es mir ziemlich gleichgültig, was aus dem Kleid wurde. Sobald sie es zum ersten Mal trug, hörte es auf, mein Eigentum zu sein. Ich schätze, mir geht es ein bisschen wie einem Maler, dem es gleichgültig ist, was aus seinem Gemälde wird, sobald er es verkauft hat. Warum, zum Teufel, sollte ich mich wegen meiner Entwürfe echauffieren? Ein Modedesigner zu sein ist wohl kaum eine Berufung. Es geht nur um Kleider, nicht um großartige Kunstwerke.«
»Manche Leute könnten da anderer Meinung sein. Du bist auf dem Wege, Sammlerwert zu bekommen, Troy.«
»Scheiß drauf.« Er lächelte sie schief an. »Wie gesagt, ich habe angefangen, Kleider zu entwerfen, damit ich die Mädchen küssen konnte …«
»Und sie zum Weinen brachtest?«
»Manchmal. Nicht immer. Manchmal war es auch umgekehrt.« Plötzlich verschloss sich sein Gesicht, und er wandte sich wieder der Zeichnung zu, an der er arbeitete. »Ironie des Schicksals, wie? Bumsen war mein einziger Anreiz dafür, mich auf das Modegeschäft einzulassen. Jetzt bin ich ein wahrhaftiger Hoflieferant für teure Lumpen.«
So hatte sie ihn noch nie reden gehört. »Du gehst reichlich zynisch an diese Sache heran, wie?«, fragte sie.
Eine Pause entstand, und Troy blickte nachdenklich vor sich hin. Dann sagte er: »Nein. Frauen und die weibliche Schönheit betrachte ich nicht zynisch. Eine Frau anzuziehen ist das Erotischste auf der ganzen Welt. Mein Zynismus bezieht sich eher auf das Brimborium, das Palaver

– auf all dies übertriebene Getue, das mit meiner Arbeit einhergeht.«

»Warum tust du es dann?«

Er seufzte. »Ich tue es für Jolie.« Autsch! Das wollte Aphrodite nicht hören. »Troy MacNally Enterprises war ihre Kopfgeburt. Ihr ist der Erfolg des Unternehmens zu verdanken. Sie hat sogar ein Marketing-Seminar absolviert, damit wir die Firma starten konnten. Das liegt lange zurück, als wir noch ein Paar waren, als sie meine Muse war. Inzwischen hält sie sich mehr im Hintergrund, seit wir ein Unternehmen sind, das Profit macht – und natürlich seit sie Gareth und die Zwillinge zu versorgen hat. Sie wird sich freuen, wenn sie hört, dass du nicht nur als künstlerische, sondern auch als verwaltungstechnische Koryphäe eingestiegen bist.« Er griff nach seinem Stift und arbeitete an seiner Skizze weiter.

Aphrodite war sich dessen nicht so sicher. Sie senkte den Blick auf den Abzug, der zwischen ihnen auf dem Tisch lag. Aber sie sah ihn in Wirklichkeit kaum an. Sie überlegte vielmehr, dass Jolie wohl ziemlich sauer sein würde, wenn sie erfuhr, dass Aphrodite Teilhaberin in dem Unternehmen war, das sie ins Leben gerufen hatte.

Mit einem Gefühl der Unsicherheit hob Aphrodite den Abzug noch einmal auf, dann klingelte Troys Handy, und kaum hatte sie den Anrufer abgefertigt, klingelte ihr eigenes Handy, und ihre Mutter meldete sich. »Schätzchen«, sprach Thea atemlos in den Hörer. »Kannst du heute Abend vorbeikommen und dieses scheußliche Steuerformular für mich ausfüllen? Ich habe heute einen fiesen Brief vom Finanzamt bekommen; man droht mir doch wahrhaftig mit dem Gericht. Kaum zu glauben, was die sich herausnehmen!«

Aphrodite bemühte sich gerade, die ungeheuerliche Geduld aufzubringen, die sie für ein Gespräch mit ihrer Mutter – ob wichtig oder nicht – benötigte, als ihr etwas ins Auge fiel. Ihr gegenüber am Tisch hatte Troy den Stift gegen einen dicken schwarzen Marker ausgetauscht und bedeckte die Skizze, an der er arbeitete, mit einem willkürlichen Spiralmuster.

»Augenblick, Mum, ich muss nur eben ...«, setzte Aphrodite an. Sie konnte den Satz nicht beenden. Troy hatte den Marker zur Seite gelegt. Er hob die Hände vors Gesicht und ließ den Kopf auf den Schreibtisch sinken.

»Mum. Ich rufe dich zurück.« Sie drückte die Auflegetaste und streckte zaghaft über den Tisch hinweg die Hand aus. »Troy?«, sagte sie und berührte sein Haar. »*Troy?* Ist alles in Ordnung?«

Einen Augenblick lang rührte er sich nicht. Dann sog er mit einem seltsam schaudernden Seufzer den Atem ein und hob den Kopf.

»Was ist los, Liebling?«, fragte sie mit einem Gefühl großer Angst, die sie jedoch nicht zeigen wollte.

Troy lächelte sie an, mit seinem anziehenden, unbeschwerten Jungenlächeln, und sagte: »Nichts ist los, Aphrodite. Überhaupt nichts.« Er betrachtete die Skizze, an der er gezeichnet hatte, und erschien halb verwundert, halb resigniert, als er die dicken schwarzen Spiralen sah, die sie überdeckten. »Und wenn schon«, sagte er in seltsam unbeteiligtem Tonfall. »Die Zeichnung war sowieso das Hinterletzte.«

Der Katalog in seiner endgültigen Fassung war atemberaubend. Aphrodite war so begeistert von dem Layout, dass sie, kaum hatte sie ihn in den Händen, Jack Costellos Nummer wählte. Sie wollte ihm für die hervorragende Arbeit danken. Während sie noch darauf wartete, dass er sich meldete, betrachtete sie die letzte Aufnahme, auf der die Zwillinge auf dem verblichenen moosgrünen Plüsch lagen, die fragilen Gliedmaßen ineinander verschlungen, und sie musste lächeln. Ganz oben rechts in der Ecke des Fotos, so unauffällig, dass es kaum auffiel, lauerte eine kleine silbrige Spinne.

Aus irgendeinem unerfindlichen Grund war sie merkwürdig enttäuscht, als Perdita sich meldete und sagte: »Oh, er ist leider nicht hier, Aphrodite.« Und dann verspürte sie Erleichterung. Sie hatte ganz impulsiv zum Telefon gegriffen, und jetzt wurde ihr bewusst, dass sie, hätte sie Jack erreicht, überhaupt nicht gewusst hätte, was sie sagen sollte. Da es unmöglich war vorauszusehen, ob er in bissiger oder freundlicher Stimmung war, hätte sie sich wahrscheinlich entscheiden müssen, ob es nicht besser war, geschäftsmäßig höflich statt atemlos begeistert aufzutreten, und der Anruf hätte sie in Verlegenheit gebracht. »Er ist zu seinem Haus in Valencia gefahren, um auszuspannen«, fuhr Perdita fort, »aber ich werde ihm Ihre nette Beurteilung des Katalogs übermitteln – das heißt, wenn er je wieder auftaucht. Ich habe den Eindruck, dass er seine Zeit in Valencia weitgehend unter Wasser zubringt. Es ist praktisch unmöglich, ihn ans Telefon zu bekommen.«

»Unter Wasser?«

»Ja. Er taucht. Die Unter-Wasser-Fotografie ist seine große Leidenschaft. Das könnte mich überhaupt nicht locken, muss ich sagen. Die Vorstellung, im eiskalten Atlantik zu tauchen, spricht ein Weichei wie mich nicht sonderlich an, aber Jack ist wohl aus härterem Holz geschnitzt.«

Als Aphrodite den Hörer auflegte, begann sich im hintersten Winkel ihres Gehirns eine Idee zu entwickleln. Sie griff sich Notizbuch und Autoschlüssel und ging in Pollys Büro. »Polly?«, sagte sie in dem halb freundlichen, halb flüchtigen Tonfall, den sie sich zugelegt hatte, wenn sie mit der Frau sprach. »Falls Troy anruft, sagen Sie ihm bitte, dass er mich auf meinem Handy erreicht.« Er hatte sich entschieden, an diesem Tag zu Hause zu arbeiten. »Ich mache einen Spaziergang am Pidgeon House Pier.«

»Einen Spaziergang?« Polly blickte sie so missbilligend an, wie sie eben wagte, was neuerdings nicht allzu weit ging. »Heute haben wir noch reichlich viel zu erledigen, Aphrodite, und ich wollte Sie mit meinem Ablagesystem vertraut machen …«

»Mein Spaziergang ist auch Arbeit«, sagte Aphrodite.

Sie parkte den Wagen am Ende des Anlegers. Dann ging sie los und ging und ging und dachte dabei nach. Die Entwürfe für den Frühling und Sommer, an denen Troy zur Zeit pausenlos arbeitete, bewegten sich am anderen Ende des Spektrums von dem Rostrot und Gold seiner Herbstkollektion – sie schimmerten in einem hellen Blattgrün und Aquamarin und glitzerten wie … wie das Wasser, das links und rechts von ihr plätscherte. Sie waren Gewänder für *Najaden*. So hatte Troy selbst sie geschildert.

Wie herrlich, wie absolut göttlich müsste es sein, diese Kleider in dem Element zu bewundern, das sie inspiriert hatte, nämlich im Wasser. Durchscheinende Stoffe, die sich wie eine zweite Haut über weibliche Brüste legten und wie Seetang Hüften umspielte, so wie Troy sich Aphrodite vorgestellt hatte, als sie entspannt und sich seines Blicks nicht bewusst in seiner Wanne gelegen hatte. Damals hatte er sie zum allerersten Mal gesehen – unmittelbar bevor sie sich in seinem von Rousseau inspirierten Bad aus dem Schaum erhob wie Aphrodite aus dem Meer …

Unterwasser-Aufnahmen von Troys jüngsten Kreationen. Die Idee war begnadet! Ein Mode-Shooting unter dem Meeresspiegel … Aphrodite hatte in teuren Hochglanz-Magazinen wie der *Vogue* Fotos von Models gesehen, die an Stränden wie aus der Bounty-Werbung knöcheltief in den Wellen wateten und lässig Kleider von Valentino, Romeo Gigli oder Ben de Lisi durch den puderweißen Sand schleiften. Ihr war schwindlig geworden angesichts der Tatsache, dass diese unbezahlbaren Kreationen auf diese Weise unwiderruflich ruiniert wurden. Aber Troys Mode kostete nicht Tausende wie diese Couture-Marken. Troy MacNally Enterprises konnte es sich leisten, um der Mutter aller PR-Maschen willen ein paar Kleider abzuschreiben.

Sie schlang die Arme um ihren Oberkörper, lachte laut auf und fasste dann einen Entschluss. Noch würde sie niemandem von ihrem Konzept erzählen. Die Frühlingskollektion war noch lange nicht fällig – der Herbst war ja noch nicht einmal abgehandelt. Sie wollte nicht, dass vor dem Event zu irgendwem etwas durchsickerte. Diese Lektion hatte sie auf die harte Tour gelernt, dank Damien Schleimscheißer Whelan. Nein. Sie würde ihre glorreiche Idee für sich behalten und niemanden einweihen, solange die bevorstehende Show nicht vorüber war. Nicht einmal Troy – in seiner Mitteilsamkeit könnte ihm ja versehentlich mal ein Wörtchen entschlüpfen. Sie kannte nur einen Menschen, dem sie vertrauen konnte und der absolut verschwiegen sein würde, aber mit diesem Menschen redete sie nicht mehr. Sie hatte ihn vermutlich schon seit mehreren Monaten nicht mehr gesprochen. Dieser Mensch war Lola.

Aphrodite wusste aus reichlicher und bitterer Erfahrung, wie anstrengend Theaterpremieren sein können. Einmal, als sie etwa zwölf Jahre alt gewesen war, hatte ihre Mutter sie angefleht, sie möge sie die Treppe hinunterstoßen, weil sie sich lieber einen Knöchel gebrochen hätte als auf die Bühne zu treten. Aphrodite, praktisch wie immer, hatte ihr stattdessen Beruhigungspillen und Rescue-Tropfen verordnet.
Da sie sich im Augenblick gerade auf der Generalprobe für Troys Herbst-Winter-Show befand, der Vision einer Hölle, wünschte sie sich selbst ein Beruhigungsmittel. Die Premiere ihres schlimmsten Albtraums wäre ein Zuckerschlecken gegen diesen chaotischen Zirkus, den zu organisieren sie wochenlang unablässig beschäftigt hatte. Kleiderstangen, überladen mit Garderobe, machten sich selbstständig, Accessoires schwebten irgendwo im Raum umher, Models waren stutenbissig und versteckten wie Kleinkinder gegenseitig ihre Sachen voreinander. Und es war Aphrodites Aufgabe, in diesem Tohuwabohu für Ordnung zu sorgen. Gott hatte immerhin sechs Tage zur Verfügung gehabt. Sie hatte allerhöchstens sechs Stunden. Sie dachte an die umwerfende Arbeitsplatzbeschreibung, die Troy sich für sie ausgedacht hatte. *Chargée des affaires sartorieuses*! Pah! Faktotum traf schon eher zu. Sie dankte dem Himmel für Nell, die Stylistin in der Ausbildung, ihren Engel, die als Aushilfe an Bord gekommen war. Und sie dankte dem Himmel sogar für Polly Riordan, die sich, völlig untypisch, bereit erklärt hatte, zu bleiben und zu helfen, obwohl ihre vierwöchige Kündigungsfrist in der vorherigen Woche abgelaufen war. Wahrhaftig ein deutlicher Hinweis darauf, wie sehr sie ihren Chef verehrte, dachte Aphrodite.

Aphrodite war auf die Idee gekommen, die Show in einem alten öffentlichen Schwimmbad auf die Bühne zu bringen. Ihnen standen zwei Tage zur Verfügung, um sich dort einzurichten, die Räume flüchtig zu reinigen und über dem Beckenbereich einen Laufsteg aufzubauen. Das Schwimmbad war in einem windschiefen, viktorianischen Gebäude eingerichtet, das der Dublin Corporation gehörte und jahrelang leer gestanden hatte. Es bedurfte dringend einer kosmetischen Behandlung, doch nach Aphrodites Meinung machte sein abgewirtschaftetes Erscheinungsbild einen großen Teil seines Charmes aus. Früher hatte das Gebäude ein Glasdach gehabt, doch jetzt lagen die geschwungenen Balken der Kuppel frei und Vögel nisteten in den holzgeschnitzten Arabesken, die Zimmermänner vor mehr als einem Jahrhundert erschaffen hatten. Der falsche Glanz wie auch die Baufälligkeit – die rissigen Holzpaneele, die abblätternde Farbe, das rostige Gusseisen – konnten die ursprüngliche Eleganz jener vergangenen Ära nicht überdecken: einer Ära, in der Vornehmheit an der Tagesordnung gewesen war.

Höflichkeit ebenfalls. Aphrodite hatte den Großteil der vergangenen sechsunddreißig Stunden damit verbracht, ihr Geschick im Umgang mit Menschen zu vervollkommnen und den Angestellten der Dublin Corporation zu beschwichtigen, der aufpasste, dass kein Schaden angerichtet wurde. »Also, das dürfen Sie nicht!«, war sein Lieblingsrefrain, dicht gefolgt von: »Wenn der Minutenzeiger meiner Uhr auf zwölf steht, müssen Sie hier raus sein!« Aphrodite ertappte sich bei der Vorstellung, ihn in das leere Becken zu stoßen und Rottweiler auf ihn loszulassen, so wie es der Bösewicht kürzlich in einer Krimi-Wiederholung getan hatte.

Sie hatte Lolas Bruder Tony gebeten, den Laufsteg zu bauen, weil sie sich mit so vielen vertrauenswürdigen Menschen wie möglich umgeben wollte. »Ruf doch Lola an«, hatte er vorgeschlagen. »Sie kommt sicher gern her und geht dir zur Hand.« Aphrodite konnte ihm nicht gestehen, dass sie und Lola zurzeit gerade alberne Beziehungskisten-Spielchen trieben, und sie sagte nur: »Ich schaffe das schon.«

Doch am nächsten Tag, als nicht mehr zu übersehen war, dass sie es *nicht* schaffen würde, hatte offenbar Tony an ihrer Stelle angerufen, denn Lola traf gerade zu dem Zeitpunkt ein, als die Generalprobe begann. Aphrodite war geflüchtet, um nach einem Streit zwischen Morgana, Nimuë und einer wutschnaubenden Visagistin eine dringend erforderliche zweiminütige Verschnaufpause einzulegen. Sie saß gerade auf den Stufen vor der Schwimmhalle, den Kopf in die Hände gestützt, von dem Wunsch beseelt, Raucherin zu sein, und voller Verständnis für ihre Vorgängerin Miriam, die sich in die Drogensucht gestürzt hatte, als Lola plötzlich vor ihr stand. Ihre Generalproben-Notfalltasche hing ihr über die Schulter. »Hi«, sagte sie. »Ich bin dein *deus ex machina*, wenn du mich willst.«

»Ach, Lo!«, brachte Aphrodite mühsam hervor, stand auf und fiel in Lolas ausgestreckte Arme. »Ach, Scheiße, es tut mir so Leid. Ich war blöd, ich hätte dich schon vor einer Ewigkeit anrufen und mich für mein bescheuertes Benehmen entschuldigen sollen, aber …«

»Das reicht schon«, sagte Lola. »Wir haben jetzt keine Zeit für rührseligen Girlie-Kram. Das holen wir irgendwann bei diversen Flaschen Wein nach.«

»Heute Abend?«, fragte Aphrodite hoffnungsvoll. Sie konnte sich keine bessere Art für den Abschluss dieses Tages vorstellen, als mit Lola im stillsten Winkel der Kneipe, die sie nach der Probe zwecks Besäufnis aufsuchen würden, Girlie-Kram zu besprechen.

»Tut mir Leid. Das müssen wir leider verschieben. Ich habe ein heißes Date mit Patrick. Er hat Geburtstag, und ich habe mich voreilig bereit erklärt, ihm in meiner kleinen, aber reizenden und ausgesprochen charaktervollen Künstlerbehausung ein Abendessen zu kredenzen. Nach der Probe muss ich mich verabschieden, fürchte ich, wenn ich noch rechtzeitig zum Supermarkt kommen will. Aber jetzt. Jetzt gehen wir und treten ein paar Models in die mageren Ärsche, Aphrodite Delaney. Ich habe mein altvertrautes Notfalltäschchen mitgebracht mit allem, was wir brauchen, um diese Show problemlos auf die Beine zu stellen – einschließlich des ta-tah!«, sie öffnete ihre Tasche und entnahm ihr einen Flachmann, »sehr guten V.S.O.P. Also, Schätzchen, jetzt machen wir auf Thelma und Louise.« Sie stieg die Stufen empor und zog Aphrodite an der Hand hinter sich her. »Ist es wirklich so schlimm?«, fragte sie und warf Aphrodite einen Blick über die Schulter hinweg zu. »Models können doch nicht noch schlimmer sein als Schauspielerinnen, oder?«

Aphrodite enthielt sich einer Antwort. Sie wollte nicht riskieren, dass ihre unverhoffte Retterin in der Not vorzeitig den Rückzug antrat.

Ohne Lola hätte sie es nicht geschafft. Die Generalprobe startete mit Besorgnis erregender Verspätung. Aphrodite stieß die Models praktisch durch den Vorhang auf den Laufsteg, um die Show in Gang zu halten, und sie versuchte, die Streitereien und Tränen wegen der Reihenfolge ihrer Auftritte zu ignorieren. Am Schluss spürte sie nur noch den unwiderstehlichen Drang, die zusammengehefteten Papierseiten mit den Zähnen in kleine Fetzen zu zerreißen. Jedes Mal, wenn sie durch den Schlitz im Vorhang spähte, erhaschte sie einen Blick auf Troy, der mit weißem Gesicht und in sich zusammengesunken am Ende des Laufstegs saß. Sie warf einen Blick auf die Uhr. Es war ausgeschlossen, dass sie noch Zeit fanden, das Finale wie geplant über die Bühne zu bringen, in dem Troy, flankiert von Nimuë und Morgana, über den Laufsteg schreiten sollte, gefolgt von einem Hofstaat stolzer, hohlwangiger Schönheiten. Auch egal. Troy und seine beiden Lieblingsmodels konnten es auch so schaffen. Sie hatten es schon oft genug gemacht. Die weniger erfahrenen Mädchen brauchten ihnen einfach nur zu folgen. Sie erinnerte sich an die Worte, die ein Spaßvogel von Regisseur angeblich mal zu einer in ihren Hirnfunktionen eingeschränkten Schauspielerin gesagt haben sollte: *Du brauchst weiter nichts zu tun als deinen Text zu behalten und aufzupassen, dass du keine Möbelstücke anrempelst.* Zum Teufel. Diese Mädchen brauchten keinen Text zu sprechen, und es gab auch keinerlei Möbel, die sie hätten anrempeln können. Da konnte doch nichts schief gehen.

Als das letzte Model schließlich durch den Vorhang gerauscht war, verlangte Aphrodite die Aufmerksamkeit aller. »Gut«, sagte sie. »Ich danke euch allen von ganzem Herzen. Ihr alle habt getan, was ihr konntet, noch dazu unter keineswegs idealen Bedingungen. Wenn ihr das hier gemeistert habt, ist die Show heute Abend ein Kinderspiel für euch. Noch einmal vielen Dank. Und ich darf euch alle bitten, selbst die letzte Kontrolle eurer Outfits vorzunehmen und in einer halben Stunde zur Stelle zu sein, um Frisur und Make-up richten zu lassen.« Empörtes Kreischen und Schnauben folgten auf diese letztere Aufforderung.

»Ich weiß, die Pause ist nicht lang genug, aber wir haben einfach nicht mehr Zeit. Tut mir Leid, und nochmals vielen Dank. Gut. Eine halbe Stunde also.«
Aphrodite taumelte hinter dem Vorhang hervor und ließ sich auf einen der Schalensitze aus Plastik fallen, die den Laufsteg flankierten. Eine Assistentin brachte an allen Sitzen in der ersten Reihe Aufkleber mit der Aufschrift ›Presse‹ an. Troy war nirgends zu sehen. Aphrodite vermutete, er könnte sich zurückgezogen haben, weil ihm übel war, doch dann fiel ihr ein, dass für diese Zeit ein Rundfunk-Interview mit irgendeiner Gesellschaftsreporterin anberaumt war.
»Also wirklich.« Lola nahm neben ihr Platz. »Was für ein beschissener Witz! Lauter Avids!« ›Avid‹ war ihr Codewort für Diva gewesen, wenn sie in der Vergangenheit zusammengearbeitet hatten. »Wie hältst du das aus, Aphrodite?«
»Ich delegiere, soviel ich kann. Aber traurigerweise gibt es nicht viele Leute, an die ich etwas delegieren könnte.« Eine Privatsekretärin war zwar eingestellt worden, doch sie arbeitete nur Teilzeit. Mehr hatte Troy MacNally Enterprises ihr zurzeit nicht bieten können. Offenbar hatte Troy, was selten genug vorkam, eine Auseinandersetzung mit Jolie gehabt, weil er Leute eingestellt hatte, ohne sie zu Rate zu ziehen.
Die Aushilfskraft, die sich um die Sitzordnung kümmerte, kam vorbei, und Aphrodite bemerkte, dass der Aufkleber, den er an dem Platz direkt vor ihr anbrachte, Jolie Fitzgeralds Namen trug. Sie hatte die Fitzgerald schon eine Ewigkeit nicht mehr gesehen, und sie war sich nicht sicher, ob sie sie ausgerechnet an diesem Abend würde ertragen können. Nach der Show fand eine Party im POD-

Club statt, und Aphrodite war klar, dass sie um Troys willen daran würde teilnehmen müssen.
»Wo steckt Troy?«, fragte Lola.
»Er hat ein Interview mit einem Vampir.«
»Inzwischen erledigst du solche Sachen bestimmt schon im Schlaf. Du bist zu einer satten Berühmtheit geworden, seit wir uns das letzte Mal gesehen haben. Wie lange ist das eigentlich her, was schätzt du?«
»Keine Ahnung. Ach, Lola, Scheiße, es tut mir Leid, dass ich dich nicht angerufen habe, ich ...«
»Ja, ja, ja«, sagte Lola in ihrem Reden-wir-nicht-mehr-darüber-Tonfall. »Hab ich nicht gesagt, dass wir all diesen Mist ein anderes Mal bereinigen wollen?« Sie reckte sich, warf dann den Kopf in den Nacken und lachte. »Lieber Himmel! Diese Models sind mir unbegreiflich! Diese verdammten Zwillinge sind köstlich! Weißt du, wie sie mit richtigem Namen heißen? Polly hat's mir verraten, aber ich musste ihr versprechen, kein Sterbenswörtchen weiterzusagen.«
»Du meinst, sie heißen in Wirklichkeit gar nicht Nimuë und Morgana?«
»Nein, zum Teufel. Sie haben diese Namen angenommen, weil Nimuë und Morgana anscheinend zwei Hexen aus der Artussage sind. Ihre richtigen Namen sind Krystle und Alexis, nach den Diven aus dem Denver-Clan. Angeblich springen sie im Achteck, wenn jemand sie so nennt.«
»Das wundert mich nicht. Krystle und Alexis, das sind ja noch schlimmere Namen als meiner.«
»Ich habe herrliche Gespräche belauschen können«, fuhr Lola fort. »Diese Models reden tatsächlich über nichts anderes als über Kleider und Diäten. Ich dachte, das wäre nun wirklich ein allzu dickes Klischee, aber es stimmt. Ich

habe gehört, wie ein Mädchen zu dieser hinreißenden Rothaarigen sagte: ›Ich bin zu faul, um Sport zu treiben, achte aber darauf, dass ich nie mehr als etwa tausend Kalorien pro Tag zu mir nehme.‹ Zum Kuckuck, ich halte mich schon für maßvoll, wenn ich meinen Alkoholkonsum auf tausend Kalorien beschränke.«

Aphrodite überkam plötzlich ein Gefühl freudiger Erleichterung, weil sie und Lola wieder Freundinnen waren. Sie hatten so viel nachzuholen. »Was hat die Rothaarige geantwortet?«, wollte sie wissen.

Lola antwortete in selbstzufriedenem Tonfall: »Ach, das würde mir aber gar nicht gefallen! Ich kann so viel essen und trinken, wie ich mag, weißt du, aber ich schwimme schließlich auch jeden Tag meine hundert Bahnen, einfach, um körperlich fit zu bleiben.«

Mit plötzlich erwachtem Interesse sah Aphrodite ihre Freundin an. »Tatsächlich? Diese Rothaarige ist eine geübte Schwimmerin?«

Lola zuckte mit den Schultern. »Das sagte sie jedenfalls. Warum interessiert dich das so?«

»Davon erzähle ich dir ein anderes Mal. Es hat mit einem Projekt in der nahen Zukunft zu tun.«

Lola kicherte. »Weißt du, welchen Spitznamen sie dir gegeben haben?«

»Ja. Musi.« Aphrodite lächelte freudlos. »Das ist immer noch besser als Aphrodite.«

»Wer hat ihn sich ausgedacht?«

»Wahrscheinlich Polly Riordan. Und wie du inzwischen sicher bemerkt hast, ist es kein Spaß, eine Muse zu sein.« Sie blickte auf ihre Armbanduhr. »Autsch. Der Countdown läuft, und ich habe noch tausend Dinge zu erledigen.«

»Himmel, Aphrodite. Du hast getan, was du konntest. Du

siehst total erledigt aus, weißt du das? Wenn du nicht bald anfängst, dich zu schonen, handelst du dir ein Magengeschwür ein.« Dieser Gedanke war ihr in letzter Zeit immer häufiger gekommen. »Hör zu. Gestatte mir, dass ich dir rasch noch ein Sandwich besorge, bevor ich dich für den Rest des Abends deinem Schicksal überlasse.«

»Sandwiches sind bestellt.«

»Ja. Aber nicht die Sorte, an die ich gedacht habe. Extraportion Mayonnaise, Extraportion Pesto, Doppeldecker mit Frischkäse und Speck und Schokoladensoße und Marshmallow-Stückchen und mehr Kalorien, als ein Supermodel in einer Woche zu sich nimmt.«

»Du bist die beste, allerbeste Freundin, Lo.«

»Ja. Denk bitte daran, wenn du das nächste Mal wutentbrannt den Hörer aufknallst, weil irgendeine hirnrissige Klatschkolumnistin Unsinn über dich geschrieben hat.«

Aphrodite wandte sich mit einem gequälten Lächeln Lola zu.

»Ich bin in zwei Sekunden zurück, und zwar mit zwei Milchshakes. Welche Sorte?«

»Natürlich die, die zu meinem Outfit passt, Schätzchen.« Aphrodite trug Jeans und ein weißes T-Shirt. »Also am besten Vanille.«

Lola salutierte zackig und schwang sich auf Bretter, die über das Becken gelegt worden waren. »Hey – das ist ein cooles Gefühl«, sagte sie, stemmte eine Hand in die Taille und schritt mit wiegenden Hüften den Laufsteg entlang. »Ich möchte meinen, ich könnte es mit den Besten unter den Models aufnehmen. Was sagst du, Süße?« Und damit vollführte sie eine ungraziöse Pirouette, sprang vom Laufsteg und war verschwunden.

Aphrodite beneidete ihre Freundin um deren Energie. Sie

schloss die Augen, lehnte den Kopf an die Rücklehne ihres Stuhls, zählte bis zehn und holte dann tief Atem, um Kraft zu sammeln, aufzustehen und weitermachen zu können. Doch als sie die Augen wieder aufschlug, entdeckte sie jemanden auf dem Platz neben ihr. Polly Riordan war unhörbar zu ihr geschlüpft. Mit tränenden Augen sah Aphrodite die frühere Privatsekretärin an, und dann bewog sie irgendetwas, einen Blick auf die Uhr zu werfen. Verdammte Scheiße! Zwanzig Minuten waren verstrichen! Wie hatte das passieren können?

»Aphrodite?«, drängte Polly. »Finden Sie nicht, dass es Zeit wäre, hinter die Bühne zu gehen und sich umzuziehen? Keine Sorge ...«, meinte sie, als sie Aphrodites geschockte Miene sah, »... alles ist unter Kontrolle. Jolie sorgt hinter der Bühne für den letzten Schliff, und als ich Sie hier draußen in diesem komatösen Zustand sah, hielt ich es für das Beste, ihr für eine Weile die Zügel zu überlassen, damit Sie ein bisschen ausruhen können. Sie sehen wirklich schrecklich müde aus.«

Aphrodite schlug sich mit der Handfläche gegen die Stirn. »Ach, Scheiße, Polly, ich habe nichts zum Umziehen mitgebracht! Wie dumm von mir! Aus irgendeinem verrückten Grund dachte ich, ich würde Zeit genug haben, vor der Show nach Hause zu fahren und rasch zu duschen.« Aphrodite nagte an ihrer Unterlippe. Dann würde sie eben mit dem uncoolen T-Shirt und den Jeans leben müssen, die sie am Morgen angezogen hatte. Unmittelbar nach der Show würde sie rasch nach Hause fahren und irgendein Kleidungsstück aus Troys Kollektion überwerfen. Es kam ja nicht in Frage, dass die Muse des Designers auf der Modenschau seiner Herbstkollektion in H&M-Klamotten aus dem Vorjahr auftrat.

»Keine Sorge«, sagte Polly. »Ich habe etwas für Sie beiseite gelegt, als mir klar wurde, wie dieser Tag verläuft. Ich habe Ihnen dieses reichlich sexy Bodenlange aus bernsteinfarbener Seide reserviert. Und keine Sorge …«, sie legte begütigend eine Hand auf Aphrodites Arm, als sie deren entsetzten Blick auf ihre Turnschuhe sah, »… für Schuhe habe ich auch gesorgt.«
Aphrodite blieb skeptisch. »Das Bernsteinfarbene hat ein ziemlich durchsichtiges Top …«
»Kein Problem. Sie legen sich einfach eine Chenille-Stola um die Schultern.« Polly neigte prüfend den Kopf auf die Seite. »Und ich suche Ihnen dazu passend noch ein paar hübsche Bernstein-Ohrgehänge heraus. In dieser Beleuchtung muss die Farbe umwerfend an Ihnen aussehen. Ach, übrigens, es freut Sie sicher zu hören, dass der Beleuchter zum Finale diesen Glitzerkugel-Effekt bewerkstelligen kann.«
»Wie bitte?«, fragte Aphrodite und hatte das Gefühl, einen heftigen Schlag in die Magengrube zu bekommen. »Was für eine Beleuchtung? Das Finale, wieso?«
»Aphrodite«, sagte Polly noch milder, als wäre sie eine Krankenschwester im Gespräch mit einer senilen Patientin. »Zum Finale müssen Sie auf die Bühne. Das erwartet man von Ihnen als Troys Muse. Es ist Tradition.«
»*Was!* Niemand hat mir bis jetzt ein Wort davon gesagt, Polly! Ich gehe nicht einmal in die Nähe dieses verdammten Laufstegs, ausgeschlossen!«
»Oh.« Polly wirkte schwer enttäuscht. Mehr noch – sie wirkte verwirrt und verärgert. »Oh. Gut. Dann sollte ich jetzt wohl Troy darüber informieren. Wahrscheinlich ist er einfach davon ausgegangen, dass Sie wussten, wie das abläuft. Es war dumm von mir, es nicht schon früher zu

erwähnen, aber weil wir überhaupt keine Gelegenheit hatten, während der Generalprobe das Finale durchzusprechen … Du liebe Zeit. Er wird furchtbar enttäuscht sein …« Pollys Stimme erstarb.

Aphrodite fühlte sich scheußlich. Immerhin war es sehr nett von Polly gewesen, dass sie hilfreich einsprang, obwohl sie dazu nicht verpflichtet war. »Hören Sie, Polly, es tut mir Leid, dass ich so aufbrausend war, aber wissen Sie, so etwas ist mir einfach nicht gegeben. Ich bin nicht der Typ, der über den Laufsteg stolziert und den Applaus genießt. Ich würde mich wie eine Hochstaplerin, wie ein Eindringling fühlen, wenn ich das täte.«

»Aber bis jetzt haben Troys Musen das immer getan! Bitte, Aphrodite, enttäuschen Sie ihn nicht. Es bedeutet ihm so viel, und es ist doch so einfach für Sie, ihm diese Freude zu machen, eine Geste der Zusammengehörigkeit, der Solidarität! So zeigen Sie der Welt, dass Sie ein Team sind.«

Aphrodite seufzte. »Sehen Sie, Polly, Miriam mag es ja leicht gefallen sein. Sie war schließlich sein Hausmodel. Aber ich bin kein Model, und …«

»Jolie ist auch kein Model.«

»Wie?«

»Jolie ist auch kein Model. *Sie* war nie Model, und sie hat es für ihn getan.«

»Oh.« Ach, zum Teufel. Warum endete immer wieder alles bei Jolie? Es war *so* unfair. Aphrodite hätte jetzt gern mit Troy geredet, ihn gefragt, ob sich ihr Auftritt nicht irgendwie umgehen ließe, doch sie wusste, dass es absolut nicht in Ordnung wäre, ihn zu diesem Zeitpunkt mit ihren Unsicherheiten zu behelligen. Er hatte an diesem Abend genug um die Ohren und konnte darauf verzichten, dass sich seine Muse plötzlich wie eine Mimose aufführte. Und

sie ertrug die Vorstellung nicht, wie Jolie geringschätzig die Lippen verziehen würde, wenn sie erfuhr, dass Aphrodite nicht genug Schneid hatte und sich drückte.
Polly musterte sie abschätzend. Aber da war noch etwas anderes in ihrem Blick. Aphrodite entdeckte eine Spur von Verachtung. Ach, Gott. Sie war wirklich der Meinung, dass es ein Leichtes wäre, Troy diesen Gefallen zu tun. Und *alle* hatten an diesem Tag ihr Bestes gegeben. Zwar war es zu Wutanfällen, Rückzügen in den Schmollwinkel und Beleidigungen gekommen, doch alle hatten sich für Troy ein Bein ausgerissen, Polly eingeschlossen. Und jetzt hatte sich sogar Jolie Fitzgerald die Ärmel aufgekrempelt und mit angepackt …
Gut. Sie würde es tun. Mit gesenktem Blick, hochroten Wangen und ein bisschen Hilfe aus Lolas Flachmann würde sie es tun. Polly hatte Recht. Für Troy musste sie es tun.

12

Das Kleid aus bernsteinfarbener Seide, das Polly für Aphrodite zurückgelegt hatte, war umwerfend, besonders, wenn sie sich dazu die Chenille-Stola dramatisch um die Schultern legte. Aphrodite wusste, wenn sie die Sache durchziehen wollte, benötigte sie ein gewisses Maß an Chuzpe.

Nachdem sie sich umgezogen hatte, bahnte sie sich einen Weg durch die Scharen von Models, Maskenbildnerinnen und Blumenlieferanten bis zu Troy, der gerade Morganas Ego aufpolierte. Nach Aphrodites Meinung war Morgana der letzte Mensch, der das nötig hatte. Sie wartete, bis Troy fertig war, und berührte ihn dann leicht am Arm. Doch bevor sie Gelegenheit fand, ihn zu fragen, ob er mit der Wahl ihrer Garderobe für das Finale einverstanden war, ergriff Polly ihre Hand und sagte: »Schnell! Schnell! Kommen Sie mit!« Sie klang, als müsse an irgendeinem Kleid noch eine Notoperation vorgenommen werden, also ließ sich Aphrodite zurück durch die Menge zu den Visagisten schleifen, die der Schönheit der Models den letzten Schliff verpassten.

»Was ist denn los, Polly?«, fragte Aphrodite.

»Gar nichts«, antwortete Polly. »Ich wollte nur sicherstellen, dass Sie die beste verfügbare Visagistin bekommen. Maggie hat ihr Soll erfüllt. Sie ist gern bereit, Sie zu schminken. Übrigens, ich habe vorgeschlagen, dass sie sich lieber auf Ihren Mund statt auf die Augen konzentrieren soll. Ihr bleibt keine Zeit, den Augen eine dramatische Wirkung zu verleihen, aber ein großer, kühner, wunderschöner Mund in Ihrem porzellanhellen Gesicht kompensiert das durchaus.«

»Oh.« An Make-up hatte Aphrodite noch gar nicht gedacht, doch sie sah ein, dass es sinnvoll war. In der Bühnenbeleuchtung würde sie ohne Schminke total ausgelaugt aussehen. »Oh, das ist eine verdammt gute Idee, Polly. Danke. Ich kann mir vorstellen, dass ich ziemlich mitgenommen aussehe.«

»Für eine andere Frisur bleibt leider keine Zeit. Ich schlage vor, dass Sie es einfach schlicht zurückkämmen.« Polly schenkte ihr ein freundliches Lächeln und huschte davon, um sich anderen Aufgaben zuzuwenden.

Maggie, das Mädchen, das beim Foto-Shooting für den Katalog mitgearbeitet hatte, reichte ihr einen Plastikumhang, um ihr Kleid zu schützen. »Setzen Sie sich«, bat sie und kramte in ihren kleinen Farbtuben. »Polly sagt, Sie ziehen die stumme Behandlung vor?«

»Wie meinen Sie das?« Aphrodite schloss den Klettverschluss des Umhangs und setzte sich auf den Stuhl vor dem Spiegel.

»Na ja, manche Leute plaudern gern, wenn sie nervös sind, und andere sind lieber ganz still.«

»Ach so. Polly hat Recht. Normalerweise würde ich wahrscheinlich plappern, was das Zeug hält, aber im Augenblick braucht mein Kopf wohl ein wenig Erholung.«

»Genau«, erwiderte Maggie. »Ich selbst brauche auch unbedingt eine Pause nach dem endlosen Mode-Gequatsche, das ich mir bis eben anhören musste.« Die beiden Frauen lächelten einander an, dann schloss Aphrodite die Augen und überließ sich Maggies meisterhaften Pinselstrichen.

Es dauerte eine Viertelstunde, sie von einer Figur aus *Die Nacht der lebenden Toten* in ein nicht unattraktives menschliches Wesen zu verwandeln. »Seit dem Foto-Shooting haben Sie abgenommen, wissen Sie«, sagte Maggie. »Sehen Sie sich diese Wangenknochen an! Haben Sie etwa eine Diät gemacht?«

»Nein«, antwortete Aphrodite. »Ich vermute, es liegt am Stress.«

»Geben Sie gut auf sich Acht. Es würde Ihnen nicht stehen, noch mehr Gewicht zu verlieren.« Sie reichte Aphrodite Haarspray und einen Kamm. »Frisieren können Sie sich bestimmt selbst. Mit diesem Zeug geht das problemlos.«

Sie hatte Recht. In knapp einer Minute saß die Frisur, und Aphrodites zerzauste, blonde Haare – ihr Markenzeichen – waren glatt an den Kopf gekämmt. Sie beugte sich vor, um ihr Spiegelbild zu betrachten, und stellte zu ihrer Erleichterung fest, dass sie schon lange nicht mehr so vorzeigbar ausgesehen hatte. Ihre Ausstrahlung war die von lässiger, reifer Weltgewandtheit.

»Sie wollen sich irgendwann sicher auch für die Party schminken lassen, Polly?«, wandte Maggie sich im Vorbeigehen an die Privatsekretärin. »Ich könnte Sie etwas später behandeln, falls ich nicht allzu viel auffrischen muss.«

»Danke, Maggie. Dafür lade ich Sie zu einem Drink ein.«

»Darauf bestehe ich. Und das gilt auch für Sie, Delaney.«

»Oh. Sicher doch.«

Maggie betrachtete sich selbst im Make-up-Spiegel. »Ich könnte auch ein bisschen Schminke vertragen. Im POD braucht man zwar eigentlich kein Make-up, weil das Licht so gedämpft ist. Aber ein bisschen Tünche wirkt Wunder für das Selbstbewusstsein.«

»Herzlichen Dank, Maggie.« Aphrodite stand auf und

schickte sich an, der Maskenbildnerin einen Kuss auf die Wange zu geben, doch Maggie formte mit den Fingern ein Kreuz, als wollte sie einen Vampir abwehren.

»Vor dem Ende der Show wird hier niemand geküsst«, sagte sie. »Trotz der Fixierung könnte das Spuren hinterlassen. Und wenn man das Make-up eines Models verdirbt, ist man geliefert. Viel Glück, Aphrodite.«

Aphrodite schlug sich durch die Umkleidezone bis zu Troy durch, der noch letzte Kontrollen ausführte. Als sie an einem Mädchen vorbeikam, das sich abmühte, das Kleid eines Models zwischen den vorstehenden Schulterblättern zu schnüren, hörte sie das Model mit quengeliger Stimme sagen: »Was denkt die verdammte Musi sich dabei, Maggie mit Beschlag zu belegen? Sie müsste doch wissen, dass die Maske viel zu sehr mit uns beschäftigt ist, um sich auch noch mit ihr abzuplagen. Ich warte jetzt seit einer halben Stunde auf mein Make-up.«

Die Ankleidehilfe warf Aphrodite einen verstohlenen Blick zu, doch sie tat so, als hätte sie nichts gehört, und setzte ihren Weg fort. Herrgott noch mal, sie würde froh sein, wenn dieser Abend überstanden war!

Troy war immer noch kreidebleich. Als er sie sah, musterte er sie nur flüchtig. »Du siehst toll aus«, sagte er und gab ihr rasch einen Kuss auf das Schlüsselbein, bevor er sich wieder seiner Arbeit zuwandte. Er trat zurück, begutachtete sein Werk und warf dann einen Blick auf die Uhr. »Scheiße«, sagte er, »es wird Zeit.«

Noch einmal entstand hektische Betriebsamkeit, bevor der DJ seine Arbeit aufnahm, und dann, ein paar angespannte Sekunden später, erschien das erste Model auf dem Laufsteg. Es war Morgana, die Augenblicke zuvor die arme Nell noch arg bedrängt und mit finsteren Blicken und

Gesten traktiert hatte. Jetzt war sie ganz lässige Eleganz, während sie mit müheloser, beschwingter Grazie über den Laufsteg schritt und den Blick träge über die zu ihr erhobenen Gesichter des Publikums schweifen ließ, um gelegentlich ein bevorzugtes Individuum mit einem intimen Lächeln zu belohnen, das zu sagen schien: Ja, schau mich an! Ich bin ja *so sexy!*«

Die folgenden vierzig Minuten funktionierte Aphrodite rein automatisch. Es war, als liefen die Models über ein Fließband und als wäre sie eine Fließbandarbeiterin. Kaum hatte sie einem Mädchen ein »Los!« zugezischt, wartete schon das nächste darauf, den Platz der vorigen einzunehmen. Aphrodite ließ ihren Expertinnenblick über das Ensemble gleiten, richtete hier einen Träger, zupfte dort an einem Saum oder legte mit eiligen Fingern etwas mehr bloße Haut frei, bevor sie das Mädchen hinausschickte in die Lichtflut jenseits des schwarzen Vorhangs. Gelegentlich erhaschte sie einen Blick auf das Publikum – auf einen Journalisten in der ersten Reihe, der in sein Notizbuch kritzelte, auf einen über das schmiedeeiserne Geländer der Zuschauergalerie gelehnten Prominenten, auf Jolie und Gareth Fitzgerald, die in eleganter Haltung in ihren VIP-Sesseln saßen.

Dann war plötzlich alles vorüber, und es war Zeit für das Finale. Aphrodite wurde verzweifelt bewusst, dass sie überhaupt nicht eingewiesen worden war. Wo, zum Beispiel, sollte sie stehen? An Troys Seite? Aber nein – die Zwillinge hatten die Ehre, diesen Platz in der Hierarchie einzunehmen. Sie winkte Troy wild zu, der an der anderen Seite des Eingangs stand, doch er war voll darauf konzentriert, ein Halsband aus Muscheln in Nimuës Nacken zu schließen, das sich gelöst hatte, und bemerkte sie daher nicht. Gott sei Dank, *Gott sei Dank* – da kam Polly Riordan mit ihrer Stola auf sie zu, drängte sich hartnäckig durch die Menge der amazonenhaften Models. In dem Moment, als sie aus den Augenwinkeln sah, wie Troy den Vorhang teilte und, an jeder Hand einen Zwilling, hinaus auf den Laufsteg schritt, griff Aphrodite nach Pollys Arm. Der Applaus schwoll an.

»Soll ich es nicht lieber einfach lassen, Polly?«, fragte Aphrodite, krampfhaft nach einem rettenden Strohhalm suchend. »Es ist zu spät, und ich habe keine Ahnung, was ich tun soll.«

»Nein, gehen Sie!«, zischte Polly drängend und legte Aphrodite die Stola um die Schultern. »Sie brauchen nichts weiter zu tun, als ein paar Schritte hinter Troy zu bleiben, sich umzudrehen, wenn er sich umdreht, und ihm den Laufsteg entlang zu folgen. Gehen Sie!«

Ihr blieb nicht einmal Zeit zum Luftholen. Polly zog den Vorhang zur Seite, und Aphrodite fühlte den Druck ihrer drängenden Hand im Rücken, die sie vorwärts schob. Das Letzte, was sie sah, als sie hinaustrat, war das Poster, das sie am Zugang zur Rampe angebracht hatte, die schreienden Ermahnungen an die Models, SEXY, VERFÜHRERISCH, SINNLICH, SPIRITUELL, ELEGANT, HEITER, STARK, EMOTIONAL zu sein. Und sie wusste, dass sie selbst einfach nur DUMM aussehen würde. Plötzlich befand sie sich auf dem Laufsteg und blinzelte in die grellen vielfarbigen Lichter, die um sie herumwirbelten. Sie war sich der Gesichter bewusst, die zu ihr emporstarrten, doch sie hielt den Blick fest auf Troys hohe Gestalt vor ihren Augen gerichtet, der, von den gertenschlanken Zwillingen flankiert, vor ihr herschritt. Die Bewegungen der drei wirkten so synchron wie die des russischen Staatsballetts.

Aphrodite hielt sich so aufrecht sie konnte, fühlte sich im Vergleich zu den Zwillingen aber trotzdem unbeholfen und lächerlich – auch im Vergleich zu den übrigen Models, die ihr, wie sie wusste, jetzt hüftschwingend folgten. Als Troy das Ende des Laufstegs erreicht hatte, zögerte Aphrodite, während der Applaus erneut aufbrauste und die Models ebenfalls applaudierten, Hände, zart wie weiße Schmetterlingsflügel, hoben und niedlich klatschend den Schöpfer der herrlichen Gewänder bejubelten, die sie hatten vorführen dürfen. Aphrodite folgte ihrem Beispiel, und ihr entging nicht, dass einige der Mädchen ihr verstohlen befremdete Blicke zuwarfen.
Troy ließ sich Zeit, um den Tribut seines Könnens vom Publikum entgegenzunehmen. Es waren die längsten Augenblicke in Aphrodites ganzem Leben. Sie spürte, wie sich ihre Wangen unter der Hitze der Beleuchtung röteten, spürte, wie ihr unter den Achseln der Schweiß ausbrach – und sie betete, dass ihr Kleid keine Flecken davontrug! –, fühlte den stampfenden Bass aus den Lautsprechern in ihren Adern pulsieren, sodass sie auf ihren himmelhohen Absätzen unsicher wurde. Um sie herum explodierten Blitzlichter, Fotografen drängten Troy, sich ihnen zuzuwenden, damit sie ein anständiges Foto von ihm erhielten, dazwischen ertönten Rufe wie: »Morgana – hier!« und »Nimuë – hierher, bitte!« Als Troy sich umdrehte, um seinen Rückweg über den Laufsteg anzutreten, hörte sie jemanden rufen: »Aphrodite! Wie wär's mit einem Lächeln?« – und sie setzte ein starres, ängstliches Grinsen auf, das ihr ganz sicher das Aussehen eines Totenkopfs verlieh.
Aphrodite würde Troys Blick, als er sie entdeckte, niemals im Leben vergessen. Er sah aus, als wäre er frontal gegen

eine Mauer gelaufen. Er zögerte den Bruchteil einer Sekunde, dann zwang er sich, offensichtlich unter Aufbietung aller Kräfte, zu einer gleichgültigen Miene und neigte sich vor, um ihr einen Kuss auf die Wange zu geben. Erneutes Blitzlichtgewitter. Sie spürte seinen Atem heiß an ihrem Ohr, und dann zischelte seine Stimme: »Was soll das, verdammte Scheiße?«

Aphrodite war inzwischen so restlos verwirrt, dass sie einen Schritt vor ihm zurückwich, dabei ins Stolpern geriet, und als er, immer noch seine beiden Hausmodels an der Hand, an ihr vorüberschritt, geistesabwesend feststellte, dass seine Fingerknöchel weiß waren. Die Schar der übrigen Models teilte sich wie das Rote Meer, um ihn durchzulassen, formierte sich dann auf dem Laufsteg neu zu seinem Gefolge, und Aphrodite schlurfte in ihrer Mitte und kam sich vor wie das schwächste Mitglied eines Trupps angeketteter Sträflinge.

Unvermittelt wurde ihr klar, was geschehen war – nach Troys Reaktion lag es schmerzhaft und grotesk auf der Hand. Polly Riordan hatte sie vorgeführt. Die frühere Privatsekretärin war entschlossen gewesen, einen letzten Akt rachsüchtiger Sabotage zu begehen, bevor sie Troy MacNally Enterprises verließ und die Kontrolle der Thronnachfolgerin übergab, die sich Aphrodite Delaney nannte. Es war ganz offensichtlich *nicht* üblich, dass eine Muse sich auf dem Laufsteg zu einem Designer gesellte. Was sie gerade getan hatte, war ganz und gar unmöglich gewesen.

O Gott! O wie entsetzlich! O hilf mir doch jemand!, dachte sie, während sie darauf wartete, dass die endlose Schlange von Models hinter dem schwarzen Vorhang am Ende des Laufstegs verschwand. Wie stand sie jetzt da? Sie musste ja wie eine größenwahnsinnige Verrückte gewirkt haben, als sie den Laufsteg entlang hinter Troy und den Zwillingen hergestapft war. Was dachten die Leute jetzt von ihr? Was würden sie morgen denken, wenn diese verflixten Fotos in den Zeitungen erschienen? Was mochten die Models gedacht haben, als sie sahen, wie Musi hoch erhobenen Hauptes einherstolzierte und sich einbildete, sie könnte es genauso gut wie die Profis? Was mochte Jolie Fitzgerald, die Meisterin der Etikette, die sowieso nie viel von ihr gehalten hatte, jetzt erst von ihr denken? Was – o Gott – was dachte Troy?

Sie hielt es nicht aus. Sie konnte die Demütigung nicht ertragen, die sie wie eine riesige Flutwelle überrollen würde, sobald sie hinter die Bühne trat. Als das letzte Model durch die Vorhangspalte glitt, überlegte Aphrodite blitzschnell. Wie wär's, wenn sie aus diesem blöden Trupp von Kettensträflingen flüchtete? Ganz einfach. Sie trat zur Seite, ließ sich vom Laufsteg gleiten und verschwand in einer der hölzernen Umkleidekabinen seitlich des alten Schwimmbeckens. Die Kabine verfügte nur über den mittleren Teil einer Tür, Kopf und Füße eines Badegastes, der sich hier umkleidete, wären vom Becken aus zu sehen gewesen. Aphrodite stieg auf die hölzerne Bretterbank in der Zelle, hockte sich hin und legte den Kopf auf die gebeugten Knie. Sie fühlte sich wie ein kleines Kind, das unartig gewesen war und wild entschlossen ist, sich nicht finden zu lassen, bis sich die Wogen geglättet haben. Aber sie war erwachsen genug zu wissen, dass sie irgendwann doch herauskommen und sich den Folgen stellen musste. Nicht heute Abend. An diesem Abend würde sie es nicht ertragen. Mit den Nachzüglern aus dem Publikum würde sie sich aus dem Gebäude schleichen, ein Taxi heranwinken, nach Hause fahren und den Telefonstecker ziehen. Himmel! Was für ein scheußlicher Tag war das gewesen! Sie war so müde, so beschämt, so gekränkt, dass sie am liebsten geheult hätte. Aber sie durfte noch nicht weinen. Damit würde sie warten, bis sie die Haustür ihrer kleinen Wohnung hinter sich geschlossen hatte.

Alles, was sie tat, geschah automatisch. Sie zog sich die Stola über den Kopf, verbarg so viel wie möglich von ihrem Gesicht in den samtigen Falten und eilte auf flinken Füßen durch das Gebäude, ohne auf den eifrigen Angestellten der Stadt zu achten, der gerade zu seinem üblichen Gebrüll über Aufräumen und Verschwundensein, bevor der Minutenzeiger seiner Uhr die Zwölf erreichte, ansetzen wollte. Um den sollte sich jemand anderes kümmern. Sie rannte die Straße entlang, schaffte es, ein Taxi herbeizuwinken, und wies den Fahrer hektisch an, sie nach Stoneybatter zu bringen. Mit trockenem Humor sagte sie sich, dass sie zurzeit wohl die Verbittertste aller Bewohner von Bitter – äh – Stoneybatter war, und sie hasste Polly umso mehr, weil dieses Gefühl ihre Schuld war.

Wie tief man sie gedemütigt hatte! Wie gründlich sie hereingefallen war! Beinahe empfand sie Bewunderung für die skrupellose Gründlichkeit und die überzeugende Wirkung, mit der Polly ihren Plan inszeniert hatte. Im Fond des Taxis ließ sie noch einmal Revue passieren, wie Polly vorgab, um Troys willen enttäuscht zu sein, falls ›Musi‹ nicht am Finale teilnahm, wie sie Garderobe und Make-up für sie sichergestellt und mit welcher Umsicht sie Aphrodite bis zum Beginn der Show von Troy fern gehalten hatte. Zu ihrem Abschied von Troy MacNally Enterprises hatte Polly Riordan noch einmal schwerstes Geschütz aufgefahren, und ihre Botschaft »Leck mich, Delaney« war deutlicher lesbar, als hätte sie ein Flugzeug gemietet, um sie in den Himmel zu schreiben.

Als das Taxi vor ihrem Haus anhielt, fiel Aphrodite siedend heiß ein, dass sie kein Geld bei sich hatte. Ihre Brieftasche befand sich in ihrem Rucksack im Umkleidebereich der Schwimmhalle, ebenso ihr Handy, ihr Filofax, ihre Schlüssel, ihr – o Gott! Es war sinnlos, jetzt eine Liste von all ihren fehlenden Besitztümern aufzustellen. Sie konnte nur hoffen, dass irgendwer so geistesgegenwärtig gewesen war, ihren Rucksack für sie sicherzustellen. Doch was sollte sie inzwischen tun? Wie sollte sie das Taxi bezahlen und in ihre Wohnung gelangen? Das Letzte, was sie tun wollte, war, Lolas romantisches Dinner zu stören, doch ihr blieb überhaupt keine andere Wahl. Die einzige andere Möglichkeit wäre, zum Haus ihrer Mutter zu gehen und auf ihrer Türschwelle zu warten, bis sie nach Hause kam. Wie sie ihre Mutter kannte, würde sie bis mindestens vier Uhr morgens warten müssen. Wie auch immer, Thea war der letzte Mensch, mit dem sie sich jetzt herumschlagen wollte.

Sie bat den Fahrer, bis zu Lolas Haus zu fahren, sprang dort aus dem Wagen, drückte den Klingelknopf und hoffte, nichts Bedeutsameres als das gegenseitige Füttern mit Pfefferminzplätzchen zum Nachtisch zu unterbrechen.

Lola öffnete den Mund und vergaß ihn zu schließen, als sie Aphrodite sah. »Was willst *du* denn hier?«, fragte sie. »Solltest du in diesem Moment nicht eigentlich im POD mit der Crème der irischen Gesellschaft abhotten?«

»Ich erkläre dir gleich alles«, versicherte Aphrodite hastig. »Aber kannst du erst einmal meinen Ersatzschlüssel ausgraben und mir Geld fürs Taxi leihen, Lo? Es ist ein Notfall.«

»Klar.« Lola kannte kein Zaudern. Sie verschwand, tauchte mit einem Zehner wieder auf, und nachdem Aphrodite den Taxifahrer entlohnt hatte, sagte sie: »Komm sofort rein und erzähl mir alles. Wenn du das nicht tust, fürchte ich, dass du dich in dein Häuschen schleichst und dir die Pulsadern aufschlitzt, und als verantwortungsbewusste Bürgerin ist es meine Pflicht, mein Äußerstes zu tun, um dich daran zu hindern.«

»Ich kann nicht reinkommen, Lo«, sagte Aphrodite. Allmählich begann sie zu frieren in ihrem dünnen Seidenkleid. »Ich will dich und Patrick nicht stören.«

»Du störst überhaupt nicht, Schätzchen. Wir mussten uns vertagen. Patrick wurde wegen irgendwelcher Ermittlungen abberufen. Der Schatz eines Kriminalbeamten zu sein ist genauso nervenaufreibend wie das Leben einer Muse, glaub mir.« Lola hielt die Tür auf und folgte Aphrodite dann ins Wohnzimmer, wo ein Feuer im Kamin brannte und Blumen auf dem Sims standen und wo Bobcat – der wohl auf Tour gewesen war – zusammengerollt auf dem Kaminvorleger lag. Ein herrlicher Duft nach Basilikum hing in der Luft, und im Kühler stand eine geöffnete Flasche Chablis.

»Gut«, sagte Lola gebieterisch. »Setz dich, Süße, und erzähl mir alles ganz genau.«

Das tat Aphrodite.

»Nun«, sagte Lola, als Aphrodite geendet hatte. »Als Erstes wirst du Troy erklären müssen, dass du dir einen bösen Fehler geleistet hast und dass Polly dich hat auflaufen lassen. Was für eine giftige Gemeinheit!«

»Ich kann ihn nicht anrufen«, sagte Aphrodite niedergeschlagen. »Sein Handy steckt in meinem Rucksack.«

Lola überlegte. »Ich bin gar nicht mal unbedingt sicher,

dass du ihn anrufen *solltest*«, sagte sie. »Solch ein Gespräch kann man doch nicht am Telefon führen. Das erledigt man besser persönlich.«

»Du liebe, Zeit, Lo! Ich bringe es nicht fertig, ihm in die Augen zu sehen. Ich schäme mich so entsetzlich. Er wird denken ...«

»Aphrodite. Es ist nicht deine Schuld. Was da passiert ist, ist *nicht deine Schuld*. Wenn Troy nur halb so toll ist, wie du behauptest, wird er das verstehen.«

Aphrodite stürzte einen großen Schluck Chablis hinunter und stützte den Kopf in die Hände. »Himmel, Lo – es geht nicht allein darum, dass ich nur Troy nicht in die Augen sehen könnte. Ich bringe es nicht fertig, mich in der Öffentlichkeit blicken zu lassen. In der gesamten Stadt wird man mit Fingern auf mich zeigen.«

»Vielleicht auch nicht. Nicht alle sind mit den geheimnisvollen Ritualen vertraut, die im *Couture*-Geschäft befolgt werden müssen. Wenn mir jemand erzählt hätte, es wäre Tradition, dass eine Muse einen Designer am Ende der Modenschau auf den Laufsteg begleitet, hätte ich keinen Grund gesehen, es nicht zu glauben. Tausende von Menschen werden nichts Schlimmes dabei finden. Vielleicht imponiert es ihnen sogar. Hey – *Individual* beauftragt dich womöglich jetzt mit einer ganzen Seite über diesen ›Elegantarium‹-Quatsch statt nur mit einer halben.«

Aphrodite bedachte ihre Freundin mit einem gespielt basiliskenhaften Blick. »Halt die Klappe über diese Kolumne.«

»Ich finde sie brillant. Ich finde, du solltest anfangen, als Undercover-Mode-Saboteurin zu arbeiten, und jeden Monat irreführende Direktiven ausgeben.«

»Daran haben Troy und ich auch schon gedacht.« Sehnsüchtig dachte sie an die Zeit, die sie damit verbracht hatten, über die blödsinnigsten Modediktate zu kichern, die Aphrodite in ihrer Kolumne anbringen könnte.

Ach, Gott. Troy. Was sollte sie tun? Wenn sie ihn nicht anrief, *wann* würde sie dann mit ihm reden? Je eher, desto besser, soviel war klar, aber sie hatte nicht die geringste Ahnung, um welche Zeit er aus dem POD zurückkam, es konnte praktisch zu jeder Stunde sein. Sie musste bis zum Morgen warten. Und dann fiel ihr ein, dass sie im Besitz seines Ersatzschlüssels war. Er hing an der Innenseite ihrer Küchentür. Also. Wenn sie nun zu seiner Wohnung fuhr und dort auf ihn wartete? Sie musste ja nicht wach bleiben und warten, bis er zurückkam, sie könnte in sein Bett kriechen und es für ihn anwärmen. Vielleicht wäre es keine schlechte Idee, eine Flasche Champagner auf Eis zu legen oder zu seiner Entspannung einen Joint bereitzuhalten. Nach dem anstrengenden Tag, der hinter ihm lag, würde er müde sein und Trost und vielleicht besonders ausgefallenen Sex benötigen. Das war wohl der älteste bekannte Trick zur Beilegung von Beziehungskrach, wie sie wusste, aber oft genug zeigte er auch die beste Wirkung. Genau so würde sie es machen. Sie würde nach Hause fahren, rasch duschen, sich mit dieser Sandelholz-Lotion eincremen, deren Duft er so liebte, und dann in seine Wohnung und in sein Bett schlüpfen.

»Hör zu, Lo!« Sie erläuterte Lo ihren Plan, die ihn für ausgezeichnet befand, in die Hände klatschte und ihr ein kleines Bündel Banknoten in die Hand drückte, bevor sie sie zur Tür geleitete.

Aphrodite betrachtete verdutzt die Scheine. »So viel wird das Taxi nicht kosten, weißt du.«

»Das ist nicht nur fürs Taxi, guter Champagner ist nicht eben billig, Schätzchen. Wenn du Munition brauchst, ist das Beste bekanntlich gerade gut genug. Welche Marke bevorzugt Mr. MacNally?«

»Cristal. Gewöhnlich ist sein Kühlschrank voll gestopft mit dem Zeug, aber heute Morgen haben wir sämtliche Flaschen ausgeräumt, um die Models hinter der Bühne bei Laune zu halten.«

»Hm. Ich kann mir nicht vorstellen, dass dein Getränkemarkt um die Ecke Cristal anbietet. Doch was zählt, ist der Gedanke. Und wenn du schon dabei bist, besorg auch ein bisschen sexy Fingerfood. Es wird ihn rühren, dass du dir solche Mühe gegeben hast.«

Vor Lolas Haustür stand Patrick, erstarrt in der Bewegung, als er gerade klingeln wollte.

»Ist das eine Pistole in deiner Tasche oder freust du dich nur, mich zu sehen?«, schnurrte Lola.

Patrick beugte sich herab und küsste sie flüchtig auf den Mund. »Es ist eine Pistole«, sagte er. »Aber ich freue mich tatsächlich, dich zu sehen. Ich hätte ausgerechnet heute Abend gut und gern auf diesen Einsatz verzichten können. Hi, Aphrodite. Lange nicht gesehen.«

»Hi. Ich bin im Begriff zu gehen«, fügte sie beschwichtigend hinzu. »Herzlichen Glückwunsch zum Geburtstag, Patrick.« Sie erhob sich auf die Zehenspitzen und gab ihm einen Kuss auf die Wange, dann trat sie mit einem an Lola gerichteten »Dankedankedankedanke, du allerbeste Freundin« hinaus auf den Gehsteig.

»Hey!«, rief Lola, als Aphrodite davoneilte. »Viel Glück, Musi!«

Frisch geduscht und parfümiert befand Aphrodite sich in einem Taxi auf dem Weg zu Troy, ein paar Tragetüten zu ihren Füßen. Der Supermarkt in ihrer Nachbarschaft war nicht unbedingt die geeignete Anlaufstelle für sexy Fingerfood, doch sie hatte Spargelspitzen aufgetrieben (in Dosen – sie konnte sich lebhaft vorstellen, wie angewidert Jolie Fitzgerald auf Spargelspitzen in Dosen reagieren würde), mit Mandeln gefüllte Oliven, einen einigermaßen reifen Brie und ein Baguette. In der Getränkeabteilung hatte sie eine Flasche Veuve Cliquot erstanden.

»Gibt's was zu feiern?«, hatte der Verkäufer sie gefragt.

»Ich hoffe es«, erwiderte sie lächelnd.

Sie manövrierte sich und ihre Tüten durch die angeschlagene Haustür und die drei Treppen zu Troys Wohnung hinauf und öffnete die Wohnungstür.

Fast im gleichen Augenblick wusste sie, dass er nicht allein war. Der Geruch von Sobranie-Zigaretten hing in der Luft, und dann hörte sie eine Frauenstimme. Tief, heiser, unnachahmlich – und unverwechselbar. Jolie Fitzgerald. O Gott! In Aphrodites Kopf begann sich alles zu drehen. Waren sie zusammen im Bett? Doch die Stimme kam vom Wohnzimmer her, nicht aus dem Schlafzimmer. Aphrodite schlüpfte aus den flachen Schuhen, die sie zu Hause angezogen hatte, und schlich zu der halb offenen Tür, wobei sie betete, dass sie nicht ausgerechnet jetzt auf die knarrende Bodendiele irgendwo zwischen der Flurtür und der polierten Holzschwelle zum Wohnzimmer trat.

Wenn sie lauschte, überkam sie gewöhnlich ein unbehagliches Gefühl, doch diesmal empfand sie keine Skrupel, keine Gewissensbisse. Sie und Jolie Fitzgerald befanden sich im Kriegszustand, daher war es moralisch vertretbar, wenn sie den Feind ausspionierte.

»Du brauchst sie, Troy«, hörte sie ihre potenzielle Nemesis sagen. »Ich – *du* hast dich geirrt, was Miriam anging, aber Aphrodite tut dir gut. Ja, es war über alle Maßen arrogant, was sie sich heute Abend geleistet hat, aber ich bin fest überzeugt davon, dass wir sie ohne allzu große Schwierigkeiten wieder ins richtige Gleis bringen können.«

Aphrodite war vor der Tür zum Wohnzimmer angelangt. Sie stellte sich seitlich zum Türspalt auf und beugte sich ein wenig vor, um in den Raum blicken zu können. Jolie saß in einem Lehnstuhl und wandte Aphrodite ihr Profil zu, und Troy hockte zu ihren Füßen auf dem Teppich. Im Zimmer herrschte nahezu Dunkelheit, nur die Lampe auf dem Beistelltisch, auf dem das Schachspiel in Anthrazit und Marmor stand, spendete ein wenig Licht. Troy hatte erklärt, dass das letzte Spiel – Jolie und Miriam waren die Gegnerinnen – nur zehn Minuten gedauert hatte, bis Jolies schwarze Königin Miriams weiße schlug und ein müheloses Schachmatt erwirkte.

»Was meinst du, warum hat sie das getan?«, fragte Troy.

»Ich weiß es ehrlich nicht. Vielleicht hat sie geglaubt, es gehörte sich so? Sie wird gewusst haben, dass Miriam es so gemacht hat …«

»Aber das war etwas völlig anderes! Miriam war mein Hausmodel. Himmel, Jolie – es hat mir einen gewaltigen Schock versetzt, als ich sie dort sah, den Mund genauso dick geschminkt wie der meiner Tante auf diesem Foto, das Haar aus dem Gesicht gekämmt und diese Chenille-Stola um die Schultern drapiert. Sie trug sogar fast die gleichen Ohrgehänge aus Bernstein. Ich weiß nicht, was mir durch den Kopf ging, als ich auf sie zutrat und sie küsste. Am liebsten hätte ich sie geschlagen.«

»Ich weiß, ich weiß, aber jetzt bist du ja wieder ganz ruhig.« Eine Pause entstand. Jolie begann, sein Haar zu streicheln. »Vielleicht ist es an der Zeit, dass du dich von diesem Foto trennst? Schenke es der Vergangenheit, zu der es gehört. Ich habe nie verstanden, warum du das Bedürfnis hast, dein Herz an das Andenken einer Frau zu hängen, die deine Psyche so erbarmungslos vergewaltigt hat.«

»Es war nicht ihre Schuld. Ich gehöre zu einer langen Reihe von psychisch Labilen, Jolie, wie du wohl weißt. Mein liebes Tantchen war labil, bevor ich auf der Bildfläche erschien, und mich am Hals zu haben, hat ihren Zustand nur verschlimmert.«

»Warum hast du ihr Porträt dann behalten?«

»Vermutlich, weil sie meine erste Muse war. Das ist eine irgendwie schamanistische Angelegenheit, wie? Wenn ich das Bild in den Müll werfen würde, hätte ich Angst, mich selbst zu verhexen. Aber du hast Recht. Es ist höchste Zeit, ein paar Geister zur Ruhe zu betten. Morgen werfe ich es weg.«

»Das wäre wohl das Klügste.« Nach einer kurzen Pause fuhr sie fort: »Liebst du sie, Troy?« Jolie stellte die Frage in völlig sachlichem Tonfall, so, als hätte sie ihn gebeten, einen Fragebogen auszufüllen.

»Aphrodite? Ja. Ich glaube es zumindest. Neuerdings fühle ich mich in vieler Hinsicht so unsicher, Jolie. Alles ist so wirr. Und ich habe wieder diese Albträume.«

»Vielleicht solltest du eine Ruhepause einlegen. Du bist sehr verletzlich. In letzter Zeit hast du unter enormem Druck gestanden, und bevor du dich's versiehst, schreien die Leute schon wieder nach der Frühlingskollektion – *und* für diese Wohltätigkeitsveranstaltung zu Weihnachten musst du auch noch Kleider entwerfen und fertig stellen. Coolnamaragh steht dir jederzeit zur Verfügung, Troy. Solange du willst. An den Wochenenden könnte Aphrodite dich dort besuchen.«

»Mir wäre es lieber, sie die ganze Zeit bei mir zu haben.« Seine Stimme klang weinerlich.
»Das ist unmöglich, Schätzchen. Nicht jetzt, da sie hier den Laden schmeißt. Wir können nicht schon wieder jemanden anlernen. Polly hat uns gerade erst verlassen, es wäre eine Katastrophe.«
Wieder setzte für eine Weile Schweigen ein, bevor Jolie erneut das Wort ergriff. Aphrodite hatte den Eindruck, dass diese Pausen sehr wohl überlegt eingesetzt wurden. Es war, als würde Jolie sie bis auf die letzte Nanosekunde kalkulieren. »Die Albträume – es sind wieder die gleichen, oder? Von deiner Mutter?«
»Ja. Nur, dass sie schlimmer sind denn je. Ich suche mit dem Mund nach ihrer Brustwarze, aber sie entzieht sich mir. Sie will mich nicht stillen.«
Es folgte wieder eine lange Pause und dann schließlich ein nachdenklicher Seufzer. »Ich weiß, was du willst«, sagte Jolie. »Du wünschst es dir, seit du Aphrodites Mutter im Phoenix auf der Bühne gesehen hast. Stimmt doch, oder?«
Wie? Das durfte doch nicht wahr sein! Troy war scharf auf ihre Mutter? Aphrodite presste beide Hände vor den Mund, um das Wimmern zurückzuhalten, das in ihr aufstieg, und dann sah sie zu, wie Troy sich auf die Knie erhob und zu Jolie aufblickte. Im Schein der Lampe erkannte sie, dass sein Gesicht verzerrt war von einer Art drängendem Verlangen. »Würdest du das tun? O Gott, o Gott – würdest du das wirklich tun, Jolie?«
Jolie streckte die Hand aus und berührte Troys Gesicht. »Warum nicht? Wir können es ja mal versuchen, nicht wahr? Du weißt ja, ich schere mich nicht um irgendwelche Tabus. Und ich bin der einzige Mensch, der dir geben kann, wonach du verlangst.«

»Wie bist du darauf gekommen«, fragte Troy, »dass es das ist, was ich brauche?« Er begann, das Oberteil von Jolies Kleid zu öffnen.

»Ich kenne dich so gut, mein Schätzchen. Ich kenne dich, als wärst du mein eigenes Kind.«

Jolies Oberteil klaffte inzwischen offen. Sie lächelte auf Troy herab, milde und heiter wie eine Madonna da Vincis, und dann tat sie etwas absolut Schockierendes. Sie schob einen Träger ihres Kleides von ihrer Schulter und öffnete den Vorderverschluss ihres himmelblauen, spitzenbesetzten BHs. »Bitte schön, Schätzchen«, sagte sie und bot ihm ihre Brust. »Mal schauen, ob es hilft.«

Völlig schockiert sah Aphrodite zu, wie Troy MacNally auf Jolies Schoß kroch und ihre Brustspitze in den Mund nahm. O Gott. O *Gott!* Ihre Knie wollten nachgeben, und sie griff nach dem Türpfosten, um sich festzuhalten. Jolie musste die plötzliche Bewegung aus den Augenwinkeln wahrgenommen haben, denn sie wandte den Kopf. Einen abscheulichen Moment lang sahen sich die beiden Gegnerinnen an, ohne mit der Wimper zu zucken, wie Löwinnen, die einander auf unbekanntem Territorium begegneten. Dann holte Aphrodite tief Luft, straffte sich und machte sich zum Angriff bereit. Doch das, was Jolie dann tat, ließ sie abrupt innehalten. Die Frau verengte warnend ihre Augen zu Schlitzen. Dann hob sie langsam einen Zeigefinger an die Lippen. Die Botschaft war deutlich. Aphrodite sollte sich nicht einmischen, sie sollte dieses groteske Ritual nicht stören. Sie starrten einander lange Zeit an, bis Aphrodite, die nur unter Auferbietung unmenschlicher Anstrengung dem Drang widerstand, wie eine Katze zu jaulen, sich zu ihrer vollen Größe aufrichtete, der Rivalin verächtlich zulächelte und geräuschlos aus Troys Wohnung schlich.

Sie hatte keine Lust, im Taxi nach Hause zu fahren, sondern wollte lieber zu Fuß gehen, um einen klaren Kopf zu bekommen. Es klappte nicht. So sehr sie sich auch bemühte, es gelang ihr nicht, das Bild von Jolie und Troy aus ihrem Kopf zu verbannen. Die Ungeheuerlichkeit des Anblicks, wie Troy an Jolies Brust saugte, trat immer wieder vor ihr inneres Auge und quälte sie. O Gott! Das Wissen, dass Jolie Troy die Art von Hilfe bieten konnte, die Aphrodite nicht aufbrachte, tat weh. Sie dachte daran, dass sie Jolie einmal mit einer Harpyie verglichen hatte, die an Troy fraß. Offensichtlich beruhte das auf Gegenseitigkeit bei den beiden. Und welch eine gemeine, hässliche Ironie des Schicksals, dass ihre eigene Mutter Jolie diese Idee zugespielt hatte, seit sie als Arkadina auf der Bühne des Phoenix-Theaters ihren »Sohn« stillte.
Jolies Worte fielen ihr wieder ein. *Ich kenne dich, als wärst du mein eigenes Kind …* Und sie dachte daran, wie sie die beiden in Coolnamaragh zum ersten Mal zusammen gesehen hatte, dachte an die brennende Eifersucht, die sie überfallen hatte, als Jolie Troy vereinnahmte. Und jetzt, nach all diesen Monaten, gab es immer noch so vieles, was sie nicht über Troy wusste, immer noch so viele Geheimnisse der Vergangenheit. Jetzt empfand sie mehr als Eifersucht, sie empfand einen schmerzlichen Verlust. Sie hatte das Gefühl, als wäre irgendein Kobold auf ihre Schulter geklettert und flüsterte ihr ins Ohr, dass Troy MacNally ihr nie so gehören würde, wie er Jolie Fitzgerald gehörte.
Aber das konnte doch nicht sein! Sie liebte Troy, sie begehrte ihn immer noch. Sie durfte nicht zulassen, dass Jolie zerstörte, was zwischen ihnen war. O Gott! Ihr blutete das Herz für das arme, verdrehte Wesen, das ihr Geliebter war. Und plötzlich kam ihr der Anblick der matt gesetzten

Königin auf dem Schachbrett in den Sinn. Wenn Miriam die geschlagene und Jolie die siegreiche Königin war, was war dann Troy? Ein König oder ein Bauer?

Es war schon nach zwei Uhr morgens, als Aphrodite endlich zu Hause ankam, aber sie war immer noch nicht müde. Bevor sie zu Bett ging, zog sie den Stecker des Telefons und genehmigte sich eine ordentliche Dosis ihres ekelhaften Schlafmittels. Sie fürchtete, dass ihr Kopf die ganze Nacht hindurch Schauplatz von psychischer Gymnastik der schrägsten Sorte sein würde, wenn sie es nicht tat. Kurz vor dem Einschlafen sandte ihr Unterbewusstsein ihr eine beunruhigend deutliche Vorschau auf die Träume, die sie in der Nacht heimsuchen sollten. Und natürlich sollte es Recht behalten. Den größten Teil der Nacht verbrachte sie wie Alice im Spiegelland, stolperte über ein riesiges Schachbrett und versuchte, sich der Feinde zu erwehren. Die furchterregendste Gestalt von allen war die Schwarze Königin.

13

Sie verschob ihren Anruf bei Lola am nächsten Morgen um drei Stunden auf eine zivilisierte Uhrzeit. Es war Sonnabend, und ein Anruf zu früh am Morgen hätte ihre Beziehung in das gerade bewältigte Tief zurückstoßen können. Ihr Timing war perfekt. Als sie gegen Mittag anrief, war Patrick gerade gegangen.

»Lo – entschuldige bitte. Du musst mir wieder einmal dein Ohr leihen.«

»Als Seelenklempner würde ich ein Vermögen machen.«

»Ich weiß. Hör zu, zur Belohnung lade ich dich zu einem Jahrgangs-Veuve-Cliquot ein. Was hältst du davon?«

»Klingt ein bisschen nach einem bösen Zeichen. Vermute ich richtig, dass ihr gestern nicht dazu gekommen seid, ihn selbst zu trinken?«

»Stimmt, ich erzähl dir alles, wenn wir uns sehen. Hast du schon gefrühstückt?«

»Ja. Aber nach all der Fleischeslust, die ich seitdem genossen habe, bin ich hungrig wie eine Wölfin. Wenn du also in den Genuss meiner therapeutischen Fähigkeiten kommen willst, verlange ich Eier, Pilze und Tomaten auf Toast.«

»Einverstanden. Aber Pilze habe ich nicht im Haus.«

»Ich aber. Ich bringe welche mit.«

Eine Viertelstunde später traf Lola ein. Sie wirkte reichlich mitgenommen und gähnte.

»Du siehst aus wie ein frisch geficktes Eichhörnchen«, bemerkte Aphrodite und gab Butter in eine Pfanne.

»So fühle ich mich auch. Und was ist mit dir?«

»Da kann ich leider nicht mithalten.«

»Was ist passiert? Ist er nicht nach Hause gekommen?«

»Er war bereits da.«

Und zum zweiten Mal innerhalb von vierundzwanzig Stunden schüttete Aphrodite Lola ihr Herz aus. Wie hatte sie so viele Wochen ohne sie überleben können?

»Lieber Himmel, Aphrodite«, sagte Lola, als diese ihren Bericht beendet hatte. Lola hatte die Hände vor den Mund geschlagen und die Augen weit aufgerissen. »Was zum Teufel willst du jetzt tun?«

»Ich weiß es nicht.« Aphrodite war dankbar, dass Lola nichts in der Richtung von: »Ungeheuerlich« oder »Iiiih!« oder – was sie am meisten befürchtet hatte – »Schieß ihm in die Füße!« gesagt hatte. »Das Merkwürdige ist, Lola, dass ich zwar erschüttert und wütend und alles Mögliche bin, aber trotzdem glaube, dass ich ihm einfach nicht gerecht werden kann.«

»Stößt er dich jetzt ab?«

»Nein. Es ist komisch. Wenn überhaupt, dann kommt er mir jetzt noch schutzbedürftiger vor. Ich weiß, es hört sich seltsam an, aber ich schätze, wenn ich die beiden *in flagranti* beim Sex angetroffen hätte, wäre es einfacher gewesen.«

»*Einfacher?* Ist das dein Ernst?«

»Ja. Verstehst du, das wäre ein eindeutiger Fall von Betrug gewesen, und ich hätte jedes Recht gehabt, eine Szene zu machen. Aber das, was er gestern Nacht getrieben hat, hatte nicht das Geringste mit Sex zu tun, davon bin ich überzeugt.«

»Ähm – tut mir Leid, wenn ich so brutal nachfragen muss, aber woher willst du das wissen?«

»Ich weiß es einfach. Seitdem tue ich nichts anderes, als darüber nachzudenken und den Vorfall zu analysieren. Deswegen gehe ich jetzt auch irgendwie, na ja, rational an die ganze Sache heran. Wäre ich früher zu dir gekommen, hättest du mich als idiotisches heulendes Häufchen Elend erlebt.« Das entsprach der Wahrheit. Die Starre des Schocks hatte sich über Nacht gelöst, und als Aphrodite am Morgen aufgewacht war, hatte sie sofort so laut geweint, dass Bobcat vom Bett gesprungen war und sich verzogen hatte, um ein friedlicheres Schlafplätzchen aufzusuchen. Aphrodite musterte Lola mit festem Blick. »Betrachte es mal von dieser Seite, Lo, wäre in irgendeiner Weise Sex im Spiel gewesen, hätte Jolie mich nie im Leben so verstohlen aufgefordert zu gehen. Sogar sie hätte so viel Anstand aufgebracht, wenigstens schuldbewusst auszusehen. Du kennst doch den Spruch, dass Blicke manchmal Bände sprechen?«

»Mhm.«

»Na ja, und der Art, wie sie mich angesehen hat, konnte ich deutlich entnehmen, dass sie mir eine Warnung schickte, als wollte sie sagen: ›Das hier hat nichts mit Sex zu tun. Misch dich nicht ein.‹ Sie hat mich gebeten, Troy diese Befriedigung zu *gönnen*.«

Lola zog eine Augenbraue hoch. »Hm. Sie hat dich *gebeten?*«

»Na ja. Gut. Sie hat es verlangt.«

»Und du hast klein beigegeben.«

»Ja. Herrgott! Ist es so schwer zu erklären? Im Grunde hab ich's für Troy getan. Kannst du das verstehen, Lo?«

»Ich glaube schon.« Lola sah versonnen vor sich hin. »Das ist wie aus dem Lehrbuch, oder? Eine Mutter-Fixierung.«

»Ja. Es fängt an, einen Sinn zu ergeben, wenn man es von dieser Seite her betrachtet. Vergiss nicht, dass Jolie seine erste Muse war – der erste Mensch seit seiner Babyzeit, der verantwortungsvoll für ihn sorgte, ihn ermutigte und so weiter. Seine Tante war offenbar eine Art für sich. Deswegen hat auch Miriam de Courcy nicht lange vorgehalten, sie war ähnlich labil.«

»Und dann kamst du, und du bist der ideale Stoff, aus dem man Musen macht, wegen deiner mütterlichen Ader, und Jolie ist entzückt, weil sie für ihren Peter Pan eine neue Wendy gefunden hat.«

»Mag sein. Und, hey! – es liegt nicht *allein* an meiner mütterlichen Ader, Lo. Wir haben auch ein verdammt tolles Sexleben, musst du wissen. Aber die Art von gefühlsmäßiger Verzärtelung, die Jolie ihm gibt, kann ich ihm nicht bieten.« Aphrodite biss sich auf die Unterlippe.

»Offensichtlich hast du ausgiebig nachgedacht«, sagte Lola.

»Dann hältst du meine Theorie für vernünftig?«

»Weiß nicht, Schätzchen. Ich bin allerdings der Meinung, du solltest aufhören, dir den Kopf zu zermartern. Als du mich reingelassen hast, waren tausend Falten auf deiner Stirn, und sie sind immer noch da. Du wirst deine Haut mit Botox unterspritzen lassen müssen und eine Badewanne voll Crème de Mer brauchen, wenn du nicht aufpasst.«

»Ich *kann* nicht aufhören! Ich analysiere sogar meine Beziehung zu Jolie aus einer neuen Perspektive.«

»Erklär mir das.«

»Tja, weißt du, es ist komisch. Aber seit gestern Nacht hat sich eindeutig etwas in der Gewichtung verlagert.«

»Erklär mir das.«

»Ich weiß nicht, ob ich das kann. Es ist, als würde ich, indem ich Nachsicht übe …«

»Erklär mir das.«

»Nachsicht üben? Hm – etwas in der Art von Verschwörung. Ein Auge zudrücken. Und genau das habe ich gestern Nacht getan. Ich habe mit Jolies Verhalten *Nachsicht geübt*. Ich hätte ins Zimmer stürmen und einen Heulkrampf kriegen können, aber das habe ich nicht getan. Und weil ich das nicht getan habe, herrscht zwischen uns eine Art geheime Absprache. Ich habe – wie sagt man? – Beihilfe zum Verbrechen geleistet.«
»Und was genau ist das Verbrechen?«
»Ach, du weißt schon! Dieser ganze Totentanz, den Jolie Fitzgerald inszeniert hat, um Troy MacNally bei Laune zu halten.«
»Ich bin im Grunde gar nicht so sicher, ob es tatsächlich ein Verbrechen ist, dafür zu sorgen, dass jemand, den man gern hat, glücklich ist.«
»Aber doch nicht auf die Art und Weise, wie sie es tut! Sie tut es nur wegen des Geldes. Sie tut es nur, weil sie weiß, dass Troys Kreativität eintrocknet, wenn er nicht glücklich ist. Damals in Coolnamaragh, als sie mit Hugo O'Neill im Whirlpool saß, habe ich gehört, wie sie etwas in der Art zu Hugo sagte. Du weißt schon, in der Nacht vor dem Einbruch, bevor ich nach Hause kam, um aufzuräumen.«
»So. Eines wüsste ich noch gern von dir, liebste Freundin.« Lola neigte den Kopf zur Seite und musterte Aphrodite mit forschendem Blick. »Bist du verliebt in Troy, oder bist du einfach nur verbissen darauf bedacht, Jolie Fitzgerald eins auszuwischen?«
Aphrodite wurde rot. »Wie meinst du das?«
»Ich *meine*, ich glaube, dich ganz gut zu kennen. Diese ganze Jolie-Geschichte hat für dich immense Proportionen angenommen. Inzwischen ist es ein Kampf auf Leben und Tod, nicht wahr?«

Aphrodite erhob sich vom Küchentisch und fing an, das Frühstücksgeschirr abzuräumen. Sie musste sich beschäftigen, um ihre Verwirrung zu verbergen. Manchmal wünschte sie, dass Lola nicht so scharfsinnig wäre. Oft genug wusste ihre Freundin Dinge von ihr, von denen nicht einmal sie selbst etwas ahnte. War ihre Beziehung zu Troy tatsächlich im gleichen Ausmaß von ihrer Rivalität zu Jolie motiviert wie durch ihre Gefühle für ihn? Hätte sie doch Lola nicht um ihre Meinung gebeten! Was sie über sich selbst erfuhr, gefiel ihr nicht sonderlich.

»Bist du glücklich mit ihm, Aphrodite?«

»*Ja!*« Sie betonte das Wörtchen äußerst nachdrücklich, um zu zeigen, wie ernst es ihr war. »Er ist sexy, und er ist großzügig, ich habe Spaß mit ihm, das heißt, wenn er nicht gerade voll im Stress ist.«

»Unter Stressbedingungen hat man mit niemandem Spaß. Du selbst stehst in letzter Zeit auch unter enormem Druck. Du lädst dir entschieden zu viel Verantwortung auf, Aphrodite.«

»Tja, dafür werde ich inzwischen bezahlt, und hey!« Gespielt schnippisch warf sie den Kopf in den Nacken. »Willst du etwa andeuten, dass man mit mir keinen Spaß hätte?«

»Nun ja, der gestrige Tag war nicht unbedingt ein Spaß, oder? Als ich sah, wie du Nell zusammengestaucht hast, dachte ich: Du liebe Zeit. Delaney verliert den Überblick.«

Aphrodite wurde zum zweiten Mal innerhalb von zwei Minuten rot. »Ich habe Nell zusammengestaucht?« So etwas hatte sie nun wirklich noch nie zuvor getan, und Nell war ein so liebes Mädchen. Aber gestern war sie so überdreht gewesen, dass sie sich jetzt nicht mehr erinnern konnte, gegen wen sie ihre Schimpfkanonaden losgelassen hatte.

»Ja. Wegen irgendwelcher Spitzenhandschuhe, die nicht

aufzufinden waren. Du hast irgendwas gesagt in der Art von: ›Das nächste Mal hängst du sie dir am besten an einem Band um den Nacken, wie sie's im Kindergarten machen, verdammt noch mal.‹«

Aphrodite schlug die Hand vor den Mund. »Oh. Das soll ich gesagt haben?« Lola sah sie mit hochgezogenen Augenbrauen an, und plötzlich stieg vor ihrem inneren Auge ein Bild von Nells schockiertem Gesicht auf, während sie sich abwandte, als wäre sie geohrfeigt worden, und ihr wurde bewusst, dass sie es tatsächlich gesagt hatte. Sie setzte sich wieder an den Küchentisch, stützte den Kopf in die Hände und sagte kleinlaut: »Weißt du was, Lo? Ich habe Angst. Ich habe Angst, dass ich mich zu einem schauderhaften Menschen entwickle.«

»Wie meinst du das?«

»Seit Damien Whelan meine Idee gestohlen hat, ertappe ich mich bei den grauenhaftesten, geradezu mörderischen Gedanken. Nicht nur in Bezug auf ihn – auch auf Jolie, Polly, Jack Costello und so ziemlich jedes Model, das meinen Weg gekreuzt hat. Anscheinend bin ich zu freundlichen Gedanken über irgendwen gar nicht mehr fähig. Und ich bin furchtbar misstrauisch geworden gegen jeden, mit dem ich zu tun habe. Ich denke sofort das Schlechteste von jedem, ohne ihm eine Chance zu geben. Ich gehe einfach automatisch davon aus, dass jeder es darauf abgesehen hat, mich fertig zu machen.«

»In dieser Welt da draußen heißt es: fressen oder gefressen werden.«

»Ja. Und die Menschen, die ich am meisten hasse, sind alle Frauen.«

»Damien Whelan ist keine Frau.«

»Und trotzdem ist er eine Zicke.«

»Jack Costello?«
»Habe ich irgendwas von Jack Costello gesagt?«
»Ja. Und ich hätte gedacht, dass der nun wirklich durch und durch ein Mann ist.«
»Er ist ein verdammter Zyniker.«
»Ja. Aber es besteht ein himmelweiter Unterschied zwischen gesundem Zynismus und der bösartigen Variante. Ich dachte, er sei ein ganz ordentlicher Kerl.«
»Woher willst du das wissen?«
»Ich habe ihn gebeten, meine letzten Bühnenentwürfe zu fotografieren. Er ist ein Spitzentyp. Und wenn er vielleicht auch ein Zyniker ist, so lässt er sich doch nie auf die Ebene von Sarkasmus herab.«
Das nächste Mal hängst du sie dir am besten an einem Band um den Nacken, wie sie's im Kindergarten machen, verdammt noch mal. Ihre erbärmlich sarkastischen Worte an Nell hallten wie ein Echo in ihren Ohren wider. »Herrgott! Wie konnte ich nur so gemein zu Nell sein, Lola? Glaubst du, dass ich mich tatsächlich zu einer grauenhaften Person entwickle? Zu so einer verbitterten, verdrehten Zicke? Ich habe mich selbst immer als ziemlich sonniges Gemüt eingeschätzt.«
»Hör zu, Schätzchen.« Lola stützte die Ellbogen auf den Tisch und beugte sich zu Aphrodite vor. »*Jeder*, der mit so grotesken Gestalten wie Damien Whelan, Jolie Fitzgerald und Polly Riordan konfrontiert wird, würde genauso reagieren wie du. Die meisten Menschen benehmen sich unter Stress daneben, wie du gestern Nell gegenüber. Der einzige Rat, den ich dir geben kann, klingt wie aus dem Lehrbuch des Therapeuten. Meide Stresssituationen und versuche, Giftschlangen wie den drei eben genannten aus dem Weg zu gehen. Im Grunde haben sie dir eine wertvolle Lektion fürs Leben erteilt.«

»Ach ja?«

»Ja. Du musstest plötzlich feststellen, dass nicht alle Menschen auf der Welt von so sonniger Art sind wie du. Da draußen läuft eine ganze Menge bösartiger Miesepeter herum, die, man höre und staune, dir gegenüber nicht immer die besten Absichten hegen.«

»Stimmt.« Aphrodite unterstrich ihre Zustimmung mit einem Fausthieb auf die Arbeitsplatte, drehte dann den Wasserhahn auf und begann, die italienische Kaffeekanne auszuspülen. »Von jetzt an werde ich daran arbeiten, ein entschieden besserer Mensch zu sein. Ich werde mich in regelmäßigen Abständen daran erinnern, dass ich im Grunde eine ganz nette Zeitgenossin bin. Ich werde jedes Mal den Fernseher ausschalten, wenn diese ekligen Werbespots gesendet werden, die ein Produkt anpreisen, indem sie zynisch an meinen angeblich tief verwurzelten Egoismus appellieren …«

»Was für Werbespots?«

»Ach, du weißt schon, diese Spots, die im Unterbewussten wirken. Wie der mit der Mutter, die ihrem Kind den Joghurt klaut, oder der mit der Frau, die das Gebiss ihres Mannes versteckt und sich selbst mit Jaffa-Keksen voll stopft. Und dieser absolut eklige mit dem Blödmann, der seiner Freundin ihr letztes Rolo aus dem Mund klaut, um es dem Mädchen zu geben, das gerade reinkommt und viel geiler aussieht. Seit es diese Werbung gibt, kaufe ich keine Jaffa-Kekse und keine Rolos mehr. Ich musste unwillkürlich immer an diese Idioten aus der Werbebranche denken, die dafür verantwortlich sind und in Prada gewandet beim Brainstorming rumsitzen.«

»Tragen Werbeleute tatsächlich beim Brainstorming Prada?«

»Glaub mir. Ich hab's erlebt. Ha! Wenn mir in Zukunft irgendwer die Ausstattung eines solchen Spots anbietet, ich glaube, dann schwinge ich mich zu höchsten moralischen Ebenen auf und sage ihnen, sie sollen das ganz schnell vergessen. Wir entwickeln uns zu einer Nation von egoistischen, hässlichen Wichsern, Lo. Was ist aus den Kids geworden, die jemanden so sehr lieben, dass sie ihm ihren letzten Rolo geben?«

»Ich finde, du solltest dir deinen letzten Rolo für Nell aufsparen, Aphrodite. Sie hat ihn sich gestern weiß Gott verdient.«

»Das werde ich tun. Und außerdem schreibe ich ihr eine Karte und entschuldige mich dafür, dass ich sie angeschrien habe. Und ich fange an, mir Esoterik-Zeitschriften zu kaufen und Autosuggestion zu üben. Ich bin ein netter Mensch. Ich bin ein netter Mensch. Ich bin ein netter Mensch. Noch Kaffee?«, fragte sie und schaltete die Herdplatte unter dem Kessel ein.

»Du sagst es. Du bist wirklich ein netter Mensch, Aphrodite. Sonst wärst du nicht meine Freundin.« Ein lautes Plopp-Geräusch in ihrem Rücken ließ Aphrodite mit einer Geschwindigkeit, um die David Beckham sie beneidet hätte, herumfahren. Lola stand da und hielt die eisgekühlte Flasche Veuve Cliquot in der linken, den Champagnerkorken in der rechten Hand.

»Was feiern wir denn?«, fragte Aphrodite.

»Unsere wiederentdeckte Freundschaft«, antwortete Lola.

Etwa neunzig Minuten später hatten Lola und Aphrodite den Champagner ausgetrunken und zu drei Vierteln einen billigen Chardonnay aus dem Supermarkt geleert. Sie hatten einander über sämtliche wichtigen lebensver-

ändernden Vorfälle seit ihrem letzten Treffen informiert und fanden so viel Spaß daran, sich zu herzen und sich zu vertragen, dass sie entschlossen waren, in absehbarer Zeit einen neuen Streit vom Zaun zu brechen, nur, um diese Versöhnungsfeier wiederholen zu können.
Lola hatte sich heiß und hemmungslos in ihren Kriminalbeamten verliebt. »Er trägt eine gefährliche Pistole, und außerdem singt er in seiner Freizeit in einer Band! Ich habe eine Affäre mit einem echten, singenden Kommissar!« Als ihre Beziehung erst ein paar Tage alt war, hatte er sie zu einem Urlaub nach Frankreich entführt. Die erste Woche verbrachten sie in einer wildromantischen Hütte in der Provence, um dann die schickeren Gegenden Frankreichs zu besuchen, einschließlich Paris, Biarritz und (Lola schämte sich beinahe, es einzugestehen) Cannes. »Cannes ist zum Kotzen«, sagte sie. »Wir sind nur hingefahren, um uns über die Angeber kaputtzulachen. Und dann sind wir heimgekommen und ich habe erwartet, wenigstens *eine* Nachricht von dir auf dem Anrufbeantworter zu finden, und ich war wirklich sauer, als keine einzige darauf war.«
»Es tut mir so Leid, Lo«, sagte Aphrodite. »Ich hatte wahnsinnige Angst, du könntest denken, *ich* hätte mich in so eine schreckliche Angeberin verwandelt. Diese verdammten Klatsch-Kolumnen hatten mir den Kopf vernebelt. Hey – ich habe eine tolle Idee. Wollen wir noch eine Flasche aufmachen?«
»Gut. Und meinst du nicht auch, dass du das Telefon wieder anschließen solltest?«
»Oh. O nein. Ich glaube, dazu fehlt mir der Mut, Lo.«
»Mach schon, mach schon!«, drängte Lola. »Du hast dir jetzt ordentlich Mut angetrunken. Und bald wirst du

mit ihm reden müssen.« Lola trank ihr Glas leer. »Oho. Mir fällt gerade ein, wo ich ihn zum ersten Mal gesehen habe.«
»Troy?«
»Ja. Das wird jetzt ausgesprochen gruselig, Aphrodite.«
»Wie? Warum?«
»Ich habe ihn auf der Premiere des *Ödipus*, den ich für die Kammerspiele ausgestattet habe, zum ersten Mal gesehen. Und von Polly Riordan weiß ich, dass er an jenem Abend zum ersten Mal, seit Miriam Wie-heißt-sie-noch ihn verlassen hat, ausgegangen ist.«
»Und?«
»Er befreit sich aus der selbst auferlegten gesellschaftlichen Verbannung, um eine Aufführung des *Ödipus* zu sehen? Denk doch mal nach!«
»Oh!« Aphrodite fiel in sich zusammen. »Warum habe ich nur so ein Pech mit Männern, Lo? Zuerst verlässt mich der verdammte Bradley Blödmann wegen eines anderen Mannes, und jetzt muss ich feststellen, dass die große Liebe meines Lebens an einem klassischen Ödipuskomplex leidet.«
»Hm. Das ist schon ein Hammer.« Lola nickte wissend mit gefurchter Stirn, senkte den Blick auf die Tischplatte, sah dann wieder Aphrodite an, und plötzlich mussten beide lachen.
Und Aphrodite lachte und lachte, bis ihr Tränen über die Wangen liefen. »Ach, Lola«, sagte sie, als sie der Sprache wieder mächtig war. »Wie sollte ich ohne dich das Leben meistern? Vielleicht sollten wir einfach zusammenziehen und lesbisch werden.«
»Tja, hm. Ausgeschlossen, Schwester. Der neue Mann in meinem Leben gibt mir all die Liebe, die ich brauche. Und

eine Lesbe in der Familie reicht vollkommen, danke. Meine Schwester deutet an, dass sie sich endlich outen will.«
»Rosita?«
»Ja. Das ist verdammt mutig von ihr. Meine Mutter wird sie enterben. Apropos mutig, lass uns mal wieder ernst sein. Du musst das Telefon wieder anschließen, Aphrodite. Du *musst* noch vor Montag mit Troy reden. Dann begegnest du ihm bei der Arbeit, und du musst die Sache geregelt haben, bevor …«
»*Arbeit!* Verdammt, Lola – ich habe meine Kolumne für den *Individual* ja völlig vergessen! Montag ist mein Abgabetermin!« Aphrodite sprang auf, wankte in ihr Studio und schaltete den Computer ein.
»Fein!«, sagte Lola und wankte ihr nach, die Flasche in der Hand. »Lass mich dir helfen. Wie viele Wörter?«
»Etwa fünfhundert.«
»Gut. Wie wär's hiermit?« Lola setzte sich vor den Monitor und begann zu tippen. »Falls Sie zufällig nach Barcelona kommen (zurzeit die angesagteste Stadt in ganz Europa – unnötig, Sie daran zu erinnern), versäumen Sie nicht, die Ausstellung in der Magicà Galerie an der Gran Via, ein absolutes Muss, zu besuchen. Aus den zahlreichen Ausstellungsstücken ragt besonders Prada Simones *Barbie-Busch* heraus. Simone hat eine mächtige verdorrte Hortensie ausgegraben und in einen grell pinkfarbenen Plastikkübel gepflanzt. Wo früher Blüten sprossen, hat die inspirierte Künstlerin die enthaupteten Köpfe von Hunderten von Barbie-Puppen, komplett mit glänzenden Locken, Lippenstiftlächeln und Haarschmuck, angebracht. Da schaut man zwei Mal hin – und, was noch wichtiger ist, das Kunstwerk regt zum Nachdenken an über eine Konsumkultur, die uns so vollkommen vereinnahmt, dass

wir sie kaum noch wahrnehmen, geschweige denn ihr finsteres Ethos hinterfragen.«

Aphrodite sah Lola mit offenem Mund an. »Du hast mir gar nicht erzählt, dass du nicht nur in Paris, Biarritz und Cannes, sondern auch in Barcelona warst!«

»War ich auch nicht. In Barcelona, meine ich.«

»Woher weißt du dann von dieser Simone und ihrem Barbie-Busch?«

»Ich weiß nichts davon«, sagte Lola. »Ich hab's erfunden. Prada Simone existiert gar nicht, und eine Magicà Galerie meines Wissens auch nicht. Aber ich möchte wetten, dass irgendwo irgendjemand mühselig an einem Barbie-Busch arbeitet.«

Aphrodite sprudelte nahezu über vor Lachen. »Ach, Lola – ich liebe dich! Das ist göttlich!«

Lola grinste frech und wandte sich wieder dem Monitor zu. »Was bringen wir noch?«

»Wir könnten den Paschmina neu beleben. Er war das einzige vernünftige Accessoire, das je erfunden wurde. Abgesehen von halterlosen Strümpfen mit Spitzensaum.«

»Nein. Den Kaschmirschal zu neuem Leben zu erwecken, das wäre viel zu gefällig für eine Modepäpstin. Weißt du, was Rachel Hunter mal über den Paschmina gesagt hat?«

»Was denn?«

»Sie hat gesagt, sie würde sich am liebsten auf die Dinger übergeben. Stell dir vor, wie sie in die Läden geht und auf die Stapel von Schals kotzt. Kannst du dir vorstellen, wie die Verkäuferinnen darauf reagieren?«

»Sie könnten sie als von Jackson Pollock inspiriert vermarkten. Gut«, sagte Aphrodite, »vergessen wir die Kaschmirschals. Schreib stattdessen irgendwas Grausiges über Makramé-Täschchen aus den siebziger Jahren.

Ich wollte ein paar davon mal Morgan – entschuldige, ich meine Krystle und Alexis – aufschwatzen und behaupten, das wären Troys jüngste, topaktuelle Kreationen.«
»Makramé-Täschchen? Aber die sind tatsächlich topaktuell.«
»Scheiße. Stimmt das?«
Lola bedachte sie mit einem mitleidigen Blick. »Wusstest du das etwa nicht, Schätzchen? So was auch. Und du willst Hauptkommissarin bei der Modepolizei sein? Ich habe so eine Tasche in der *Vogue* gesehen, für über tausend Pfund.«
»Hey! Wir sollten ins Gaiety einbrechen und die Requisitenkammer ausräumen! Da liegen haufenweise Makramé-Taschen herum. Damit könnten wir auf dem Schwarzmarkt ein Vermögen machen, Lo. Wir könnten die Dinger mit ›witzigen‹ Accessoires kombinieren.«
»Zum Beispiel?«
»Weiß nicht. Im Moment fällt mir nichts Witziges ein. Kann nicht klar denken.«
»Aber das hier ist wichtig, Aphrodite! Wenn wir deine Kolumne nicht termingerecht einreichen, weiß kein Mensch, was er nächsten Monat anziehen oder worüber er auf Dinnerpartys reden soll.«
»Dinnerpartys gehören ins vergangene Jahrtausend, Lo.«
»Gut, dann eben auf Soirées. In Salons. Oder was auch immer.« Lola blickte konzentriert auf den Bildschirm. »Mal sehen. Wie wäre das hier?«
Sie fing wieder an zu tippen, während Aphrodite sich über ihre Schulter beugte, begierig zu sehen, was ihr Modeguru sich ausdachte. »Sie können sich glücklich schätzen«, las sie, »falls Ihre Mutter oder Tante in den Achtzigern einen Ballonrock besaß. Durchstöbern Sie die hintersten Winkel

ihres Kleiderschranks nach dem schärfsten Look der Saison! Ja, liebe Leserin, der Ballonrock ist wieder da, größer, bunter und frecher als je zuvor. Und wenn Sie es *wagen*, bis zum Äußersten zu gehen, dann besetzen Sie den Saum mit Fransen, Brokat, Glitter und Pailletten. Treiben Sie's bunt – gehen Sie ins nächste Handarbeitsgeschäft und holen Sie sich den großen zukunftsweisenden Bestseller von Maureen Mackenzie, *Rüschen, Schleifen und Kinkerlitzchen. Tausenderlei Besatz.*«

Aphrodite krümmte sich vor Lachen. »Hör auf, Lo! Ich mach mir in die Hosen!«

»Wie viele Wörter sind das?«, fragte Lola. »Wahrscheinlich noch nicht genug. Du musst auch was Ernstes bringen: ›Auf dem Laufsteg auf Dries van Notens Herbst-Show war bla bla bla zu sehen‹, etwas in der Art, wenn du dich nicht verraten willst.«

»Soll ich das wirklich wagen?«, überlegte Aphrodite. »Die E-Mail abschicken, meine ich?«

Lola goss Wein in ihre Gläser nach. »Tu's einfach, Musi. Es lebe die Stil-Unterwanderung. Die Jasagerinnen können einpacken.« Der Chardonnay floss über die Schreibtischplatte, und Lola blickte verdutzt auf die Pfütze. »Das ist ja komisch. Das passiert mir sonst nur, wenn ich besoffen bin«, sagte sie und beugte sich vor, um aus dem randvollen Glas zu schlürfen. Dann fuhr sie fort: »Hey, Aphrodite, wenn du mir versprichst, jeden Monat derartige Modetipps in deine Kolumne einfließen zu lassen, abonniere ich den *Individual* auf der Stelle. Solange du mich von Zeit zu Zeit anonym einen Beitrag leisten lässt.«

»Abgemacht«, sagte Aphrodite und betrachtete aus zusammengekniffenen Augen den Text auf dem Monitor. »Aber hör mal, Lola – dieser Barbie-Busch. Sollte es nicht besser ›amputierte Köpfe‹ heißen anstelle von ›enthaupteten Köpfen‹? Ist das nicht eine Tautologie? Uh. Wenn ich's mir recht überlege, klingt ›amputierte Köpfe‹ auch ein bisschen komisch. Das weckt irgendwie die Vorstellung, als würden aus den Köpfen Arme und Beine wachsen, die abgetrennt werden müssen.«

»Was faselst du? Tautologie, vergiss es! Glaubst du denn wirklich, dass Leute, die diesen Kram ernst nehmen, in der Lage wären, grammatische Fehler zu entdecken?«

»Da hast du auch wieder Recht. Hey! Vielleicht könnte ich auch coole neue Ausdrücke in die englische Sprache einführen, wenn ich schon mal dabei bin. Ich könnte zum Beispiel schreiben: ›Das neueste topaktuelle und häufig gehörte Schlagwort lautet – hm. Wie könnte es lauten? Überleg dir ein Wort, das wirklich scheußlich klingt. Welche Worte findest du am grauenhaftesten?«

»Selbstzufriedenheit.«

»Nein, Lo, ich denke an Wörter, die scheußlich *klingen.*«

»Hm. Nasenloch, grunzen, schnauben. Und Zwickel.«

Aphrodite überlegte. »Nein. Keines davon trifft ins Schwarze. Wie wär's mit ›pulsen‹? So etwa: ›Donatellas jüngste Organza-Kreationen pulsen total‹? Ja! Ich glaube, das werde ich – Mist.« Es klingelte Sturm an der Haustür. Aphrodite huschte zum Fenster und spähte hinaus. Draußen auf der Schwelle stand Troy, den *Evening Herald* in der einen Hand, in der anderen den mächtigsten Strauß langstieliger, elfenbeinfarbener Rosen, den sie je gesehen hatte.

Sie öffnete die Tür, und er öffnete seine Arme, ließ die Rosen fallen, und sie warf sich hinein. In seine Arme, versteht sich, nicht in die Rosen. *So* besoffen war sie nun auch wieder nicht.

»Hier bin ich ganz eindeutig überflüssig«, flüsterte Lola, als sie sich an ihnen vorbei zur Haustür hinauszwängte. »Diese Situation hat das Potenzial, in Kürze ernstlich zu pulsen. Wir sehen uns später, Aphrodite.«
Kaum hatte sich die Tür hinter Lola geschlossen, gingen Aphrodite und Troy geradewegs ins Bett und verbrachten dort geraume Zeit. Und wenngleich Troy als Liebhaber geschmeidig, einfallsreich und orgasmisch war wie immer, konnte es Aphrodite doch nicht entgehen, dass er, während er jeden Zentimeter ihrer Haut küsste, es doch tunlichst vermied, ihre Brüste zu küssen.

Später schlüpften sie wieder in ihre Kleider – das heißt, Troy zog sich richtig an, Aphrodite begnügte sich mit einem Kimono – und gingen in die Küche, um irgendetwas zu essen aufzutreiben. Aphrodite steckte Brotscheiben in den Toaster und fing an, die Rosen, die er ihr geschenkt hatte, in einer Vase zu arrangieren. Sie waren wunderschön, elegant und dufteten nicht. Es war an der Zeit zu reden. Troy ergriff die Initiative.
»Wo hast du gestern Nacht gesteckt? Du hast dich im POD nicht blicken lassen.«
Aphrodite zögerte leicht, bevor sie antwortete: »Nein. Ich war total kaputt und – es muss an dieser Stelle gesagt werden – auch ziemlich sauer. Ich wollte einfach allein nach Hause gehen. War die Party gut?«
»Ich weiß es nicht. Ich bin eigentlich nur hingegangen, um mich in der Öffentlichkeit blicken zu lassen. Noch vor Mitternacht habe ich mich verdrückt und bin …«, jetzt war es an ihm zu zögern, »… mit Jolie essen gegangen. Und mit Gareth, versteht sich. Ich habe versucht, dich anzurufen, aber in deinem Handy war die Rufumleitung eingestellt,

und dein Festnetzanschluss war dauernd besetzt. Ist dein Telefon kaputt?«
»Nein«, sagte Aphrodite. »Ich habe den Stecker gezogen.« Erst jetzt fiel ihr wieder ein, dass sie es noch nicht wieder eingestöpselt hatte, und sie ging rasch zum Telefon und brachte es in Ordnung. »Ich hatte keine Lust, mit irgendjemandem zu reden.«
Troy blickte sie eine Minute lang eindringlich und schweigend an. »Was hat dich dazu veranlasst, Aphrodite? Was um alles in der Welt war in dich gefahren, dass du einfach so auf den Laufsteg gekommen bist? Dir ist doch selber klar, dass das den Eindruck erweckte, als wolltest du die Lorbeeren für meine Entwürfe ernten.«
Plötzlich kochte Wut in ihr hoch. Wut auf Polly, die ihre Niederlage so listig eingefädelt hatte, Wut auf Jolie, gegen die Machiavelli wie ein Einfaltspinsel aussah, Wut auf Troy, der es zuließ, dass man ihn so geschickt manipulierte, und Wut auf sich selbst, weil sie so leichtgläubig gewesen war, ausgerechnet Polly zu vertrauen. »Du wirst es wahrscheinlich nicht glauben«, sagte sie, um einen festen, sachlichen Tonfall kämpfend, »aber Polly Riordan, die mich von Anfang an gehasst hat, hat mich vorgeführt. Sie hat behauptet, es wäre Tradition, dass eine Muse ihren Designer beim Finale über den Laufsteg begleitet, und weil ich es nicht besser wusste, habe ich ihr geglaubt.«
»Wieso denkst du, Polly würde dich hassen? Sie hat nie anders als gut über dich geredet. Und warum sollte sie dir solch einen Quatsch erzählen? Das ergibt doch keinen Sinn.«
»Ach, Troy! Du lebst einfach nicht in der wirklichen Welt! Du nimmst kaum die Hälfte von dem wahr, was um dich herum vorgeht! Polly wusste, dass sie mich so auf ausge-

sprochen geschickte Weise öffentlich demütigen konnte.« Die Toastscheiben sprangen aus dem Gerät. »Was möchtest du auf deinen Toast?«, fragte sie automatisch und scheuchte Bobcat, der eben von der Jagd zurückkehrte, wieder zur Katzenklappe hinaus. Als sie sie verriegelte, vernahm sie ein empörtes Maunzen.

»Hast du Patum Peperium im Haus?«, fragte Troy im Tonfall eines verwöhnten Kindes.

Ihr entfuhr ein heiser bellendes Lachen. »Verstehst du, was ich meine? Wie kommst du auf die Idee, jemand wie ich hätte Patum Peperium im Kühlschrank?«

»Jolie hat immer Patum Peperium vorrätig.«

»Aber ich bin *nicht* Jolie, Troy!« Erschöpft ließ sie sich am Tisch nieder. Sie fühlte sich geschlagen. Es war eine Ewigkeit her, dass sie das letzte Mal etwas gegessen hatte, und der Schwips nach dem ausgiebigen Weinkonsum hatte sich verflüchtigt und war einem schalen, unangenehmen Gefühl gewichen. Als der Kater einsetzte, wurde ihr bewusst, dass sie bald Kopfschmerzen bekommen würde. Sie verschränkte die Arme auf der Tischplatte und bettete ihren Kopf darauf.

Eine ganze Weile herrschte Schweigen, dann spürte sie Troys Hand auf ihrem Kopf. »Hey. Vergessen wir die ganze Sache. Sie ist nicht wichtig – und eigentlich hat sie im Hinblick auf die Publicity für die Show vielleicht sogar ihr Gutes gehabt. Das zeigt sich im Grunde sogar jetzt schon.« Er ging ins Wohnzimmer und kam mit dem *Evening Herald* zurück.

»Sieh dir das an«, sagte er und breitete die Zeitung vor ihr auf dem Tisch aus. Seite zwei enthielt ein Foto von Aphrodite und Troy, als er sie am Vorabend auf dem Laufsteg küsste. Er wandte der Kamera den Hinterkopf zu, sodass seine Miene nicht zu erkennen war, aber Aphrodites Gesichtsausdruck ähnelte einem erschreckten Reh. Dank des zurückgekämmten Haars war ihr Gesicht so bloßgelegt, dass sie unglaublich verletzlich und wie ein verirrtes, kleines Mädchen aussah. Ihre Augen weit aufgerissen und glitzerten vor Unsicherheit, und ihre perfekt geschminkten Lippen waren leicht geöffnet, als wollte sie gerade fragen: *Warum passiert so etwas ausgerechnet mir?* Es war ein wahrhaft schönes Foto.

Aphrodite wandte sich dem Begleittext zu. »Aphrodite Delaney, Troy MacNallys Muse, nimmt am gestrigen Abend während der Präsentation seiner Herbst-/Winter-Kollektion auf dem Laufsteg den Kuss des Designers entgegen. Da Miss Delaney ein nahezu unheimliches Talent zur Vorhersage von Modetrends beweist, können wir zuversichtlich prophezeien, dass Musen in Zukunft auch auf den Laufstegen anderer Designer in Erscheinung treten werden.«

Tja, dachte sie plötzlich etwas geistesabwesend. Pollys gemeiner Plan war ein Schuss in den Ofen, wie? Das Lachen würde ihr vergehen, wenn sie dieses Foto sah, und das geschah der alten Giftnudel nur recht. »Wer ist der Fotograf?«, fragte sie und suchte die Seite nach dem Namenskürzel ab.

»Jack Costello«, sagte Troy.

»Jack *Costello*? Warum hat man keinen Hausfotografen beauftragt?«

»Der Bildredakteur ist ein Kumpel von ihm. Er hat Jack gebeten, Exklusiv-Fotos zu schießen.«

Und als sie den Zusatz: »Fotos exklusiv von Jack Costello« fand, kam ihr unwillkürlich der Gedanke, dass Polly Riordans Plan kein Schuss in den Ofen gewesen war. Die tiefe

Beschämung, die sie überkam, als ihr klar wurde, dass Jack Costello letzte Nacht zugegen war, um ihren Triumphzug über den Laufsteg zu bezeugen, war der Beweis für Pollys überwältigenden Erfolg.

14

Ein paar Tage später saßen sie zusammen in der Badewanne, zurückgelehnt an den Wänden der aquamarinblauen Mulde, die Weingläser griffbereit. Troy teilte ihr mit, dass er nach Coolnamaragh, ins Haus am See, reisen wollte, um zu arbeiten. Während er von seinen Plänen berichtete, schweifte ihr Blick hinüber zu der nackten Eva an der Wand, zu der Gestalt, die sie auf seine Bitte hin als Blondine neu geschaffen hatte, und ihr fiel auf, dass die Gesichtszüge leicht verschwommen waren. Wie kann das sein?, fragte sie sich. Und dann erinnerte sie sich daran, dass sie in der Aufregung der stürmischen Zeit, als sie und Troy sich verliebten und ganze Tage im Bett verbrachten, vergessen hatte, ihr Selbstporträt mit Polybond zu fixieren. Kein Wunder, dass es sich auflöste. Sie sollte es unbedingt überarbeiten und es vernünftig versiegeln.

»Gestern habe ich Stunden in diesem Raum verbracht«, sagte Troy jetzt. »Ich war schrumpelig wie eine Dörrpflaume, als ich aus dem Wasser stieg. Aber es hat sich gelohnt. Die Ideen sind mir nur so zugeflogen, eine nach der anderen.«

»Hoffentlich hast du dir Notizen gemacht.«

»Natürlich. Ich habe die gesamte Kollektion auf Abruf im Kopf bereit, sie muss nur noch auf dem Papier Gestalt annehmen. Alles, was ich jetzt brauche, ist die Ruhe und der Frieden von Coolnamaragh.«

»Ich will dich nur äußerst ungern bedrängen, Troy, aber

werden wir auch rechtzeitig zur Wohltätigkeitsveranstaltung im Point die entsprechenden Kleider zur Verfügung haben?«

»Klar. Der Dezember ist noch weit, weit weg.«

»Aber wir brauchen schon vorab einiges, um Fotos für unser Programm machen zu können. Weißt du das denn nicht? Deswegen macht man mir die Hölle heiß. Wir müssen auf der Stelle einen Fototermin anberaumen.«

»Hast du eine Vorstellung, wo wir den aufziehen könnten?«

»Ja«, sagte sie. »Ich habe tatsächlich eine Idee, und ich denke, es ist eine ziemlich gewagte, aber brillante Idee. Der Nachteil ist, dass ihre Verwirklichung die Zerstörung deiner Prototypen erfordern würde.«

Troy zuckte mit den Achseln. »Erzähl.«

»Na gut. Es hat mit dem elementaren Motiv deiner neuen Kreationen zu tun. Ich dachte mir …«

»Dass wir die Zwillinge in Brand setzen könnten? Entschuldige. Das war ein schlechter Scherz.«

»Die gute Nachricht ist die, dass ich diesmal nicht mit den Zwillingen arbeiten würde. Ich hätte gern diese Rothaarige aus deiner letzten Show verpflichtet. Ich glaube, sie heißt Anna.«

»Ach ja? Aber wieso Anna?«

»Weil ich mir habe sagen lassen, dass sie großartig schwimmen kann, und ich möchte, dass die Fotos von deinen neuen Entwürfen …«, sie holte tief Luft, bevor sie die Bombe platzen ließ, »… unter Wasser aufgenommen werden. Weißt du noch, wie du die Entwürfe für deine Frühlingskollektion als ›von Najaden inspiriert‹ geschildert hast? Stell dir nur vor, wie eindrucksvoll deine Kreationen unter Wasser aussehen würden.«

Er sah sie aus schmalen Augenschlitzen an, und langsam breitete sich ein Lächeln auf seinem Gesicht aus. »Das ist eine verdammt tolle Idee, Aphrodite. Wie, um alles in der Welt, bist du nur darauf gekommen?«

Sie war bereits im Begriff, ihm zu erklären, wie diese Vorstellung ihr an dem Tag in den Kopf geschwirrt war, als Perdita ihr erzählte, dass Unterwasser-Fotografie eines von Jack Costellos Lieblingshobbys war, und wie sie am Pidgeon House Pier auf und ab gewandert war, doch Troy kam ihr zuvor.

«*Ich* weiß schon!«, sagte er. »Das ist dir bestimmt eingefallen, nachdem ich dir erzählt habe, wie Jolie, Hugo und ich diesen abgelegenen Strand in Kerry besucht haben. Damals, als du zurück nach Dublin musstest.«

»Wie bitte?«

»Weißt du nicht mehr? Ich habe dir doch erzählt, dass Jolie sich nackt ausgezogen hat, damit ich Seetang über ihren Körper drapieren konnte? Das war verdammt tapfer von ihr, es war nicht sonderlich warm an dem Tag. Irgendwo müssen noch Fotos sein. Ich suche sie heraus, wenn wir fertig sind mit Baden.«

»Nicht nötig.« Sie war aufrichtig empört. Es war schließlich ihre ureigene Idee. Und die hatte nichts, aber auch gar nichts mit Jolie Fotz-Fitzgerald zu tun.

»Was hast du?«

»Nichts.« Sie antwortete ihm wie ein mürrisches Kind, schüttelte dann jedoch die schlechten Gedanken ab, die ihr bei der bloßen Erwähnung von Jolies Namen in den Sinn kamen, und zwang sich zu einem rein geschäftsmäßigen Auftreten. »Wie auch immer, Troy, glaubst du, es lohnt sich, mit Jack und Anna über diesen Plan zu sprechen?«

»Auf jeden Fall. Deine Idee ist genial.«

»Na ja. Wenn sie durchführbar ist. Jack könnte meinen, dass es praktischer wäre, das Shooting in einem Schwimmbecken zu veranstalten ...«

»Nein! Diese Kleider sind von der *Natur* inspiriert. Wenn wir uns wirklich für dieses Konzept entscheiden, findet das Shooting in natürlicher Umgebung statt. Ein Schwimmbecken wäre eine feige Notlösung. Wir brauchen *Bewegung* – Wellen und Strömungen – und Sonnenlicht, das sich auf der Wasseroberfläche bricht, und im Wasser schwebende Vegetation. In einem Schwimmbecken hätten wir nichts dergleichen. Ein Schwimmbecken kommt überhaupt nicht in Frage, Aphrodite.«

Sie wusste, dass er Recht hatte. »Schon gut«, sagte sie. »Aber wir müssen den absolut richtigen Schauplatz ausfindig machen. Ich habe mir sagen lassen, an der Westküste gäbe es ein paar wundervolle Tauchmöglichkeiten, aber ich habe keine Ahnung, wie – *tapfer* – Anna ist. Vielleicht kann sie sich nicht für die Vorstellung erwärmen, sich eine Unterkühlung zuzuziehen.« Na also, dachte sie, das war ein Wortwitz, der während eines furchtbar langweiligen Mode-Shootings eines Jack Costellos würdig war. »Und ich muss Jack noch tausenderlei Fragen stellen und ...«

»Du hast dir Jack in den Kopf gesetzt, wie?«

»Was? Was meinst du damit?«

»Ich will nur sagen, dass er vielleicht nicht der richtige Mann für diese Art von Arbeit ist. Unterwasser-Fotografie erfordert ganz spezielle Kenntnisse, weißt du?«

»Ich habe seine Referenzen längst geprüft. Er ist in Ordnung.«

»Er taucht?«

»Offenbar wie ein Profi. Tauchen ist seine Leidenschaft.«

»Jolies auch. Es könnte interessant für sie sein, uns zu diesem Shooting zu begleiten.«

Nein! Aphrodite gab vor, darüber nachzudenken. »Das lohnt sich wahrscheinlich nicht für sie. Wegen der Kälte wird es bestimmt das kürzeste Shooting aller Zeiten.«

»Ein kurzes Shooting! Das ist meine Vorstellung vom Paradies.«

»Du gibst mir also grünes Licht?«

»Unbedingt.«

»Gut. Ich vergewissere mich zunächst, ob dieser Plan durchführbar ist, dann mache ich eine Kostenaufstellung. Das Budget muss auch für die Hotelunterbringung reichen und …«

»Aphrodite?«

»Ja?«

»Sei still, mein süßer Schatz. Von diesen Dingen will ich nichts hören. Diese Dinge gehören zur wirklichen Welt, und wie du mir, glaube ich, einmal vorgeworfen hast, bin ich dort nicht anzutreffen.«

In einem gereizten Seufzer sog sie tief die Luft ein und stieß sie mit einem Lachen wieder aus. »Weißt du was, Troy?«, fragte sie und griff nach der Seife. »Du bist ein verwöhntes Gör.«

»Ja, das weiß ich«, antwortete er ohne eine Spur von schlechtem Gewissen oder Selbstzufriedenheit. Schließlich war das eine allgemein bekannte Tatsache. Ebenso gut hätte Aphrodite sagen können: »Gras ist grün« oder »Elefanten sind groß« oder »Jolie Fitzgerald ist eine alte Giftschlange«. Irgendwie ahnte sie jedoch, dass Troy den Wahrheitsgehalt der letzten Behauptung angezweifelt hätte. Er hätte ihr nie im Leben geglaubt.

»Und wenn ich ein verwöhntes Gör bin«, fügte er hinzu

und blickte sie viel sagend an, »dann bist *du* ein unanständiges kleines Mädchen. Du bist so unglaublich unanständig, Aphrodite Delaney, dass ich dich bestrafen muss. Gib mir sofort die Seife. Ich seife dich von oben bis unten ein, so lange, bis du blitzeblank bist.«
Und mit einem gehorsamen, verschwörerischen Lächeln gehorchte ihm Aphrodite.

Ein paar Tage später rief er an, um ihr mitzuteilen, dass er wohlbehalten in Coolnamaragh eingetroffen war. Er war, um den Berufsverkehr zu vermeiden, zum Gotterbarmen früh am Morgen losgefahren und hatte die Strecke in Rekordzeit zurückgelegt. Aphrodite war übel, als sie ihm zum Abschied nachwinkte und sah, wie er die verlassene Tempo-dreißig-Straße mit achtzig Stundenkilometern hinunterraste. Jetzt dankte sie wem auch immer im Himmel dafür, dass er Troy auf seiner Fahrt beschützt hatte.
»Es ist herrlich hier heute Morgen«, sagte Troy. »Sehr still. Eben erst hat es geregnet, und jetzt glitzert alles um mich herum. Im Garten singt eine Amsel.« Das konnte sie hören, wenn auch sehr leise. »Aber du fehlst mir. Ich fühle mich einsam.« Oh! Ihr wurde richtig warm ums Herz. »Kannst du nicht zu mir kommen, Aphrodite? Und sei es nur über das Wochenende?«
»Du weißt doch, dass das nicht möglich ist. Hier gibt es zu viel zu tun. Und ich muss schließlich noch unser Foto-Shooting auf den Weg bringen.«
»Hast du Jack deine Vorstellungen schon erläutert?«
»Nein.« Das hatte sie immer wieder vor sich hergeschoben. Eigentlich hätte sie es an diesem Vormittag erledigen sollen, aber sie wollte ihn nicht bei der Arbeit stören. Also vertagte sie das Gespräch auf den Abend.

Troy seufzte ins Telefon. »Aus irgendeinem Grund bin ich melancholisch. Vielleicht bin ich nur müde nach der langen Fahrt, aber ich bin melancholisch, weil, nun ja, weil …« Ein ausgedehntes Schweigen folgte, dann sagte er plötzlich: »Fragst du dich jemals, was das alles soll, Aphrodite? Manchmal schaue ich meine Entwürfe an und denke: Was hat das alles für einen Sinn? Irgendeine reiche Tante rauscht zu einer Premiere oder einer Ausstellungseröffnung oder zu einer schicken Party an und trägt das, was ich mir gerade auf dem Papier ansehe, und dann finde ich die Idee nicht mehr gut. Und mir gefällt nicht mal mehr, was ich mir gerade ansehe, und ich bin versucht, die Zeichnung einfach in Fetzen zu reißen. Verstehst du, was ich meine? Alles erscheint mir so sinnlos.«

»Ich verstehe, was du meinst«, antwortete Aphrodite. »Nachdem Whelan, dieser Mistkerl, meine Ideen für *Die Möwe* gestohlen hatte, verspürte ich auch den Drang, sämtliche Zeichnungen, die ich je angefertigt hatte, zu zerreißen. Und es tut mir Leid, dass du einsam bist, und ich wollte, ich könnte bei dir sein. Oh!« Sie lachte leise ins Telefon. »Wir schmachten ja!«

»Ja. Wir schmachten.« Sie hörte das antwortende Lächeln in seiner Stimme. Dann fuhr er fort: »Momentchen. Ich schenke mir rasch Kaffee nach.«

Sie stellte sich vor, wie Troy, in dem Haus in Coolnamaragh mit seinem herrlichen Panorama, jamaikanischen Blue Mountain in eine von Jolies Porzellantassen füllte, ganz der verwöhnte kleine Prinz, der er nun einmal war.

»Hallo! Da bin ich wieder.«

»Hallo, du. Was meinst du, Troy, fängst du heute an zu arbeiten?«

»Nein. An meinem ersten Tag hier werde ich faulenzen. Vielleicht überlege ich's mir und mache endlich diesen Ausflug zu den Skelligs. Das Wetter ist ideal dafür.«
»Das würde ich nun nicht gerade als Faulenzen bezeichnen. Hast du vergessen, was Jolie über diesen Ausflug gesagt hat? Es ist ein weiter, steiler Weg nach oben.«
»Ja – aber du vergisst, dass meine Höhenangst mich wahrscheinlich daran hindern wird, mehr als die Hälfte des Wegs zu schaffen. Wenn ich es heute nicht versuche, dann wird vielleicht nie was daraus, Aphrodite. Dann verstricke ich mich zu sehr in meine Arbeit, um an solch einen Ausflug denken zu können. Du weißt doch, wie ich bin, wenn ich erst einmal angefangen habe. Dann ist jede wache Stunde nur der Arbeit gewidmet.«
»Troy. Du sollst doch kein Burn-out riskieren.«
»Hey. Apropos Burn-out, auf dem Weg hierher habe ich eine Radiosendung über Jack Kerouac gehört. Seiner Meinung nach sind die einzigen Menschen, die zählen, diejenigen, die brennen, die Verrückten. Er verglich sie mit Leuchtröhren. Das hat mich auf eine großartige Idee für ein Kleid gebracht. Mist. Der Gärtner ist gerade in mein Blickfeld getreten und winkt mir zu. Ich muss jetzt Schluss machen, Aphrodite. Jolie hat mir eine ellenlange Liste mit Aufträgen für ihn gegeben.«
»Gut. Viel Spaß auf den Skelligs, falls du dich wirklich zu dem Ausflug entschließt. Und grüße diese wunderbare Landschaft ganz herzlich von mir.«
»Mach ich. Tschüs, du. Ich liebe dich.«
»Ich liebe dich auch.«
Sie legte den Hörer auf und schaltete das Radio ein, dann lächelte sie verzückt. Ihr gemeinsamer Song ertönte aus dem Lautsprecher. Aphrodite summte die Melodie, um-

schlang ihren eigenen Oberkörper mit den Armen und begann zu tanzen.

Später am Tag stakste Bobcat mit miesepetriger Miene ins Haus. Sie konnte ihm sein Murren nicht übel nehmen. Seit sie angefangen hatte, zwei-, dreimal die Woche bei Troy zu übernachten, hatte Bob sich angewöhnt, immer mehr Zeit bei Lola zu verbringen. Aphrodite vermisste ihn oft schmerzlich, doch aufgrund von Troys Katzenallergie konnte sie nicht allzu viel ausrichten. Andererseits war Bob ein dermaßen hochmütiges Tier, dass Aphrodite sich manchmal fragte, ob er vielleicht eine Allergie gegen Menschen hatte. Sie und Lola waren die einzigen Menschen, die er überhaupt tolerierte. Zum Glück gab es kein Nottelefon für Katzen, überlegte sie, während sie ihn mit einer Überdosis Floh- und Zeckenschutz behandelte, um sich dann ein Glas Wein einzuschenken.
Zehn Minuten lang rang sie mit sich selbst, ob sie Jack Costello anrufen sollte. Seine Assistentin wäre inzwischen sicher nach Hause gegangen. Das bedeutete, dass Jack, sofern er daheim war, persönlich den Hörer abnehmen würde, es sei denn, sein Anrufbeantworter war eingeschaltet. Sie strich um das Telefon herum, hob ein paar Mal den Hörer ab, legte ihn zurück auf die Gabel, schenkte sich noch ein Glas Wein ein und schritt zur Tat. Er meldete sich so unvermittelt, dass sie zusammenzuckte.
»Jack Costello.«
»Jack! Oh, hi!«
»Du bist nicht Hilary.«
»Nein. Hier spricht Aphrodite Delaney.«
»Den Nachnamen kannst du dir eigentlich schenken. Du bist die einzige Aphrodite, die ich kenne.«

»Hm. Hast du Zeit zu reden?«
»Nein. Ich erwarte einen Anruf von meinem Massagestudio. Ich komme um vor Schmerzen.«
»Oh«, sagte Aphrodite mit einem ärgerlichen Gefühl der Erleichterung, weil sich ihr ein Vorwand geboten hatte, nicht mit ihm reden zu müssen. »Gut, dann gebe ich die Leitung am besten schnellstens frei.«
»Falls du etwas mit mir zu besprechen hast, ich gehe später noch in die Stadt. Wir könnten uns treffen.«
»Oh. Gut. Und wo?«
»Im Frère Jacques, um neun Uhr. Hah! Da ist er endlich in der Leitung. Muss jetzt aufhören. In Ordnung?«
»In Ordnung«, sagte sie und legte rasch den Hörer auf, damit er den Anruf in der Warteschleife annehmen konnte. Sie warf einen Blick auf die Uhr. Diese Verabredung war idiotisch. Sie hatte nicht vorgehabt, an diesem Abend noch auszugehen. Im Fernsehen gab es eine Unmenge Sendungen, die sie ansehen wollte. Der Spiegel lockte. O nein, nein! So wie sie aussah, konnte sie sich nirgends blicken lassen, schon gar nicht im Frère Jacques, einem der angesagtesten Lokale der Stadt. Eine rasche Dusche war unerlässlich. Ein bisschen Make-up, aber nicht zu viel. Was sollte sie anziehen? Sie wollte nicht den Eindruck erwecken, dass sie sich allzu große Mühe mit ihrem Erscheinungsbild gegeben hatte, und es wäre mal eine nette Abwechslung, es nicht tun zu müssen. Sie hatte immer das Gefühl, exorbitant gut aussehen zu müssen, wenn sie mit Troy ausging. Würden saubere Jeans und ein T-Shirt für das Frère Jacques ausreichen? Aber natürlich. Prominenten – selbst solchen der unteren Kategorie, wie sie eine war – verzieh man eine ganze Menge.
Bevor Aphrodite sich auf den Weg machte, vergewisserte

sie sich, dass Bobcats Napf gefüllt war, für den Fall, dass er beschloss, den Abend zu Hause zu verbringen. Aufgrund ihres schlechten Gewissens servierte sie ihm eine großzügige Portion seines Lieblings-Luxus-Fresschens: schottischen Lachs in Gelee, und dabei fragte sie sich, ob im Frère Jacques wohl auch Lachs auf der Speisekarte stand. Seit der Frühstücksveranstaltung im Morrison Hotel, auf der Einzelheiten der weihnachtlichen Wohltätigkeits-Show im Point Depot der Presse vorgestellt wurden, hatte sie nichts mehr zu sich genommen. Die Show entwickelte sich zu einem wirklich aufwändigen Event, zu der Art von Show, die mit Geld nicht zu bezahlen war: Supermodels, Prominenz, Fernsehsender – alles, was das Herz begehrte.

Sie schlenderte, ihre wunderschöne Troy-MacNally-Lederjacke über die Schulter geworfen, zur Bushaltestelle. Es war ein milder Augustabend, und sie stellte sich vor, wie herrlich es jetzt in Coolnamaragh sein musste. Sie dachte an Troy, der ganz allein dort war, und daran, wie glücklich er sich schätzen konnte, weit fort von den stinkenden Abgasen, dem Stress und dem Lärm der Stadt zu sein, und noch während ihr diese Gedanken durch den Kopf gingen, hörte sie das ohrenbetäubende Gellen einer Sirene und sah, wie ein Polizeiauto vor Lolas Haus anhielt.

Oh! Was mochte da passiert sein? War bei Lo eingebrochen worden? Ein Überfall? Wurde sie wegen irgendeiner Schandtat verhaftet? Sie beruhigte sich, als Patrick ausstieg, mit unbeteiligter Miene und völlig gelassen. In der rechten Hand trug er eine Flasche Wein, in der linken hielt er ein Arrangement der exquisitesten Orchideen, die Aphrodite je gesehen hatte. Er errötete leicht, als er sie entdeckte.

»Muss ja ein unheimlich dringender Notfall sein«, sagte sie und zog eine Augenbraue hoch.

»Ich habe so etwas noch nie zuvor gemacht«, erklärte er verlegen. »Aber auf dieser Seite des Kais ist Öl auf die Straße gelaufen, und der Verkehr staut sich endlos. Dort kannst du auf den Bus warten, bis du schwarz wirst.«
»Oh, Scheiße!«, entfuhr es Aphrodite. Nach der Dusche und einem Mindestmaß an Styling, das sie sich gegönnt hatte, bevor sie aus dem Haus ging, war die Zeit ohnehin schon knapp geworden. Und wie sie wusste, besaß Jack kein Handy, sie konnte ihn also nicht anrufen und ihre Verspätung erklären. Sie konnte ihn aber auch nicht ganz allein im Frère Jacques sitzen lassen. Es würde unerträglich arrogant wirken, wenn sie mit großer Verspätung hereinspaziert kam. Eine innere Stimme verriet ihr zudem, dass Jack Costello auch nicht allzu lange dort warten würde.
Sie biss sich auf die Unterlippe und schenkte Patrick ein Lächeln, das sich nur mit ›Bittebittebittebitte‹ übersetzen ließ und das dazu führte, dass sie zehn Minuten später in einem Polizeiauto vor dem Restaurant eintraf.
Durch das Fenster sah sie Jack an einem Tisch sitzen, ein Glas Bourbon, wie es aussah, in den Händen. Sie schaltete vorsorglich ihr Handy aus, bevor sie die Tür zum Restaurant öffnete, denn sie hatte keine Lust, Zielscheibe seines ätzenden Spotts zu werden. »Ich bin schwer beeindruckt«, sagte er, als man sie an seinen Tisch geleitet hatte. »Dein Ruhm hat offenbar schon solch sagenhafte Ausmaße erreicht, dass du eine Polizei-Eskorte benötigst.«
»Ha, ha«, erwiderte Aphrodite.
»Champagner für die Dame«, bestellte Jack beim Ober.
»Woher weißt du, dass ich Champagner möchte?«
»Ich habe geraten.« Er stand auf, um ihr einen Kuss auf die Wange zu geben, und setzte sich sofort wieder. »Au«, sagte er und nahm einen großen Schluck Bourbon.

»Hat deine Masseurin dich erreicht? Ich nehme doch an, dass sie es in der Warteschleife war, als wir telefoniert haben.«
»Er. Hilary ist ein Er, und er ist gebaut wie ein Kleiderschrank. Was ich brauche, um meinen Rücken zu kurieren, ist rohe Gewalt, fürchte ich, keine Aromatherapie oder so. Dann stehe ich lieber zehn Runden gegen Mike Tyson durch.«
»Ist es so schlimm?«
»Ja. Aber es ist notwendig. Und es funktioniert. Sobald dieser Bourbon Wirkung zeigt, bin ich ein neuer Mensch.« Er trank den restlichen Whisky aus und winkte dem Ober, ihm einen neuen zu bringen. Er trank den Bourbon pur, wie Aphrodite feststellte, doch er goss ihn so lässig in sich hinein, als wäre es Leitungswasser. Jack bemerkte ihren Blick. »Ich fröne nicht jeden Tag meiner Vorliebe für harte Getränke«, sagte er. »Lass dir versichern, dass ich den Whisky aus rein medizinischen Gründen trinke. Noch ein großer, dann bin ich wieder obenauf.«
»Mit deinen Rückenproblemen hast du wohl ein schweres Kreuz zu tragen.«
Er hob ihr sein leeres Glas entgegen und sagte: »Hübsches Wortspiel.« Aphrodite bedankte sich mit einem Nicken und einem Lächeln für seine Anerkennung. »Ja, meine Wirbelsäule nervt mich gehörig. Ein oder zwei Mal pro Jahr ist sie im Eimer. Hilary ist der einzige Mensch, der mir helfen kann.«
»Was ist die Ursache für deine Schmerzen?«
»Kommt drauf an. Diesmal hatte ich es allzu eilig damit, eine Flasche zu heben.«
»Eine Flasche?«
»Eine Sauerstoff-Flasche. Ich tauche.«

»Ich weiß.«
»Ich hatte Glück. Wenn es auch nur einen Tag später passiert wäre, hätte Hilary sich schon auf den Weg in den Urlaub auf die Bahamas gemacht, und ich hätte vierzehn Tage stramm im Bett liegen müssen.«
»Du armer Kerl!«
»Es hat auch Vorteile. Ich gehöre zu den faulen Säcken, die froh sind, wenn sie einen Vorwand haben, der Frau alle Arbeit zu überlassen.«
Es dauerte ein paar Sekunden, bis ihr klar wurde, dass er sich eher auf fleischliche Gelüste bezog als auf kulinarische oder Haushaltsangelegenheiten, und um den Faden der Unterhaltung wiederaufzunehmen, sagte Aphrodite, um überhaupt etwas zu sagen: »Mir ist aufgefallen, dass du die Funktion ›Anklopfen‹ bei deinem Telefon aktiviert hast. Ich dachte, so etwas würdest du nie in Anspruch nehmen?« Wow! Welch geistreiche Einleitung zu einem Zwiegespräch!
»Das Anklopfen hat mir heute Abend das Leben gerettet, wird aber noch vor morgen früh aus meiner Telefonanlage gelöscht. Glaub mir, wenn dein Befinden dermaßen von einem Anruf abhinge wie das meine an dem heutigen Abend, dann würdest du dafür sorgen, dass du besser zu erreichen bist als Tracey Emin.«
»Da kann ich dir nicht folgen.«
»Erinnerst du dich an ihre ›Sensations‹-Installation? An das Zelt, das mit den Namen aller Leute, mit denen sie je geschlafen hat, tapeziert war? Es waren an die hundert. Nicht ganz so originell wie Prada Simone und ihr Barbie-Busch, versteht sich.« Er ließ ein Lächeln aufblitzen. »Ich bin ein großer Fan von deinem ›Elegantarium‹-Unsinn geworden. Die da anscheinend auch.«

Aphrodite folgte seinem Blick. Eine junge Frau hatte gerade das Restaurant betreten. Sie trug einen hässlichen pinkfarbenen Ballonrock mit einem Glitzersaum.

»Ha!« Aphrodite schlug die Hände vor den Mund und sah Jack aus großen, ungläubigen Augen an. Sie wusste, dass sie zart errötet war, doch hinter ihren Händen verbarg sie ein breites Grinsen.

Er lächelte sie an. »Ist dir außer mir sonst noch jemand auf die Schliche gekommen?«, fragte er. »Oder sind alle so sehr damit beschäftigt, des Kaisers neue Kleider zu bewundern, dass sie nicht merken, wie gehorsam und manipulierbar sie sind? Miss Delaney, du bist eine noch bösere Hexe, als ich gedacht habe. Danke.« Letzteres galt dem Ober, der Aphrodites Champagner und Jacks Bourbon servierte. Jack wies auf die Speisekarte. »Ich weiß schon, was ich bestellen möchte. Wie steht's mit dir?«

»Hm. Ich glaube, ich auch.« Rasch überflog sie das Angebot. »Ich nehme den marinierten Lachs, bitte. Und Lammnüsschen.«

»Freut mich zu sehen, dass du ein Mädchen mit gesundem Appetit bist. Die meisten Leute in unserer Branche leben offenbar von nichts weiter als Champagner und krausen Salaten mit exotischen Namen. Für mich bitte Ente und Hummer. Und eine Flasche Sauvignon blanc.« Das Lächeln, mit dem er die Kellnerin bedachte, lockte Grübchen auf ihre Wangen und einen schmachtenden Ausdruck in ihre Augen. Es weckte in Aphrodite den Wunsch, dass er sie auch einmal so anlächeln möge. Er wandte sich ihr wieder zu, das Lächeln erlosch, und er zog fragend eine Augenbraue hoch. »Worüber wolltest du mit mir reden?«

Sie beschloss, sich das Lächeln, das sie für ihn reserviert hatte, zu ersparen. Schließlich ging es um Geschäftliches.

»In Ordnung«, sagte sie in sachlichem Tonfall. »Womöglich ist der Plan total idiotisch. Aber du müsstest in der Lage sein, mir auf Anhieb zu sagen, ob er ausführbar ist oder nicht.« Und sie begann, ihm ihre Vorstellungen von dem Unterwasser-Shooting darzulegen.

»Ich finde deinen Plan in keiner Weise idiotisch«, sagte er, als sie geendet hatte. »Vielmehr finde ich deine Idee großartig, und ja, ich würde von Herzen gern mitmachen. Allerdings stellt sich da ein Problem, und das könnte sich als entscheidend erweisen.«

»Und zwar?«

»Du wirst ein Model brauchen, das sich im Wasser zu Hause fühlt.«

Aphrodite nickte. »Das ist mir klar. Ich habe mir sagen lassen, dass Anna Boland eine begeisterte Schwimmerin ist.«

»Aber kann sie die Wassertemperatur ertragen? Ich gehe davon aus, dass dein Budget nicht für einen Flug in die Karibik ausreicht. Wir werden es mit Temperaturen zu tun haben, die ein Seelöwe mit einer dicken Fettschicht unter der Haut als tropisch empfinden würde, ein spindeldürres Model dagegen aber als eiskalt.«

»Ich hoffe, dass der Prestigegewinn, der durch eine solche Show für sie dabei herausspringt, ausreicht, um sie zu überreden. Er wäre unbezahlbar für ihre Karriere.«

»Du könntest Recht haben. Appelliere an ihre höheren Instinkte. Für ein Model steht in dieser Hinsicht allerdings die Eitelkeit an erster Stelle. Wenngleich«, räumte er mit nachdenklicher Miene ein, »ich sagen muss, dass Anna eine der am wenigsten eitlen Frauen ist, die ich kenne. Sie ist ein prima Mädchen.«

»Also habe ich für unsere Zusammenarbeit die Richtige ausgesucht?«

»Unbedingt.«
Ihre Vorspeisen wurden serviert. Aphrodite fiel über ihren Lachs her wie Bobcat, wenn er völlig ausgehungert war.
»Hast du dir auch schon Gedanken über den Drehort gemacht?«, fragte Jack. Als er bemerkte, dass Aphrodite, die sich den Mund mit Lachs voll gestopft hatte, nicht in der Lage war zu antworten, fuhr er fort: »Wir müssen wohl irgendwo an der Westküste arbeiten. An der Ostküste ist das Wasser nicht klar genug, und darauf kommt es bei Unterwasser-Aufnahmen an.«
Aphrodite schüttelte den Kopf, kaute und schluckte den köstlichen Lachs hinunter, bevor sie antwortete. »Im Grunde habe ich darüber noch nicht so richtig nachgedacht. Ich habe gehofft, du könntest einen Drehort empfehlen. Wie ich weiß, besitzt du ein Haus auf Valencia Island, und ich erinnere mich, dass Perdita einmal gesagt hat, die Insel wäre ein Paradies für Unterwasser-Fotografen.«
Er lachte. »Das stimmt. Aber wenn du dir Aufnahmen von einem schönen Mädchen vor einem Hintergrund aus rosa Korallen, umgeben von Seesternen und Krebsen, erhofft hast, träum weiter. Ich bin mir nicht sicher, ob Troy die Vorstellung behagt, seine Kleider mit Bleigürteln und Atemgeräten behängt zu sehen. Für einen solchen Hintergrund müsste man mindestens zehn Meter tief tauchen.«
Wieder kniff er die Augen zusammen. Aphrodite fiel ein, dass seine Augen das Erste waren, was ihr an ihm aufgefallen war, als sie sich kennen lernten. Und dann fiel ihr außerdem wieder ein, dass diese Augen sie nackt gesehen hatten, und sie spürte, wie ihr die Röte in die Wangen stieg. Um die Glut zu vertreiben, zwang sie sich, sich genau auf das zu konzentrieren, was Jack sagte.
»Wie auch immer«, griff er den Faden wieder auf, »da die

Kleider den Mittelpunkt bilden sollen, ist es schon besser, wenn der Hintergrund nicht allzu viel Ablenkung bietet – und natürlich ist das Wasser je seichter, desto klarer. In der Nähe der Valencia-Brücke kenne ich einen Platz, der genau richtig für unser Vorhaben wäre. Er liegt sehr geschützt, selbst bei einem Westwind der Stärke acht ist das Wasser dort ruhig und klar.«

Aphrodite nickte wissend, wenngleich sie nicht die geringste Ahnung von Westwinden, Windstärke acht und dem ganzen Seemannslatein hatte.

»Wichtig ist, dass niemand zwischen den einzelnen Aufnahmen zu viel Zeit auf Styling verwendet – Make-up und Frisur und all dieser Mist«, fügte Jack hinzu. »Wir müssen schnell arbeiten, sonst wird es Anna zu kalt, und sie kann nicht mehr arbeiten. Wir brauchen jede Menge Suppe und heiße Getränke, Wolldecken, wattierte Mäntel. Und natürlich einen Flachmann.«

»Das übliche Styling zwischen den einzelnen Aufnahmen hätte wenig Sinn«, bemerkte Aphrodite. »Wenn Anna erst einmal unter Wasser ist, macht ihr Haar sowieso, was es will. Und was die Wirkung der Kleider betrifft, muss ich mich ganz auf dich verlassen. Ich kann dich nicht unter Wasser begleiten und darauf achten, ob unser Mädchen auch gut aussieht.«

»Es wird klappen. Verlass dich auf mich. Unter Wasser erreicht man auch ohne den Griff in die übliche Trickkiste ganz außergewöhnliche Effekte.«

»Wirst du künstliche Beleuchtung brauchen?« Hoffentlich nicht. Sie wünschte sich diese Aufnahmen so ungekünstelt wie möglich.

»Nein. Die schönsten Effekte erzielt man mit natürlichem Licht. Ich werde Anna von unten her fotografieren, sodass sie von Sonnenlicht umflutet wirkt und man über ihr die Lichtmuster auf der Wasseroberfläche tanzen sieht.«

»Das klingt fantastisch.« Aphrodite verzehrte den letzten Bissen Lachs, trank einen Schluck von dem Wein, den der Ober diskret in ihr Glas geschenkt hatte, und tupfte sich mit der Serviette den Mund ab. »Wird es furchtbar kompliziert werden?«

»Das muss nicht sein. Ich lasse mich nur ein paar Meter unter Wasser fallen, bitte Anna, bis hundert zu zählen und dann zu mir hinabzutauchen. Für sie wird es bedeutend härter als für mich, aber sie ist ja ein ausgebuffter Profi. Ich bin so froh, dass du sie engagieren willst und nicht die Zwillinge.«

»Sie würden sich auch nicht dazu bereit erklären.«

»In Valencia wohl nicht. Aber wenn wir uns einen Drehort wie Mustique oder Necker leisten könnten, wären sie nur allzu gern bereit. Wo willst du übrigens die Mannschaft unterbringen?«

»Parknasilla klingt gut.«

»Ich würde ja gern ein paar Leute bei mir aufnehmen, aber ich bin noch nicht dazu gekommen, die Gästezimmer instand zu setzen.«

»Bist du oft auf Valencia Island?«

»So oft ich kann, und das ist leider nicht oft genug. Ich habe vor, im nächsten Jahr, was die Arbeit betrifft, kürzer zu treten, damit ich mehr Zeit auf Valencia verbringen kann. Ich liebe diese Insel.«

»Das überrascht mich nicht. Es ist ein herrliches Fleckchen Erde. Ich war im März dort.«

»Stimmt. Ich erinnere mich. Ich habe Troy und deine Freunde getroffen – Jolie Fitzgerald und irgendeinen Architekten. Wie hieß er gleich?«

»Hugo O'Neill. Und den betrachte ich eigentlich nicht als Freund. Geschweige denn sie.« Warum sagte sie das? Lag es am Wein? Aus irgendeinem Grunde schämte sie sich, von Jack mit dieser … dieser Clique in Verbindung gebracht zu werden.
Er musterte sie eingehend. »Vermutlich ist es nur natürlich, dass eine Muse der anderen nicht über den Weg traut.«
O Gott. Wie kindisch stand sie nun da! Sie wollte gerade erklären, dass es keineswegs kleinliche Eifersucht war, die ihr Misstrauen Jolie gegenüber weckte, als wie auf ein Stichwort eben jene Frau in einem erlesenen Troy-MacNally-Outfit, begleitet von Gareth, das Restaurant betrat. Neieiein!, dachte Aphrodite, als das Pärchen zielstrebig wie Cruise Missiles auf ihren Tisch zukam. Das war wohl einer der Nachteile, mit denen man rechnen musste, wenn man in erstklassigen Restaurants speiste. Stets bestand das Risiko, gefährlichen Menschen wie Jolie über den Weg zu laufen. Wenn sie das nächste Mal essen ging, würde sie eine entschieden sicherere Wahl treffen. Die Kantine des Gefängnisses Mountjoy bot sich geradezu an.
»Hi, Jack«, sagte Jolie mit einer Stimme, die an die zartesten, süßesten Töne einer kostbaren Flöte erinnerte. Dann richtete sie den blauen Strahl ihres Blicks auf ihre Feindin. »Und Aphrodite! Dürfen wir uns zu euch setzen?«
»Natürlich.« Jack erhob sich und neigte höflich den Kopf, Aphrodite wünschte sich ein Henkersbeil zur Hand. Sie tauschten einen Blick, und sie glaubte, die Andeutung eines Lächelns in seinen Augen zu sehen.
Wie von Zauberhand lagen plötzlich Gedecke für Jolie und Gareth bereit, und Jolie ließ sich auf den Sitz neben Jack gleiten, wobei es ihr gelang, ihm einen äußerst freizügi-

gen Blick auf ihren schlanken goldbraunen Oberschenkel zu gewähren. »Heute ist unser Hochzeitstag«, flötete sie. »Und da wir in diesem Restaurant zum allerersten Mal als Paar zusammen gespeist haben, sind wir übereingekommen, uns ein wenig der Nostalgie hinzugeben.«

»Wie romantisch!«, bemerkte Aphrodite. »Aber möchtet ihr in diesem Fall dann nicht lieber *à deux* speisen?«

»Du liebe Güte, nein. Das können wir an jedem Abend in der Woche haben. Es ist doch viel amüsanter, mit Gleichgesinnten zu essen. Was führt euch zwei hierher?«

»Geschäfte«, erklärte Jack. »Wir besprechen Pläne für das Programm der Point-Show.«

»Ach? Und was habt ihr euch ausgedacht?«

»Wir können noch nicht allzu viel darüber verlauten lassen, solange wir keine positive Antwort von dem Model haben, das wir engagieren möchten. Unsere Idee könnte das Mädchen abschrecken, und in diesem Fall würden unsere Pläne komplett den Bach runtergehen. Dann müssten wir noch mal zurück ans Reißbrett.«

Aphrodite war froh, dass Jack offenbar nicht gewillt war, mit Jolie über die geplanten Unterwasser-Aufnahmen zu reden. Sie hatte das Gefühl, dass Jolie die Idee verspotten würde, oder – noch schlimmer – selbst eine viel bessere beisteuern könnte.

Mit einer kaum erkennbaren kleinen Geste zog Jolie die Aufmerksamkeit des Oberkellners auf sich. »Champagner, *s'il vous plâit*, Sylvain. Das Übliche. Danke.« Und dann sagte sie etwas, das Aphrodite die Ohren spitzen ließ. »Aber nein, wenn ich es mir recht überlege, bringen Sie mir doch lieber einen Wodka Martini.« Sie wandte sich wieder dem Tisch zu und lächelte. »Ich habe seit damals, bevor ich mit den Zwillingen schwanger war, keinen mehr getrunken,

Da sie nun endlich abgestillt sind, kann ich meiner Schwäche für Martinis wieder nachgeben.«
»Schwangerschaft und Stillzeit haben dich nie daran gehindert, deiner Schwäche für Champagner nachzugeben, mein Schatz«, gab Gareth zu bedenken. »Ich möchte sagen, du hast sie mit einer Mischung aus halb Champagner, halb Muttermilch gefüttert.«
»Champagner hat sie offenbar nicht gestört. Einen Kater hatten sie nur ein einziges Mal, und zwar, nachdem ich Rotwein getrunken hatte. Verkaterte Zwillingsjungen zu stillen ist nicht die beste Art für ein Mädchen, den Tag zu beginnen. Das wurde mir bald klar.« Sie schlang auf Brusthöhe die Hände ineinander und schenkte Jack das Lächeln eines Vielfraßes, und Aphrodite kam nicht umhin zu bemerken, dass ihre schönen, sahneweißen Brüste nahezu aus ihrem Dekolleté quollen. Und sie ertappte sich bei Spekulationen über die Wahrscheinlichkeit, dass Jolies Zwillingsjungen Romulus und Remus hießen. »Hast du Troy kürzlich mal gesprochen, Aphrodite?«, fragte Jolie jetzt mit einem schrägen Blick aus stahlblauen Augen. Das Unausgesprochene zwischen ihnen schimmerte so deutlich durch, dass Aphrodite sich beinahe wunderte, es nicht plastisch vor sich zu sehen.
»Gerade heute Morgen«, erwiderte Aphrodite. »Er sagte, das Wetter sei so herrlich, dass er vielleicht Skellig Michael besuchen würde.«
»Dieser Glückspilz«, bemerkte Jack.
»Kennst du die Skelligs, Jack?«, fragte Gareth.
»Sehr gut sogar. Dort kann man prima tauchen.«
»Du tauchst?«, fragte Jolie. »Das habe ich nicht gewusst. Wo denn, vorrangig in Irland?«
»Valencia.«

»Natürlich. Du hast dort ein Haus, nicht wahr? Letztes Jahr hatte ich dort ein erstaunliches Taucherlebnis. Ich …«
O Gott. Aphrodite fiel wieder ein, dass Tiefseetauchen zu Jolies unzähligen Fähigkeiten gehörte. Und jetzt würde sie Jack mit ihren Tauchgeschichten mit Beschlag belegen.
Gareth war offenbar bewusst, dass er und Aphrodite für absehbare Zeit von der Unterhaltung ausgeschlossen sein würden. Er wandte sich ihr mit einem Lächeln zu und sagte:
»Ich kann nicht tauchen. Allein bei der Vorstellung fürchte ich mich zu Tode. Bergsteigen liegt mir schon eher.«
»Du würdest also lieber in den Skelligs klettern statt zu tauchen?«
»Auf jeden Fall. Dieses Bergkloster ist das achte Weltwunder.«
»Ach ja? Wie hoch ist es gelegen?«
»Eintausendfünfhundert Meter über dem Meeresspiegel. Irgendwer hat das Kloster mal als ›Gottes unzugängliches Refugium, das auf Luft gebaut ist‹ bezeichnet. Es hält dem Vergleich mit Klöstern stand, die ich im Himalaja besucht habe.«
»Himmel. Ich möchte wissen, ob Troy das schafft.«
»Wie meinst du das?«
»Er leidet an Höhenangst.«
»In dem Fall ist es unwahrscheinlich, das er über die ersten paar Meter hinauskommt. Jemand, der erst kürzlich dort gewesen ist, hat mir erzählt, dass er den Aufstieg auf halber Höhe abbrechen und mit geschlossenen Augen, an die Hand seines Freundes geklammert, auf dem Allerwertesten herunterrutschen musste. Aus gutem Grunde ist die Insel dem Schutzheiligen großer Höhen geweiht. Man kann sich gut vorstellen, was dieser Ort den Männern Gottes bedeutet haben muss.«

Die ultimative Zuflucht. Wer hatte das Kloster so genannt? Jolie.

»Diese ersten Siedler müssen Nerven wie Drahtseile gehabt haben«, fuhr Gareth fort. »Kannst du dir vorstellen, die Überfahrt in Booten aus Weidengeflecht und Häuten zu wagen, die an den Felsen wie Eierschalen hätten zerschmettert werden können?« Er ließ in einer bezeichnenden Geste krachend die Faust auf den Tisch niedersausen

»Nein.« Aphrodite hatte nicht die geringste Lust, sich so etwas vorzustellen. Ihr Magen wollte sich schon umdrehen, wenn sie nur daran dachte, bei rauer See in einer zerbrechlichen Nussschale sitzen zu müssen, doch Gareth steigerte sich immer mehr in das Thema herein.

»Es erstaunt mich immer wieder, wenn ich mir ausmale, wie die Mönche die Steine zum Bau ihrer Kirche den ganzen Weg von Valencia her dorthin transportiert haben. Und sie mussten das Material bis auf den Gipfel schaffen! Insgesamt führen zweitausenddreihundert Stufen hinauf. Ihr architektonisches Können grenzt an ein Wunder. Weißt du, es ist ihnen gelungen …«

»Du liebe Zeit, Schätzchen«, wurde er von Jolies Stimme unterbrochen. »Wie kannst du die arme Aphrodite mit deinen Statistiken zu Tode langweilen? Kein Mensch interessiert sich für die Architektur von Natursteinklöstern, weißt du? Lass uns lieber unsere Bestellung aufgeben.« Jolies Augen bekamen ihren typischen magnetischen Ausdruck, als sie das Restaurant nach dem Kellner absuchte, doch bevor sie ihn entdecken konnte, klingelte ihr Handy.

»Oh, entschuldigt mich bitte«, sagte sie. »Ich weiß, es ist ausgesprochen unhöflich, in Gesellschaft zu telefonieren, aber mein Handy muss immer eingeschaltet sein, für den Fall, dass das Kindermädchen mich dringend erreichen will.« Sie drückte die Annahmetaste ihres winzigen goldenen Handys, und ihre Miene wurde, während sie dem Gesprächspartner am anderen Ende der Leitung zuhörte, immer besorgter. »Schon gut, schon gut. Lass mir bitte eine Minute Zeit. Ich gehe zum Telefonieren nach draußen. Hier ist es so laut, ich kann dich nicht gut verstehen. Entschuldigt mich bitte«, sagte sie, an den Tisch gewandt. »Bin gleich wieder da, wenn ich diese Sache geregelt habe.«

»Doch nicht die Zwillinge?«, fragte Gareth.

»Nein, Schatz. Bestell als Vorspeise bitte den eisgekühlten Gazpacho für mich, ja?«

Jolie erhob sich anmutig und schritt zwischen den Tischen des voll besetzten Restaurants hindurch nach draußen. Sie sah aus wie eine auf Wolken schwebende Göttin.

Unwillkürlich überlegte Aphrodite, wer der Anrufer wohl sein mochte. Hugo O'Neill vielleicht, der seine Liaison mit ihr wieder aufnehmen wollte? Oder hatte sie mehr als einen Liebhaber? Womöglich hatte sie einen ganzen Stall voll williger Hengste, die ungeduldig mit den Hufen scharrten und sich darauf freuten, von Jolie Fitzgerald an der Nase herumgeführt zu werden. Oder – dieser Gedanke versetzte ihr einen Schlag in den Solarplexus – war es etwa Troy? Ihre Gedanken wirbelten unangenehm durcheinander, während sie automatisch dem Kellner zulächelte, der ihr Glas füllte, und genauso automatisch Gareths Frage beantwortete, ob der marinierte Lachs zu empfehlen sei, und automatisch mit einem kleinen erotischen Schaudern reagierte, als Jacks Ärmel versehentlich die feinen Härchen auf ihrem Unterarm streifte. Wie bitte? Was für ein erotisches Schaudern? Es lag bestimmt am Wein, sie hatte sich das nur eingebildet. Bevor sie ihre merkwürdi-

ge Reaktion auf Jacks Berührung noch näher analysieren konnte, kam Jolie zurück. Sie wirkte – völlig untypisch für sie – ziemlich besorgt und streckte Aphrodite das Handy entgegen.
»Troy ist dran«, sagte sie. »Er ist restlos fertig mit den Nerven. Er hat versucht, dich zu erreichen, aber offenbar ist dein Handy nicht eingeschaltet. Er muss dich dringend sprechen, und ich würde den Anruf an deiner Stelle draußen entgegennehmen.«
Ihr kam plötzlich in den Sinn, dass er auf Skellig Michael einen Unfall gehabt haben könnte, und binnen Sekunden war sie zur Tür hinaus. »Troy?«, rief sie in Jolies winziges Fabergé-Ei von einem Handy hinein. »Was ist los? Was ist passiert? Ist dir etwas zugestoßen?«
»Nein. Nein, Aphrodite. Kein Unfall. Aber eine Erleuchtung! Ich hatte eine Erleuchtung!« Er lachte, und seine Stimme klang fremd aus dem Telefon, überdreht, leicht verrückt – als wäre er einer großen Sache auf der Spur.
»Was? Was redest du da? Was für eine Erleuchtung?«
»Eine Erkenntnis. Ein Moment reinster, blendender spiritueller Erleuchtung. Es war ein Erlebnis losgelöst von meinem Körper, verstehst du? Ich schwöre bei Gott, ich bin in die allerhöchste Bewusstseinsstufe vorgedrungen, die ein menschliches Wesen erreichen kann.«
Aphrodite gab sich größte Mühe, im Konversationston zu antworten. »Ach ja? Und wo ist dir diese – hm – Erleuchtung gekommen?«
»Im Kloster auf Skellig Michael.«
»Im Kloster? Aber ich dachte, das Kloster steht oben auf dem Gipfel?«
»Ja. Ich stand auf dem Gipfel, Aphrodite, irgendwo zwischen Himmel und Erde, und sah, wie tief unten die Wel-

len gegen die Felsen krachten, erkannte, wie verletzlich ich bin, und wusste, wie unbedeutend im allgemeinen großen Plan ich bin, wie unwürdig, und …«

Aphrodite musste seinen Redefluss unterbrechen. »Aber, Troy, deine Höhenangst? Wie hast du den Aufstieg bewältigt?«

»Es mag sich verrückt anhören, ich weiß, aber du musst mir einfach glauben. Die Geister all jener, die hier ertrunken sind, haben mich hinaufgeführt – die Geister aller ertrunkenen Einsiedler, die Geister all dieser Pilger, die auf der Suche nach Erleuchtung hierher kamen und ertranken. All diese toten Stimmen – sie haben mit mir gesprochen! Aber – und das ist das Schönste von allem – da war ein Geist, der mir mehr bedeutete als alle anderen, dessen Stimme mir auf dem ganzen Weg zum Gipfel leise Mut zusprach. Wer war das, Aphrodite? Was meinst du, wessen Stimme war das?«

»Ich glaube«, antwortete Aphrodite und verspürte etwas Düsteres, etwas Bedrohliches, das schwer in der Luft hing. Sie hatte das Gefühl, an den Worten ersticken zu müssen, als sie sie aussprach. »Ich glaube, das könnte die Stimme deiner Mutter gewesen sein.«

»Ja!«, sagte Troy, und sie hörte, wie er in einem langen, zittrigen Schluchzer den Atem einsog, bevor er weitersprach. »Du hast Recht. Es war die Stimme meiner Mutter. Endlich ist sie gekommen. Sie ist gekommen, um mir den rechten Weg zu zeigen.«

Als Aphrodite zurück an den Tisch kam, musterte Jolie sie mit abschätzendem Blick. »Nun«, sagte sie. »Was hältst du davon?«

Aphrodite setzte sich und dachte zunächst eine Weile

nach, dann sah sie Jolie direkt in die Augen. Es war das erste Mal, dass sie das Gefühl hatte, auf gleicher Augenhöhe mit dieser Frau reden zu können, ohne dass Konkurrenzdenken oder Streitlust in der Luft hingen. Die Männer, denen unvermittelt klar wurde, dass sie überflüssig waren, wandten sich einander zu und waren bald schon in ein Große-Jungen-Gespräch über Sport und Autos vertieft.

»Ich weiß nicht«, begann Aphrodite. »Zuerst dachte ich, er hätte irgendwelche Drogen genommen, doch dann wurde mir klar, dass das völlig ausgeschlossen war, denn kein Bootsführer mit einem Funken Verstand würde jemanden in sein Boot lassen, der auch nur andeutungsweise angetörnt wirkt, und ihn dann auch noch auf Skellig Michael loslassen. Troy war völlig bei Verstand, als er zum Kloster aufgestiegen ist. Nun ja, vielleicht hat er ein Hochgefühl (O Gott! Was für ein blödes, blödes Wortspiel!, schoss es Aphrodite flüchtig durch den Kopf), aber das war kein chemisch hervorgerufenes High.«

»Hat er dir die Sache mit seiner Mutter erzählt?«

»Ja. Und dann fing er an zu weinen.«

Jolie überlegte kurz. »Es ist wirklich ein ganz erstaunliches Erlebnis, weißt du? Skellig Michael, meine ich. Das könnte tatsächlich eine Art emotionale Katharsis in ihm ausgelöst haben. Vielleicht hat es ihm sogar ganz gut getan. Inzwischen ist dir sicher auch klar geworden, dass sich hinter dem weltmännischen Auftreten eine furchtbar gepeinigte Seele verbirgt.«

»Ja.«

»Ich tue, was ich kann, um ihm zu helfen.« Die Worte klangen bedeutungsschwer.

Aphrodites Antwort darauf ebenfalls. »Ich weiß.«

»Manchmal ist es nicht einfach, mit ihm zu leben, dessen bin ich mir bewusst. Ich habe ihm fast sieben Jahre lang meine Unterstützung gegeben. Miriam hat nicht mal ein Jahr durchgehalten. Du hältst dich wacker, glaube ich. Aber es kann sein, dass er den Krisenpunkt erreicht hat.«

»Wie meinst du das?«

»Seit Jahren vollführt er einen emotionalen Seiltanz. Er könnte abstürzen, zur einen oder zur anderen Seite. Ich kann nur hoffen, dass du noch da bist, um die Scherben aufzulesen, wenn er fällt. Falls du meine Hilfe brauchst, ruf mich an. Ich weiß, du traust mir nicht, und ich kann es dir nicht verübeln. Aber ich will genauso wenig wie du, dass Troy zusammenbricht.«

Natürlich nicht, dachte Aphrodite. Hinter Troy steckt ja auch viel zu viel Geld. Und dann dachte sie an das, was Troy gesagt hatte, als sie ihn am Telefon getröstet hatte. »Warum kommst du jetzt nicht einfach nach Hause?«, hatte sie vorgeschlagen. »Hier kannst du genauso gut arbeiten, wenn ich dafür sorge, dass dich niemand stört. Komm nach Hause, dann verbringen wir einen herrlich faulen Abend mit einer Flasche Champagner im Bad.«

»Nein«, hatte er sehr nachdrücklich geantwortet. »Ich bin noch nicht bereit, nach Hause zu kommen. Ich muss noch viel nachdenken.« Und dann legte er eine Pause ein und holte tief Atem. »Und noch etwas, Aphrodite. Ich hoffe, es stört dich nicht, wenn ich das jetzt sage, nach all der harten Arbeit, die du investiert hast. Aber vielleicht möchte ich noch einmal über das Bad nachdenken.«

O Gott! »Du willst es neu gestalten lassen?«

»Ja.«

So sehr sie sich auch bemühte, konnte sie doch nicht verhindern, dass ihr Tonfall verriet, wie gekränkt sie war.

»Was stellst du dir denn so vor?«, fragte sie.
»Ich glaube, es würde wunderbar aussehen, wenn alles weiß wäre. Komplett weiß. Wie die Klause eines Einsiedlers«, erwiderte er.

15

Die nächsten paar Wochen verbrachte Aphrodite mit der Organisation des Foto-Shootings für die Wohltätigkeitsveranstaltung. Die Hand voll Entwürfe, die Troy während seines letzten Aufenthalts in Coolnamaragh erarbeitet hatte, sollten in die Frühlings-/Sommer-Kollektion aufgenommen werden, und die Prototypen sahen gut aus. Eben diese Kleider sollten vor Valencia unter Wasser fotografiert werden. Aphrodite beschloss, Troy anzurufen und ihn über die Fortschritte zu informieren.

Sie griff nach dem Hörer und hielt die Finger ihrer rechten Hand gekreuzt. Das war ihr seit der Nacht seiner Skelligs-›Erleuchtung‹ zur Gewohnheit geworden. Aphrodite war voll böser Vorahnungen, dass er wieder auf die Neugestaltung des Bads zu sprechen kommen könnte, und es würde ihr das Herz brechen, wenn sie die Wandmalerei, die sie so viel Mühe gekostet hatte, überstreichen müsste. Bisher hatte er das Thema nicht wieder angeschnitten, doch sie vermutete, dass es nur eine Frage der Zeit war, bis er es tat.

Das Erste, was er sagte, war: »Morgen komme ich nach Hause.«

»Oh. Meinst du nicht, dass das ein bisschen idiotisch wäre, Troy? Das Foto-Shooting in Valencia ist für Montag angesetzt. Warum bleibst du bis dahin nicht einfach, wo du bist, statt den ganzen Weg nach Dublin zu fahren und dann wieder zurück?«

»Wieso muss ich eigentlich bei dem Fototermin anwesend sein?«, fragte er, und es klang ehrlich perplex.
»Möchtest du denn nicht die Oberaufsicht führen?«
»Nein. Das kannst du übernehmen. Mich interessiert das nicht sonderlich, Aphrodite.« Jetzt klang seine Stimme wieder lässig und entspannt, und Aphrodite fühlte plötzlich Ärger in sich aufsteigen. Seinetwegen hatte sie sich ein Bein ausgerissen, und so dankte er es ihr! Sie war schon im Begriff, ihm verbal einen Klaps auf die Finger zu geben, als er von neuem das Wort ergriff.
»Es hat mir sehr gut getan, hier zu sein, aber jetzt ist es Zeit für eine Veränderung. Ich fühle mich irgendwie so – wie soll ich sagen? – unbelastet, Aphrodite. Ich glaube fest daran, dass ich im Begriff bin zu erkennen, welche Richtung mein Leben nehmen muss. Bis jetzt war ich so furchtbar *ziellos*.«
Immer noch leicht verstimmt, widerstand Aphrodite nur knapp der Versuchung zu sagen: »Wenn das der Fall ist, warum setzt du dir nicht die Aufsicht über dein verdammtes Foto-Shooting zum Ziel?« Stattdessen biss sie sich auf die Unterlippe und sagte gar nichts. In der letzten Zeit war er am Telefon oft so sprunghaft gewesen; sie wollte nicht, dass er wieder den Faden verlor.
»Ich habe viel nachgedacht, bin spazieren gegangen, habe eine Menge gelesen …«
Er ließ den Satz unvollendet, und Panik überkam Aphrodite. »Aber du hast doch auch ein bisschen gearbeitet, Troy, oder? Wir müssen wirklich Nägel mit Köpfen machen – die Leute vom Point …«
»Aphrodite? Beruhige dich. Hier geht es um ein paar Kleider, nicht um Leben und Tod. Vergeude deine Kraft doch nicht damit, dass du dir deswegen Stress bereitest.«

Wieder packte sie die Panik, und sie hörte selbst, dass ihre Stimme ein wenig schrill wurde. »Troy, schließlich bin ich diejenige, der man auf die Pelle rückt und die Daumenschrauben anlegt, wenn der Kram nicht rechtzeitig fertig ist, nicht du.«

»Hey, hey, Liebling. Bleib ganz ruhig.« Seiner Stimme fehlte jegliche Spur von Sorge. »Wenn sie denn Tageskleider wollten, klar, das könnte knapp werden. Aber für die Show haben wir mehr als genug Kleider auf Lager.« Da hatte er Recht. Im Moment brauchten sie sich eigentlich nur um die Abendkleider zu kümmern. Die Tageskleider konnten noch ein bisschen warten. »Und die Prototypen, die ihr am Montag benötigt, sind doch fertig, oder?«

»Ja. Anna ist letzte Woche zur endgültigen Anprobe gekommen. Im Vergleich mit den Zwillingen ist sie übrigens ein Traum; die Arbeit mit ihr macht Spaß. Keine Allüren, kein Gezeter.«

»Ja. Anna ist bei allen beliebt. Wie sehen die Kleider aus?«

»Sie sind großartig. Ich habe den Näherinnen gesagt, sie bräuchten nicht perfektionistisch zu arbeiten. Dadurch hatten sie Zeit genug, ein halbes Dutzend fertig zu stellen.«

»Entschuldige – habe ich da irgendetwas übersehen? Wieso brauchen sie nicht perfektionistisch zu arbeiten?«

»Im Wasser geschehen merkwürdige und wunderbare Dinge mit den Kleidern, Troy. Ich glaube kaum, dass jemand mit der Lupe die Nähte kontrolliert und sagt: ›Uuuh, sieh nur, wie geschickt diese Kleider gearbeitet sind.‹ Mit diesen Aufnahmen verkaufen wir dramatische Wirkung, ohne Hinweise auf die Verarbeitung.«

»O ja. Entschuldige. Ich hatte vergessen, dass die Aufnahmen unter Wasser stattfinden.«

Er hatte es *vergessen!* Noch vor wenigen Wochen hatte er ihre Idee als Geniestreich bezeichnet!
»Schade, dass sie schon wieder passé sind, diese Kleider. Ich will Veränderung.«
»Wie? Was meinst du damit?«
»Die Sachen, an denen ich hier gearbeitet habe, sind zu gewagt. Jedes Mal, wenn ich eine Zeichnung fertig gestellt habe, möchte ich sie gleich wieder zerreißen.«
»O Gott! Aber das tust du doch nicht, oder?«
»Nein. Aber all dieser von der Natur inspirierte Blödsinn!« Jetzt troff seine Stimme vor Geringschätzung. »Erinnerst du dich an diesen Garten in Ilnacullin mit seinem so genannten Dschungel und all den künstlich gezüchteten Treibhausexoten? Das war *Menschenwerk*, aber nicht Natur, Aphrodite. In Zukunft überlasse ich Lainey die Natur. Sie kann das so viel besser.«
»Troy! Hör auf damit! Du bist dir selbst gegenüber nicht fair. Diese Entwürfe, die du in Coolnamaragh gemacht hast, sind genial.«
»Dann wirst du dich über meine neuen Designs freuen. Ich habe mir noch mehr von der gleichen Art abgerungen.«
Aber Aphrodite freute sich nicht. Wie konnte er über seine exquisiten, hauchzarten Kreationen so abfällig reden? Was sollte das heißen, er hätte sich noch mehr von der gleichen Art ›abgerungen‹? Was war aus dem Mann geworden, der sich für alles Lichte und Schöne begeistern konnte? Herrgott noch mal – wie *müde* sie sich plötzlich fühlte! Sie stützte den Kopf in die Hände, wohl wissend, dass sie nicht länger reden konnte, ohne gereizt oder weinerlich zu klingen, oder beides gleichzeitig. Es entstand eine lange Pause, und dann sagte Troy ins Telefon: »Weißt du was? Die Natur ist gar nicht üppig und großzügig und

fruchtbar. Ich habe ihr wahres Gesicht gesehen, Aphrodite.«
»Erzähl mir davon«, bat sie. Sie wusste selbst, dass ihre Aufforderung wenig enthusiastisch klang, aber sie war auch nicht sicher, ob sie hören wollte, was er zu sagen hatte. Etwas an seinem Meinungsumschwung wirkte ausgesprochen entmutigend auf sie.
Troy holte tief Atem, bevor er fortfuhr: »Die Natur, das ist unwirtlicher Fels, wo überhaupt nichts gedeiht. *Nichts.* Weißt du, wie diese Menschen gelebt haben, Aphrodite, diese Mönche auf Skellig Michael? Sie schafften es mit äußerster Mühe, von der Hand in den Mund zu leben, indem sie versuchten, einer dünnen Schicht aus Mutterboden und Seetang eine erbärmliche Erbsen- und Bohnenernte abzuringen. Stell dir nur vor, wie das gewesen sein muss. Auf nacktem Fels zu leben, meilenweit entfernt von der so genannten Zivilisation, ohne je etwas anderes zu hören als das Kreischen der Möwen über ihnen und das Donnern der Brandung unter ihnen. *Das* ist elementar! *Das* ist das wahre Gesicht der Natur!« Das entspannte, zen-hafte Timbre seiner Stimme war verschwunden. Jetzt redete er wieder wie an jenem Abend, als er seinen Ausflug zu den Skelligs beschrieben hatte: eindringlich, überdreht, wie im Fieber.
Aphrodite holte tief Luft und bemühte sich um den sachlichen Tonfall, den ein Vorsitzender in einer leidenschaftlichen Debatte an den Tag legen mochte. »Aber diese Mönche haben aus freien Stücken so gelebt, Troy …«
Er fiel ihr ins Wort. »Und wie lebe *ich* aus freien Stücken, Aphrodite? Ich speise in den besten Restaurants, ich wohne in den besten Hotels, ich umgebe mich mit Luxus. Ich bin verwöhnt und werde vor dem wirklichen Leben beschützt und abgeschirmt. Ich bin ein *verdammter Weichling!*«

»Schsch, Liebling, beruhige …«

Doch er hörte gar nicht zu. »Und wenn mich jemand fragt, womit ich meinen Lebensunterhalt verdiene«, fuhr er fort, »dann antworte ich, ich arbeite in der verdammten *Mode*-Branche!« Seine Stimme troff jetzt nicht nur vor Geringschätzung, sondern spie pure Verachtung. »In einer Branche, die auf der untersten Ebene von der Sklavenarbeit fünfjähriger Kinder in asiatischen Fabriken abhängt und auf der höchsten von Launen von etwa einem halben Dutzend verwöhnter Diven auf der ganzen Welt, die es sich leisten können, *haute couture* zu tragen.«

»Mein Gott, Troy, wir alle müssen irgendwie unseren Lebensunterhalt verdienen. Wir sind zumindest keine Kredithaie oder Drogendealer oder Trickbetrüger …«

»O doch, Aphrodite, das sind wir. Genau das sind wir. Trickbetrüger.«

»Aber in *jeder* Sparte gibt es betrügerische Machiavelli-Typen.« Sie dachte an ihre Modekolumne und verzog in jäher Selbsterkenntnis schmerzlich das Gesicht. »Und du gehörst nicht zu denen, Troy. Du bist anders – etwas Besonderes. Und das weißt du auch.«

»Inwiefern bin ich anders?«

»Weil du dich auf keinen Trend einlässt. Deine Entwürfe sind nicht für Mode-Eulen gedacht. Deine Designs sind immer wieder anders. Deshalb bist du auch ein *großer* Designer, Troy MacNally. Du lieferst keine Lippenbekenntnisse über so etwas Lächerliches wie die Rocklänge dieser Saison oder den Schnitt der kommenden Saison.«

Daraufhin setzte Schweigen ein, und dann stieß Troy ein leises, brüchiges Lachen aus. »Ha! ›Mode ist etwas so Grauenhaftes, dass sie alle sechs Monate geändert werden muss‹ – Oscar Wilde. Und hier habe ich noch ein Zitat für dich: ›Fort mit der Seide, fort mit dem Linnen, ich will keine Szenen und Vorhänge‹.«

»Was redest du da?«

»Das ist aus einem Gedicht von Robert Herrick.«

»Wie geht es weiter?«, wollte Aphrodite wissen.

»Ich will meine Geliebte so, wie sie ist,
Gekleidet in ihre nackte Schlichtheit:
Denn wie mein Herz, so werden auch meine Augen
Durch Fleisch gewonnen, nicht durch Hüllen.«

»Oh!«, brachte Aphrodite nur hervor und spürte, wie sie sich Hals über Kopf erneut in ihn verliebte. »Wie romantisch!«

Aphrodite richtete Troys Wohnung für seine Heimkehr her. Im Kühlschrank standen Champagner und Fingerfood bereit, sie hatte gebadet und ihren ganzen Körper mit Sandelholz-Lotion verwöhnt, hatte Rosenblütenblätter auf gestärktes Bettleinen gestreut (eine romantische Idee, die sie von ihrer Mutter übernommen hatte), und unter dem umwerfenden japanischen Kimono, den sie sich am Vortag in einem edlen Bekleidungsgeschäft gekauft hatte, war sie nackt. Als er sie vom Autotelefon aus anrief, um ihr mitzuteilen, dass er in zehn Minuten zu Hause wäre, zündete sie überall in der Wohnung Kerzen an und ließ Räucherkerzen im Schlafzimmer glimmen. Dann bereitete sie ihm ein Bad vor.

Es machte sie beinahe verlegen, ihn wiederzusehen. Würden sie sich zuerst unterhalten und essen? Zur Feier des Tages ein bisschen Champagner trinken? Oder würden sie gleich übereinander herfallen und ins Bett stürzen? Sie überprüfte ihr Aussehen im Spiegel, träufelte sich Tropfen ins Auge, die das Weiße noch weißer erscheinen ließen, putzte sich die Zähne und gurgelte mit dem Mundwasser, dessen Geschmack er so mochte. Als sie das Mundwasser in das Waschbecken spuckte, das sie vor einigen Monaten erst installiert hatte, hörte sie, wie die Wohnungstür geöffnet wurde. Sie fuhr sich mit nervösen Fingern durchs Haar, warf einen letzten Blick in den Spiegel und wandte sich um.

Da stand er, genauso wie damals, als sie ihn zum ersten Mal gesehen hatte, lehnte am Türpfosten und beobachtete sie. Damals war er für sie der schönste Mann gewesen. Das war er immer noch. Abgesehen davon, dass zwei große Veränderungen mit ihm vorgegangen waren. Die eine bestand im Ausdruck seiner Augen. Damals sprach aus ihnen eine sexuelle Gier, die unmöglich zu leugnen gewesen war. Jetzt dagegen wirkte der Ausdruck in seinen Augen merkwürdig entrückt. Die zweite Veränderung betraf sein Haar. Er hatte es restlos abrasiert.

»Troy!« Sie wollte verhindern, dass er ihr ansah, wie überrumpelt sie war, doch es war zu spät. Er hatte ihren verdutzten Gesichtsausdruck längst bemerkt.

»Eine große Veränderung, nicht wahr? Verzeih, dass ich dich damit ohne jede Vorwarnung konfrontiere. Vielleicht hätte ich dich vorbereiten sollen. Gefällt es dir nicht?«

»Nein. Ich meine, doch, es gefällt mir. Es gefällt mir wirklich.« Sie lächelte. »Im Ernst. Es passt zu dir. Dieser Haarschnitt betont deine Wangenknochen.« Das entsprach auf jeden Fall der Wahrheit. Seine Wangenknochen traten deutlicher hervor denn je, und jetzt, da sie ihn näher in Augenschein nahm, fiel ihr auch auf, dass er gehörig abgenommen hatte. »Hey!«, sagte sie vorwurfsvoll. »Du hast nicht vernünftig gegessen. Wusste ich's doch! Wenn ich nicht da bin, um mich um dich zu kümmern, fängst du unweigerlich an, dich zu vernachlässigen. Du kannst dir eine derartige Gewichtsabnahme gar nicht leisten, Troy. Komm sofort mit ins Esszimmer. Ich habe den Kühlschrank voll gestopft mit Leckereien.« Sie ging auf ihn zu und blieb vor ihm stehen, in der Erwartung, dass er sie in die Arme nahm. Er tat es jedoch nicht, und mit einem leisen Gefühl der Verunsicherung ging sie einfach an ihm vorüber in den Flur.

Im Speisezimmer beschäftigte sie sich damit, Teller und Sektflöten aus dem Sideboard zu holen, immer wieder in die kleine Küche zu flitzen und kleine Platten mit Sushi auf dem Tisch zu arrangieren. Troy sah ihr zu. Sein Gesichtsausdruck erschien ihr sonderbar, als er da auf dem hochlehnigen Stuhl saß, die Hände im Schoß verschränkt. Gewöhnlich saß er nachlässig in seinem Sessel oder hatte sich vorgebeugt, die Ellbogen auf den Tisch gestützt. Jetzt saß er da mit geradem Rücken – nicht unbedingt, als hätte er einen Ladestock verschluckt, aber trotzdem, er hatte etwas … nun ja, *Symmetrisches* an sich. Er wirkte ausgeglichen, konzentriert, sicher. Ganz anders.

Sie entkorkte den Champagner und wollte einschenken, doch Troy deckte die Hand über sein Glas. »Für mich nicht, danke. Ich habe seit vierzehn Tagen keinen Alkohol mehr angerührt.«

»Oh. Ja, dann …«, sagte sie mit einem niedergeschlagenen Gefühl. »Ich hoffe, es stört dich nicht, wenn ich etwas trinke. Es war ein höllischer Tag, und ich brauche einen guten Schluck.«

»Natürlich stört es mich nicht.«

Sie schenkte ihr Glas voll, ließ sich Zeit dabei und überlegte. Irgendetwas hatte sich verändert. Seit seiner ›Erleuchtung‹ auf Skellig Michael hatte sich im Schmelztiegel ihrer Beziehung etwas neu gemischt. Es war, als hätte ein unsichtbarer Koch mit einem Riesenlöffel eingegriffen und die Zutaten ohne Erlaubnis durcheinander gerührt. Aphrodite setzte sich Troy gegenüber. Sollten sie jetzt reden? Nein. Sie hatte keine Lust. Noch nicht. »Iss doch ein bisschen«, forderte sie ihn auf und schob ihm ein Schüsselchen mit Sushi entgegen.

Er betrachtete das Gericht lange Zeit, bevor er sich für ein Scheibchen aus rohem Fisch und Reis entschied. »Komm schon, Troy«, lockte sie. »Das ist nicht genug. Du musst ein wenig aufgepäppelt werden. Ich fürchte, ich muss sonst Kontakt zu einer Selbsthilfegruppe für Magersüchtige aufnehmen.« Es war nur ein halbherziger Scherz. Die Beleuchtung im Speisezimmer betonte die schweren Schatten unter seinen Wangenknochen, und jetzt fielen ihr auch seine violetten Augenringe auf.

Er schüttelte den Kopf. »Ich möchte im Augenblick keine allzu nahrhaften Speisen in meinen Ernährungsplan einfügen. Das würde mein System zu sehr belasten. Ich habe gefastet, verstehst du?«

»Was? Warum?«

»Ich wollte die Erfahrungswelt der Mönche wenigstens in dieser Hinsicht nachvollziehen …«

»Troy, du liebe Zeit!« Sie kniete sich neben seinen Stuhl und ergriff seine Hände. »Was hat dieses Kloster mit dir angestellt? Komm schon, komm schon – begreif doch! Du bist wieder in Dublin, zurück in der wirklichen Welt! Das hier ist die Wirklichkeit, Troy! Du kannst dich glücklich schätzen. Sieh nur! Champagner! Was Gutes zu essen! Eine nackte Frau!« Sie öffnete ihren Kimono.

Er lächelte auf sie herab. »Danke, Aphrodite. Du hast meine Heimkehr so wundervoll inszeniert, und du darfst nicht denken, dass ich dir nicht dankbar wäre. Aber in meinem Leben ist etwas vorgefallen, was dir fremd geblieben ist, und das zu verstehen, wird nicht leicht für dich sein.«

O Gott! Plötzlich benötigte sie dringend eine Bestätigung dafür, dass er sie noch immer attraktiv fand, dass er sie immer noch begehrte und liebte. Sie ergriff seine Hand und führte sie an ihre Brust. »Komm mit ins Bett, Troy«, lockte sie mit ihrer besten Sirenenstimme. Sie erhob sich auf die Füße und gab ihm einen überaus zarten Schmetterlingskuss, dann nahm sie seine andere Hand und führte ihn den Flur entlang ins Schlafzimmer. Dort angekommen, begann sie, ihn auszukleiden, wobei sie voller Besorgnis feststellte, dass seine Rippen hervorstachen.

Auf dem mit Rosenblütenblättern bestreuten Bett nahm sie ihn in den Mund und verwöhnte ihn mit all den Dingen, von denen sie wusste, dass er sie genoss. Aber es war harte Arbeit, ihn zu erregen, und während sie ihn küsste und streichelte, traf sie die Erkenntnis wie ein höllischer Blitzschlag. Die Worte »harte Arbeit« hatte sie noch nie im Leben im Zusammenhang mit der körperlichen Liebe benutzt. Was stimmte hier nicht? Was ging im Kopf ihres Liebsten vor? *Warum* fand er sie nicht mehr aufreizend? Und sie verstand, dass der Dynamik ihrer Beziehung ein erneuter Schlag versetzt worden war, und dass zur Heilung hoch dosierte Medizin von Nöten war. Plötzlich spürte sie seine Hände an ihrem Kopf, die ihr bedeuteten, dass sie bitte aufhören möge. Einen schrecklichen Moment lang hielt er sie fest, sodass sie sich nicht bewegen konnte, und das Herz sank wie in Zeitlupe in Richtung ihrer Kniekehlen. Er wollte sie tatsächlich nicht.

Dann sagte er mit leiser Stimme: »Hör mir zu. Hör zu und tue, was ich sage. Ich möchte dir etwas Neues beibringen.«

Und als Troy begann, ihr mit leiser, monotoner Stimme Anweisungen zu geben und sie zu loben, wenn sie ihm folgte, wurde er allmählich hart. »Gut. Jetzt blas noch einmal – ganz zart, ganz langsam. Und dann noch einmal – noch fünfzehn mal.« Aphrodite unterließ es tunlichst, jetzt Fragen zu stellen. Die mussten warten. Nachdem sie bis fünfzehn gezählt hatte, sagte Troy: »Und jetzt in die andere Richtung. Achtzehn Mal.« Wieder leistete sie seinen Anweisungen Folge. »Ein bisschen weiter links«, sagte Troy. »Und jetzt rechts. O Gott! Ja – so ist es gut, so ist es gut.«
Offenbar fand er diese Prozedur überaus stimulierend, doch Aphrodite musste eingestehen, dass sie nicht viel davon hatte. Und dann schoss ihr ein bedeutsamer Gedanke durch den Kopf. Wo hatte er all diese neuen Dinge gelernt? Hatte er sich in Kerry ein bisschen Zerstreuung gesucht? War er ihr untreu geworden? Hatte er eine neue Muse? Sie dachte an die Gleichgültigkeit in seinem Blick, als er sie vor kurzem im Bad betrachtet hatte, und der Gedanke begann, sich in ihrem Kopf zu drehen, Kreise zu ziehen wie ein Stein, den man in einen stillen Teich geworfen hatte. Und während dieser Gedanke sie nicht losließ, hörte sie unentwegt Troys Stimme, die ihr süß wie Honig ins Ohr tropfte und sie anwies zu zählen.
Während Aphrodite im Geiste wieder Rechenaufgaben löste, ertappte sie sich gleichzeitig bei sorgenvollen Gedanken, bei der Vorstellung von Szenarien der schlimmsten Sorte, und geistesabwesend fragte sie sich, wie lange der Countdown bis zur Explosion dauern würde.

Etwa eine Stunde später war sie an der Reihe, doch obwohl Troy sie so geschickt und einfallsreich wie immer verwöhnte, war sie sich so sehr seines stillen innerlichen

Zählens bewusst, dass sie nicht kommen konnte. Er streichelte ihre Fußsohlen, er saugte an ihren Zehen, er hauchte über ihre Unterarme, er liebkoste ihre Waden und leckte ihre Kniekehlen. Er streichelte sogar ihre Finger und die Hautfalten ihrer Ellbogen. Doch als er dann ernsthaft zur Sache kam, blieb ihr nichts anderes übrig, als einen Orgasmus zu simulieren.

»O Gott!«, sagte sie schließlich pflichtschuldigst, warf sich zurück ins Kissen, bemüht, völlig verzückt zu wirken, während sie sich in Wirklichkeit nur noch elend fühlte.

Als sie die Augen aufschlug, lag Troy auf einen Ellbogen aufgestützt da, beobachtete sie und lächelte. »Gut, nicht wahr? Herzlichen Glückwunsch! Das war dein erster Tantra-Orgasmus, Schatz.«

»Ach, darum ging es dabei!«, sagte sie in gespielter Begeisterung und hasste sich für diesen Schwindel. Außerdem war sie körperlich völlig erschöpft. Ihr Nacken war verspannt, ihr Mund tat weh und ihr gesamter Körper vibrierte von unerträglicher, aufgestauter sexueller Energie. Aphrodite schmiegte sich in die Arme ihres Geliebten und war dankbar für die Gelegenheit, sich nicht mehr verstellen zu müssen, da er ihr Gesicht nicht sehen konnte. Im Verlauf der vergangenen paar Stunden hatte sie so viel Theater gespielt, dass sie so gut im Training sein würde, um Jolie Fitzgerald beim Scharadespiel auszustechen. Sie fing an, Troys Unterarm zu streicheln, und hielt abrupt inne, als ihr bewusst wurde, dass sie mitzählte.

»Wo … hm, *wie* hast du diese Tantrasache kennen gelernt, Troy?«

»Ich habe dir doch gesagt, dass ich in Coolnamaragh viel gelesen habe?«

»Ja.«

»Nun, eines der Bücher, die ich mir besorgt habe, handelte von Sex und Spiritualität.«

O *Gott!*, dachte sie, und darin steckte entschieden mehr Leidenschaft als in den denselben Worten, die sie kurz zuvor zur Feier ihres gespielten Orgasmus geäußert hatte. Durch die aufgestaute sexuelle Anspannung war sie nun extrem reizbar.

»Ich habe eine Menge gelernt, Aphrodite. Ich habe gelernt, dass Sex viel mehr mit dem Geist zu tun hat als mit dem Körper. Sex ist pures *Chi*. Und das haben wir gerade ausgetauscht. Nicht einfach bloß Körperflüssigkeiten. Wir haben *Chi* ausgetauscht.« Ha. Darüber gab es irgendeinen billigen Witz, aber er wollte ihr nicht einfallen, und sie hatte den Verdacht, dass Troy im Gegensatz zu ihr nicht darüber lachen würde. Er schien diesen Tantrakram verdammt ernst zu nehmen. Noch nie hatte er so ernsthaft über irgendetwas geredet. »Verstehst du, wir hatten eben nicht einfach nur Sex. Wir haben nicht einfach nur gevögelt oder Liebe gemacht. Unsere Geister haben sich im wahrsten Sinne des Wortes vereinigt. Das hat mit Yin und Yang zu tun und ...«

Aphrodite hörte wohl Troys Stimme, nahm aber den Sinn seiner Worte nicht auf. Sie war so müde (es war nun mal ein harter Tag gewesen: Die Zwillingsmodels hatten auf ihr herumgehackt und behauptet, ihnen, als Troys Hausmodels, stünde die Hauptrolle im Programm der Wohltätigkeitsveranstaltung zu), sie hatte Hunger, und sie hatte noch nicht einmal einen Schluck von dem Champagner zu sich genommen, den sie zur Feier des Tages gekauft hatte. Und Troys endloses Gefasel über Tao und *Chi* und Yin und Yang klang in ihren Ohren, als redete er in einer Fremdsprache. Wie sehr hatte sie sich auf diesen Abend gefreut! Sie hatte sich vorgestellt, dass sie sich im Bad bei

Kerzenschein liebten und dann im Bett delikate Häppchen verzehrten. Sie hatte sich solche Mühe gegeben, alles perfekt zu gestalten, und jetzt fühlte sie sich so schlapp wie eine Gummipuppe, der die Luft ausgeht. Über ihr dröhnte Troys wunderschöne Stimme immer weiter, und Aphrodites Augenlider wurden schwerer und schwerer …

Und als sie aufwachte, war sie allein im Bett. Das erlebte sie nicht zum ersten Mal: sie wusste, wo sie ihn finden würde.

Troy lag in gewohnt entspannter Haltung in der Badewanne: die Arme locker auf den Wannenrand gelegt, den Kopf gestützt von einem Nackenpolster. Doch er trug etwas Merkwürdiges auf dem Kopf – einen nach Piratenart gebundenen Seidenschal. Und als Aphrodite näher trat, um nachzusehen, ob er schlief, sah sie, dass es kein Piratentuch war, was Troy auf dem Kopf trug. Er hatte sich die Augen verbunden.

Nachdem Aphrodite lange Stunden wachgelegen und darauf gewartet hatte, dass Troy zurück ins Bett kam, hatte sie gegen fünf Uhr morgens schließlich doch die Müdigkeit übermannt. Sie schlief bis kurz vor zehn Uhr, was bedeutete, dass sie zu spät zur Konferenz kam, lief durch Troys Wohnung und versuchte gleichzeitig, sich anzuziehen, Rosenblätter von ihrer Haut zu pellen und sich die Zähne zu putzen. Seine Mappe stand neben der Wohnungstür aufrecht an die Wand gelehnt, und sie verfluchte sich innerlich, weil sie es am Vorabend versäumt hatte, die neuen Entwürfe mit ihm zusammen durchzusehen. Am Nachmittag war ein Treffen mit dem Musterschneider anberaumt; sie musste wohl oder übel bis dahin warten.

»Wir sprechen uns später, Liebling«, rief sie ins Schlafzimmer, wo Troy noch wie ein hübscher Märchenprinz im Bett lag und schlummerte. »Gegen Mittag rufe ich dich an.« Sie wusste nicht mal, ob er sie überhaupt hörte. Die Uhr im Wohnzimmer schlug zehn, und Aphrodite schnappte sich ihre Handtasche. »Ach, Scheiße!«, sagte sie aus tiefstem Herzen. »Dann muss ich eben umdisponieren.«

Auf der Straße versuchte sie vergeblich, ein Taxi heranzuwinken. Erst fuhr ein Taxi, dann ein zweites und drittes an ihr vorbei, ohne sie zu beachten. Aphrodite Delaney war so zornig, hektisch und gestresst, dass es mehrere Minuten dauerte, bis es der leisen inneren Stimme der Vernunft, die ruhig um ihre Aufmerksamkeit bat, endlich gelang, Gehör zu finden. »Geh zu Fuß«, sagte sie. »Oder nimm den Bus.« Gerade fuhr ein Bus auf die nahe gelegene Haltestelle zu. Ja. Ein Bus war eine gute Idee. Während der Fahrt konnte sie ihren Terminkalender prüfen und versuchen, den Tag vernünftig zu organisieren. Sie sprang in den Bus, schlug ihren Terminplaner auf und überflog die Liste von Dingen, die sie nach der Konferenz zu erledigen hatte. Vorwiegend Telefongespräche, den ganzen Vormittag. Jede Menge davon. Und dann eine Lücke, bis zum Treffen mit dem Musterschneider am Nachmittag. Sie lehnte sich zurück und ging ihre Termine durch. Sie waren alle zu bewältigen, doch es gab immer eine Menge von unvorhergesehenen Aufgaben, die ihre Aufmerksamkeit verlangten. Probleme und Aufgaben und noch mehr Probleme.

Doch ein Problem wog schwerer als alle anderen, und es war kein berufliches. Es war ein persönliches Problem, es ging um Troy. Was um alles in der Welt sollte sie gegen diesen Tantraquatsch unternehmen? Troy war eindeutig konvertiert, und während sie sonst immer von Herzen gern mit neuen und ungewöhnlichen Sextechniken experimentierte, war dieses Tantrading der vergangenen Nacht eine Katastrophe für sie. In der letzten Nacht hatte sie Troy zum allerersten Mal einen Orgasmus vorgegaukelt, und dafür hasste sie sich. Sie versuchte sich einzureden, dass es vielleicht nur eine vorübergehende Phase war, ähnlich wie die Sache mit den Fesseln, aber die hatte sie irgendwie doch genossen, und dazu benötigte man wenigstens keinen Doktortitel in Mathematik, um zu verstehen, was vor sich ging. O Gott, es musste doch irgendeine Art von Kompromiss geben, irgendeine Lösung für dieses neue Problem. Wo konnte sie die richtige Antwort finden?

Aha! Die Antwort starrte ihr in Form des Handys ins Gesicht, das jetzt in ihrer Tasche klingelte. Oben rechts auf dem Display las sie den Namen LOLA in Leuchtbuchstaben.

»Ach, Lo!«, sagte sie ins Telefon. »Gott sei Dank, dass du anrufst! Ich muss unbedingt …«

»Mit mir reden?«, kam ihr lakonischer Kommentar.

»Ja!«

»Hey! Wieso überrascht mich das nicht? Aphrodite, ist dir schon jemals in den Sinn gekommen, dass ich vielleicht auch von Zeit zu Zeit mal einen Rat brauche?«

»Bist du noch mit Patrick zusammen?«

»Ja.«

»Und seid ihr beide noch verknallt?«

»Ja.«

»Und macht er dir noch Geschenke?«

»Ja.«

»Dann brauchst du keinen Rat. Zum Mittagessen?«

»Bei Fitzer's?«

»Um halb zwei?«

»Dann bis später.«

Auf dem Weg zum Mittagessen im Fitzer's, nach einem Morgen voller entgegengenommener und weitergeleiteter Telefonate, immer im Kampf gegen die Versuchung, einfach den Hörer aufzuknallen, kam Aphrodite an einem Secondhandbuchladen vorbei. Aus dem Schaufenster schrie ihr ein Titel entgegen. *Tantrischer Sex* stand da in wellenförmiger blauer Schrift. *Die ultimative spirituelle Anleitung*. Sie fischte ihre Geldbörse aus der Handtasche, schlüpfte in den Laden, nahm verstohlen das Buch aus dem Fenster und betete, dass in diesem Moment kein Bekannter vorüberging.

Jetzt saß sie an einem Fenstertisch, wartete auf Lola und blätterte in ihrer brandneuen *Spirituellen Anleitung* aus zweiter Hand, darauf bedacht, den Umschlag so umzuklappen, dass niemand den Titel sehen konnte. Igitt, dachte sie, während sie über *Chi, tan tiens* und *ni-wan*-Höhepunkte las und die Diagramme von Energiekräften studierte, die wie verrückt den Körper durchzuckten. Deswegen also hatte Troy jeden einzelnen ihrer Finger achtzehn Mal gestreichelt. Das sollte bewirken, dass die warme *Chi*-Energie ihr in den Kopf schoss, von ihrem Gehirn abprallte und zurück in ihre Lenden fuhr. Aphrodite konnte sich keine umständlichere Art vorstellen, um doch nur – grob gesehen – den gleichen Effekt zu erzielen.

»*Buh!*«, ertönte Lolas Stimme über ihre Schulter hinweg, und Aphrodites *Spirituelle Anleitung* fiel zu Boden. Bevor sie sie wieder an sich reißen konnte, hatte Lola sie schon aufgehoben und setzte sich der Freundin gegenüber. »Tantrischer Sex?«, rief sie mit peinlich lauter Stimme und blätterte das Buch durch. »Wozu liest du solchen Mist, Delaney?«

»Psst. Gib das her, Lo«, zischte Aphrodite und griff über den Tisch hinweg nach dem Buch.

»Nein.« Lola entzog es ihrem Zugriff. »Hey. Tolle Speisekarte.«
Aphrodite erkannte, dass sie ihr Buch doch erst zurückbekommen würde, wenn Lola freiwillig bereit war, es ihr zu geben, und lehnte sich in ihrem Stuhl zurück. »Speisekarte?«
»Hm. Ein paar *höchst* interessante Serviervorschläge für Naschereien im Bett. Bananen ... Mangos ... Erdbeeren ... Austern. Iiiih. Die kannst du vergessen. Ich habe nur ein einziges Mal eine Auster probiert und beinahe gekotzt. Da musste ich in einem der angesagtesten Fischlokale Irlands öffentlich eingestehen, dass ich eine Austern-Phobie habe.«
»Himmel. Kein bisschen sensibel, abenteuerlustig oder trendbewusst, Lo!«
»Ich weiß. Das Problem ist, alle sagen, sie schmecken nach ...«
»Da wir im Begriff sind, zu Mittag zu essen, sollten wir das Thema vielleicht lieber sofort wechseln.«
Lola blätterte weiter. »Heiliger Strohsack, Aphrodite! Das liest sich, als hätte es ein Fan irgendeines Hippie-Sexkults aus den Siebzigern geschrieben. Ich habe nur eine einzige Frage an dich. *Warum?*«
»Ich habe es in einem Secondhandladen entdeckt.«
»So. Ich bin froh zu hören, dass du nicht den vollen Preis dafür bezahlt hast. Aber das erklärt noch lange nicht, warum du so etwas liest.«
Aphrodite erklärte es ihr.
»Oje«, sagte Lola, als sie ihren Bericht beendet hatte. »Das alles klingt ausgesprochen ... hm ...«
»Es *ist* ausgesprochen ›hm‹. Ich kann mich einfach nicht dafür begeistern, Lola. Das ewige Zählen macht mich fer-

tig. Und man müsste schon ausgebildete Akrobatin sein, um beim Stellungswechsel die Yin-und-Yang-Verbindung aufrechtzuerhalten.«

Lola wandte sich wieder dem Buch zu und blätterte noch ein paar Seiten weiter. »Ziemlich humorloses Zeug, wie? Ich muss gestehen, dass Patrick und ich die Hälfte unserer Zeit im Bett mit Lachen verbringen.«

»Ja. Troy und ich haben auch immer viel gelacht. Ach, zum Teufel! Rede ich wirklich schon in der Vergangenheit von uns?« Sie sah Lola mit besorgtem Blick an, die offenbar den Blick nicht von der *spirituellen Anleitung* wenden konnte. »Verstehst du, ich kann nur hoffen, dass es sich um eine vorübergehende Phase handelt, dass er sie vielleicht überwindet und alles wieder ...« Sie unterbrach sich und sah zu, wie Lola die Seiten umblätterte. »Lola?«, sagte sie. »Was hast du da am Finger?«

Lola hörte auf zu blättern und sah Aphrodite an. Dann sagte sie: »Ach, das hier?« Sie hob die linke Hand und bewunderte den Ring. »Das ist mein Ehering. Gefällt er dir?«

»Sehr hübsch«, sagte der Kellner, der gerade hinzugekommen war. Aphrodite erkannte in ihm einen Schauspieler, der vor ein paar Monaten in einem von ihr gestalteten Werbespot mitgewirkt hatte. »Meinen Glückwunsch, Madam. Darf ich Ihnen zum Feiern ein paar Gläschen Champagner auf Kosten des Hauses anbieten?«

»Zum Teufel«, sagte Aphrodite gedehnt, als ihr die Erkenntnis dämmerte. »Zum Teufel! Das schreit nach einer ganzen Flasche Champagner, und das Essen geht auf meine Rechnung.« Sie lachte und klatschte in die Hände. »Ach, Lola! Mir fehlen die Worte!«

»Also, das kommt nun wirklich selten vor, Delaney.«

»Darf ich Ihre Bestellung aufnehmen?« Der Kellner blickte Lola gierig wie ein Wolf an.
»Oh. Ich nehme den Spezialteller.« Lola bedachte ihn mit einem breiten flirtenden Grinsen.
»Madam?« Der Kellner wandte sich Aphrodite zu, die die Speisekarte bisher noch nicht einmal angesehen hatte.
»Oh, hm – Suppe«, sagte sie. »Und dieses Couscous-Zeug.«
Der Schauspielerkellner wandte sich nach einem letzten interessierten Blick auf Lola um, den dieses freche Ding erwiderte.
»Lo!«, schimpfte Aphrodite. »Das darfst du jetzt nicht mehr.«
»Was darf ich nicht?«
»Flirten. Du bist eine – Himmel! Ich kann es kaum glauben! – eine glücklich verheiratete Frau.«
»Pah«, erwiderte Lola. »Wenn die Frauen aufhören würden, mit Patrick zu flirten, würde ich mir ernstlich Sorgen machen, deshalb handle ich unter der Prämisse, dass mir das gleiche Recht zusteht. Solange die Männer auf mein Flirten eingehen, habe ich die Gewissheit, dass ich mich nicht in so einen traurigen, unattraktiven Matronentyp verwandle.«
Aphrodite lachte über die Vorstellung, Lola könnte jemals unattraktiv oder matronenhaft sein. Dann sah sie sie aus zusammengekniffenen Augen an. »Also, hinterhältiges Luder. Spuck's aus«, sagte sie.
»Da gibt es nicht viel auszuspucken«, antwortete Lola. »Vor einem Monat haben wir das Aufgebot bestellt, und letzten Freitag haben wir auf dem Standesamt in der Grand Canal Street geheiratet – Verzeihung – im *Individual* heißt es ›wir haben uns vermählt‹, nicht wahr? Wir haben uns am Freitag auf dem Standesamt vermählt, und dann ha-

ben wir drei romantische Tage lang in Ballynahinch Castle Flitterwochen gemacht. Dann musste Patrick wieder zur Arbeit. Das war's.«

»Tja. Ihr Heimlichtuer! Warum hast du mir nichts gesagt?«

»Wir haben niemandem etwas gesagt. Ich bin auch erst gestern Abend dazu gekommen, meine Eltern zu informieren. Natürlich redet meine Mutter jetzt nicht mehr mit mir. Ich bin die einzige von ihren Töchtern, die überhaupt die Chance hat, jemals zu heiraten ...«

»Dann ist Rosita also fest entschlossen, sich zu outen?«

»Ja. Am Tag, als sie es verkündete, fiel Mutter tatsächlich erst einmal in Ohnmacht, bevor sie sie für alle Zeiten aus der Familie verstieß. Und jetzt ist sie mächtig sauer, weil ich in aller Heimlichkeit geheiratet und sie der Gelegenheit beraubt habe, Mutter der Braut zu spielen, wie sie es sich ihr gesamtes Eheleben lang erträumt hatte.«

»*Warum* habt ihr heimlich geheiratet?«

Lola bedachte sie mit einem Blick, der besagte: Komm auf den Teppich, Delaney. »Zum Teufel. Kannst du dir vorstellen, was *das* für ein Zirkus gewesen wäre? Aus der ganzen Welt wären Familienmitglieder eingeflogen, man hätte Pavillons, einen Partyservice und Brautjungfern für uns organisiert und den armen Cousin Tommy als Pagenjungen in Kniehosen aus Samt und Rüschenhemd verkleidet – und alle hätten Hüte getragen, verdammt! Nein, danke, mein Schatz. Ich wäre schreiend davongelaufen, schneller als Julia Roberts in *Die Braut, die sich nicht traut*, und ich vermute, Patrick hätte es genauso gemacht.«

»Wow.« Aphrodite griff über den Tisch hinweg und nach Lolas linker Hand. »Eine glückliche Ehefrau! Ich glaube, ich kenne keinen einzigen Menschen, der geheiratet hat. Du bist die Erste.«

»Und, bevor du fragst, ich habe ihn nicht geheiratet, weil ich schwanger bin. Ich bin nicht schwanger.«

»Warum hast du es dann getan?« Aphrodite war ehrlich neugierig.

»Weil wir uns so total lieben«, sagte Lola.

Aphrodites Kiefer klappte nach unten, und es dauerte mindestens fünf Sekunden, bis sie die Sprache wiederfand. Dann sagte sie: »Oh! Wie schön!«

Und dort, mitten in Fitzer's Restaurant, sahen Aphrodite und Lola sich mit Tränen in den Augen an und fielen einander um den Hals.

Die beiden coolen Typen am Nebentisch tauschten Blicke, und einer von ihnen sagte nur ein einziges, maliziöses Wort: *»Weiber.«*

»Genau«, sagte Lola und lächelte ihn unter Tränen an. »Und das Schönste daran ist – ihr *wisst*, dass wir die Hosen anhaben.«

16

Später am Nachmittag gab sie Lola auf der Straße einen Abschiedskuss und eilte ins Büro zu ihrem Treffen mit Troy und James Gillespie, dem Musterschneider. Während sie, zwei Stufen auf einmal nehmend, die Treppe hinaufhastete, sprühte sie sich etwas Mundspray mit Pfefferminzgeschmack in den Rachen. Nachdem Troy sich der Askese verschrieben hatte, wollte sie ihm nicht mit einer verräterischen Champagnerfahne begegnen.

Die beiden Männer waren bereits da; Troys Entwurfsmappe lag aufgeschlagen auf dem Tisch. Von bösen Vorahnungen befallen durchquerte Aphrodite den Raum. Würden seine Entwürfe sie genauso begeistern wie seine Herbstkollektion?

Sie hätte keinen Grund zur Sorge gehabt. »Oh! Oh, Troy!«, sagte sie und betrachtete Seite um Seite mit Zeichnungen, die so atemberaubend waren, dass es ihr die Sprache verschlug. Die Entwürfe waren traumhaft. Er hatte Kleider geschaffen, die aussahen, als wären sie aus weichen Korallen gehäkelt, andere, die schimmerten, so irisierend wie ein blasser Regenbogen, wieder andere, die an Unterwasserpflanzen erinnerten. Aber da war noch mehr. Es gab Überwürfe, die aussahen, als hätte man sie aus Distelblüten gefertigt, und Schultertücher aus Tausenden und Abertausenden filigranen Blättern mühselig zusammengesetzt. Schleppen, die mit Glitzersteinen besetzt waren und die schimmerten wie die Schuppen auf dem

Fischschwanz einer Meerjungfrau, Capes, die wie blasse Schmetterlingsflügel wirkten, Fichus aus Federn und mit winzigen Muscheln bestickte Stolen. Ein flammend helles Kleid erinnerte an eine Leuchtkugel.

»Himmel, Troy«, sagte sie schließlich und legte die Zeichnungen zur Seite. »Du hast dich selbst übertroffen. Die Entwürfe sind so, *so* schön.«

Doch Troy zuckte nur die Schultern. »Ich persönlich halte nicht viel davon«, sagte er. »Sie sind zu blumig für meinen Geschmack. Aber was die Damen wünschen, das sollen die Damen bekommen.« Er gähnte und fuhr sich mit beiden Händen über den geschorenen Kopf. Dann griff er nach einem Marker und fing an, Spiralmuster in die Ecke eines Entwurfs zu zeichnen.

Aphrodite wandte sich James zu und lächelte. »Da wirst du mehr als genug zu tun haben, wie?« Sie mochte James Gillespie. Er war schlicht und einfach der Beste in seiner Branche. Er arbeitete sorgfältig, zuverlässig, unermüdlich, und er verfügte über jahrelange Erfahrung.

Aphrodite betrachtete wieder die Entwürfe. »Wisst ihr, wie sie wirken? Sie wirken wie Kleider aus der Schatztruhe einer Elfe«, sagte sie. »Zum Beispiel dieses hier. Das Glockenblumenblau wird an den Zwillingen fantastisch aussehen. Oh – und diese süße kleine Samtkappe! Einfach hinreißend, Troy! Hey, es wird bittere Kämpfe darum geben, wer was tragen darf. Troy? Meinst du nicht auch, Troy?«

Troy hob nur kurz den Blick und malte dann weiter. »Ja«, sagte er. »Kann schon sein.«

Es klappte nicht mit dem Sex. Sie wussten es beide. Im Lauf der vergangenen paar Nächte hatten sie versucht, ins Reine zu kommen, doch beiden war klar, dass sie in ihrer

Beziehung eine Durststrecke erreicht hatten: diese grauenhafte Phase, wo wirklich nichts mehr zu verlieren war. Als Aphrodite in jener Samstagnacht neben Troy lag, hörte sie die Uhr im Wohnzimmer zwölf schlagen und wusste, dass das Märchen aus und vorbei war. Sie überkam aufrichtige Trauer um das, was sie gehabt hatten, um das, was ihnen jetzt auf immer entglitt.

Troy drehte ihr das Gesicht zu, sodass sie einander zugewandt auf dem Kissen lagen. »Es tut mir Leid.« Er hob die Hand und strich leicht über ihre Wangenknochen und die Kinnlinie, und Aphrodite hätte ihm gern gesagt, wie *schön* das war, wenn sie wusste, dass er nicht zählte, doch sie unterließ es. Sie wusste, dass es sinnlos war. »Anscheinend sind wir nicht mehr so gut aufeinander eingestimmt wie früher, oder?«

Aphrodite nickte.

»Ich weiß, dass du mich dafür verantwortlich machst, und ja, es ist tatsächlich meine Schuld, denn ich habe mich verändert, Aphrodite. Ich habe mich verändert und entwickle mich fort.« Er holte tief Luft, dann sagte er: »Ich werde mich in ein Kloster in der Nähe des Berg Kailash zurückziehen.«

»Berg Kailash?«

»Im Westen von Tibet. Ich weiß nicht, wie lange ich dort bleibe, aber Hin- und Rückreise nach Katmandu dauert sechs Wochen, also werde ich geraume Zeit fort sein. Wohin ich mich danach wende, weiß ich noch nicht, doch ich halte es für unwahrscheinlich, dass ich zurück nach Dublin komme. Ich habe den Makler aufgefordert, diese Wohnung zu vermieten, und am Montag treffe ich mich mit meinem Anwalt. Ich werde meine gesamten Anteile an Troy MacNally Enterprises dir überschreiben, Aphrodite.«

»*Wie bitte?*«
»Verkauf sie, wenn du willst. Mir ist es völlig gleich, was aus dem Geschäft wird.«
Sie packte seinen Arm. »Aber Troy – das kannst du doch nicht machen!«
»Kann ich doch. Ich kann es und ich werde es tun. Das ist der einzige Weg nach vorn für mich, Aphrodite. Und ich glaube, du weißt es auch. Die Pilgerfahrt zum Mount Kailash wird die ultimative spirituelle Reise für mich sein. Ich lebe schon viel zu lange in dieser verdammten Qual.«
»Bist du sicher? Bist du ganz sicher, dass du das Richtige tust, Troy?«
»Ohne jeden Zweifel und absolut. Ich denke schon seit Ewigkeiten darüber nach.« Er furchte die Stirn. »Weißt du, was ich glaube? Ich glaube, ich lief Gefahr, durch und durch zum Genussmenschen zu werden, und ich hätte mit mir selbst nicht leben können, wenn es so weit gekommen wäre.«
»Aber mir hast du als Genussmensch gut gefallen!«
Er lächelte sie an. »Es hätte dir nicht gefallen, wenn ich diesen Weg noch weiter gegangen wäre. Ich weiß, wie das nächste Stadium ausgesehen hätte.«
Aphrodite sah ihn fragend an. »Meinst du Drogen?«
»Ja. Mit Miriam habe ich einen Trip erlebt. Es ist keine schöne Sache. Es ist ein Ort der Dunkelheit, und ich sehne mich nach Licht. Ich sehne mich nach der Art von Licht, das an jenem Tag im Kloster auf Skellig Michael auf mich herabgestrahlt hat. Dort bin ich auf den Gedanken gekommen, Erleuchtung zu suchen. Und der erste Schritt in Richtung Erleuchtung besteht zweifellos darin, materiellen Ballast abzuwerfen. Die Anteile gehören dir …«
»Aber …«

»Schsch. Keine Widerrede. Hör einfach zu. Ich habe Polly Riordan gebeten, die gesamte Wohnungseinrichtung versteigern zu lassen und die Einnahmen wohltätigen Zwecken zur Verfügung zu stellen. Ich weiß, du traust ihr nicht, aber sie hatte stets mein Bestes im Sinn. Sie hat mir übrigens versprochen, niemandem ein Sterbenswörtchen zu verraten, bevor ich fort bin, denn ich will nicht, dass die Nachricht das Geschäftsklima schädigt – schon gar nicht, wenn am Montag ein höllisch hartes Foto-Shooting bevorsteht. Aber dir musste ich es persönlich sagen. Es tut mir Leid, Aphrodite. Kannst du mich verstehen?«

»Ja. Ich glaube, ich verstehe dich.« Sie erinnerte sich an seinen Gesichtsausdruck damals im Boot auf der Rückfahrt von Ilnacullin, als seine gequälte Seele aus seinen Augen gesprochen hatte. Sie dachte an all die Wege, die er eingeschlagen hatte, an das wirre Labyrinth, das er in seinem erfolglosen Bemühen, seinem Leben einen Sinn zu geben, um sich herum aufgebaut hatte: Drogen, Sex, sinnliche Genüsse. Ein armer kleiner reicher Junge. Und jetzt vermutete sie, dass Troy wohl auch über lange, lange Zeit hinweg ein perverser Junge gewesen war, geistig vergewaltigt von einer Reihe von Harpyien. Ein manipulierter Junge, der in einer der manipulierendsten Branchen überhaupt endete, nämlich in der Modebranche. »Ich hoffe, du findest, was du suchst, Troy.« Sie nahm sein Gesicht zwischen die Hände und lächelte ihn an. Er sah sehr müde aus, und sie dachte an die lange, beschwerliche Reise, die vor ihm lag, und ihr Herz schmerzte um seinetwillen. »Ich habe dich wirklich geliebt.«

Er brachte ein träges Lächeln zustande. »Und ich habe dich geliebt. Du hast mir gut getan, weißt du? Du hast mir über ein paar ziemlich gruselige Strecken hinweggeholfen.

Deswegen bekommst auch zur Belohnung meine Anteile. Damit hast du die Kontrolle; du kannst mit der Firma tun, was du willst. Ach ja – und ich möchte, dass du meinen Wagen übernimmst.«

»Himmel, Troy! Das kann ich nicht auch noch annehmen! Ich bin …«

»Bitte, Aphrodite. Das Zusammensein mit mir war schwere Arbeit für dich. Du hast eine Art Entschädigung dafür verdient, dass du dich mit einem so widersprüchlichen Kerl wie mir abgemüht hast.«

»Ach, Troy!« Sie sprach seinen Namen sehnsüchtig aus und sie dachte daran, wie sie beide damals, als er weit fort in Coolnamaragh und sie in Dublin gewesen war, am Telefon geschmachtet hatten. »Du warst keineswegs immer nur schwere Arbeit, weißt du. Nebenbei hatten wir auch eine Menge Spaß. Weißt du noch? Die Zeit, die wir zusammen in Kerry verbracht haben, werde ich nie vergessen, die Zeit bevor …« Sie war im Begriff zu sagen: »bevor Jolie aufkreuzte und alles verdorben hat«, doch sie bremste sich. Stattdessen sagte sie: »Bevor ich zurück nach Dublin musste, weil in meine Wohnung eingebrochen worden war.«

»Ja«, stimmte Troy ihr zu. »Es war wirklich schön in Kerry. Fahr morgen mit meinem Wagen hin, statt dir einen zu mieten. Ich brauche ihn nicht mehr.« Er schloss die Augen, dann sagte er: »Kannst du mir verzeihen, Aphrodite?«

»Ich habe dir nichts zu verzeihen, Troy. Wirklich nicht. Du hast völlig Recht. Das, was zwischen uns war, hat sich erschöpft, und es ist so viel besser, dass unsere Beziehung in Freundschaft endet als in Feindseligkeit.«

Unwillkürlich dachte sie an ihre Vorgängerin Miriam de

Courcy, und sie dankte dem Himmel, dass sie, Aphrodite, überlebt hatte – dass sie es irgendwie geschafft hatte, sämtlichen Fallstricken, die mit dem Status einer Muse verbunden sind, auszuweichen: den offenen Kämpfen und den Guerillakriegen, die die arme Miriam zugrunde gerichtet hatten.

Jetzt streichelte sie seinen flaumigen Kopf und sagte: »Soll ich jetzt Abschied nehmen? Oder bleibe ich noch eine letzte Nacht?«

»Bleib«, sagte er.

Und so küsste Troy MacNallys letzte Muse ihn auf die Wangen, auf die Nase, auf das Kinn und die geschlossenen Augen und abschließend auf seinen Mund, den eines verwöhnten Jungen, und nach einem letzten Blick in sein schläfriges Gesicht schmiegte sie sich zum allerletzten Mal eng an seinen Körper.

Am nächsten Morgen verließ sie sein traumhaftes *Fin-de-siècle*-Apartment, ohne ihn aufzuwecken und ohne sich zu verabschieden, und begab sich auf den Weg nach Kerry, die Straße entlang, die sie seinerzeit zusammen gefahren waren.

Am Morgen des Fototermins nahm das Team ein zeitiges Frühstück in dem Hotel ein, in dem Aphrodite alle untergebracht hatte, mit Ausnahme von Jack Costello, der in seinem eigenen Haus auf der Insel Valencia wohnte. Weil das Shooting kurz, hart und – hoffentlich – friedlich ablaufen würde, waren Ankleidehilfen und Assistenten überflüssig, und das kleine Team bestand lediglich aus Maske, Model und Aphrodite.

Das Wetter war ihnen gnädig. Es war ein milder Herbsttag mit nur wenigen Wolken am Himmel und genug sporadischem Sonnenschein, um alle bei Laune zu halten und die Daunenjacken im Kofferraum zu lassen.

»Aber das Wasser ist bestimmt eiskalt«, bemerkte Maggie, die Visagistin, über ihren Cornflakes. Alle hatten dieselbe Bemerkung fallen lassen, als sie von dem Vorhaben erfuhren. »Wie um alles in der Welt wirst du das aushalten, Anna?«

»Ich tu's einfach«, war Annas nüchterne Antwort. »Man bezahlt mir eine Menge Geld für diesen Auftritt. Er hat Prestige, ich wohne in einem erstklassigen Hotelzimmer, und am Ende des Tages wartet ein köstliches Dinner auf mich. Worüber sollte ich mich da beklagen? Models, die in solchen Situationen jammern, sind das Letzte. Natürlich wird es hart, aber was bringt es, das jedem unter die Nase zu reiben? Haltet nur immer schön den Flachmann für mich bereit.«

»Scheiße!«, sagte Aphrodite aus vollem Herzen. »Tut mir Leid, Anna. Den Flachmann habe ich völlig vergessen.« Sie blickte auf ihre Uhr. »Und im Hotel verkauft man uns so früh am Tag keinen Alkohol.«

»Keine Sorge«, sagte Anna unbeeindruckt. »Jack hat bestimmt etwas zu trinken.«

In Troys Mercedes brauchten die drei Frauen nur etwas mehr als eine Stunde für die Fahrt nach Valencia, und als sie ankamen, wartete Jack Costello bereits am Anleger auf sie, neben einem mit Tauchgerät und Kamerakoffern beladenen Jeep. Neben ihm stand ein weiterer Mann, ein großer dunkler Typ, dessen Bizeps die Ärmel seines Baumwoll-T-Shirts zu sprengen drohten.

»Hi«, sagte Aphrodite und erhob sich auf die Zehenspitzen, um Jack flüchtig auf die Wange zu küssen. Dann trat sie einen Schritt zurück und begrüßte auch den anderen Mann.

»Das ist Ronan«, sagte Jack. »Der Kapitän. Er hat sich freundlicherweise erboten, uns eine männliche Hand zu leihen.«

»Der Kapitän?«

»Ich kann mir nicht vorstellen, dass du oder Maggie die arme Anna jedes Mal aus dem Wasser zieht, wenn sie ein anderes Kleid anziehen muss. Ronan ist hier, um sich um sie zu kümmern.« Um ein Haar hätte Aphrodite gesagt: »Die Glückliche.« Die Vorstellung, dass Ronan sich um jemand kümmerte, war ziemlich verlockend. Stattdessen sagte sie: »Sie sind *Boots*kapitän?«

»Bin ich. Und sobald wir an Bord sind, tut ihr alle genau das, was ich sage.«

Ronan schenkte ihr ein sexy Lächeln, dann fing er an, den Jeep auszuladen. Die schweren Sauerstoffflaschen schwang er so lässig aus dem Wagen, als handelte es sich um Einkaufstüten aus der Wäscheabteilung von Marks & Spencer.

Aphrodite schlenderte zum Ende des Anlegers hinunter. »Wir gehen an Bord? Welches ist denn das Boot?«

»Das sexy kleine Kajütboot da drüben. Ist das nicht eine Schönheit? Sie ist Ronans ganzer Stolz.« Jack wies auf ein bunt bemaltes Boot zu seiner Rechten. Am Bug war der Name *Clarabelle* aufgemalt. »Unterhalb der Brücke gehen wir vor Anker, und Anna kann von der Leeseite aus abtauchen. Ihr könnt euren Krimskrams unter Deck aufbauen.«

Aphrodite wusste, dass sie aschfahl geworden war. Als sie das letzte Mal auf einem Boot unter Deck gewesen war, hatte sie unter schwerster Übelkeit und Erbrechen gelitten. Irgendwie war sie davon ausgegangen, dass Anna von der Brücke, die die Insel mit dem Festland verband, springen würde, doch nun musste sie erkennen, dass dies nicht in Frage kam. Der Absprung wäre schon möglich, doch es wäre dann ausgesprochen schwierig geworden, zurück an Land zu gelangen. »Wird es da unten nicht reichlich eng?«, fragte sie mit schriller Stimme.

Jack sah sie forschend an. »Wirst du seekrank?«

»Ja.«

»Nimm ein paar davon.« Er griff in seine Tasche und reichte ihr eine Packung Tabletten.

»Wirst du etwa auch seekrank?«

»Nein. Aber ich habe für alle Fälle immer Tabletten bei mir. Lieber gehe ich in der schmuddeligsten Kaschemme auf der Welt aufs Klo, als dass ich mich in den Bug eines Bootes wage, wo jemand rückwärts gefrühstückt hat.«

»In den Bug?«

»Seemannssprache für Klo. Falls dir übel wird, komm an Deck, schnapp frische Luft und richte den Blick auf den Horizont.«

Voller Abscheu betrachtete Aphrodite das Schiff. »Könnte Anna sich nicht lieber an Deck umziehen statt unten? Oben ist doch viel mehr Platz.«

»Nein. Wenn sie draußen auf offener See an Deck bleiben müsste, wäre sie blau gefroren, bevor du Jack Robinson sagen kannst.«

Sie rang sich ein Lächeln ab. »Bevor du Jack Robinson sagen kannst?«, wiederholte sie. »Seit ich als Kind Enid Blyton gelesen habe, ist mir dieser Ausdruck nicht mehr untergekommen.«

»Er ist auch fast so archaisch wie ›ungehobelter Grobian und Schuft‹«, bemerkte Jack. »Aber nicht ganz so sexy. Übrigens, mach dir nicht allzu viele Sorgen wegen deiner Seekrankheit. Wir erreichen den Drehort in Nullkommanichts, und wir haben kaum Wellengang. Wenn du die Tabletten nimmst, kann dir überhaupt nichts passieren.«

»Und was ist mit dir?«, fragte Aphrodite, um das Thema zu wechseln. »Frierst du dich nicht zu Tode unter Wasser?«

»Ich ziehe einen Neopren-Anzug an. Die Kälte ist kein Problem. Aber trotzdem müssen wir arbeiten, so schnell wir können. Wie steht's mit Annas Vorbereitungen?«

»Maggie hat sie schon im Hotel geschminkt …«

»Wasserfest?«

»Worauf du dich verlassen kannst. Wir müssen nur zwischen den einzelnen Aufnahmen ein wenig nachbessern.«

»Gut. Zeig mir die Kleider.«

Troys Kreationen waren mit äußerster Sorgfalt in Pappkartons mit Seidenpapier verpackt worden. Außerdem hatte man sie nur einmal zusammengelegt, um Knitterfalten zu vermeiden. Es erschien absurd, Kleidungsstücke, die ohnehin im Meerwasser enden sollten, mit einer derartigen Ehrfurcht zu behandeln, doch Troys Kleider waren von solcher Schönheit, dass sie diese Art von Respekt geradezu forderten. Aphrodite nahm sie einzeln aus den Kartons, und als sie das dritte hochhielt, sagte Jack: »Gut. Ich bin im Bilde. Das sind ja verdammte Kunstwerke. Eine Schande, sie ruinieren zu müssen. Gibt es keine Möglichkeit, sie hinterher wieder brauchbar zu machen?«

»Völlig ausgeschlossen«, sagte Aphrodite. »Sie sind so vergänglich wie Eintagsfliegen, geboren, um nur einen Tag zu leben.«

»Oder so vergänglich wie eine *Chose de Neige*?« Sie lächelten bei der gemeinsamen Erinnerung an den grauenhaften Kunstfilm. »Ich schätze, es lohnt sich, diese Sache durchzuziehen. Ich hoffe, dass sie mir gut gelingt.«

»Das hoffe ich auch. Stell dir vor, wir vernichten Troys Kleider, nur um dann festzustellen, dass du vergessen hast, einen Film einzulegen!« Sie warf ihm einen belustigt herausfordernden Blick zu, den er einfach überging.
»Okay, fangen wir an.« Jack schnippte in rascher Folge mit den Fingern – einmal, zweimal, dreimal, dann überquerte er den Anleger bis zu der Stelle, wo Anna sich die Lippen nachziehen ließ. Er begrüßte das Model, indem er mit großer Geste ihre Hand ergriff und einen Kuss auf die Innenfläche drückte. »Guten Morgen, Schönste«, sagte er. »Welch eine Ehre für mich, mit dir an diesem in meinen Augen verteufelt ehrgeizigen Projekt zusammenarbeiten zu dürfen. Ich hätte eine Diva bekommen können, doch man hat mir eine Göttin herabgeschickt.«
»Hör auf mit dem Scheiß, Jack«, sagte Anna und erwiderte sein Lächeln. »Du weißt, dass es bei mir nicht funktioniert.« Doch dem Strahlen in Annas Augen nach zu urteilen, funktionierte es wohl doch, dachte Aphrodite anerkennend.
»Darf ich sie für einen Augenblick ausleihen, Mags?«, fragte Jack seine Kollegin, die einen Schritt zurückgetreten war und ihr Kunstwerk mit kritischem Auge begutachtete. »Wir müssen als Team eine Vertrauensbasis herstellen.«
»Klar«, sagte Maggie. »Bedien dich.«
Jack griff temperamentvoll nach Annas Hand und führte das Mädchen hinüber zu seinem Jeep, wo sie stehen blieben und sich gut fünf Minuten lang unterhielten. Aphrodite warf von Zeit zu Zeit einen Blick zu ihnen hinüber, während sie Taschen an Deck des Boots brachte, und sie bemerkte auf Anhieb das gute Einvernehmen zwischen den beiden. Sie erkannte es an Annas schöner weißer

Halslinie, als sie den Kopf in den Nacken warf, um über etwas, das Jack gesagt hatte, zu lachen, sie erkannte es in dem Lächeln, das er ihr schenkte, während er, untermalt von Gesten seiner großen Hände, ihr etwas erklärte, sie erkannte es an der Art, wie er sich ihr zuneigte und ihr Gesicht berührte, und sie erkannte es an der Art, wie Anna sein Gesicht berührte. Es war die lässige Intimität zweier Menschen, die gut zusammen arbeiten konnten – oder, ertappte sie sich mit einem irrationalen Stich der Eifersucht, war es die Intimität zweier Menschen, die einander geliebt hatten oder noch liebten?

Dann kam Anna plötzlich auf sie zu, sagte: »Packen wir's an.« Jack stieg an Deck in seine Taucherausrüstung (Aphrodite bemühte sich, nicht hinzusehen, als er den Reißverschluss im Schritt seines Neopren-Anzugs hochzog), und Maggie schleppte ihren Schminkkoffer unter Deck in die enge Kombüse. Die Motoren erwachten stampfend zum Leben, und dann hob Anna die Arme und ließ sich das erste von Troys wunderschönen Kleidern überstreifen, und die *Clarabelle* legte ab.

Kaum waren sie vor Anker gegangen, kletterte Aphrodite zurück an Deck, dankbar für die frische Luft, denn Maggie hatte unten Fixierung versprüht. Sie hielt die Reling umklammert und starrte mit leerem Blick auf den Horizont, während Jack inmitten von Sprudelbläschen unter Wasser verschwand. Inzwischen hatten sie schon eine Menge Zuschauer angelockt. Anna winkte und lachte den Leuten zu, die auf der Brücke stehen geblieben waren, um zuzusehen, und dann, als Aphrodite den Countdown bis hundert begann, den Jack benötigte, bis er startklar war, stand das Model reglos da, sammelte sich, bereitete sich auf den Sprung vor.

»Achtundneunzig, neunundneunzig, einhundert!«, rief Aphrodite, und Anna sprang in die Luft. Troys irisierender, regenbogenfarbener Chiffon schimmerte in der Oktobersonne, umflirrte für einen endlosen Moment Annas Nacktheit wie die Federn eines Königsfischers, dann tauchte sie ins Wasser ein, und das Kleid war auf immer verloren.

Aphrodite hielt den Atem an. Eine halbe Minute später tauchte Anna wieder auf. Wassertröpfchen sprühten aus ihrem Haar, als sie es schüttelte, dann lachte sie wie Disneys kleine Meerjungfrau. »Das ist *Wahnsinn*, verdammt noch mal!«, rief sie. »Aphrodite Delaney, du bist ein total verrücktes Luder! Sich so etwas auszudenken!« Sie holte tief Luft und tauchte wieder hinab zu Jack, der darauf wartete, ihr schönes, euphorisches Meeresnymphenlächeln für die Nachwelt festzuhalten

Kaum mehr als eine Stunde später war alles vorbei. Anna hatte sich geschlagen wie ein tapferer Soldat, war ins Wasser und wieder heraus gestiegen, hatte sich meterweise tropfnassen Stoff vom Körper schälen und sich trocken rubbeln lassen, bevor sie in die nächste traumhafte Kreation schlüpfte. Sie ließ sich von Ronan in Jacks Schaffelljacke hüllen – und kippte zwischendurch immer wieder rasch einen Schluck von Jacks medizinischem Bourbon.

Zurück auf dem Festland schloss Jack sich ihr zu einem Schlückchen an, nachdem er seine Taucherausrüstung abgelegt hatte. Anna hockte auf der Stoßstange seines Jeeps, in seine Jacke gewickelt, das feuchte Haar wirr über den hochgestellten Kragen geworfen, verzehrte ein Sandwich und gab den staunenden Zuschauern Autogramme. Sie sah immer noch hinreißend schön aus, und Aphrodite dankte ihrem Glücksstern dafür, dass sie eine solche Rarität aufgetrieben hatte, ein handfestes Model, das richtig Spaß haben konnte.

Jack setzte sich neben sie und wartete, bis ihr Fanclub sich verflüchtigt hatte, bevor er ihr einen dicken Kuss auf die Wange gab. Aphrodite konnte nicht umhin zu lauschen, während sie Troys Kleider zu feuchten Ballen zusammenrollte und in Müllsäcke stopfte. Sie fühlte sich wie der letzte Philister.

»Bleibst du heute Nacht im Parknasilla?«, fragte er.

»Mhm«, antwortete Anna und biss herzhaft in ihr Sandwich. »Du auch?«

»Nein. Ich esse noch hier, aber dann muss ich zurück nach Dublin. Kann ich vor dem Dinner deine Dusche benutzen?«

»Klar doch. Warum musst du so schnell zurück nach Dublin?«

»Ich habe morgen früh einen Termin, den ich auf gar keinen Fall versäumen darf.«

»Schade. Ich habe ein herrliches Doppelbett in meinem Zimmer.«

Aphrodite erstarrte und tat so, als müsste sie ihre Checkliste überprüfen.

»Anna«, meinte Jack. »Zufällig weiß ich, dass es im Augenblick einen wichtigen Menschen in deinem Leben gibt, und ich halte mich an meine Regel, nicht mit den Frauen anderer Männer zu schlafen.« Dann lachte er leise. »Aber lass es mich wissen, falls er jemals zu einem *un*wichtigen Menschen in deinem Leben wird, ja?«

»Du, mein Schatz, sollst der Erste sein, der es erfährt«, sagte sie. Jetzt hörte Aphrodite Anna lachen – heiser, ansteckend – und sie warf dem Paar einen verstohlenen Seitenblick zu. Anna hatte sich Jack zugeneigt, ihre schönen schlanken Arme um seinen Nacken geschlungen und gab ihm jetzt einen Kuss mitten auf den Mund. Der Kuss dauerte den Bruchteil einer Sekunde länger, als ein Kuss unter Freunden dauern würde, fand Aphrodite.

»Hey, Herr im Himmel. Du Göre. Ich sollte dich übers Knie legen, du freches Mädche«, sagte Jack, packte ihre Arme und löste sie von seinem Nacken. »Und ich werde deine Dusche wohl kalt genießen müssen.«

»Spielverderber. Gib mir noch einen Schluck aus deinem Flachmann, Costello«, verlangte sie. Er reichte ihr die Flasche, und sie trank und begann dann, den Picknickkorb nach Essbarem zu durchwühlen. »Mist. Keine Hühnchen-Sandwiches mehr. Und Thunfisch mag ich nicht. Dabei sterbe ich vor Hunger, im Ernst.«

»Lass dich in diesem Fall«, sagte Jack, »von mir ins Hotel fahren, und ich sorge dafür, dass du was in den Magen bekommst. Ich schulde dir ein gutes Essen für deine wundervolle Show, die du bei unserem Shooting heute abgezogen hast.«

»Lädst du mich zu Champagner ein?«

»Aber natürlich. Und darf ich dann den Porno-Sender einschalten?«

Anna lachte. »Du bist unverbesserlich, Jack. Außerdem glaube ich nicht, dass es in diesem Hotel einen Porno-Sender gibt.«

»Kein Porno-Sender? Du armes, benachteiligtes Kind. Ich gestatte dir dann, mir beim Duschen zuzusehen, falls du deinen voyeuristischen Neigungen nachgehen möchtest.«

»Ich habe keine. Zuschauen gibt mir nichts.« Sie legte ihr Kinn auf seine Schulter und blickte ihn mit einem frechen Lächeln an. »Aber Morgana schaut sich selbst gern zu. Ihr

Schlafzimmer ist mit strategisch günstig angebrachten Spiegeln ausgekleidet.«

Jack stand auf und bot ihr die Hand, um ihr aufzuhelfen.

»Ich weiß«, sagte er. Und dann stiegen er und die lachende Anna in seinen Jeep und fuhren davon. Aphrodite blieb zurück und musste den Abfall entsorgen und Müllsäcke in den Kofferraum von Troys Wagen laden.

»Hübsches Auto«, bemerkte Ronan.

»Danke. Kann ich dich irgendwohin mitnehmen?«

»Danke, nicht nötig. Meine Freundin holt mich ab.« Natürlich. »Schmeißt du diese Kleider in den Müll?«

»Ja. So, wie sie jetzt aussehen, kann keiner mehr etwas damit anfangen.«

»Meine Freundin schon. Sie stellt Flickenteppiche für das Handarbeitsgeschäft auf der Insel her. Falls du sie nicht brauchst, nehme ich sie dir gern ab.«

»Bedien dich«, sagte Aphrodite.

Auf dem Heimweg nach Parknasilla gab sie sich große Mühe, nicht an Jack und Anna und die lockere Kameraderie in ihrem Umgang miteinander zu denken. Sie stellte sich beide in Annas Zimmer vor, wie sie durch die Fernsehkanäle zappten, zwischen Schlafzimmer und Bad Scherzworte hin und her warfen und beim Zimmerservice Champagner bestellten. Warum ärgerte sie das? Sie hatten heute mindestens genauso hart gearbeitet wie sie. Härter sogar. Sie hatten etwas Freizeit verdient. Sie selbst entwickelte sich mehr und mehr zu einer gehässigen, übellaunigen Ziege.

Als sie schließlich im Hotel ankam, ging sie sofort auf ihr Zimmer auf, duschte und schenkte sich einen großen Gin-Tonic aus der Minibar ein (obwohl die Packungsbeilage

ihrer Seekrankheitstabletten vor gleichzeitigem Alkoholkonsum warnte). Dann trocknete sie ihr Haar, schminkte sich und schaute währenddessen MTV, während sie sich zum Dinner ankleidete; das Parknasilla war ziemlich edel. Bevor sie ihr Zimmer verließ, überprüfte sie ihr Aussehen in dem mannshohen Spiegel, und nach einiger Überlegung tauschte sie das reichlich schlichte, hochgeschlossene Seidenkleid gegen ein fließendes kleines Troy-MacNally-Fähnchen, das die Aufmerksamkeit auf ihr Push-up-verschönertes Dekolleté lenkte.
Unten in der Bar trank Anna Champagner. Jack war bei Guinness, Maggie, die Visagistin, trank Mineralwasser. Wie von Zauberhand stand eine weitere Sektflöte für Aphrodite bereit, und sie saßen eine Weile zusammen, bewunderten die Aussicht, studierten die Speisekarte, gähnten und unterhielten sich kaum, weil sie alle völlig erschöpft waren.
Im Speisesaal jedoch, nach dem ausgesprochen guten Essen und der Bestellung einer weiteren Flasche Bordeaux, aktivierten sie ihre letzten Kraftreserven. Bevor der Kaffee gebracht wurde, entschuldigte Maggie sich dafür, dass sie eine Langweilerin war, und zog sich zurück. Anna und Aphrodite versicherten ihr, dass sie keineswegs eine Langweilerin sei, und selbst, wenn sie doch eine wäre, hätte sie das Recht dazu, denn sie hatte ihnen ja nun gerade mitgeteilt, dass sie schwanger war, und war das nicht schön?
Schließlich kam der Ober mit *Petit Fours*, und Jack zog seine Karte aus der Jackentasche und bat um die Rechnung. Es war immer noch dieselbe abgeschabte Schaffelljacke, die er getragen hatte, als sie sich vor mehr als einem Jahr zum ersten Mal begegnet waren, und obwohl sie inzwischen noch abgeschabter aussah, wirkte sie in dem

prachtvollen Speisesaal keineswegs fehl am Platze. *Kleider machen eben doch keine Leute* oder so ähnlich, dachte Aphrodite unzusammenhängend. Was macht dann den Mann aus? Manieren? Aber Jack Costello hatte keine Manieren. Er war einer der ungehobeltsten Männer, die ihr je über den Weg gelaufen waren; das hatte sie von Anfang an gesagt. Und bis vor einer Minute auch noch gedacht. Doch dann war Jack aufgestanden und hatte Anna, die ein paar Minuten zuvor zur Toilette verschwunden war und in diesem Augenblick wieder auf ihren Tisch zuschwebte, den Stuhl zurechtgerückt.

»Jack Costello«, sagte Anna, nahm wieder Platz und beugte sich mit einem schlitzäugigen Lächeln vor, »du hast die besten Manieren von allen Menschen, die ich kenne. Du bist der einzige Mann in meiner weitläufigen Bekanntschaft, der immer noch darauf beharrt, aufzustehen, wenn ein weibliches Wesen den Raum betritt. Das ist eine liebenswerte, altmodische Angewohnheit von dir, und es ist ausgesprochen sexy. Es ist sogar dermaßen sexy, dass ich dich zwinge, es noch mal zu tun.« Sie stand auf, und Jack erhob sich ebenfalls. »Hah! Gute Nacht, du hinreißender, talentierter Mann«, sagte sie und hielt ihm ihr schönes Gesicht hin, damit er sie küssen konnte. »Ich begebe mich jetzt hochoffiziell zu Bett.« Sie drückte Aphrodite einen Kuss auf die Wange. »Gute Nacht, Musi. Bis morgen früh.«

»Willst du nicht noch bleiben und uns helfen, den Wein auszutrinken?«, fragte Aphrodite und schenkte sich noch ein Glas ein. »Wir haben noch eimerweise davon übrig.«

»Nein, nein, nein. Ich bin *soo* müde. Schau mich doch an. Ich schwanke geradezu vor Erschöpfung.«

»Das wundert mich nicht«, sagte Jack, »nach dem, was

du heute geleistet hast.« Er gab ihr einen kumpelhaften Kuss auf die Stirn. »Schlaf gut, kleine Seejungfrau«, sagte er und sah bewundernd zu, wie Anna sich umdrehte und mit ihrer nur leicht beeinträchtigten Anmut eines vollblütigen Supermodels den Speisesaal durchquerte.

Aphrodite wollte Jack Wein nachschenken und musste zu ihrer Beschämung feststellen, dass keineswegs noch eimerweise davon übrig war. Der Pegel in Jacks Glas hob sich lediglich um etwa einen halben Zentimeter. »Oh – ähm«, sagte sie und musterte blinzelnd die Flasche, um sich zu vergewissern, dass sie tatsächlich leer war. »Ich habe mir den ganzen restlichen Wein eingeschenkt. Tut mir Leid. Wollen wir noch eine Flasche bestellen?«

»Wollen wir nicht«, sagte er und blickte auf seine Armbanduhr. »Es sei denn, du willst hier sitzen bleiben und allein weitertrinken. Es ist spät, und ich muss abhauen. Ich habe eine lange Heimfahrt vor mir und nicht die Absicht, mit zu viel Promille zu fahren.«

»Na ja«, erwiderte Aphrodite. »Du könntest auch bleiben und hier ein paar Stunden – hm – pennen. Das wäre im Grunde das Vernünftigste, und ich bin sicher, man hat hier noch ein Zimmer für dich übrig, denn nach meiner Theorie haben alle guten Hotels immer …«

Sie fand keine Gelegenheit mehr, ihm ihre Theorie eingehender zu erläutern, denn in diesem Augenblick kam der Ober mit der Rechnung. Aphrodite griff sogleich danach und sagte: »Nein, nein. Troy MacNally Enterprises übernimmt die Rechnung. Ich bestehe darauf, und Troy würde genauso handeln. Wenn er hier wäre. Ist er aber nicht.«

Doch die Rechnung und Jacks Karte entzogen sich wie durch Zauberei ihrem Blick, und Aphrodite musste sich eingestehen, dass sie im Grunde recht froh darüber war, denn sie war nicht sicher, dass sie die ganze Abwicklung bewältigen würde. Ihr fiel auf, dass sie die letzten Gäste im Speisesaal waren, abgesehen von einem turtelnden Pärchen in den Flitterwochen, deren Gesichter vor Glück im Kerzenschein erstrahlten.

»Was tun die denn noch hier?«, wandte sich Aphrodite mit einem lauten Flüstern an Jack, als er sie aus dem Raum geleitete. »Sie sollten längst im Bett sein und sich dumm und dämlich vögeln.« Die Vorstellung von zwei wahnsinnig verliebten Menschen, die herrlichen Sex miteinander hatten, trieb ihr Tränen der wehmütigen Erinnerung in die Augen, und sie stolperte über die Schwelle zwischen Speisesaal und Foyer. Jack fing sie auf, bevor sie stürzen konnte, hielt sie am Ellbogen fest und führte sie zum Lift.

»Oh!«, sagte sie und spürte einen kleinen Schauder des Entzückens, als ihr bewusst wurde, dass ihre weisen Worte offenbar bei Jack auf fruchtbaren Boden gefallen waren und er beschlossen hatte, die Nacht noch im Hotel zu verbringen. »Aber musst du nicht zuerst einchecken?«

»Ich checke nicht ein, Aphrodite. Welche Zimmernummer hast du?«

O Gott!, dachte sie, als das *Chi* sie durchströmte, bevor sie sich mit einigen Schwierigkeiten daran erinnerte, dass sie die Zimmernummer 232 hatte. Doch als sie den Flur im zweiten Stock schon zur Hälfte hinter sich gelassen hatten, fiel ihr ein, dass es doch wohl die Zimmernummer 323 sein musste. Sie gingen wieder zum Lift und warteten, und aus irgendeinem Grunde küsste Jack sie nicht, während sie warteten, obwohl keine Menschenseele in der Nähe war, und dann wankten sie den Flur im dritten Stock entlang, der bedeutend mehr Biegungen aufwies, als Aphrodite vom früheren Abend her in Erinnerung hatte. Schließlich standen sie endlich vor der Tür, und Jack schob die Schüsselkarte für sie ins Schloss. Die sexuelle Spannung, die sich seit seiner Frage nach ihrer Zimmernummer in ihrem Inneren wie ein Gummiband ausgedehnt hatte, war im Begriff zu reißen.

Das Zimmermädchen hatte eifrig gewaltet, wie sie mit Erleichterung erkannte. MTV war ausgeschaltet, die Handtücher, die sie nach der Dusche hatte herumliegen lassen, waren weggeräumt, das Bett aufgedeckt. Jack nahm ihre Hand und führte sie quer durch das Zimmer zum Bett, das von der anderen Seite her lockte. »O Gott«, flüsterte sie, als er sie auf die Matratze drückte und vor ihr niederkniete, um die Knöchelriemchen ihrer Schuhe zu lösen. Er zog ihr zuerst die Schuhe aus, dann die Strümpfe, und dann schlug er die Bettdecke auf, schwang ihre Beine ins Bett und drückte Aphrodite sanft zurück in die Kissen. Behutsam zog er die Bettdecke hoch bis unter ihr Kinn.

»Was machst du da?«, fragte sie verständnislos.

»Ich stecke dich ins Bett«, antwortete er.

»Wie bitte? Heißt das, du gehst nicht mit mir ins Bett?«

»Genau, Aphrodite. So gern ich es tun würde, ich gehe nicht mit dir ins Bett. Ich schlafe nicht mit den Frauen anderer Männer. Und ich lasse mich schon gar nicht mit den Musen anderer Männer ein. Gute Nacht.«

Und dann breitete sich Dunkelheit im Zimmer aus, abgesehen von dem goldenen Lichtschien, der vom Hotelflur hereinleuchtete. Für einen Augenblick erschien Jacks kräftige Silhouette im Rahmen, dann schloss sich die Tür, und sein Schatten war fort, und zum Glück, zu ihrem großen Glück nahm der Schlaf Aphrodite in seine Arme, bevor sie Gelegenheit hatte, recht zu begreifen, was geschehen war und wie empörend sie sich aufgeführt hatte.

17

Am nächsten Morgen begriff sie allerdings, was geschehen war. Sie wurde von dem stampfenden Rhythmus eines Shakira-Songs geweckt, der aus dem Nebenzimmer zu ihr herüberdröhnte. Irgendwer hatte MTV entschieden zu laut aufgedreht. Der Rhythmus hämmerte erbarmungslos auf sie ein und passte sich perfekt dem Rhythmus des Gedankens an, der in ihrem Kopf pochte. *Du dumme Kuh*, lautete dieser Gedanke, *du dumme, dumme Kuh*. Dass sie sich die Bettdecke über den Kopf zog, reichte nicht, um den Lärm zu dämpfen. Selbst als Shakira die Klappe hielt, dröhnte der Gedanke weiter. Sei still! Sei still! Weg mit dir! *Nein*, weigerte sich der Gedanke. *Du kannst nicht vor deinen eigenen Gedanken davonlaufen, du dummes Mädchen. Du kannst nicht vor dir selbst davonlaufen, und ich werde es immer wieder aussprechen. Du. Dumme. Kuh. Und noch einmal: Dumme Kuh. Und immer wieder. Dumme Kuh, dumme Kuh.*

Sie haderte mit sich, als sie unter die Dusche wankte, sie haderte mit sich, als sie ihre Jeans anzog, sie haderte mit sich, als sie ihre Habseligkeiten in ihre Reisetasche stopfte und versuchte, genug Mut zu fassen, um in den Spiegel zu schauen. Und als sie es tat, als sie das molkegesichtige, zerzauste, tragisch blickende Spiegelbild, das ihr entgegenblickte, sah, da öffnete das Mädchen im Spiegel den Mund, und sie hörte es sagen: »Du dumme Kuh.«

Der Gedanke verfolgte sie den ganzen Rückweg bis nach Dublin. Er verfolgte sie auf allen Wegen im Büro, als sie sich zur Arbeit zurückmeldete. Eine kleine Ablenkung erlebte sie in Gestalt einer barschen E-Mail von Polly Riordan, die schrieb: »Troy hat mich gebeten, Kontakt zu Ihnen aufzunehmen. Wir müssen dringend sofort miteinander reden.« Doch Aphrodite wusste, dass ein Gespräch mit Polly nur noch mehr Stress in ihr Leben bringen würde, und noch mehr Stress war genau das, was sie im Moment am wenigsten gebrauchen konnte. Also löschte sie die E-Mail und schickte eine Antwort mit dem Wortlaut: »Als Hauptaktionärin von Troy MacNally Enterprises steht es wohl eher mir zu, Ihnen Anweisungen zu geben. Bitte benutzen Sie mir gegenüber nie wieder die Redewendung ›dringend sofort‹. Ich melde mich, wenn ich Zeit habe.«
Und dann kam der grauenhafte Gedanke zurück und verfolgte sie weiter, und sie begriff, dass es nur eine Möglichkeit gab, ihn zu vertreiben.
Gegen sieben Uhr hielt sie vor Jacks Haus in Portobello an. Sie stieg gerade aus dem Wagen, als sich die Haustür öffnete und ihre Mutter heraustrat. Sie sah unverschämt glamourös aus.
»Was tust du hier?«, fragten Aphrodite und Thea gleichzeitig. Aphrodite konnte ihr schlecht erzählen, dass sie Jack aufsuchen wollte, um sich aus tiefstem Herzen dafür zu entschuldigen, dass sie ein dummes Luder war, und so sagte sie: »Ich bringe Jack eine Linsenkappe zurück, die er am Drehort vergessen hat.«
Thea zog zynisch eine Augenbraue hoch. »Ach, ja? Das trifft sich ja gut.«
»Was soll das heißen?«
»Ich wäre glücklich, wenn ich einen Vorwand hätte, dem

schärfsten Mann in der Branche Teile seiner Fotoausrüstung zurückzubringen. Möchte wetten, du hast das Ding absichtlich mitgenommen.«

»Was redest du da, Mutter?«

»Das weißt du selbst am besten. Er ist zum Sterben schön *und* unverheiratet. *Und* er steht auf ältere Frauen. Das hat er mir jedenfalls gesagt. Wenngleich ich natürlich nicht *so* viel älter bin als er.«

Thea warf ihr Haar zurück, und Aphrodite fiel auf, dass ihr Dekolleté leicht gerötet war. Etwas, das Jack einmal gesagt hatte, fiel ihr dabei ein. Wie war das noch genau gewesen? Und wann? Oh! Während des Foto-Shootings im Gaiety. Als er Maggie gebeten hatte, die Zwillinge so zu schminken, dass sie aussahen, als hätten sie kurz zuvor Sex miteinander gehabt ... *Und vielleicht einen Hauch von Rouge aufs Dekolleté – und auf die Ohrläppchen. Das ist ein unfehlbarer Hinweis auf vorangegangenen Geschlechtsverkehr ...*

Ein leises Gurren entfuhr ihrer Mutter, und Aphrodite unterzog rasch ihre Ohrläppchen einer Kontrolle, doch Thea trug gigantische Ohrclips, sodass die Farbe nicht zu erkennen war.

Plötzlich überrollte sie eine Woge der Entrüstung. »Mutter! Was hast du ... hast du etwa ...«

Doch Aphrodite klappte den Mund schnell wieder zu, als die Haustür sich öffnete und Perdita auf der Treppe auftauchte. Sie schien sich zu wundern, Aphrodite zu sehen.

»Oh – hi!«, sagte sie. »Jack hat diese Abzüge erst morgen fertig, wissen Sie? Hat er Ihnen das nicht gesagt?«

»Doch, doch, ich weiß«, sagte Aphrodite. »Ich möchte ihm nur – ähm – etwas zurückgeben.«

Thea kicherte hämisch, und Aphrodite schoss einen Blick auf sie ab, der besagte: *Halt die Klappe, Mutter*. »Du wirst dich bös verspäten, Mum«, sagte sie mit Nachdruck. »Du verpasst deinen Auftritt, wenn du dich nicht beeilst.«

Thea blickte auf ihre Uhr. »Da hast du völlig Recht, Schätzchen.« Sie seufzte schmachtend und hob auf sinnliche, genüssliche Weise die Schultern. »Na dann. Man kennt ja das alte Sprichwort.«

»Welches denn?«, erkundigte sich Perdita pflichtschuldig.

»Die Zeit vergeht wie im Flug, wenn man Spaß hat. Ich rufe mir am besten ein Taxi.«

»Nicht nötig«, sagte Perdita und kramte ihre Autoschlüssel aus der Tasche. »Ich kann Sie mitnehmen. Mein Heimweg führt direkt am Theater vorbei.«

»Sie sind zauberhaft und ein wahrer Goldschatz. Danke«, sagte Thea. Sie neigte sich vor und gab Aphrodite einen Kuss auf die Wange. »Tschüs, du kleine durchtriebene Hexe von Tochter. Du hast wohl doch mehr von mir geerbt, als ich geglaubt habe.«

Aphrodite wünschte sich, dass Thea einfach den Mund hielt und ging, bevor sie in Perditas Gegenwart noch mehr peinliche Anzüglichkeiten von sich gab.

»Mein Wagen steht da drüben«, sagte Perdita und wies auf einen verbeulten Volkswagen auf der anderen Straßenseite. »Tut mir Leid, dass damit kein Staat zu machen ist, Thea. Sie hätten Jack bitten sollen, Sie in seinem Sportwagen zum Theater zu fahren. Dann hätten Sie stilvoller vorfahren können. Kommen Sie, Aphrodite.« Sie fischte einen weiteren Schlüssel aus ihrer Tasche und schob ihn in das Sicherheitsschloss. »Ich lasse Sie rein. Sie finden ihn in seinem Atelier. Den Weg kennen Sie ja, nicht wahr?«

»Ja«, bestätigte Aphrodite. »Danke.« Als sie durch die Tür in Jack Costellos Hausflur trat, hörte sie ihre Mutter zu Perdita sagen: »Was für einen Wagen fährt Jack denn?«

»Einen klassischen Jensen«, antwortete Perdita.
Aphrodite schritt den Flur entlang und zu der Tür hinaus, die in den Garten führte. Ihre Schritte knirschten laut auf dem Kiesweg, und sie erkannte den Rhythmus auf Anhieb. *Du dumme Kuh,* knirschten ihre Schritte. *Du dumme, dumme Kuh.* O Gott. Diese Art von Exorzismus würde ihr leicht fallen.
An der Tür zögerte sie, nahm all ihren Mut zusammen und klopfte. Sie erhielt keine Antwort, klopfte erneut, drückte dann die Tür einen Spalt auf und rief Jacks Namen. Sie hörte seine Stimme antworten: »Ich bin in der Dunkelkammer. Komm einfach rein.« Auf der anderen Seite des Ateliers befand sich eine Tür, die zum Teil mit einem schweren schwarzen Vorhang verhangen war. Sie schlüpfte dahinter, öffnete die Tür und fand sich in einem ziemlich kleinen, dämmerigen Raum wieder. Ein trüber roter Schimmer bildete die einzige Beleuchtung. Jack stand am anderen Ende des Raums und hatte ihr den Rücken zugewandt.
»Was willst du jetzt schon wieder, du sexy Göttin?«, fragte er. »Ist dir nicht klar, dass du total zu spät zu deinem Auftritt kommst?« Er drehte sich zu Aphrodite um. »So was«, sagte er nach einem kurzen Zögern. »Diesmal ist es nicht die Mutter, sondern die Tochter. Eure Stimmen klingen sehr ähnlich.«
Aphrodite wäre am liebsten schreiend hinausgerannt. Warum war sie überhaupt gekommen? Das hier war das schlimmstmögliche Szenario, das sie sich in Millionen Jahren hätte ausmalen können. *Du dumme, dumme Kuh …* »Ich wollte … wollte … wollte nur …« Was wollte sie nur? Sie wusste es nicht mehr. Sie wusste überhaupt nichts mehr. Und dann noch die Ereignisse der vergangenen paar Tage,

die Verantwortung, die harte Arbeit, die Trennung von Troy, die sechsstündige Fahrt von Kerry nach Dublin, der Kater, der giftige E-Mail-Abtausch mit Polly, die Demütigung, die Verwirrung – all diese Dinge stürzten plötzlich auf sei ein, und sie spürte den Drang, sich einfach irgendwohin zu verkriechen, wo sie allein war, und zu sterben. Und dann wurde ihr bewusst, dass Tränen über ihre Wangen strömten.

»Ach, Liebling«, sagte Jack. »Ach, Liebling.« Er überwand die kurze Entfernung, die sie trennte, und nahm Aphrodite in die Arme, und sie schluchzte und schluchzte und konnte nicht wieder aufhören. O Gott! Es tat so *gut* zu weinen. Sie konnte sich nicht daran erinnern, wann sie das letzte Mal geweint hatte. Sie konnte sich nicht daran erinnern, wann jemand sie das letzte Mal so in die Arme genommen und gehalten und ihren Kopf an seiner breiten Schulter geborgen und sie irgendwie so *gewiegt* hatte. Jack streichelte ihr Haar und flüsterte ihr kleine Trostworte ins Ohr, die keinen Sinn machten – überhaupt keinen Sinn –, aber die trotzdem unglaublich beruhigend wirkten. Und dann begriff sie, warum sie sich nicht erinnern konnte. Weil kein Mensch das jemals für sie getan hatte.

Als sie sich ausgeweint hatte, blieb sie einfach so stehen, den Kopf an Jacks Schulter geborgen, und sie genoss das Gefühl seines Körpers an ihrem, genoss das Gefühl seiner Hand auf ihrem Haar, und urplötzlich war dieses Gefühl nicht mehr tröstlich. Es war extrem, erschreckend erotisch, und sie wusste, dass auch er es wusste, denn sein Körper spannte sich an, und sie merkte, dass er sich Mühe gab, sein Atmen unter Kontrolle zu bringen. Ihr eigener Atem ging jetzt ganz flach, und hinter ihren geschlossenen Lidern hatten sich ihre Pupillen geweitet, sie spürte, wie sich ihre Lippen öffneten, und sie wollte – Gott! Wie sehr sie sich danach sehnte, von ihm geküsst zu werden! Als sie ihr Gewicht von dem rechten auf den linken Fuß verlagerte, spürte sie die Erektion, die gegen den Denimstoff seiner Jeans drängte. Sie belastete wieder das andere Bein, und er streifte ihren Bauch, und das schwierigste, was sie je im Leben vollbracht hatte, war der Widerstand gegen den Impuls, sich an ihn zu drängen. Doch dann hörte sie im Kopf die Stimme ihrer Mutter, den spitzen Ton, als sie Aphrodite ihr postkoitales Lächeln gewährte und sagte: *Er steht auf ältere Frauen. Das hat er mir jedenfalls gesagt …* Und seine Bemerkung, als sie in seine Dunkelkammer hereinplatzte: *Was willst du jetzt schon wieder, du sexy Göttin? So was. Diesmal ist es nicht die Mutter, sondern die Tochter …* Aphrodite befreite sich wild aus Jacks Umarmung, drehte sich auf dem Absatz um und rannte aus der Dunkelkammer zurück ans Licht.

An diesem Abend füllte sie das größte Weinglas, das sie finden konnte, randvoll mit Wein, nahm ein ausgedehntes Bad, ging früh zu Bett und sehnte sich nach Schlaf wie ein Drogenabhängiger nach der Spritze. Sie wusste, allein durch Schlaf konnte sie die Stimme zum Schweigen bringen, die in ihrem Kopf widerhallte, die Stimme, die sie noch immer nicht hatte vertreiben können. Dumme Kuh.

Sie erwachte spät am nächsten Morgen, doch es war ihr egal. In der letzten Zeit hatte sie geschuftet wie ein Kuli; es stand ihr zu, etwas länger im Bett zu bleiben. Sie hörte die Nachrichten auf ihrem Anrufbeantworter ab. Eine war von ihrer Mutter – offenbar nach ihrem Auftritt am Vorabend –, in der sie sich mit schleppender Stimme endlos darüber ausließ, wie schrecklich der Alterungsprozess ihr zusetzte und wie ungerecht es doch war, dass Frauen in die Wechseljahre kamen und Männer nicht, und dann war da eine Nachricht von James Gillespie vom selben Vormittag. Er bat sie, ihn unbedingt dringend anzurufen. Wie sie diese Worte hasste! Jeder brauchte sie ständig unbedingt ganz dringend. Tja, nachdem sie nun Hauptaktionärin von Troy MacNally Enterprises war, würde sie aufhören, ständig zu springen, um jedermann zur Verfügung zu stehen. Das betraf auch den lieben, gewissenhaften, zuvorkommenden James. Was auch immer so dringend sein mochte, es konnte warten, bis sie ins Atelier kam.

Sie duschte, schminkte sich, zog ihr Troy-MacNally-Kostüm an und stieg in seinen Wagen, um zum Atelier zu fahren.

Als sie zur Tür hereinkam, sah Saskia, die Rezeptionistin, ihr noch verängstigter entgegen als sonst. Auf ihrem Weg am Nähsaal vorbei bemerkte sie, dass die Nähmaschinen totenstill ruhten, und dass, was noch unnatürlicher war, sogar der Radiosender schwieg. Ihre Privatsekretärin im Vorzimmer war kreidebleich.

»Was zum Teufel geht hier vor?«, fragte Aphrodite.

Mit ernster Miene tauchte James Gillespie vor ihr auf; seine schwieligen Hände betätigten unbewusst eine nicht vorhandene Schere. »Komm mit«, sagte er.

Aphrodite übergab ihrer Privatsekretärin ihr Handy. »Ich nehme *keinerlei* Anrufe an«, sagte sie, dann folgte sie James in Troys Büro, wo die Mode der letzten Saison noch auf Kleiderstangen hing. Die Kleider wirkten in ihren Augen plötzlich zu schlicht, jetzt, da sie die hauchfeinen, fließenden Gewänder in der Hand gehabt hatte, die sie erst vor zwei Tagen in ein paar Müllsäcke gestopft hatte.

Troys Mappe lag neben einem an Aphrodite adressierten DIN-A4-Umschlag auf dem Schreibtisch. »Schau dir das an«, sagte James und deutete mit einem Kopfnicken darauf. Der Ausdruck in seinen Augen, während er die Bänder löste, verriet ihr, was sie vorfinden würde.

Das Märchen hatte sich in eine Horrorgeschichte verkehrt. Troys Waldnymphen und Najaden waren von der Spitze eines kleinen Hütchens bis zur Spitze eines zierlichen Schuhs unter dicken schwarzen Markerspiralen verschwunden. Jeder einzelne seiner Entwürfe für Abendgarderobe war übermalt worden.

Aphrodite zögerte einen Moment, dann sagte sie: »Noch ist nicht alles verloren.« Sie staunte selbst darüber, wie gefasst ihre Stimme klang. »Wir haben ja noch die Muster für die Abendkleider, die du für das Foto-Shooting hergestellt hast.«

»Haben wir nicht«, sagte James ausdruckslos.

»Warum nicht?«

»Er hat die Muster vernichtet.« James deutete auf den Papierkorb aus Edelstahl. Er enthielt verkohlte Papierreste und das, was einmal die Kattun-Toiles gewesen waren.

Aphrodite biss sich auf die Unterlippe. Für einen Menschen mit so geringem Realitätsbezug hatte Troy gründliche Arbeit geleistet. Ihr schoss ein Gedanke durch den Kopf. »Woher weißt du, dass Troy das getan hat?«, fragte sie James.

Er zuckte die Achseln. »Ich habe jahrelang mit ihm zusammengearbeitet. Ich wusste, dass etwas im Busch war. Hast du mit ihm gesprochen?«

»Nein. Ich kann nicht mit ihm sprechen. Niemand kann das.« Aphrodite hörte sich selbst wild und hysterisch lachen, auf eine Art, die ihr selbst völlig fremd war. »Er ist auf dem Weg zu einem Berg in Tibet.«

»Typisch«, sagte James, und sein pragmatischer Nordirland-Akzent brachte sie noch mehr zum Lachen. Sie lachte und lachte, bis ihr die Tränen über die Wangen liefen, und dann fiel ihr ein, dass Troy gesagt hatte: »Hier geht es um ein paar Kleider, nicht um eine Frage von Leben und Tod«, und die Vernunft und der eindeutige Wahrheitsgehalt dieser Beobachtung, verbunden mit dem Becher Tee, den James ihr besorgt hatte, sorgten dafür, dass sie sich beruhigte und die Situation neu einschätzte. Sie wischte die Spuren ihrer Hysterie fort und dachte an die feuchten Ballen, die sie in Müllsäcke gestopft und in Kerry zurückgelassen hatte, damit Ronans Freundin Flickenteppiche daraus fertigen konnte. Diese Vorstellung löste erneut einen Heiterkeitsausbruch in ihr aus. »Könntest du sie rekonstruieren lassen, wenn ich die Prototypen noch hätte?«, fragte sie, nicht eben überzeugt davon, dass sie die Antwort wissen wollte, und in der Hoffnung, nicht wieder laut lachen zu müssen.

»In was für einem Zustand waren sie?«

»Na ja, sagen wir, ich war nicht in Versuchung, sie zu behalten.«

»Ich hätte es schaffen können, etwas zusammenzustoppeln«, sagte James. »Aber ich an deiner Stelle würde mir deswegen keine grauen Haare wachsen lassen, Aphrodite. Kein Mensch hat ahnen können, dass so etwas passiert. Übrigens, er hat einen Umschlag für dich hinterlassen.« James reichte ihr den DIN-A4-Umschlag und einen Brieföffner. Das Geräusch der Klinge, die das Papier aufschlitzte, wirkte unnatürlich laut in dem stillen Atelier. Aphrodite entnahm dem Kuvert ein zusammengefaltetes Blatt. »Eine Nachricht«, bemerkte sie überflüssigerweise und las den kurzen Text laut vor: »Aphrodite. Anbei findest du meine neuen Entwürfe. Ich bin zu dem Schluss gekommen, dass es Zeit ist für eine weitere radikale Veränderung. Die Natur inspiriert mich nicht mehr. Mich inspiriert allein die Vorstellung geistiger Reinheit.« Sie schob die Hand erneut in den Umschlag und zog ein halbes Dutzend Blätter heraus, die sie auf Troys Schreibtisch ausbreitete. Sie waren leer. Keine Skizzen, keine Spiralen, nichts. Sie waren so leer wie der Ausdruck in James Gillespies Augen.

Aphrodite betrachtete die leeren Seiten und richtete den Blick dann wieder auf den DIN-A4-Bogen. Die Worte waren zweizeilig in Standard Times New Roman ausgedruckt. Eine Unterschrift fehlte. Und jetzt stand es für Aphrodite so fest wie das Amen in der Kirche, wer verantwortlich war für die Zerstörung der Entwürfe. Troy war es nicht. Polly Riordan hatte es getan. Polly musste am vergangenen Abend, nachdem sie Aphrodites E-Mail erhalten hatte, ins Atelier eingedrungen sein und dort systematisch Troys gesamte Frühlings-/Sommer-Kollektion sabotiert haben. Wahrscheinlich wusste sie, dass es für Troy ohne Bedeutung sein würde, nachdem sich sein Geist jetzt höheren spirituellen Sphären zugewandt hatte. Wie auch immer, er war ja längst auf dem Weg nach Katmandu. Aber sie wusste auch, dass ihr Werk ein vernichtender Schlag gegen die neue Hauptaktionärin von Troy MacNally Enterprises, Musi Delaney, sein würde. Aphrodite wusste nun zweifelsfrei, dass Polly diesen Akt der totalen Vernichtung verbrochen hatte. Sie starrte auf die schwarzen Buchstaben der Computerschrift. Troy MacNally hatte noch nie in seinem Leben einen Drucker bedient.

Wieder spürte sie Hysterie in sich aufwallen, als sie das Blatt Papier zerknüllte und in den Papierkorb warf. Dann sah sie James Gillespie an und sagte: »Ich fahre nach Hause.«

Sie rief Lola an und fragte, ob sie Lust habe auszugehen und sich zu betrinken, aber Lola war nicht zu Hause, und so hinterließ sie eine Nachricht auf ihrer Mailbox, schaltete ihren eigenen Anrufbeantworter ein und betrank sich stattdessen eher moderat zu Hause. Jedes Mal, wenn das Telefon klingelte, schlich sie hinüber und schaute auf dem Display nach, ob es Lo war, aber es war immer nur ihre Privatsekretärin, die sich aufregte, weil sie immer noch Aphrodites Handy in Gewahrsam hatte und auf das Band plärrte, dass sie der Flut der Anrufe nicht gewachsen sei. Hah!, dachte Aphrodite bitter. Jetzt erfährt auch mal ein anderer, was es bedeutete, *chargée de* Scheiß-*affaires sartorieuses* zu sein. Dann rief jemand vom *Individual* an und fragte, wo ihre blödsinnige Elegantarium-Kolumne bliebe und ob ihr klar wäre, dass sie ihren Termin nicht eingehalten habe. Und einmal rief Jolie an, und es klang ein bisschen kleinlaut, als sie sagte: »Es wäre eine gute Idee, wenn wir zwei uns mal zusammensetzen und reden würden, Aphrodite.« Und Anna, das nette Model, rief an und sagte: »Aphrodite – ich habe gerade erfahren, was mit Troy los ist. Es tut mir so Leid. Falls ich irgendetwas für dich tun kann, lass es mich bitte wissen. Du brauchst jetzt bestimmt eine Schulter zum Ausweinen.« Brauche ich die wirklich?, fragte sie sich. Und dachte dann, nein, brauche ich nicht. Gestern hatte sie binnen viel zu kurzer Zeit zu viele Tränen vergossen und zu ihrem Schrecken den Luxus und die befreiende Wirkung ausgiebigen Weinens kennen gelernt. Tränen waren ein zu kostbares Gut, um sie sinnlos zu verschwenden.
Stündlich klingelte sie bei Lo durch, doch ihre Freundin nahm den Hörer nicht ab. Schließlich wusste sie mit absoluter Klarheit, dass das Einzige, was sie jetzt unternehmen konnte, ein Spaziergang am Pidgeon House Pier war.

Sie suchte Troys Autoschlüssel und war gerade eingestiegen, als ein Jensen Interceptor vor ihrer Haustür anhielt. Am Steuer saß Jack Costello. Hilflos saßen beide etwa eine Minute da und sahen einander an, bevor Jack die Initiative ergriff. Er stieg aus seinem Wagen, überquerte die Straße zu ihrem Wagen und beugte sich herab, sodass sein Gesicht auf einer Höhe mit Aphrodites war.
»Wohin willst du?«, fragte er.
»Zum Pidgeon House Pier«, sagte sie und vertraute darauf, dass er nicht auf den Gedanken kam, sie wolle sich dort ins Wasser stürzen. Sie wusste wohl, dass es so aussah, als hätte sie genau diese Absicht.
»Oh. Schade. Ich hatte gehofft, du hättest vielleicht Lust, dir das hier mal anzusehen.« Er wedelte mit einem Umschlag aus braunem Papier. »Die Abzüge von unserem Shooting auf Valencia. Sie sind wirklich außergewöhnlich.«
»Niemand zwingt mich, zum Pidgeon House Pier zu fahren«, sagte sie.
»Gut«, sagte er. Er hob eine Flasche Wein in die Höhe, die er in der linken Hand trug. »Ich habe übrigens ein Friedensangebot mitgebracht. Meiner Meinung nach ist es an der Zeit, dass wir unsere Beziehung auf etwas erwachsenere Art und Weise fortsetzen.«
Und zu ihrem Entsetzen hörte sie sich herausplatzen: »Troy und ich haben uns getrennt.«
»Ich hörte es bereits.« Er streckte ihr die Hand entgegen, um ihr beim Aussteigen behilflich zu sein. »Models sind die größten Klatschbasen. Ich kann mir vorstellen, dass du ganz schön fertig bist.«
Sie wusste nicht, ob sie sagen sollte: »Bin ich nicht« oder: »Ja, bin ich«, und deshalb sagte sie lieber gar nichts. Sie

verriegelte Troys Auto, schloss ihre Haustür auf und steuerte automatisch die Küche an, um Gläser zu holen. Als sie zurück ins Wohnzimmer kam, entfernte Jack bereits die Aluminiumfolie vom Flaschenhals.

»Kennst du schon die ganze Geschichte?«, fragte sie. »Auch die Sache mit den Entwürfen und dem Brief?«

»Ja.«

»Warum bringst du mir dann die Abzüge? Welchen Sinn hat das jetzt noch?«

»Du musst sie einfach sehen«, sagte er. »Sie sind hinreißend schön. Dieses Foto-Shooting war dein Baby, Aphrodite, und du musst doch sehen, auf welche Weise deine Vision Wirklichkeit geworden ist.« Er entfernte den Korken und schenkte ein.

»Es war unser *aller* Baby«, widersprach Aphrodite. »Nicht allein meines. Es war ein Zusammenwirken von dir, Anna, Maggie und mir. Und Troy.«

»Ja. So weit gebe ich dir Recht. Aber dieses Zusammenwirken ist deiner Fantasie entsprungen. Ursprünglich war es allein *dein* Konzept. Schau her.« Er entnahm dem Umschlag die Abzüge und breitete sie auf dem Tisch aus.

»Oh!« Sie schlug die Hand vor den Mund. Die Fotos waren zauberhaft. Sie waren originell. Sie waren ebensolche Kunstwerke wie Troys Kleider. Und ihnen lag *ihre* Idee zugrunde. Diese Überzeugung behielt sie für sich. Diese großartigen Fotos hatten ihren Ursprung in *ihrem* Gehirn! Mit plötzlicher Sehnsucht dachte sie an die Tage, als ihre eigenen Kreationen sie noch in einen Rausch versetzten, an die Tage, bevor sie zur Muse wurde, bevor sie zur *chargée d'affaires sartorieuses* avancierte, bevor sie zur Ehrfurcht heischenden Autorin des blödsinnigen Elegantariums, zur B-Klasse-Prominenten wurde. Die Betrachtung der

Abzüge vermittelte ihr etwas, was sich anfühlte wie *Chi*, und dann wurde ihr bewusst, dass es eine Woge des unverfälschten kreativen Stolzes war. Sie wandte Jack ihr lächelndes Gesicht zu, und etwas geschah zwischen ihnen, und sie konnte nicht entscheiden, ob dieses *Chi*-Gefühl mit Jack oder mit dieser Kreativitäts-Sache zu tun hatte, und dann klingelte das Telefon.

»Aphrodite!«, sprach die Stimme ihrer Mutter auf den Anrufbeantworter. »Habe ich dich gestern Abend angerufen? Mach dir keine Gedanken, wenn es so war. Ich habe nicht die geringste Ahnung, worüber ich mit dir reden wollte. Aber ich muss dich um einen Gefallen bitten, Schätzchen, wenn es dir nichts ausmacht. Wenn du Jack Costello das nächste Mal siehst, würdest du ihn dann wohl fragen – ganz allgemein gehalten, versteht sich –, ob er nicht Lust hätte, diesen herrlichen jungen Schauspieler zu fotografieren, den ich entdeckt habe. Er heißt Tarquin Swindell, und ich versichere dir, er wird in Kürze eine ganz heiße Nummer sein. Er hat die Fotos von mir gesehen, die ich gestern in Jacks Atelier abgeholt habe, und er fand sie bezaubernd. Ich weiß wohl, dass Jack nicht *jeden* fotografiert, aber vielleicht kannst du mir zuliebe deinen Einfluss geltend machen? Würdest du das tun? Danke, Schätzchen! Tschüssi!«

Aphrodite und Jack sahen einander noch immer an. Aphrodite sagte: »Heißt das, du hast gar nicht mit meiner Mutter geschlafen?«, wagte sie schließlich zu fragen.

»Wie bitte?«, fuhr Jack auf. »Nein, ich habe ganz gewiss nicht mit deiner Mutter geschlafen. Was für eine groteske Vorstellung.«

»Aber – aber – du hast sexy Göttin zu ihr gesagt. Oder vielmehr hast du das zu *mir* gesagt, aber du dachtest, du würdest mit meiner …« O Gott. Sie redete dummes Zeug. Sie ließ den Rest ungesagt und erblasste, als ihr klar wurde, dass das erhitzte Erscheinungsbild ihrer Mutter am Vortag nicht auf großartige Sexorgien mit Jack Costello zurückzuführen war. Es war eine Auswirkung der Wechseljahre.

»Deine Mutter ist nun mal ein sexy Luder, Aphrodite Delaney. Aber nicht halb so sexy wie du. Ich glaube, jetzt würde ich dich gern küssen, wenn es dich nicht stört. Und dann komme ich auf die ausgesprochen freundliche Einladung zurück, die du neulich Abend ausgesprochen hast und die ich aufgrund deines Status als in einer Beziehung lebenden, für mich verbotenen Frau nicht annehmen konnte.«

»Welche Einladung?«

»Ich gehe mit dir ins Bett. Das Schlafzimmer ist da drüben, nicht wahr?« Mit einem Nicken wies er auf die betreffende Tür, und Aphrodite antwortete mit einem stummen Nicken der Bestätigung. »Ich gehe mit dir ins Bett, und ich werde dich vögeln, wie ich dich schon immer vögeln wollte, seit ich dich zum ersten Mal gesehen habe.«

»Einverstanden«, hauchte Aphrodite so verführerisch, dass Marilyn Monroe sie darum beneidet hätte. Sie glaubte tatsächlich, in Ohnmacht fallen zu müssen, schaffte es aber, sich aufrecht zu halten, indem sie die Arme um Jack Costellos Nacken schlang. »Ich denke, das könnte mir gefallen.«

Und es gefiel ihr tatsächlich.

18

Es gefiel ihr sogar so gut, dass sie den ganzen restlichen Tag im Bett verbrachten. Gegen acht Uhr abends begaben sie sich in Richtung Küche, und Jack bereitete perfekte Omelettes zu. Aphrodite saß am Küchentisch, sah ihm zu und überlegte, dass es doch geradezu unglaublich sei, dass sie hier mit diesem Mann zusammen war, der kochen konnte, wunderbare Manieren hatte und vögelte wie ein griechischer Gott.

»Wer hat dir das Kochen beigebracht?«, wollte sie wissen.

»Die Not. Ich bin Autodidakt. Seit ich erwachsen bin, lebe ich allein, und deshalb war es lebensnotwendig, kochen zu lernen.«

»Du hast immer allein gelebt?«

»Einmal ist eine Schauspielerin bei mir eingezogen, aber das hat nicht lange angehalten.«

»Warum nicht?«

»Sie hat mich verlassen und ist berühmt geworden.«

Aphrodite hätte gern nach dem Namen der berühmten Schauspielerin gefragt, wollte jedoch nicht neugierig erscheinen. Sie wollte ihn noch jede Menge fragen, wollte alles erfahren, was es über diesen außergewöhnlichen, schlaksigen Mann mit den Schlafzimmeraugen und der Ausstrahlung, die sie über ein Jahr zu ignorieren versucht hatte, zu erfahren gab. Sie fragte sich, was wohl passiert wäre, wenn er damals nicht in die Staaten gereist wäre, just am Tag nach ihrem ersten Zusammentreffen bei dieser grässlichen *Chose de Neige*-Vorführung. Hätten sie dann schon gleich zueinander gefunden? Wie mochte er sich wohl gefühlt haben, fragte sie sich, als er zurückkam und erfuhr, dass sie mit Troy verbandelt war? Hatte es ihn gestört? Oder hatte er es einfach als verpasste Gelegenheit abgetan? Es gab noch so viele Fragen! Würde sie jemals mehr über diesen Mann erfahren? Würde diese Beziehung so lange anhalten, dass sie ihm völlig entspannt solche Fragen stellen konnte?

»Hier«, sagte er und setzte ihr einen Teller mit Omelette vor. »Iss. Du siehst völlig ausgezehrt aus.«

»Danke. Wow. Köstlich. Ich kann mich nicht erinnern, wann jemand das letzte Mal für mich gekocht hat.« Eigentlich konnte sie es durchaus, denn der Vorfall hatte sich als eines der schrecklicheren Erlebnisse ihres Lebens in ihr Gehirn eingebrannt. Es war, als Jolie Fitzgerald vor Monaten in Coolnamaragh mit dem Geschick eines Promi-Chef de cuisine ihre Show abgezogen hatte.

»So. Das müssen wir ändern. Komm morgen zu mir, dann koch ich uns etwas Deftiges, Nahrhaftes. *Cassoulet*. Ich werde dich mästen, Aphrodite Delaney. Je mehr ich von dir zu genießen kriege, desto besser. Jedenfalls, was mich betrifft.« Er schob seine Hände in den Ausschnitt ihres Kimonos und umspannte ihre Brüste, bevor er ihren Nacken küsste und sich dann wieder der Omelette-Pfanne zuwandte.

Ein kleiner kalter Schauer lief ihr über den Rücken bei der Aussicht, *chez* Jack Costello zu Abend zu speisen. Es war, als wäre dem Aufbau ihrer Beziehung ein weiterer Mauerstein hinzugefügt worden.

Er ließ sein Omelette auf einen Teller gleiten und setzte sich Aphrodite gegenüber. »Was hast du jetzt vor?«, fragte

er und schenkte Wein ein. »Mit deinem Leben? Willst du weiterhin für Troy MacNally Enterprises arbeiten?«
Sie zuckte mit den Schultern. Die Frage war viel zu wichtig, als dass sie sie mit einem Achselzucken hätte abtun können, doch im Augenblick gab es wohl keine andere Antwort. »Ehrlich gesagt, ich habe keine Ahnung«, sagte sie. »Deshalb wollte ich einen Spaziergang am Pidgeon House Pier machen. Um einen klaren Kopf zu kriegen.«
»Dann löst du wohl auch auf diese Art deine Probleme, wie? Indem du ins Wasser starrst?«
»Ja. Das hat für mich therapeutische Wirkung.«
»Für mich auch. Allerdings gehe ich angeln.«
»In Kerry?«
»Ja.«
»In hohen Anglerstiefeln?«
»Ja.«
»Sexy!«
Er lachte, küsste seinen Daumen und strich ihr dann über den Tisch hinweg über den Mund. »Und wie sexy sie erst sind«, meinte er, »wenn Frauen sie tragen. Ich habe einmal ein Shooting zum Thema Landleben gemacht. Dabei war ein Model in abgeschnittenen Jeans, einem ausgeleierten T-Shirt und Anglerstiefeln. Das Resultat war ... *ansprechend*, um es gelinde auszudrücken.«
Sie war eifersüchtig auf das Model und machte sich unwillig bewusst, dass schöne Frauen ein nicht zu unterschätzendes Berufsrisiko für diesen Mann darstellten. Sie bedachte ihn mit einem Blick, von dem sie hoffte, dass er gleichzeitig lockend und schnippisch ausfiel, gab dann jedoch auf und sagte: »Es muss wunderbar sein, einen Ort wie Valencia als Fluchtburg zur Verfügung zu haben. Ich würde dein Haus gern mal sehen.«

»Du bist eingeladen. Vielleicht interessiert es dich, dass ich für Besucherinnen ein Ersatzpaar Anglerstiefel in Damengröße bereit halte. Traurigerweise hat sie noch nie jemand angezogen.« Ein weiterer Mauerstein! »Sag mal«, fuhr er fort, »was hättest du getan, wenn Troy noch im Lande wäre? Was hattet ihr geplant?«
»Hm«, machte sie und schluckte einen Happen Omelette herunter. »Mal überlegen. Na ja, wir hätten zuerst einmal die neue Kollektion zusammenschustern müssen. Dann stand noch der große Auftritt im Point bevor. Deswegen habe ich ein schlechtes Gewissen. Ich weiß zwar, dass ein riesiger Medienzirkus veranstaltet worden wäre, aber immerhin diente er doch wohltätigen Zwecken. Ich hatte den Leuten ein halbes Dutzend von Troys Kleidern versprochen. Und jetzt sind sie Flickenteppiche.«
»Flickenteppiche?«
»Ja. Ronan hat sie mitgenommen, damit seine Freundin auf Valencia Flickenteppiche darauf herstellen kann.«
»So was. Ich muss mir einen kaufen, wenn ich das nächste Mal dort bin. Mir gefällt die Vorstellung, Designer-Flickenteppiche auf dem Fußboden liegen zu haben.«
Aphrodite verzehrte den Rest ihres Omelettes, legte Messer und Gabel nieder, trank versonnen einen Schluck Wein und sagte: »Vermutlich geht der ganze Laden jetzt, da Troy nicht mehr am Steuer steht, den Bach runter.«
»Aber zur täglichen Organisation der Firma hat Troy doch nicht viel beigetragen, oder?«
»Nein. Das war weitgehend meine Aufgabe. Er war die Galionsfigur. Ich war nur das Faktotum.« In einer hilflosen Geste hob Aphrodite die Hände. »Verstehst du, Jack, die raue Wirklichkeit meiner Situation ist nun die, dass ich dank Troy Hauptaktionärin des Unternehmens bin. Es

liegt nicht in meinem Interesse, Troy MacNally Enterprises mit dem Bauch nach oben schwimmen zu sehen. Das Unternehmen ist meine einzige Einnahmequelle.«

»Dir bleibt immer noch deine Modekolumne. Du könntest Vollzeit-Modejournalistin werden.«

»Kein Wort mehr darüber. Ich stelle dich darin vor, falls du nicht Acht gibst. ›Das jüngste, überaus begehrte Statussymbol ist ein Porträtfoto vom Gesellschaftsfotografen Jack Costello. Sie erreichen Mr. Costello unter …‹«

»Schon gut, schon gut. Ich werde nie wieder über dein ›Elegantarium‹ spotten.« Er schenkte Wein nach. »Könntest du nicht einfach einen neuen Designer einstellen? Warum versuchst du es nicht selbst, Aphrodite?«

Sie lächelte. »Komisch. Troy und ich haben einmal darüber gesprochen, dass Mode- und Theaterdesign inzwischen eigentlich kaum noch voneinander abzugrenzen sind. Das Problem besteht nur darin, Jack, dass ich diese Branche nicht *liebe*. Ich *liebe* das Modegeschäft nicht so, wie ich das Theater geliebt habe.« Mit dem Mittelfinger strich sie über den Rand ihres Weinglases, und plötzlich musste sie an Polly und Jolie, die giftigen Zwillinge, die Stutenbissigkeit und das unglaubliche Zickenverhalten denken, das sie sich angeeignet hatte, seit sie in Troy MacNally Enterprises involviert war. Natürlich verfügte auch die Theaterwelt über ihre eigenen Gemeinheiten, ihre Damien Whelans und ihre Diven, aber wenigstens hatte die Theaterwelt etwas liebenswert Ehrliches an sich mit ihren sich abstrampelnden Randgruppen, ihren winzigen Budgets und ihrer Belegschaft, die von Einkommen hart an der Armutsgrenze, Begeisterung und Idealismus existieren musste. Und dann dachte Aphrodite an das, was Troy über die südostasiatischen Fabriken und die unverschämt gut betuchten

Frauen gesagt hatte, die auf den Couture-Shows in Paris in der ersten Reihe saßen, und sie sagte: »Im Grunde hasse ich sie.«
Jack sah sie forschend an, mit diesem Blick, bei dem sich ihr Magen zusammenkrampfte, mit diesen Augen, die immer noch sexy wirkten, auch wenn er todernst war. »Nun denn«, sagte er, »wenn das der Fall ist, musst du aussteigen.«
Sie sah ihn ohne jede Hoffnung an. »Aber was soll ich dann *tun?*«
»Das spielt keine Rolle. Wenn du so über deine Arbeit denkst, ist es gleichgültig, was du tust. Arbeite als Kellnerin. Oder als Büglerin in einer Wäscherei. Besorg dir einen Job in einem Laden. Aber wenn du keine Entfernung zwischen dich und die verhasste Branche legst, frisst sie dich am Ende auf. Ich weiß, wovon ich rede.«
»Hast du es erlebt?«
»O ja. Ich habe ein Jahr lang als fest angestellter Fotograf bei einem Klatschblättchen gearbeitet. Ich wurde gut bezahlt, aber ich habe den Job gehasst. Ich hasste die Moralvorstellungen des Blattes, ich hasste seinen Zynismus, und am meisten hasste ich die schmutzige, gleichgültige Art, mit der sie das Leben anderer Menschen betrachteten, die Art, wie die Redakteure Menschen als Material behandelten. Und als ich mich dabei ertappte, dass ich menschliche Tragödien auf ihren Nachrichtenwert hin prüfte, wusste ich, dass ich aufhören musste. Ich entwickelte mich zu einer grauenhaften Persönlichkeit.«
»Genau das habe ich zu meiner Freundin Lola gesagt! Ich habe ihr gestanden, dass ich Angst habe, zu einem schrecklichen Menschen zu werden.«
»Du bist kein schrecklicher Mensch, Aphrodite. Du bist witzig, begabt und klug, und du wirst überleben. Jemand,

der andere Frauen dazu bringt, in Ballonröcken herumzulaufen, wird niemals untergehen.«
Sie hätte sich in seine Arme geworfen, um sich küssen zu lassen, wenn nicht just in diesem Augenblick die Katzenklappe mit einem warnenden ›Klack‹ aufgeschwungen wäre. Bobcat stolzierte herein. Er war draußen im Regen nass geworden und sah aus, als wäre er aus feuchter Bouclé-Wolle gestrickt. Er warf Jack einen misstrauischen, verächtlichen Seitenblick zu, bevor er geradewegs zu seinem Napf schritt und klar machte: »Ich will zu fressen, und zwar auf der Stelle.«
»In Ordnung, Bob«, sagte Aphrodite entsprechend willfährig. Sie stand auf und schüttete pflichtschuldigst Hühnchen-, Thunfisch- und Lachs-Krunchies in seinen Futternapf und füllte frisches Wasser auf, bevor sie sich wieder setzte. Bob verschlang die Krunchies, sprang dann auf Aphrodites Schoß, trat mit schlammigen Pfoten eine Weile darauf herum und starrte Jack herausfordernd an.
»Schon gut, Großer«, sagte Jack. »Ich sehe schon, wer hier der Boss ist. Ich lasse dich bestimmt in Ruhe.«
Bob wandte Aphrodite seine Aufmerksamkeit zu, rieb sein Köpfchen an ihrer Wange und schnurrte, um sie wissen zu lassen, dass sie ein braves Mädchen war. Dann schnupperte er an ihr, und wieder trat dieser höchst misstrauische Ausdruck in seine Augen.
»Ups«, sagte Aphrodite, hob einen Arm und roch an ihrer Achselhöhle. »Offenbar stinke ich nach ›Eau de Sex‹. Entschuldige, Bob.« Sie stand auf, und Bob ließ sich empört und beleidigt zu Boden gleiten. »Ich glaube, ich dusche mal rasch und creme mich von oben bis unten mit Lebertran ein, um die Zuneigung meines despotischen Katers zurückzugewinnen.«

Als sie an Jack vorbeiging, ergriff er ihre Hand und zog Aphrodite zu sich herab, um ihren Duft einatmen zu können. »Himmel«, sagte er, »von stinken kann ja wohl gar keine Rede sein, Aphrodite.«
»Wie würdest du es dann bezeichnen?«
»Das ist der süßeste Duft der Welt«, meinte er.

Natürlich nahm sie nicht den Lebertran, sondern cremte sich mit ihrer Sandelholz-Bodylotion ein. Der Duft, den Troy so geliebt hatte, beschwor Erinnerungen in ihr herauf. Und sie fragte sich, wie weit er auf seiner Pilgerfahrt schon gekommen war, und betete, er möge das Nirwana finden, das er suchte. In ihrem Herzen wusste sie, dass er – und sie – das Richtige getan hatten.
Als sie aus dem Bad zurückkam, war Jack nirgendwo zu sehen. Schon wollte eine leise Angst sie beschleichen, da entdeckte sie ihn in ihrem Atelier. Er saß mit dem Rücken zu ihr an ihrem Schreibtisch, und sie wäre um ein Haar in Ohnmacht gefallen, als sie Bobcat zusammengerollt auf seinem Schoß bemerkte, lauter schnurrend als alle Nähmaschinen im Nähsaal von Troy MacNally Enterprises zusammen.
»Was machst du da?«, rief sie.
»Verzeihung«, sagte Jack. »Ich hoffe, du nimmst es mir nicht übel. Ich schaue mir deine Mappe an. Du bist ein hochtalentiertes Mädchen.«
»Oh, danke«, sagte sie zerstreut. »Aber eigentlich habe ich gar nicht mit dir geredet, sondern mit Bob. Er lässt sich *nie* auf dem Schoß anderer Leute nieder, und deshalb habe ich einen Heidenschreck bekommen, als ich ihn auf deinem sitzen sah. Ich dachte, du hättest ihn womöglich betäubt oder so.«

»Ist schon alles in Ordnung. Wir sind zu einem Einvernehmen gekommen.«

»Ach?«

»Ja. Ich habe ihn erpresst. Ich habe ihm gesagt, dass ich dich, wenn er mir weiterhin so überheblich begegnet, mit zu mir nach Hause nehmen würde, wo er nicht willkommen wäre.«

»Oh!« Das Gebäude ihrer Beziehung hatte plötzlich etwa eine Million Mauersteine mehr zu verzeichnen, und vielleicht sogar ein Dach.

»Da wurde er plötzlich ganz zugänglich und kam zu dem Schluss, dass er mich wohl doch leiden kann. Komm her, du.« Er scheuchte Bob von seinem Schoß, griff nach Aphrodites Hand, und ehe sie sich's versah, hatte sie Bobs Platz eingenommen. Hoch erfreut stellte sie fest, dass er bereits wieder erregt war, und sie rutschte ein bisschen mit dem Po hin und her. »Hör auf, du freches Biest. Ich möchte dir erst einen Vorschlag machen, bevor ich dich noch mal liebe.« O Gott! Wie kam es, dass es so sexy klang, wenn er das sagte? Entschieden besser als ›*Chi* austauschen‹!

»Was für einen Vorschlag willst du mir machen?«, sagte sie mit anzüglichem Tonfall.

»Schau mal.« Er hatte die Zeichnungen, die sie auf dem College für ihre Diplomarbeit angefertigt hatte, auf der Schreibtischplatte ausgebreitet, die Entwürfe für *Ein Sommernachtstraum*, die ihr Tutor als ›erfrischend feenhaft‹ bezeichnet hatte. »Woran erinnern dich diese Entwürfe?«

»Weiß nicht«, sagte sie und lutschte an seinem Ohrläppchen.

»Hör auf damit und schau sie dir genau an.«

Sie betrachtete die Zeichnungen, die blumenartigen Kleider und spinnwebzarten Umhänge, und plötzlich hörte

sie Troys Stimme sagen: *ein bisschen blumig für meinen Geschmack*. Und sie blickte Jack an und sagte mit piepsiger Stimme: »Oh. Sie sind … sie haben ein bisschen Ähnlichkeit mit Troys Kleidern. Oder?«
»Da hast du verdammt Recht.«
Sie furchte die Stirn und nahm die Zeichnungen erneut in Augenschein. In vielerlei Hinsicht glichen sie tatsächlich Troys Entwürfen. In Schnitt und Material ganz bestimmt: die Einzelheiten waren nicht ganz so prächtig (Aphrodites Feen waren offenbar nicht so gut betucht wie Troys, wenngleich, so sagte sie sich ein bisschen schuldbewusst, sie dieses Manko durch einen stärker entwickelten Sinn für Humor wieder wettmachten), doch das zugrunde liegende Konzept war ganz eindeutig identisch. Das hier waren die wunderschönen Edellumpen-Bohèmiens, die Troys Frühlingskollektion inspiriert hatten.
Das Wort »Plagiat« schoss ihr durch den Kopf, und der unangenehme Beigeschmack, den dieses Wort für sie hatte, ließ sie erröten. Wann könnte Troy diese Zeichnungen gesehen haben? Und dann fiel ihr ein, dass sie damals ihre Mappe in Coolnamaragh vergessen hatte. Oh! Hatte er etwa ihre Entwürfe *gestohlen?* Sie betrachtete noch einmal ihre *Sommernachtstraum*-Elfen, Titania und Oberon, Puck und Spinnweb, Motte und Erbsenblüte und ihren Liebling – die kleine Erste Elfe, die keinen Namen hatte – und sie wusste, dass er es nicht getan hatte. Dazu besaß Troy MacNally viel zu viel künstlerische Integrität. Sie erinnerte sich an seine empörte Reaktion, als sie ihm von Damien Schleimscheißer Whelan und dem *Möwen*-Fiasko erzählte: aufgrund dieses Vorfalls hatte er sich geweigert, mit Whelan zusammenzuarbeiten! Nein. Diese Zeichnungen waren einfach vage in seinem Unterbewusstsein gespeichert ge-

wesen und hatten darauf gewartet, in veränderter Gestalt wieder ans Tageslicht treten zu können. Wenn sie es sich jetzt recht überlegte, fand sie es ziemlich schmeichelhaft, dass Troy ihre Arbeit so hoch einschätzte und für würdig befand, als Grundlage seiner großartigsten Kollektion von allen zu dienen. Sagte man nicht, dass Imitation die höchste Form der Schmeichelei sei?

Sie blickte Jack an, der ihren Blick erwiderte, und in seinen Augen lag ein schelmisches Glitzern, als er sagte: »Denkst du das Gleiche wie ich?«

»Ich glaube schon«, antwortete sie. »Du meinst, ich sollte meine Zeichnungen als Troys ausgeben?«

»Genau. Das ist die Antwort auf alle deine Probleme, meine Süße.«

»Tatsächlich? Wie das?«

»Wenn du das tust, besteht nicht die Spur einer Gefahr, dass Troy MacNally Enterprises den Bach runtergeht. Wenn irgendwann die Wahrheit durchsickert – was zweifellos geschieht –, wird der Werbe-Effekt so groß sein, dass die Aktien mächtig an Wert gewinnen, und dann kannst du sie verkaufen, sobald du einen Nachfolge-Designer gefunden hast, und anfangen zu überlegen, was du mit dem Rest deines Lebens zu tun gedenkst.«

Das klang schrecklich einleuchtend. Aber … »O Gott, Jack. Ich glaube nicht, dass ich die Nerven habe …«

»Wie bitte? Ist das die Stimme derselben Frau, die es fertig bringt, dass Modeopfer Secondhandläden nach Ballonröcken durchkämmen, und die ihre Leser dazu anregt, ein nicht existentes Objekt in einer obskuren Kunstgalerie in Barcelona zu besuchen, ein Objekt mit dem herrlichen Namen ›Barbie-Busch‹? Was ist aus deiner Unternehmungslust geworden, du Feigling?«

Ihre vormals ehrliche Ader – die Ader, die fahnenflüchtig wurde, als sie sich mit Troy und seinen Freunden einließ – meldete sich zurück. »Tja, eigentlich«, gestand sie, »möchte ich mich nicht mit fremden Federn schmücken. Ich habe den Barbie-Busch nicht erfunden. Das war Lola.«

»Das Mädchen, das ich vor langer Zeit mit dir zusammen im IFC-Kino getroffen habe?«

»Ja.«

»Sie ist ein sexy Luder, diese Lola. Und gesegnet mit großer Überredungskunst. Sie hat mich dazu gebracht, ihre letzte Bühnenausstattung für ein so geringes Honorar zu fotografieren, dass ich den Scheck zerrissen habe.«

»Tja, leider, Hände weg, Costello. Inzwischen ist sie nämlich ein verheiratetes Luder.«

Er legte seine Hände zwischen ihre Schulterblätter und ließ ihrer Wirbelsäule eine so unglaubliche Behandlung angedeihen, dass sie nach Luft schnappte. »Verdammt noch mal, Costello! Wo hast du das gelernt?«

»Hilary, der Masseur von der Größe eines Kleiderschranks, hat viele nützliche Tipps auf Lager.«

»Mach das bitte noch mal!«

»Nein. Wir haben Geschäftliches zu erledigen. Fassen wir zusammen. Du sagst, die Lorbeeren für diesen glorreichen Barbie-Busch stehen dir nicht zu, aber trotzdem hattest du den Mut, eine dicke Lüge in eine einflussreiche Modebibel zu setzen. Messieurs Orton und Halliwell wären blass vor Neid geworden angesichts der Chuzpe, die für einen derartigen Streich erforderlich ist.«

»Meinst du, Geri hat einen Schlag ins Subversive?«

»Über die Halliwell rede ich nicht. Ich spreche von Joe Orton, dem Stückeschreiber, und seinen Partner Kenneth. Sie haben ein paar äußerst witzige Briefe voll gespielter

Empörung an diverse Zeitungen geschrieben und in ihrer ortsansässigen Bibliothek groben Unfug getrieben. Für ihre Mühe hat man sie ins Gefängnis gesteckt.«

»Danke, das macht mir Mut.«

»Komm schon, Aphrodite – trau dich! Stell dir nur vor, wie du dir ins Fäustchen lachen kannst, wenn du all diese Dummköpfe hinters Licht geführt hast. Das Point Depot geht in die Geschichte ein als Schauplatz der jüngsten Parade zu Ehren des Kaisers neuer Kleider.«

»Nein«, sagte sie und schüttelte den Kopf. Und dann, mit größerer Entschlossenheit: »Nein. Ausgeschlossen. Das kann ich nicht tun. Das würde aussehen, als wäre ich eine unausstehlich eingebildete Zicke.«

»Wieso? Du denkst doch nicht daran, irgendetwas Kindisches zu tun, zum Beispiel im Fernsehen aufzutreten und zu sagen: ›Reingelegt, Ätsch!‹, oder?«

»Nein.«

»Also los dann. Du hast die Möglichkeit, die Firma und deine eigene Haut zu retten.«

O nein. Das war ja grauenhaft. Sie fing an zu schwanken, und sie hasste es zu schwanken. »Aber *wie* sollen wir das machen?«, fragte sie. »Ich meine, selbst wenn ich daran denken würde, es zu tun – was nicht der Fall ist –, *wie* sollte das funktionieren? Es wäre doch unmöglich in die Tat umzusetzen.«

»Nun, als Erstes schwörst du deine Leute auf absolutes Stillschweigen ein. Wenn du vorhast, Troy MacNally Enterprises eigenhändig aus einem sterbenden Schwan in einen Phönix aus der Asche zu verwandeln, musst du sichergehen, dass du nur die Leute einweihst, denen du absolut vertraust.«

»Ich bin nicht sicher, ob ich irgendwem in der Firma ab-

solut vertrauen kann«, sagte sie. »Abgesehen von James Gillespie. Und Anna«, fügte sie hinzu, um der Wahrheit Genüge zu tun. »Und wie du selbst gesagt hast, ist es unmöglich, in der Modebranche ein Geheimnis zu wahren.«
»Es ist aber nicht unmöglich, wenn ihre Jobs davon abhängen, ob die Betreffenden den Mund halten oder nicht«, wandte Jack ein. Der Wahrheitsgehalt dieser Bemerkung ließ sich nicht leugnen. Hier standen tatsächlich Jobs auf dem Spiel. »Wen wirst du ins Vertrauen ziehen müssen?«
»Tja ... Jolie und Gareth, notgedrungen, denn sie sind im Besitz der restlichen Anteile.«
»Die sind klug genug, keinen Klatsch zu verbreiten. Wer sonst noch?«
»Hm. James Gillespie, der Musterschneider. Und die Näherinnen und – o Gott, Jack! Es ist unmöglich. Die Geschichte von Troys Abreise hat sich inzwischen längst in ganz Dublin herumgesprochen.«
»Gut, dann verbreiten wir ein Gegengerücht.« Er wollte offenbar um nichts in der Welt von seiner Idee ablassen. »Wir könnten sagen, die leeren Blätter waren einer von Troys dummen Scherzen, und *du* hättest Zeichnungen von ihm beiseite geschafft, von denen niemand wusste. Das ist doch sicher nicht unmöglich.«
Sie versuchte es mit einem weiteren Einwand. »James würde auf Anhieb wissen, dass meine Zeichnungen nicht von Troy stammen. Sie sind in einem völlig anderen Stil gefertigt.«
»Du sagst, du hast Vertrauen zu diesem James?«
»Ja.« Sie spürte, dass ihre Argumente allmählich fadenscheinig und so durchsichtig wurden wie eines von Troys wunderschönen in Ilnacullin entworfenen Kleidern.
»In diesem Fall dürfen nur er und die Näherinnen ein-

geweiht werden. Sie werden nicht riskieren, ihren Job zu verlieren, indem sie was ausplaudern. Allen anderen erzählen wir unser Märchen.«

Sie biss sich auf die Unterlippe. Es war empörend. Es war unmoralisch. Es war möglicherweise sogar illegal. Aber zum Teufel – es würde Spaß machen! Seine Miene verriet ihr, dass er wusste, dass er gewann. Er schenkte ihr sein freches, sexy Lächeln, das in seinen Schlafzimmeraugen glitzerte.

»Weißt du, wie ich jemanden nenne, der sich einen derartigen Coup ausdenkt?«, fragte sie.

»Sag's mir.«

»Du, Jack Costello, bist ein ›Grobian und Schuft‹.«

Er zog die Aufschläge ihres Kimonos auseinander und schob seine Hände in ihren Ausschnitt. »Und du, Aphrodite Delaney, bist ein loses Frauenzimmer und eine tollkühne Abenteurerin. Tu's. Es ist einen Versuch wert. Selbst wenn etwas vor der Vorführung durchsickern sollte, ist es nicht so schlimm. Wenn du es tätest, um Ruhm und Geld für dich selbst zu erlangen, dann, ja, dann würde man dich sicherlich schief ansehen. Aber so ist es ja nicht. Du tust es, um ein kleines Unternehmen am Leben zu erhalten, du tust es für wohltätige Zwecke – und du tust es, um den Neidern eins draufzugeben.«

»Den Neidern! Die hatte ich völlig vergessen. Juhuu! Davon gibt es Millionen.«

»Wie gesagt, mach sie fertig.«

Er lachte, hob sie von seinen Knien und bugsierte sie in Richtung des Schlafzimmers. Während sie auf seinem Schoß gesessen hatte, wurde ihr klar, dass seine Libido immer eindringlicher ihr Recht forderte. Sogar so nachdrücklich, dass sie es gar nicht mehr bis zum Schlafzimmer schafften. Ein entrüsteter Bobcat sprang vom Sofa im Wohnzimmer, als Jack sie darüberbeugte und ihren seidenen Kimono hochschob, und im nächsten Moment hörte sie das vorwurfsvolle ›Klack‹ der Katzenklappe in der Küche.

Und jetzt, da sie zum letzten Mal bevor Jack mit der drängenden Erforschung ihrer erogenen Zonen begann, über die Sache nachdachte, verspürte sie angesichts der Vorstellung besagter Neider doch ein kleines, verbotenes Prickeln der Vorfreude, und sie dachte, dass es ihr wohl tatsächlich ein inneres Fest sein würde, es ihnen ordentlich zu zeigen.

Später rief Lola an, um Aphrodite zu fragen, was ihre panischen Anrufe zu bedeuten hatten. Sie hatte ihre Mailbox erst kurz vor Mitternacht abgehört, weil Patrick sie in ein so abgelegenes Liebesnest entführt hatte, dass ihr Handy während der gesamten Zeit ihres Aufenthalts dort keinen Empfang hatte. »Was ist los?«, fragte sie. »Wieso sagst du, dein Leben sei aus den Fugen geraten?«

»Ist es gar nicht. Es ist herrlich.«

»Gut. Binnen zwölf Stunden ist dein Leben nicht mehr aus den Fugen, sondern hat sich in Richtung herrlich entwickelt. Erklär mir bitte, wie diese Wandlung zustande kommt.«

»Ja.«

»Wie bitte?«

»Ich sagte: ja.«

»Ah. Wenn ich dich richtig verstehe, heißt das, du kannst jetzt nicht reden.«

»Genau.«

»Du hast Besuch?«

»Ja.«
»Troy?«
»Nein.«
»Ein Mann?«
»Ja.«
»Bist du mit ihm im Bett?«
»Könnte sein.«
»Ich weiß, wer er ist.«
»Er? Wie? Wer?«
»Du hörst dich an wie ein Cowboy, der am Lagerfeuer grölt.«
»Halt die Klappe, Lo.«
»Jack Costello ist bei dir, nicht wahr?«
»Woher weißt du das?«
»Einfach. Als ich hörte, dass du mit ihm zusammen ein Foto-Shooting machst, wusste ich, dass Probleme vorprogrammiert sind. Ich muss nicht so weise sein wie das Orakel zu Delphi, um zu wissen, dass du mit diesem Mann eines Tages im Bett landen würdest, Aphrodite Delaney.«
»Du bist unerträglich, Lo. Kann ich dir morgen früh alles erzählen? Es gibt jede Menge Neuigkeiten. Und da ist noch etwas, wozu ich gern deine Meinung hören würde.«

Sie verbrachte den ganzen Vormittag damit, den wenigen Auserwählten Jacks Idee zu erläutern. Sie wartete begierig darauf, dass irgendwer endlich abwinkte und sagte: »Tu's nicht. Das ist eine absurde Idee.« Aber kein Einziger erfüllte ihren Wunsch. Nicht einmal Jolie Fitzgerald. Und schon in der folgenden Woche gingen Aphrodites Entwürfe in die Produktion.

19

In einem Punkt sollte sie Recht behalten. Es erwies sich als unmöglich, die Angelegenheit geheim zu halten. Zwei Tage bevor ihre Kleider auf dem Laufsteg im Point Depot zeigen sollten, was in ihnen steckte, kam sie spät aus dem Atelier nach Hause und fand eine Nachricht von Andrea Mooney auf ihrem Anrufbeantworter.

»Aphrodite?«, gurrte die Stimme der Reporterin aus dem Apparat. »Ein kleines Vögelein hat mir gezwitschert, dass die Abendgarderobe, die am Freitagabend unter dem Troy-MacNally-Label vorgeführt wird, eigentlich aus deiner Feder stammt. Steckt vielleicht ein Körnchen Wahrheit in diesem Gerücht? Wenn ja, würde ich liebend gern darüber schreiben. Vielleicht rufst du mich mal an?« Und sie leierte eine ganze Litanei von Kontakt-Nummern herunter.

Am nächsten Tag erhielt sie Anrufe von Presseleuten von Zeitungen aus Donegal im nördlichsten Winkel Irlands bis zu Cork an der südlichsten Spitze. Sie hinterließen Nachrichten bei ihrer Privatsekretärin, auf ihrem Handy, auf dem Festnetz. Woher hatten sie ihre Nummer? Das hätte sie gern gewusst. Im Telefonbuch war sie nicht aufgeführt. Sie fragte sich, ob vielleicht Jolie ihnen einen Fingerzeig gegeben hatte, wohl wissend, wie unschätzbar wichtig das teilnehmende Publikum war, und so rief sie ihre Verbündete in diesem Kalten Krieg an und verabredete ein Treffen mit ihr. »Magst du hierher kommen, Aphrodite, zu mir nach Hause? Oder wollen wir uns zum Mittagessen treffen? In Ballsbridge hat ein neues Restaurant eröffnet, das die unglaublichsten Kritiken …«

»Jolie«, sagte Aphrodite. »Ich habe keine Zeit, um essen zu gehen. Ich stecke bis über beide Ohren in Arbeit. Du wirst schon hierher kommen müssen, ins Atelier.«

»Gut«, sagte Jolie, und es klang außergewöhnlich nachgiebig für ihre Begriffe.

Eine Stunde später traf sie ein und sah sensationell aus wie immer. Sie küsste die Luft neben Aphrodites Wangen, versicherte ihr, dass sie *toll* aussähe, hockte sich auf die Kante des Schreibtisches, der einmal Troy gehört hatte, und fragte: »Wo liegt das Problem?«

»Das Problem besteht darin«, sagte Aphrodite, »dass die Presse sich an meine Fersen geheftet hat.«

»An meine auch.«

»Was hast du ihnen gesagt?«

»Was ich gesagt habe? ›Kein Kommentar.‹ Ich dachte, mir steht es nicht zu, für dich zu reden. Aber du wirst dich ihnen irgendwann stellen müssen, Aphrodite. Wir haben von vornherein gewusst, dass es praktisch unmöglich ist, diese Sache geheim zu halten.«

»Ich *will* nicht mit denen reden, Jolie. Ich hab's nur getan, um Troy MacNally Enterprises über Wasser zu halten, nicht aus Gründen egoistischer Eigenpromotion. Wenn die Presse interessiert ist, schön und gut. Du hast Recht, in diesem Stadium könnte Publicity von Vorteil sein. Aber *ich* will keinen Anteil daran haben.«

Jolie zog eine Augenbraue hoch, pflückte einen Fussel von ihrer Manschette und zwirbelte ihn zwischen ihrem makellos manikürten Daumen und dem Zeigefinger. »Ich will keineswegs unverschämt werden, aber bisher warst du nicht eben zurückhaltend im Vorwärtspreschen.«

»*Touché*. Aber ich hab's für Troy getan, und das weißt du. Ich habe es getan, um ihn wieder ins Rampenlicht zu drängen. Ich war nie eine Berühmtheit aus eigener Kraft, Jolie. Ich war ›Aphrodite Delaney, Troy MacNallys Muse‹. Troy gebührt der Ruhm in jeglicher Form. Ich bin lediglich B-Klasse.«

»Aber jetzt bist du eine echte Berühmtheit. Du hast dir die Zugehörigkeit zur A-Klasse *verdient*.«

»Ich will das nicht, Jolie. Wirklich nicht. Ich habe mich schon als nebensächlicher Medienliebling unwohl gefühlt. Die volle Glitzerpackung *will* ich nicht. Ich will nicht, dass man in mein Privatleben eindringt. Ich will nicht als Modezarin angesehen werden. Ich will nicht davon leben, dass ich Frauen vorschreibe, was sie zu tragen haben.«

Jolies Miene erstarrte, und sie ließ die Fusseln Fusseln sein. »Heißt das, dass du Troys Unternehmen nicht weiterführen willst? Gareth und ich hatten schon gehofft, dass du die Leitung übernimmst, Aphrodite. Es erscheint uns nur natürlich und folgerichtig, dass du in seine Fußstapfen trittst. Ich bin sicher, er hätte es sich so gewünscht.«

»Was Troy sich wünscht, ist jetzt nebensächlich. Für mich hat es den Anschein, als hätte ich mein Leben lang immer nur getan, was andere Leute von mir verlangten, und jetzt ist es an der Zeit, dass ich mal das tue, was *ich* möchte. Jetzt bin ich an der Reihe, egoistisch zu sein.«

Jolie stieß ein zynisches Lachen aus. »Und ich soll wirklich glauben, dass Ruhm und Geld dich nicht verlocken?«, fragte sie.

»Ich will weder Ruhm noch Geld. Und ich will nicht mehr in der Modebranche arbeiten.«

Die Worte kamen ihr so nachdrücklich aus tiefstem Herzen, dass Jolie sich schließlich doch überzeugen ließ. Die

Frau sah Aphrodite nachdenklich an, dann lachte sie, wie zum Eingeständnis ihrer Niederlage. »Schon als ich dich zum ersten Mal sah, hatte ich so eine Ahnung, dass du eine interessante Gegnerin sein könntest«, sagte sie mit unverhoffter Offenheit. »Nicht so wie Miriam. Sie war ein nasser Lappen.« Sie schnippte den Fussel in den Papierkorb. »Übrigens, sie ist in einer Entzugsklinik. Letztes Wochenende habe ich einen Artikel über sie in der Zeitung gelesen. Wie auch immer, ich bin froh, dass wir beide, du und ich, uns letztendlich doch keinen Kampf bis aufs Messer liefern mussten.« Ihr Handy klingelte, sie kramte es aus ihrem kleinen Vuitton-Täschchen heraus und meldete sich. »Kein Kommentar«, sagte sie und lächelte Aphrodite an. Sie beendete das Gespräch und stopfte das Handy zurück in die Tasche. »Wirst du deine Anteile verkaufen?«, erkundigte sie sich.

»Ja.«

»Verkauf sie mir, ja? Ich habe das Gefühl, dass Troy MacNally Enterprises noch ganz groß rauskommt. Allerdings müssen wir uns wohl einen neuen Markennamen überlegen.« Sie seufzte. »Und es wird nicht einfach sein, einen neuen Designer aufzutun. Kannst du mir einen empfehlen?«

»Versuch's mit Damien Whelan«, sagte Aphrodite. »Er hat das richtige Temperament für den Job. Und die Marke könnte *Fag Hag* heißen.«

Jolie lachte. »Musi zeigt ihre Krallen. Vielleicht sollte ich froh sein, dass du nicht an Bord bleibst.«

Die Privatsekretärin steckte den Kopf durch den Türspalt. »James möchte Sie sprechen, Aphrodite.«

»Ich komme gleich.« Aphrodite stand auf. Das war das Zeichen zum Aufbruch für Jolie.

»Wir sehen uns dann auf der Veranstaltung?«, fragte sie auf dem Weg zur Tür.

»Ja.«

Jolie zögerte kurz, dann sagte sie: »Aphrodite? Ich frage nur interessehalber. Was hast du als Nächstes vor?«

Aphrodite setzte ein geheimnisvolles Lächeln auf. »Als Nächstes werde ich erst einmal sehr, sehr glücklich sein«, antwortete sie.

Die Wohltätigkeitsveranstaltung verlief nicht annähernd so chaotisch wie Troys Herbstmodenschau, auf der Aphrodite sich so gründlich von Polly Riordan hatte bloßstellen lassen. Die Show lief wie am Schnürchen, unterstützt von Privatsekretärinnen, Handlangern, Lakaien und Sicherheitskräften und Champagner für die Supermodels. Aphrodite hatte sich entschieden, keinen ihrer eigenen Entwürfe zu der Veranstaltung zu tragen. Das wäre ihr zu – na ja, zu dick aufgetragen und selbstbeweihräuchernd erschienen. Lange hatte sie überlegt, etwas aus Troys Herbstkollektion zu wählen, entschied sich dann aber dagegen. Es war durchgesickert, dass die an diesem Abend vorgeführten Modelle vor Jahren im Rahmen von Aphrodites Diplomarbeit entstanden waren, und sie wusste, dass jeder, der über ein bisschen Verstand verfügte, zu dem Schluss kommen würde, Troy hätte die Ideen seiner vormaligen Muse nachgeahmt. Sie wollte nicht, dass irgendwer ihm Modepiraterie zum Vorwurf machte. Also hatte sie sich stattdessen für das wunderschöne salbeigrüne Kattun-Modell entschieden, das Troy ihr vor Monaten ans Herz gelegt hatte.

Ihre Entwürfe standen als zweitletzte vor der Pause auf dem Programm, und da sie nicht die Nerven hatte, in der ersten Reihe zu sitzen und ihre Babys über den Laufsteg promenieren zu sehen (das Zuschauen bei der Generalprobe war schon schlimm genug gewesen), verbrachte sie die erste Hälfte der Show hinter der Bühne, legte letzte Hand an und klatschte mit Anna, die sie gebeten hatte, ihre Modelle vorzuführen. Anna hatte verkündet, dass sie nicht die Absicht habe, im Point aufzutreten, weil sie einmal einen Riesenkrach mit einem der Supermodels bekommen hatte, das auch dort sein würde, doch sie erklärte sich dann doch einverstanden, als Aphrodite sie ganz lieb gebeten hatte. Das Mädchen hatte während der Probe ein Interview zu ihren Gunsten gegeben und verkündet, dass Aphrodites Modelle sie ›umhauten‹. »Du bist schon ein schlaues Köpfchen, Musi. Was für ein genialer Plan! Du allein kannst die Lorbeeren dafür ernten, dass Troy MacNally Enterprises nicht untergeht.«

»Im Grunde war es Jacks Idee«, gestand Aphrodite.

»Jack Costellos?«

»Ja.«

Anna sah sie schelmisch an. »Darf ich dich etwas fragen, Aphrodite? Seid ihr zwei in der Nacht im Parknasilla zusammen gekommen?«

»Was? Nein«, antwortete Aphrodite. »Erst ein paar Nächte später«, fügte sie hinzu, nicht fähig, der Versuchung zu widerstehen.

»So so! Dann entspricht das Gerücht also der Wahrheit. Ihr zwei seid ein Paar?«

»Ich glaube schon.« Sie ersparte sich die Frage: »Welches Gerücht?« Die Gerüchteküche in der Modebranche brodelte ja unablässig.

»Ha!«, krähte Anna. »Wusste ich doch, dass das passieren würde!«

»Wie kommt es nur, dass alle das gleich sagen, wenn sie von unserer Beziehung erfahren?« Aphrodite war ehrlich erstaunt. »Meine Freundin Lola hat das auch gesagt.«
»Tja«, sagte Anna. »Am Hinterkopf hast du nun mal keine Augen.«
»Und was soll das nun wieder heißen?«
»Du kannst nicht sehen, wie Jack dich anschaut, wenn du ihm den Rücken kehrst. Deshalb habe ich mich ja an diesem Abend rar gemacht. Ich wollte ihm Gelegenheit geben, dich zu verführen.«
»Er war viel zu sehr Gentleman, um mich an jenem Abend zu verführen. Er glaubte ja, ich wäre noch mit Troy zusammen. Und außerdem hätte er sowieso nicht viel Freude an mir gehabt. Ich war besoffen.« Ein Mann mit Kopfhörer gestikulierte wild in Annas Richtung. »Hm. Ich glaube, dein Typ wird verlangt.«
Anna sah sich nach dem gestikulierenden Mann um. »Ich hasse den Kerl. Er ist ein unerträglicher sexistischer Blödmann. Den werde ich mal ein bisschen in Schweiß bringen. – Ja, ja, ja«, sagte sie an ihn gewandt und winkte verächtlich ab. »Übrigens, gratuliere Jack in meinem Namen zu den Valencia-Fotos, ja?«, fuhr sie dann, an Aphrodite gerichtet, fort. »Sie haben in meiner Präsentationsmappe den Ehrenplatz erhalten.«
»Mach ich. Ich treffe ihn in der Pause.«
»So. Nun bin ich aber wirklich schwer beeindruckt.« Annas Augen weiteten sich vor Staunen. »Dann hat er offenbar eine sehr hohe Meinung von dir, meine Liebe.«
»Wie kommst du darauf?«
»Jack *verabscheut* Veranstaltungen wie diese. Er meidet sie wie die Pest. Oje.« Das Winken des Intendanten nahm verzweifelte Ausmaße an. »Ich fürchte, ihn noch länger

zu ignorieren wäre unprofessionell. Wir sehen uns später, Aphrodite.« Und mit dem hochmütigen Stelzengang eines Models schritt Anna auf das Rampenlicht zu.

Aphrodite dachte über Annas Worte nach, dass Jack eine hohe Meinung von ihr habe, und dabei wurde ihr richtig warm ums Herz, und das geheimnisvolle Lächeln, das in den letzten Tagen so oft in Erscheinung trat, umspielte ihre Lippen. Sie hüpfte – sie *hüpfte* im wahrsten Sinne des Wortes – hinter der Bühne hervor zur Bar im Foyer, wo sie sich mit Jack und Lola treffen wollte. Ich mache mich total lächerlich, rief sie sich zur Ordnung und stellte sofort das Hüpfen ein. Eine erwachsene Frau im bodenlangen Prachtgewand aus Troy MacNallys letzter Kollektion, mit Hut und Abendtäschchen, hüpfte doch nicht über den Teppich! Haltung, mein Schatz, ermahnte sie sich. Sei elegant. Aber eigentlich, so sagte sie sich, wirkt man nie so richtig elegant, wenn man einfach nur glücklich ist …

Zu ihrer Freude konnte sie feststellen, dass die Bar nicht übermäßig bevölkert war. Bald aber würden die Zuschauer zur Pause hereindrängen, und dann würde es praktisch unmöglich sein, etwas zu trinken zu ergattern. Sie bestellte Weißwein für sich und Bourbon für Jack und trug die Drinks hinüber zu einem Ecktisch. Schon öffneten sich die Saaltüren.

»Aphrodite!« Sie stellte die Gläser ab und wandte sich lächelnd zu der Stimme um, als ein Blitzlicht sie blendete. Das Blitzlicht zog die Blicke der Menge auf sich, und aus Blicken wurde regelrechtes Anstarren. Aphrodite hörte leise Bemerkungen wie: »Aphrodite Delaney? Ist das nicht die, die …?« »Die kenne ich! Sie ist diejenige, die …« »Hey! Los, trau dich, bitte sie um ein Autogramm!« Und dann stürzte sich Andrea Mooney auf sie, Notizblock und Stift einsatzbereit, und sagte: »Ein kleines Vögelein hat mir gezwitschert, dass Anna Boland deine Muse und dein neues Hausmodel ist«, und jemand hielt ihr ein Mikrofon unters Kinn und fragte: »Stimmt es, dass Sie …«, und jemand anderer sagte: »Wie fühlt man sich als …«, und sie hörte eine drängende Stimme fragen: »Ist da vielleicht ein Körnchen Wahrheit in dem Gerücht, dass Sie …«, und wieder jemand anderer sagte: »Ich würde mich sehr freuen, wenn Sie einen Beitrag über die Modeaussichten für die kommende Saison schreiben würden. Sie wissen schon, etwas in der Art wie Ihre ›Elegantarium‹-Kolumne, nur etwas peppiger? Wie würde es Ihnen gefallen, wenn …«

»Aphrodite!«, hörte sie erneut ihren Namen, und es war Lola, dicht gefolgt von ihrem singenden Kommissar. Wie durch Zauberei bahnte der tatkräftige Patrick ihr einen freien Weg durch die Menge, und plötzlich war Lola bei ihr. Sie hob gebieterisch eine Hand. »Meine Damen und Herren«, sagte sie in ebenso gebieterischem Ton. »Vielen Dank für Ihr Interesse, aber ich muss Ihnen leider mitteilen, dass Miss Delaney an einer Entzündung der Stimmbänder leidet und Ihre Fragen heute Abend nicht beantworten kann. Als ihre persönliche Pressereferentin bin ich aber gern bereit, an ihrer Stelle auf Ihre Fragen einzugehen. Patrick, würdest du Miss Delaney bitte nach unten begleiten? Danke.«

Patrick manövrierte Aphrodite, eine Hand auf ihrem Rücken, behutsam durch die Menschenmassen in Richtung Treppe. »Hör auf zu lachen«, hörte sie ihn belustigt sagen. »Du leidest doch angeblich an einer Entzündung der Stimmbänder.«

Sie hörte in ihrem Rücken Lola im Brustton der Überzeugung Fragen beantworten. »Nun«, sagte sie gerade, »Paris zeigt Interesse. Ich möchte nicht zu viel verraten, aber wenn ich sage, dass der Vertreter der Tochter eines früheren Beatle Kontakt aufgenommen hat, dann wissen Sie bestimmt, wovon ich rede. Außerdem hat ein Teutone mit Sonnenbrille und Pferdeschwanz – entschuldigen Sie, Sir – das Wort mit L haben *Sie* genannt, nicht ich …«

»Deine Frau ist die Unverschämtheit in Person«, sagte Aphrodite, als sie die Treppe hinunterliefen.

»Ich weiß«, antwortete Patrick. »Deswegen habe ich sie ja geheiratet.«

Im Foyer wurde der Bereich um die großen Glastüren herum von weiteren Fotografen belagert. Prominente – Tausende von ihnen, ihre Mutter inbegriffen – lächelten und posierten vor den Kameras und gaben Sprüche von sich, die den begeisterten Reaktionen der Interviewer nach zu urteilen am nächsten Tag zur Erheiterung der Leserschaft als *bon mots* in den Klatschkolumnen nachzulesen sein würden.

»Hier entlang«, sagte Patrick und wies auf eine dunkle Ecke des Foyers, in der sich die weniger illustre Öffentlichkeit aufhielt. »Dein Rendezvous-Partner wollte sich unter das Volk mischen, in sicherer Entfernung zu all diesen Promi-Kopfjägern. Er nimmt an, dass niemand im Traum darauf käme, dich dort zu suchen.« Er gab ihr einen Kuss auf die Wange und fuhr fort: »Ich überlasse dich jetzt dir selbst. Ich muss schnellstens zurück zu Lola, bevor sie den Damen und Herren von der Presse steckt, dass Madonna eine vollständige Garderobe bei dir in Auftrag gegeben hat und dass du nagelneue Kostüme für die *Riverdance*-Truppe entwirfst.« Damit verschwand Patrick wieder in der Menge.

»Wow. Dein Reitzylinder gefällt mir«, sagte Jack, als sie

ihn gefunden hatte. »Jetzt brauchst du nur noch eine Reitpeitsche. Die könntest du in deiner nächsten ›Elegantarium‹-Kolumne zum neuen Pflicht-Accessoire erklären.«
Sie zog eine Grimasse. »Damals in Rom …«, sagte sie und nahm das Glas Wein entgegen, das er ihr reichte. Sie trank in durstigen Zügen.
»Hast du die Pressemeute abschütteln können? Ich habe gesehen, wie sie sich auf dich stürzten und muss gestehen, dass ich, Feigling, der ich bin, den Schwanz eingezogen und das Weite gesucht habe.«
»Lola und Patrick sind mir zur Hilfe geeilt.«
Jack kniff die Augen zusammen, dann schüttelte er den Kopf und lächelte anzüglich. »Ts, ts«, machte er in gespieltem Tadel. »Da siehst du, was dein ›Elegantarium‹ dir eingebracht hat, Aphrodite Delaney. Du wirst dich künftig hüten, den Frauen Ballonröcke aufzuschwatzen.«
Sie ignorierte seine Bemerkung. »Wie war die Show? Wie haben die Kleider auf dem Laufsteg gewirkt?«, fragte sie. »Würden sie als Troys Kreationen durchgehen?«
»Die Kleider sahen fantastisch aus. Aber inzwischen ist es wohl überflüssig, sie Troy zuzuschreiben, oder? Du bist jetzt selbst eine Supernova am Modehimmel, Delaney, nicht nur ein himmlischer Körper, der den Ruhm eines anderen spiegelt.« Er gab ihr einen flüchtigen kleinen Kuss auf den Mund, und bevor sie ihn um mehr bitten konnte, hörte sie ihn sagen: »Hi, David.« Ein Mann in den Vierzigern hatte sich zu ihnen in die Ecke gedrängt, sehr um Unauffälligkeit bemüht, die ihm jedoch versagt blieb dank der Tatsache, dass er groß, dunkel und fast genauso charismatisch war wie Jack. Aphrodite schluckte wie eine Comicfigur. David Lawless, der erfolgreiche Theaterregisseur! »Versteckst du dich auch vor der Presse?«, fragte Jack.

»Ja. Aber Eva ist irgendwo da draußen. Die Flucht gelingt ihr grundsätzlich nicht. Sie ist zu nett, sie gibt jedem ein kleines ›Exklusiv‹-Interview, und alle lieben sie heiß und innig. Der einzige Journalist, der sich jemals unfreundlich über Eva Lavery geäußert hat, fand sich dann in den Todesanzeigen wieder.«

Jack lachte und wandte sich Aphrodite zu. »Kennst du Aphrodite Delaney? Aphrodite, ich möchte dir David Lawless vorstellen.«

Aphrodite brachte ein Lächeln und ein ehrfurchtsvolles »Hi« zustande, und dann gesellte sich Eva Lavery zu ihnen, und sie rang sich ein weiteres Lächeln ab. Hier versammelte sich ja die absolute Theater-Elite!

»Aphrodite Delaney?«, vergewisserte sich Eva. »Sind Sie die Dame, über die all diese Gerüchte im Umlauf sind? Die verantwortlich ist für diese prachtvolle Bohémien-Garderobe, die zweitletzte Nummer auf dem Laufsteg?« Bevor Aphrodite noch antworten konnte, redete Eva schon weiter. »Natürlich sind Sie das. Eine zweite Aphrodite Delaney wird es wohl nicht geben. Sie sind Theas Tochter, nicht wahr?«

»Hm. Nun, ja, stimmt.«

»Oh, David!«, begeisterte sich Eva. »Du musst dir noch mehr von ihren Kreationen ansehen. Sie wäre die ideale Besetzung als Kostümdesignerin für die Neuinszenierung vom *Sommernachtstraum*, die du geplant hast. Sie sind doch ausgebildete Bühnenbildnerin, nicht wahr, Aphrodite?«

»Ja.«

»Nun, in diesem Fall«, sagte David und musterte sie mit neu erwachtem Interesse, »sollten Sie meine Privatsekretärin kontaktieren und ein Treffen mit ihr vereinbaren. Hier, meine Karte. Rufen Sie sie einfach irgendwann nach dem kommenden Wochenende an. Bis dahin ist sie im Urlaub.«

»Von Herzen gern«, sagte Aphrodite, was sich grob übersetzen ließe als: *Oh, lieber Gott im Himmel, danke, danke! Ich kann's nicht fassen, dass ich das erleben darf!*

»Wir sollten jetzt lieber gehen, Schatz«, sagte Eva und legte David die Hand auf den Arm. »Ich habe mich oben mit Deirdre verabredet. Auf Wiedersehen, du umwerfend attraktiver Mann.« Sie hob Jack ihr Gesicht entgegen, damit er sie auf die Wange küssen konnte. »Tschüs, Aphrodite. Ich freue mich, Sie kennen gelernt zu haben.« Das Königspaar des Theaters trat von der Bühne, und Aphrodite betrachtete ehrfurchtsvoll und mit offenem Mund Davids Karte.

»Warum hast du ihm nicht im Gegenzug eine von deinen Karten gegeben? Du weißt schon, diese Karte, auf der geschrieben steht: ›Aphrodite Delaney, Design-Beratung‹?«

Daran hätte er sie lieber nicht erinnern sollen. »Sei still«, sagte sie.

»Das ist etwas, was ich ganz besonders an dir bewundere, Delaney.«

»Was denn?«

»Deine scharfzüngigen Kommentare.« Er gähnte und warf einen Blick auf seine Armbanduhr. »Möchtest du den Rest dieser elenden Vorführung der obligatorischen Mode für die kommende Saison anschauen, nachdem deine Babys doch gesund und munter das Licht der Welt erblickt haben?«

»Nein danke«, antwortete sie. »Außerdem leide ich ja angeblich an einer Entzündung der Stimmbänder.«

»In diesem Fall«, sagte Jack, »bringen wir dich besser nach Hause und stecken dich ins Bett.«

Sie gab vor zu überlegen. Schließlich wäre es nicht richtig, *allzu* eifrig zu wirken. Nach einem Zögern von etwa dem Millionstel einer Millisekunde sagte sie: »Recht hast du.« Dann drehte sie sich mit dem zufriedenen Lächeln einer Katze um und widerstand nur knapp dem Impuls, quer durchs Foyer zu hüpfen.

Die Massen lichteten sich, als die Leute zurück in den Saal strömten. Die meisten waren jung, wie Aphrodite bemerkte, und verfügten über ein bescheidenes Einkommen, nach der Menge von Kleidung im Miss-Selfridge-Stil zu urteilen. Doch sie hatten Spaß, lachten und blätterten in Programmen, die sie sich teilen mussten, Programme, die die Träume anpriesen, die an diesem Abend auf dem Laufsteg zu sehen waren, die ersehnten Kleider, die irgendwann selbst zu tragen sie sich erträumten, die Art von Kleidern, die sie sich nie würden leisten können. Aber Träume brachten anscheinend Spaß, solange man nicht erwartete, dass sie der Wirklichkeit entsprachen, und Aphrodite vermutete, dass diese Mädchen mit ihren Miss-Selfridge-Budgets wohl bedeutend glücklicher waren als das halbe Dutzend Gesellschaftskanonen auf der Welt, das sich alles erlauben konnte.

Sie ging aufs Klo. Am Becken neben ihr stand eine Frau und wusch sich ebenfalls die Hände.

»Ist die Show gut?«, fragte die Frau.

»Ehrlich gesagt, ich weiß es nicht. Ich habe nichts davon gesehen.«

»Wie? Warum nicht?«

Aphrodite hatte keine Lust, der Frau zu erklären, dass sie die erste Hälfte der Show hinter der Bühne zugebracht hatte. Damit hätte sie lediglich Fragen provoziert wie: »Wie ist Kate denn in Wirklichkeit so?« und: »Hat Jerry sich echt gut gehalten, und taugt ihre Tochter was?« Daher sagte sie einfach: »Ich – hm – habe meine Eintrittskarte verloren. Deshalb bin ich gleich auf einen Drink in die Bar gegangen.«

»Schande«, sagte die Frau. »Sie hätten sich an mich wenden sollen; ich hätte Ihnen vielleicht helfen können. Ich arbeite im Kartenverkauf.« Sie verfiel in einen vertraulichen Tonfall. »Verstehen Sie? Ich bin stinksauer, dass ich heute Abend arbeiten musste. Diese Show hätte ich mir unheimlich gern angesehen. Sehen Sie?« Sie deutete auf die mit Logos versehenen Einkaufstüten, die sich zu ihren Füßen häuften. Jigsaw, Kickers, River Island. »In der Mittagspause bin ich einkaufen gegangen und konnte mich einfach nicht zurückhalten. Mein Mann bringt mich um, wenn ich nach Hause komme. ›Was denkst du dir dabei, immerzu den gleichen alten Mist zu kaufen?‹, wird er sagen. Und er hat Recht.« Sie hob die River-Island-Tüte hoch und hielt sie auf. »Diese Jeans hier? Zu Hause habe ich drei fast identische. Und wie viele von diesen schlichten weißen T-Shirts ich inzwischen habe, kann ich längst nicht mehr sagen. Und diese Jacke habe ich mir heute gekauft.« Sie kramte in der Jigsaw-Tüte und hielt ein kleines Leinen-Teil hoch. »Das werde ich wohl umtauschen müssen, verdammt.«

»Warum?«

»Weil es mir eigentlich gar nicht gefällt.« Sie stopfte die Jacke wieder in die Tüte. »Das ist idiotisch, nicht wahr? Wenn ich nicht mein ganzes Geld für solchen Kram ausgeben würde, könnte ich sparen und mir ein Kleid wie Ihres kaufen.« Neidvoll musterte sie Aphrodites wunderschönes Kleid – das Kleid, das Troy eigenhändig für sie ausgesucht hatte –, und in ihrer Stimme schwang aufrichtige

Ehrfurcht mit, als sie sagte. »Es ist fantastisch. Das ist ein Troy-MacNally-Modell, nicht wahr?«
»Ja«, bestätigte Aphrodite und trat vor den Händetrockner. Am anderen Ende des Raums bewegte sich jemand synchron mit ihr, und sie hielt abrupt inne, als sie feststellte, dass sie selbst es war, oder vielmehr ihr Abbild im Spiegel gegenüber. Sie benötigte eine Weile, um sich selbst zu erkennen. War sie das wirklich, diese bizarre Gestalt in dem Märchengewand? Und plötzlich hatte sie das Gefühl, zu ersticken in diesem hochgeschlossenen Mieder mit den unzähligen kleinen Perlmuttknöpfchen, die zu schließen sie eine Ewigkeit gebraucht hatte, bevor sie an diesem Abend das Haus verließ (sie hatte gesehen, wie eine Nachbarin über ihren Aufzug lachte, als sie ins Taxi stieg), und die schmalen engen Ärmel, in die sie ihre Arme praktisch gewaltsam hineinzwängen musste, wollten ihr das Blut abschnüren, und das Gewicht des blöden Zylinders, der so verwegen schräg auf ihrer blöden Markenzeichen-Frisur saß, verursachte ihr Kopfschmerzen, und da hörte sie sich selbst sagen: »Möchten Sie es haben?«
»Was?«, fragte die Frau. Sie sah Aphrodite mit unverhohlenem Misstrauen an, und Aphrodite begriff, dass es wörtlich zu nehmen war, als die Frau fragte: »Sind Sie verrückt?«
Sie lachte. »Nein. Ich mag so aussehen, aber ich bin nicht verrückt. Es ist mein Ernst. Ich schlage Ihnen einen Handel vor. Sie tragen doch ungefähr meine Größe, nicht wahr?«
»Ja«, sagte die Frau voller Stolz. »Größe achtunddreißig.«
»Gut«, fuhr Aphrodite fort. »Wenn Sie mir Ihre Einkäufe überlassen, gebe ich Ihnen mein Troy-MacNally-Modell.«
Die Frau sah sie an, als wären ihr gerade Ohren wie Mr. Spock gewachsen. »So verrückt, wie Sie denken, ist das

gar nicht, ehrlich.« Sie musterte sich erneut im Spiegel, und wieder überkam sie das merkwürdige Gefühl, einer Fremden gegenüber zu stehen. »Hören Sie«, sagte sie mit plötzlicher unwiderruflicher Sicherheit, »dieses Kleid hat im Grunde nie wirklich mir gehört. Es ist für eine andere Frau genäht worden – für ein trauriges Mädchen namens Miriam –, und ich fühle mich wie eine Hochstaplerin, wenn ich es trage. Es ist schwer zu erklären, aber ich denke, wenn ich dieses Kleid jemandem gebe, der es wirklich toll findet, dann ist das eine Art Wiedergutmachung für … für …« Ja, wofür denn? Sie dachte an die arme, schöne Miriam mit ihrem tragischen Blick, die so schwer unter dem monströsen, despotischen Ungeheuer der Modeindustrie gelitten hatte. Aphrodite wollte wissen, dass es Hoffnung gab, und sie war froh, dass ihre Vorgängerin an irgendeinem Ort auf der Welt inzwischen geheilt wurde. »Für *sie*«, sagte sie. »Für Miriam.« Sie wandte sich der Frau wieder zu und blickte sie fest an. »Es ist mein Ernst, absolut.«
Die Frau sah sie jetzt an, als hielt sie sie nur noch für ein bisschen spinnert, nicht für eine völlig Wahnsinnige.
»Schuhe!«, sagte Aphrodite. Die Frau war sogleich wieder auf der Hut und presste ihre Jigsaw-Tüte an die Brust, als hätte sie Angst, Aphrodite könnte sie ihr entreißen und sich aus dem Staub machen. »Wenn Sie einverstanden sind, müssen wir auch die Schuhe tauschen. Welche Größe haben Sie?«
Die Frau senkte den Blick auf Aphrodites Schnürstiefeletten aus weichem Leder mit dem zierlichen Absatz, und wieder veränderte sich ihr Gesichtsausdruck. Jetzt hatte er etwas nahezu Heißhungriges. »Größe fünf?«, fragte sie hoffnungsvoll.
Aphrodite ergriff die Hand der Frau und schüttelte sie

kräftig. »Dann kommen wir ins Geschäft«, sagte sie. »Was meinen Sie? Sind wir uns einig?«
»Und Sie meinen das wirklich todernst?«
Aphrodite dachte wieder an dieses Ungeheuer, das gefräßige Tier, das sich so erfolgreich als eine glitzernde, zarte, sich verflüchtigende *Chose de Neige* getarnt hatte, und sagte: »In meinem ganzen Leben habe ich noch nie etwas so todernst gemeint.«

Fünf Minuten später hatte sie gerade die Schnürsenkel ihrer nagelneuen Kickers gebunden, als sie Jacks Stimme von der Wand der Damentoilette widerhallen hörte. »Aphrodite«, rief er. »Was ist da drinnen los? Ich weiß, dass Frauen viel Zeit vorm Spiegel verbringen, aber du steckst schon seit einer Ewigkeit dadrin. Wenn das so weitergeht, siehst du hinterher aus wie Michael Jackson.«
»Schon gut«, rief sie aus der Kabine, in der sie sich umgezogen hatte, zurück. »Ich bin in einer Sekunde bei dir, versprochen.«
»Ja? Gut. Ich habe mir Sorgen gemacht, dass du womöglich überfallen worden sein könntest. Eben kam eine Frau aus dem Klo gerannt, stopfte etwas in eine Plastiktüte und lachte wie eine Wahnsinnige.«
Als sie die Kabine verließ, lächelte sie bei der Vorstellung, wie die Kartenverkäuferin mit ihrer Beute davonrannte, bevor die verrückte Ziege im Klo es sich anders überlegte.
Die Frau, die ihr jetzt aus dem mannshohen Spiegel an der Wand entgegensah, lächelte sie strahlend an, und sie dachte an das, was sie gestern im Atelier zu Jolie gesagt hatte: *Ich werde glücklich sein …* Das Einzige, was an ihrem Aussehen, wie ihr jetzt auffiel, noch störend wirkte, waren

die aufwändigen Ohrgehänge und die kleine, mit Perlen bestickte Abendtasche. Beides sah zu ihrem River-Island-Outfit etwas bescheuert aus. Und wenn schon. Vielleicht interpretierte man diese Tatsache als neue Modeerscheinung, und in Kürze liefen Frauen in Motorradstiefeln mit zierlichen *Chose-de-Neige*-Accessoires durch die Gegend.

Jack lungerte in der Nähe der großen Glastüren herum und unterhielt sich mit ein paar Sicherheitskräften, als Aphrodite das leere Foyer betrat. Er sah sie an, ohne sie zu erkennen, dann sah er noch einmal genauer hin. Aphrodite hätte am liebsten laut gelacht, als sie merkte, dass er für einen Moment die Fassung verlor. Dann riss er sich zusammen und ging ihr quer durch das Foyer entgegen. Sie trafen sich in der Mitte des Raums; er ergriff ihre Hand, hob die Innenfläche an seine Lippen und küsste sie. »Nicht eben Versace«, sagte er. »Auch nicht Valentino. Nicht einmal *Vogue*. Aber eindeutig Aphrodite Delaney. Gut. Jetzt aber ab nach Hause ins Bett.«

»Zu mir oder zu dir?«

»Zu mir. Wir fahren nach Valencia.«

»Wie? Jetzt?« O Gott! Konnte der Abend denn immer noch besser werden? »Jetzt gleich?«

»Ja. Ich habe plötzlich das Bedürfnis, dich in hohen Anglerstiefeln zu sehen, Delaney, und hier in Dublin habe ich keine. In der Stadt braucht man, was dich nicht verwundern dürfte, selten welche, aber wenn du wolltest, könntest du das sicherlich ändern. ›Elegantarium schreibt hohe Anglerstiefel für euch traurige Tussen da draußen, die nichts Besseres zu tun haben, als diese meine total trügerische Kolumne zu lesen, als zwingend vor.‹«

»Halt die Klappe«, sagte sie wieder einmal, erhob sich auf die Zehenspitzen und begann, ihn zu küssen. »Ist das dein

Ernst«, fragte sie zwischen zwei Küssen, »dass wir jetzt gleich nach Valencia fahren?«
Er wiederholte die Worte, die sie fünf Minuten zuvor der Kartenverkäuferin gegenüber geäußert hatte. »In meinem ganzen Leben habe ich noch nie etwas so todernst gemeint.« Dann wandte er sich den Sicherheitskräften zu, die Aphrodite hungrig und forschend beäugten. »Tschüs, Jungs! Gebt Liberty Ross einen Kuss von mir, wenn ihr sie seht.« Er stieß die Tür auf und ließ Aphrodite den Vortritt, und dann überquerten sie den Parkplatz, auf dem die Wagen der Gäste Stoßstange an Stoßstange standen. Eben hatte man Luftballons fliegen lassen, und Aphrodite stellte für sich fest, wie passend das doch zur Feier eines solchen Anlasses war, symbolisch für die Mode überhaupt mit ihrer Frivolität, Caprice, Flirterei und Albernheit. Die Art von Mode, die sich selbst nicht ernst nahm. Die Art von Mode, die Spaß machte.
»Schwärmst du tatsächlich für Liberty Ross?«, fragte sie, während sie nebenbei bemerkte, dass zwischen den Ballons, die zur Silhouette der City hinaufschwebten, tatsächlich – wie ungewöhnlich – ein paar trübe Sterne zu entdecken waren. Sie dachte an den Himmel in Kerry, der beinahe Nacht für Nacht voller Sterne war, und sie fragte sich, zu welchen Konstellationen Troy jetzt aufblicken mochte, weit fort auf dem Mount Kailash, jenseits des Himalaja.
»Gottchen, ja«, sagte er und legte den Arm um ihre Schultern. »Ich habe wie verrückt für jede einzelne Frau geschwärmt, die heute über den Laufsteg gestelzt ist. Ich hatte so schlimme Gedanken, dass ich ein paar Hiebe mit der Reitpeitsche verdient hätte.« Er lächelte sie von der Seite her auf seine hinreißende Art an. »Aber einen Steifen

habe ich erst gekriegt, als ich dich mit diesem unglaublich blöden Grinsen aus dem Klo kommen sah. Da habe ich mir vorgestellt, wie du den ultimativen Sex-Akt ausführst.«
»Ach? Und was ist der ultimative Sex-Akt?«
Die Polizeisirene, die plötzlich aus dem Nichts ertönte, verwischte den Großteil seiner Worte. Nur eines verstand sie ganz deutlich, und es wunderte sie nicht. »Anglerstiefel.«
Aphrodite Delaneys Lachen perlte hinauf in die frostige Dubliner Nacht, hinauf bis zu den Heliumballons und der Beleuchtung an den Stahlsilhouetten der Baukräne, den verrückten Laserstrahlen und den spärlich verstreuten, trüben Sternen.

Danksagung

Zu Dank verpflichtet bin ich folgenden Personen: Marc O'Neill, der mich in seinem Studio herumstöbern ließ, und Emma Elliot für die Durchsicht eines frühen Entwurfs. Conor Horgan, der mir freundlicherweise das Zuschauen bei einem seiner Mode-Shootings gestattete. Willy Siddall und Vincent Lavelle für die Tauch-Beratung. Eileen Colquhoun für ihre Hilfe bei der Routenplanung für Troys psychologische Reise. Monica Frawley für ihr unvergleichliches Designer-Wissen. Meinen Freunden und meiner Familie, weil sie meine Bücher gut sichtbar in die Regale gestellt haben. (Dafür entschuldige ich mich bei allen betroffenen Buchhändlern!) Sarah Lutyens und Susannah Godman für alles, was sie für mich getan haben. Cathy Kelly und Marian Keyes für eine Freundschaft, von der man nur träumen kann. Sadie Mayne (für ihre Unerschütterlichkeit), Beth Humphreys (für ihre Adleraugen) und allen bei Transworld, insbesondere Francesca Liversidge, meiner fantastischen Lektorin: ein Kumpel voll auf meiner Wellenlänge. Schließlich meiner Tochter Clara und meinem Mann Malcolm: dem Besten, was mir je widerfahren ist, und ohne die ich absolut verloren wäre.